中国大陆与臺灣鄉土小說比較史論

南京大学中国新文学研究中心科研成果

南京大学台港暨海外华文文学研究中心科研成果

丁帆等 著

南京大学出版社

目　录

第三编

五十年代乡土小说:主流话语与民间话语的互斥与互融

末　编
新世纪两岸乡土小说的新变

第一编

二三十年代乡土小说：
启蒙视野与左翼思潮中的乡土关怀

第一章　启蒙语境下的二三十年代两岸乡土小说共像

在二十世纪二三十年代,两岸乡土小说所处的文化语境及其价值诉求都较为相似。

就大陆而言,乡土小说萌生于思想启蒙的价值土壤中,思想启蒙作为新文化运动最本质的内容,彰显着这一运动的现代性诉求。众所周知,1915 年开始的新文化运动虽然也以"救亡"为旨归,却与此前历次的变革有着根本区别,如陈独秀所说:"自西洋文明输入吾国,最初促吾人之觉悟者为学术,相形见绌,举国所知矣;其次为政治,年来政象所证明已有不克守缺抱残之势。继今以往,国人所怀疑莫决者,当为伦理问题。此而不能觉悟,则前之所谓觉悟者,非彻底之觉悟,盖犹在惝恍迷离之境。吾敢断言曰,伦理的觉悟,为吾人最后觉悟之最后觉悟。"①政治上的多次变革既告失败,深长思之,思想先驱们悟到唯有以西方文化为参照,进行思想启蒙方能救国,而"伦理之觉悟"正是思想启蒙的题中之义。作为新文化运动最重要的组成部分,"文学革命"也很自然地把思想启蒙作为根本使命。对旧文学的批判、对白话文的提倡以及新文学的平民视角、人道关怀最终的指向都是思想启蒙。事实上,正是由于思想启蒙搭建了一个广阔的平台,不同

① 　陈独秀:《吾人最后之觉悟》,《陈独秀著作选》卷一,上海人民出版社 1993 年版,第 179 页。

思想取向的文化人物才能共聚一堂,从而使得新文化运动风起云涌。

　　台湾新文学运动深受大陆新文学运动的影响,它的发生在时间上紧随大陆新文学运动之后,其进行的步骤也是始于"文字改革"而终于"文学改革",因此某种程度上可以说是大陆"文学革命"在台湾的再度演绎(如有人所说:"它的发轫,殆是原原本本抄袭五四后的文学革命运动"①)。1895 年清廷割台后,在起先 20年左右的时间里,台湾人民以艰苦卓绝的武装斗争进行抗日活动。其后在岛内,殖民统治逐步确立,殖民者对台湾的经济掠夺逐步加强,同化政策也纷纷出台;在岛外,大陆爆发五四运动,"一战"后国际上兴起"民族自决"风潮,朝鲜爆发独立运动,在这样的新形势下,台湾进入了非武力抗争阶段。大陆新文化运动正是在台湾非武力抗争阶段之初进入台湾知识分子视野的,并以其思想启蒙的意旨迅速引起台湾青年的共鸣。当时胡适的"八不主义"、陈独秀的"文学革命论"都曾被引介到台湾,《台湾民报》还大量转载了许多新文学作品,这些作品来自胡适、鲁迅、郭沫若、张资平、胡也频、潘汉年、许钦文、王鲁彦、刘大杰、蒋光慈、凌叔华、冰心、章衣萍等许多大陆作家。台湾的新文化运动随之蓬勃展开。1919 年秋,蔡惠如和蔡培火等与中国基督教青年会主事组成"声应会",取"同声相应"之意。1919 年年末,林献堂与蔡惠如在东京与留日学生组成"启发会";1920 年改组成立"新民会",筹办《台湾青年》作为机关刊物。1921 年又有"台湾文化协会"在岛内创立。二三十年代台湾不少乡土作家,如赖和、陈虚谷、林越峰等,都参加过"台湾文化协会"。总的来看,这些文化团体以民族自决为目标,以思想启蒙为手段,有力推动了台湾新文化运动的深入展开。台湾文学史上著名的"新旧文学论争"便是发生在台湾新文化运动的背景下。1920 年 7 月陈炘在《台湾青年》创刊号上发表《文学与职务》,强调文学当以"启发文化,振兴民族"为职务,可以说是对陈独秀《文学革命论》的呼应;而 1921 年 12 月陈瑞明在《台湾青年》上发表的《日用文鼓吹论》,提倡白话文,可以视作对胡适《文学改良刍议》的呼应。但真正在岛内知识界引起轰动的则是张我军,1924—1925 年间,他在《台湾民报》发

---

　　① 王诗琅:《台湾·祖国的文化交流》,原文发表于 1949 年 7 月《新希望》第 20 期;转引自梁明雄《日据时期台湾新文学运动研究》,台北文史哲出版社 1996 年版,第 32 页。

表《致台湾青年的一封信》、《糟糕的台湾文学界》、《为台湾的文学界一哭》、《绝无仅有的击钵吟的意义》、《台湾新文学的意义》等多篇文章，大力倡导新文学，并对击钵吟等旧文学体式进行了激烈的批判。大体而言，由张我军引发的台湾"新旧文学论争"基本上可视作以胡适为发起人的大陆白话文运动的翻版。这也彰显出两岸文化的血脉联系，以及两岸新文学相似的文化语境和价值诉求。①

在思想启蒙的文化语境中，两岸乡土小说创作很快走向了繁盛。大陆在鲁迅的影响下形成一个"乡土写实小说流派"；台湾则在赖和的示范作用下产生了许多乡土文学作品。两岸乡土小说的繁盛，某种程度上体现出历史发展的必然性和启蒙任务的紧迫性。两岸本为一体，经历了较为漫长的封建阶段，形成静态的农业文明、超稳定的文化结构。进入近代以后，这种静态的农业文明遭遇了空前的危机。二三十年代许多具有乡土经验的作家由乡入城，再以现代眼光反观乡土，便很自然地产生出思想启蒙的迫切感。在这些现代知识分子看来，广大的乡村一片沉寂，民众的生活充满苦难，可是他们的精神却在传统文化的熏染下暮气沉沉，惰性十足。若要"救亡"，必须以启蒙之光彻照晦暗的中国乡村，激活潜藏在民众身上的个性，"国人之自觉至，个性张，沙聚之邦，由是转为人国"②。正因如此，两岸乡土小说在新文学发展初期便蔚为风潮。

二三十年代两岸乡土小说在启蒙对象的选择上都指向"不幸的社会下层"。对处于苦难中的底层民众来说，"不幸"既体现在物质层面，也体现在精神层面。相较而言，大陆乡土小说往往把民众的物质困境和精神困境结合起来加以描述，但是思考的重心却向着民众精神困境倾斜，更多地体现为文化上的批判；台湾乡土小说虽则也有不少作品着力于思想启蒙与文化批判，但描述民众物质困境的作品占据了相当大的比例。有论者认为"日据时期台湾小说的题材不够丰富，作品的视野似亦不够宽广"③。这些着眼于民众生存困境的作品，体现出作家的人

① 关于台湾"新文化运动"和"新文学运动"的论述，主要参考了洪铭水《日据时期新旧文学论争》，见《台湾新文学发展重大事件论文集》，联合报副刊编辑，台南台湾文学馆，2004 年；以及梁明雄《日据时期台湾新文学运动研究》一书的相关论述，台北文史哲出版社 1996 年版。

② 鲁迅：《坟·文化偏至论》，《鲁迅全集》第一卷，人民文学出版社 2005 年版，第 57 页。

③ 许俊雅：《日据时期台湾小说研究》，台北文史哲出版社 1995 年版，第 653 页。

道主义关怀,而这种人道主义关怀在当时是带有启蒙色彩的。因此,总体上来看,启蒙视野构成了两岸乡土小说的共同背景。不过,如若作家采用一种社会学的视角,如以经济分析、阶级对立的视角来观照民众的生存困境、表达创作主体的乡土关怀,那么,"中国现代乡土小说创作的主旨就开始由指向'思想革命'的文化批判向指向'社会革命'的社会批判转换"①,从而带有不同程度的左翼色彩了。这一点两岸乡土小说都有所表现。② 从二三十年代两岸乡土叙事的内在肌理来看,启蒙的视角与左翼的视角有时并非泾渭分明,而是互相交叉;而从启蒙的视角变换为左翼的视角,看似不动声色,却蕴含着时代思潮的巨大变迁。

事实上,在二十世纪二十年代下半期和三十年代的大部分时期,两岸的左翼文学思潮都很风行。左翼文学是一种世界性的思潮,它随着工人运动而产生,马克思主义的诞生与传播又赋予它理论内涵,苏联的"拉普"(俄罗斯无产阶级作家联合会)、日本的"纳普"(全日本无产者艺术联盟)等,都是当时非常重要的左翼文学组织。在二十世纪二三十年代,大陆和台湾均受到这一国际性文学思潮很深的影响。在大陆,后期创造社和太阳社极力提倡"普罗文学",并促发了"革命文学"论争,论争的结果是不同的文学力量团结起来,于1932年成立了"左联",致力于"无产阶级文艺"和文艺"大众化"的倡导与实践。大体而言,大陆左翼文学思潮受到苏联、日本等国家的影响,比如左联的理论纲领即是冯雪峰参照苏联"拉普"和日本"纳普"的几个纲领、宣言起草的③;台湾则既受到大陆的影响,又因被日本殖民而受到日本影响。据台湾学者施淑考察,二十年代中期,随着台湾社会、政治运动的蓬勃发展,有关社会主义、殖民问题、民族解放等论述,以及与台湾有密切关系的中、日两国农民运动的报道,在《台湾民报》上占有显著位置。日本共产党理论家山川均的论文《弱小民族的悲哀》、"二林蔗农事件"中蔗农的辩护律师布施辰治的演讲稿《阶级斗争与民族运动》都曾在《民报》上刊登过;《民报》更是不遗余力地报道中国问题,探求弱小民族的解放之道,而社会主义理论和实践的争辩,特别是对马克思、恩格斯、列宁的经典著作的诠译,成为有关中国

---

① 丁帆:《中国乡土小说史》,北京大学出版社2007年版,第65页。
② 关于二三十年代大陆乡土小说母题的转换,详见丁帆《中国乡土小说史》,第59—71页。
③ 参见张大明等著《中国现代文学思潮史》下册,北京十月文艺出版社1995年版,第563页。

论述的重心和收获。1927 年,"台湾文化协会"改组,标志着台湾社会文化活动左右路线的分裂,成为台湾文学界的一个重大事件。"改组后的新文协,在左翼思想的主导下,除了将活动方针由原来的民族主义启蒙文化团体的形态,转变为无产阶级文化斗争的组织,并在修改后的新会则中,明确订立'普及台湾之大众文化'为总纲领。自是而后,'大众文艺'和'大众文学'的观念及要求,成了二〇年代末到三〇年代间台湾文艺团体的普遍努力方向。"其他相继创刊的文艺杂志也对"大众文艺"进行了探讨。① 近年被学者广为关注的三十年代"台湾话文"运动,正是发生在"文艺大众化"的背景之下。②

可见,两岸左翼文学运动具有很多共同点。左翼文学思潮如此盛行,两岸乡土小说创作不可能不受其影响。与那些以思想启蒙为指向的乡土小说相比,一些新质显露出来,主要体现在这样几个方面:首先,一些作品着力批判了资本主义经济对乡村的渗透和占据;其次,许多作品围绕阶级对立和阶级斗争展开叙事,台湾侧重于描写那些引而未发的潜在的抗争怒火,大陆则更多地直接描写农民暴动——"暴风雨"、"洪水"的隐喻在两岸作品中经常出现;最后,一些作品中出现了革命者形象,在大陆这些革命者形象主要是农民身份,在台湾则主要是知识分子身份。

总之,考察二三十年代两岸乡土小说时,启蒙视角和左翼思潮可以作为重要的参照体系,在这一参照体系面前,两岸乡土小说呈现出大致相同的价值指向和美学蕴涵。倘若借用比较文学的两种研究视角——"影响研究"和"平行研究"——来对二三十年代两岸乡土小说进行宏观考察,那么,从有形的"影响研究"的角度来看,两岸乡土小说有着多种层面的交流,这使得两岸乡土小说具有很多共同点;从无形的"平行研究"的角度来看,两岸有着相同的血脉,社会结构、文化心理等具有相同的模态,作家们观察世界的视角、表达乡土关怀的方式也具有内在的共同点(如两岸乡土小说在描述乡土苦难、表达人道关怀时往往潜隐着

---

① 参见施淑:《书斋、城市与乡村——日据时代的左翼文学运动及小说中的左翼知识分子》,收入施淑《两岸文学论集》,台北新地文学出版社 1997 年版。

② 关于这场论争,迄今为止尚有不同看法,可参看吕正惠《三十年代"台湾话文"运动平议》,见吕正惠《殖民地的伤痕——台湾文学问题》,台北人间出版社 2002 年版。此处不赘。

"救世济民"、"匡扶正义"的传统文化心态），这就使得两岸乡土作家即使是在没有直接交流和沟通的情况下，也极有可能创作出具有相同文化情怀的乡土小说。

然而在以启蒙视角和左翼思潮作为共同参照体系时，二三十年代两岸乡土小说在文化语境、价值指向乃至美学表现等方面的不同点也需要加以强调。从根本上说，二三十年代两岸乡土小说的差异来自两岸不同的处境：大陆社会处于半殖民地半封建状态；台湾则处于日本的殖民统治之下，而在二三十年代日本殖民者对台湾的同化和经济掠夺又逐渐加强。倘若以此作为思考的原点，去考察二三十年代两岸乡土小说，一些不同点就有可能凸现出来，其大略如下：

首先，虽然二三十年代两岸乡土小说都具有反帝反封建的抗争品格，但是相较而言，大陆乡土小说偏向于"反封建"，台湾乡土小说则偏向于"反帝"。台湾作家王诗琅曾指出："（台湾新文学）跟五四的中国大陆新文学亦步亦趋，反帝、反封建是其最大题材，至于反殖民地体制，更是它所需的客观状况所产生的特质更不消说了。"①从宏观上看，大陆社会处于半殖民地半封建状态；若从局部或细部来看，可以说，地域广大的乡村很大程度上处于封建状态之中。宗法制的乡村维持着一潭死水般的平静，相对于"现代化"而言，这种平静毋宁说是一种停滞。具备了现代意识的知识分子反观乡土，发现乡土文明的鄙陋、民众的精神缺陷，他们对乡村在现代化进程中的滞后充满焦虑，由此产生"疗救"的强烈愿望。"反封建"遂成为大陆乡土小说创作之主流。尽管也有一些小说具有"反帝"的价值指向，比如凸显"资本"对中国乡村进行渗透的《春蚕》，但总的来看，具有"反帝"指向的作品往往作为潜流存在，隐而不彰。二三十年代的台湾乡土小说则与此不同，由于台湾乡土社会完全处于日本的殖民统治之下，"反帝"在作品中不再是抽象的、间接的宏大叙事，而是直接体现于台湾的日常生活之中，成为台湾乡土小说创作的一个基本价值指向。比如在赖和的小说《惹事》中，一群小鸡在一个寡妇家的草厝内觅食，鸡母跳上篮子，将篮子弄翻，有只鸡仔没能走脱，被罩在篮内。这样一个微不足道的生活细节却成了小说情节的关键。原来鸡的主人正是

---

① 王诗琅：《日据下台湾新文学的生成及发展》，《赖和作品选集》，中国广播电视出版社，1987年版，第283页。

日本警察,这个日本警察将寡妇诬为偷鸡贼,打她的耳光,并将她带到衙门;"我"深为寡妇鸣不平,极力为寡妇奔走,但却以失败告终。"反帝"在这样的小说中不再是宏大叙事,而是直接落实在生活叙事上;同时,所要反抗的对象主要是在台湾进行殖民统治的日本警察;所要批判的"奴性"也不再如大陆那样是沉重的历史积淀物,而是小说人物在日常生活中面对殖民者时扭曲的人格。因此可以说,在反帝和反封建方面,大陆和台湾的乡土小说各有侧重。

其次,由于文化语境不同,两岸作家在对待传统的态度上存在着差异。提倡新文化,反对旧文化;提倡新文学,反对旧文学:这样的立场在两岸作家都是相同的。不过,传统在大陆乡土作家那里往往处于被激烈批判的位置,比如鲁迅的《狂人日记》、《长明灯》等小说,就以决绝的态度对传统进行了整体性否定。《狂人日记》中满本历史都写着"吃人"两字;《长明灯》中的傻子要熄灭从梁武帝时点起就一直没有熄灭的长明灯,并且高叫"我放火",这些都象征性地表达出作家对传统的态度。但台湾处于日本殖民统治之下,传统某种程度上乃是汉文化的栖身之所,维系着民族的精神血脉,带有反抗异族侵略的意义。事实上,台湾沦陷之初,岛内就曾掀起过以汉诗为主流、遍及全岛的"汉学运动","初期这种以诗社作掩护,希延汉学于一线,维系汉文于不坠的结社联吟活动,本具有反异族反侵略的性质,其在维护汉学,保存传统文化方面,诚然是功不可没!"①不过,其后汉诗很快堕落为无病呻吟、矫揉造作的陈腐文学体式,引起张我军等新文学提倡者的激烈批判;不仅如此,日本殖民统治者还曾对旧诗作者加以笼络,这些诗人装腔作势,谄媚恭维,应和吟唱,丧失操守。所以,在殖民环境下,台湾乡土作家对传统是很依恋的。像赖和,在大力提倡新文学的时候,也曾说旧文学自有其不可没的价值;②而在朱点人的小说《秋信》中,隐居乡间的传统文人斗文先生则被作者塑造成一个非常有民族气节的正面形象。我们知道,在鲁迅等大陆作家笔下,传统文人(如四铭老爷、陈士成)往往处于被批判的位置。因此,在二三十年代,相对大陆作家比较纯粹的反传统立场,台湾作家对传统的心态是非常复杂的。

---

① 梁明雄:《日据时期台湾新文学运动研究》,台北文史哲出版社1996年版,第38页。
② 赖和:《开头我们要明了地声明着》,《赖和作品选集》,中国广播电视出版社1987年版,第250—251页。

　　再次,大陆乡土作家虽然常以启蒙视角看待乡土生活,但有的时候又会流露出对乡土文明不同程度的眷恋,厌乡和恋乡模糊在一起,形成较为复杂的话语蕴涵。对乡土文明的眷恋,在废名、沈从文等"乡土浪漫派"作家的笔下体现得尤为突出,他们营造的乡土成为一种虚幻的镜像,这个镜像里有着现代性的倒影。而对台湾乡土作家而言,或许是由于胶着于对日本殖民统治的反抗和对底层民众的深切同情,作品中那种乡土眷恋情感并不多见,像废名、沈从文那样的逸出现实生活、悬置社会矛盾的作品基本上没在这一时期出现。同时,人道情感的强烈和抗争的峻切某种程度上也影响到台湾乡土小说文化批判的力度。

　　最后,也是最为重要的一点:台湾受到日本殖民者的直接统治,而日本殖民者为了加强对台湾的统治和经济掠夺,需要对台湾社会进行适当的现代化改造,由此产生了复杂的"殖民现代性"。① 台湾学者陈建忠指出:"台湾在日本殖民主义入侵后,日本为了在台湾进行持续的资本与原料的压榨,事实上并非一味地巧取豪夺,而是有限度地进行资本主义化与现代化的改造工程,例如现代制糖工业与新式教育、卫生改善等便是显而易见的'现代性'事物。比喻地说,正是在'养鸡取卵'这点上,殖民性与现代性在此找到接合点,于是遂有殖民现代性(colonial modernity)的说法出现。"② 在日本的殖民统治之下,台湾的经济并非一种自然状态的"现代化",而是服从于殖民地母国的经济需要。相较大陆而言,台湾人民的现代性体验要丰富得多,这是毋庸讳言的;问题在于,由于殖民者"杀鸡取卵"

---

　　① "殖民现代性"是后殖民理论视域中重要而复杂的议题,它关涉殖民地人民面对殖民者带来的"现代文明"时的矛盾心态,以及由此产生的民族认同危机;反殖民运动是否具有以及在多大程度上具有反抗此种现代性的倾向,也值得关注。宏观的、历史性的考察,可参看(英)罗伯特·扬(Robert J. C. Young)《后殖民主义:历史的导引》(周素凤、陈巨擘译,台北巨流图书有限公司 2006 年版);思想观念方面的考察,则可参看 Tani E. Barlow 编 Formations of Colonial Modernity in East Asia,Duke University Press,1997. 对日据时期的台湾而言,"殖民现代性"还有其特殊性。这是因为相比欧洲一些殖民国,在台湾施行殖民统治的日本具有其特殊性:一、日本原本也是落后国家;二、日本曾以中国为师,并曾是汉语文化圈中的一员;三、作为亚洲新崛起的帝国,日本一方面要"脱亚入欧",一方面却又试图将自己作为领导者,号称要建立一个东亚共同体。日本的同化政策因此更能蒙蔽殖民地人民,尤其是殖民地的知识分子;台湾的"殖民现代性"问题也就更为含混和吊诡。近年有许多学者对台湾"现代性"与"殖民性"的交集非常关注。根据笔者有限的了解,吕正惠、陈芳明、黄美娥、陈建忠等学者在这方面颇有建树。
　　② 陈建忠:《日据时代台湾作家论:现代性、本土性、殖民性》,台北五南图书出版有限公司 2004 年版,第 4 页。

的意图，这样的现代性体验又与殖民的强力、现代性的创伤紧密相关，并影响到台湾人民的民族认同。因此，在二三十年代，台湾乡土小说中的现代性体验、现代性创伤，无论是在广度上还是在强度上都远胜于大陆乡土小说。而台湾作家对"殖民现代性"的理性揭露和深刻批判，在殖民地统治下艰难的民族认同，尤其值得研究者关注。

从以上论述可以看出，二三十年代两岸乡土小说既有许多共同点，也存在非常鲜明的差异。无论是"同"，还是"异"，两岸乡土小说都足以展开对话，构成互文关系，形成开放的话语空间。

第二章　美学转向与两岸乡土小说的现实主义品格

第一节　苦难叙事与人道关怀

新文学运动从一开始就包含着现实主义的美学诉求，这在两岸皆然。胡适《文学改良刍议》所提之"八事"，其中"须言之有物"、"不作无病之呻吟"、"不避俗字俗语"等，均暗示一种面向现实生活、以现实生活入文的文学创作原则；事实上，提倡白话文本身即是提倡一种与现实生活同位的文学形式。陈独秀《文学革命论》所极力提倡的"平易的抒情的国民文学"、"新鲜的立诚的写实文学"、"明了的通俗的社会文学"也无一不指向现实主义的审美规范。周作人《人的文学》、《平民文学》更是站在人道主义立场，提倡"以普通的文体，记普遍的思想与事情"的"平民文学"。台湾新文学运动在理论建树、创作实绩等方面均逊于大陆，但两者的根本指向却是一致的。现实主义的美学诉求在台湾新文学运动中也有鲜明体现。台湾新文学运动最初的理论文献都曾对此有所阐释和宣扬。陈炘的《文学与职务》指出，文学既负有"启发文化，振兴民族"之职务，就"不可仅以使人生有自然之兴趣，纯洁之情操，为责任已完，又当以传播文明思想，警醒愚蒙，鼓吹人道之情感,促社会之革新为己任,始可谓有自觉之文学也"。① 所谓"警醒愚蒙,鼓吹人道之情感,促社会之革新",都可以说是以文学关注乃至介入社会现实,从而使文学具有现实主义的力量;甘文芳的《实社会と文学》(《现实社会与文学》),强调文学工作者必须深入生活中,以纤细之笔描述社会进化的道理。② 赖和则宣称:"新文学的艺术价值因其有普遍性愈见得伟大,亦愈要着精神和热血……"③所有这些论述,都显示出两岸新文学运动所带来的现实主义美学诉求。

时至今日,这种现实主义的美学诉求在人们看来并不特出,然而在当时的文化环境下,它却是一种富有时代特色和进步意义的文学视野。与此前"雕琢的阿谀的贵族文学"、"陈腐的铺张的古典文学"、"迂晦的艰涩的山林文学"相比,这种具有现实主义品格的文学可以说是一次意义深刻、影响深远的美学转向,是审美规范的一次断裂。台湾学者陈建忠指出:"只是当新文学运动在二○年代开始随着新文化运动兴起后,传统文学的世界观与文学立场已无法适应二世文人的需要,他们要求一种更能反映新思潮的时代文学形式与文字,当然还有作为内涵的启蒙的(或左翼的)世界观,这时文学典律的变化比起任何一个时代的变化都更为彻底而激进。"④陈氏针对的是处于殖民地的台湾的情况;同样,处于半殖民地半封建的大陆,审美典律上的变化较之此前也是"更为彻底而激进"。因此,现实主义不再仅仅是一种文学创作原则,可以说,它既是美学启蒙,同时也是社会启蒙,带有鲜明的意识形态色彩。正是在这个意义上,有些并非单纯运用现实主义手法创作的小说,如运用了象征手法、带有寓言色彩的《狂人日记》,也可以说具有较为纯正的现实主义品格。

两岸乡土小说正是萌生、成长于这次深刻的美学转向之初;它必然将目光落在(不是轻轻掠过,更不是视而不见)中国的土地上。另一方面,在当时中国的土

---

① 转引自梁明雄:《日据时期台湾新文学运动研究》,台北文史哲出版社1996年版,第44页。
② 参见梁明雄:《日据时期台湾新文学运动研究》,台北文史哲出版社1996年版,第45页。
③ 赖和:《开头我们要明了地声明着》,《赖和作品选集》,中国广播电视出版社1987年版,第251页。
④ 陈建忠:《书写台湾·台湾书写:赖和的文学与思想研究》,高雄春晖出版社2004年版,第9页。

地上,无论是大陆,还是台湾,都充满深重的苦难。大陆的郑振铎激动地描述这样的现实,"萨旦(Satan)日日以毒箭射我们的兄弟,战神又不断地高唱他的战歌。武昌的枪声,孝感车站的客车上的枪孔,新华门外的血迹……"①如此等等,构成一幅满目疮痍的悲惨图景。赖和的笔下则呈现了台湾土地上的苦难:"台湾的民众所受的政治上的压迫痛苦也已经够了,所受官权的欺凌不能再容忍了。"②殖民者与地主乡绅相互勾结,在这样的社会中,台湾人民政治上被钳制,经济上遭剥削,悲苦无处申诉:"剥尽膏脂更摘心,身虽苦痛敢呻吟。忍饥粜米甘完税,身病惊寒尚典衾。终岁何曾离水火,以时未许入山林。艰难幸有天怜悯,好雨兴苗滴滴金。"③两岸乡土作家面对如此残酷的社会现实,耳得之而为哀声,目遇之而成悲色,心思之而尽忧虑,如郑振铎所说,那些"雍容尔雅"、"吟风啸月"的作品,"在此到处是榛棘、是悲惨、是枪声炮影的世界上,我们的被扰乱的灵魂与苦闷的心神,恐总非它们所能安慰得了的吧"。所以郑振铎大声呼吁:"我们所需要的是血的文学、泪的文学,不是'雍容尔雅'、'吟风啸月'的冷血的产品"④。

　　一方面是现实主义的美学启蒙,另一方面是眼前残酷的社会现实,富有良知的两岸乡土作家很自然地将目光聚焦于民众的苦难生活,将统治者的炮与火拢于形内,将人民的血和泪挫于笔端,由此使得作品具有受难般的现实主义品格。郑振铎所说的"血和泪的文学"正是对二三十年代两岸乡土小说现实主义特色的形象描述。底层视角、苦难叙事、人道关怀是这些作品最基本的特点。悲情色彩则是这些作品最重要的美学特征,"对地域乡土日常生活的不幸、苦难、毁灭及痛苦生命的最为集中的艺术化表现"⑤构成这种悲情色彩的底蕴。总的来说,这种带有意识形态色彩的现实主义美学诉求,在二三十年代两岸乡土小说中,堪称一种广义的思想启蒙;另外还需特别指出的是,这种现实主义美学诉求,还暗含着"左翼"转向的潜在现实性。

---

① 西谛:《血和泪的文学》,1921年6月30日《文学旬刊》第6号。
② 赖和:《阿四》,《赖和作品选集》,中国广播电视出版社1987年版,第246页。
③ 赖和:《吾民(日治时代)》,《赖和作品选集》,中国广播电视出版社1987年版,第268页。
④ 西谛:《血和泪的文学》,1921年6月30日《文学旬刊》第6号。
⑤ 丁帆:《中国乡土小说史》,北京大学出版社2007年版,第28页。

二三十年代两岸乡土小说的现实主义品格首先体现在作家基于人道主义立场的苦难叙事。民众的苦难生活作为故事发生的背景,或是直接作为小说的主题出现在本时期两岸许多乡土小说中;作家对笔下人物的苦难生活表现出深切的同情,体现了一种人道主义的关怀。这种人道主义关怀表现为两个层面:一是作家面对苦难的现实生活产生悲悯情怀,对小人物命运的无助、社会的不公表达自己的愤怒和同情。在这一类乡土小说中,作家感性的洪流往往会淹没理性的思考,使得作品在文化批判方面颇有欠缺,构成严重的创作局限,就像鲁迅在评价《新潮》上的一些小说时所说,"平铺直叙,一览无余;或者过于巧合,在一刹时中,在一个人上,会聚集了一切难堪的不幸。"①两岸皆有一些作品存在这一毛病。另一层面是对"非人"生活的呈现和思考,这个层面上的人道主义与周作人在《人的文学》中所提出的"个人主义的人间本位主义"是一致的。周作人指出:在中国,"人的问题,从来未经解决,女人小儿更不必说了。如今第一步先从人说起,生了四千余年,现在却还讲人的意义,从新去发现'人',去'辟人荒',也是可笑的事。但老了再学,总比不学该胜一筹罢。我们希望从文学上起首,提倡一点人道主义思想,便是这个意思"②。在两岸以苦难为背景或主题的乡土小说中,这种以表现"非人生活"从而"辟人荒"的作品虽然在比例上不及前者,却较前者更具启蒙色彩。

因此,广阔而充满悲苦的老中国土地上底层民众的生活,在两岸乡土小说中得到充分展现。在小说家们营造的哀声四起的乡村天地里,盐巴客被军队推下山崖腿骨全断,孤零零地病卧茅店,在深夜里呻吟不止,而家中好几口人尚在等他赚钱养家(蹇先艾《盐巴客》);一位老妇守了一辈子穷寡,她的儿子,唯一的亲人,却因做土匪而被杀头,老妇在年老力衰之时费劲千辛万苦为儿子的阴灵做了一盏红灯(台静农《红灯》);石宕里发生塌方事故,几个石匠被困在石缝里,无法营救,亲人眼睁睁地看着他们走向死亡,而这几个石匠求救的呼声在几天之内凄惨响起,至死方绝(许钦文的《石宕》)……台湾也如此类。在瘦鹤的《没有儿子的

---

①　鲁迅:《且介亭杂文二集·〈中国新文学大系〉小说二集序》,《鲁迅全集》第六卷,人民文学出版社 2005 年版,第 247 页。

②　周作人:《人的文学》,《周作人自编文集·艺术与生活》,河北教育出版社 2002 年版,第 9 页。

爸爸》中,主人公身边的亲人一个接一个死去,父亲"被土匪结果去了",儿子"走番仔反的当时给扔掉了"。后又生了双生女儿和两个儿子,其中一个女儿被卖,鼠疫又夺去一个女儿和一个儿子的性命。若干年后唯一的儿子阿牛以砍柴为生,因同农场监督吵嘴,被打倒在轨道上,火车驶过,阿牛血肉模糊,终至于死去。在杨守愚《鸳鸯》中,鸳鸯之夫阿荣残疾,人称"独脚阿荣",鸳鸯被农场监督奸污,而"独脚阿荣"卧轨自杀。在著名的短篇小说《豚》中,作者吴希圣以严谨的叙事、紧凑的结构,特别是令人惊叹的冷静的写实技法,讲述了一个普通台湾农家的悲剧:阿三的家中有两个"生"钱的工具:一是卖春的女儿,二是母猪。可是女儿染上了性病,母猪也生了病。后来母猪死去,女儿于同一天上吊而死,于是这个家庭连那种失去尊严的生活也难以维持下去……类似的作品在两岸多有所见,体现出作家对"被侮辱被损害的"底层民众的人道关怀。

两岸在文化结构方面有着深层的一致,但两岸所处的具体社会环境却有所差异,因此,同是关注苦难,两岸乡土小说又展现出不同的社会现实。

处于半殖民地半封建社会的大陆,军阀混战,土匪横行,灾难频仍,置身于如此社会现实中的大陆民众,常常是乱离人不如太平犬,一旦遇到兵或匪,便招致飞来横祸,命如草芥,在浑浊的命运河流上随波浮沉。所以,二十年代大陆乡土小说较为常见的一个题材便是书写"兵灾"、"匪患"。在徐玉诺《一只破鞋》中,海叔叔来学校看望"我",遭遇"匪将"来袭,海叔叔同一百多人被"匪将"杀死在山脚下。海叔叔在下着大雨的黑夜中哭叫不止,一连哭叫好几天才死去,死后尸体被野狗撕咬,其惨状被作者通过直接和间接的描写表现出来。蹇先艾的《在贵州道上》中的赵洪顺被拉了壮丁,其后从军队里逃出,做了长工和轿夫,但有天晚上在贵州道上被军队找到抓去,其悲惨结局不难想见。台静农的《新坟》在鬼气森森的氛围中展现出四太太的不幸命运:她的女儿被大兵奸死,儿子被大兵打死,田契又被五爷骗去,四太太终至于疯狂。同样,彭家煌的《喜期》也讲述了军阀施于人民的暴行:静姑被贪财的父亲许配给一个跛子,不能与心爱者结合,就在举办婚事的时候,七八个兵赶过来,杀死了跛子,奸污了静姑,最后静姑投水而死。与这些正面描叙"兵灾"惨状的小说不同,汪敬熙的《瘸子王二的驴》以轻快、幽默的语调讲述了"丘八"给王二带来的灾难。这篇被鲁迅收于《中国新文学大系·小说二集》中的优秀小说,是乱世中小人物的悲喜剧。王二是个瘸子,驴子对他来说不仅仅是份家产,更是他行动的工具,可以说是他身体的延伸。小说写王二在柳口租了一个饭馆,由于柳口设立了火车站,饭馆生意渐好,王二也就能够攒钱买了一匹驴子。驴子刚买回来的时候很孱弱,让人笑话,但王二对驴子付出了很多心血和情感,驴子最后变得膘肥体壮,行走很快,王二因此不再被人称为"瘸子王二",而是叫做"快驴王二"。然而就在这时军队进驻了柳口,开饭馆的王二为大兵们做菜做饭,把他们伺候得很满意,所以尽管平时兵总老是征用王二的快驴,但最后军队离开时还是决定把驴子留给王二;可是这当儿有个排长告诉王二,他脖子生疮,既不能骑大牲口,也不能坐大车,只好借用王二的"快驴"了。排长让王二跟着他,等到了前站把驴子还给王二。于是小说中既让人发笑又让人心酸的一幕出现了:瘸子王二跟在自己的快驴后面,快驴的背上坐着排长。排长不断地催促王二,王二气喘吁吁地一瘸一拐地跟在后面,终于眼见着自己的驴子走出了视野。驴子的"快"和王二的"瘸"构成这一幕场景巨大的审美张力,传达出作者对小人物的深切同情。最后王二四处寻找驴子,好不容易找到之后,又被两个大兵在路上劫去。小说写得一波三折,将悲剧与喜剧融在一起,生动地写出了"兵灾"给人民带来的痛苦。

　　大陆乡土小说另一较为常见的题材,是书写处于弱势地位的男人生活。由于生计无着或是妻子与强势人物私通,他们被迫失去妻子。借男人的"去势",揭露了权势者对底层民众的压迫和欺凌。台静农的《蚯蚓们》着重描写了李小卖妻时的悲哀,小说结尾写道:"走过半里路的光景,便隐隐地听着鞭炮声,这声音深深地刺透他的心。"[①]鞭炮声宣告着赵一贵以堂而皇之的方式剥夺了李小作为丈夫的尊严,不过"尊严"到底敌不过现实的"困境"。这篇作品对"丈夫"心理的描绘可以让人联想到沈从文的《丈夫》,虽然《丈夫》的叙事更为含蓄。许杰的《赌徒吉顺》与此相类似,不过这篇小说所写的不是"卖妻",而是"典妻"。二三十年代两岸都有关于"典妻"的乡土小说,大陆尚有柔石的《为奴隶的母亲》、罗淑的《生人妻》等,台湾涉及"典妻"的有赖和的《可怜她死了》。不同于其他"典妻"小说对

---

① 　台静农:《地之子 建塔者》,人民文学出版社 1984 年版,第 99 页。

女人命运的同情，《赌徒吉顺》关注的主要是吉顺的内心矛盾，一方面他嗜赌成性，对家人不够关心，可是又希望通过赌博来改变贫穷的命运；另一方面，他在决定"典妻"时，又对自己的行为很不齿，在内心里责骂着自己。另外，在彭家煌的《陈四爹的牛》中，主人公猪三哈善良、老实而软弱，妻子与人私通，他无力阻止，结果丢了妻子又丢了家产，一步步走向没落。徐玉诺的《农夫贾林的死》也是如此，贾林的妻子乔梅与药店老板私通，贾林妻子被人占有，租种的土地也被收回，最后连性命也被毒害。在这些作品中，作家的道德倾向是比较明确的，他们站在人道主义的立场上，对善良者的难以自保予以深切的同情。

而对二三十年代台湾乡土小说来说，最为常见的题材是展现农民在殖民者与地主压榨下的悲惨生活，其叙事焦点则放在农民与土地的关系上。清代时由于"普天之下莫非王土"观念的影响，台湾许多土地的所有权都没有确立，土地所有者也不称"地主"而称"业主"。土地所有关系的不明确，导致日本殖民者在殖民之初以"土地调查"为手段，大量掠夺土地使之成为官有。① 私有土地非常有限，又主要集中于"佃主"之手。日本左翼理论家山川均在《日本帝国主义铁蹄下的台湾》一文中曾大略描述过台湾土地所有关系的变迁："一方面虽然有少数的大地主，但是大多数农民仅有很小的土地，都不够耕种以维持生活。这些小农，因为经济上的压迫，有的失掉一部分土地，遂至变成自种农兼佃种农的社会层的个员；有的失掉全部的土地，变成佃种农；其余的，则被逐出农业圈外。又一方面，虽然也有进步的、大规模的耕种，例如制糖公司的经营地及总督府殖产局的附属地；但是大多数的农民，都是耕种极小土地的贫农。再因为商业资本占大势力，所以不得不无抵抗地服从人家的支配和榨取。"② 赖和的《一杆"秤仔"》中的主人公秦得参便是想要租地而不得：

　　得参十六岁的时候，他母亲教他辞去了长工，回家里来，想租几亩田耕作，可是这时候，租田就不容易了。因为制糖会社，糖的利益大，虽农民们受

---

① 见《赖和短篇小说选》第 9 页上的脚注，《赖和短篇小说选》，时事出版社 1984 年版。
② （日）山川均：《日本帝国主义铁蹄下的台湾》，王晓波编《台湾殖民地的伤痕新编》，台北海峡学术出版社 2002 年版，第 135—136 页。

过会社刻亏、剥夺,不愿意种蔗,会社就加上租声向业主争租,业主们若自己
有利益,哪管到农民的痛苦,田地就被会社租去了。

　　能够租到田地的农民必须仰人鼻息,即使遇到灾荒,也无法降低佃税,更有
"佃主"不时抬价,借机加强剥削;另一方面又须"无抵抗地"服从商业资本的支配
和榨取。二三十年代有相当多的台湾乡土小说反映了这样的社会现状。蔡秋桐
的《放屎百姓》中的发哥,在地主和商业资本的压力下,地是越做越小;当土地因
放水而受损失时,发哥却是无处申冤。而在蔡秋桐的《四两仔土》中,主人公"四
两仔土"的田地被糖会社强行占去,"四两仔土"几乎沦为赤贫。剑涛的《阿牛的
苦难》更是将佃户艰难的生存充分地表达出来:佃户阿牛靠租种"猪哥舍"的田地
为生,尽管猪哥舍在任何情况下都不会降低租税,但阿牛面对这种"铁租",不仅
忍气吞声,还担心猪哥舍不把土地租给自己耕种。所以他战战兢兢地给猪哥舍
送上月饼,当阿牛看到猪哥舍将月饼放在嘴里时,一颗心终于放下。不料,田地
最终还是被猪哥舍"起"了去。连声招呼都没跟阿牛打,就把阿牛辛苦种下的秧
苗犁了;阿牛稍微抗议几声,就有人要打他,害得阿牛慌忙逃跑。二三十年代
台湾多产作家杨守愚也有好几篇作品描写了农民因为租种土地而带来的不幸。
在《移溪》中,因为洪灾,谷子被冲去,佃农阿得苦苦哀求佃主振玉舍减租,但振玉
舍毫不怜悯,最终阿得只能卖牛交租,不过这还不是最糟糕的:村里尚有人卖儿
卖女来交租。《凶年不免于死亡》更是揭露了地主与殖民者相互勾结压榨农民的
罪行。林至贫本来即是一贫如洗,却雪上加霜遭遇灾年。林至贫向地主李永昌
哀求。李永昌却凶狠地向林至贫逼租,并引来日本人将林至贫的家洗劫查封。
《升租》中其旺父子的处境也与此相类。作者因此借《醉》中的农民之口发出了抗
议的呼声:"唉!说到现在的世界,想要耕田地过活,实在比乞丐还苦呀!"
　　虽然二三十年代两岸乡土作家所描写的社会生活各有其面向,但在对女性
不幸命运的同情和关注方面,却是不约而同的。在漫长的封建社会中,女性在等
级结构中一直处于最底端。周作人说,在欧洲,女人和小儿的发现,迟至十九世

纪,才有萌芽,"古来女人的位置,不过是男子的器具和奴隶"①。相比起来,中国的情况更为糟糕。鲁迅也曾指出,社会制度把女人挤成了各种各样的奴隶,还要把种种罪名加在她头上,而"私有制度的社会,本来把女人也当作私产,当作商品②"。女性被蹂躏、被侮辱的"非人"处境,激发了两岸乡土作家深切的同情和强烈的愤怒,促使他们去描写女性的苦难,有些作品(特别是大陆若干讲述女性命运的乡土小说)还体现出作家明确的启蒙意图,从而使得二三十年代两岸乡土小说中出现了一个以女性悲苦命运为主题的作品群落。鲁迅的《祝福》中的祥林嫂形象可以说是概括了女性所受到的多方面压迫,所谓"政权"、"族权"、"夫权"、"神权"等四条封建的绳索,紧紧捆缚着这个农村妇女,使得原本活泼的"人"成为毫无生气的"非人"。鲁迅以高度自觉的思想启蒙意识对祥林嫂的不幸进行了追问。与《祝福》相似,许钦文的《鼻涕阿二》同样是以理性的眼光审视了"鼻涕阿二"不幸的一生。彭家煌的《节妇》则以略带讽刺的语气讲述了一个女人生命的觉醒和沉沦:阿银十岁时被母亲以八元钱的价格卖给候补道大人,在乡间过着奴婢的生活。喜剧天分甚高的彭家煌以正话反说的方式表现了阿银的痛苦生活:"十几年的乡居,阿银的日子过得很不错,先是只受点呵斥,轻微的鞭打,或罚一天不准吃饭,一夜不准睡觉;先是只服侍候补道大人,沏茶盛饭,倒马桶,洗衣裳;先是只能吃剩饭残羹睡地板,穿仅仅不致冻死的衣服……"③不久候补道夫人死去,阿银嫁给了比她大五十多岁的候补道大人。候补道大人死去时,阿银还只二十岁,孩子刚一岁。长期"非人"的生活,已经将阿银的生命欲望和主体意识磨钝甚至磨灭:"她是昆虫,动物,可有可无地在这世上占着空间,做乞丐,做丫头,做亲姆,太婆,寡妇都无可无不可的。"④但是候补道的儿子柏年将她带到了京城,并在夫人生病住院的时候与她发生了关系。阿银的生命意识由此开始觉醒。不料当柏年夫人病好后阿银不得不离开;途经上海时,阿银又和候补道的长孙振黄

---

① 周作人:《人的文学》,《周作人自编文集·艺术与生活》,河北教育出版社2002年版,第9页。
② 鲁迅:《南腔北调集·关于女人》,《鲁迅全集》第四卷,人民文学出版社2005年版,第531页。
③ 彭家煌:《节妇》,严家炎编选《中国现代文学百家·彭家煌》,华夏出版社1997年版,第142页。
④ 彭家煌:《节妇》,严家炎编选《中国现代文学百家·彭家煌》,华夏出版社1997年版,第144—145页。

有了云雨之事。可是在满足了候补道以及候补道儿子、长孙的欲望以后，阿银还是必须回到乡村做个"节妇"。小说结尾写阿银在船上泪流满面，她回顾了自己的一生，竟只是简单的几个词语："候补道大人……老爷……少爷……八块钱！"①生命的欲望以一种极其扭曲的方式在阿银的身上觉醒；在京城和上海的逗留，使她极其短暂地接触了一点现代文明，但很快便要以"节妇"的身份和形象沉没在晦暗的乡间生活中。小说是以现代意识去看待阿银命运的，虽然小说的叙事不时透出辛辣的讽刺意味，但整体上却是充满悲情的。正是在对女性"非人"处境的揭示和思考上，体现出二三十年代大陆乡土作家的启蒙理路。

相较而言，台湾的同类作品往往局限于"表现"女性不幸的"社会"处境，强烈的悲悯情感充溢在作品中，却缺乏《祝福》那样的启蒙视野、去"探寻"造成女性不幸命运的"文化"因素，作品的思想深度因此受到了限制。在赖和的《可怜她死了》中，阿金从小被亲生父母卖掉，所幸卖给的阿跨仔官家待她较好，可是好景不长，阿跨仔官的丈夫和儿子在罢工风潮中死去。阿跨仔官无奈之下将阿金再度卖与有钱人阿力哥做小妾，可是阿力哥之所以要买阿金做妾，完全是为了满足自己的欲望。在将阿金蹂躏多日后他就对阿金没有什么兴趣了，于是阿金受到了厌弃，同时也受到世人的鄙视。当她带着身孕到河边洗衣服时因腹中剧痛，坠入水中淹死。赖和以冷静的现实主义笔调呈现出阿金被蹂躏、被侮辱的不幸命运。无论是被当作玩物，还是被当作商品，阿金都可以视作二三十年代台湾底层妇女不幸命运的真实写照。秋生的《死么》以第一人称如泣如诉地讲述了彩莲的"非人"命运，她不停地被人转卖，每卖到一个人家都要被人重新起名，整篇小说竟然就是一个女人的被卖史。杨云萍的《秋菊的半生》则书写了秋菊的悲苦：秋菊像物品一样被卖到郭议员家，整日遭郭太太叱骂，又遭郭议员奸污。杨云萍是以诗人笔法来创作小说的，在这篇小说的首和尾，作者皆以阴冷的笔调摹写了地狱里下油锅的惨景，这种惨景不正是秋菊悲苦命运的象征吗？另外，杨守愚的《谁害了她》、《女丐》、《鸳鸯》，以及杨华的《薄命》也都是关于女性苦难的哀歌。

---

① 彭家煌：《节妇》，严家炎编选《中国现代文学百家·彭家煌》，华夏出版社1997年版，第155页。

总之，关于女性不幸命运的书写，充分体现出二三十年代两岸乡土小说的现实主义品格，并使得这些作品具有一定程度的启蒙色彩。

第二节　台湾乡土小说的反殖民意识

除了苦难叙事，二三十年代两岸乡土小说的现实主义品格还体现在作品的反抗意识上。从广义上说，对苦难的书写和揭露原本就是对黑暗现实的一种反抗。不过，这里所要特别关注的，是台湾乡土小说中对日本殖民者的反抗意识，这种反抗意识使得本时期的台湾乡土小说带有浓厚的反帝色彩，在这方面与大陆乡土小说有着巨大差异。

日本对台湾人民的欺压和剥削，以殖民政府颁布的法令、规章为借口和手段，因此，台湾乡土小说中的反殖民意识首先体现在作品对殖民者"法"的暴力的揭露、讽刺，以及深入的思考上[1]。日本殖民者为了最大限度地对台湾进行政治钳制和经济掠夺，总是巧立名目，制定诸多法令和规章。这些法令和规章如同一条条绳索，紧紧勒在台湾人民身上，使得他们生计艰难。在《一杆"秤仔"》中，赖和如此说道：

> 因为巡警们，专在搜索小民的细故，来做他们的成绩，犯罪的事件发现得多，他们的高升就快。所以无中生有的事故，含冤莫诉的人们，向来是不胜枚举。什么通行取缔、道路规则、饮食物规则、行旅法规、度量衡规纪，举凡日常生活中的一举一动，通在法的干涉、取缔范围中。[2]

---

① 很多研究者都注意到日据时期台湾作家，特别是赖和，对日本殖民者"法"的暴力的批判和思考。根据笔者有限的了解，林瑞明在《台湾文学与时代精神——赖和研究论集》（台北允晨文化实业股份有限公司 1993 年版）、许俊雅在《日据时期台湾小说研究》（台北文史哲出版社 1995 年版）、施淑在《两岸文学论集》（台北新地文学出版社 1997 年版）、张明雄在《台湾现代小说的诞生》（台北前卫出版社 2000 年版）、陈建忠在《书写台湾·台湾书写：赖和的文学与思想研究》（高雄春晖出版社 2004 年版）中都曾对此展开过论述。笔者对这一论题的关注最初得益于施淑《两岸文学论集》中《赖和小说的思想性质》一文；另外参考了陈建忠的相关论述。特此致谢。

② 赖和：《一杆"秤仔"》，《赖和作品选集》，中国广播电视出版社 1987 年版，第 28 页。

　　"举凡日常生活中的一举一动,通在法的干涉、取缔范围中",这便是殖民者"法"的专断和强暴,而日本警察之所以胡作非为,所凭借的正是这个号称"神圣"的"法律"。《一杆"秤仔"》中的主人公秦得参仅仅因为没有将所卖的花菜白送给一个下级巡警,他的秤仔就被巡警当场折断,而且还被捉去坐监,这个巡警的理由是这杆秤仔违犯了度量衡规则,而法官却说:"巡警的报告总没有错的啊!"①法的残暴与警察的残暴就这么结为一体。同样对取缔小贩法规进行揭露和批判的小说还有赖和的《归家》;杨守愚的《十字街头》、《颠倒死》、《瑞生》等。其他诸如赖和的《丰作》中殖民者见到百姓甘蔗丰收后新定的"甘蔗采伐制度";蔡秋桐的《王爷猪》中,为了祭神而杀猪,结果却被罚;杨守愚的《断水之后》中的捞鱼要经过官厅的许可;还有吕赫若的《牛车》和杨逵的《模范村》中的"(公路上)牛车禁止通行"的规定,如此等等,无不体现出"法"对百姓生活的渗透,百姓的生存权因之受到极大威胁。

　　显然,"法"能够成为百姓生存的威胁,是与"法"背后殖民的强力紧密联系的。台湾乡土作家,特别是赖和,对此进行了深入的批判和嘲讽。在《蛇先生》中,赖和对法律进行了冷嘲热讽:"因为法律是不可侵犯,凡它所规定的条例,它权威的所及,一切人类皆要遵守奉行,不然就是犯法,应受相当的刑罚,轻者监禁,重则死刑,这是保持法的尊严所必需的手段,恐法律一旦失去权威,它的特权所有者——就是靠它吃饭的人,准会饿死,所以从不曾放松过。"②对那些执法者,赖和则愤怒地讥讽道:"他们平日吃饱了丰美的饭食,若是无事可做,于卫生上有些不宜,生活上也有些乏味,所以不是把有用的生产能力消耗于游戏运动中,便是去找寻——可以说是制造一般人类的犯罪事实,这样便可以消遣无聊的岁月,并且可以做尽忠于职务的证据。"③所以说起来很威严和神圣的"法律",其实不过是殖民者的统治工具而已,它可以被殖民者随便拿来作为罪状安放在台湾"细民"的头上。因此,赖和有意为《一杆"秤仔"》标题中的"秤仔"两字加上了引号,借原本象征公平和正义的"秤仔"来讥嘲殖民者将公平和正义玩弄于股掌

---

①　赖和:《一杆"秤仔"》,《赖和作品选集》,中国广播电视出版社 1987 年版,第 31 页。
②　赖和:《蛇先生》,《赖和作品选集》,中国广播电视出版社 1987 年版,第 42 页。
③　赖和:《蛇先生》,《赖和作品选集》,中国广播电视出版社 1987 年版,第 42 页。

之上,翻手为云,覆手为雨,任意蹂躏百姓,借以保障自己的利益(正如在赖和的另一篇小说《丰作》里,"看见农民得有些利益,会社便变出脸来",让所谓"标准"的"磅秤"一下子"吞掉"添福四千斤甘蔗)。许多研究者都注意到"秤仔"的这种隐喻意义以及它的反讽色彩,如施淑就曾指出:

> 小说以"秤仔"为主题,这个作者在标题上特别加上引号的秤仔,除了象征秦得参所代表的善良正直百姓,在那观念上代表公正,而事实上只是统治者专利品秤仔之上,个人尊严和价值可以随时被摧残的和否定的事实,同时更深刻地揭露了隐藏在法制、平等、人权等思想口号中的欺罔性,这一点透过因它而存在殖民帝国主义的压迫掠夺行为,表现得尤其赤裸、尖锐。①

二三十年代台湾乡土小说中的反殖民意识还鲜明体现在小说对日本警察暴行的批判和反抗上。

日本为了巩固其在台湾的殖民统治,强化其在台湾的经济掠夺,自殖民之初就在台湾建立了警察制度,此后不断加强。台湾经济政策的收效,有一半得力于警察。而日本对"警察费"的投入,在各种民政费用中,其比例竟高达百分之四十到五十。警察完全以日本人为主体,虽然也间或录用台湾人,但比例甚微,而且都是"最下级的",所负工作都属"辅佐"性质。② 此外还推行保甲制度,与警察制度联为一体,成为统治台湾人民的工具。这些日本警察在台湾的土地上飞扬跋扈、仗势欺人而又贪得无厌。二三十年代台湾乡土小说以富于战斗力的现实主义创作原则,撕去殖民者所谓"内地延长主义"的面纱,活画出这些日本警察的丑态,揭露他们对台湾人民犯下的罪行,体现出鲜明的反帝倾向。

除了上文提到的《一杆"秤仔"》外,赖和的另外一篇小说《不如意的过年》也

---

① 施淑:《秤仔与秤锤——论赖和小说的思想性》,原载《台湾文艺》第80期,1983年1月15日;转引自陈建忠《书写台湾·台湾书写:赖和的文学与思想研究》,高雄春晖出版社2004年版,第360页。

② 此处参考了(日本)盐见俊二的文章《日据时代台湾之警察与经济》,见王晓波编《台湾殖民地的伤痕新编》,台北海峡学术出版社2002年版,第204—207页。

是描写日本警察丑行的力作。这篇小说从头到尾都以查大人（日据下台湾人对日本警察的尊称）的视角，戏拟查大人说话的语气，将查大人丑恶的嘴脸漫画一般勾勒出来。"法"的苛严让台湾民众即使是在元旦也死气沉沉，毫无节日的气氛。这原本是殖民统治的高压所致，但查大人却因为御岁暮（年礼）减少，而对这种"不景气"状况满口哀叹，怨恨台湾民众竟然不敢违"法"："他唾了一空口沫，无目的地把新闻（报纸）扯到眼前，忽地觉得有特别刺眼的字：'纲纪肃正'，他不高兴极了。'啪'的一声打着桌子，敏捷地站起，愤愤至极，不觉漏出咒骂来：猪！该死的猪，真的被狗吠一样的新闻吓昏了吗？"①民众不违"法"他拿不到好处，便四处寻找违"法"者。在回衙门的路上，他捉住一个行路人，让他将保正唤来。在十字街开赌的人听见查大人的"喂"的一喝，即使是在默许的赌钱季节，也一哄而散；当查大人赶到现场时，没有捉到"犯人"，便随便问起一个孩子，可是孩子立即被他吓哭了，查大人打了孩子一巴掌。当有人为孩子求情时，查大人虽然觉得孩子有些冤屈，可是做官的威严要紧，便将孩子带到衙门，让孩子跪在一边，他自己到后头去喝酒，直至喝醉，而孩子被他忘在脑后，依然在一边跪着……赖和长于在日常生活的场景中揭示殖民压迫，在《惹事》中，大人家的一群鸡在寡妇家的草厝内觅食，鸡母将篮子弄翻，有只鸡仔没能走脱，被罩在篮内。大人在寡妇家篮子下面发现他的鸡仔后，雷霆大怒，将寡妇带到衙门进行惩罚。大人的飞扬跋扈被赖和形象地描绘了出来，使得小说中的生活场景具有了极强的艺术震撼力。

在《一杆"秤仔"》和《惹事》等作品中，赖和书写了民众对日本警察的反抗。《一杆"秤仔"》中的主人公秦得参面对日本警察的颠倒是非和自己的无处申冤，在愤怒中杀死了警吏，表现出强烈的反抗意识。《惹事》中的"我"面对寡妇的冤屈，前去寡妇家里弄清事情的真相，并积极奔走，向众人力陈大人的种种罪行，尽管最终失败了，但"我"的抗争让人看到了希望。赖和有"台湾新文学之父"、"台湾的鲁迅"之称，他作品中的反殖民意识充分显示出台湾乡土小说的现实主义品格。

二三十年代台湾乡土作家中，除了赖和，陈虚谷、杨守愚、杨云萍、蔡秋桐等

---

① 赖和：《不如意的过年》，《赖和作品选集》，中国广播电视出版社1987年版，第35—36页。

作家也都以现实主义创作原则和喜剧式笔法，对日本警察的好色、贪婪、凶暴进行了讥刺和批判。陈虚谷小说作品不多，但却非常富有批判的力度。《他发财了》叙述一位乡村的巡警，不仅利用手中的权力来换取乡民的好处，还费尽心机利用过年、生子、调职等机会进行敛财。作为在台湾基层进行殖民统治的巡警，他们的想法就是："只靠着这死钉钉的月给（月薪）生活，我们何苦来台湾做官吏？"[①]"不趁这名正言顺的时机，放大胆子做下去，要待何时？"[②]所以台湾人民不仅要面对日本殖民政府的横征暴敛，还要面对一个个吸血蚂蟥般的警察。《无处申冤》则描绘了好色成性的乡村巡警冈平令人发指的行为。冈平只要相中得意的少女或少妇，便找机会加以调戏或奸淫。作者通过对冈平欲对农家少女不碟图谋不轨的叙述，将冈平的丑恶形象活画出来。在作者笔下，冈平滥用职权，色胆包天，行为粗俗，语言猥亵，他说，"我们做官人，便是打死人，也算不了什么"[③]，是个十足的恶棍形象。通过这一形象，作者对日本警察进行了大胆的讽刺和批判。在陈虚谷的另外一篇小说《放炮》中，日本警察真川听到有乡民家燃放鞭炮，便吩咐老婆不要做饭，等待乡民来请，不料这一次却是空等一场。次日真川便去调查是谁家放炮，遇到正在吃"红龟"糕的刘天，不分青红皂白，便上去动手打他："拳起脚落，把个刘天打得跌倒又起，起了又跌"，"不敢反抗，一任他捆得紧紧，宛如一只驯良的狗，跟着他到派出所来了"[④]。实际上，刘天所吃的糕是别人送的，他家里并没有喜事；而真川明知不是刘天家放的炮，依然冤枉他，以此来泄愤，并振振有词道："警察官有生死人的权力，是不受你看轻的，你懂吗？"[⑤]日本警察的蛮横无理、飞扬跋扈由此可见。杨守愚的《断水之后》同样是以辛辣的嘲讽笔法描画了日本警察的贪婪和狡诈：百姓们在断水之后戽水捞鱼，劳动非常艰苦，人们差点没有坚持下去；最后到底捉得了一些鱼。但就在这时，"大人"赶到了，声称捞鱼也须官厅许可，并将阿金捉到官厅，让他把鱼留下后离开，但又

---

① 《陈虚谷、张庆堂、林越峰合集》，台北前卫出版社 1991 年版，第 20 页。
② 《陈虚谷、张庆堂、林越峰合集》，台北前卫出版社 1991 年版，第 24 页。
③ 《陈虚谷、张庆堂、林越峰合集》，台北前卫出版社 1991 年版，第 43 页。
④ 《陈虚谷、张庆堂、林越峰合集》，台北前卫出版社 1991 年版，第 68 页。
⑤ 《陈虚谷、张庆堂、林越峰合集》，台北前卫出版社 1991 年版，第 70 页。

让他随叫随到。一连数日阿金惊慌不安,后来终于没有遭到大人的传唤。大人因为得到了鱼喜不自禁;阿金呢,因为最终没有受到大人的传唤也是喜不自禁。小说既让人发笑,又让人心酸。总之,正是这些鲜明反对殖民统治、表达强烈民族情感的作品,使得二三十年代台湾乡土小说具备了可贵的现实主义品格。

第三章　启蒙视野中的两岸乡土小说

第一节　二三十年代两岸乡土小说的文化批判

在二三十年代,启蒙成为两岸作家审视乡土生活的重要视角。大陆在鲁迅的影响下形成一个乡土写实小说流派,这一流派基本上是以现代观念来反观乡土,以创作主体的思想启蒙意识烛照乡土文化的沉滞与国民性的病根,文化批判的力度提升了作品的思想品格;台湾则是以赖和为杰出代表,同样是以启蒙的眼光打量台湾乡土社会,对国民的劣根性进行批判。不同之处在于,由于台湾处于日本殖民统治之下,台湾乡土小说除反封建外,还负有反殖民的文化使命,这就使得有些台湾作家,特别是赖和,经常将国民性与反殖民使命联系起来加以思考。

二三十年代两岸乡土小说以鲜明的姿态对封建文化进行了批判,这种文化批判体现在多个方面,诸如对乡绅虚伪的讥刺(鲁迅的《肥皂》、蹇先艾的《山城的风波》);对五四后依然顽固存在的封建观念的揭露(蹇先艾的《初秋之夜》、许杰的《台下的喜剧》)等;对旧式读书人的讽刺和悲悯(鲁迅的《孔乙己》、《白光》)、对纳妾的冷嘲热讽(台湾赖庆的《纳妾风波》),等等。

值得一提的是,二三十年代两岸乡土作家都对迷信给予了特别的关注。迷信书写在文化上的一个重要指向是:迷信与科学相对。在受过新文化运动洗礼的两岸,作家们对迷信的书写,主要因为他们的心中装着"赛先生",所以很自然地以"赛先生"对迷信加以"祛魅"。这一时期,两岸皆有一些乡土小说将迷信作为题材。不仅如此,由于"迷信"观念渗透在乡民的日常生活乃至行为举止之中,不以"迷信"为主要书写对象,但在文中涉及迷信的作品就更多了。在以迷信作为题材的作品中,大陆彭家煌的《活鬼》和台湾郭秋生的《鬼》、蔡德音的《补运》都是以讽刺见长。相对来说,《活鬼》和《鬼》在叙述上颇具匠心和机巧,《补运》则显得较为平直。《活鬼》中的邹咸亲是小学校的厨子,他善讲鬼怪的故事,并善于宣传他的"捕妖捉怪的特长"和"绘画护身符的专技"。听讲鬼怪故事的学生之中,就有个叫荷生的,他有个比他大十岁的妻子。荷生对咸亲驱鬼的本领深信不疑,正如他对自己家中时常闹鬼深信不疑一样。他在咸亲的指导下预备了一杆猎枪,白天在山林里打打鸟儿显显威风,晚上便将猎枪拿来打鬼,可是终于发现猎枪也不再能够在打鬼方面发挥骁勇,只好央求咸亲来到家中驱鬼。咸亲觉得有机可乘,心机甚深的他要求与荷生两口子同房。作为一个出色的小说家,彭家煌以草蛇灰线般的笔法将咸亲与荷生嫂的奸情朦胧点出。可是有天晚上,荷生听到了屋外的动静后,握着猎枪,向着一堆黑影开了一枪。次日当他去小学校找咸亲时,咸亲不在;而过天再去访,学校的厨役已经有人在代理。故事中故弄玄虚、以驱鬼为幌子来行通奸之实的咸亲,在彭家煌的笔下,最终是搬起石头砸了自己的脚。彭家煌借着这一故事,对"鬼"的虚无性和"迷信"的荒诞可笑进行了不动声色的揭露。郭秋生的《鬼》同样是围绕着闹鬼来讲述故事。车夫李四夜晚归家时受到惊吓,并很快病死。尽管医生的"检案"说明李四的死因是营养不良的贫血症,一时突受外界过度的刺激,导致神经的尖端化并发极度的高热,继起心脏病而丧命。但是由于风传李四是被鬼捉了去,民众深感恐惧,便拜求"祖师",结果发现闹鬼的"原因"是三年前凿水沟时在 S 荒埔发现的骸骨。此后 S 荒埔迅速热闹起来了,人们纷纷到那里祈拜和还愿,可是最终却发现那些骸骨不是人骨,而是猪的骸骨。整篇小说将人们的荒诞行为步步升级,从而给人"狂欢"般的阅读效果。如果说《活鬼》是一场喜剧,那么《鬼》就是一场闹剧。蔡德音的《补运》则更近于"黑色幽默":由于家道中落,"我"的母亲决定带着孩子前去城隍庙烧香"补运"。不想"运气"还没有"补"来,在烧香补运的过程中,妹妹却丢失了金链,更糟糕的是弟弟因为中了放鞭炮时的炮火而最终死去。可以说,"补运"一词完全走向了它的反面。小说借着这个让人啼笑皆非的故事表达了对迷信的根本否定,揭露出将希望寄托于迷信的台湾人的愚昧。

　　另外,台湾杨守愚的《移溪》、赖和的《蛇先生》同样是以讽刺的语气表达了作者对迷信的否定和批判。在《蛇先生》这篇小说中,赖和深邃的理性目光穿透了人们的迷信心理。蛇先生无意中给人治疗蛇伤而侥幸得以成功,反倒因之犯"法";不想这次犯"法"让蛇先生名声大振,此后找他治疗蛇伤的乡民不断登门。蛇先生多年来就这么给人治疗蛇伤,他的"秘方"让人深信不疑,尽管蛇先生屡次声明过他根本就没有什么秘方,可是他越是声明,人们越是对他的秘方尊崇备至。蛇先生死后,上些年纪的人尚且感慨道:"古来有些秘方,多被秘死失传,世间所以日坏!像腾云驾雾那不是古早就有的吗?比到今日的飞行机(飞机)飞行船多少利便,可惜被秘死失传去!而今蛇先生也死了!此后被蛇咬的人不知要多死几个?!"①可是这个秘方最后在一位西医的科学化验下,被"祛魅"了:所谓秘方,"只有既知巴豆,以外一些也没有别的有效力的成分……"②联想到赖和的医生身份,对"秘方"的讽刺或者有其生活中的经验和体验。蛇先生的故事看起来"荒诞",却具有内在的"真实"性,小说蕴涵着赖和的理性思考和文化批判。在小说中,赖和借蛇先生之口对"迷信"进行了深刻的观照:"明明是极平常的事,偏要使它惊奇一点,不教他们明白,明明是极普通的物,偏要使它高贵一些,不给他们认识,到这时候他们便只有惊叹赞美,以外没有话可说。"③作为以启蒙为使命的思想先驱,赖和不禁叹息道:"世间人本来只会'罕叱',明白事理的真少。"④赖和此作,由于对人们迷信心理的深刻洞察,既是当时富有理性力度的文化批判;又具有超越时空的价值,成为人们清醒看待世间事物的重要参考。

　　尽管大陆也有《活鬼》这样的喜剧性作品;不过,相比台湾而言,大陆以迷信为主题的作品却往往具有浓郁的悲情色彩。鲁迅的《祝福》中再醮寡妇在阴间须被锯作两段分给两个丈夫,许钦文的《老泪》中松村的重婚妇人在阴间要走"火砖头",这样的迷信蕴涵着传统文化的妇女观,它们在祥林嫂、彩云的命运里扮演着

①　赖和:《蛇先生》,《赖和作品选集》,中国广播电视出版社1987年版,第49页。
②　赖和:《蛇先生》,《赖和作品选集》,中国广播电视出版社1987年版,第49页。
③　赖和:《蛇先生》,《赖和作品选集》,中国广播电视出版社1987年版,第46页。
④　赖和:《蛇先生》,《赖和作品选集》,中国广播电视出版社1987年版,第48页。

迫害者的角色；台静农的《烛焰》中的"冲喜"则直接导致了翠姑的不幸。鲁迅等乡土作家的迷信书写，寄寓了创作主体理性的思考；相较台湾同类题材作品来说，这种思考更为深入。

在二三十年代两岸乡土作家的文化批判视野中，最根本、影响最为深远的莫过于国民性批判了。两岸乡土小说，尤其是以鲁迅为典范作者的大陆乡土小说，在对封建文化进行揭露和批判时，往往具有一种整体性批判视野，无论是小说中人物的"劣根性"，还是封闭、沉滞的乡村文化环境以及民众的看客心理，都统而为一。而"国民性批判"，正是这种整体性文化批判的支撑点。比如我们刚才所谈论的"迷信书写"，除了以"赛先生"对迷信进行"祛魅"；这一文化批判形态还有另外一种文化指向：在两岸乡土作家的笔下，迷信同时也被视作"奴性"的具象化之物，因此，关于迷信的书写同时也就是对国民性的批判；也就是说，国民性批判也构成迷信书写的重要支撑点。比如许钦文的小说《老泪》就如此看待松村人与他们所祭拜的神灵之间的关系：

> 朱红漆的木栅子里面，同样红的圆木柱托着的三开间的屋顶底下，正中的堂上南面的高高的坐着一位文质彬彬的土地尊神，是松村人心目中的父母清官。他的两旁站着手执凶器的"牛头"、"马面"和几个面目狰狞的从人，看去很是丑陋，可憎，但松村人以为这样是有意思的。他们一向崇拜威权，他们的长官愈是严厉地猖狂地对待他们，他们愈是低首下心地甘愿听命，并且诚心地爱戴他们的似虎如狼的长官，所以他们这样恭敬他们的土地尊神是不足怪的。坐在左侧的堂上的是武装的岳爷爷，右侧的是文装的张老相公，还有几个不伦不类、非人非兽的矮菩萨，都是松村人所信仰的大人物。①

对"威权"的崇拜，不正是奴性的表现吗？在作者的文化视野中，迷信成了透视国民性的材料。而在台湾作家泗筌的《台湾人的几个特性》中，作者在提到"台

---

① 许钦文：《老泪》，《许钦文小说集》，浙江文艺出版社 1988 年版，第 88 页。

湾人最富有的特性"——"奴隶性"之后,如此申论道:"我们只要看乡村的父老怕大人好像怕神祇一样,拜土地爷便联想到拜大人,就可明白。"①将拜神祇与拜大人等同,可见这里的迷信书写已然具有国民性批判的内涵了。

毫无疑问,谈论国民性问题,人们首先想到的就是鲁迅。鲁迅虽非"国民性批判"这面旗帜的揭橥者,却成为国民性批判思想建树最为丰富者;而国民性批判也堪称鲁迅文化批判的核心理念,这一理念深刻影响了当时一批年轻的大陆乡土作家,也影响到像赖和这样的台湾乡土作家。"凡是愚弱的国民,即使体格如何健全,如何茁壮,也只能做毫无意义的示众的材料和看客,病死多少是不必以为不幸的。所以我们的第一要著,是在改变他们的精神,而善于改变精神的是,我那时以为当然要推文艺,于是想提倡文艺运动了。"②循着这种"国民性批判"的启蒙理路,鲁迅走上了弃医从文的道路,并且鲁迅还无形中将作为自然科学的医学转变为一种社会学意义上的医学:"我的取材,多采自病态社会的不幸的人们中,意思是在揭出病苦,引起疗救的注意。"③尽管鲁迅小说中依然可以找到一些精神健康者,像《一件小事》中的车夫,《风波》中的八一嫂,但鲁迅却将"疗救"目光聚焦于国民"劣根性",显示出改造社会的强烈愿望。

关于鲁迅的"国民性"理论,已有学者进行较为详细的考证,并据此提出质疑。据海外学者刘禾的研究,"鲁迅最初是在梁启超和其他晚清改革家的著作中接触到国民性理论的。但是他在留学日本期间,看了亚瑟·斯密思的《中国人气质》日译本文后,才开始认真思考经由文学改造中国国民性的途径。在他的影响下,将近一世纪的中国知识分子都对国民性问题有一种集体情结"④。鲁迅直到快要去世的时候,还对斯密思的《中国人气质》念念不忘,"我至今还在希望有人翻出斯密司的《支那人气质》来。看了这些,而自省、分析,明白那几点说得对,变

① 转引自朱双一、张羽:《海峡两岸新文学思潮的渊源和比较》,厦门大学出版社 2006 年版,第141 页。

② 鲁迅:《呐喊·自序》,《鲁迅全集》第一卷,人民文学出版社 2005 年版,第 439 页。

③ 鲁迅:《南腔北调集·我怎么做起小说来》,《鲁迅全集》第四卷,人民文学出版社 2005 年版,第 526 页。

④ 刘禾:《国民性理论质疑》,刘禾《语际书写——现代思想史写作批判纲要》,上海三联书店1999 年版,第 72 页。

革、挣扎、自作功夫,却不求别人的原谅和称赞,来证明究竟怎样的是中国人"①。此处值得一提的是,刘禾这篇《国民性理论质疑》可说是洞见与盲视俱在,单一的视角以及预设的研究立场,使得该文将目光聚焦于"国民性理论"所受西方文化霸权之影响,夸大了斯密思在鲁迅国民性理论形成中的作用,简化了国民性话语的丰富内涵和复杂的生成语境,引起一些研究者对该文(以及冯骥才发表于《收获》2000年第2期、持类似观点的《鲁迅的功和"过"》)提出质疑和批评。② 这里想要强调的是,"国民性"作为鲁迅重要的启蒙话语,并不纯然是一种"理论"。刘禾论述中存在的问题之一,是她仅仅从"知识范畴"的角度去辨析鲁迅"国民性"话语的理论资源(当然这也与她将研究定位在"语际"有密切关系),而很少甚至根本未曾提到鲁迅的生命体验对构建"国民性"话语的作用。正是这种将鲁迅个体生命体验摒除在外,仅从知识传播的角度来解读鲁迅"国民性"的学术思路,才使得刘禾认为鲁迅在《呐喊·自序》中所叙述的"幻灯事件",并不具有多少的震撼力。"我们仍然可能只不过将鲁迅的启蒙思想以学术论文的语气转述一遍。"③这种过于"理性"的行文语气,忽略了鲁迅面对处处皆是精神病象的民族时那种内心的焦虑感。可以说,鲁迅借以审视乡土中国的"国民性批判"视野,并非仅仅局限于"理论",鲁迅的个人生命体验同时也会融渗进来。"从小康之家而坠入困顿"时所看见的"世人的真面目",目睹或是耳闻的身边的残酷现实(如秋瑾、徐锡麟的就义),童年记忆中戕害人性的封建罪恶(如孔乙己、闰土等人物的原型给鲁迅带来的情感激荡),如此等等,都可能融进鲁迅从他人思想资源中得来的"国民性"认知(或者从他人思想资源中得来的"国民性认知"契合了鲁迅对

---

① 鲁迅:《且介亭杂文末编·立此存照(三)》,《鲁迅全集》第六卷,人民文学出版社2005年版,第649页。

② 如陶东风《"国民性神话"的神话》(《甘肃社会科学》,2006年第5期);杨曾宪《浮沉在传统的阿Q主义泥淖》(《粤海风》,2000年第6期)以及《质疑"国民性神话"理论》(《吉首大学学报》社会科学版,2002年第1期);王明科《鲁迅:国民性批判源于传教士?》(《甘肃社会科学》,2002年第6期);竹潜民《评冯骥才的〈鲁迅的功和"过"〉》(《浙江师范大学学报》社会科学版,2002年第3期)。王彬彬《以伪乱真和化真为伪——刘禾〈语际书写〉、〈跨语际实践〉中的问题意识》(《文艺研究》,2007年第4期)则对刘禾的学术路径进行了分析和批评。

③ 刘禾:《国民性理论质疑》,刘禾《语际书写——现代思想史写作批判纲要》,上海三联书店1999年版,第84页。

乡土中国的观察），并对其进行丰富，或是修正、强化，从而形成具有个人风格的"国民性"批判话语。正是理性与感性的凝结，使得鲁迅终其一生都在坚持"国民性"批判这一社会改造路径；所以，与其说"国民性"是一种"理论"，毋宁说它是交融了鲁迅情感体验与理性认知的巨大话语空间，是鲁迅作为文学家与作为思想家两种身份合而为一时对乡土中国的观察视角，是一种整体性批判视野。晚清以降，很多思想先驱都曾提倡或讨论国民性，但对中国现代文化影响最大者，则首推鲁迅。可以说，在鲁迅的乡土小说中，国民性批判成为支点，鲁迅欲以此支撑文化批判这根巨大的杠杆，从而撬动沉滞的中国乡村。

　　台湾新文学发展初期，也曾对国民性问题有所关注。1923 年《台湾》4 年 3 号上刊载的署名"无知"的小说《神秘的自制岛》，便是以寓言的方式形象地描述了台湾人的愚昧和麻木，对台湾人的国民劣根性进行了讽刺和批判；也对日本在台湾的殖民统治进行了隐射。小说以第一人称视角对自制岛上的奇特景观进行了观照。"我"喝醉了酒，晕晕乎乎地来到了自制岛。只见岛民一个个项戴铁枷，不仅不觉痛苦，反而很觉自豪。枷的功能有三："第一呢，是使人饥了不想食饭，寒了不想穿衣。第二呢，是使人劳不知疲，辱不知耻。第三呢，是使人不必要什么新学问，不得感受新思潮。"[1]自制岛上的臣民们都戴着枷，而传授此物的数万名黄巾力士法师们却都不戴。而且此前的祖师赐给臣民的是木枷，现在的祖师将木制的变成了金属的，可以万韧不坏。当"我"想把它给解放了时，岛上一位绅士勃然变色，他说："这个东西，是我们求之唯恐不得的，你怎么颠倒来说解放的话，你这个人难道不要求幸福吗？"[2]倘若用鲁迅的"铁屋子"比喻来概括"自制岛"，大约十分合适吧。不过从这篇小说也可看出，台湾对国民性的关注，往往具有反殖民的指向，这篇小说中"现在的祖师"将枷由木制的变成铁制的，使得岛民们辛苦劳作以供"黄巾力士"，都可能让人联想到日本在台湾的殖民统治。除了这篇萌芽期的作品外，1926 年 3 月 21 日和 28 日《台湾民报》第 97、98 号上还发

---

　　① 见《一杆秤仔》，钟肇政、叶石涛主编《光复前台湾文学全集》（一），台北远景出版社 1979 年版，第 42 页。

　　② 见《一杆秤仔》，钟肇政、叶石涛主编《光复前台湾文学全集》（一），台北远景出版社 1979 年版，第 41 页。

表了泗筌的《台湾人的几个特性》，文章认为台湾人具有"好戴高帽性"、"贪财性"、"老驽性"、"奴隶性"以及"小胆性"、"涣散性"等特性。"好戴高帽性"指的是好当官；"贪财性"则是不言而喻了；所谓"老驽性"，即"大抵主张能挨过日子就好，什么社会的兴败，国家的存亡都不要管"。这种人"人家待他做牛也好，待他做马也好，只要他自家自信不是牛马而有饭吃便可了事的"。特别值得注意的是，作者称这种人为"精神胜利者"，并指出："台湾中有这种古董实在不幸，更是不得了的。因为，好像一个国家，今天被人割去一块，明天被人刲去一角，东分西割终究是会亡的，而大家都照他的样子不管世事，只想苟延残喘，那怎么了得？岂不是不做亡国奴不已吗？"至于"奴隶性"，作者称"这也是台湾人最富有的特性"，"我们只要看乡村的父老怕大人（日本警察）好像怕神祇一样，拜土地爷便联想到拜大人，就可明白。"此外作者认为，"我们台湾人"的"特性"还包括"听着大人放屁便以为雷响"的"小胆性"，"放尿超（搅）砂未（不会）做堆"的"涣散性"等等。从作者列举并以满怀焦虑进行强调的几种"台湾人的特性"来看，显然体现出台湾有良知和远见的知识分子面对殖民统治时的危机感，具有明确的指向性，因此作者悲叹道："咳！'奴隶性'尚存的人们怎么能够做'自由人'！'老驽性'尚改不掉的人们怎禁得不落为'亡国奴'！'戴高帽性'、'贪财性'尚根深的人们又怎能怪人家的'利用'！啊啊！社会运动者们！改革家们！社会组织必须改革，人性也要革命呵！"①此处对"台湾人特性"的列举，与鲁迅等人对"国民性"的论述有着相似之处；而"精神胜利者"的说法也会让人想到阿 Q 的"精神胜利法"。这篇文章是否受到大陆影响，尚待确认；不过两岸在大致相同的时间段对同一问题进行关注，本身就说明两岸在文化上有深层的相通，在现实处境上也有很大的相似。

"台湾新文学之父"、在台湾新文学系谱中占有重要位置的赖和，在从事新文学创作时，所持理念就是以"国民性批判"为核心的思想启蒙观念，并在这一方面受到鲁迅很深的影响，赖和的好友、台湾新文学初期重要作家杨守愚曾回忆说：

①　此处关于《台湾人的几个特性》中的有关论述，转引自朱双一、张羽著《海峡两岸新文学思潮的渊源和比较》，厦门大学出版社 2006 年版，第 140—141 页。

先生平生很崇拜鲁迅先生，不单是创作的态度如此，即在解放运动一面，先生的见解，也完全和他"……所以我们的第一要著，是在改变他们（国民）的精神，而善于改变精神的，当然要推文艺……"合致。所以先生对于过去的台湾议会请愿、农民工人解放……运动，虽也尽过许多劳力，结果，还是对于能够改变民众的精神的文艺方面，所遗留的功绩多。①

从这个方面来看，台湾老作家黄得时称赖和为"台湾的鲁迅"，倒真是道出了两位先驱在思想上的内在贯通。这种内在贯通是因为鲁迅和赖和都面对着宗法制农村的沉滞、乡民的落后和愚昧；不过相较而言，鲁迅的目光更多的是沉入历史，他将国民劣根性、乡土中国的惰性和内耗看作历史的沉淀物，这样的注视竟使自己的目光也变得阴郁起来；而赖和虽然也关注宗法制农村的沉滞、乡民的落后和愚昧，但这份关注往往又因为台湾特定的殖民地处境而具有反殖民的指向。台湾学者施淑在《赖和小说的思想性质》一文中，曾较为详细地指出赖和如何因为反殖民的心理预期而讨论台湾人的"国民劣根性"。施淑指出："对于这个阴郁不安的社会，医生出身的赖和——诊断它的疾病……"（医生出身的赖和——诊断它的疾病，这种视角和鲁迅是多么相似。）施淑接着提到赖和写于1931年元旦的《随笔》。在《随笔》中，赖和借着在坟场郊外见到的一块刻着"受势压李公"的墓碑，以及墓碑上所记的死者被压迫的情事，诊断这漂泊在历史巨浪里的一代代台湾"岛人"的通性：

> 我们岛人，真有一个被评定的共通性，受到强权者的凌虐，总不忍摒弃这弱小的生命，正正堂堂，和他对抗，所谓文人者，藉了文字，发表一袭牢骚，就已满足，一般的人士，不能借文字来泄愤，只在暗地里咒诅，也就舒畅，天大的怨愤，海样的冤恨，是这样容易消亡。"受势压李公"的子孙，也只是这

---

① 杨守愚：《赖和〈狱中日记〉序》，原载（台湾）《政经报》1:2，1945年11月10日；转引自陈建忠《书写台湾·台湾书写：赖和的文学与思想研究》，高雄春晖出版社2004年版，第154页。

种的表现，这反足增大弱小者的羞耻，读到这碑文，谁会替你不平，去过责压迫者的不是？

赖和将这种"通性"归因于建立在农业经济关系之上的封建中国文化的影响，它的特性是重文轻武，因而即使用来消遣时日的下棋，也总是文棋（围棋）多于武棋（象棋）。所以在《棋盘边》这篇小说里，赖和写道："毕竟是汉族的遗民，重文轻武，已成天性，每夜都是文的比较盛况，武的多不被顾及。"①实际上，在这里，赖和通过对"重文轻武"这种国民性的追索，将他对国民性的思考与对传统文化的思考结合起来；而对"武"的呼唤，恰是殖民地处境中特有的心理诉求。可以说，在赖和的乡土小说中，"国民性批判"明显地具有反殖民的价值指向，这也是以赖和为典范作者的台湾乡土小说和以鲁迅为典范作者的大陆乡土小说的重要区别。

在对两岸乡土小说"国民性批判"的区别进行了扼要论述以后，现在来简单考察一下二三十年代两岸乡土小说，特别是以鲁迅为典范作者的大陆乡土小说，以"国民性批判"作为支点的整体性文化批判。

相对于台湾乡土小说来说，大陆乡土小说中的文化空间较为闭塞、沉滞。无论是鲁迅笔下的未庄和鲁镇，还是许钦文笔下的松村、王鲁彦笔下的陈四桥、蹇先艾笔下的山城，都呈现为一种封闭的地理形态。王鲁彦这样描写陈四桥："陈四桥虽然是一个偏僻冷静的乡村，四面围着山，不通轮船，不通火车，村里的人是不大往城里去，城里的人也不大到村里来。"②再看蹇先艾笔下的山城："清县是一座圆湖似的小城，被四围笔锋似的高山环抱着，在军阀们长期的统治下，便造成了很闭塞的风气。大多数的人，老死也没有跨出过县境，除了几位绅粮和一小部分商人之外。"③可见大陆乡土小说中地理空间的闭塞。清县固然是"大多数

① 关于赖和《随笔》和《棋盘边》的论述，参考了施淑《赖和小说的思想性质》一文，见施淑《两岸小说论集》，台北新地文学出版社 1997 年版。
② 鲁彦：《黄金》，鲁彦《岔路》，中国文联出版公司 1998 年版，第 214 页。
③ 蹇先艾：《山城的风波》，《蹇先艾代表作》，华夏出版社 1999 年版，第 59 页。

的人老死也没有跨出过县境",陈四桥也是"村里的人不大往城里去,城里的人也不大到村里来"。而《风波》中的七斤仅仅因为帮人撑着航船,每日一回,早晨从鲁镇进城,傍晚回到鲁镇,便在村里"的确已经是一名出场人物"了。不过,地理空间的闭塞还不足以成为作家文化批判的焦点;由地理空间的闭塞、传统文化的陈腐所带来的文化空间的闭塞和沉滞,才是作家们着力思考和批判的对象。总体来看,我们很难在本时期大陆乡土小说中看到异质文明的进入。鲁彦笔下的陈四桥,虽然每一家都像设着无线电话似的,关于村中和附近地方的消息,无论大小,他们立刻就会知道,可是所传播的无非是如史伯伯的儿子最近没有寄钱来;而七斤这位"很知道些时事"的"出场人物"每天都在鲁镇和城里之间往返,可是他从城里带回的信息,无非是以奇闻逸事为表象的封建迷信,"例如什么地方,雷公劈死了蜈蚣精;什么地方,闺女生了一个夜叉之类"①。而阿Q从城里回来后对城里的评价就是:"据阿Q说,他的回来,似乎也由于不满意城里人,这就在他们将长凳称为条凳,而且煎鱼用葱丝,加以最近观察所得的缺点,是女人的走路也扭得不好。然而也大有可佩服的地方,即如未庄的乡下人不过三十二张的竹牌,只有假洋鬼子能够叉'麻酱',城里却连小乌龟子都叉得精熟的。"②或许,连小乌龟子都能将麻将叉得精熟,便是阿Q所接触到的最为"异质"的文明了。让人惊叹的是,我们在启蒙时期的大陆乡土小说中竟然很少看到异质文明对乡村的渗透,这固然与中国农村封闭的现实有关,同时作家根深蒂固的乡土意识也在其中起了一定的作用。在二十年代末以后的《桥上》(鲁彦作)、《春蚕》(茅盾作)之类的作品中,我们看到资本主义经济力量在向着乡村强行渗透,冲破了乡村的闭塞,使乡村被强制纳入现代性进程,但文化上的沉滞却并没有多大的改观。所以《桥上》中轧轧作响的轧米船,只是带来了伊新叔的破产,对薛家村的文化空间似乎并没有多大的拓展。当作家以来自异质文明的目光打量乡土时,很自然地在笔下凸现了乡村空间的封闭和沉滞。这种封闭和沉滞的乡村与其说是一种地理空间,毋宁说是封建文化的沉积之所,正是在作家笔下的"乡土"上面,

---

①　鲁迅:《风波》,《鲁迅全集》第一卷,人民文学出版社 2005 年版,第 492 页。
②　鲁迅:《阿Q正传》,《鲁迅全集》第一卷,人民文学出版社 2005 年版,第 534 页。

时间与空间、历史与现实交汇在一处。所以，当我们讨论这些乡土小说中的"国民劣根性"时，不应就事论事，而应将"国民性"与乡村封闭、沉滞的文化空间放在一起，作为一个整体来考察。事实上，封建文化、国民劣根性、乡村封闭沉滞的文化空间三者是同位的，它们互为因果，交融互渗，构成一个整体。当鲁迅等乡土作家以这种整体性的文化批判视野来看待中国乡村、期待改良社会时，他们笔下的乡村便成为整个乡土中国的缩影。从这一点来看，我们在探究鲁迅思想时，"如果离开了他对乡土中国的本质认识，就不能更好地解读他的小说；而如果不把他的小说首先作为乡土小说来读解，我们就不能理解鲁迅对乡土中国的深切认识"①。

正是在这种整体性文化批判视野中，鲁迅等乡土作家将疗治的目光对准民众的精神病灶；但另一方面，当他们在描述乡土生活时，记忆中的乡土经验不可避免地要渗透在作品中。中年闰土的精神麻木与少年闰土的活泼有力形成矛盾，这一矛盾与其说两种生命形式的冲突，毋宁说是作家内心感性的乡土眷恋与理性的文化批判之间的冲突，这种冲突使得作品中的文化批判带着一种痛感。当然这种痛感在不同的作品中有着不同程度的体现，像鲁迅的《社戏》（以及许钦文的《父亲的花园》、蹇先艾的《到家的晚上》），因作家个体的乡村记忆而使得文本温情脉脉，或是飘浮怀旧的忧伤；而在鲁迅的《故乡》等作品中，感性的乡土眷恋与理性的乡土批判形成一种尖锐的紧张；至于在《阿Q正传》等作品中，作家则将其乡土眷恋深深地隐藏起来，而以整体性文化批判视野来看待乡土中国的沉滞与不幸，于是在这样的作品中，小说人物的国民劣根性得到了充分的展示。当小说结尾阿Q面对死刑时，作者似乎并没有表现出感性的怜悯，而仍是以嘲笑的口吻对阿Q画圆圈的行为进行细节刻画；事实上，鲁迅在《呐喊·自序》中就曾说，那些精神上"愚弱"的国民，"病死多少是不必以为不幸的"。这话听起来好像非常冰冷，但实际上作者的悲和愤几乎达到顶点，作者对笔下的阿Q以及那些"愚弱的国民"看似充满怨恨，怨恨到了"病死多少"都"不必以为不幸的"的地步，实则是一种真切的爱，一种大爱。以憎的形式表达爱，大约是中国现代作

---

① 丁帆：《中国乡土小说史》，北京大学出版社2007年版，第30页。

家独特的精神体验和感情表达方式吧。（同样的例子可以举出闻一多的《死水》，面对残破的祖国，作者不禁"恨恨地"说道："这是一沟绝望的死水，这里断不是美的所在，不如让给丑恶来开垦，看他造出个什么世界。"）

正是在爱深恨切或是怒其不争哀其不幸的心态下，鲁迅等乡土作家将国民的劣根性和文化的陈腐性尽情展示，并使得此种文化批判方式成为主流。鲁迅在《阿Q正传》中以"精神胜利法"对乡土中国的国民劣根性（同时也是文化的惰性和陈腐性）进行了高度概括，以阿Q为原点，辐射出多种国民劣根性，如自我欺骗、精神健忘、欺软怕硬、自轻自贱、自甘被奴役，以及阿Q身上体现出来的作为"暴民"的潜质，如此等等，"画出这样的沉默的国民的魂灵来"[①]，以致《阿Q正传》几乎成了国民劣根性的一次大展览。在《示众》、《祝福》、《孔乙己》等作品中，鲁迅又着力强调并凸现了民众的"看客"心理。每个人都是看客，每个人也都是被看者；换言之，每个人既有可能是害人者，也有可能成为被害者。这一"无主名无意识的杀人团"显示了中国封建文化"暴力"的一面，这种暴力在鲁迅的许多小说中都隐性地存在着，像《祝福》中诡秘地对告诉祥林嫂、到阴司时她将被锯开的柳妈，就"无意识"地做了"杀人团"的一员；而当鲁迅在《狂人日记》中以象征手法来描述"狂人"的心理，在《阿Q正传》中以象征手法描述阿Q在被押赴刑场时回想起饿狼的眼睛时，"无主名无意识的杀人团"便浮出地表，尽显露其狰狞面目。在"乡土写实小说流派"作家群的笔下，这种隐性但却强大的"暴力"同样成为被揭露和被批判的对象。蹇先艾的《水葬》中的骆毛因为偷窃而被乡民以"水葬"的残酷方式送上不归路；鲁彦的《黄金》中的如史伯伯一旦穷困下来，所有人的目光便带上了"杀气"，看家狗被惨打而死，连乞丐也上门欺负老两口。在许钦文的《鼻涕阿二》中，当阿二再醮，嫁给钱师爷后，一贯被欺凌的她竟也很快学会了如何利用钱师爷的宠爱，来欺负他人，殴打侍女，由"顺民"成为"暴民"。小说想要表现的不是阿二的"暴力"潜质，而是乡土文化中的"暴力"成分，后者正是前者的

---

① 鲁迅：《集外集·俄文译本〈阿Q正传〉序及著作自叙传略》，《鲁迅全集》第七卷，人民文学出版社 2005 年版，第 84 页。

导因。①

倘若说上述"暴力"还只是隐性的、"无主名无意识"的，那么像许杰的《惨雾》，鲁彦的《柚子》、《岔路》等乡土小说，则直接凸显了乡民的"暴力"行为，从而将国民的"劣根性"尽情揭露。《柚子》将杀头的场景以精练的语言描述出来，小说虽短，但所写场景之残酷和惨烈，却给人极大的震撼。《惨雾》、《岔路》两篇都是以械斗为题材的乡土小说，如果说《惨雾》中的两村相搏尚有微不足道的一点物质利益之争（涉及开垦溪滨的权利）；那么《岔路》中的两村拼杀则完全出于所谓的"面子"：瘟疫横行，为了威震瘟疫，让其早日消退，吴家村和袁家村的人准备抬着关爷出巡，是先到吴家村还是先到袁家村？仅仅因为先后问题，两村开始了械斗。瘟疫在两村肆虐，但人们完全不顾，而是各自擦亮武器，投入血战之中。如此械斗，让人触目惊心。头颅似"柚"，人命如芥，凡此种种，均显示出国民性中"残暴"的一面。

在"国民性批判"方面，二三十年代两岸乡土小说既有共同的面向，又存在重要区别。深受鲁迅"改造国民性"观念影响的赖和，在其作品中，同样也表现出对国民性问题的关注，比如上文曾提到过的《蛇先生》一作，就对民众的迷信心理进行了揭示，从而对迷信进行"祛魅"。另外，《斗闹热》也是一篇关于国民性批判的优秀乡土小说。这篇小说，大半是由人物的对话构成，这些人物在作品中连姓名都未曾出现。谈话的中心是关于迎神赛会所引起的争斗，这种争斗不是动刀动枪，而是众人一起拿钱出来比赛着看哪一方更有排场和气势。赖和借不同的人物之口将自己的看法呈示出来。从人物的谈话中不难发现，赖和对这种"斗闹

---

①　可见许钦文正是将松村的文化空间、松村人的劣根性放在一起，以整体性视野进行文化批判的。作者理性的分析往往直接出现在文本之中，比如："在松村，像她家当时的情况，本可以有一个丫头或者'白吃饭'的，因为松村人不喜欢劳动，只要勉强可以不劳动，总是不劳动的；喜欢奴隶人，只要略有一点点可以奴隶人的机会，总是尽量地设法去奴隶别人的。""大到鲁镇，小到松村，所以会形成这种社会，而且并没有就会改变的情形，原因为粪少年之流诸事不反抗，因为觉得就是反抗了也是无益的就不反抗了的缘故。这在松村人实在已习以为常，木匠阿龙粪少年确是个松村人，原是在松村的环境里生长起来的。""这样冲动地凭空报复，在松村已经习以为常，菊花鼻涕阿二委实是个松村人，她原是在松村的环境里生长起来的。"（许钦文：《鼻涕阿二》，《许钦文小说集》，浙江文艺出版社1984年版，第171、191、214页）类似这样的刻意点染在文中多有所见。从中可以看出作者将松村作为乡土中国的样本进行刻绘和分析的用心。

热"基本上持批判的态度,比如小说中的"丙"这么说道:"实在是无意义的竞争,在这时候,救死且没有工夫,还有闲时间来浪费有用的金钱,实在是可怜可恨,究竟争得是什么体面?"①当"甲"说"树要树皮,人要面皮"时,"丙"说道:"什么是面皮? 还有被人家欺辱得不堪的,却自甘心着,连哼的一声亦不敢,说什么争气,孩子般的眼光,值得说什么争面皮。"②从"丙"的话来看,赖和与鲁迅在国民性批判上是一致的,比如此处对"爱面子"这一国民性的批判,就能在鲁迅的乡土小说中找到影子。要是仅止于此,这篇小说的意蕴就单纯得多。实际上,问题并非这么简单。这篇小说除了揭露有钱人借"斗闹热"的机会为自己牟利,而穷人却因"斗闹热"破财之外,还存在着一些模糊但却非常重要的蕴涵。由于这篇小说多为人物对话,作者对每个人物的发言不作臧否,将自己的声音不露痕迹地隐藏在文本之中,于是除了批判"爱面子"这种声音之外,另外与之不同的声音还必须细心地加以倾听:

    "就说不关什么,"一位像有学识的人说,"也是生活上一种余兴,像某人那样出气力的反对,本该挨骂。不晓得顺这机会,正可养成竞争心和团结力。"③(着重号为笔者所加)

这个声音显然与"国民性批判"的意旨有所区别。这个声音说,即使"斗闹热"不关什么,要是像某人那样反对,也该挨骂。为什么要骂他呢? 因为"斗闹热"正可养成竞争心和团结力。如果联系到其时的台湾正处于日本殖民统治之下,则"竞争心和团结力"对于台湾人民的反殖民斗争来说,其重要性就不言而喻

---

① 赖和:《斗闹热》,《赖和作品选集》,中国广播电视出版社 1987 年版,第 21 页。
② 赖和:《斗闹热》,《赖和作品选集》,中国广播电视出版社 1987 年版,第 21 页。
③ 赖和:《斗闹热》,《赖和作品选集》,中国广播电视出版社 1987 年版,第 22 页。

了。可见赖和在这里试图寻找并建构具有反殖民倾向的"国民性"①。这里还要特别强调的是，这个声音（而且只有这个声音）出自一位"像有学识的人"之口。之所以说是"像"，乃是因为小说叙事采用的是第三人称有限视角，作者对小说中的人物身份无法全知全能地加以判定。也就是说，发出这个声音的正可视作一位知识分子。由此可见，尽管赖和深受鲁迅改造国民性观念的影响，但由于台湾正处在日本殖民统治之下，赖和对国民性的关注在反封建之外还需指向反殖民。这样来看，《斗闹热》中几种不同的声音其实正是赖和反封建（对"爱面子"这一国民性的批判）、反殖民（对竞争心和团结力的强调）思想的外化。正是对竞争心和团结力的强调，使得赖和不仅仅着眼于批判国民劣根性，还在作品中形塑了一种崭新而向上的国民性格，这篇作品即是根据清代台湾三大讼案之一改编而成的《善讼的人的故事》。小说写的是清代台湾地主志舍霸占山林，把贫苦人民逼入生存困境，志舍的管账林先生站在人民的一边，层层上告，经过多番磨难，最终奔赴省城福州，在福州人民的帮助下为台湾人民打赢了官司。借用鲁迅的话，这个为民请命的林先生堪称"中国的脊梁"。《善讼的人的故事》因此成为赖和关于国民性批判的重要参照物。

在日本的殖民统治之下，与林先生挺身而出、为民请命相对的"国民性"自然是"奴性"。二三十年代台湾乡土小说有力地批判了这种"奴性"。值得指出的是，本时期台湾乡土小说所批判的"奴性"虽然跟鲁迅等大陆作家所批判的"奴隶性"或是"奴性"有着本质的相同，但又有所区别。相对而言，大陆乡土小说中的"奴性"更多的是历史的沉淀物，而台湾乡土小说中的"奴性"则体现在日本殖民统治下台湾的日常生活中，因此这里的"奴性"是具象的、现实的、当下的，它与反殖民的价值指向是相对立的。杨云萍的《光临》、陈虚谷的《荣归》、蔡秋桐的《保正伯》、朱点人的《脱颖》等作品，皆是对"奴性"的形象描绘和深刻批判。由于作

① 此处关于赖和探寻和建构反殖民倾向的"国民性"的论述，最初受到施淑《赖和小说的思想性质》一文（收入《两岸文学论集》，台北新地文学出版社 1997 年版）的启发；并参考了陈建忠在《书写台湾·台湾书写：赖和的文学与思想研究》（高雄春晖出版社 2004 年版）第八章第一节中的若干论述。特此致谢。陈建忠指出，"赖和文学就不断检讨台湾人的国民性，并且还似乎企图在寻找一种有反殖民力量的新的国民性格"（第388页）。关于《斗闹热》，陈指出，"不能片面地由一般启蒙论述观点来概括，而迳以为赖和在批判了'无意义的竞争'"（第396页）。

家对奴性的批判与民族认同问题有关,故将"二三十年代台湾乡土小说中的奴性批判"放在后面"民族认同"部分加以讨论,此处暂不展开。

　　总的来看,在国民性批判方面,二三十年代两岸相同小说既有相同的一面,也有重要的区别。如果说,大陆乡土小说着力于揭露国民性中"残暴"的一面,那么台湾乡土小说则着力于揭露国民性"奴化"的一面;如果说,大陆乡土小说呈现的是"吃人"的悲剧;台湾乡土小说呈现的则是"被人吃"的喜剧;如果说,大陆乡土小说的国民性批判意在反封建,那么台湾乡土小说则既需反封建也需反殖民,而又以反殖民为迫切。两者的对话,足以形成一个蕴涵丰富的话语场。

第二节　质疑启蒙与建构希望
——以鲁迅与赖和为例

　　二三十年代两岸乡土小说中的文化批判秉持的是思想启蒙的理路。值得注意的是,在这一时期,鲁迅与赖和作为两岸的思想先驱,还对启蒙本身进行了一定程度的质疑。而"质疑",原本就应视作启蒙的题中之义,"启蒙的本质特征之一不是教条而是一种否定性原则,也就是说,启蒙质疑了它自身,它基本上是'自我觉知的',它倾向于转向自身,去质疑自身的内容"①(着重号为原著作者所加)。不过,需要指出的是,这里所说的对启蒙的质疑并非是指在现代/后现代的框架内对"理性"的神话进行反思,正如在马克斯·韦伯那里,启蒙是以"理性"来对世界进行"祛魅";而阿多诺又对"理性"的神话("附魅")再次进行"祛魅"。在二三十年代,在中国这样后发现代化国家,特定的处境还不至于使鲁迅和赖和这样的思想先驱从"启蒙"本身的价值范畴内跳出来。总的来说,鲁迅和赖和都是由于"启蒙"的严重受挫而对自己启蒙的文化使命进行了反身观照,却并未对启蒙的内在价值进行否定,启蒙立场也未曾动摇,因此两位先驱完全是在现代性范畴之内对启蒙进行了质疑。在当时的语境下,这种质疑是非常可贵的。不但如

---

　　①　(美)托马斯·奥斯本:《启蒙面面观——社会理论与真理伦理学》,郑丹丹译,商务印书馆2007年版,第17页。

此，二者还在这个层面上有着大体一致的思考路径。①

　　在鲁迅和赖和的乡土小说中，质疑启蒙与作品中知识分子和民众的疏离有着直接关联。鲁迅的《药》所呈现的知识分子与民众之间的那种疏离让人震惊。作为觉醒者的夏瑜为民众的解放而革命，但作为未觉醒者的民众却对其毫不理解。当夏瑜以现代意识观照民众的蒙昧，哀叹他们可怜时，民众似乎理所当然地觉得夏瑜"发了疯了"。这个孤独的革命者夏瑜，最终成为摆放在"精神愚弱"的国民面前的祭品。这样的事实想必会让原本就是悲观主义者的鲁迅更加悲观吧，尽管如此，当小说中的夏瑜说殴打他的阿义"可怜"时，夏瑜的启蒙立场还是非常坚定的。面对"无主名无意识的杀人团"，鲁迅大约会意识到启蒙竟是那么无力、毁坏"铁屋子"的希望是那么渺茫，《呐喊·自序》其实已经传达出鲁迅的悲观，"至于自己，却并不愿将自以为苦的寂寞，再来传染给也如我年轻时候似的正做着好梦的青年。"②到了《祝福》，作为新式知识分子的"我"与民众依然活动在各自所处的文化空间里，互不理解，而倡言启蒙的知识分子在面对祥林嫂灵魂有无的问题上，却只能含糊其辞。"我"在祥林嫂面前的"失语"，在祥林嫂死后的愧疚、自责和自解自劝，都使得《祝福》在叙述祥林嫂的故事时有着基本的启蒙视野，而在叙述"我"的故事时却只能暂时把"启蒙"悬置起来，将这二者并置，我们不难看到作者启蒙价值观的尴尬处境。因此，小说虽然没有直接的关于"质疑启蒙"的话语，但在知识分子（"我"）这一"声部"，却无奈地将启蒙加以悬置。

　　赖和的乡土小说《惹事》，同样涉及知识分子（"我"）与民众的疏离。小说一

---

　　① 陈建忠在《日据时代台湾作家论：现代性、本土性、殖民性》（台北五南图书出版有限公司2004年版）第二章和《书写台湾·台湾书写：赖和的文学与思想研究》（高雄春晖出版社2004年版）第八章第一节中对鲁迅与赖和、特别是赖和的"反思启蒙"做过比较，笔者有所参考。陈的基本结论是：由于两岸的不同处境，鲁迅对启蒙价值与启蒙知识分子的肯定是符合中国现况而被强调的；而由于台湾的殖民地处境，启蒙现代性等价值是随着殖民者而来，负有反殖民使命的知识分子笼罩在接受"进步/野蛮"二分法的价值体系与驯化于殖民体制的危机当中。因此，鲁迅把知识分子引介的启蒙价值视为一帖重药，强调启蒙对中国人生存于世界的重要性；而赖和却意识到过分相信启蒙价值的真理性很可能带来认同的错乱，并且愈加巩固殖民主义的意识形态（陈建忠：《日据时代台湾作家论：现代性、本土性、殖民性》，第60—62页）。陈进而从赖和对乡土民间文化的态度，论述赖和对启蒙的反思（见《书写台湾·台湾书写：赖和的文学与思想研究》第八章第一节）。需要说明的是，笔者此处论述的焦点在于，鲁迅与赖和由于启蒙实践"受挫"而对启蒙进行反身观照，并进而努力"建构"希望；从这一层面来看，二者的思考路径是比较一致的。

　　② 鲁迅：《呐喊·自序》，《鲁迅全集》第一卷，人民文学出版社2005年版，第441—442页。

开始叙述"我"从学校回家后,无所事事,去钓鱼时与鱼塘主人的儿子发生口角并扭打起来,事后鱼塘主人找上门来,"我"的父亲向其赔礼并对"我"进行了呵斥。但是故事的主体却在于"大人"的鸡被寡妇家的篮子罩住,结果寡妇被大人冤枉为偷鸡贼,此时的"我"愤而出面,计划策动各保的保正不去赴会,从而驱逐大人。小说的结构初看起来很是蹊跷,主体是叙述"大人"对寡妇的冤枉,但开头却叙述了一段"我"与鱼塘主人儿子的冲突。等到寡妇被冤枉、我"为其鸣不平时,两者才有所对接;尽管如此,相对故事的主体部分,小说开头部分仍显得有些游离。如何解释这种游离?事实上,只要我们将《惹事》与赖和的另一篇小说《归家》对照起来(两作都发表在1932年),就会发现,《惹事》中的"我"与《归家》中的"我"都是刚从学校毕业的知识分子,回乡后却发现自己始终游离在故乡之外:"一件商品,在工场里设使不合格,还可以改装再制,一旦搬到市场上,若是不能合用,不称顾客的意思,就只有永远被遗弃了。当我在学校毕业是怀抱着怕这被遗弃的心情,很不自安地回到故乡去。""十几年的学生生活,竟使我和故乡很生疏起来,到外面去,到处都似作客一样,人们对着我真是客气,这使我很抱不安,是不是和市场上对一种新出制品不信任一样吗?又使我增强了被遗弃的恐惧。"①《归家》反复强调了被遗弃的恐惧,《惹事》虽然没有如此强调,但"我"与"故乡"的疏离,却在小说开头部分("我"在无所事事的状况下去钓鱼并与人冲突)的字里行间鲜明体现出来。因此,小说结构的疏离,恰恰可以说明"我"与故乡的疏离。这种疏离说明了知识分子启蒙的困境。事实上,在《惹事》中,"我"试图策动各保的保正驱逐日本警察,保正们纷纷赞成,而我也积极调查日本警察在台湾土地上的罪行,届时予以公布。不料保正们很快便全都"背叛"了"我":

　　　　一晚——这是预定开会的一晚,日间我因为有事出外去,到事办完,就赶紧回来,要看大家的态度如何。跨下火车,驿里挂钟的短针正指在"八"字,我不觉放开大步,走向归家的路上,行到公众聚会所前,看见里面坐满了人,我觉得有些意外,近前去再看详细,我突然感着一种不可名状的悲哀,失

———————————

①　赖和:《归家》,《赖和作品选集》,中国广播电视出版社1987年版,第91页。

望羞耻，有如坠落深渊，水正没过了头部，只存有朦胧知觉，又如赶不上队商，迷失在沙漠里的孤客似地彷徨，也觉得像正在怀春的时候，被人发现了秘密的处女一样，腼腆。现在是我已被众人所遗弃，被众人所不信，被众人所嘲弄，我感觉着面上的血管一时涨大起来，遍身的血液全聚到头上来……①

实际上，保正们原本就没有打算要展开斗争驱逐"大人"，他们的"不近人情、卑怯骗人"让我非常愤怒和失望。最后，我一声不响离开了故乡。作为一个知识者，"我"与故乡的疏离，保正们的背叛，"我"的被遗弃感，都使得启蒙的激情迅速转化为愤怒和失望——由此使得作者对启蒙本身有所质疑，从而构成对启蒙的初步反思。

鲁迅的《故乡》和赖和的《归家》曾被研究者进行过比较论述，②从质疑启蒙的角度来看这两篇具有"归乡"模式的小说，③可以发现在这两篇小说中，知识分子都对自我进行了反身追问，并在一种悲观的情绪中表达出对启蒙的追问和思考。由于两岸所处的具体的社会环境不同，两篇小说所反映的社会现实、社会问题都有所不同。《故乡》中的"我"回到家乡，眼前所见在其感觉中一片萧条，沉滞、落后的故乡几乎被抛出了现代性进程之外，于是具有现代意识的"我"与杨二嫂、闰土等人好像是生活在两个独立自足的空间里，"我"与少年闰土在一起时的美好时光成为永远的记忆，这一记忆又反衬出中年闰土的可悲，这种可悲给"我"内心带来了震撼和痛感。而在《归家》中，"我"作为一个毕业生，带着担心"被遗弃"的"恐惧"回到故乡。与鲁迅《故乡》中那个沉滞、落后的文化空间不同，赖和《归家》中的"故乡"呈现出了"现代化"之表象："市街已经改正"；街上也看不见较大的儿童在成群结党地"战闹"，原来达到学龄的儿童，都上公学校去了；乞丐也

---

① 赖和：《惹事》，《赖和作品选集》，中国广播电视出版社 1987 年版，第 110 页。
② 参见张恒豪《苍茫深邃的"时代之眼"——比较赖和〈归家〉与鲁迅〈故乡〉》，《赖和及其同时代的作家：日据时期台湾文学国际学术会议》论文，1994 年 11 月，（台湾）清华大学；以及陈建忠《日据时代台湾作家论：现代性、本土性、殖民性》第二章，台北五南图书出版有限公司 2004 年版。
③ 关于"归乡"模式，参见钱理群、温儒敏、吴福辉著《中国现代文学三十年》（修订本），北京大学出版社 1998 年版，第 42 页。

看不见了，因为乞食也要受许可才行。尽管如此，通过赖和的描述，我们很容易便能够看出：这些"现代化"只不过是表象而已，百业萧条，穷人生计维艰，所有看上去"现代化"的东西，其背后都隐藏着日本殖民者的强制力，所以赖和笔下的"故乡"整体上呈现出一种萧条的、清冷的面貌，这竟然与鲁迅笔下的故乡在内在的气质上有着相通之处！在这样的文化空间中，"我"始终游离在民众之外。少时的伙伴中，有人做着"苦力小贩"，这在"我"看来是"下贱的工作"，对于这些人"我"想回避，不料他们却反而很亲密地招呼"我"；而那些成为绅士的旧时的伙伴，本来因不会读书而被"我"看轻，如今获得这样的社会地位在"我"看来是"值得尊敬的"，因此"我"想跟他们寒暄几句，不料他们的态度反倒非常冷淡。当"我"与街头卖圆仔汤和卖麦芽羹的闲谈时，又出现两套话语各不相通的情形。总之，对故乡的景和物，"我"感觉到陌生和不满；对故乡的人和事，"我"同样有一种疏离之感。因此作者写道：

> 这次和我同时毕业共有五人，但已不是学生时代无责任的自由身了，不能常常做堆（在一起），共作娱乐，而且又是踏进社会的第一步，世人的崇尚嗜好，完全是另一方面，便愈觉社会和自己的中间，隔有一条沟在，愈不敢到外面去，也就愈觉无聊。① （着重号为笔者所加）

尽管在《归家》和《故乡》中，"我"的情况、"我"所面对的社会环境都不相同，但是在《故乡》中也可见到类似的话：

> 我只觉得我四面有看不见的高墙，将我隔成孤身，使我非常气闷；那西瓜地上的银项圈的小英雄的影像，我本来十分清楚，现在却忽地模糊了，又使我非常的悲哀。② （着重号为笔者所加）

---

① 赖和：《归家》，《赖和作品选集》，中国广播电视出版社1987年版，第91—92页。
② 鲁迅：《故乡》，《鲁迅全集》第一卷，人民文学出版社2005年版，第510页。

这种与群众的疏离，使得《故乡》中的"我"对自己的理想（作为一个知识分子，这种理想与启蒙紧密相关）产生了怀疑，甚至希图进行重新定位：

> 　　我想到希望，忽然害怕起来了。闰土要香炉和烛台的时候，我还暗地里笑他，以为他总是崇拜偶像，什么时候都不忘却。现在我所谓希望，不也是我自己手制的偶像么？只是他的愿望切近，我的愿望茫远罢了。①（着重号为笔者所加）

赖和另有一作《赴会》，写的是"我"在去参加○○协会（疑为"文化协会"）理事会的路途中所见、所思。"我"在车站等车时，看到许多"烧金客"（进香客），作者写道："他们尝尽现实生活的苦痛，乃不得向无知的木偶祈求不可知的幸福，取得空虚慰安，社会只有加重他们生活苦的担负，使他们失望于现实……"这里，"我"对迷信者的态度跟《故乡》中的"我还暗地里笑他"都体现出一种启蒙立场（"向无知的木偶祈求不可知的幸福"便是赖和对烧金客的理性判断），只不过鲁迅将他的同情深深隐藏起来，而赖和则将他对烧金客的同情通过文字表达出来。然而，当《赴会》中的"我"一旦思及自身，也不禁觉得自己的理想很渺茫：

> 　　只就迷信来讲，不仅不见得有些破除，反转有兴盛的趋势。啊，这过去使我不敢回忆。而且，迷信破除也不切实际，假使迷信真已破除了，我们将提那一种慰安，给一般信仰的民众，像这些烧金客呢？这样想来，我不觉茫然自失，懵然地感到了悲哀。又回想我这次赴会的心境，不也同烧金客赴会北港进香一样吗？②（着重号为笔者所加）

如前所述，在二三十年代两岸乡土小说中，无论是从昌明科学的立场对"迷信"加以"祛魅"；还是将迷信作为国民性之"奴性"的表征，迷信都是被批判的对

---

① 鲁迅：《故乡》，《鲁迅全集》第一卷，人民文学出版社 2005 年版，第 510 页。
② 赖和：《赴会》，《赖和作品选集》，中国广播电视出版社 1987 年版，第 232 页。

象。这也是本时期两岸乡土作家启蒙视野非常鲜明的体现。然而从上面所引用的鲁迅《故乡》与赖和《赴会》中的文字来看，批判迷信的"启蒙"立场虽然还模糊可见，但似乎已经大打折扣，特别是在赖和的文字中。赖和并不是认为不该破除"迷信"，而是认为在不能给迷信者以具体安慰的时候，如果破除了迷信，迷信者的灵魂何所依恃呢？不过，更为重要的是，无论是鲁迅，还是赖和，几乎不约而同地将自己的理想与迷信者的迷信放在一起进行类比：鲁迅说自己所谓的希望，也如闰土那样是尊偶像，只不过相比起来，它是自己亲手制作的而已；赖和说此次为了改造社会而去赴会，也同烧金客进香一般（见上两段引文中加上着重号的文字）。迷信与（启蒙）理想，原本好像水火不容的仇敌，如今却兄弟般亲密，真是充满吊诡。所有这些，都表现出致力于启蒙的思想先驱面对强大的黑暗现实时，内心的犹疑、失望和悲愤；而这样的心态事实上使得创作主体对启蒙进行了反身观照。对启蒙的反身观照体现了像鲁迅、赖和这样的先进知识分子对现代性命题的深入思考，从中我们不难感知他们内心的焦灼和苦痛。可是，这些先进知识分子并没有因此停下启蒙的脚步，而是以一种"反抗绝望"的决绝态度愤然前行。

在《呐喊·自序》中，鲁迅说道："是的，我虽然自有我的确信，然而说到希望，却是不能抹杀的，因为希望是在于将来，决不能以我之必无的证明，来折服了他之所谓可有……"①虽然认定希望不能抹杀，希望在于将来，然而这个"希望"在某种程度上却只是心造的幻影，它并不具备内在的现实性，因为"我"已经"自有我的确信"，从上文来看，这个"确信"便是"确信"铁屋子之难以毁坏。可是，在强大的黑暗现实面前，尽管意识到希望如偶像一般渺远，但鲁迅依然坚持着韧性的战斗，他在寂寞中呐喊，在绝望中反抗，以积极的进取精神"建构"着"希望"：

　　我想：希望是本无所谓有，无所谓无的。这正如地上的路；其实地上本没有路，走的人多了，也便成了路。②

---

① 鲁迅：《呐喊·自序》，《鲁迅全集》第一卷，人民文学出版社 2005 年版，第 441 页。
② 鲁迅：《呐喊·自序》，《鲁迅全集》第一卷，人民文学出版社 2005 年版，第 510 页。

而被称为"台湾的鲁迅"的赖和，也以鲁迅那样的意志和气魄去"反抗绝望"。赖和有篇文章，题为《前进》，台湾学者陈芳明指出，这篇文章是"台湾抗日运动分裂后的一份重要文学见证"，但"赖和并没有因为政治团体的分道扬镳而造成自我分裂"，"而对于政治运动中的左翼、右翼的两股力量，赖和则将之形容为携手并进的兄弟"①。从文章中的描写不难看出，赖和感到前途一片模糊，希望不知是在何处；尽管如此，他依然和鲁迅一样，荷载"前进"，表现出"建构"希望的努力：

　　他俩不知立的什么地方，也不知什么是方向，不知立的地面是否稳固，也不知立的四周是否危险，因为一片暗黑，眼睛已失了作用。

　　他俩已经忘却了一切，心里不怀抱惊恐，也不希求慰安；只有一种的直觉支配着他们——前进！②

第四章　殖民现代性与台湾乡土小说中的民族认同

第一节　殖民的强力与现代性的创伤

在二三十年代，台湾乡土小说中的"现代性"体验比大陆小说更为丰富，像蔡秋桐作品中所谓的"生活改善运动"、"部落振兴计划"，朱点人《秋信》中的"博览会"，这些"摩登"事物使得被殖民者对所谓的"现代文明"有了较为直接的体验，这在同一时期的大陆乡土小说中往往不易找到，由此可见二三十年代两岸乡土小说在题材内容上的差异。

日本殖民者在台湾的现代化改造在某种程度上给台湾带来了"进步"，这是

---

① 陈芳明：《左翼台湾：殖民地文学运动史论》，台北麦田出版股份有限公司 1998 年版，第 54 页。

② 赖和：《前进》，《赖和作品选集》，中国广播电视出版社 1987 年版，第 217 页。

毋庸讳言的；然而，这一时期台湾的"现代性"并非自发的、内在的，而是受到日本殖民者外在的强力而产生，是一种"殖民现代性"。日本在台湾的殖民统治，不仅在当时给台湾人民带来经济和精神上的巨大伤害，而且在此后很长一段历史时期里，台湾人民都因此承受着显在的或隐在的精神"创伤"，事实上，创伤体验堪称台湾文学一个重要的创作动力和创作资源。"殖民现代性"源于日本在台湾的殖民统治，为了最大限度地攫取经济利益、扩大其文化影响、维护其殖民统治地位，日本乃以牺牲台湾的经济利益、文化根性为手段，以强制的方式对台湾进行资本主义改造。日本经济史学者高桥龟吉曾指出，台湾的开发方针，固然也要考虑台湾本身内在经济发展的诸条件，但日本内地的经济乃至政治上的要求，却在发展台湾具体产业的选择上，起了决定性的作用。高桥龟吉对台湾两大支柱产业——米和砂糖业进行考察后发现，台湾稻作之发达，是以日本食米不足为原动力的，当时日本需要大量输入食米，但欧洲大战期间英国又限制其殖民地食米的输出。为了解决"内地"食米的不足，日本遂促成了台湾的产米政策，并改良台湾的产米技术。糖业也是如此，明治三四十年代是日本大规模的产业开发期，在国际贸易上它持续了长期的贸易入超，当时日本尚处于农业国时代，很难以输出量的增加来改善国际收支恶化的状况，遂转而从减少输入方面下手。而砂糖一直是占着巨额的输入，台湾的砂糖业因此迅速发展起来。[①] 由此可见，台湾所谓的"现代性"，乃是以损伤台湾为代价来满足日本需求的扭曲的发展方式，按台湾学者陈建忠的比喻，就是"养鸡取卵"。

　　不但如此，日本人还颠倒黑白，将其"侵略"伪饰成对"野蛮"民族的"教化"。台湾学者吕正惠在考察了日本"脱亚入欧"论后指出，"日本近代化成功，厕身于资本主义强权，也使他们产生另一种看法，认为自己是'进步文明'的，而其他亚洲国家则是'野蛮落后'的"，因此"把'近代化'上纲成'文明'与'野蛮'的分野"[②]。日本正是以"文明/野蛮"的二元结构来框定"日本/台湾"的关系，并由此

---

　　① 参看（日）高桥龟吉：《日本经济的发展与台湾经济任务的变化》，王晓波编《台湾的殖民地伤痕新编》，台北海峡学术出版社 2002 年版，第 186 页。

　　② 吕正惠：《殖民地的伤痕：脱亚入欧论与皇民化教育》，吕正惠《殖民地的伤痕——台湾文学问题》，台北人间出版社 2002 年版，第 92—93 页。

对中华传统文化及台湾地区的民间文化"污名化",而它为了满足自身利益对台湾强制进行的资本主义改造,便变成了所谓的"产业台湾的跃进"。最为严重的问题在于,1937年以后日本所推行的"皇民化"教育,竟然使一些受日本教育影响很深的台湾知识分子对日本产生了认同,而对自己的出生地台湾及祖国大陆有所厌弃,甚至为自己的中国人身份而羞耻(如创作了《志愿兵》的周金波)。有学者指出:"台湾人身份的动摇,是一点一滴慢慢累积起来的。从早期的抵抗,到中期的畏惧、妥协、靠拢,以至后来的屈服与改造,轨迹甚为清晰地刻画出日本殖民主义的渗透过程。"①在二三十年代,台湾一些乡土作家如赖和、蔡秋桐、朱点人等人,尚未像稍后的吕赫若等人那样,往往在殖民的强力下用曲笔表达自己的民族认同,而是以犀利的目光看破日本"现代化"运动的假面,并对之进行辛辣的嘲讽,表达了强烈的民族认同。

二三十年代的一些台湾乡土小说作品,真切书写了日本殖民者在台湾进行的现代化改造运动之真相。从这些作品不难看出,这场现代化改造运动的主要参加者是台湾民众,然而吊诡的是,作为主要参加者的台湾民众却完全没有主体性;也就是说,他们实际上是被日本殖民者强行推入运动之中的,因此在现代化改造过程中他们只能成为牺牲者,并以其牺牲养肥殖民者。在二三十年代台湾乡土作家中,蔡秋桐是对这种强制性现代化运动揭露最为有力的一位。蔡秋桐曾长期担任保正,与日本警察、贫困农民以及地方乡绅都有过密切接触,对这些人物,从言和行,到心和思,他都十分了解。这使蔡秋桐的乡土小说创作具有高度的生活真实感和丰富性。从蔡秋桐的《理想乡》和《四两仔土》两作中,我们可以看到殖民的强力如何在现代化改造过程中给台湾贫苦民众套上了枷锁。在《理想乡》中,一到"美化日",所有的庄众都必须停止生产活动,准时参加,尽管他们正在从事的生产直接关乎生计:"今日是美化日,庄众个个要去美化作业,庄的美化工程,是以钟声为号,如听着钟声一响,勿论谁人有怎样重要的工程,亦要放

①　陈芳明:《现代性与殖民性的矛盾:论朱点人的小说》,江自得主编《殖民地经验与台湾文学——第一届台杏台湾文学学术研讨会论文集》,台北远流出版事业股份有限公司2000年版,第82页。

掉而从事这个美化工作！"①所以小说主人公乞食叔一听到钟声便立即前往集合地点，这几乎成为"条件反射"了。类似的"条件反射"还作用在《四两仔土》中的"土哥"身上，土哥母子一听到制糖会社的汽笛响，便赶紧吃饭，然后迅速赶往蔗园。如果说这种强制还有一层"制度"的包装，那么朱点人的《秋信》则提到了一种赤裸裸的"强制"。《秋信》写的是有着传统文人气质的斗文先生，前往台北观看"博览会"。此次"博览会"是1935年台湾总督府为了庆祝日本在台湾"始政四十周年"而举办，意在展示日本在台湾殖民统治的"成绩"，美化其殖民统治。为了达到这样的目的，殖民政府对台湾民众可以说是软硬兼施：一方面进行大量的宣传，"当博览会未开幕以前，当局者都竭力宣传，而岛内的新闻都附和着鼓吹，就是农村各地，也都派遣铁道部员前去劝诱。本来并不怎么有益的博览会，一经宣传的魔力，竟然奏了效果，引起狂热似的人气"②。另一方面，却是以强制性的力量逼迫民众前去观看，斗文先生在前往台北的火车上就亲耳听到路人说，去看博览会一半是不得已的，因为"我庄的警察，强强押人着去啦！"③不但如此，巡查还强行要求斗文先生加入博览会的协赞会，每位会员要缴费五圆。殖民者甚至以对台湾民众的"污名化"来显示殖民强力的"合法性"，杨逵的《模范村》中的木村巡查就认为，"乡下的老百姓就像牛一样，要拉着鼻子才动，稍微放松一下，就会偷懒"。④ 在为他庆功的席上，他"毫不客气地提出警告"："公路两旁的树木，枯了，倒了，竟没有人管，这证明村民是不肯自动出力的。今后，凡对护木不力的人，当在召集保甲工（公役）时，叫老人女人或者小孩子代替的，或是工作不力偷懒的人，都要处罚！"⑤显然，在这样的强迫下，台湾民众没有任何自由，他们只能身不由己地被卷进这场现代化改造运动中来，并且在运动中任人宰割。

　　殖民者与台湾的一些地方势力相互勾结，借着种种现代化改造之名目，诸如

① 《杨云萍、张我军、蔡秋桐合集》，台北前卫出版社1991年版，第222页。
② 朱点人：《秋信》，林川夫编《台湾乡土文学选集》（三），台北武陵出版有限公司1991年版，第72页。
③ 朱点人：《秋信》，林川夫编《台湾乡土文学选集》（三），台北武陵出版有限公司1991年版，第76页。
④ 杨逵：《模范村》，《杨逵作品选集》，人民文学出版社1985年版，第101—102页。
⑤ 杨逵：《模范村》，《杨逵作品选集》，人民文学出版社1985年版，第102页。

"部落振兴"、"卫生改善"、"交通利便",对百姓役使和盘剥,成就殖民统治的"政绩"。蔡秋桐《四两仔土》中的土哥,父亲曾是当地的上流绅士,留给他许多土地,但是"K厅长"将有关人等关押起来,宣布以极低的价格购买他们的土地,"承诺者使之回家,不承诺者关到承诺,不使他回去"[①]。土哥的田地就这么轻而易举地被会社霸占了去,于是"土哥完全是一个落伍者"[②]。具有讽刺意味的是,面对土哥这样的"落伍者",官厅居然大动"同情"之心,要发给他"补助金"以助其过年,土哥兴奋得夜不能眠,可是在他"足足损去半日工,来往跑了四回"后,只领得"现金二圆半,白米一斗,旧衣一领"[③],而这"二圆半",土哥过年花了五角,剩的二元银纳了租,"又可以再做第三号金库之珍客了"[④]。作者以讽刺的语气戳穿了殖民者的虚伪。在蔡秋桐《夺锦标》中,A大人带领民众展开"疟疾预防作业",并因此劳民伤财。他之所以乐此不疲,并非真的是为防止疟疾,而是为了自己能够得到更多的好处,因为一方面"疟疾预防作业"可以成就其"政绩",另一方面他还可以借此缴收"罚金"。小说写到A大人借生病之机,诱使保正们和一些保民探病送钱,A大人因此捞足了钱财。A大人如此"敬业"和"辛劳",终于使得牛庄成为"文化村落",夺取锦标,获第一等奖赏。"从此,这第一等的文化村落在牛庄,不特是附近的大人先生要来视察,就远自先进地的新营方面,也都时有贵宾光临。"[⑤]但是作者一针见血地指出,"其实呢,为博这个好名而无饭可吃,无屋可住的,不晓得有多少呢?"[⑥]在《理想乡》中,蔡秋桐则通过老实巴交的乞食叔在美化作业中的遭遇,对所谓的美化作业进行了尖锐的讽刺和深刻的揭露,不仅如此,蔡秋桐在行文过程中还常以正话反说的方式对老狗母仔大人的暴虐、贪婪和专制进行针砭,比如:"就是他以吾乡的慈父自居,所以他选定吾乡的中央地点,建置他的高楼,四方八达可有道路直通至他之高楼,譬准树木,他之高楼是干,其

---

①　《杨云萍、张我军、蔡秋桐合集》,台北前卫出版社1991年版,第271页。
②　《杨云萍、张我军、蔡秋桐合集》,台北前卫出版社1991年版,第271页。
③　《杨云萍、张我军、蔡秋桐合集》,台北前卫出版社1991年版,第274页。
④　《杨云萍、张我军、蔡秋桐合集》,台北前卫出版社1991年版,第276页。
⑤　《杨云萍、张我军、蔡秋桐合集》,台北前卫出版社1991年版,第191—192页。
⑥　《杨云萍、张我军、蔡秋桐合集》,台北前卫出版社1991年版,第192页。

他庄众的住家是枝、叶啦,一登楼上全庄——可以收入眼界……"①"指导者老狗母仔,为要吾乡好,不但尽力指导工作,也为全庄人们接洽经济,如有人资力不接,伊也劳心苦战,流通金融,现时全庄的经济机关也被他握在手中!不,是吾乡的生死关隘,不知不觉之间全庄的经济都受他的支配了,俨然像吾乡的霸者。"②在《新兴的悲哀》中,蔡秋桐将"新兴"的表象所掩盖的台湾民众的"悲哀"彰显出来。C大人建设T乡,宣称"T乡是S会社第四工场建设有力的候补地"③,于是T乡地价上涨,引动数人前来"发财",林大老便是其中之一。然而作为平民百姓的林大老却不知道日本人与拓殖会社社长暗中勾结,最后林大老血本无归,不禁长叹道,"上当了,无一不是资本家的骗局!"④无论是豪夺,还是巧取,殖民者都是以"新兴"的现代化改造之名作为依托,所以,"理想乡"也好,"模范村"也罢,最终都是建立在百姓的牺牲之上,而这正昭示了"殖民现代性"的内在逻辑。

蔡秋桐以外,赖和、杨逵等人,也都在书写殖民现代性的创伤方面有所着力。在赖和的《归家》中,乞丐被驱逐,现代化改造使得赤贫者几无生路:"这一条路上,平常总有不少乞食,在等待烧金还愿的善男子善女人施舍。这一日在这路上,我看见一个专事驱逐乞食的人,这个人讲是(听说是)食官厅的头路(职业,工作。即在官厅里工作的),难道做乞食也要受许可才行吗?!"⑤在杨逵写于1937年的《模范村》中,殖民者为了获得"模范村"的称号,逼使百姓每天"忙着填水洼,把水沟涂上水门汀,路旁和庭院的草得一根根拔掉。甚至连房屋附近的凤梨、香蕉,也都因为有碍观瞻而被砍掉。乡下人用来做燃料的甘蔗叶子和稻草,也得重新垒整齐,农具以及零碎的家具,全不许放在院子里。一切要收到人家看不见的地方。没有办法的,只好收到房子里去了"⑥。可是,为了这样的"体面",农民正常的生活被完全打乱:

① 《杨云萍、张我军、蔡秋桐合集》,台北前卫出版社1991年版,第222页。
② 《杨云萍、张我军、蔡秋桐合集》,台北前卫出版社1991年版,第224页。
③ 《杨云萍、张我军、蔡秋桐合集》,台北前卫出版社1991年版,第195页。
④ 《杨云萍、张我军、蔡秋桐合集》,台北前卫出版社1991年版,第207页。
⑤ 赖和:《归家》,《赖和作品选集》,中国广播电视出版社1987年版,第94页。
⑥ 杨逵:《模范村》,《杨逵作品选集》,人民文学出版社1985年版,第140页。

就外面来看，是够整洁的了，可是，一踏入屋子里面，却因农具杂物一股脑儿搬了进来，没有地方安置，变得零乱不堪了。许多农家，甚至睡觉的地方以及吃饭的地方也被杂乱东西占据了。只好坐在粪桶上面吃饭，睡在犁耙下面的也不乏其人。

农家堆存的稻草和甘蔗叶子，原是准备一年用的燃料，堆了起来，有的竟比屋子还高。每天煮饭要到顶上去取，那不是妇人儿童所能办得到的事。可是，男子们每天得出去做活，没有那么多闲工夫。所以，每次得搬下够十天半个月用的燃料下来。院子里既不准放，于是便只好一切一切都搬进屋子里去了。

本来就很狭窄的农家房舍，便被这些锄头犁耙，粪箕粪桶，破烂家具和稻草甘蔗叶等占满，甚至连床底下也没有一点空隙。

常常在半夜里从床底下的草堆中会钻出一条蛇来，惊动农人的好梦。林金土便是这样吓得送掉了一条命！……①

在其他一些作家的作品中，也能够看到"殖民现代性"的创伤，比如张庆堂的《鲜血》就提到"交通改造"给百姓带来的巨大损害：

B市是个新兴的市镇，因为有个车站的缘故，所以它的热闹，特别来得迅速。最近为得要使交通便利，把全市街路重新改建，毁坏了许多家屋，换来许多平坦宽阔的马路。房屋被扯毁，有钱人便趁此机会建筑高楼大厦。但是多数无钱穷民，因房屋被损坏，屋地被损失，以至于无能力重新再建作，便把剩下仅有的地皮，卖给有钱人去建造崇巍洋楼而流落变成无家可归的漂浪者，B市就这样地，随着崇巍的洋楼增加，漂浪者也逐渐增加起来了。②

这样的道路改造，可以说正是台湾殖民现代性的一种表现形式。值得一提

---

① 杨逵：《模范村》，《杨逵作品选集》，人民文学出版社1985年版，第140—141页。
② 《陈虚谷、张庆堂、林越峰合集》，台北前卫出版社1991年版，第130页。

的还有马木枥(赵启明)的短篇小说《西北雨》,作品虽然描写的是旱灾面前民众的阶级抗争,但其中却一闪而过地提及殖民者的现代化改造运动:

> 至于开垦什么产业道路,都是从上峰闹出来的勾当,什么交通利便啦!产业繁荣啦!或是卫生适宜啦!生活向上啦!这都是在他们的大本营的一间庙埕。有一日。(以下一百五十二字被删除)①

我们大约很难推测此处所删除的具体内容。可能这是因为犯了殖民者之所忌而被开了"天窗"吧。但不拘如何,仅从行文语气我们就可明白所删内容的性质。所谓"从上峰闹出来的勾当",正是表明了作者对所谓的现代化改造运动的揭露和批判。这样的"现代化",某种程度上也是点燃民众反抗怒火的导火索。

殖民者的强制性现代化改造,不仅在经济层面损害了台湾民众的利益;而且在文化层面造成了台湾现代性的创伤。如前文所提吕正惠的观点,日本"把'近代化'上纲成'文明'与'野蛮'的分野"。在文明(日本)/野蛮(台湾)的二元结构中,台湾的风俗、文化等被视为改造和移除的对象,由此造成了台湾在文化层面的创伤。陈建忠指出:"关于台湾'生活改善运动',实际上便是台湾在被纳入殖民地制度底下后,由殖民政府所进行的现代化/日本化(同化)运动。整个运动的推行透过成立各种教化团体(如同风会、教化联合会、部落振兴会),再加上保甲制度、警察系统的动员力量,来倡导改善生活、风俗及国语普及等,它的变貌与强化毋宁就是 1937 年后的'皇民化运动'。"②所谓的"改善生活",我们在前面已多有所述;而关于"改善风俗"、"国语普及"等,在赖和、杨逵等人的作品中也略有涉及,尽管很少,但他们所描写的内容,作为"皇民化运动"的"前奏曲",应受到一定程度的重视。在赖和的《归家》中,"我"回到家乡,惊奇地发现路上很少看到较大的儿童,不禁发出疑问:"啊!教育竟这么普及了?"这里的"教育"当然包含了殖

---

① 马木枥:《西北雨》,张葆莘编《台湾作家小说选集》(一),中国社会科学出版社 1981 年版,第302 页。
② 陈建忠:《日据时代台湾作家论:现代性、本土性、殖民性》,台北五南图书出版有限公司 2004 年版,第 109 页。

民者欲以日文取代汉文的企图，赖和写道："记得我们的时候官厅任怎样奖励，百姓们还不愿意，大家都讲读日本书是无路用（无用），为我们所当读，而且不能不学的，便只有汉文。不意十年来，百姓们的思想竟有了一大变换。"①百姓们思想的"一大变换"，有着追求个人前途的因素，因为觉得读日本书或许不再是"无路用"；但殖民者在教育上的险恶用心也不能不说在其中扮演了很重要的角色，而1937 年后的"皇民化"教育大约只是这个险恶用心的公开化、全面化罢了。杨逵《模范村》则描述了百姓们在传统的信仰被抑制时的焦灼：

> ……而老年人最痛心的，却是一向供在厅堂的桌上，朝夕焚香叩拜的妈祖和观音的佛像，也被当局强迫搬家，换为日本式的神牌，和写着《君之代》（原编者按：日本国歌）的挂幅。
>
> 结果，妈祖和观音的佛像要搬到哪里去呢？只好委屈地藏在肮脏的破家具堆里，因为日本人是不肯让它们抛头露面的。但是，不拜菩萨他们是无法安心过日子的，因而常常把佛像从肮脏的监牢里解放出来，悄悄流着泪，提心吊胆地焚香礼拜。在这严肃的礼拜中，偶尔听见皮鞋声音一响，便又慌忙地一手抓着佛像的脖子，一手捏熄线香，匆忙把它藏到床下草堆里去。可怜的观音妈祖竟毫不叫屈。②

显然，杨逵在这里并非是以反对迷信的视角来看待百姓对菩萨的叩拜，而是将百姓对菩萨的叩拜视作一种传统文化——具有民族认同的性质，但妈祖和观音的佛像却被迫换为日本式的神牌以及写着日本国歌的挂幅。同样，在赖和《归家》中，奉祀圣人的圣庙也较以前荒废许多。曾有学者从文化断裂的角度来看待"创伤"："把创伤看做是对文化整体的延续性的摧残。创伤的事件，切断了个人连接群体的感情纽带，破坏了文化结构中人们共享的意义与价值体系。"③在《模范村》、《归家》中，我们都能够轻易找到那种对"文化结构中人们共享的意义与价值

---

① 赖和：《归家》，《赖和作品选集》，中国广播电视出版社 1987 年版，第 93 页。
② 杨逵：《模范村》，《杨逵作品选集》，人民文学出版社 1985 年版，第 141 页。
③ 王斑：《全球化阴影下的历史与记忆》，南京大学出版社 2006 年版，第 6 页。

体系"产生严重破坏作用的"创伤的事件"。可以说，文化的创伤是在历史的深层潜行，它对人们民族认同的负面影响非常长远。较之经济层面的创伤来说，它更加难以愈合。实际上，时至今日，我们仍能感受到这种隐伏在历史肌体里的创伤，以及它辐射出来的疼痛感。

第二节　奴性批判与民族认同

如前所论，二三十年代两岸乡土小说都曾以启蒙为视角，对"奴性"展开批判，这是二者相同之处；不过，两岸乡土小说中的"奴性"批判，又有着不同的内涵、表现形态和价值指向。相较而言，大陆以鲁迅为典范作家的乡土小说，往往是将奴性视作封建历史文明的积淀物，它承载着作家反封建的文化使命；而在这一时期的台湾乡土小说中，"奴性"却不像在大陆作品中拖着长长的历史的阴影，而是体现为现实生活中人格的扭曲，这种扭曲又与民族自尊紧密联系在一起，"奴性"在文本中承载的是作家反殖民的文化使命。也正因此，二三十年代台湾乡土小说中的"奴性"批判与民族认同实在是问题的一体两面，二者构成相反相成的关系。

从整个日据时期台湾乡土小说的书写内容来看，1937年后的"皇民化运动"使得有的作家（如周金波）和有的小说人物（如王昶雄《奔流》中的伊东春生）对日本的现代文明有所认同，而像张文环、吕赫若这样的优秀作家，尽管没有掉进"皇民化"逻辑的陷阱中，但也承受了很大的"皇民化"压力。① 总的来说，日据时期的台湾原本就充满吊诡，意味着进步的现代性与意味着被侵略的殖民性相纠缠，而传统又同时体现出民族认同与封建落后性两个相反的面向。"皇民化运动"可以被视作这种吊诡与纠缠的始作俑者。不过，在我们所要讨论的这一时期（战争爆发以前），"皇民化"的毒汁还没有像日据后期那样四处渗透，作家们也尚未像日据后期那样在民族认同问题上有着或显或隐的危机。如此一来，这些作家就

---

① 此处论述参考了吕正惠《殖民地的伤痕：脱亚入欧与皇民化教育》，见吕正惠著《殖民地的伤痕：台湾文学问题》，台北人间出版社2002年版。

能够以清醒的认识、坚定的民族立场去对"奴性"进行尖锐讽刺和深刻批判。在他们的笔下,人物的奴性体现为面对殖民者时的自甘下贱,从而丧失应有的民族自尊。

这一时期,明确表现出"奴性"批判取向的台湾乡土小说并不算多,但都具有尖锐的锋芒和巨大的力度。像杨云萍的《光临》和蔡秋桐的《保正伯》,通过经常跟日本警察打交道的保正在日本主子面前的奴颜媚骨,无情针砭了人物身上的"奴性"。《光临》开篇第一句话就是:"保正林通灵他太高兴了!"之所以高兴,乃是因为林通灵得知伊田警部大人要来他家"作客",于是他不禁想入非非:

> 他在脑海中画出了这样的幻影:
>
> "保甲民很多很多的中间,那警部大人威严地坐在那里。……我到了,我就向他——大人行礼,他就亲密地对我回礼,并且说:林通灵,椅、坐、好……那时,很多很多的他人的奇讶、歆羡的眼睛儿!……"①

林通灵脑海中的幻影正是他内心的真实写照。作者寥寥几笔就将林通灵的奴才相活脱脱呈现出来:媚上欺下,匍匐在主子面前,自甘下贱,毫无尊严可言。可是,林通灵将一切全都精心准备好了,想要取悦于殖民者,伊田警部大人竟迟迟不来,最终让林通灵等了个空,他的"好梦"也随之破灭。杨云萍以轻快的叙述节奏将林通灵在等待伊田警部大人时从兴奋到不安的心理真实描绘了出来,从而凸现出这个人物扭曲的人格。蔡秋桐《保正伯》中的李サン原本是地方上的一个无赖,靠着向日本警察告密(甚至对自己的姑母也不放过)做上了保正,此后更加巴结日本主子,不断给主子送礼:"……大人的风俗也无一不知,三月三日啦,五月五日啦,铺排要体面,年尾的乌纱帽(日语"年礼"的谐音)也要特别。一年透天的礼素,无一次欠缺。"②送礼之后他也会像林通灵那么兴奋:"保正伯提一大包来,虽然空手返去,行路却也很活泼,态度也是很得意,像表示着他和大人交

---

① 《杨云萍、张我军、蔡秋桐合集》,台北前卫出版社1991年版,第25页。
② 《杨云萍、张我军、蔡秋桐合集》,台北前卫出版社1991年版,第177页。

陪,是有无上光荣的样子。"①可见,蔡秋桐笔下的保正李サン和杨云萍笔下的保正林通灵具有同样的奴性性格。

　　如果说这两篇小说中的保正是因为其特殊身份而在日本主子面前表现出一副奴才相的话,那么,陈虚谷的《荣归》和朱点人的《脱颖》,则对普通民众身上的奴性进行了揭露和批判。《荣归》讲述的是考中日本高等文官的再福"衣锦还乡"的故事,整篇小说,从头到尾均是讽刺的语气。再福考中日本高等文官后,身份认同立即发生了转换:"他有时偷眼看见座中的日本人,视线都一齐集中在他的身上,他愈觉骄傲得意,他想对他们说,我是高文的合格者,是台湾的代表的人物,是日本国的秀才,断不是依你们想的寻常一样的土人,劣等民族。"②将自己原本出身的民族认作是"土人"和"劣等民族",将自己认作"日本国的秀才",回乡后又在乡人面前故意使用日语演讲,尽管他知道没有一个人能够听懂。这样的身份转换,某种程度上可以说是一种深入灵魂的"奴性"。因此,这里的"奴性"批判与民族认同问题紧紧连在一起。同样的情况出现在朱点人的《脱颖》中。由于殖民者对内地人和台湾人差别对待,《脱颖》的主人公陈三贵特别盼望自己能够成为内地人,"啊! 内地人! 生做日本人才得丰衣足食的……"③"他想他自己虽然也是日本人,但……若是可能的话,他想要投胎转世做内地人了。"④"转世"成为真正的日本人,竟然成了陈三贵的理想了,看起来,他的理想基本上没有实现的可能。不料,"满洲事变"给他的"转世"带来了机会。原来,主任的儿子在"满洲事变"中战死,倘若女儿再嫁给内地人,生子仍要当兵;于是主任的女儿最后便嫁给了陈三贵,并让陈三贵作为主任的养子。"转世"的梦想立即变做真实,"陈三贵"摇身一变,成为"犬养三贵"。从衣着到住所,再到语言,"犬养三贵"迅速日本化,当以前的好朋友以原来的姓名称呼他时,他一口咬定自己不是姓陈,而是姓"犬养"。最后他的朋友说"我失了一个朋友!"而其父则说"我也失了一个儿子

　　① 《杨云萍、张我军、蔡秋桐合集》,台北前卫出版社 1991 年版,第 172 页。
　　② 《陈虚谷、张庆堂、林越峰合集》,台北前卫出版社 1991 年版,第 56 页。
　　③ 朱点人:《脱颖》,林川夫编《台湾乡土文学选集》(三),台北武陵出版有限公司 1991 年版,第 90 页。
　　④ 朱点人:《脱颖》,林川夫编《台湾乡土文学选集》(三),台北武陵出版有限公司 1991 年版,第 91 页。

啦!"陈三贵的"转世"成为一次戏剧性的身份转换事件,这一"转世"包含着非常多的文化信息,其中就有作者对"奴性"的犀利批判。因此,谐谑的叙事含有作者对民族认同问题的严肃思考。

与《荣归》中的再福、《脱颖》中的"犬养三贵"那种在殖民者面前毫无民族自尊,全部的心灵都被"同化"的情况相反,一些乡土小说十分隐晦地表现出台湾民众在面对殖民者时敏感的民族自尊以及强烈的民族认同,这里需要提及的三篇作品是:陈虚谷的《放炮》、蔡秋桐的《兴兄》和朱点人的《秋信》。

《放炮》一开篇,我们就看到日本警察真川大人一家来到农民老牛家中吃饭,同时在场的还有保正。小说特别写到老牛和保正在面对真川之子不礼貌的行为时的心理:

> 他(老牛)见奥サン(真川大人的夫人)的身旁,坐着一个五六岁的小孩子,他丝毫不敢怠慢,也捧一杯送给他,小孩子原来多是不懂礼数的,他更不晓得如大人强欢假笑,他实在不爱喝茶,他索性就把老牛的手摔开,他叫着母亲,手指着桌上的芎蕉(香蕉),老牛明白了,随手向桌上拿了三四个给他,为着要买他和大人的欢心,再去买了一把龙眼送在他的跟前;小孩子吃完了二个芎蕉,毫不迟疑地接过龙眼,就一颗颗地剥起芎壳来,他真是习顽不过的,尤其在这弱小民族的跟前,他特别发挥其无拘束天真烂漫的大和魂的本能来,他把龙眼子一粒一粒向空中乱掷,滚落到神明公妈的桌顶,跳入筵席碟子内,碰到保正的头壳,在他以为是极其有趣的玩意,在大人和奥サン,也以为是无知小孩寻常的游戏,土人的跟前,原不要什么管束。老牛勿论是一味笑容可掬的。保正却是敢怒不敢言。①(着重号为笔者所加)

上述描写因为捕捉到了精彩的生活细节,故而显得非常丰满。事实上,这里的细节的确耐人寻味。在这段文字里,小孩将龙眼子一粒一粒向空中乱掷,龙眼子在几番蹦跳之后碰到保正的头壳。倘若在保正与小孩子之间没有被殖民与

---

① 《陈虚谷、张庆堂、林越峰合集》,台北前卫出版社1991年版,第61—62页。

殖民的权力结构,这个生活细节大约只能反映出小孩子的缺乏教养,或者如作品所说的"刁顽不过"、"无拘束天真烂漫"。问题在于,小孩子乱掷龙眼子的行为发生于殖民语境中,这一行为遂给被殖民者的个人尊严、民族尊严带来很深的心理刺激,小小的动作便在被殖民者的心上荡起大大的反响。这里以被殖民者身份出场的人物有老牛,有保正。老牛是"一味笑容可掬的",从后面的情节可以看出,日本警察真川已经习惯于鱼肉乡民,谁不请客他就对谁嫉恨,并施以严重惩罚。迫于真川的淫威,老牛只得请客,而且不得不小心伺候,唯恐照顾不周。等到真川一家离开时,老牛方才不平地骂道:"啊啊!交官穷,交鬼死,请他实在更不值伺狗。开(花)六七圆,连叫声劳力(谢谢)都无,第一讨厌就是那小孩子,干伊娘!全无教示(教养)!"①可见,小孩子的行为已经在老牛的心上烙上很深的印痕了。不过,更敏感的还是保正。当小孩子乱掷的龙眼子落在他的头上时,他的内心里充满了愤怒。毫无疑问,他的愤怒虽是因为孩子"刁顽"的行为,但真正的原因却在于他的被殖民的地位和生活体验。这里以被殖民者身份出场的人物,除了"显在"的老牛和保正,还有一个"隐在"的作者,这同样不容忽视。小说所用的是第三人称全知视角,作者的叙述语言隐约可见。作者虽然凸现了小孩子乱掷龙眼子的行为,但从其叙述语言和叙述语气来看,却并未将小孩子的刁顽行为有意放大,"无拘束天真烂漫"、"在他以为是极其有趣的玩意"等等,都较为真实地写出了小孩子的心态。作者对被殖民身份的确认和敏感,使得他的行文往往三言两语(如上文中被笔者加上着重号的语句)就营造出一种让被殖民者倍觉痛感的语境,而对保正心理的描写,尽管着墨不多,却是纤毫毕现。

　　小说写道,面对小孩子的"刁顽",保正是"敢怒不敢言",但很快我们就会发现,保正只是不敢"明言"而已。民族自尊心受到伤害的保正,以绵里藏针的方式对殖民者进行了含沙射影的讽刺——作者高超的写作技法,让人称道。保正借着真川的话头,以"夸赞"的语气说真川是"无格派(不摆架子)""……无论谁,都可以请我,无论谁,我都可以给伊请"②,将真川的丑陋面目活画出来。更值得注

---

① 《陈虚谷、张庆堂、林越峰合集》,台北前卫出版社1991年版,第65页。
② 《陈虚谷、张庆堂、林越峰合集》,台北前卫出版社1991年版,第63页。

意的是关于小孩子的一番对话:

> ……保正只是冷笑,忽而说:"你看他这么小的年纪,胆头真大哩!通(整个)庄的小孩子,都惧怕他,连那十来岁的,也都无一敢和他夯须(对立),一违犯了他,他就石头、砖仔搰得你半死,谁敢回手打他一下,他就回家去,哭倒在爸娘的眼前,少不得,你就乱吵吵了。"
>
> "フウン(嗯)!我们日本人,对小孩子辈的争闹,都一味放任的,从小的时候,爱冤家(吵架)相打,大来较有勇敢,勇敢是日本人第一夸口的事,日清战争,日露(俄)战争,统是勇敢而得到胜利的,中国人一些没有勇敢,所以国是真弱,世界的人,统看他不起。"
>
> "实在不错!但是台湾人结局是要认戆(憨)的。他们不敢和他计较,全是顾虑着你,并不惧怕着他,万一错手打伤了他,将要如何是好?常见到三四十岁的台湾人,被七八岁的日本囝仔欺负,也置之不较,就是怕惹起大人祸哩。"保正冷冷地紧接着这几句,他的脸上始终是表现着微笑。①

从两人的对话可以看出被殖民者与殖民者之间的权力关系。前面提到过,"反帝"在这一时期的台湾乡土小说中不是"宏大叙事",而是直接在日常生活的层面上体现出来,此处关于小孩子的讨论,本是社会生活的末梢地带,却牵动着庞大的殖民权力结构。原本谈论的是小孩子打架的事,好像微不足道,可真川立即就以殖民者的胜利语气,毫无顾忌地宣示他的民族优劣论,而七八岁的小孩子欺负三四十岁的台湾人,简直让人触目惊心。相比起杨云萍笔下的林通灵、蔡秋桐笔下的李サン,这里作为被殖民者的"保正",以其机智和自尊,表现出绝不屈服异族统治的精神,小说所显示出来的民族认同是不言而喻的。

再看蔡秋桐的《兴兄》。在该作中,蔡秋桐几乎完全收敛了他的价值倾向,叙事显得较为客观,这使得小说中的民族认同问题隐而不彰;另一方面,小说中的民族认同往往又和对传统文化、民间风俗的固守纠缠在一起。小说因之具有较

---

① 《陈虚谷、张庆堂、林越峰合集》,台北前卫出版社1991年版,第64页。

为复杂的蕴涵和较为含混的理解空间。《兴兄》的叙事张力主要产生于兴兄与其日本媳妇之间。兴兄具有旧式观念,他同时还有着一个隐性的身份,即是被日本所殖民的台湾人;而其日本媳妇一方面是兴兄之子凤儿的妻子,应视兴兄为尊长;另一方面却又是殖民宗主国的国民,在兴兄面前是得胜者。这样,兴兄与其日本媳妇之间就既包含着传统与现代的矛盾,又包含着被殖民与殖民的隐微对抗。两个层面在小说中是合而为一的。兴兄得知儿子凤儿要带回家一个大和媳妇时,喜不自胜。但是,很守"古例"的兴兄,很快便觉得非常失望了;而越到后来,兴兄的失望就越是加剧。从刚进家门开始,这个大和媳妇就与兴兄所要期待的风俗、礼仪相冲突,屡屡招致兴兄的不快;儿子凤儿由于离家很久,乡语也忘记了,对家乡的生活也不习惯了,于是婚后凤儿便和他的大和妻子离开了祖家,"兴兄自凤儿荣归反日日不快,精神有些异状起来了"①。等到过年时还没看到凤儿与媳妇回家,兴兄实在忍受不了了,便前往古都"问罪";可是等到来到凤儿家门前时,凤儿夫妇却不在家:

　　时在下午一点零钟吧! 凤儿还是未退厅,大和媳妇也不在家,门又关得紧,无奈他何,就是游游去呢! 恐道径认不清,兴兄只是归在官邸而凤儿退厅了,足足等了两点零钟,烟卜了成盒,兴兄打盹起来了! 不,不知道精白几多白米了。

　　开门的声,兴兄忐忑醒来了,哎哟! 待久都就会有。兴兄来到门口探头问说:"凤儿可有回来么?"兴兄正要进入去,在那瞬间大和媳妇反大声喝说:"马鹿!"(日语"糊涂,混蛋"的意思)竟然将门关起来了。兴兄大失所望,心想要返去,然而未见凤儿一面是不愿! 想想她必定是勿认得,再叫声说:"我是汝底爸爸,快开门来!"兴兄一声叫一手打开那门来,那么她岂懂得他东西! 在内面还是骂不绝口,"清国奴——马鹿——"兴兄无奈他何,徘徊于门口了……②

---

① 《杨云萍、张我军、蔡秋桐合集》,台北前卫出版社1991年版,第213页。
② 《杨云萍、张我军、蔡秋桐合集》,台北前卫出版社1991年版,第215—216页。

"清国奴"的骂语,体现出作为胜利一方的日本殖民者在台湾人面前的优越感。虽然在作者笔下,大和媳妇好像并没有认出兴兄来,作者也没有写出兴兄在听到大和媳妇骂他时内心的感受;但是,从这里不难看出一些幽曲来。公公和媳妇之间的关系由于殖民话语的渗透不再单纯,而是包含有殖民的权力关系,所以,当大和媳妇按日本的风俗给他洗脚时,兴兄就非常满意。在小说中,当凤儿带着父亲兴兄在古都观光时,兴兄守旧的一面渐渐显露出来,与之相衬的是他对城市文明的隔膜和反感;然而,这种守旧同时又包含着对乡村传统生活方式、生活习俗的依恋和固守,某种程度上带有反殖民的意义,因而这里的话语蕴涵是较为复杂和含混的。

在民族认同书写方面最为有力的是朱点人的《秋信》。《秋信》的主人公斗文先生是个传统文人,长期受到传统文化的熏染,对传统文化饱含深情。正如前面所论述的,这一时期的大陆乡土小说基本上是以反封建作为价值指向,对传统文化往往秉持着整体否定的价值立场,传统文人往往成为作家文化批判的对象(如鲁迅笔下的四铭老爷、陈士成、孔乙己,塞先艾的《初秋之夜》中的一群乡绅);而这一时期台湾乡土小说的反殖民指向,则使作家对传统文人持有复杂的心态,像涵虚的《郑秀才的客厅》,对一些传统文人歌颂日本"善政"的"帮闲"行为进行了讽刺、揭露和批判;而像朱点人的《秋信》,则对传统文人的气节和操守进行了肯定和赞扬。同时,传统文化也不再是现代化进程的阻碍,而是对抗日本"同化"政策的凭借,具有鲜明的民族主义色彩。《秋信》中的斗文先生年少时就很聪明,19岁时考中秀才,一向在抚台衙办事,27岁那年就在他要上省厅应试的时候,台湾成为日本的殖民地,斗文先生从此隐居于乡间,不再致力于仕途。当台湾要开始新政治的时候,曾有政客请斗文先生出山,但他坚持不从。在这样的隐居生活中,斗文先生对传统文化的情感更为强烈,信念也更为坚定。临摹文天祥《正气歌》的帖子,吟唱陶渊明的《桃花源记》,成为斗文先生的日课。尽管斗文先生过的是隐居生活,但他依然热情地从事振兴汉文的工作,因为斗文先生明确意识到:"台湾人会说日本话的愈多,理解汉文的愈少,他想台湾人在谋生上,果然需要日本话,但在另一方面,却不可不使他懂得汉文。台湾人与汉文有存亡的关系的!"①"台湾人与汉文有存亡的关系",这种认识不可谓不深刻!斗文先生因此纠合些同志,创设诗社,提倡击钵吟,以振兴汉文。这种击钵吟在开始的时候起到了积极的作用,但是后来一些无耻文人将击钵吟当作应酬的东西,谄媚权贵,斗文先生便大为悔恨,甚至认为自己是台湾文学界的罪人。由此可见,在台湾新文学运动初期被张我军所批判的击钵吟,在朱点人看来本身是具有积极意义的,但是一些无耻文人逐渐使其陈腐和反动。提倡击钵吟,希望以此振兴汉文的斗文先生,继承了中国传统文化中积极的一面,并在殖民语境中以传统文化作为立身之本。

可是,深受传统文化熏染的斗文先生在去台北观看"博览会"的过程中,其民族情感时常会受到现实的冲击;不过,这种冲击不是动摇,而是强化了斗文先生的民族认同。当听闻日本人夸耀"产业台湾的跃进,是始自我们"时,斗文先生情不自禁地发出了抗议之声:

> "倭寇!东洋鬼子!"他始终不管得他们(两个日本学生)听得懂与不懂,不禁地冲口而出了,"国运的兴衰虽说有定数,清朝虽然灭亡了,但中国的民族未必……说什么博览会这不过是夸示你们的……罢了……什么'产业台湾的跃进……',这也不过是你们东洋鬼子才能跃进,若是台湾人的子弟,恐怕连寸进都不能呢,还说什么教育来!"②

斗文先生愤愤不平地从博览会的会场里走出来,可如今的台北早已是殖民者的天下。昔日的台北城址,已筑了博览会场。眼中所见,皆是陌生的"殖民"和"现代"杂糅起来的景观,原本作为主体的斗文先生,如今成了"他者"。今夕何夕,沧桑满目!小说中的一些描写堪称情景交融,让人读之深感悲凉:

---

① 朱点人:《秋信》,林川夫编《台湾乡土文学选集》(三),台北武陵出版有限公司1991年版,第77页。
② 朱点人:《秋信》,林川夫编《台湾乡土文学选集》(三),台北武陵出版有限公司1991年版,第79页。

他抬起头来，望一望街上，许多自动车在街心交织着，十字路上高筑一座城门，他猛然看见城门上写着"始政四十周年纪念"，惊心骇魂的他即时清醒过来。巍然立在前面的雄壮的建筑物，像在对他狞笑，他摇摇头想起"王侯茅宅皆新立，文武衣冠异昔时"的句，胸里有无限沧桑的感慨。①

十五分钟之后，斗文先生在植物园里的抚台衙前下了人力车，车夫去后，他面着抚台衙坐在椰子树下瞑想着……往日那么繁盛的它，如今怎么会这样冷落！啊！屋貌依然，而往事已非了！他的胸里充满着兴废之感，他徐徐地立起来，倚着椰子树，从怀里摸出前日那封信来，抽出信笺，两眼落到信笺上去，但他的眼睛偏在笺末搜出四字印刷……蓬莱面影……来。

气候已是晚秋，时间又将向晚了，园里连一个行人也没有，微风吹着败叶，砂砂地作响，他的手里一松，那张信笺就乘着风飘到地面的一叶梧桐的落叶上去。②

多年后斗文先生来到台北时，早已物是人非。当他吟出杜甫《秋兴》中的诗句时，中华文化传统借由于斗文先生之口在殖民地的处境中发出光辉。同时，杜甫诗句中的家国之痛与整个小说的基调融在一起，其中所寄寓的民族情感强烈冲击着读者的心扉。黍离之悲，让人长叹！当信笺随风飘到落叶之上时，那印于其上的"蓬莱面影"四个字在我们眼前模糊了，但却深镌于我们心上，激励两岸同胞为了民族的复兴奋勇前行。

---

① 朱点人：《秋信》，林川夫编《台湾乡土文学选集》（三），台北武陵出版有限公司 1991 年版，第 77 页。按仇兆鳌注《杜诗详注》（中华书局 1979 年版），杜甫《秋兴八首》之四中的这两句诗应为："王侯第宅皆新主，文武衣冠异昔时。"

② 朱点人：《秋信》，林川夫编《台湾乡土文学选集》（三），台北武陵出版有限公司 1991 年版，第 80—81 页。

第五章　两岸乡土小说的左翼倾向与乡土风情的淡化

第一节　二三十年代两岸乡土小说的左翼倾向

　　两岸在二十年代末和三十年代都产生过"左翼文学"这一特定的、复杂的文学形态。在大陆,由 1928 年发生的革命文学论争而导致 1930 年左联的成立,马克思主义著作的翻译和普罗文学的创作一时蔚为风潮。在台湾,1928 年 4 月台湾共产党成立,1931 年发生分裂,同年遭到日警大逮捕,整个组织终告溃散。台共虽然只活动了不到三年的时间,但其影响却是深远的。台共的左翼政治运动,影响及于左翼文学;而 1931 年台共遭到大逮捕,使得台湾知识分子将政治的激情转移到文学上来,从而使得这一时期的文学创作发生了嬗变。有学者指出,台湾左翼作家虽然没有出现旗帜鲜明的结盟,"但是,历史事实显示,他们有意朝向联合阵线的企图隐然可见。1932 年的福尔摩沙集团,1934 年的台湾文艺联盟,以及 1935 年的台湾新文学集团,在在证明了左翼作家寻求团结的努力"①。因此,两岸的左翼文学虽然在许多具体层面上有所不同,可是进路却非常相似。

　　不过,"左翼文学"作为一个文学概念,其内涵和外延都不甚确定和清晰。有论者从知识考古学的方法得出结论,认为它并非是个自明的概念,而是由两个层面的历史活动相辅相成"建构"起来的:"首先是一系列'关键词'如'无产阶级'、'革命文学'及其阐释向中国文学的引入;其次,上海的文化出版市场以及由此构成的容纳左翼作家与左翼读者的'公共空间'。"②此处论述的对象是大陆的左翼文学,台湾的左翼文学虽然略有不同,但总的来说,它也可被视作一种历史的"建

---

　　①　陈芳明:《左翼台湾:殖民地文学运动史论》,台北麦田出版股份有限公司 1998 年版,第 16 页。

　　②　这是曹清华的观点,见黄子平为曹清华的论著《中国左翼文学史论》所写的序,中国社会科学出版社 2008 年版。

构"。从这个方面来看,"左翼文学"与其被当作一种文学形态,毋宁被视为一个开阔而复杂的话语场。左翼思潮是一种国际性的政治和文化现象,两岸的左翼文学某种程度上均是这一思潮的产物;另一方面,第三世界的具体处境,又使得两岸左翼文学有着特定的价值指向和心理诉求。

二三十年代两岸乡土小说正是生长于这样的话语场域中。特定的环境引导着两岸乡土小说的价值取向,塑造着它们的表现形态。而从二三十年代两岸乡土小说发展的内在理路来看,它们原本就蕴涵着"左倾"的潜在现实性。那些以苦难叙事为质地的乡土小说,表现出作家对劳苦大众的人道主义关怀,这些作品中的反抗意识是模糊的、平面的。但是一旦作家获得某种理性分析能力,采取社会剖析的视角来看待笔下的苦难生活,那么苦难生活的根源便很容易落实在资本与封建对劳动人民的压迫和剥削上;而一旦找到了苦难的根源,作家的反抗意识便有了具体的指向,作品中的思想倾向也就随之明晰起来。真挚、深沉但却显得无力的人道主义关怀,就会被凌厉、峻急并富有力度的阶级抗争的情感诉求所超越。由文化批判到社会批判,乡土小说的母题由此转换。事实上,在二三十年代,国际性的左翼思潮的影响,马列主义著作的翻译,社会主义思想的传播,使得作家们的社会分析能力迅速提高;社会矛盾的尖锐、此起彼伏的工人罢工和农民暴动,使得现实生活与作家的理论视域彼此映照,相互契合,从"立意在反抗"到"指归在动作",作家们真诚的社会关怀、可贵的社会良心、澎湃的社会运动热情,最终通过乡土小说文本表现出来。

揭露和批判资本主义经济力量对乡村的剥削和渗透,以阶级斗争为导向的叙事,革命者形象的出现,大体可以视作两岸乡土小说出现的几个变化。在下面的论述中,这三个层面将成为考察两岸乡土小说左翼倾向的共同参照体系。在这一参照体系面前,两岸乡土小说在显露左翼倾向时又有着一些具体的区别。大陆是半殖民地半封建社会,台湾则是日本的殖民地,这样的生存困境也在总体上决定了二者左翼倾向的不同表现。大体而言,大陆虽是处于半殖民地半封建状态,对于广阔的中国乡村而言,农民所主要面对和直接面对的统治力量却是封建地主以及与地主相互勾结的官僚势力,"殖民"对乡村的作用力虽然强大但往往是隐性的。这样一来,大陆乡土小说中的阶级对立,往往显得较为单纯;而处于日本殖民统治之下的台湾,资本家在一定程度上扮演着日本统治者的代理人的角色,他们对台湾农民的疯狂剥削又与地主相勾结,并以日本警察作为强制力量,因此,台湾乡土小说中的阶级对立就和民族对立是同位的:反抗资本家和地主的压迫,同时也就意味着反抗日本在台湾的殖民统治。二者社会性质的不同,在许多层面上演化为具体问题的不同,例如在作家参与社会运动的方式和参与程度上,在农民反抗形态和反抗程度上,二者皆有区别。

在二十年代后半期和三十年代的大部分时期,两岸乡土小说左翼倾向的体现之一,是作品对支配乡村经济发展、决定农民生存环境的资本主义经济力量的探寻、揭露和思考。一方面,这一时期资本对乡村的渗透确实很剧烈,并且1929年的资本主义经济危机也对第三世界有所波及,作为日本殖民地的台湾于此尤甚;另一方面,"资本"是马克思主义学说中的关键词,马克思主义学说的传播和影响也有可能使作家们表现出对"资本"的特别关注。相应地,两岸作家对乡土的关怀也逐渐习惯于运用社会剖析的视角,这在大陆作家中尤显突出。作家社会剖析视角的形成和运用,显然与左翼思潮的影响分不开。严家炎曾富有概括力地将茅盾、吴组缃以及沙汀、艾芜等人的小说创作称之为"社会剖析派",他认为:"我们可以说,社会剖析派乃是五四现实主义向前发展,趋于革命化的产物,是一部分作家用社会科学消化自己所熟悉的现实生活的产物,是左翼文学界用作品参加社会性质大论战的结果,也是蒋光慈为代表的'革命小说'的'左'倾幼稚病得到克服的一种结果。"①以社会科学,特别是马克思主义经济学说来观照日益严峻的社会生活和日益尖锐的社会矛盾,就很容易将作品导向对"资本"的揭露和批判。

三十年代两岸都曾出现过以"丰收成灾"为题材的乡土小说,大陆有茅盾的《春蚕》、叶紫的《丰收》、叶圣陶的《多收了三五斗》、蒋牧良的《高定祥》、荒煤的《秋》等作品,台湾有赖和的《丰作》和林越峰的《好年光》等作品。《现代》杂志的编辑者在《告读者》中特别提到:"近来以农村经济破产为题材的创作,自从茅盾先生的《春蚕》发表以来,屡见不鲜,以去年丰收成灾为描写重心的,更特别的多,

---

① 严家炎:《中国现代小说流派史》,人民文学出版社1989年版,第179页。

在许多文艺刊物上常见发表。本刊近来所收到的这一方面的稿件,虽未曾经过精密的统计,但至少也有二三十篇。"①"丰收成灾"小说的大量涌现,一方面源于当时农民苦难的社会生活,另一方面大概也因为"丰收成灾"能够吸引作家以一种社会剖析的眼光去看待乡村吧;并且,这一题材还能够承载作家以经济观察达到社会批判目的的创作构想。"丰收"和"灾(难)"原本相互冲突,但是,资本的渗透与盘剥,加上本土统治势力的推波助澜,让老百姓的希望迅速转化为绝望。"丰收成灾",似乎说明"丰收"与"灾难"有着因果关系;但事实上,真正导致灾难的社会原因(其中最基本的是经济原因),却充满诡谲地在其中隐匿起来。正是"丰收"与"灾难"之间广阔地带所隐匿着的社会经济原因,成为作家探寻的对象。"资本"的模糊面孔由此在作品中隐约呈现。在《春蚕》中,茅盾虽然没有直接指出老通宝们丰收成灾的内在原因,却不断地以简洁的语言这里勾勒一下,那里点染一下,将帝国主义对中国乡村的经济渗透和层层盘剥凸显出来。河里的小轮船,镇上的洋纱、洋布、洋油以及洋种的茧子,无不在老通宝身边悄悄成为资本剥削的中介。老通宝尽管不清楚洋鬼子怎样骗了钱去,但是却坚信陈老爷的话,"铜钿都被洋鬼子骗去了"。茅盾的《春蚕》正是以社会剖析的视角将资本对乡村的渗透和占据呈现出来。再来看看台湾以"丰收成灾"为题材的乡土小说《丰作》。在这篇小说中,赖和着力探寻了添福兄甘蔗"丰收成灾"的根本原因,将批判的矛头直指殖民统治。添福兄自信这一年的甘蔗栽培得很好,能够得一等赏,但会社很快就颁布了新的采伐规则,对甘蔗提出极为苛刻和不合理的要求;而在称量时又让磅秤误差掉添福兄四千斤甘蔗;再加上七扣八扣,添福兄拿到手的钱少得可怜。在整篇小说中,赖和都避免让叙述人的声音在小说中出现,这样他就能够理性地将添福兄"丰收成灾"的政治、经济原因挖掘出来,从而达到以事实来批判殖民统治的目的。以《春蚕》和《丰作》为例,我们大体能够看出两岸作家对"资本"进行批判时,所持的价值立场和心理诉求。

　　吴组缃写于 1934 年的短篇《天下太平》,台湾作家吕赫若写于 1935 年的处

----

　　①　编者:《四卷狂大号告读者》,《现代》第 4 卷第 1 期,1933 年 11 月 1 日;转引自丁帆《中国乡土小说史》,北京大学出版社 2007 年版,第 65—66 页。

女作《牛车》,也都将"资本"隐性的压迫力量呈示出来。在《天下太平》中,吴组缃以严谨而耐心的叙事,描述了王小福一家是如何一步步走向贫苦的深处的。王小福一家不可谓不勤劳,然而他们在生存困境中的勤劳和挣扎注定是徒劳的,因为有看不见的经济力量时时压迫着他们。王小福在一家资本雄厚的老店里做了二十多年的店伙,已经升做"朝奉",他的母亲纺纱织布,然而母子的劳苦"并不能阻挡地方上和自己家里的没落"。因为村里镇上早已盛行着既漂亮又便宜的竹布和花洋布,王小福母亲的工作便不能维持下去了;而随着镇上生意越来越萧条,王小福所在的老店终于被封掉,王小福不得不因此而失业。此后王小福几乎使尽了浑身解数,但现实却不断地对他"雪上加霜"。在贫苦交加中,王小福竟然偷了邻居的半罐子米。最终不管如何挣扎,王小福都不得不迅速走向末路。吕赫若的《牛车》虽然写的是台湾的情况,但小说所讲述的故事在内在脉络上与《天下太平》倒有几分相似。小说主人公杨添丁,依靠祖传,以牛车搬运货物谋生,然而日本殖民者为乡村带来了新的交通方式,汽车抢了牛车的生意,还颁行法令,限制牛车只能靠边走,而把道路让给脚踏车、汽车行驶。杨添丁的生存每况愈下,他并不清楚"资本"的运作路径,但却直觉地感到"日本东西实在是可怕","街上商人是寡情的"。在这种状况下,杨添丁只能被动地与生活的困境相抗争,他"不得不顽强地和某种视而不见的压迫搏战下去",然而却只能如《天下太平》中的王小福那样一步步走向黑暗的深渊。最后他劝说妻子出卖肉体;自己被逼去偷鹅,可第一次偷鹅就被抓进大牢。"视而不见的压迫",正是表明了"资本"无形压榨农村这一经济事实。吴组缃、吕赫若都是以一种冷静的、理性的社会剖析视角对"资本"的隐性压迫进行了观照。

相比起来,大陆乡土作家,像茅盾、吴组缃等人,比起台湾乡土作家,如吕赫若,在对资本剖析时,更具有社会科学的色彩,因此也就更显理性。这大概与作家们对左翼理论,特别是马克思主义学说的接受程度不同有关。像茅盾,原本就具有非常深厚的理论修养,而《子夜》引起争议的关键点,大概也就在于理论在小说创作中的合法性问题吧。至于吴组缃,从 1929 年进大学就念马列主义,1931年前后起就在从事社会解剖的工作,九一八事变后,他和他的哥哥参加编辑《中国社会》半月刊,研究中国社会经济问题,并且参加了"社会科学研究会"。① 在给茅盾的一封信中谈到长篇小说创作计划时,吴组缃说打算"从经济上潮流上的变动说明这些人物的变动和整个社会的变动"②。这些都表明大陆乡土作家对社会科学理论,特别是马克思主义学说以及相应的社会观察的浓厚兴趣。台湾的许多乡土作家,对一些左翼理论,其中也包括马克思主义学说,也有非常多的了解;但在创作小说时,这些理论并没有突出到如大陆那么重要的位置。像吕赫若,就在三十年代阅读过左翼书籍、接触过右翼思想。不过,从《牛车》多少能看出他的社会剖析视角并不像大陆作家那样有意为之。另外,两岸在呈示"资本"在乡村的渗透和剥削时,还有一点细微的不同:由于台湾的殖民地处境,台湾作家对 1929 年爆发的全球性资本主义危机的体验较大陆作家来说要强烈得多。由此影响到这一时期乡土小说题材的选择。我们从台湾一些乡土小说中能够感受到这一全球性经济危机对台湾的间接影响。像孤峰的《流氓》、杨守愚的《一群失业的人》,都描述了因经济危机而失业的台湾民众的悲苦命运。

两岸乡土小说的左翼倾向,最突出也是最根本的体现,莫过于以阶级斗争为导向的叙事了。对阶级对立的有意凸显,对农民暴动的想象和书写成为这类叙事的重要内容。不过,相较大陆乡土小说,台湾乡土小说中的阶级抗争往往是引而不发的。这与台湾的现实状况密不可分。日本殖民者在统治台湾之初,对台湾的抗日斗争进行了疯狂的镇压;此后,随着日本在台湾殖民统治的确立和稳定,日资大量涌入台湾,殖民者将经济掠夺作为其统治的重要目标,对台湾的同化政策也在逐步加强。在这样的形势下,台湾人民采取了非武力反抗的形式,特别注重从文化的角度对民众进行启蒙和教育。由于采取的是非武力反抗的斗争策略,也由于日本对台湾的"现代化改造"和同化政策有所"成效",所以,尽管台湾抗日斗争事件一直绵延不断,但总的来说,农民暴动并不像大陆那样猛烈。尽管台湾乡土小说也有不多的作品描绘了农民的集体抗争行为,但我们在其中看到的主要还是个人式的阶级抗争以及那种尚未转化为行动的抗争激情,而非像

---

① 参见严家炎:《中国现代小说流派史》,人民文学出版社 1989 年版,第 179 页。
② 转引自严家炎:《中国现代小说流派史》,人民文学出版社 1989 年版,第 186 页。

大陆乡土小说那样,时常表现出群体的暴力宣泄以及作家的暴力想象。比如张庆堂的《年关》和林越峰的《到城市去》,都写到了贫困农民在生计无着时的反抗行为。《年关》中的车夫阿成,面对孩子的哭叫和自己饥饿的肚皮,在车夫老福话语的启发或者说是怂恿之下,铤而走险,拿起短铳前去抢劫。在抢劫时,阿成百般踌躇,当抢劫发生时,阿成惊慌不安,加上饥饿,关键时刻却昏倒下去。枪声响了,被他抢劫的肥胖富人鼠窜而去,阿成却被警察发现。《到城市去》的主人公忘八由于经济的不景气,做了许多职业,可是都难以维持下去。他在王老爷家做田工时,因受王老爷欺压而与王老爷产生冲突,从而被王老爷辞退。阿成带着希望来到城市,先是拉洋车,再是给人擦鞋。不料在城市又遇到王老爷,并再次与其冲突。忘八实在气愤不过,遂怀揣小刀,到王老爷家附近,伺机对王老爷下手,不料刺杀不成,反被人打,逃跑时又落进水中。有的作品则以间接表现的手法将民众阶级抗争的怒火表现出来,比如秋生的《王都乡》,以看似荒诞的故事表达了作者的革命诉求。小说主人公王都乡双腿残疾,不能行动,他由于身体的残疾而觉得自己有罪,认为自己是社会的寄生虫,对社会毫无意义,并因此而自杀,可是自杀时被人救活了。在他的梦中,王都乡成为一个正常人,他到许多行业找事情做,希望做个对社会有用的人。可是,这时的王都乡才了解到百业萧条,民生多艰,于是竟然庆幸起来:倘若自己是个正常人,社会不又多了一个失业者吗?于是他悟到"健康的人简直也是一种不具(残疾)者"。在小说结尾,作者将自己的革命意识通过王都乡之口表达出来,王都乡对卖杏仁茶的说:"你们该知道你们是人,是这社会的一分子,你们的生存和所有人类的生存一样,是自然的意志的。你们的生存资料给人家掠夺了,所以你们作不来人的生活。自然确有贮积你们的生存资料,自然所以给你们的身体以确保你们的生存权,你们不得弃权。你们忍着作下等动物的生活,显明是叛逆自然的意志,你们只得恢复你们给侵害的生存权是你们幸福的进路,同时是你们对自然的重大的义务……"①从王都乡的这番话大约能够看出作者的思想有着社会主义色彩。王都乡还向卖杏仁茶的宣传

---

① 《一群失业的人》,钟肇政、叶石涛主编《光复前台湾文学全集》(二),台北远景出版社1979年版,第420页。

革命："退治吗？无难啦，只要你们的决心一下，办法便在那里生出来的。去，去谋你们的同志，谋你们的同志，你们的唾沫都足以成洪水，成飓风，成爆弹啦！"①另外，一吼（周定山）的《旋风》以饱含深情和愤怒的笔墨书写了穷人的生存困境。小说主人公臭万的一家挣扎在饥饿线上，田地被人占去，一个女儿被卖，另一女儿溺死在粪池中，臭万的妻子生病，被村民关押起来。小说虽然没有写到农民的反抗，却以"旋风"隐喻了被压迫阶级的抗争激情："在风狂雨暴的夹击中。由远处微闻着'飓'的一声，接着就发生了各种不调和的怪响。像撼山倒海的那么巨吼。于是乎，连根的菓叶树，拔头的刺竹，屋盖并排着的一齐拥抱般在空中回旋舞踊了。牛鸣猪叫跟狂风的哀啼，号泣惨喊的人声，多随虚空立刻的卷入了旋涡中，如泰山鸣动的直立在渺茫中的飞转，无情地兼容并包地吞噬了。尽量地夸示了大自然的威力，宇宙微尘般任他的自由摆布了。"②这种席卷一切的狂风暴雨，暗示了民众急切的革命诉求。从这些作品我们都可以看到台湾乡土小说中引而不发的抗争冲动和暴力想象。不过也有不多的作品直接书写了民众的集体抗争，比如在马木枥的《西北雨》中，殖民者和地主的压迫和剥削，使得民众生计艰难，他们将希望寄托在田禾上，可是却多日干旱。正是在这样的困境中，人们实在无法忍受，于是集体去"放开沟水"，并由此和统治阶级展开了一场混战。作者同样以暴风雨来比喻这场混战："空气里充满着连续不断的咆哮，钉钉铛铛，挣挣扎扎，轧轧轹轹……五行相杀相克的声，凶暴暴的，一齐像天雷般地裂出来，宛然一阵狂风暴雨，破坏一切，残踏一切，冲洗一切，凶狂得起着无数的忿怒的泡沫。"③

大陆乡土小说中像《西北雨》那样直接书写阶级抗争的作品非常之多，一方面这是三十年代尖锐的阶级对立以及此起彼伏的阶级斗争在文学中的反映，另一方面也反映出作家受到马列主义阶级斗争学说很深的影响。像茅盾的《残

---

① 《一群失业的人》，钟肇政、叶石涛主编《光复前台湾文学全集》（二），台北远景出版社1979年版，第421页。

② 一吼：《旋风》，林川夫编《台湾乡土文学选集》（二），台北武陵出版有限公司1991年版，第72页。

③ 马木枥：《西北雨》，张葆莘编《台湾作家小说选集》（一），中国社会科学出版社1981年版，第308页。

冬》、叶紫的《丰收》、丁玲的《水》、楼适夷的《盐场》、洪灵菲的《在洪流中》等作品，都奋笔书写了农民的阶级抗争。在茅盾的"农村三部曲"中，从《春蚕》到《秋收》，再到《残冬》，多多头一步步走向了农民暴动。在《残冬》的结尾处，多多头和一些革命群众与"三甲联合队"发生战斗，并迅速打垮了"三甲联合队"，显示出革命群众的觉醒。值得一提的是，茅盾以大泽乡起义为题材的历史小说《大泽乡》，虽然不是我们所要讨论的乡土小说，但同样热情书写了农民暴动，由"贱奴"们汇聚起来的"地下火"将以熊熊燃烧之势烧毁所有的剥削和压迫。将《大泽乡》与《残冬》进行对照阅读，当能更加感受到这类乡土小说的抗争激情。楼适夷的《盐场》大半篇幅都在描写斗争。饱受压迫的盐民们一旦被人引导，他们抗争的怒火便立即燃烧起来。然而《盐场》所描写的斗争交集了多方的势力，盐场上三股力量的制衡与失衡，党派的力量，还有盐民协会的内部斗争，都使得这场斗争呈现犬牙交错的态势。叶紫的《丰收》虽则没有写到农民们血与火的暴动，却依然可以看出那种一触即发的暴动形势。小说中的立秋一直在暗中活动，酝酿着一次大的暴动，小说结尾他对父亲说："迟早总有一天的，只要我们不再上当了。现在垄上还有大半没有纳租谷还捐的人，都准备好了不理他们。要不然，就是一次大的拼命！"①这预示着农民暴动即将汹涌而来。丁玲的《水》和洪灵菲的《在洪流中》，都是以水灾为背景，《在洪流中》写的是水灾中母亲对"农匪"儿子的担忧和保护；而丁玲的《水》则描绘了大水灾面前一群无处安身、无所谋生的农民，在走投无路的时候，这群农民终于发出了绝望的怒吼。在小说结尾，他们聚集起来，向着镇上扑去。

不难看出，在上面所提到的两岸乡土小说中，经常出现洪水、暴风雨这样的隐喻。将"洪水"以及相应的"暴风雨"的隐喻置之于两岸乡土小说之中，其共享的意义大概更多的是在于"赤潮"吧。它们很明显地象征着农民革命的狂潮，它席卷一切，带有强大的反抗力量和破坏力量，显示出作家的暴力想象，带有鲜明的左翼色彩。而这，正是二三十年代两岸乡土小说母题转换的一种鲜明印记。除了将报纸命名为《洪水报》，如前所述，在台湾的一些乡土作品中，暴风雨、洪水

---

① 叶紫：《丰收》，见《中国现代短篇小说》（中），上海文艺出版社1982年版，第351页。

等隐喻也经常出现（如一吼的《旋风》、马木枥的《西北雨》等）。大陆更是如此，不妨也试举几例。我们知道中期创造社有一份重要刊物，即名之为《洪水》。而老舍为吴组缃的长篇小说《鸭嘴涝》所改的书名《山洪》，同样以自然景观来象征汹汹涌动的革命潮流。丁玲的《水》、洪灵菲的《在洪流中》，都将"洪水"象征化，使其具有特定的时代色彩，《水》的结尾便如此写道："于是天将蒙蒙亮的时候，这队人，这队饥饿的奴隶，男人走在前面，女人也跟着跑，吼着生命的奔放，比水还凶猛的，朝镇上扑过去。"①农民暴动的"铁流"，使作品显示出鲜明的左翼倾向。

　　最后，两岸乡土小说的左翼倾向，还体现在小说中出现了革命者形象。在大陆，尖锐的阶级对立导致农民生存的困境，由此而产生农民运动。这种农民运动既有"官逼民反"式的农民自发暴动，也有在阶级斗争理论指导下的有知识分子参与的有组织、有目标的革命运动。而且，农民运动还汇入了民族解放运动的伟大事业之中。大陆具有左翼倾向的乡土小说，出现了农民革命者的形象，这种农民革命者形象体现出作家对农村革命运动中进步力量的确认和关于农民的文学想象，反映出作家想要理性把握中国社会发展进程的心理渴求。在茅盾的"农村三部曲"和叶紫的《丰收》中，年轻一代的农民，多多头和立秋，都从现实处境中深刻触摸到某种关于阶级斗争的真相，从而逐渐成长成为革命者。小说尽管不曾刻意说明，但我们不难看出，多多头和立秋都曾有个学习的过程，在这个过程中，两个年轻人都曾与外界接触。《丰收》中的立秋就经常不在家里，到了小说结尾，云普叔方才隐约了解儿子不常在家的原因。"不常在家"，大约使得立秋能够吸收到一些有关阶级斗争的理论知识吧。不拘如何，多多头和立秋这两个年轻人与父辈在对苦难根源的认识上构成了代际的矛盾和冲突。父辈们逆来顺受，忍气吞声，对苦难的根源没有清醒的认识，认为只要自己勤苦、加上风调雨顺就能够改善生活；年轻一代与父辈最大的区别就在于，他们跳出了父辈们置身其中的社会制度，对其加以反观，并坚定地认为，在不合理的体系内不管如何挣扎，都是枉然，如立秋所意识到的那样，"做死了也捞不到自己一顿饱饭"；要想生存下去，只有打碎那不合理的体系一种途径。所以多多头和立秋都对父辈的劳动毫不在

---

　　①　叶紫：《丰收》，见《中国现代短篇小说》（中），上海文艺出版社1982年版，第76页。

意,而将自己的热情放在打碎那不合理的体系上。某种程度上,多多头和立秋的这种认识,也是作家暴力冲动和暴力想象的内在根源。因此,作家"把中国乡村新生的希望更多的寄寓在乡村青年身上,从而将代际之间的伦理冲突转换为人生道路与社会道路选择的冲突,将道德观念的裂变转换为对革命理论的接受,进而肯定了精神'弑父'的合理性"①。农民革命者形象的出现,看起来只是小说题材与小说人物塑造方面的问题,实际上却暗含着关于中国社会发展的许多重要信息。

在台湾,尽管也有像二林蔗农事件这样"官逼民反"的农民暴动,但正如前面所提到的,日本在台湾的殖民统治确立之后,殖民政府以同化的政策对待台湾人民,日资的大量涌入、殖民者对台湾的"现代化改造",都使得台湾对殖民者的反抗采取了非武力抗争的形式,"台湾文化协会"这样的非武装抗日组织随之出现。台湾知识分子对殖民者的文化抵抗,使得这一时期带有左翼色彩的台湾乡土小说出现了一些"知识分子革命者"形象;而像大陆乡土小说中的多多头和立秋那样的"农民革命者"形象却基本上未曾有过。杨守愚创作于三十年代的《嫌疑》和《决裂》,讲述的便是关于知识分子革命者的故事。杨守愚曾参与过"台湾黑色青年联盟"的活动,并因此受到检举。"台湾黑色青年联盟"在于"谋求无产大众的解放,将无产大众的解放视为达成民族解放的前提"②。《嫌疑》和《决裂》某种程度上有着杨逵自身经历的投影。《嫌疑》的主人公曾启宏仅仅因为被认作是"嫌疑",就被投进监牢,杨守愚以此反映出知识分子革命者所受到的精神折磨。《决裂》则写出了革命者朱荣的生存困境。妻子湘云恨朱荣不能做工养家,朱荣则抱怨湘云不能理解他的革命工作。不仅如此,由于朱荣与湘云的叔父——一个地主为敌,夫妻之间的关系更是充满危机。在这样的情况下,朱荣与农民组合一位女同志的关系就被湘云误会,并成为二人"决裂"的促成原因。林越峰的《红萝卜》截取生活中的一个片断,讲述了革命者李三保被人出卖,从而被抓捕的故事,"红萝卜"即"内奸"之意。小说重视故事情节的推进,可读性很强,但对革命者的

---

① 丁帆:《中国乡土小说史》,北京大学出版社2007年版,第68页。
② 张明雄:《台湾现代小说的诞生》,台北前卫出版社,2000年版,第48页。

内心世界的关注稍显欠缺。对革命者内心世界给予充分关注的是王诗琅，他的《没落》和《十字路》将投入革命的知识青年从理想到彷徨和颓废，又在颓废中有所自责和奋起的心路历程描绘得十分细腻。从这些作品大体可以看出，台湾乡土小说中的知识分子革命者形象总体上显出一种颓废色彩，这大概与殖民者的政治钳制、知识分子自身的生存困境以及革命道路的艰难有关。所以，这里需要特别注意的，是杨逵创作于 1937 年的《模范村》中出现的知识分子革命者形象。在这篇小说中，杨逵成功塑造了阮新民这一人物。这篇小说表现出杨逵成熟的小说叙事艺术，该作涉及人物众多，同时，对日本殖民者的"现代化改造"和台湾地主对农民的剥削都有所表现。小说着力塑造的阮新民，是村里"第一个财主的独子"，他从日本留学回来，是个法学士，有着良好的教育背景。然而，阮新民却并不因此而甘心成为统治阶级的一员，他亲眼目睹了残酷的社会现实和农民的悲惨处境：他的父亲阮固是个地主，每年都向佃户收回垦熟的荒地，转租给糖业公司，糖业公司再让农民种植甘蔗，可农人们种了甘蔗后，糖业公司又对农民七除八扣。农民就想尽办法来避免种甘蔗。这样，糖业公司便勾结地主，共同对付农民，迫使农民就范：

> 看到这里，使他在东京所学的理论得到更充分的理解和证实。而且，他的许多抗日同志，也都以热情鼓舞着他。对于他，这是为了真理与正义的一股很大的力量，使得他再也不能苟安于目前的舒适生活了。①

原本就深怀人道主义精神的阮新民，目睹父亲与日本殖民者相互勾结压迫农民，这一现实与他所掌握的左翼社会理论相互印证，终于使得他成为封建家庭的叛逆者，走到了父亲的对立面。父子之间的冲突遂转化为阶级之间的冲突。小说以暗示的手法交代，当卢沟桥事变爆发后，阮新民来到大陆参加了抗日战争。不但如此，阮新民还帮助村里的落魄文人陈文治，使他逐渐了解了左翼社会理论。作者将自己对革命的向往和改造社会的热情赋予了阮新民这一人物，使

---

① 杨逵：《模范村》，《杨逵作品选集》，人民文学出版社 1985 年版，第 117—118 页。

得这个形象充满积极的精神和向上的力量,作品因此具有较为鲜明的左翼倾向。

第二节　乡土风情的淡化

　　作为一种世界性文学现象,乡土小说乃是农业文明与工业文明冲突的产物,是作家,尤其是有着乡土经验的作家在现代化进程中的必然选择;而对中国这样的后发现代化国家来说,民族国家诉求及其实践又会渗透在乡土小说创作中,参与塑造乡土小说的内在质地。作为一种世界性文学现象,乡土小说最基本的审美表现是"地方色彩"和"风俗画面",其外部审美要求可以归纳为"三画"即风景画、风俗画和风情画。① 在农业文明与工业文明产生冲突的整个十九世纪和二十世纪初,乡土小说已经用"地方色彩"和"风俗画面"奠定了各国乡土小说创作的基本风格以及其最基本的创作要求。这种基本的风格和要求,虽没有成为世界性的理论经典,但已成为各国乡土小说自觉和不自觉地约定俗成的理论精义。② 但对中国这样的后发现代化国家来说,民族国家诉求及其实践使得乡土小说中那种普泛性的审美规范充满了不稳定性。民族主义、阶级斗争、国家统制等因素都可能使其产生审美的异化,从而使其"地方色彩"和"风俗画面"褪色,作品所表现出来的乡土风情也随之淡化。这样的变化在二三十年代两岸的乡土小说中都曾出现过。

　　中国新文学的开放姿态,使其一开始便受到世界文学的影响,并成为世界文学的一支。作家的乡土小说创作实践,理论家对乡土小说理论的探索,都有着世界性的参照视野。在大陆,最早进行乡土小说创作的鲁迅,便在其笔端呈现出浓郁的"地方色彩"和"风俗画面";而在乡土小说理论方面开风气之先的周作人也对"地方色彩"有过论述,在《地方与文艺》中,周作人说:"风土与住民有密切的关系,大家都是知道的:所以各国文学各有特色,就是一国之中也可以因了地域显出一种不同的风格,譬如法国的南方普洛凡斯的文人作品,与北法兰西便有不

---

① 丁帆:《中国乡土小说史》,北京大学出版社 2007 年版,第 24 页。
② 丁帆:《中国乡土小说史》,北京大学出版社 2007 年版,第 9 页。

同，在中国这样广大的国土当然更是如此。"①在给刘大白《旧梦》所作的序中，周作人指出："我相信强烈的地方趣味也正是'世界的'文学的一个重大成分。"②在二十年代初期，王伯祥在上海的《文学周报》上发表的理论文章《文学的环境》、《文学与地域》，从描写手法的角度对"地方色彩"在小说中的地位进行了阐述。1935 年，鲁迅在《中国新文学大系·小说二集导言》中也曾论及"异域情调"对乡土小说的意义。可见，从周作人、王伯祥到鲁迅，都基本认同乡土小说世界性母题的理论概括，即把"地方色彩"（"异域情调"）和"风俗画面"作为乡土小说最基本的创作手段和风格。

但到了 1936 年茅盾对乡土小说进行理论概括时，重心开始偏移：

关于"乡土文学"，我以为单有了特殊的风土人情的描写，只不过像看一幅异域图画，虽能引起我们的惊异，然而给我们的，只是好奇心的餍足。因此在特殊的风土人情而外，应当有普遍性的与我们共同的对于运命的挣扎。一个只具有游历家的眼光的作者，往往只能给我们以前者；必须是一个具有一定的世界观与人生观的作者方能把后者作为主要的一点而给与了我们。③

在茅盾看来，乡土小说创作应该是将"特殊的"风土人情与"普遍的"人类命运挣扎统一起来。将特殊性与普遍性相统一，这样的概括看上去似乎没有表现出什么倾向性；而且茅盾所指出的"必须是一个具有一定的世界观和人生观的作者"方能表现出"我们共同的对于运命的挣扎"，也可以说是文艺创作的基本规律。可是，若联系茅盾在三十年代对唯物史观的推崇，以及他笔下出现的革命洪流，我们大概可以推测出，茅盾所说的"世界观与人生观"应该有所针对。尽管茅

---

① 周作人：《地方与文艺》，《周作人自编文集·谈龙集》，河北教育出版社 2002 年版，第 10 页。
② 周作人：《旧梦》，《周作人自编文集·自己的园地》，河北教育出版社 2002 年版，第 116—117 页。
③ 茅盾：《关于乡土文学》，见《茅盾论中国现代作家作品》，北京大学出版社 1980 年版，第 241 页。

盾也对"特殊的风土人情"加以强调,但证之以茅盾的乡土小说作品,这个"世界观与人生观"当是与左翼理论,特别是阶级斗争学说有着紧密关联。①

　　台湾乡土文学理论不及大陆发达,文学工作者对乡土文学的理论概括似乎并没有特别明确的意识;而且,由于台湾乡土文学创作处于复杂的话语场域中,对乡土文学的定位较大陆来说更为困难。关于三十年代"台湾话文"运动以及相关的"乡土文学"论争,时至今日依然存在不同的看法。殖民处境和左翼思潮的影响,使得这场论战中关于乡土文学的讨论经常越出文学的范畴。不过,依然有研究者从复杂的论战材料中发现了关于"乡土文学意含之改变"的细微踪迹,在这篇题为《日治时期台湾新文学运动与社会主义思潮之关系初探(1927—1937)》②的学位论文中,作者黄琪椿指出,早在黄石辉在《伍人报》发表《怎样不提唱(倡)乡土文学》(1930年)引发乡土文学论争之前,就有关于乡土文学的论述,尽管这一论述并没有明确标明"乡土文学"的概念:

　　　　要产生有价值的文学不消说要表现强大的地方色彩(local color)的,如像苏格兰文学、爱尔兰文学的乡土艺术,个性愈明亮而价值愈高升的,才是现代的之活文字。在台湾有什么诗人会描写着台湾的风景、空气、森林、风俗、人情和老百姓的要求没有?我们不得不盼望白话文学的作者的将来,务要拿台湾的风景为舞台,台湾的人情为材料,建设台湾的新文学,方能进入台湾文化的黎明期。

　　论述的注释显示,该文题为《诗学流行之价值如何》,发表于《台湾民报》73号,时间是1925年10月4日。从引用的文字可以看出,作者特别强调了乡土艺术的"地方色彩",并且认为"个性愈明亮而价值愈高升的",才是现代的活文字。作者引证了苏格兰和爱尔兰的乡土艺术来加以说明,视野应当说是非常开阔的。

---

　　①　关于大陆乡土小说的理论演变,参见丁帆《中国乡土小说史》"绪论",北京大学出版社2007年版。
　　②　黄琪椿:《日治时期台湾新文学运动与社会主义思潮之关系初探(1927—1937)》,第四章第一节"乡土文学意含之改变",(台湾)清华大学文学研究所硕士论文,1994年6月。

正是以"地方色彩"作为乡土文学的重要内涵，作者才指出台湾作家也当"拿台湾的风景为舞台，台湾的人情为材料"，来建设"台湾的新文学"，倘若我们将这篇文章中的主要观点与周作人对乡土文学的看法进行比较，不难看出二者的内在脉络是相当一致的。

黄琪椿接着将黄石辉 1930 年发表在《伍人报》上的著名的论争文章《怎样不提唱乡土文学》与这篇《诗学流行之价值》作了比较。在《怎样不提唱乡土文学》中，黄石辉认为台湾文学应当以台湾话书写台湾经验："你是台湾人，你头戴台湾天，脚踏台湾地，眼睛所看的是台湾的状况，耳孔所听见的是台湾的消息，时间所经历的亦是台湾的经验，嘴里所说的亦是台湾的语言，所以你那枝如椽的健笔，生花的彩笔，亦应该去写台湾文学了。"接着，黄石辉从文艺大众化的左翼立场出发，强调了文学创作应当以劳苦群众为对象：

> 你是要写会感动激发广大群众的文艺吗？你是要广大群众心理发生和你同样的感觉吗？不要呢？那就没有话说了。如果要的，那末，不管你是支配阶级的代辩者，还是劳苦群众的领导者，你总须以劳苦群众为对象去做文艺，便应该起来提唱乡土文学，应该起来建设乡土文学……

若是将这些论述与茅盾提出的"具有一定的世界观与人生观"对照起来考察，则不难发现，茅盾所说的"世界观与人生观"，在三十年代特定的时代思潮中，往往会导向"以劳苦群众为对象去做文艺"。在三十年代，两岸所处的具体环境在许多方面存在着差异，但都存在着左翼思潮的影响，正是这种思潮使得其时的乡土叙事有着比较明显的左翼倾向。

从以上简单的比较可以看出，二三十年代两岸乡土小说的理论演变有着类似的轨迹。理论的演变既是时代思潮影响的结果；反过来又直接或间接地影响了乡土小说的创作。按说，左翼倾向并不必然导致"地方色彩"和"风俗画面"的褪色；但就具体情况来看，从启蒙视野到左翼倾向，乡土小说对现实介入的力度逐渐加大，作家创作的功利心态愈发明显，凌厉峻急的社会批判以及暴力想象和暴力书写时的斗争指向，都对乡土小说的"地方色彩"和"风俗画面"产生了负面影响,乡土小说中潜藏的不稳定性浮出地表,乡土风情的淡化随之成为现实。

就二三十年代两岸乡土小说的"启蒙视野"来说,"启蒙"很大程度上意味着"祛魅"。我们知道,"祛魅"与"启蒙"在价值指向上的相通,正是马克斯·韦伯许多论述的出发点。在二三十年代两岸乡土小说中,"祛魅"与"迷信"、"民俗"等文化物象构成了冲突,从而有可能对作品的"风俗画面"产生消解,比如前面曾提到过的蔡德音的《补运》和郭秋生的《鬼》,甚至是赖和的《蛇先生》,都是以理性之光彻照迷信,并以喜剧的笔法呈现出来,从而减弱了作品的"地方色彩"。但是,总的来看,当民俗或迷信进入作品时,对作家而言固然存有文化批判的意图,但对读者而言却由于拉开了距离进行观照,从而获得一种"异域情调"的满足。像鲁迅笔下的祝福(《祝福》),台静农笔下的叔嫂夜间成婚(《拜堂》),冲喜(《烛焰》)、鬼节扎红灯给亡灵超度(《红灯》),蹇先艾笔下的水葬(《水葬》),许杰笔下的械斗(《惨雾》)和典妻(《赌徒吉顺》),赖和笔下的斗闹热(《斗闹热》),以及在台湾作家笔下经常看到的祈拜"王爷公"(如杨守愚的《移溪》、蔡秋桐的《王爷猪》)等等,这些老中国的习俗,都是作为文化批判的对象进入作家视野的,但是却以其奇异的景观呈现在现代读者面前,所以很容易以其异域情调和悲情色彩给读者深刻印象,从而使读者获得审美快感。另外,具有丰富乡土经验的作家在回身反观乡土时,往往能触摸或捞取到使其难忘的温暖记忆。这些记忆常常储存了作家童年时对家乡的美好印象,作品也由此具有了脉脉温情,在以理性为主导的启蒙之外,另有感性的怀旧式的抒写打动人心。鲁迅的《风波》一开头所描写的农家土场上的晚餐,《故乡》所描写的海边的西瓜地;蹇先艾笔下繁复曲折的山路,远远就能听见大队驮马的过山铃在深谷里响动,却始终不知道它们来自何处(《在贵州道上》);赖和《斗闹热》所描写的孩子们弄香龙的场景[1],蔡秋桐《媒婆》所描写的几乎一整套的婚俗……都使得小说带有鲜明的"地方色彩"和回忆的温情。总的来说,二三十年代两岸乡土作家在以启蒙视野观照乡土生活时,虽然在极少数的作品中"启蒙"的"祛魅"指向对作品的"风俗画面"产生了消解,但更多的作品

---

[1] 弄香龙:指的是孩童见大人舞龙,心美向往,遂以草绳香条,模仿龙状起舞,一人在旁敲钟助兴。街道小巷,绕来绕去,甚为雀跃。此一技艺流传已久,深受民间喜爱。见《赖和短篇小说选》第1页的脚注,时事出版社1984年版。

却以其对地域景观的描写带给读者"异域情调"的心理满足，这些"具有地方特色的小说家们深深地感受到并在作品中描写了'对地区感'的理解"，从而使得"文学作品帮助创造了这些地方"①。也就说，这些地方不再是纯粹地理学意义上的客观"空间"，而是在特定时期被赋予了特定情感和特定意识的主观"地区"。

二三十年代两岸乡土小说的左翼倾向，使得带有主观色彩的"地区"成为阶级对立呈现和阶级斗争展开的场所。作家对阶级斗争有着不同程度的暴力想象，并且这种暴力想象经常化作文本中的暴力书写。作品的价值指向也从理性的批判变为凌厉峻急的抗争，给予读者一种宣泄式的阅读快感。这些都对作品描绘"地方色彩"与"风俗画面"产生一定的损伤。当然，也会有一些作品虽然有左翼倾向，但作家冷静的笔触、耐心的叙事还是能够将乡风民俗较好地描画出来。比如茅盾的《春蚕》和叶紫的《丰收》，就在写作中对农事场面给予了较为充分的关注。《春蚕》中一系列养蚕的场景，如"糊蚕箪"、"窝种"、"拂乌娘"、"浪山头"、"望山头"、"谢蚕花利市"等；《丰收》中的"求雨"、"打租饭"、"响桶"、"打禾客"等习俗，都描绘出具有地方色彩的风土人情。而像吴组缃的《一千八百担》、《樊家铺》、《天下太平》等优秀的乡土小说，也呈现出较为浓郁的乡土风情；《一千八百担》中对"祠堂"的详细描写和对宋氏家族虚假温情的讽刺；《樊家铺》中对农村经济关系的呈现；《天下太平》中对丰坦村"神庙"庙顶上"一瓶三载"的点染，都给人深刻的印象。相比起以启蒙为视野的乡土小说，作家们关注的重心显然已经从文化批判转向了政治经济分析。不过，尽管存在《春蚕》这样冷静透视乡村经济生活并表现出一定乡土风情的作品，但在二三十年代两岸具有左翼倾向的乡土小说中，更为常见的却是那种充满抗争激情，而在乡土风情方面却用力甚轻的作品，如丁玲的《水》、楼适夷的《盐场》、洪灵菲的《在洪流中》、一吼（周定山）的《旋风》、马木枥的《西北雨》，都将叙事的重心放在阶级斗争上面，而忽视了对乡土小说审美特质的关注。比如，楼适夷的《盐场》，虽然也描写了像"烧盐"这样充满悲苦的劳作场景，但大量的篇幅还在于描绘犬牙交错的斗争态势；而马木枥的

---

① （英）迈克·克朗：《文化地理学》，杨淑华、宋慧敏译，南京大学出版社 2005 年版，第 41、40 页。

《西北雨》基本上是将全部的笔力放在了描写"官逼民反"的暴动场面上；被"压抑"许久的力量在小说结尾处得到了全面"爆发"，小说由此描绘了阶级斗争的洪流。在这些作品中，作家们感应着时代的脉动，肯定了下层劳动者的正义抗争，并将他们抗争的激情表现在作品中，表现出可贵的社会良知。但是，从乡土小说的审美要求来看，作品鲜明的左翼倾向对"地方色彩"与"风俗画面"有所损伤，作品的乡土风情因此有所淡化。

第二编

四十年代乡土小说：
战争语境下的乡土书写

第一章　战时两岸作家"乡土中国"的想象

第一节　大陆乡土小说现实主义的发展与转型

抗日战争的爆发使中国面临着一个民族矛盾空前激化的新局面,抗日战争再次逼迫知识分子对自己的道路作出选择。中国知识分子从来就不乏感时忧国的热烈情怀。在中国现代文学史上,以鲁迅为代表的一大批知识分子当初正是抱着救国的目的走上了创作的道路。"救世"是中国现代文化的主要内容。面对"连一张书桌都容不下"的社会现实,在国家存亡的关键时刻,中国文人大声呼出"枪在今天不是士兵所专用的,笔也不是作家所专有的",①于是"一切从事于文学艺术的工作者,无论是诗人、戏剧家、小说家、批评家、文艺史学家、各种艺术部门的作家与从业员,乃至大多数的新闻记者、杂志编辑、教育家、宗教家等等,不分派别、不分阶层、不分新旧,都一致地团结起来,为争取抗战的胜利而奔走,而呼号,而报效"。② 这一时期大陆的文学,无疑担负起了为民族抗战服务的重大使命。

---

① 《作家战地访问团告别词》,《抗战文艺》1939 年 4 卷 3、4 期合刊。
② 郭沫若:《沸羹集·新文艺的使命》,《郭沫若全集》(19),人民文学出版社 1992 年版,第 376页。

　　战争的爆发使中国大陆分为国民党统治区、共产党领导的解放区和日伪统治下的沦陷区三个部分,三个区域的乡土文学呈现出各自的特点。国统区的乡土小说继续着乡土批判现实主义的发展方向;解放区的乡土小说开始向社会主义现实主义转型;而沦陷区的乡土小说更加重视对风俗人情的描写。

　　国统区这一时期的乡土小说创作中批判现实主义艺术成就比较大的是吴组缃、沙汀和艾芜。注重风俗画的描绘是吴组缃乡土小说的艺术特点。1943 年,他唯一的长篇乡土小说《鸭嘴涝》出版,此书名后由老舍改为《山洪》。在这部作品中,吴组缃大量使用方言土调,以至于他自己都说,"原稿用山乡土话过多。我过去总想从对话的言词语调和神情意态多多表现人物内心性格以及生活气氛;所以放手摹拟说话人的声口"①。除此之外,作者还着力于"地方色调或山乡风貌"的描写:

　　　　大河从上面重峦叠嶂之中弯弯曲曲穿了出来,迎面碰着鸭嘴山,屹然高耸,突出丑怪的岩石;好像遇着一个横蛮的凶汉:两手撑腰,仰面向天,有意伸出一只脚拦住去路,要和这远来的过客闹是寻非。大河原地保存奈何不得,只有把河路让开,转而向北,绕了一个弯,再继续向二百里外的大江里缓流而去。②

　　四十年代初期《在其香居茶馆里》的问世,标志着沙汀的文学创作走向成熟,也呈现出沙汀秉承鲁迅风格、着力于社会批判的创作特色。《在其香居茶馆里》通过一场发生在其香居茶馆里的联保主任和邢幺吵吵之间的闹剧,讽刺了新县长所谓的整顿兵役制度。整篇小说是在轻松甚至让人发笑的场景中完成了对现实的批判。以喜剧性的形式去描写悲剧性的内容,是沙汀小说的自觉追求。无论是他笔下的代理县长,还是联保主任或其他一些类似于帮派头目的恶势力,沙汀都是在尖锐地批判他们的同时更无情地嘲讽他们。他总是期待"将一切我看

　　① 吴组缃:《山洪》,"后记",人民文学出版社 1982 年版,第 210 页。
　　② 吴组缃:《山洪》,人民文学出版社 1982 年版,第 1 页。

见的新的和旧的痼疾，一切阻碍抗战、阻碍改革的不良现象指出来，以期唤醒大家的注意，来一个清洁运动"①。

沙汀的小说除了在讽刺艺术方面取得了成功之外，还具有浓郁的乡土色彩。他所擅长描写的是四川西部的风土人情。川西地区的袍哥、联保主任、内地帮会头目等"土著人物"常出现在沙汀的笔下，他们操着四川乡间的口语和行帮黑话，活跃在川西北小镇的茶馆、烟馆、酒馆、祠堂、镇公所里。沙汀通常是在这样具有乡土情调的背景下从容地开始他的叙事。《在其香居茶馆里》就是一篇典型的具有浓郁的地域色彩的小说，它的地域色彩通过独特的人物内心的描写和场面描写而实现，使川西北小镇上的世态人情跃然纸上。其小说中的茶客让人不禁想起鲁迅笔下的"看客"——早在五四时期，鲁迅就以极悲愤的笔触给大家刻画出了"看客的形象"。多少年来，这群看客仍站立在大街小巷。在民族存亡的关键时刻，如若再不推动这些木然的看客，中国将毫无希望。沙汀在对风俗画面的描绘中，不仅从社会分析的层面，还从隐形文化心态的层面，对川西乡镇的政治、社会、文化生活进行了批判。

除沙汀外，这一时期还出现了其他深刻反映现实的优秀之作。罗淑在《生人妻》中揭示了人在经济重压下所暴露出来的凶残本性，把同情的眼光投向了悲苦不幸的广大妇女。姚雪垠指出了"差半车麦秸"（《差半车麦秸》）头脑中滞留着深厚的迷信思想；吴组缃看到章三官（《鸭嘴涝》）虽朴直却深受"好男不当兵"这一传统思想的束缚，对自己的土地表现出过分的依恋；艾芜笔下的邵安娃（《丰饶的原野》）憨厚、懦弱，表现出十足的奴性……这种批判的立场和五四精神是相一致的，显示出在抗战时期，大批知识分子仍一如既往地发挥了他们作为文化精英的先锋作用。他们对固守在农民头脑中的封建落后的文化思想进行了批判；对农民的悲苦生活进行关怀。

四十年代，沙汀还创作了长篇乡土小说《淘金记》、《还乡记》。其中《淘金记》塑造了许多具有鲜明个性和乡土情调的人物形象：飞扬跋扈的龙哥、色厉内荏的

①　沙汀：《这三年来我的创作活动》，《沙汀研究资料》，中国社会科学出版社 1986 年版，第 125 页。

林幺长子、做油酒之类囤压生意的彭胖、为人调解纠纷的季熨斗,尤其是白酱丹,刻画得淋漓尽致。《淘金记》因着人物描写的"全然精彩"而被有的评论者评为"乡土文学中之最上乘的收获"。他在四十年代后期的小说《还乡记》,由于受当时格外高涨的革命热情的感染,后半部分在艺术结构的把握上出现了失误;但由于他冷静深刻地剖析了冯大生内心隐藏的心理状态,小说仍有一定的艺术成就。抗日战争的胜利在很大程度使沙汀对中国共产党的最终胜利、对农民的最终觉醒抱有乐观的态度。于是,他开始在自己的作品中传达这种乐观情绪。冯大生走到了抗缴竹笋的最前列。但就对冯大生参加斗争的描写来看,作者指挥着冯大生,作者大量的主观情绪夹杂其间,将其与早些年的小说《淘金记》那种完全通过人物的言语来完成人物性格的塑造、把主观倾向嵌于情节中相比,显然是倒退了。

　　同沙汀擅长刻画人物的心理、进行社会分析不同,艾芜更善于捕捉"生活的诗意",为读者描绘一幅幅生动的人间图画。艾芜的小说并不以思想的深刻著称于世,而更多的是以清纯见长。他的小说技法并不追求玄妙,常常倒是平朴的,然而在中国现代文学史上,"艾芜,我们应该以尊敬和感激的心情来称呼这个名字,这是一位在今天极度艰苦的文艺田园中最为辛勤而有很大成就的作家"①。他的贡献在于以活跃在他身上的"幻想的精灵"、一双执著于对美追寻的眼睛、一颗向善的心,"在悲壮的背景上加了美丽",从而使人在美的感染下增强了与丑抗争的勇气。"艾芜不愿意像沙汀那样用解剖黑暗来激发读者对曙光的向往,他要直接发掘出黑暗底下的不竭的光源。"②而这光源在艾芜那里,正是人们所赖以生存的故土的美丽,是美丽的边陲风光,是人性中顽强不息的力量。因而他的作品一方面展示黑暗、冷峻的现实,另一方面大事炫耀四川平原那清新美丽的好风景,而全然不顾由此而造成的作品结构的松散。在众多对艾芜小说的评论文章中,周立波一语中的,"遭受外人多年蹂躏的南中国,没有一处不是充满忧愁;然

---

① 楼适夷:《1948 年小说创作鸟瞰》,《小说》第 2 卷第 2 期,1949 年 2 月 1 日。
② 王晓明:《沙汀艾芜的小说世界》,上海文艺出版社 1987 年版,第 217 页。

而流浪诗人的笔，毕竟不能单单写忧愁，他要追求生活、寻找生活里的美丽的东西"①。刘老久身上所体现出的倔强的性格、不屈的灵魂正是艾芜所认定的人性中闪光的部分。就是赵长生，即使艾芜对这个人物从总体上是否定的，"赵长生这类农民，在佃农中，我觉得更占得多些……历史之所以进步得慢，总爱走迂曲的道路，赵长生这类型的人，我疑心他们是不能不负一部分责任的"②。他也捕捉到了赵长生身上反抗的因子。在《故乡》中，艾芜虽大部分笔触都指向乡绅的丑陋、知识分子的苦恼和农民的不觉醒、狭隘，闪耀着社会批评的光芒；但同时我们又发现艾芜不时会忍不住倾心于雷家兄弟身体的强壮与精神的饱满，会暂时忘却雷家村人的狭隘转而称赞他们的朴实，会不顾自己对雷志恒身上表现出的偏执的不满转而极力地推崇他。这些看似矛盾的地方源自于艾芜"也要在写后方那些卑微兄弟的时候，引起读者对他们发生强烈的同胞爱，因为我以为有了同胞的爱，才能对敌杀我同胞，发生最大的仇恨的"③。

　　在这点上，艾芜与五四时期作家显出了区别。五四时期的知识分子是以居高临下的姿态去俯视农民，"哀其不幸，怒其不争"，而艾芜则是从平视的角度去指出农民的局限性和优点。这点艾芜和赵树理是相似的，他们都对农民有着深厚的感情。但他们两人对文学功用的理解不同，赵树理强调文学的救世功能，作品中流露出较强的政治功利色彩，而艾芜对文学功用的理解则要宽泛得多。艾芜在写于 1941 年《文学手册》里，将文学的功用分为三种：第一，是使读者对陌生人委生亲密的关系、激起深刻的同情；第二是驱除因袭的观念，使人正确地理解人生；第三是武装读者，不和恶势力妥协。可看出艾芜更偏重于文学对人、对人生的关怀。对人的关怀总是要关注人赖以生存的环境，关注人所处的时代大潮，所以艾芜的小说也不可避免地充满了时代的气息。艾芜本人甚至也受到时代氛围的影响，忍不住去描写自己不熟悉的生活，创作了长篇小说《山野》。

---

①　周立波：《读〈南行记〉》，《中国当代文学研究资料·艾芜专辑》，四川大学中文系编 1979 年版，第 104 页。
②　艾芜：《春天改版后记》，《艾芜文集》(六)，四川文艺出版社 1986 年版，第 7 页。
③　艾芜：《作家生活自述》，《中国当代文学研究资料·艾芜专辑》，四川大学中文系编 1979 年版，第 13 页。

对于大自然的热爱、对于人的关怀,决定了艾芜人道主义的书写立场。这不仅表现在他的小说《石青嫂子》和《一个女人的悲剧》、《猪》中对现实的关注,还表现在他对故土、对异域情调的绵绵深情中。在现代作家中,以废名、沈从文为代表的乡土作家们也颇工于对故乡田园牧歌式的描绘;但他们大多是以那些原始的、未受尘世污染的风景来抗拒现代社会,他们笔下歌颂的世界和现实社会是对立的。而艾芜则不然,他描绘的美丽风景就是现实社会的组成部分——他描绘它们,是为了使人们对现实生活抱有热爱从而不失去生活的信念,所描绘的风景画中具有入世的精神。中国作为一个农业大国,农民是国民的主要构成部分。中国农民长期生活在小农经济下,形成了狭隘、保守的心理特征,加之他们精神上饱受封建思想的奴役,中国农民的觉醒必然是一个漫长的路程。如果说五四新文化运动先驱者的摇旗呐喊对刚从封建社会走出来、经济上十分困顿的农民来说不过是一场吵吵闹闹、与己关系不大的街景,那救国保家园的枪炮声也未必能立即惊醒他们。特别是在内地广袤的大后方地区,残余的封建官僚恶势力、农民头脑中的滞后性因素阻碍着抗日斗争的最终胜利。抗战应是全民的斗争,斗争的主要力量就来自农民。而且"我们的抗战,在其本质上无疑的是一个民族自身的改造运动,它的最终目的是在创立一个适合人民居住的国家。若是本身不求进步,那不仅将失掉战争的最根本的意义,便单就把敌人从我们的国土上赶出去一事来说,也是不可能的,出乎情理以外的幻想"①。

这一时期大陆现实主义乡土小说的转型主要反映在解放区文学中。解放区作家有着强烈的农民政治情结,毛泽东的"走农村包围城市的道路"这一方针的提出,使他们从高高在上对农民的说教、对农民的轻视转为向农民学习。他们尤其崇拜那些农民出身的小知识分子,因为他们兼有两种身份。于是,我们也就不奇怪于这样一种当时作品中普遍运用的创作模式:开到农村领导斗争的工作组中,一个是苦出身,后经过党的培训初步掌握了一些文化知识,懂得党的政策的工作组组长的形象,而另有一位是城市里来的青年知识分子形象,最终总是青年

---

① 沙汀:《这三年来我的创作活动》,《沙汀研究资料》,中国社会科学出版社 1986 年版,第 125 页。

知识分子不但与现实生活格格不入而且会因不受群众欢迎而受到工作组组长的批评教育。这样一种创作模式颇能反映出当时大陆解放区知识分子的心态。但从另一个角度看，这也表现出知识分子对自己狭隘的生活面的不满，这将促进他们更快地走出狭小的个人空间，走进大众的生活中，这对丰富他们对生活的感性认识、开拓他们的视野无疑是很有好处的，这对促进现实主义创作向更广的方向发展是有益的，这也将是进一步探讨现实主义创作理论的一个很好的契机。

　　但在当时战火纷飞的环境中，中国的文坛根本没有可能借此机会从纯文学的角度广集良言，梳理总结现实主义创作的得失，做得更多的是迁就当时的战争形势，对纯文学观持批判和否定态度。1942 年毛泽东《在延安文艺座谈会上的讲话》理所当然地成为作家现实主义创作的理论经典。这不仅和毛泽东在当时的政治地位有关，而且和知识分子对在新形势下启蒙的重新认识的结果有关。那时，一方面，启蒙的内核已由从精神上进行抽象性的引导转化为组织反帝反封建武装斗争力量的实实在在的鼓动，知识分子退至幕后；另一方面，群众对灌输他们封建文化的艺术形式缺乏自觉的抵抗力。五四新文化和封建文化的冲突、对抗，使得五四新文化不得不改头换面抢占"摊位"。出身于农民，亦接受了五四新文化运动洗礼的赵树理，当他满怀激动之情将自己十分推崇的《阿 Q 正传》念给父亲听时，他只念了一小半便遭到父亲并无恶意的拒绝。其时，他的尴尬是可想而知的。这刺痛了他，于是他宁愿从此做名"抢滩"作家也不再愿意继续自己刚刚形成的欧化文风。

　　赵树理如此，那些在革命队伍中逐渐成长起来的作家，如马烽、西戎、束为、孙谦等人，就更加自觉地走上了用通俗故事进行创作来争取民众的道路。他们的小说明显地接受了中国传统的话本小说的影响，强调情节的连续性和生动性，作品中落在"事"上的笔墨远远超出对"人"的刻画。即使是赵树理的小说《小二黑结婚》，让人难以忘却的主要还是小说的叙述中流露出的喜剧色彩。而里面的人物，写得最为生动的二诸葛、三仙姑，内在性格以及思想的转变也写得略嫌单薄。这些作者总是通过作品中的人物去讲话，去看待周围的一草一木。这类作品中景色描写往往很少，即使偶尔有之，也是简单的、以农民审美眼光对景色的打量。

　　这些作家笔下的故事往往来自农村生活,无疑,它们是老百姓所"喜闻乐见"的,在很大程度上也确实体现出浓厚的民族气派、民族风格。这批作品来源于生活,对三十年代所形成的口号式文学、宣传品式的文学、概念化图解式的文学创作是一次较成功的反动,这就将现实主义创作推向了生活,避免了前期"辩证唯物主义"创作方法用观念演绎情节的严重弊端。然而,虽然说文学作品来源于生活,但文学作品毕竟不能照搬生活,它们之间应该有一个审美中介。日常生活若缺少艺术的提纯直接进入文学作品,就会破坏了文学作品的艺术品位。

　　以赵树理为代表的这批作家他们的作品中都渗透了强烈的政权意识。老杨同志、马同志、刘开明、老马、区长等都是政权的象征:小二黑的结婚、海其子的翻身、艾艾和小晚的成婚、赵栓栓和田铁柱的化解冤仇都主要是借助了政权的力量。这一时期的这批作家虽受到政权意识的影响,并且在作品中都给予故事以光明的尾巴,但总体来讲他们还是遵循了一定的真实性的原则,尤其是对农民形象的刻画,中国农民长期以来所形成的那种封闭、狭窄、自私愚昧、麻木不仁、胆小怕事的小农心理在这一时期的作品中也得以真实的表现。

　　还是以赵树理的小说为例。他站在农民的立场上,通过平视的角度去打量周围的世界,从而极准确地捕捉到了农民文化的底蕴,即农民身上存在着最革命的因子,但又不可避免地存在着极大的惰性与依赖性。在赵树理看来,这种惰性只要被挖掘出来是可以借助政权的力量去扭转的,而且政府也有义务帮助一切落后的农民。抱着这种观念从事创作,赵树理在小说中虽写到了农民文化深层的滞后性因素,有人称之为鲁迅精神的延续;但从审美形态上他的小说却是和鲁迅的正相反,他的作品完全是以喜剧面目出现。赵树理有着一种极强的意识在支撑他,他相信政权的力量不仅可以在经济上改善农民的生活,更能在精神上健全他们的人格。赵树理抱着为解决问题的极大热忱去搜寻农民弟兄中亟待改造的问题。在这种思想原则指导下的创作应该说和鲁迅精神是存在着差异性的,前者看重"被救",而后者更重"自救",这显出了两者在思想深度上的差距,同时这大概也可解释为何五六十年代赵树理的小说虽然注重写中间人物,但仍流露出追求"近距离"主题效应的创作情结。

　　赵树理的小说不仅从思想上去争取农民,而且在创作形式上也迎合农民的欣赏习惯,这主要表现在他对欧化形式的自觉抛弃、对传统民间形式的运用上,这使得他的小说得以称为通俗小说并赢得了农民读者的喜爱。但遗憾的是,他的小说在追求通俗化的同时却失去了一些纯文学的因素,比如对风景抒情式的描写在赵树理小说中一处也未见。山药蛋派作家束为、孙谦、西戎、马烽等人的小说都是以赵树理的小说为旗帜的,但在人物的刻画上、情节的生动曲折方面还达不到赵树理小说所达到的高度。

同样具有政党意识的作家孙犁,他的创作风格却与赵树理迥异,他追求的是一种抒情的、诗情画意的氛围的描绘,是浓浓的"地方色彩"和"异域情调":

> 月亮升起来,院子里凉爽得很,干净得很,白天破好的苇眉子潮润润的,正好编席。女人坐在小院当中,手指上缠绞着柔滑修长的苇眉子。苇眉子又薄又细,在她怀里跳跃着。
>
> 要问白洋淀有多少苇地? 不知道。每年出多少苇子? 不知道。只晓得,每年芦花飘飞苇叶黄的时候,全淀的芦苇收割,垛起垛来,在白洋淀周围的广场上,就成了一条苇子的长城。女人们,在场里院里编着席。编成了多少席? 六月里,淀水涨满,有无数的船只,运输银白雪亮的席子出口,不久,各地的城市,就全有了花纹又密、又精致的席子用了。大家争着买:"好席子,白洋淀席!"
>
> 这女人编着席。不久在她的身子下面就编成了一大片。她像坐在一片洁白的雪地上,也像坐在一片洁白的云彩上。她有时望望淀里,淀里也是一片银白世界,水面笼起一层薄薄透明的雾,风吹过来,带着新鲜的荷叶荷花香。
>
> ——《荷花淀》

他以知识分子固有的审美情趣来描绘景色,而不像赵树理那样描绘风景是为透过地形地貌及村落的分布来对阶级状况等社会因素作出交代。两者描写景物最根本的差异性在于有无审美眼光的介入。

赵树理以实用的眼光看待周围事物,他注重的是农民翻身后土地重新被划分的情况,重新形成的村落分布状况,他从对家里物件摆设的描写上透露出农民对党、对新政权的热爱之情。从文学的角度来看,孙犁由于有了审美眼光介入,作品成为"有意味的形式";而赵树理更接近生活的原生态,更实在地写出了农民生活的变化,更能满足农民读者的欣赏习惯和他们对新生活的认识,也更符合毛泽东《在延安文艺座谈会上的讲话》的某些精神。因而虽同具有政党意识,同样反映人民群众在党的领导下觉醒起来、武装起来了,同样追求喜剧结局,但孙犁的作品在解放区的地位不如赵树理的高。

赵树理的作品在四十年代曾成为乡土文学创作的一面旗帜。在这面旗帜的指引下,丁玲也奉献出了她的力作《太阳照在桑乾河上》,周立波也创作了著名的长篇小说《暴风骤雨》。这两部作品在语言方面都循着赵树理的方向走下来。丁玲、周立波大量运用农民的口语,对语言的大众化作出了贡献。

第二节　台湾乡土小说现实主义的深化

台湾的新文学运动在很大程度上是受到大陆新文学运动影响的。大陆新文学运动所关注的社会命题在这一时期的台湾乡土小说中也得到表达,其最突出的表现就是对女性苦难的书写和对封建伦理制度的批判。由于作家们是在台湾这一地域文化的背景下吟唱他们的悲歌,他们的作品显示出台湾的地域文化特色。在揭示台湾女性的苦难根源方面,他们的笔力主要集中在:

第一,对台湾的养女制的批判。日据时期的台湾,由于经济的凋敝与民众极度贫困造成养女盛行的情况。当时的养女有这样几种用途:一是当"媳妇仔",即留给家中子弟做团圆媳妇,若不宜为媳,可卖掉换取钱财;二是当"查某婶",即当婢女使役;三是长大后可由东家做主出嫁,东家从中得一笔聘金;四是被主人收房做小,但收房做小后仍为婢妾,不改奴隶地位;五是养大后逼其当娼妓以牟利。

龙瑛宗的小说《不知道的幸福》里的女主人公就是在两岁时被卖为"媳妇仔",她被卖的原因并不是家庭贫困,而仅是她亲生父亲认为养女儿不合算就将她送给了人。她的养母很恶毒,养兄对她也凶狠,但她长大后却不得不嫁给养兄。对这样明显是往火坑跳的婚姻,她却无法逃脱,正如她自己所说:"我虽然讨厌，可是服从命运是女性的义务，而且我是个十六岁的小姑娘，懂得什么？真的什么也不懂，连结婚是什么都不明白。即使不愿意，一个十六岁的小姑娘又能有什么作为呢？婆婆曾经刻薄地跟我说过：'做女人的要是嫌这家庭不好，干脆说出来吧。你怕我为难吗？哼，我将你卖给娼家，让你一生沉在苦海！哼，我看你这样水性杨花的女人一定喜欢那样吧？哼！'"婚后她常遭遇婆婆和丈夫的虐待。最后她不得已只能离别女儿，挣脱婚姻枷锁，独自到都市去谋生。

当时的女作家杨千鹤在《女人的命运》里写道：我一位朋友，自己受养母的虐待，先生又没出息，始终过着威胁不安的生活。等自己有了女儿时，却依样把亲生女儿送到别处，同时再由别的地方抱进来一个媳妇仔吃奶。我责难她这种做法，她却理直气壮的，以纯真的表情说："像我们家生活这样困难，知道将来儿子结婚要付出一笔可观的聘金，女儿找不到理想的婆家，现在趁早送人免得心里挂念，对方的家庭也有好处。"当然，这种媳妇仔制度，将随着社会的变迁逐渐遭到淘汰，可是在家庭里仍旧残留着浓厚的阴影。台湾的家庭中，婆婆要媳妇仔像牛马般工作，与指定的男人成婚，生许多孩子，还要求像机器般不断地劳动，尚且得不到一起生活的伴侣的同情，不稳定的情绪自然发生。等到媳妇仔做了婆婆，她以同样做法，"我们那时候都是这样"，盲目地强迫成婚，几代下来周而复始一直流传。[①]

吕赫若的《田园与女人》塑造了"媳妇仔"彩碧，她虽然很漂亮温柔，但伯烟因从小和她一起长大，印象中总是她从小买回来时很土气的样子。伯烟出国留学后，他们之间很难产生爱情。当彩碧听到留学归来的伯烟回家对他母亲说不要跟她结婚并已和其他女孩相爱时，她哭了。彩碧走了……然而她原来的家那么穷，她又是被伯烟所不要的"媳妇仔"，回去能有什么好的结局呢？彩碧没有回家，可她一个弱女子，又没有文化，在伯烟都不容易谋到职业的社会里，她又能有什么好的出路呢？虽然吕赫若的叙事特点是在悬疑之处戛然而止，但从伯烟母亲那么着急担忧来看，等待彩碧的绝没有好的命运。这篇小说写出了"媳妇仔"

---

① 杨千鹤：《女人的命运》，见林川夫主编《民俗台湾》（第2辑），台北武陵出版社1990年版，第27页。

的一种命运,虽然彩碧与许多遇上恶婆婆的"媳妇仔"相比稍好一些,她有一个挺喜欢她的婆婆,但仍摆脱不了最终不幸的命运。

张文环的《艺旦之家》书写了一个更为悲惨的养女的故事。采云因亲生父亲生病,家里只有靠母亲到茶厂拣茶梗苦苦支撑,她母亲以三百元将她卖给别人做养女。采云虽在养父母家度过了还算幸福的童年、少年,但在她十六岁的那年,养母为了钱财居然将采云送进了茶行老板家,让那个六十多岁的老头糟蹋了采云。"三天后,采云病人一般地被母亲接回家。一回来,采云就希望自己立刻断气就好了,她这么想着缩进床里,好多天都不想再看到阳光。不过即使这样,可没有人愿意管她呢。"这一经历又使她的初恋只能是一场美梦,廖虽然爱她但却没有办法接受她的卖身经历。采云痛不欲生,"如果神是慈悲的,那就让我睡一般地死了吧"。然而母亲对她的不幸却没有什么内疚,而且采云也还得活下去,她到台南当上了艺旦。在她成了一名首屈一指的当家艺旦之后,她再次恋爱了。温驯的杨秋成爱采云,也接受了采云艺旦的身份,唯一希望采云做的就是在嫁给他之前辞掉艺旦。但这又谈何容易?采云的母亲所希望的是采云能回台北做第一流的艺旦,她便会有更大的金钱方面的收益。在采云的幸福和钱财之间,她的母亲关心的永远只是后者。所以尽管采云一再哀求她:"阿母,让我嫁吧。嫁过去后,我还会常常回来照顾阿爸和阿母的。如果有了小孩,也愿意送一个给您。""可是母亲总是装着没有听见的样子睡她的觉。就有如抓住幸福的双手正在拼命地挣扎,却好像碰到帘幕,整个身子失去了支撑,咚的一声倒下去了,再也没有力气爬出来,自个儿潸然落泪"。面对采云的痛苦,她的母亲根本就无动于衷,照旧让采云接客,将采云的身体作为自己大笔挣钱的工具。张文环在《艺旦之家》中以极凄凉的笔墨写采云的无助和绝望:

　　一天晚上,采云在醉仙阁陪酒时,叹息着向一位王姓常客埋怨。
　　"王先生,我这双手什么时候才能离开酒瓶呢?"
　　这位好好先生罗曼蒂克起来了,引述了些诗句,拼命地称赞她的才华。
　　在喧闹的宴席上,采云唱了悲凄的《行路哭灵》,让种种幻影在心里此生彼灭。爱过她的人,离开她的人,拜倒在她石榴裙下的人,这些老狐狸们要纠缠她到什么时候呢？她真想诅咒这些人们。于是陪酒一完，她便拒绝了要来她家的客人们，打算好好地跟母亲再来场谈判，却又觉得恹恹的，提不起劲来。回到家，脱下了上衣，马上就钻进被窝里落入沉沉的睡乡中。半夜里，猫叫声把她吵醒了。她忽然一惊，想到是不是已经怀了杨的孩子，全身就渗出汗来了。她从床里弹起来，趿了拖鞋便想进母亲的房里去，可是太渴了，便先倒了杯茶。这声音使母亲转醒过来了。

"我在喝茶，阿母。"

母亲未醒的声音说：热水瓶里有开水。采云倒是希望喝凉的。一口气喝下了一杯，总算镇静下来，采云这才装着取什么东西的样子进了母亲的房间。母亲床头的灯光好耀眼。

"阿母，我做了个奇怪的梦。"

"人人都会做梦啊。"

母亲有点不耐烦的样子。

"这我知道，可是阿母，我一直想跟您商量商量的。"

"我知道的，有身子啦，结婚啦，这样的事可以等到明天啊。"

母亲的口吻里含刺，采云便不想再说下去，回到自己的房间，可是脑筋好清醒，没法再入睡。夜真长。翻来覆去的，觉得枕头湿润起来了。远远地有婴孩哭声。连大桥上的脚步声都像沿着水面上颤抖着传过来似的，真是万籁俱寂。我就死给人们看吧。大家不是说河没有盖吗？这么想着的当儿，人又渐渐朦胧了。好累。她觉得自己再也没法与意志抵抗了，使她着急。再次听到有声音从河面传过来时，玻璃窗已经泛白了。采云起来如厕，打开窗一看，淡水河的细碎波浪映着破晓的云，好像是在镜子上蠕动的影子。

"真的，河没有盖呢。"

采云在心里自语。在这样的社会里，自杀岂不是目前唯一的解决办法吗？采云定定地凝望着在晨风里鼓起来的船帆。

台湾社会的养女习俗甚至比大陆的童养媳习俗更易给女性造成伤害，日据时期有许多台湾作家都批判过这一习俗。因为日本统治台湾之后,日本文化中轻视女性的观念的传播,日本在台湾推行的各种政策使得更多的家庭陷入贫困,这些使得这一时期养女现象格外严重。

第二,书写台湾社会尤其是乡村的家族制度、婚姻制度、性别观念对女性的伤害。张文环的《阉鸡》中,无论是主题还是细节描写都反映了这些方面的问题。月里是 TR 庄名望林清漂的独女,但这样的身份也没有让她得到公平受教育的机会,因为她的爸爸深信"女人的命运像菜种,看你怎么播怎么种,便不一样。尽管质好,如果后面的过程不好,也是枉然。清漂就说过:所以嘛,女孩受教育,过分地去照顾,也不见得有好结果"。月里的婚姻完全是家庭包办的,她父亲考虑这门亲事的最重要的原因就是为了能把郑三桂的药店弄到手,让家庭获取重大利益,根本没有考虑月里的幸福。清漂对女儿如此淡漠,甚至"他对女儿的出嫁并没有记挂多少,倒是药店开幕的事占满了他的整个脑海。有时,偶尔也会向女儿告诫一些一个家庭妇女所应该遵守的妇德"。月里结婚以后她的婆家因投资失误而面临经济上的重大打击,她的公公病死,唯一留给儿子和儿媳的就是大笔的债务,月里夫妻只能靠养猪艰难度日。对月里来说雪上加霜的打击是她丈夫又偏偏因得病而痴呆,支撑家庭的担子全落在她的身上。月里的婚姻生活是不幸的,更让她伤心的是她婚后娘家对她的态度。她第一次回到娘家时想为她已陷入经济困境中的公公向父亲恳求免去药费,也是想给原是该药店老板的公公一个心理上的安慰,但是月里在家里成为并不受欢迎的人:"父亲专心于他的新事业,连碰面的时间都没有,好不容易地才在吃饭时,流着泪向父亲请求。她说明做一个媳妇的立场,而公公这一生是从未花过药费的,为了安慰病人,希望不要收费。父亲默默地在吃他的饭,一言不发。比起没有电灯的 SS 庄,TR 庄的家看来明亮而有余裕。"月里的二哥因着自己的利益竭力想断绝和月里婆家的关系,他的绝情甚至连对月里冷漠的父亲也听不下去了,"你一开口就管啦,不管啦,其实如今在你来说,婆家的繁荣比娘家更重要啊。所以嘛,家里也有家里的做法——"

即使月里在自己极度困难而希望得到娘家的帮助的时候,她的二哥仍拒绝了她,而且"月里从双亲的口吻里感受到冷漠的意味,只得抱着眼前一团漆黑的感觉回到婆家"。月里在娘家的遭遇也正反映了当时台湾女性的处境，即使是骨肉至亲对待她们也毫无怜悯之情，她们只被作为生育的机器，提供交换以谋利的物质，无论在娘家还是夫家，她们都没有独立的地位。台湾女性在这样的环境中，极易成为一个个满载着怨恨的形象，"这种影子般的男人，有时也会使月里不知如何是好，但当她看开的时候，却又觉得这也是对双亲的报复，不免有些快乐起来。看，这就是 TR 庄福全药房的千金，双亲为了想成为名望家，把女儿给牺牲了"。其实这也仅是月里的想法而已，她的娘家人既如此不在乎她，又怎会为她的不幸而难过自责呢？阉鸡，是受阉割的鸡。月里的人生恰如阉鸡一般，注定了残缺。张文环以极冷峻的笔写出了台湾女性所受的屈辱，描画出了她们的悲惨人生。

第三，质疑台湾当时社会上许多极易毁掉女性幸福的社会习俗。除了上面所说的"媳妇仔"和父权制度之外，还有聘金制。这是婚姻开始阶段的风俗，从这开始，女性就被物化了，它带来的必然就是婚姻中男女不平等的地位。许许多多像月里爸妈那样的父母，常会由聘金的多少来决定女儿的婚嫁，这也常成为女性不幸命运的开始。吴浊流的《泥沼中的金鲤鱼》就写到这一点。另外，台湾比较普遍的纳妾制度也是女性痛苦的一个根源。吕赫若的《前途手记》就写了由风尘女子而成为妾的淑眉因盼望生育而心理发生畸变，最终求神拜佛，疯狂吞食草根、香灰、神符而患上了严重腹膜炎死亡的故事。淑眉之所以会如此，是因为在一夫多妻的家庭里，年轻貌美的妾虽说在刚嫁进来时会多得恩宠，但随着新鲜感的消逝，她们很快便会受到冷落，而在家庭中地位的真正确立，还是要看她们是否能生出儿子来，只有这样，她们才可能分得到一份财产而使自己有较长远的生活保障。

对女性命运的书写，是吕赫若的乡土想象的重要内容。《庙庭》和《月夜》可说是情节具有连贯性的两个短篇小说。主人公翠竹原本是个活泼可爱的女孩子，可是当她长大后，她第一次出嫁后没几年就成了寡妇，第二次的婚姻又使她误入虎穴。她所嫁入的家庭中婆婆、小姑子都是心理变态的虐待狂，她的丈夫也是一个视婚姻为儿戏、虐待妻子成性的伪君子，已离过七次婚。"我"作为娘家人代表送翠竹回婆家时，曾亲眼目睹这一家子对翠竹从肉体到精神的全方位的虐

待,翠竹不仅常常被打得遍体鳞伤,而且还要忍受她们在心灵、精神上对她的摧残:

　　"哎呀! 你这个坏女人!"

　　翁姑说着向翠竹打过来。同时小姑和她母亲一样辱骂翠竹,一面从相反的一边包围翠竹,一面从自己头发里拔出发针来。

　　…………

　　但是我还是保护翠竹。她们向翠竹打下来的拳头都用我的身体接住了。

　　…………

　　翁姑和小姑子都上楼去了,"我"本以为她们对"我们"会采取完全不理睬的方式。

　　然而这是我想错了。不久就听到咯咯的楼梯声,马上抬头一看,翠竹和我都变了脸色。

　　"天公仔! 天公仔!"

　　翁姑搅乱头发以吓人的恐怖形象,双手捧着一束香,嘴里念着"天公仔",从楼上下来了。透过香的白烟,看她那吊上去的双眼,浮现着更可怕的光彩。一下子翠竹的脸变苍白了。

　　翁姑持香向苍天控诉翠竹的恶行。我虽觉得太可笑,真想笑出来,但翠竹偏却完全陷入恐怖中。

　　"天公仔,有灵请听。"翁姑站在门口就拜天唤叫,"我这个媳妇是坏女人,以恶言伤害我。请你断了她的气,用雷打死她,派来吊死鬼吧。"

　　我只有呆然望着她,别无办法。事情更糟的是,翠竹的丈夫随后下来。我以为是要去阻止母亲的做法,但是不对了,他直接走近翠竹身边就打了她二三记耳光。

这户人家当着翠竹娘家人的面尚且如此折磨翠竹,可想而知当翠竹独自面对他们的时候,他们又会怎样对翠竹痛下毒手。他们之所以胆敢如此,与翠竹家对她的态度不无关系,更与当时台湾社会对女性的婚姻生活的看法有关系。"有过一次结婚失败的男人至少还有可能性再度进入幸福的结婚生活,然而对离过婚的女性来说,若想再婚,那简直只有接受较差的婚姻,是从社会上或道德上来看都比不上第一次的结婚。一位有很好教养的小姐,只因为有过一次离婚,就没有资格去选择自己所喜欢的对象。还有,有的女人只因为已超过了二十五岁就只得做人家的后妻……这些都是我们常见的事实。"也就是说,女性婚姻的失败,不管导致失败的原因是什么,女性都会被剥夺再次追求婚姻幸福的资格。这样就使得许多女性不敢轻易地离婚;而媳妇的娘家虽知道自己的女儿在婆家受虐待,但也不敢同意女儿离婚。这也使得一些恶婆婆可以很放肆地欺负媳妇。吕赫若在《庙庭》中也写到了台湾的一些社会风俗对女性婚姻的影响。

> "你爱钱爱过翠竹的命吗?"
> "啊! 让她离婚看看。你以为很容易就可以再结婚吗? 若是没有人要娶她,你要怎么办呢?"
> "那也没有办法。那完全是她的命运。"
> "哼。厝内是不能祭姑婆(女性的直系亲族)咧。"

在如此社会风俗中的女性的婚姻幸福就系于她所嫁的丈夫和姑婆的为人。台湾这一时期的乡土小说所塑造的女主人公的悲剧,大都是由于她们嫁的丈夫是品格恶劣之徒,而她们所生存的社会环境又让她们在婚恋关系中只能处于被动状态。吕赫若的《财子寿》里的玉梅仅因哥哥吸食鸦片导致家庭败落而耽误了她的婚姻大事,她就只能给别人做继室。玉梅和她的母亲其实也被台湾势利的社会风气异化了,她们用财力来衡量对方,玉梅仅因能成为富家太太就尊称周海文是个伟大的人,而让自己陷在深深的自卑之中。玉梅一开始就默然接受了由于经济条件的差异而带来的人格上的严重不平等,而事实上,相比于周海文的吝啬、下流、无亲情,玉梅却是温柔、善良、体贴人的,但从她的内心就是生不出反抗周海文的力量。在她怀孕生女这一格外需要丈夫关爱的时期,却只有承受来自周海文的冷漠及周海文宠爱的下女的欺侮以致精神完全崩溃。

　　这些小说都共同书写了日据后期台湾女性的不幸生活,也塑造了一批受凌辱的女性形象,在对她们的命运的揭示中也完成了对台湾传统习俗的深刻批判。

　　从日据时期新文学运动到战后,台湾文学一直沿着现实主义的道路前行,台湾著名的乡土文学作家陈映真在回顾这段历史时评述道:"一部中国的近代史,是一部帝国主义侵略中国,和中国人民抵抗帝国主义的历史,台湾的历史,更是遭受帝国主义侵略和反抗这个侵略的历史中最典型的一部分。前一代的台湾文学家曾毫不犹豫地、英勇地反映了殖民地人民反抗帝国主义的悲壮的主题,'不知残酷、横蛮为可耻的铁鞋'之下,用利笔做刀剑,和日本压迫者做面对面的战斗,也因为这样,先行一代的台湾文学,便与中国文学合流,成为近代中国文学中一个光荣而英雄的传统。"①这一时期以杨逵、吴浊流为代表的作家,他们本着抵抗日本殖民统治的强烈意识,直接以自己的创作加入到反抗殖民统治的运动中。

　　日据时期的台湾是以农业生产为主的,百分之八十的台湾岛民都是农民,其中百分之六十属于佃农和自耕农。自从台湾沦为日本的殖民地后,日本的近代资本势力随之长驱直入,他们和他们的走狗——台湾总督府相互勾结,常常征收自耕农的土地作为日本制糖株式会社的蔗田。类似杨逵在《送报夫》中所描写的情形:一纸合同下来,在日本官方和警察双管齐下的强压下,自耕农欲哭无泪,只得以极低的价钱将田地卖给资本家,这在台湾成为一个普遍的现象。台湾日据时期的作家大多来自农村,他们对广大农民所承担的悲哀和苦痛有着深刻的了解,他们的笔端大多指向农民悲苦的生活。"在台湾新文学里,文学的主潮流是农民文学殆无疑义。""战后的众多台湾作家以农民生活为主题经营他们的文学。"②

　　叶石涛在《台湾文学的困惑》一书里曾经提到,台湾文学始终与政治发生密切的关系,政治咒符是台湾文学的宿命。就台湾作家这一时期的创作来看,以杨逵、吴浊流为代表的抵抗意识强烈的作家,他们大多身兼作家和民族斗士两种身份。他们一方面最了解、关心广大民众从而成为大众话语强有力的传声筒,另一

---

① 　陈映真:《孤儿的历史·历史的孤儿》,《〈陈映真作品集〉第9卷·〈鞭子和提灯〉》,台北人间出版社1988年版,第52页。
② 　叶石涛:《走向台湾文学》,自立晚报社文化出版社1990年版,第79页。

方面他们在精神上扶持广大民众，是他们思想上的启蒙者。因为有他们的参与，民族解放斗争才更富凝聚力。他们确实在一定程度上牺牲了自己作品中的审美性，但他们对压迫的反抗、对自由的追求、对生命的热爱、对生命权利的捍卫都让后人对他们的人格心生敬重。

就拿作家杨逵来看，他从小就拜伏在缪斯女神的脚下，从中学便开始如痴如醉地阅读了大量西方文学作品，他尤其喜爱托尔斯泰的《战争与和平》、《安娜·卡列尼娜》以及雨果的《悲惨世界》。他在赴日留学期间选择了文学艺术作为自己的学习方向。他本是一位诗意盎然的文人，然而同胞们痛苦的哀号使得他对日本帝国主义非人道的侵略行径悲愤不已，他不想再躲在象牙塔里营造自己的艺术世界，他选择了做一个以笔为刀，惊醒民众、痛斥侵略者的斗士。杨逵在日据时期的许多作品都直接控诉日本殖民政府的横征暴敛，抗议台湾总督府与日本殖民者狼狈为奸的丑恶行径。他的《模范村》通过人物憨金福的遭遇，诉说了台湾农民所受到的不公正待遇和残酷的打击：地主阮老头和日本"制糖公司"勾结收回憨金福家父子两代卖掉家当才整好的田，憨金福提着三斤二两重的大母鸡去求情，结果是求情不准，鸡也不还，憨金福被棍棒撵了出来，脑袋上留下了茶杯大小的伤痕。

杨逵等作家日据后期的这些反殖民统治的小说在艺术上大多采用了讽刺手法，大致上看讽刺了这样几类人：一是不觉醒的台湾知识分子，像杨逵的《鹅妈妈出嫁》里的林文钦。他创立了与日本殖民者"共存共荣"口号相似的"万民共荣"的经济理论，呕心沥血，终于完成了一部带有血迹的《共荣经济的理念》的经济学书稿，最终却遭受家破人亡的厄运，在贫困交加中死去，以他本身的命运构成对自己理论的极大讽刺。

二是被奴化了的知识分子。吴浊流的《功狗》里的洪宏东为殖民者埋头苦干了二十年，积极地推广日语教学，顺应于学校的一切举措，尽心尽意地办夜校，可最终仅因积劳成疾病倒在家三个月就被免职。龙瑛宗的《植有木瓜树的小镇》中的陈有三是位妄想通过自我奋斗被社会认可的个人主义者。他几乎不交任何朋友，没有任何应酬，除了上班之外就将自己关在家里沉浸在读书、考学、发财的梦想中。他孤独清高，在现实生活中处处碰壁，读书非但没有能改善他的生活，还让他差点失去饭碗,经济的窘困使他的爱情之花尚未开放便匆匆凋谢。

三是苦苦挣扎在底层、自我逐渐丧失、灵魂开始萎缩的民众。憨金福(《模范村》)正控诉着阮老头的罪行,可他"忽然看到地上还有阮新民刚才丢下的半截香烟,便弯了身子想把它捡起来抽",而当接到阮新民给他的三十多支烟又听到说"你们是应该有田种的"时,居然"吓了一跳,停住了哭泣,莫名其妙地向他望着,忽然想起阮老头欺负过他的往事,心中又忐忑不安了。他用惊惧的目光,向肖乞食、刘见贤、老板娘的脸上看着突然间向后退了几步,紧抱着那罐香烟,飞也似的转身朝公路那边跑去了"。

如果说对这几类人物,作家们是以善意的讽刺来警醒他们,那么对台湾民众中的另一类丧失了人格、行为卑劣、大发国难财甚至沦为殖民统治者帮凶的人,作家们则是在辛辣的讽刺中撕开他们丑恶的嘴脸。杨逵的《泥娃娃》,吴浊流的《先生妈》、《陈大人》等都承继了赖和、杨云萍等人讽刺民族败类形象的风格。"我"(《泥娃娃》)的校友原来姓刘,日本人推行皇民化运动时,他立刻改姓富岗。为了乘机发国难财,竟以老婆快临盆作为借口进行乞讨,活脱一副无赖者的模样。杨逵在漫画式描写中突了一个"厚颜无耻的鹰犬"的形象。

从赖和的《不如意的过年》、杨云萍的《光临》,到吴浊流的《先生妈》、《陈大人》,一系列洋奴、"大人"的艺术形象被塑造,这些形象是台湾文坛对中国现代文学的独特贡献。这些形象也是由台湾长期的殖民政治、文化处境所孕育的。日据时期,台湾大小起义组织均遭镇压,台湾解放同盟被迫解散。日本在台湾几十年的怀柔统治政策、文化殖民主义培植出了一种洋奴心态,甚至其中有一部分人充当日本统治者的帮凶。对这些形象的批判不可避免地带有政治色彩,但由于台湾这一时期和大陆处于不同的抗日背景之下,所以同是政治介入的心态,却是在不同的背景之下,这在一定程度上导致台湾和大陆在相当长一段时间持续着两种创作模式,即台湾作品坚持批判现实主义风格,而大陆四十年代政治色彩浓郁的作品往往是以歌颂为主。

讽刺的运用也成为台湾乡土文学创作的一大显著特色。吴浊流将这一艺术手法的运用推向了极致,形成了他独特的讽刺艺术特色。他的小说创作中讽刺的实现通常通过这么几个途径:

第一，抓住可笑的言语、神态动作，予以放大处理。《陈大人》的开始部分写到刘秀田在后车路的亭子脚下劈竹篾，猛不然屁股被人狠狠地踢了一脚。原来踢他的居然是他的外甥陈英庆。他大怒，"英庆，你应叫我什么？"可此时的陈英庆自觉有了新的身份而且是大人的身份，于是：

> 陈大人全无惧色，不慌不忙地说："算来要叫你阿舅。"说着，傲然指头上那顶巡查补的帽子接着说："可是，我有了这顶帽子，再不能叫你阿舅。"然后，故意装着威严的声音："在亭子脚不得劈竹篾，违者要罚，你知道你犯了违警例吗？"陈大人严斥了后，就将佩剑故意弄得锵锵作响，装模作样地跨起大步，笃笃响着皮鞋声而去。

短短几句便将一个六亲不认、仗势欺人、蛮横无理的巡查补大人的形象刻画得淋漓尽致，也让读者通过他那一系列极富夸张意味的神态、动作中体察他的丑陋嘴脸。

其次，在对照中突出荒唐之处。吴浊流在小说中擅长对照，有鲜明对立的形象之间的对照，也有通过正面形象来映照反面形象。《先生妈》里的先生妈和她的儿子钱新发就是两个相互对立的人物。先生妈吃苦耐劳、善良，对祖国的传统习惯、饮食有着本能的热爱；而与她同住一个屋檐下的儿子钱新发却是少廉寡耻、薄情无义的。虚情假意是他开医院招徕生意的手段，骨子里他对穷人极其冷漠、吝啬。他对母亲施舍给乞丐米的行为粗暴干涉，却不惜重金为自己争名誉地位。为讨日本人的欢心，他"把姓名改为金井新助"。为了使自己的家庭完全日本化，他甚至要求他的老母亲学日语、穿和服、吃日本餐。正是这样一位极度自私自利的人物在皇民化运动中丑态百出。也有的是通过人物自身前后行为的对照，显现出人物的卑鄙无耻。如《陈大人》中的陈大人对待亲舅舅还踢上一脚，对隐山伏野的抗日战士是绝不放过，甚至对打铁店的、卖肉、卖茶的、卖豆腐的也严加管教，然而正是这位陈大人竟不顾法令私下给艺旦、娼妓通风报信以得美色，发横财。这行为间的反差正显出这位陈大人自私、虚伪、恶贯满盈的本色。

1945 年 8 月 15 日，日本被迫宣布无条件投降。中国人民的八年抗战以胜利告终,9月9日,日本军队在南京签具投降书,中国政府宣布接收台湾及澎湖列岛。10月25日,中日双方代表在台北举行受降仪式。台湾行政长官公署正式成立。台湾在分离祖国五十多年后重新回到祖国的怀抱,台湾人民万众欢腾,全岛沉浸在喜庆的气氛中。然而台湾人民万万想不到的是光复后的日子远非他们所想的那样安详、幸福,新的灾难悄悄又落在他们的头上。

台湾素有"谷仓"之称,但由于受到战争的影响,米产量大幅度下降,加之国共战争爆发,国民党七十军进驻台湾,国民党从台湾输出大量军米,使得1946年岛民的三分之二必须吃番薯杂粮充饥。省营贸易局、省公卖局等省营机构及长官公署垄断了台湾全产业的百分之九十。此外,恶性的通货膨胀使台湾民众沦为赤贫。大部分台湾知识分子失业,感觉前途渺茫。一时台湾自杀者激增;司法制度的紊乱使得法的尊严和正义荡然无存;小偷、法师、乩童开始重操旧业;在台湾绝迹已久的天花、霍乱、鼠疫又开始流行。当时台湾民间流行着这样的歌谣:"台湾光复欢天喜地,贪官污吏花天酒地,警察横蛮无天无地,人民痛苦乌天暗地。"这些都导致了台湾岛民和接收官员之间直接冲撞的"二二八"事件的爆发。

光复刚开始,台湾文坛曾一度活跃,各种形式的刊物如雨后春笋不断刊行。其中大部分内容是介绍大陆的有关知识,推动台湾民众学习中文,消除大陆和台湾的文化隔阂。如作家杨逵刊行《一阳周刊》和文学杂志《台湾文学》三期。1946年2月20日,《中华日报》在台南创刊,从1946年3月15日开始在日文版下开辟了刊登文学作品的园地,主编为龙瑛宗等。1947年8月1日,《桥》副刊创刊,维持了二十个月。《桥》的主编歌雷醉心于"新现实主义",他邀请了以杨逵为主的台湾作家,发起了"台湾文学应走路线"的论争,主要发表现实主义的作品。然而不久之后,由于日文被废除,全省所有的报纸副刊都变成清一色的中文。这样,许多只能用日文从事写作的作家放弃了写作,只有一小部分作家继续从事创作。

1948年吴浊流发表了中篇小说《波茨坦科长》,这部小说仍保持其讽刺小说的特色,讽刺了"波茨坦科长"范汉智这一类国民党接收大员们。小说开头便为读者开了两处场景:一处是台湾老百姓迎接大陆军的到来,扬眉吐气的欢乐场面,"台湾沦陷到现在已经五十年,大家都当一个没有祖国的孩子长大起来的,自己一直动不动就得向有祖国可自傲的日本人自卑低头，但现在不论对谁也不需这样了"；另一处却是大陆南京督察处内，往日日本人的走狗、奴才们一改往常飞扬跋扈的神态，在谈论着日本人失败，担忧着自身的命运。其中督察处的特工人员范汉智替日本人办案的手段是既高明又毒辣。正当他为前程考虑时，"接收台湾工作"几个字样跃入他眼帘。于是他摇身一变，以范新生的名字当上了大陆驻台湾接收官员，并骗取了台湾姑娘玉兰的爱情。小说以他们的恋爱过程作为线索，向人们讲述了范新生如何接收了一幢很大的"日产"房子，如何勒索百姓、贪污受贿，怎样与走私奸商勾结、投机倒把大发横财，最后被捕。小说的结尾处富有意味，范汉智被绑着走下台阶，卖冰棒的、卖东西的、卖肉粽的、卖香烟的都上前观看，突然来了××局的卡车，贩子们纷纷逃窜，从车上下来的两个穿制服的人将"逃不脱的烟和钱"全抢去了。这时作者发出了质问："卖国求荣的是汉奸，可是借公家的名骗人为私的到底是什么呢？"搜查队长"忽而看见办公室里的全部职员不要说，甚至工友也同样笑嘻嘻，不论哪一个人的脸都跟过去所检举的汉奸或贪污的脸相像，真使人厌恶"。抓了一个范汉智，然而他的同类仍在台湾猖狂地搜刮民脂。台湾光复后又落到这样一群汉奸和贪官污吏手中，前途让人担忧。

这篇小说以写实的手法记下了光复初期台湾社会的形态，反映出了台湾人民由对国民政府的热望到逐渐认识到他们腐败实质的一个过程。这在当时小说中是有典型意义的，尤其是1947年"二二八"运动爆发，国民党政府对台湾岛民进行镇压，杨逵亦被判了12年监禁，这在思想上给了台湾作家以极大的影响，他们对台湾的前途深感忧虑。这一时期大部分台湾作家的作品都直接反映了当时台湾人民苦难的生活。《苦瓜》是光复初期台湾省民众困苦生活的写照，讲的是由于儿子战死于南洋、媳妇逃回娘家而被遗弃的一个孤苦伶仃的老阿婆去偷摘苦瓜遭受到毒打的经历。《冬夜》《农村自卫队》和《台湾岛上的血和恨》都写的是"二二八"运动前夕台湾人民痛苦的生活及"二二八"运动爆发的经过。《冬夜》里，一个年轻的女子由于丈夫战死被迫改嫁又遭抛弃，终于为了一家人的生存走上了卖淫的道路。《农村自卫队》里展现较多的是光复初期台湾流行天花、霍乱，还有窃贼横生的一派混乱、凄惨的社会相；《台湾岛的血和恨》则不仅写到了台湾青年福生遭到不公正的待遇,还写到了台湾人的反抗。

所有这些小说除了描写光复初期台湾人民的苦难生活和当时台湾复杂的社会形态外,还有一个共同点,即对大陆人的对抗情绪的流露。这些作者对大陆广大的人民并不了解,台湾大陆两岸的人民存在着隔阂。他们便将对接收官员、贪官污吏的仇视扩展为对整个大陆的对抗情绪。这种情绪是由于长期以来对祖国历史文化陌生而造成的一种畸形社会文化形态的产物,是需要克服的。

第二章 战时背景下两岸作家本土特色的营构

第一节 大陆沦陷区作家的乡土情怀

日本的入侵,使中国东北、华北的大片土地沦陷为异族殖民统治区。同台湾沦陷区的作家一样,乡土文学创作也成为大陆沦陷区作家们抵抗异族统治的重要方式。"九一八"以后在东北沦陷区,文坛上出现了以萧军、萧红、端木蕻良、罗烽、舒群、白朗为代表的东北作家群。虽然他们的创作风格迥异,正如胡风曾就萧军和萧红的创作对萧军坦言的:"你可能写得比她(萧红——笔者注)的深刻,但常常是没有她的动人。你是以用功和刻苦,达到艺术的高度,而她可是凭个人的天才和感觉在创作。"①但他们却有着共同的创作的思想底蕴,即强烈的本土文化意识。他们以自己的小说在东北家乡的沃土上建立起民族精神的丰碑,在感伤、悲哀的"怀乡情绪"中寻觅着拯救国人灵魂的圣火。与五四时期乡土小说着重描绘农民悲惨的命运、描写封建愚昧落后给整个社会所造成的阴冷的压抑气氛不同的是,这一时期东北作家群的作品中着重弘扬的是一种"力"的旋律。冯歪嘴子(《呼兰河传》)虽遭受到比严冬的淫威和财主的暴虐更为残酷的舆论的

---

① 胡风:《悼萧红代序》,《中国现代作家选集·萧红》,人民文学出版社、三联书店香港分店联合出版1984年版,第3页。

磨难，但他顽强地和命运作了抗争，在人们不敢置信的目光下生存了下来。在表现方式上，以萧红等为代表的东北作家群也做了有益的探索。无论是呼兰河还是科尔沁旗大草原，作家不仅从自己熟悉的视角去观察生活，而且能够从丰富的风俗画的描摹中映现历史与现在。

早在 1934 年，萧军提出要"先从暴露乡土现实做起"，身处日本异族统治下的东北作家也早在殖民统治之初就写下了《万宝山》（李辉英）、《大地的海》（端木蕻良）等反映东北父老乡亲承受民族苦难的作品。1934 年至 1937 年，舒群、萧军、萧红、罗烽、白朗、骆宾基、端木蕻良等纷纷南下，汇聚上海，给上海文坛带来强有力的冲击，尤其是萧红的《生死场》、萧军的《八月的乡村》以及端木蕻良的《科尔沁旗草原》。《生死场》是萧红的成名作，其"叙事和写景，胜于人物的描写，然而北方人民对于生的坚强，对于死的挣扎，却往往已经力透纸背"①。萧军的《八月的乡村》同样因有力地书写东北大地上的人民的生存图景而受到赞誉："我却见过几种说述关于东三省被占的事情的小说。这《八月的乡村》即是很好的一部，虽然有些近乎短篇的连续，结构和描写人物的手段，也不能比法捷耶夫的《毁灭》，然而严肃，紧张，作者的心血和失去的天空，土地，受难的人民，以至失去的茂草，高粱，蝈蝈，蚊子，搅成一团，鲜红的在读者眼前展开，显示着中国的一份和全部，现在和未来，死路与活路。"②这两部小说都呈现出强烈的地域色彩：

> 中秋节过去，田间变成残败的田间；太阳的光线渐渐从高空忧郁下来，阴湿的气息在田间到处撩走。南部的高粱完全睡倒下来，接接连连地望去，黄豆秧和揉乱的头发一样蓬蓬在地面，也有的地面完全拔秃似的。
>
> 早晨和晚间都是一样，田间憔悴起来。只见车子、牛车和马车轮轮滚滚地载满高粱的穗头和大豆的杆秧。牛们流着口涎愚直地挂下着，发出响动的车子前进。

---

① 鲁迅：《萧红作〈生死场〉序》，《鲁迅全集》第 6 卷，人民文学出版社 1981 年版，第 408 页。
② 鲁迅：《田军作〈八月的乡村〉序》，《鲁迅全集》第 6 卷，人民文学出版社 1981 年版，第 287 页。

"高粱"、"黄豆秧"、"大豆"、"牛车"、"马车"营构成东北黑土地独特的风景画。

对黑土地的眷恋是东北作家群体的共同情怀。"土地传给我一种生命的固执。土地的沉郁的忧郁性,猛烈的传染了我。使我爱好沉厚和真实。使我也像土地一样负载了许多东西。当野草在西风里萧萧作响的时候,我踽踽地在路上走,感到土地泛溢出一种熟识的热度,在我们脚底。土地使我有一种力量,也使我有一种悲伤。……我活着好像是专门为了写出土地的历史而来的。"①东北"荒凉"而"辽廓"的土地造就了端木蕻良的忧郁和孤独。他以独特的忧郁气质注目着粗犷雄阔的大地上那些病态、萎缩的人。他的代表作长篇小说《科尔沁旗草原》以自己家族的兴衰遭遇作为"底子",以"土地为圆心"向人们描绘了在东北大地上,"九一八"以前经济的、政治的、军事的、风俗的广阔历史画面。作者成功地"交响出一首中国的进行曲",它的魅力在于"粗犷与温馨的对称与交织,它一方面写大草原的野性,写杀人越货、奸淫、掳掠的土匪,写心如冷钢的大山,写粗鲁愚昧的农民;另一方面又写《红楼梦》式的、仆婢成群的府邸,写那些风月男女的旖旎缠绵,写眼似儿童、心如老人、思想如巨人、行动似侏儒的丁宁,写小姐、丫环们的燕语莺啼,从粗犷的荒野,进入温馨的闺阁,又从荡荡的春光,进入萧索的秋煞;像从现实进入梦境,又从梦境回到现实,《科尔沁旗草原》正具有这种勾魂的美"②。

在东北作家群的创作中,乡土小说是最为重要的部分。针对日本殖民统治者提出的"移植文学"理论③,1937 年 9 月梁山丁在《明明》第 7 期发表《乡土文学与〈山丁花〉》一文,指出"满洲需要的是乡土文艺,乡土文艺是现实的。《山丁花》是一篇代表乡土文艺作品"。王秋萤在《文选》第 2 辑上发表《建设地方文艺之重要性》,也提出"我们如果一观中外的历史,真正的文艺,全是发源于民间"。他们

---

① 端木蕻良:《我的创作经验》,见钱理群编《二十世纪中国小说理论资料》第四卷,北京大学出版社 1997 年版。

② 司马长风:《新文学史话》,香港南山书屋 1980 年版,第 185—186 页。

③ 日本人城小碓在《满洲文学的精神》中提出"要以日本文学为主轴","以日文为主体来创造满洲文学"。参见黄万华:《史述和史论:战时中国文学研究》,山东大学出版社 2005 年版,第 414 页。

共同倡导"乡土文学"，呼吁作家要创作"充满乡土色香的作品"。梁山丁的第一个小说集《山风》就带有浓郁的乡土气息，"犹如一艘无风带的船，漂流于小市镇与乡下之间，虽然写下了一些故事，那素材也大半采摘自我所漂流过的市镇与平凡的乡下"①。而他的长篇小说《绿色的谷》则是"一首忧郁的乡土行吟曲"，借关外大地苍茫的林莽和凶悍的狼群来传达出悲凉和雄壮的美感。1944 年，骆宾基的长篇小说《幼年》发表，作者以独特的儿童视角观照纷繁复杂的人事，"记载了作者的幼年与少年两个时期的天真而纯洁的心灵。这个心灵反映着通过家庭而显现出来的一个东北三等小县城的社会风貌。记载了'九一八'事变之前这座满、汉、回、朝四个民族杂居共处的边境城镇的风俗、人情。自然，它们都是盖有半封建半殖民地的时代烙印的"。作者在小说文本中突出描写了汉文化的风俗习惯，像除夕迎神、新春拜年、二月二龙抬头的古俗，浓郁的民族风情的描写也成为这部小说的重要特色。

　　既有了"乡土文学"的理论和创作实践，"乡土文学"的思潮就在东北沦陷区兴起。这股思潮又影响到华北文坛。1942 年底，华北沦陷区刊物分别以开辟"乡土文学"讨论特辑以及召开"乡土文学"讨论会的形式倡导"乡土文学"。在华北文坛，倡导"乡土文学"最得力的是上官筝（关永吉），他有意识地以"乡土文学"抵制沦陷区的言情文风，他对"乡土文学"的理解从起初限于审美层面，认为"题材取自乡间和强调地方色彩"到突出"独自的国土（地理环境），独自的语言、习俗、历史和独自的社会制度"的特征到强调"我乡我土"，这也是他越来越明显地倾向于突出"乡土文学"的"民族"、"社会"属性以抵抗异族统治的过程。关永吉不仅从理论上提倡"乡土文学"，而且也提供了"乡土小说"的实绩。四十年代，他创作了短篇乡土小说集《秋初》、《风网船》以及长篇小说《牛》，多写沦陷区农民的不幸遭遇。

①　梁山丁：《山风·自序》，长春文丛刊行会 1940 年版。

第二节　台湾作家笔下的风俗画卷

　　三十年代初期,日据下的台湾文坛就大力提倡"乡土文学",以此对抗日本当局要推行的"皇民化运动"。"七七卢沟桥事变"前后,日本侵略者明显加强了对台湾的控制。1936 年 9 月,日本海军大将小林跻造继任台湾总督,军政统治恢复,小林的第一大政绩就是在台湾推行"皇民化"、"工业化"和"基地化"的所谓"治台三策"。在这三策中,最主要的是"皇民化运动"。其具体的内容有:严禁台湾人民言论、集会、出版、结社自由,检举抗日思想犯,禁用汉文,禁止中国大陆人去台湾,禁止台湾人民沿用中国的风俗习惯,强迫使用日语,强制台湾人民改换日姓、日名,强迫台湾人加入皇民组织,驱赶台湾青年到祖国大陆和东南亚打仗。"皇民化运动"的最大目的是妄图将台湾殖民化,全面地用"大和文化"取代中国文化,消灭台湾人民的民族意识。在日据后期,台湾文学日益被纳入日本的"决战体系"之中。1937 年 6 月,台湾所有报刊的"汉文栏"被废止,随后文艺刊物《台湾新文学》也被废刊。日本殖民当局在台湾组织了"台湾文艺家协会"、"皇民奉公会"、"日本文学报国会台湾支部",控制了整个台湾文坛。1940 年 1 月,台湾文艺家协会的机关刊物《文艺台湾》创刊,旨在将台湾文学视为日本文学的一个支派,台湾作家被迫用日文写作。但是这并不能消除台湾作家内在的民族认同情感。1941 年,台湾作家纷纷退出《文艺台湾》。1941 年 5 月,张文环、黄得时等退出《文艺台湾》后与吕赫若、吴新荣等另组启文社,发行杂志《台湾文学》。"从媒体分析的角度看,张文环主编的纯日文《台湾文学》的内容,大抵关涉到纯粹台湾本土的生活。特别是关于中国传统社会结构里的家庭、婚姻、民情、民俗,成为这个时期十分关注的焦点。"①发表于该刊的重要小说有:张文环的《艺旦之家》、《论语与鸡》、《夜猿》、《顿悟》、《阉鸡》、《迷儿》,吕赫若的《财子寿》、《风水》、《月夜》、《合家平安》、《柘榴》、《玉兰花》,杨逵的《无医村》,巫永福的《欲》,疑雨山

---

　　① 黎湘萍:《从吕赫若小说透视日据时期的台湾文学》,《中国现代文学研究丛刊》1999 年第 2期。

人的《妹》，王昶雄的《奔流》，龙瑛宗的《莲雾之庭》等等。这些小说都是作者用日文写成的，"但大致上，是承继台湾新文学运动反日民族解放运动的精神，力求反映台湾民众在殖民者皇民化运动下的苦闷和抵抗，同时也刻画战争时期台湾民众苦难的岁月"①。

张文环是日据后期影响最大的一位台湾乡土作家，他也被当时的台湾文坛称为"风俗画家"。在日据时期，张文环在文坛上还是颇为活跃的，他曾于1938年任《风月报》日文编辑，1941年赴日本参加"大东亚文学大会"。1943年他以短篇小说《夜猿》获得"皇民奉公会"所颁发的台湾文学奖。在赖和、杨逵等前辈作家纷纷以弃笔甚至隐居的方式表达他们对当局的抗议时，张文环却频繁地抛头露面，显出和日本政府蛮有瓜葛，这曾引起大家对他人格的怀疑。其实，这一方面是由于张文环等年轻一代较多地接受了日本文化的教育，他们在直接抵抗日本殖民统治方面确实不如许多前辈作家来得坚决；另一方面是日本政府为了更好地统治台湾，也需拉拢一些在台湾民众心目中较有声望的作家。然而张文环并不是日本政府的傀儡，他以独特的叙事方式表明了他对自己的身份和处境的理解。首先他对自己所面对的殖民文化处境有悲观的认识，"在这种要做日本人既不可能，要做汉民族也难的政治环境下，还有什么文化呢？纵使有的话，那就是殖民地的悲哀抑或苦闷的文化"②。他最擅长描写小城镇普通小市民被欺凌、被侮辱的生活，整体上看，他的作品写得"哀而不怒"，批判性不强，呈现出他的局限性；其次，张文环小说文本的语言形式虽然是日语，但其中大量对乡土风俗的叙事呈现出作者的民间意识、民族情怀。

早在新文学开创期，台湾文坛一些重要的作家如赖和、杨守愚、陈华培、邱富等在他们的作品中对乡间各种古老的社会习俗，像斗火龙、迎神赛会、闹元宵、迎妈祖、蓄买童养媳、跳绳、送葬仪式等等予以了描写。张文环在乡风民俗方面的着力书写，表明了他自觉地将自己的小说创作放在台湾新文学的传统之中。特别是，在日本殖民者正努力以禁止台湾人民沿用中国的风俗习惯的方式来消解

---

① 叶石涛：《台湾文学史纲》，高雄文学界杂志社1987年版，第61页。
② 张建隆：《生息于斯的"滚地郎"》，载《台湾文学全集·张文环集》，前卫出版社1991年版，第259—269页。

他们的民族记忆时,张文环的作品中却突显了这方面的内容,他的叙事全都在浓郁的民俗风情的背景下展开,固执地呈现出真实的台湾人的面影。

张文环在这方面极具代表性的小说《阉鸡》,"除了对福佬人繁缛的婚葬习俗的描写外,其卓越之处,更在于写出了福佬村落乡镇的文化特点——一个靠着人情、人际关系维持的社会"①。"福佬"——台湾的客家人对移居台湾的闽南人的称呼,相比于客家人以务农为主的生活方式,"福佬"中更多的人从事工商贸贩等其他职业,正如《阉鸡》中的郑家、林家都是以经商为主。张文环以郑家、林家两家的兴盛衰败的历史为线索,写出了福佬村落 TR 庄和 SS 庄的世态人情。其间有密集的风俗描写,从拜拜中的车鼓队到歌仔戏,从婚礼到葬礼,从偶像崇拜到村里的飞短流长,民间生活的气息扑面而来。与翁闹等前一辈作家书写社会风情时的立场稍不相同的是,张文环等人承受着"皇民化运动"的压力,一方面虚委地以文字的形式借着民俗民风的描写呈现台湾形象,另一方面也努力以文字保持着节庆仪式、宗教仪式等这些民族集体记忆的载体。在《阉鸡》发表后不多时,它就被改编成了舞台剧,"其结果获得空前的成功,尤其是变通的台湾歌谣插曲更引起全场的合唱呼应,大大地压制了皇民奉公会的气焰"②。皇民化运动之后,台湾许多作家在小说中用酣畅的笔墨去描写台湾的民俗风情是极富意味的。像作家吴浊流的小说也从来不缺少对于台湾习俗的描写,《亚细亚的孤儿》中无论是对从旧历十二月二十五到正月初五台湾人民生活风俗的描写,还是对正月十五元宵节、街上"迎花灯"等娱乐节目的场面描写,都让人如临其境。这种写作方式暗示了台湾人民有自己的生活方式,有自己的风俗习惯,而这些已扎根在台湾老百姓的心里,是任何皇民化运动也拔不去的。

与张文环一样重视风俗画描写的还有吕赫若。吕赫若是日据时期最重要的台湾作家之一,他集小说家、声乐家和剧本作家于一身,被誉为"台湾第一才子",在"二二八"事变后成为中国共产党"台湾省工作委员会"核心圈的地下共产党

---

① 朱双一:《台湾小说反映的福佬社会文化特征》,《福建论坛》(人文社会科学版),2005 年第 4 期。

② 张建隆:《生息于斯的"滚地郎"》,载《台湾文学全集·张文环集》,前卫出版社 1991 年版,第 259—269 页。

员,年仅 38 岁就献出了自己宝贵的生命。1935 年他的成名作《牛车》发表,这篇小说写日本殖民者在台湾强行推进现代化给台湾农民带来的不幸生活。家境贫困的农民杨添丁靠赶牛车挣钱糊口,然而日据时期,台湾有了运货汽车、脚踏车,牛车很快被淘汰了。杨添丁全家失去了生存的经济来源,可社会又没有提供他谋生的任何可能性。他因交不起租金而不可能租种田地,为保活命,杨添丁只有让妻子去卖淫。有一次,他赶车瞌睡被警察发现,连遭辱骂、殴打、罚款。杨添丁拿不出罚款,冒险去偷人家的鹅,结果被警察逮捕,落入更悲惨的境地。这篇小说发表后在台湾岛内外都引起了强烈反响,1936 年这篇小说被胡风翻译成汉语,与杨逵的《送报夫》、杨华的《薄命》等小说一起,选入《朝鲜台湾短篇小说集——山灵》一书,经由上海文化生活出版社出版,这是日据时期被介绍到祖国大陆的最早的台湾小说。

　　1942 年 4 月 29 日,远在日本东京这一现代化大都市的吕赫若,写下了这样的文字:"心想遥远的故乡,遥远的田园,回到乡村后,将专注于文学。"故乡与田园,至此已升华为他文学追求的重要隐喻。① " 在吕赫若的年代,农村是他自己也是台湾社会底层对轰轰然迎面而来的现代性进行攻防战的最终精神堡垒。"② 他的主要作品,如《牛车》、《财子寿》、《合家平安》、《月夜》、《清秋》虽都是用日文写的,但书写的却是他对台湾乡土的想象,"甘蔗园"、"青翠的稻田"、蓝色天空下"红瓦屋顶与白色墙壁"的房子这些具有浓郁的台湾乡村特色的景色以及像"月光光,秀才郎,骑白马,过南塘,南塘未得过,掠猫仔来接货……"这样的一些民谣是吕赫若笔下常见的故事展开背景。吕赫若在他的小说中总是极有耐心地娓娓道出台湾的风俗民情、传统家庭的生活方式,他对文本中的主人公的命运叙事无一不是与这些有密切的关系,很多时候让人觉得这样的生活就只能产生主人公这样的性格,就只能有这样的命运。

---

① 陈芳明:《废墟之花——吕赫若小说的艺术光泽》,载《吕赫若小说全集》,吕赫若著,林至洁译,台北印刻出版有限公司 2006 年版,第 25 页。

② 《吕赫若小说全集·编辑弁言》,吕赫若著,林至洁译,台北印刻出版有限公司 2006 年版,第 25 页。

正厅微暗,无法清楚看见内部的情景。不过,等眼睛习惯后,显示这个家庭来龙去脉的许多祭器,流露出典雅的气质,构成整个家的分量,历代祖先的牌位与八仙桌等都非常讲究。天花板上挂着的灯笼也很搭配房间,极尽奢华。

吕赫若在《财子寿》的一开始就以影视语言将笼罩在周家那样一个奢华的大家族之上的阴沉气氛描写了出来,也奠定了叙事的基调。在《财子寿》中,吕赫若对桂春夫人的葬礼进行了细腻的描写。桂春夫人虽是偏房的身份,但由于她是福寿堂主人周海文的亲生母亲,所以在大家庭中还是具有家长的威严的,她的葬礼的场面极其壮观:

桂春夫人的葬礼举行了两昼夜。对贫穷的牛眠埔部落的居民而言,被称作"九舍娘"夫人葬礼之盛大,成为部落居民的热门话题。终日大鼓、铜锣、唢呐的声音从部落的南端传来。部落居民在田里听到,互相交换讯息。

黑夜来临,工作完毕的部落居民为了观看法事,走过黑漆漆的田间小路,急奔向部落的南端。来到灯芯桥,已经可以看到半边庭院灯火通明的确良福寿堂。唢呐声中可以听到道士梵唱的声音及遗族们的哀泣声。瞬间,在畦道间行色匆匆的人们,不由得热血沸腾,纷纷称美九舍娘很有福气,遗族多且戴孝嚎哭着亦众。由于门楼的狗已经绑到内庭,人们安心地进入庭院。

该夜最赚人眼泪的,大概就是戏剧"耙砂"了。在院子的正中央堆一座小砂山,周围铺上稻草,遗族们穿着生麻的丧服坐下来。砂山上插了两颗鸡蛋当作眼珠,然后点上蜡烛,遗族们屏息凝视。戴着牛头与马面假面具的两个道士,隔着砂山对骂,四处奔跑,等他们一消失,出现一位胸前披着长白布的道士,带领着遗族们环绕砂山的周围,一边又以充满悲调的声音哭泣。走一步停一步,哭着用白布拭泪。刹那间,遗族们也放声大哭。道士哭着唱出"十二月怀胎"的悲伤词句,以及感谢母亲养育的哀痛之情等,与遗族们思念母亲的悲凄相辉映,深深感动了周遭看热闹的人群,女人们的眼睛已经哭肿了。他们回想起从怀孕、生产到养育过程母亲无限的劬劳,思及与母亲永别的哀痛,不禁潸然泪下。不过,他们仍然没有怠于注视每位遗族的一举一动。谁哭得最伤心的问题最能引发他们的好奇心。尤其是四位"孝男"中的海瑞与海泉不是桂春夫人的亲生子,他们是否会悲泣呢? 亲生子海文与海山必定悲痛莫名吧? 他们瞠目以视。再则,最能了解"孝男"悲痛之情的,就是"耙砂"中思及母亲养育之恩时,因此他们边哭边小心翼翼地凝视着。

从这场面的描写中,我们一方面能看到吕赫若笔下的葬礼与中国传统社会比较重视厚葬的习俗是完全一致的,这样的葬礼很详尽地表达了中国传统文化中对死亡、对阴间的诠释,也与中国社会强调报答母亲养育之恩的文化传统相一致;另一方面,我们在吕赫若的笔下看到了同样在台湾盛行的中国封建家族制度。中国传统大家族内部人与人的亲情关系是建立在封建礼教制度之下的,人伦关系已被异化,家族制度也呈现出封建文化中人吃人的畸形内涵,亲情已被冷漠的家族制度伤害得殆尽无几,在桂春夫人的葬礼上,遗族们大多都是为了礼仪的程式而表演悲伤。

吕赫若比较着力于对衰败的旧式封建大家族的书写,并力求探寻导致这些封建大家族衰败的因素。无论是在呈现这些家族中传承的儒家文化传统方面,还是在描写具体的民宅建筑、家庭摆设、宗教礼仪、个人癖好等方面,吕赫若都成功地叙写出了这些台湾家族中鲜明的中国文化特征。在日本统治者越来越加大对台湾的殖民统治的同时,吕赫若不动声色地对明显带有中国性的细节进行描写,表达了他对民族身份的认同。同时,吕赫若又通过对台湾这些封建大家族的败落史的书写,也完成了他对中国传统文化中的负面因素的批判。

《财子寿》中的主人公周海文将"财"、"子"、"寿"作为人生的目标,极端自私冷漠,"前妻死时,由于投了一万圆的保险,所以一万圆收入的喜悦,使他无暇悲伤妻子的死"。分家后,海文毫无骨肉亲情,任其兄弟困顿而不顾。他的好色使得家中与他关系暧昧的下女也胆敢欺负他的续弦玉梅。

《合家平安》写的是一个有巨万财产的地主范庆星因吸食鸦片而荡尽家财的故事。范家原是一个望族,富甲一方。范庆星坐吃祖上家产,靠租税生活。为了打发无聊的时光,他染上了鸦片瘾,他不仅自己吸食,而且还在家里聚集了众多的鸦片伙伴,提供他们鸦片、住宿、宵夜等。"这些人中,有的能以优美嗓子高唱《吴汉杀妻》,有的擅长拉胡琴,有人精于讲演《今古奇观》《山伯英台》《雪梅教子》等",这些人身上带有着中国传统士大夫的特点,范庆星的举动也类似于中国古代礼待食客的做法,吕赫若叙事的中国性特色由此呈现。偌大的家产很快就被范庆星挥霍一空。范庆星在破败之余,陡生要和儿子们生活在一起、全家平安地度过余年的心愿。在亲戚的帮助下,他卖掉房子,承接了一饮食店旺铺,认真地经营,也减少了鸦片吸食。不过生意赚了钱后,他又烟瘾重发,他的两个亲生儿子远走他乡,范庆星只有仗着封建父权的力量威逼他的长子兼养子有福供养他。有福虽然从小就没有从范庆星那里得到过父爱,虽然他也穷到连房子都没有,四个孩子全部营养不良;但他却能竭尽全力地供养这位蛮不讲理的继父,从他身上可看到中国传统的孝道的影响。

《清秋》是吕赫若又一个关于中国家庭的小说,他极力塑造了一个孝子贤孙的形象。耀勋医学毕业后已在东京的医院工作了三年,但祖父及父亲简单的一声召唤就使他回到台湾乡村的家中。他满脑中都是尽孝及光宗耀祖的思想,极为崇拜他那中国文学造诣非凡的"文秀才"祖父,羡慕祖父能以诗文和植菊为乐,并有着"与自然亲近的风流"。在祖父那种中国传统文人的生活方式的比照下,耀勋觉得自己学医是受盈利思想影响,让人羞愧,唯有在尽孝的目的之下,他才感受到行医的意义。吕赫若在这篇小说中非常细腻地写到中国传统的"孝道"思想在日常生活中对耀勋这样的青年所形成的压力,尤其写出了耀勋这样深受中国传统文化影响的青年人置身于中国传统诗文的影响与西洋文化实利思想影响的张力中,倍感孤寂的内心情感。

在日据时期,台湾一些优秀的作家突破了语言和形式之间的既有逻辑关系,成功地做到了用殖民者语言形式来表达民族性内涵。在这方面同样值得提及的是龙瑛宗。作为客家人的龙瑛宗,"寒村"是他熟悉的,"寒村"也是客家人居住的地方。"寒村"之所以得名是因其寒酸、寒冷,那里大多数的人家只能图个温饱。龙瑛宗书写着"寒村"、"枇杷庄"里的人的生活,"腌咸菜"、"晒菜干"、"土砖矮矮的民家"、"妈祖娘"、"观音娘"的庙宇"、"镇座庙会",这些都是龙瑛宗熟悉的生活,

"寒村"、"枇杷庄"是他的故乡"北埔"的化身。龙瑛宗用日文描画了他故乡美丽的风情画:

> 枇杷庄是可以望见中央山脉的一个寂寞的小村子……古庙前是石板广场,那里有一棵老榕树,把那脏污色的枝丫低低地伸展着。到了夏天,这老榕树便会给人们带来美妙的绿荫,聚集着卖一片一钱的菠萝,匡匡地敲响碗,叫卖一杯也是一钱的仙草小贩,旁边还有个乞丐,沉沉地落入死尸般的午睡之中。……偶尔热风吹起,便把尘沙连着倦意与睡意撒向植物般的村人脸上。太阳熊熊地燃烧,把一切声响溶化了。真的,村子被白色火焰包括住了,是一幅好寂静的风景。……到了十一月份……村子也微微地开始有了气息。

> 若丽与若彰常常爬到村后的林子里。那里繁茂着相思树、肖楠木、枫树、樟树等老树,越过树梢可以望见低矮的村屋。村郊的村道长长地蜿蜒着。被林木围住的学校的红赭色校舍墙壁,从树隙里隐现。把眼光收回近处,有村子里首屈一指的素封之家的墙与暗茶色的屋顶,和庭园里的深绿形成美丽的和谐。

> 傍晚时分跑到村郊,满怀感兴地一边欣赏着渐渐转紫的山麓,静静地在阴暗里骚动的蔗园,从竹丛里的农家消失在夕空的淡淡的炊烟,悄悄地在残照里闪烁的河面,一面茫无目的地彳亍。

> ——《黄家》

龙瑛宗和张文环一样都从小学习日文,与日本的殖民统治者也有比较密切的关系,1940 年他加入以日本作家为主的"台湾文艺家协会",并担任该会的《文艺台湾》杂志的编辑委员。1942 年他与张文环、西川满、滨田隼雄等一起参加了日本第一回"大东亚文学者大会",但这些都隔不断他在精神上与故乡的联系,就正如他在《夜流》中所写的,慈云宫庙会时游行"花车的中国古代少女,骑马的丑子老爷官……都成了杜南远记忆里褪色的风景画"。龙瑛宗这类对"寒村"、"枇杷庄"的风情画描写的作品中的主人公往往都是作者的自画像,他对"寒村"、"枇杷庄"的摹画也是他对自我精神家园的构筑,暗寓了对自己本土文化的坚守。如果说日本殖民者企图以"皇民化"的方式来切断台湾与中国传统的联系,那么龙瑛宗的这一类小说就表明对"乡土"的记忆是殖民统治遭遇的最强大的无形的抵抗力量。也正因如此,早在 1930 年台湾文坛就倡导"乡土文学",以抵抗殖民统治。1942 年 7 月,杨逵在《台湾文学》二卷三号发表《台湾文学问答》一文,特别强调台湾文学的"乡土性"。"日据时期台湾文学提供了一种切实有力的实践,那就是在文学中顽强地保存积淀着民族历史、传统、性格的风土习俗,乡土文学正是承担了这一保存民族集体记忆的任务。"①

第三章　战时两岸乡土小说中的民族认同

第一节　大陆沦陷区乡土小说中的民族认同

1937 年 7 月 7 日卢沟桥事件之后,中国又有大片领土被日军占领,华北、华东、华南等地区纷纷沦陷,抗日战争使全中国的民族国家意识上升到近代以来的最高度。在此背景之下,四十年代乡土作家也在他们的书写中表达着民族认同。"民族、民族的国家、民族的认同和整个'民族国家国际'共同体都是现代的现象。"②从民族主义视角我们看到了中国四十年代乡土文学现代性的新的表征。

作为汉语语言学意义上的"民"和"族"是早已存在的,至今权威的汉语工具书《现代汉语词典》里的"民族"词条仍是采用汉语原先的"民"和"族"的意义集合体,表述为:"(1)指历史上形成的、处于不同社会发展阶段的各种人的共同体。(2)特指具有共同语言、共同地域、共同经济生活以及表现于共同文化上的共同心理

---

① 黄万华:《抵抗意识中的"乡土中国"》,《史述和史论:战时中国文学研究》,山东大学出版社 2005 年版。

② (英)安东尼·史密斯:《民族主义:理论,意识形态,历史》,叶江译,上海人民出版社 2006 年版,第 49 页。

素质的人的共同体。"①这个定义明显地忽略了民族的政治学意义,而西方现代主义范式下的民族主义被视为"一种为某一群体争取和维护自治、统一和认同的意识形态运动"②,这个意义上的民族主义可被称为"政治民族主义"。就中国大陆而言,近现代以来被现代意识烛照的中国知识分子阶层到四十年代对国家主权、政权的关切远远超过以往,尤其是在抗战背景之下。中国四十年代乡土作家的民族认同与西方现代性范畴的政治民族主义更为接近。即使是在文化意义上对城/乡文明冲突的描写也间接实现了反殖民的目的,因为三十年代以来中国都市文明的发展与殖民统治是密切相关的。当然四十年代乡土作家中民族认同也呈现出一定的差异性,对这些差异性的识别也可以让我们厘清西方政治民族主义思想在现代中国的发展线索进而明了民族认同与四十年代乡土文学的内在关联。

中国现代史上日本殖民者的入侵不仅使中国大片国土沦丧、国民流离失所,更造成了沦陷区人民"亡国奴"的精神之痛。这一时期的乡土文学创作由于提供了"与现代民族主义有深厚关系的政治性乡愁"③而成为作家们表达民族认同的特殊方式。

萧红的《呼兰河传》、端木蕻良的《大地的海》和《大江》、骆宾基的《乡亲——康天刚》和《红玻璃的故事》等都写出了作者深切的东北黑土地经验。在揭露病态的灵魂、展示单调生活对人的窒息、传达自己面对这样一群愚昧麻木的人所感受到的孤寂之情方面,萧红的《呼兰河传》走得更远一些。"她的独特,她的悲剧,她的犀利和魅力,都是这寂寞氛围不断深化的衍生,直至她把这深隐的寂寞情怀升华为笼罩一个民族和时代的历史身影,她便开始真正代表这个民族和现代世界进行了历史性的对话"。④ 多年来研究者们都充分肯定了萧红的《呼兰河传》的文化史意义,却忽略了其文本中的文化视角和民族主义意识形态的内在关联,

---

① 中国社会科学院语言研究所编,《现代汉语词典》,商务印书馆 2005 年版,第 951—952 页。
② (英)安东尼·史密斯:《民族主义:理论,意识形态,历史》,叶江译,上海人民出版社 2006 年版,第 10 页。
③ (日)吉野耕作:《文化民族主义的社会学——现代日本自我认同意识的走向》,刘克申译,商务印书馆 2004 年版,第 63 页。
④ 皇甫晓涛:《萧红现象》,天津人民出版社 1991 年版,第 53 页。

忽略了其文本中传统文化批判与民族国家建构之间的关系。

其实在东北地区成为全国抗日革命斗争薄弱环节的四十年代初期,萧红着力于国民劣根性的开掘与批判是别有深意的。萧红曾不止一次地表示过,写抗战不一定非要到前方去,不一定都写流血牺牲,作家亦不必非要投笔从戎,才是爱国举动。三十年代萧红以《生死场》号召民族的觉醒并表达她抗日爱国的感情。1936 年 6 月 15 日,鲁迅、茅盾等 67 位作家联合签名发表《中国文艺工作者宣言》,反对内战,号召爱国文艺工作者创作优秀作品,为祖国解放、民族独立而斗争,而萧红就是最初的发起人之一。她也曾创作了《天空的点缀》、《失眠之夜》、《在东京》、《火线外二章:窗边、小生命和战士》等多篇抗日主题的散文来宣传推动人民抗战。

《呼兰河传》从另外一个角度表达了萧红的民族觉醒意识。呼兰河畔的这座小城仍延续着"生死场"里冷漠的生命世界。在这里,人无所谓生命的价值,更不追问生活的意义。在他们看来,"人活着是为吃饭穿衣","人死了就完了"。人的本体遭到最大程度的蔑视。对这群不懂得人的尊严、撕毁了人的存在价值的人来说,生活只是存在的一个过程,人生也无非是伴随着时间流过的一段路程,是日子带着人经过世间而不是人过日子,于是小说便细致地展示了有关呼兰河人生活的单调画面。作者在这单调的画面中凸现出了一个令人惊心动魄的内容,即人之所以为人的因素遭到最大程度的瓦解。萧红平静的叙述中包含的苍凉与悲寂之情跃然而出。这样一群不知人何以为人、完全凭借着本能而活着的群体,他们的精神生活只有跳大神、唱秧歌、放河灯、野台子戏、娘娘庙,他们从来不思索自己的生活,只是恪守着祖辈沿下来的传统打发日子。他们的本性或许是善良的,但有时他们的行为却极其残忍,而唯有这残忍恰恰才是能得到群体认同的。他们的生命力或许是旺盛的,但他们的人生却是毫无目的。这样的一群人,何时才能惊醒他们?亡国之痛到底在多大程度上鞭笞了他们的心灵?萧红在这里表现出她的担忧,这份担忧更加重了她的悲寂。茅盾先生称赞这部小说是"一篇叙事诗,一幅多彩的风土画,一串凄婉的歌谣"①。

---

① 茅盾:《〈呼兰河传〉序》,《呼兰河传》,北方文艺出版社 1987 年版,第 1 页。

"任何一个时代的自觉，都首先表现为对自己所处的文化环境的价值重估，都首先表现为对这个文化环境奉为神明的事物的亵渎。"①《呼兰河传》中对跳大神、放河灯嘲讽式的详尽描绘，对"团圆媳妇"因婆婆的迷信而受到虐待致死的书写，彻底否定了东北大地上那世代流传的文化价值观。萧红是在国家的框架中忽略了东北大地上少数民族的族群特点而使之成为中国的象征物，这是极富意味的。

《呼兰河传》中与冷峻的现实批判性文字并存的是萧红极其浪漫的表达方式，也正是这些文字使文本具有了歌谣性。"是凡在太阳下的，都是健康的、漂亮的，拍一拍连大树都会发响的，叫一叫就是站在对面的土墙都会回答似的。花开了，就像花睡醒了似的。鸟飞了，就像鸟上天似的。虫子叫了，就像虫子在说话似的。一切都活了。都有无限的本领，要做什么，就做什么。要怎么样，就怎么样。都是自由的。"

这些美丽的抒情性文字在文本中不仅承载了结构性功能，而且也使整个文本弥漫着一种神性色彩，仿佛万物精灵都活泛开了，由此作者的叙事就超越了现实的苦难而在神性维度中叩问苦难的意义。《呼兰河传》的诗意在很大程度上是由文本的宗教色彩营造而成的。东北各民族多信奉原始的萨满教，萨满教"是一种以崇拜祖先为主的原始多神教，它的信念是构筑在复杂的灵魂观念之上的，认为世界上各种事物都有灵魂，自然界的变化，是由各种精灵、鬼魂和神祇的存在与作用，这些变化给人们造成的福祸影响，则是鬼神意志的使然"②。

事实上，萨满教文化影响下的神性色彩是东北作家群创作的一个共同特点，这点在端木蕻良的笔下更为明显。他这一时期的作品创作，无论是在《大地的海》还是在《大江》中，都构筑了满族人有神的世界。

老人沉静地对着这一切望着，一种细长的曼引的呼声……那神松的预言的嗥叫，在他的眼前一道水溜样的扯开，拖远一直化作千万个憎恨的强固

---

① 王富仁：《鲁迅对古老文化传统的现代化调整》，《中国》，1986年第9期。
② 张铁男主编：《宗教知识小百科》，长春出版社1991年版，第356页。

的声音在铁背山的脊椎上缠绵地回荡，不愿散漫消逝。山神也为了这神秘的昭告震抖起来，致使积满在山头的白雪，都如撕碎的契约一般一块一块的投在山脚的千年的古洞里去了……这四千余年的铁的契约，终究被时间的巨斧在顷刻之间击得粉碎无遗！

——《大地的海》

在《大江》中他更是细致地描写了萨满的跳神仪式：

这时，荒凉的村子，鼓声响了。

巫女的红裙，一片火烧云似的翻着花，纹路在抖动着。金钱像绞蛇，每个是九条，每条分成九个流苏往下流，红云里破碎的点凝着金点和金缕的丝绦。

巫女疲倦了，便舞得更起劲，想用肢体坚持着摆动，把倦慵赶跑。金色的，红色的，焦黑的，一片凝练的，火烧云的裙袂，转得滴溜溜兜的圆。

巫女家，把苦黄的脸仰着，脑后水滑滑的漾尾儿头，在脖颈上擦着有几分毛毛烘。巫女还是舞着，两耳垂的琥珀环，火爆爆的幌，带着闪光带着邪迷。巫女头上梳着吊马坠，没有盘定十三太保的半道梁的金簪子，只插了一梗五凤朝阳的银耳挖子。巫女舞动着，还轻悄悄地笑。巫女的车轮裙兜满了风，在眼前转过来，转过去，像一只逗人的风筝，在半天云里打转，迎着春风冶笑。……

——《大江》

端木蕻良对这种原始宗教形式的批判意识远不如萧红明显，并且他还表达了对这种宗教形式存在的一定合理性的理解："在荒芜辽阔的农村里，地方性的宗教，是有着极浓厚的游戏性和蛊惑性。这种魅惑跌落在他们精神的压抑的角落里和肉体的拘谨的官能上，使他们得到了某种错综的满足，而病患的痼疾，也常常挨摸了这种变态的神秘的潜意识的官能的解放，接引了新的泉源，而好转起来。"

宗教与民族认同之间有着显在的关联，从民族的起源来看，"民族意识产生的基础是氏族以及部落群体的认同意识，氏族以及部落群体的认同意识则与宗教观念联系在一起，以图腾作为群体认同的标记，图腾崇拜是血缘关系和宗教观念相结合的产物。因此以氏族、部落为基础聚合而成的民族的群体认同无不打上宗教的烙印，民族群体的种种认同标记无不是氏族图腾标记的扩展，民族群体的祖先及英雄崇拜、民族文化、民族心理等特征也无不具有浓厚的宗教色彩。"①从民族记忆的形成来看，"民族历史的集体记忆往往依靠神话幻想、传奇故事、浪漫文学、社会心理、宗教信仰等因素来构建，主观性远大于客观性。在重构民族记忆的诸因素中，宗教的因素往往起主导作用，因为宗教观念给人的印象最为经常和强烈，而且宗教的神圣性观念与民族的英雄主义、自尊自豪心理相应，使宗教观念在族源重构中发挥最大的效能"②。

端木蕻良的《大地的海》和《大江》这类关注乡村苦难、农民革命的小说，显然并不像三十年代社会分析小说那样探究革命力量形成的社会、经济原因，他笔下的农民却如地母之子、山神之子般与生俱来就充满着原生态的野性力量，是一群"超越了日常生活的平凡性、缺乏具体时空规定的形态夸张的'农民'"③。这些"农民"的非凡性来源于他们对大自然中的各种神秘力量的感应。那原始的大森林、那千百年来不变的辽阔而荒凉的土地，似乎连接着亘古到永远，呼唤着对现世的超越。强烈的宗教感使端木蕻良的小说文本中充满了神性色彩，而神性书写在一定程度上表达了战争背景下"那万里的广漠"上生活着的人们的民族认同诉求。

如果我们联系作者创作《大地的海》和《大江》时流亡的处境，就能较深切地体会他在通过确立文化认同来传递民族凝聚力方面的努力。日本学者吉野耕作曾借以赛亚·伯林说道："诗人的创造性是民族的综合性、历史性经验的产物，通过它，为了当今而表现民族的凝聚力才成为可能。如同科拉尔于斯拉夫人、兰罗特于芬兰人、密茨凯维支于波兰人，诗人与作家在创造型文化民族主义方面发挥

---

① 吕建福：《论宗教与民族认同》，《陕西师范大学学报》2006年第9期。
② 吕建福：《论宗教与民族认同》，《陕西师范大学学报》2006年第9期。
③ 赵园：《地之子》，北京大学出版社2007年版，第56页。

重要作用是极其普通的现象。"①端木蕻良的怀乡小说在这方面的积极意义从《科尔沁旗草原》开始就已经展露出来,在三十年代末期抗战的背景下,他的文本中的政治目的性也越显强烈。他在《大地的海·后记》中所说的"当主人们在大观园里诗酒逍遥将土地断送给敌人的时候,这些奴隶们却想用他们粗拙的力量来讨回!""抬起含泪的眼我向上望着,想起了故乡蔚蓝可爱的天!"端木蕻良的文化认同和萧红的文化批判一样是在政治框架之下的活动,《大江》中对东北大地上剽悍力量的书写是基于他对民族受侵略的感慨,"我们承认一种生活低落的结果,曾使一个民族的道德凝固成为一种肉体上的谦卑,使他们近乎懦怯者,但请勿忘记,这样剥夺到最后也剥出了他人的本能——他们想怎样去彻底的求活。这彻底的求活之成为要求,是苦辣的,我们的敌人是怎样震惊于我们这懦怯者之成为大勇者!"②

中国从十九世纪下半叶,在与西方列强的对抗中才产生了国防意识,进而对中华民族共同体逐渐有了自我确认,这也是五四新文学产生的重要基础。但二三十年代的乡土文学主要是以西方现代文明为参照批判中国封建文化,从文化发展的纵向线索上确立现代性的开端,或者是在城乡对立的书写中呈现中国社会现代性进程中的问题,总而言之是偏向于对文明冲突的关注。而四十年代在抗日战争的背景下,乡土小说中的民族共同体认同意识增强,"农民"形象常被赋予"民族"形象的内涵,"乡土"也被视为中国形象。

骆宾基的《乡亲——康天刚》中,山东农民康天刚为了个人的幸福闯关东挖人参,但十七年来他一无所获,不仅寻求的没有得到,就连已有的也成了过去的影子。他自己的灰心、他人的蔑视、朋友的叹息都推他走向绝望,然而就在立在自己人生的尽头想葬身崖底时,一枝挺立在二十丈深悬崖底下的千年极品老参突然显现在了他的眼前,烛照了康天刚的世界,他十七年来的孤独、凄冷、受苦全部在一瞬间被赋予了意义,"乡亲!山神为了你赐给我们福了。"康天刚猛然间成了人们心中圣洁高大的受难英雄形象,"当他醒来,天已经黎明。周围的烛光依

---

① 〔日〕吉野耕作:《文化民族主义的社会学——现代日本自我认同意识的走向》,刘克申译,商务印书馆2004年版,第63页。

② 端木蕻良:《大江·后记》,《端木蕻良文集2》,北京出版社1999年版,第532页。

然辉煌的。环绕在他周围的乡亲们,脸色是同样的又红又亮。他们有的跪着一只膝,有的蹲着"。康天刚的受难被赋予了朝圣者的庄严,而那个讲究实际、谨慎处事的孙把头却成了一个平庸的比照。康天刚这一形象被赋予的神圣意味使得他显然已超越了一个农民本来所具有的内涵,而成为一个重要的符号。《乡亲——康天刚》无疑可以归入赵园所说的"农民—民族"①这一思路的创作中去,而在民族性诠释层面,康天刚形象是民族文化中受难精神的表达,自"九一八"以来,东北大地就遭遇外族入侵的苦难,四十年代整个中华民族都饱受日本殖民者的侵略之苦,对民族苦难的承担常常成为民族的凝聚力量。

师陀笔下的果园城可以说也是被作为中国形象来营构的,"我有意把这小城写成中国一切小城的代表,它在我心目中有生命,有性格,有思想,有见解,有情感,有寿命,像一个活的人。"②《果园城记》共收录了18个短篇,它是师陀先生在沦陷后的孤岛上,洋场中的"饿夫墓"里,"心怀亡国奴之牢愁",历经八年之久所完成的对中国形象的观照。果园城中有各式的人物,未嫁的老处女、安天乐命的葛天民、败落的纨绔子弟、等待儿子归来的老母亲、水鬼阿嚏……然而正像尹雪曼所评论的"真正的主角只有一个,那就是果园城镇本身"③。果园城的风景虽是十分贴切冀东平原的地域特征,但从内在精神气质上来看它更像荒原中一座老态龙钟的古城堡,颓败而荒凉,甚至显出了呆相:"在任何一条街岸上你总能看见狗正卧着打鼾,它们是决不会叫唤的,即使用脚去踢也不;你总能看见猪横过大路,即使在衙门前面也不会例外,它们低了头,哼哼唧唧地吟哦着,悠然摇动尾巴。在每一家人家门口——此外你还看见——坐着女人,头发用刨花揪得光光亮亮,梳成圆髻。她们正亲密地同自己的邻人谈话,一个又一个夏天,一年接着一年,永远没有谈完过……"(《果园城》)

果园城里的"时间"承载着果园城的命运,"人无尽无休地吵着,嚷着,哭着,笑着,满腹机械的计划着,等到他们忽然睁开眼睛,发觉面临着那个铁面无私的时间,他们多么渺小,空虚,可怜,他们自己多么无力呀",师陀对"时间"的感受流

---

① 赵园:《地之子》,北京大学出版社2007年版,第56页。
② 师陀:《果园城记·序》,《果园城记》,上海出版公司1946年版。
③ 尹雪曼:《抗战时期的现代小说》,台北成文出版社1980年版,第146页。

露出一种世纪末情绪,和张爱玲一样,师陀果园城里的"时间"也是不对头的,"时光是无声的——正像素姑般无声的过去,它在一个小城里是多长并且走的是多慢啊",甚至"放在妆台上的老座钟——原来像一个老人在咳嗽似的咯咯咯咯响的","不知几时停了"。果园城中仿佛被置于了世界的尽头,孤独而苍凉,让人想起马尔克斯营构的马贡多小镇。从神仙袖中降落的古塔、住在塔上的狐仙、淘气的水鬼阿嚏,这些神秘性元素使果园城成为寓言的果园城,成为师陀所创造出来的一个世纪末意象,诠释出师陀心目中的中国形象。

我们要注意的是师陀对中国形象的解读是在孤岛上海殖民化语境中完成的。从 1930 年至 1945 年,上海已是繁忙的国际化大都会,茅盾《子夜》的开头部分就有对这十里洋场繁华景色的描写:"暮霭挟着薄雾笼罩了外白渡桥的高耸的钢架,电车驶过时这钢架下横空架挂的电车线时时爆发出几朵碧绿的火花。从桥上向东望,可以看见浦东的洋栈像巨大的怪兽,蹲在暝色中,闪着千百只小眼睛似的灯火向西望。叫人猛一惊的,是高高地装在一所洋房顶上而且异常庞大的 NEON 电管广告,射出火一样的赤光和青鳞似的绿焰:LIGHT,HEAT,POWER!"西方殖民势力在上海兴起了一种新都市文化,同时也在上海开始了大规模现代性工程的建造。与现代性构建相关的就是民族国家理论的确立,三十年代早期民族主体论思潮在上海的都市文化中颇为醒目。在这背景下我们就看到了师陀对冀东平原的爱恋与民族国家意识之间的逻辑关联,他的"怀乡"并不是情感的自然迸发,而是出于理性的自觉,就情感而言,"在那里,在单调的平原中间的村庄里,丝毫都没有值得怀恋的地方,我们已经不是那里的人……"①但在战争背景下,对果园城的拥抱言说的是对殖民化的抵抗,所以在小城灰色的底子上师陀也涂抹了些许的亮色。

师陀也和沈从文一样表白自己是个"从乡下来的人",赵园曾分析新文学者的这种姿态"其意义不止在申明'身份',更在说明性情、人生态度、价值感情、道德倾向等等。他们骄傲于其知识者的农民气质、'乡下人本色'"②。抗战爆发

① 师陀:《看人集·铁匠》,《师陀全集》(第 3 卷上),河南大学出版社 2004 年版,第 131 页。
② 赵园:《地之子·自序》,《地之子》,北京大学出版社 2007 年版,第 9 页。

后，沦陷区作家对乡土的情感偏向还与民族认同相关。中国民族资产阶级的力量一直比较弱小，中国现代的城市发展更多的是与西方殖民者的经济、文化势力的介入有关，中国现代性的物质层面如机械业的发展、铁路交通建设、高楼大厦，以及催生中国城市文明的报纸、杂志、电影、公园、咖啡馆等也都与西方殖民者有着密切的关系，现代中国的知识分子对城市文明纠缠在一种复杂的情感当中，一方面他们看到西方现代性长驱直入中国在物质、精神生活方面所带来的进步，但另一方面现代性从观念上所建立的民族国家意识又使他们反对殖民势力，进而对在西方殖民势力介入下产生的城市文化产生抵触甚至憎恨的情绪。

这在沦陷区作家那里表现得更为明显。沙里的《土》既写因铁路的延伸使荒野小村冯东站成为现代化程度极高的美丽都市，也写代表着传统中国生活秩序的刘村顷刻由强盛滑向衰败。不过从作家在文本中流露出的悲凉之情还是可看出作者整体的价值判断倾向。在四十年代沦陷区的乡土小说中，作家也有意识地表达对城市生活的憎恨。关永吉《牛》中的赵钟弟如此对比乡村人和城市人的生活："庄稼人和牛一样，一定和牛一样，老老实实地种田，什么也不想，可是城里的人却和狗一样，他们白天睡觉夜里打牌。"在恨恶城市的同时，他们却赞美田野的力量："都市里一切罪恶的试探和诱惑……一到田野里，他们便都到魔鬼那里去了，他们就都被人遗忘了。没有人不会在这田地里健康起来精神和肉体。——太阳和田地的水汽会给人们消毒，一切堕落、颓废、虚妄、空想，都可以被这大地给洗去，给荡去，一点儿也不再存留。"沦陷区作家这种文化立场的选择是他们在民族危难的时候所表达的民族认同，是可贵的；但从另一方面来看，这就强化了二十世纪初以来知识分子内心"乡下人本色"的情结，使之成为知识分子隐性的心理结构，这并不利于他们真正走向现代性，也制约了城市文学的发展。这是需要我们反思的。

第二节　台湾作家的"孤儿意识"与民族认同

吴浊流的《亚细亚孤儿》吟唱出的是"孤儿"式的凄清的哀鸣。胡太明是一个颇具象征意味的符号。台湾—日本—台湾—大陆—台湾，胡太明一路奔波，希冀完成他的"身份认同"。胡太明在路上的姿态赋予了这篇小说极强的流寓色彩。

现代乡土小说创作主体往往自觉或不自觉地将流寓色彩作为文本的底色，特别是中国的乡土作家，他们通常都是在流寓之后开始对"乡土"进行艺术观照。吴浊流的《亚细亚孤儿》在这方面的独特在于作者所观照的"乡土"不仅是地域性的，更是民族性的台湾。

胡太明从自我身份的认同危机到最终发出"汉魂终不灭，断然舍此身"的呼声，走过了一条艰难而痛苦的道路。他出生于台湾沦入日本后不久，虽然那时传授汉文化的乡间私塾已由于日本对台湾教育制度的改革而关闭，但他还是被祖父胡老太爷送进仅有的云梯书院学习四书五经，即使在云梯书院关闭之后，他也由胡老太爷亲自教授汉学。胡太明被祖父刻意地用汉文化来塑造，这或许也是胡老太爷抵抗殖民化的重要方式。然而，胡太明的不幸在于他从一开始接触汉文化就切身感受到这种文化的没落。"太明觉得时代大大地改变了，但他不明白胡老人为什么还要叫他读经书？"太明"宛如一叶漂流于两种不同时代激流之间的无意志底扁舟"。这样，汉学教育虽在很大程度上塑造了他的性格，使得他"敦厚朴实"，但"新思潮不断地在沉滞的环境中掀起波澜，并且从每个角度向太明身边袭击"，现实处境使他很难在内心深处认同汉文化。

台湾自从甲午战争以后沦为日本的殖民地，几十年来在经济形式和文化思想方面都打上了殖民文化的印记。尤其是1937年"七七卢沟桥事变"之后，日本将台湾的政治、经济、文化全部纳入所谓战时体制，并在台湾推行"皇民化运动"。在思想文化方面，强行切断台湾和大陆在传统文化上的联系。日本在台湾所建立的现代学校一律使用日语，禁读汉文。台湾人如果要学习汉语，只能到民间的私塾就读，但不久这些私塾也被取缔了。"语言——不管他或她的母语形成的历史如何——之于爱国者，就如同眼睛——那对他或她与生俱来的、特定的、普通的眼睛——之于恋人一般。"语言是民族认同的重要媒介，胡太明对自己学习汉学正当性的怀疑也表明了他民族认同危机的开始。

《亚细亚的孤儿》成功地描写了民族认同危机产生之后，胡太明式的知识分子的精神畸形。胡太明在接受日本殖民教育之后，几乎完全认同殖民者的文化了。他在到台湾的乡间学校执教的过程中，竟认为自己同胞对日籍校长、教员的怨言是因为他们"生活于小天地中"，"胸襟都过于狭隘"；特别是当他爱上了同校的日本教师久子，更是对自己的种族身份自惭形秽，觉得"自己的血液是污浊的，自己的身体内正循环着以无知淫荡的女人作妾的父亲的污浊血液，这种罪孽必须由自己设法去洗刷……"胡太明希望能以自己的努力来获得尊重。

但是殖民化本身就决定了殖民者与被殖民者之间的等级关系。日本殖民教育的目的并不是使台湾人成为日本人，而仅让台湾人在各个方面都充分地认识到自己的劣等。日本在台湾的学校推行的是"日台不平等"教育，"整个学校笼罩在日本人那种有恃无恐的暴戾气氛中"。就在这样的气氛中，胡太明挚爱的日籍女教师久子也认为"本省人连澡都不洗，太明恐怕也从来没有洗过澡；又太明原来不吃大蒜的，但她有时却有意无意地说太明有大蒜臭。而且动辄批评本省人，虽然不一定怀着恶意，但她内心的优越感，却在不知不觉间表露无遗"。太明在与久子相处时精神上受虐狂式的表现暴露了他在丧失了民族自信心之后精神上的畸形。

胡太明作为被深度殖民化的知识分子形象，他的动人之处在于他并不完全认同日本文化。自幼秉承的汉文化传统塑造了他中庸、敦厚的性格特征，这也使得他虽认同殖民者的表面价值，但日本人在台湾的暴行又激起他的愤慨。他"一方面是身处日本压迫者之协同者的地位的羞耻感和负罪感；另一方面是不断增强的、来自日本压迫者的无耻的、张狂的暴力，不断地打击着胡太明庸懦的心"[①]。既不信任汉文化又被日本人歧视的胡太明在现实生活中便既不满于受中国封建文化陋习影响的广大同胞，与同胞有着严重的隔阂，以至于被同胞怀疑是日本的走狗；但同时又被日本人当作劣根不改的"非国民"，被迫接受"差别待遇"。他曾期望能将工作、学术作为自己安身立命的基石，殊不知工作、学习都并不内存价值预设，他并不能由此确立自己的认同。无论在台湾、日本还是在大陆，无论是孤身一人还是在个人的小家庭中，胡太明都深感自己的孤寂。

从台湾到大陆，胡太明首先要面对的是台湾人民族身份的含混。从种族、血

---

① 陈映真：《试评〈亚细亚的孤儿〉》，见吴浊流：《亚细亚的孤儿·附录》，人民文学出版社1986年版，第240页。

缘、汉文化传统来看,台湾人无疑是中国人;但台湾早在甲午战争时期就被割让给日本,被"并入日本版图,台湾民众成为名义上的日本国民,台湾与大陆完全隔离,传统的文化、经济往来被迫中断,有关外交事务也由日本政府或台湾总督代表日本政府处理,中国在台湾的所有权益均已丧失,台湾总督成为集立法、司法、行政、军事、外交各项权力于一身的独裁者","台湾在殖民政治高压下,经济、文化被同化的程度远远高于其他日本殖民地,是日本本土外最日本化的地区"。台湾人"从一开始就被强迫改变国民身份之后,对殖民者的认识也呈现出与其他地区民众不尽相同的状态,特别是在日据后期,虽然绝大多数民众清楚地意识到异族统治的残酷压迫,但殖民者的意识形态以及由殖民统治而传入的科学文化、生活方式乃至审美趣味也逐渐渗透其中,缓慢而持续地涂抹着民众原有的民族印记,模糊着民众的文化身份"①。在驶往大陆的轮船上,胡太明诗兴大发,一气作成七律诗一首,却马上思虑到自己"日本国民"的身份而将诗句中的"归故国"改为"游大陆","他突然想起清时沈德潜的文字狱事件,不禁毛骨悚然……胡太明曾从爷爷那里听了许多关于这类文字狱的故事,因此觉得容易引起误会的字句必须删改"。长期在殖民文化暴力统治下,胡太明因精神奴役而受到的创伤在这一细节中便鲜明了。

　　另一方面,日本常以台湾人作为抵抗中国内地的力量,在中日关系紧张的情况下,大陆人对台湾人也并不欢迎。曾在太明刚在上海登岸时便叮咛他注意这一点:

　　　　"我们无论到什么地方,别人都不会信任我们。"曾把复杂的环境向太明解释道,"命中注定我们是畸形儿,我们自身并没有什么罪恶,却要遭受这种待遇是很不公平的。可是还有什么办法? 我们必须用实际行动来证明自己不是天生的'庶子',我们为建设中国而牺牲的热情,并不落人之后啊!"

　　　　太明在日本留学的时候,某次在中国留日同学总会的会议席上,为了坦率承认自己是台湾人,曾经受人侮辱过,因此他觉得曾的见解很正确。不

---

①　计璧瑞:《殖民地处境与日据台湾新文学》,《东南学术》2004 年第 1 期。

过，"番薯仔"（台湾人的别名）为什么必须忍受别人的屈辱呢？

另外，台湾知识分子和大陆知识分子在新文化运动中对待传统文化的态度也显示出了差异性。在台湾，对传统汉文化的坚守和发扬是割台之初台湾知识分子对抗日本模糊台湾人民族身份的革命性举措。二十世纪初期教授中国儒家学说的私塾学校，在大陆被视为对抗新文化运动的腐朽势力，而在台湾却成为一股难能可贵的保存民族文化的爱国力量。这样的反差使胡太明与大陆五四以来的新青年隔阂难消。

特别是抗日战争进入高潮之后，由于确实也有少数的台湾人在大陆做日本人的鹰犬，因此中国政府及人民对台湾人抱有敌意，政府甚至将任何有间谍嫌疑的台湾人都投进监狱。与此同时，日本也对滞留在大陆的台湾人严密监视，可疑之人也会被日本宪兵拘捕送到台湾的监狱。这样，"台湾人变成夹缝中的人物"，他们正如幽香的姐夫揶揄胡太明的那样，"对于历史的动向，任何一方面你都无以为力，纵使你抱着某种信念，愿意为某方面尽点力量，但是别人却不一定会信任你，甚至还会怀疑你是间谍，这样看起来，你真是一个孤儿"。

"亚细亚孤儿"是吴浊流为台湾人形象所作的独特注解。从台湾到日本再到大陆，胡太明在任何境况中都努力地"独善其身"，但他一路奔波，收获的却是歧视、怀疑、狱灾。当他在牢狱中精神上近于绝望时，"故乡"竟极富诗意地出现在他的脑海中，"满山遍野的番石榴"，河川里自由自在的鱼儿、果园里的蜜柑和柿子、周围种满相思树的茶园、纯朴的村民，"故乡的山河像一首美丽的诗，不像江南那样无生气，那永远不下雪的地方，终年有青葱茂盛的香蕉和椰子……""返乡"成为他内心深处最强烈的渴望，对家园诗意般的追忆构成了文本中最具审美价值的文字。

值得注意的是，对"故乡"的怀想一般也是个体对自我身份追问、对精神本源探寻的逻辑起点。但对胡太明来说，现实很快就击碎了他内心对故乡诗意的营造。故乡已完全被纳入了战时体制，日本在台湾全面推行"皇民化"政治，日本对台湾政治、经济、文化方面的统治更严酷了。一些台湾本土人士为了现实的利益心甘情愿做起了"皇民"。许多台湾青年被强行征兵，和大陆同胞开战。当胡太明被强征送往广东做军属时,他一定还记得在大陆被关押时觉得自己何等被大陆人误解,可如今却真的成为被大陆人所恨恶的那种人了,所以当他看到广东当地居民向他投来的憎恨眼光,他为自己不幸真的成了日本侵略中国内地的工具而羞愧。当他看到祖国大陆的青年为抗日而牺牲,慷慨就义时,太明的精神受到极大的震动,"良心上也遭受极大的谴责",以至于昏厥过去,一病不起。

胡太明弟弟的死亡最终刺激他深刻地认识到了作为被殖民的台湾人的最大的悲剧在于他们只能是历史的孤儿而被践踏,在现实中无法有独立自主的命运。他彻底看清了自己以往试图在日本、台湾地区、大陆三者之间找到安身立命的所在是何等的虚幻,他终于承受不了找不到自己的历史归属这一现实,疯了。胡太明疯狂之下所作的诗最后表达了他对民族身份认同的迫切心情:

> 志为天下士,
> 岂甘作贱民?
> 击暴椎何在?
> 英雄入梦频
> 汉魂终不灭,
> 断然舍此身!
> 狸兮狸兮!(日本人骂台湾人语)
> 意如何?
> 奴隶生涯抱恨多,
> 横暴蛮威奈若何?
> 同心来复旧山河
> 六百万民齐崛起,
> 誓将热血为义死!

流寓色彩是《亚细亚孤儿》的突出特点,由此作者塑造了胡太明这样一个孤独的台湾知识分子形象。

第四章 乡土恋情与乡土悲情

第一节 沈从文的乡土恋情

"我实在是个乡下人。……乡下人照例有根深蒂固永远是乡巴佬的性情,爱憎和哀乐自有它独特的式样,与城市中人截然不同!他保守、顽固、爱土地,也不缺少机警却不甚懂得诡诈。他对一切事照例十分认真,似乎太认真了,这认真处就不免成为'傻头傻脑'。"①沈从文自始至终以乡下人自居,他亦抛弃了五四时期描写乡村生活时审视的姿态,以"乡下人"的眼光看乡下人。

沈从文作为一名湘西土生土长的苗族作家,他具有苗族人剽悍的血统。在他未到北京时,他对汉文化的了解是间接的,他较少受到汉民族文化传统的影响,当他为谋生、学习辗转来到北京这一大都市时,他深感自己和都市人格格不入,感到一种想挤进汉民族文化圈而不得的苦痛。同时作为一个旁观者,他洞察汉民族文化由于历史悠久而呈现出的巨大的惰性与滞后性。这位苗家子弟再次回忆起故乡那一群在青山绿水间活跃着的、浸润了天地之灵气、生龙活虎的人,回忆起苗族文化中那种由于较少受世俗的侵蚀而显出的淳朴明净的一面,这多少使他从认同汉族文化而不得的自卑中摆脱出来,同时这也慰藉了他那颗疲惫的心。在自卑与自慰、自傲的左右徘徊中,他企望能建构一种更为健康、更具有包容性的新型的文化形态。

事实上,沈从文的创作一直是在这方面倾尽其力,流露在他乡土小说中的便是他的"乡恋情结"。沈从文笔下流露出的乡土恋情与普通的游子那种淡淡的乡愁是不能画等号的,前者更多的是一种文化追寻而带有形而上的意味,而后者则

---

① 沈从文:《〈从文小说习作选〉代序》,《沈从文文集》(十一),花城出版社、三联书店香港分店联合编辑出版1984年版,第43页。

因其显现出的对母体割不断的情思而显出人的天然性——在两者明显的差异中我们掂出了沈从文乡土小说的分量。沈从文的乡土小说中有大量的风景描绘：

> 　　那条河水便是历史上知名的酉水,新名字叫作白河。……若溯流而上,则三丈五丈的深潭皆清澈见底。深潭中为白日所映照,河底小小白石子。有花纹的玛瑙石子,全看得明明白白。水中游鱼来去,全如浮在空气里。两岸多高山,山中多可以造纸的细竹,长年作深翠颜色,逼人眼目。近水人家多在桃杏花里,春天时只需注意,凡有桃花处必有人家,凡有人家处必可沽酒。夏天则晒晾在日光下耀日的紫花衣裤,可以作为人家所在的旗帜。秋冬来时,房屋在悬崖上的,滨水的,无不朗然入目。黄泥的墙、乌黑的瓦,位置却永远那么妥帖,且与四周环境极其调和,使人迎面得到的印象,实在非常愉快。

——《边城》

　　这分明是一处可入诗入画的世外桃源,从中凸现出的是永恒的静谧、明朗与和谐。优美的大自然涤荡着人的心灵,人在自然中的沐浴返归其本真的天性,顺从自然,感悟自然美的底蕴,从而形成自己朴素的美学观。"黄泥的墙、乌黑的瓦",那是得自然之神韵之后一种对人间的设置。在这里,人与大自然互相响应,构建世间的天堂。这对于整天身处闹市、呼吸着废气、耳边震荡着各种噪音的都市人来说,无论从感观上还是从心智上,都布下了诱惑,它牵引着那些身处都市的人们在与现实苦苦挣扎的同时追寻一个美好的梦。苗瑶地区地处偏僻,在较好地保存了自然环境的同时也保留住了一份纯净、祥和和一种追求天人合一的文化心态。这种文化心态是沈从文,亦是所有的京派作家共同迷恋的。从废名开始,凌叔华、萧乾都非常注重风景画的描绘,在风景画的描绘中不仅得到审美的餍足,而且传达出一种对文化意韵的追寻。这种在风景描绘中自我陶醉的做派更远的还可以追溯到陶渊明,但陶渊明那种"采菊东篱下,悠然见南山"的兴味到了他们却消弭了不少。虽然从思想上看,他们追求的确是老庄哲学,但毕竟他们是在五四号角鼓吹下成长起来的,五四那种"立人"的思想和那种反封建的斗志自然地会成为他们观察生活、思考人生的思想支架。于是同是隐逸者的心态，与陶渊明不同的是在他们的视线投向静谧和谐的自然时，不能不被那儿的一些人的活动所阻隔;在他们陶醉于大自然的美景而怡然自得时，不能不为周围一些人的苦难生活洒下同情之泪:他们的作品在描绘美丽的同时亦留下淡淡的忧伤。这也使他们的作品呈现出一定的积极意义。

然而沈从文以及京派作家那种自觉对五四文化所包含的重要内容——批判性消弭的特色是十分明显的。以鲁迅为代表的五四文化运动的先驱们，他们高举科学和民主的大旗，特别强调要清除一切不利于民族发展的毒素，其中最猛烈的又首推对国民劣根性的批判。中国作为一个农业大国，农民占绝大多数人口，即使是城里的一些手工业者、商人，他们本来的身份也都是农民，所以说五四时期对国民劣根性的批判在很大程度上也是对封建社会中小农文化的批判。而在这点上沈从文恰恰与之相对，他以极其眷恋的笔调企图挽留住中国大地上最后一片宁静、祥和的"乐土"。

在社会转型时期，瞬息万变的外面世界以其发展的猛烈与其前行进程中所必然呈现出的残酷性给许多善良敏感的人们以强烈的刺激。即便从理智上讲，他们认识到社会发展的必然规律，但他们的情感总难免要沉湎于对过去那种超稳定社会状态的回味而不能自拔。沈从文的小说从思想性的角度去分析的确是意义不显的，自然不能和鲁迅相提并论;可我们却应看到他的小说从另外一个层面闪烁出的光辉，那就是对社会转型时期很大一部分具有怀旧情绪的人从情感上的关怀。这种关怀对一个社会来说，在其发展过程中是不可缺少的。这也就不难理解在二十世纪八十年代末中国改革浪潮风起云涌时，文学上"沈从文热"悄然兴起，秉承沈从文创作神韵的大陆当代作家汪曾祺的作品成为炙手可热的读物。这是因为他们的小说中呈现出深远的社会意义。

同样增加沈从文乡土小说分量的是小说中浓得化不开的异域情调。苏雪林说沈从文的小说，"情节原平淡无奇，但读起来，却很能感觉得一种新鲜趣味。这因为一般人生活范围仄狭，对其他生活非常隔膜，假如有一个作家能于我们生活经验以外，供给一些东西，自然要欢迎了。所谓富于'异域情调'的诗歌小说得人爱好,也是这个道理"①。沈从文不仅擅长自然风景的描绘,而且注重对湘西地区风俗礼仪的详细描述,这也是沈从文和其他注重写实的乡土小说作家不同的地方。他的《旅客》(又名《野店》)、《入伍后》、《夜》、《黔西小景》、《我的小学教育》、《船上》、《往事》、《还乡》、《渔》等,"对于湘西的风俗人情气候景物都有详细的描写,对像有心要藉那陌生地方的神秘性来完成自己文章特色似的"②。

沈从文小说中的异域情调固然增加了其小说中的可欣赏性,然而沈从文从中透露出的文化追寻的意味仍然是十分明显的,甚至这种文化追寻还成为沈从文用以抵抗城市文明侵蚀的一种有效方式,这突出地表现在他后期的小说《长河》中。《长河》由于它的不完整,故不像《边城》那样被奉为沈从文的代表作,但其对指认沈从文创作的"反文化"立场是有重要作用的。作品中一堆堆火焰般的橘子,那橘子主人对外来人"只许吃不肯卖"的洒脱,对城市人吃橘子做派的讥讽,对"科学"的善意嘲笑,对"新生活"的担忧与不解,都透露出沈从文"反文化"的情绪。在这篇小说中,城乡差异明显存在,城市人开始越来越多地介入了乡下人的生活。但在沈从文笔下所展现的城乡对立中,最终并不是城里人以自己的学识、以自己对先进文明的生活方式的掌握去嘲笑、指导乡下人,相反到处是乡下人对城里人"怪异之处"的讥笑、评点,作者从中露出一股快意。此外,沈从文对农村人井然有序的生活方式充满了敬意:"正月里出行,必翻阅通书,选个良辰吉日,惊蛰节,必从俗做荞粑吃。寒食清明必上坟,煮腊肉社饭到野外去聚餐。端午必包裹粽子,门户上悬一束蒲艾,于五月五日午时造五毒八宝膏药,配六一散痧药,预备大六月天送人。"这里展示的分明是作者自己熟悉的一种生活方式。在《长河》中,沈从文也流露出了自己内心的悲哀情绪:这一种生活方式虽好,但它毕竟已遭到了外来的冲击。这一切将会改变。

沈从文的小说若放回它得以发表的那个年代去考察,无疑是缺少力度的。它缺乏对传统文化批判的锐气,缺乏时代精神。然而若放在更长的一个时间段来看,则它不乏对工业文明中种种弊端的批判,这是有积极意义的。这或许也可

---

① 苏雪林:《中国三十年代作家论》,台湾纯文学出版社 1983 年版,第 387 页。
② 苏雪林:《中国三十年代作家论》,台湾纯文学出版社 1983 年版,第 387 页。

算是沈从文的小说对人类作出贡献的另一种方式。

第二节　钟理和乡土小说中的"原乡"悲情

在台湾现代乡土小说作家中，钟理和是以"倒在血泊中的笔耕者"形象存在的。他祖籍广东省梅县，1915 年生于台湾屏东县高树乡，他的父亲是一个富商，钟理和是在经济条件比较富裕的家庭环境中长大的。钟理和出生和成长在日本统治台湾时期，他同时接受了汉文和日文的教育。他正式入学前在村塾接受的是汉文教育，并明白自己是"原乡人"，这构成了他汉民族文化认同的基础。他八岁时入盐埔公学校接受日式教育，14 岁从盐埔公学校毕业后和异母兄弟钟和鸣同时投考高雄中学，但是钟理和因为体检不合格而名落孙山，于是进入长治公校高等科就读。1930 年，他从长治公学校毕业后进入村里的私塾学习汉文。近两年的村塾教育使他广泛阅读古典文学，并接触西洋小说及中国大陆的鲁迅、老舍、茅盾、郁达夫等人的作品，由此他接受到文学启蒙。

钟理和的"原乡人"意识首先来自于他起初所受的汉文化教育，其次也受到他异母兄弟钟和鸣的影响。钟和鸣是一位民族意识极强烈的抗日分子，曾偷渡到大陆参加抗日革命运动。钟和鸣对祖国的感情也强烈感染了钟理和。1932 年，钟理和 18 岁时随父亲到高雄县美浓镇经营"笠山农场"。在这个农场里，他爱上一位在那儿工作的女工钟台妹，可是在当时的台湾习俗中，同姓通婚是一种忌讳。他们的恋爱不仅遭到钟理和家庭的反对，也被周围的人鄙视。

在爱情的巨大力量的驱使下，钟理和踏上了背弃自己的父母、远离家乡的路途。在日本和大陆之间，钟理和毫不犹豫地选择了后者，这不能不说与他内心强烈的民族认同意识有关。1938 年，钟理和只身来到大陆，先是定居在沈阳市，进入满洲自动车学校学习开车，两年后取得驾驶员资格，任职于奉天交通株式会社。1940 年 7 月回到台湾，8 月即携台妹赴东北，他们经历了千辛万苦终于抵达沈阳。但由于卢沟桥事变后，移民大量涌入满洲，在此谋生不易，所以钟理和夫妇在沈阳的生活相当困苦，但其间也有温暖：其一是他们夫妇之间的深情让他们能有抵抗外界艰难生活的力量；其二便是《门》中所写到的那位极富中国传统美德的老夫妻所给予他们的爱,以至于钟理和在《门》中情不自禁地呼唤道:"老太太——老太太呀,祝你平安——那是我永世不忘的慈祥的第二母亲——老夫妻俩疼爱我们不亚自己亲生的儿女,尤其是老太太对于妻。"这样的老夫妇也是许许多多具备中国传统美德的老百姓的象征,他们的存在也是钟理和内心民族认同的一个重要基础。

1941年元月,他们的长子钟铁民出生,举家迁居北平。钟理和任华北经济调查所翻译员,因为这一机构是为日人所有,出于民族感情,钟理和在那工作三个月后便辞职。之后就经营煤炭零售店,但为时不久。后专力写作,生活靠友人接济。

在旅居北京期间,他到过山西、河南、山东等地,同时大量阅读、写作,还参与台湾旅平同乡会的各种活动,并以"江流"笔名投稿、出书,翻译介绍日本文学作品。1945年,钟理和在北平出版第一本小说集《夹竹桃》,书中收有《夹竹桃》、《新生》、《游丝》、《薄芒》等中短篇小说。这本薄薄的小说集,也是钟理和生前出版的唯一的作品集。在北平期间他还创作了小说《生与死》、《逝》、《门》和《白薯的悲哀》。这些作品看似只是描写大陆的生活,但由于钟理和是以台湾人的身份对梦牵魂绕的原乡进行切切实实的打量与描绘,故将它们归之为乡土小说也是恰当的。

钟理和是带着"原乡人的血,必须流返原乡,才会停止沸腾"的原乡意识来到大陆的。但钟理和毕竟是在日本殖民地环境中长大,不可避免地带有一些被殖民者的印记;另一方面,他对"原乡"的想象、对汉民族的认同也包含台湾人抵抗日本殖民统治的重要内容,带有明显的情感倾向性。当钟理和来到大陆之后,他所看到的却是大陆国民长期以来精神被奴役的创伤,这使他难以接受。他既无法像大陆五四时期的知识分子那样,对民众身上各种精神病症有担当疗救者的责任感;也无法像大陆三四十年代的许多知识分子那样,对民众抱有一种仰视的姿态。尤其是1945年8月15日日本宣布战败投降之后,居住在北平的台湾人不但内部产生了错综复杂的变化,而且也陷入不安的处境中,因为战后的北平似乎难有他们的容身之处。对钟理和来说,大陆之行并不像他所期望的那样能平息"原乡人"在台湾内心深处与母体割裂而产生的焦虑。

钟理和在北平所创作的小说中真实地记录下了这段时期他在中国大陆出现的认同危机,以及这种认同危机带给他的痛苦之情。他的作品与吴浊流的作品一样,都对民族认同危机背后的精神痛苦进行了深刻的描写。他们对大陆民众精神痼疾的批判正表明在他们在内心深处无法摆脱和大陆同胞一脉相承的精神联系;而正是出于一种深刻的民族认同,他们才不能不对这些民众身上所表现出来的愚昧、冷漠、自私、懒惰、无羞耻心等等负面因素进行批判,一如鲁迅对国民性的批判。当然作家之间的艺术表达是有高下之分的,钟理和的《夹竹桃》文本里有一些毫无节制的批判性语言,带有些许谩骂的色彩:"他们能够像野猪,住在他们那既昏暗,又肮脏,又潮湿的窝巢之中,是那么舒服,而且满足。于是他们沾沾自喜,而美其名曰,像动物强韧的生活力啊!""可是,奇怪的是这位庄太太,生殖力不亚于一只母猪,孩子一个又一个、一年一个地接踵而至。"这种过于情绪化的表达破坏了钟理和小说文本的艺术美感,也使得他虽有强烈的批判性,但无法达到像鲁迅这样的优秀批判主义作家的艺术高度。

钟理和这一时期的小说文本意义在于:一方面,它们提供了特殊历史时期一批台湾知识分子的精神现象学解读;《白薯的悲哀》中,作者用"白薯"象征台湾人,同时书写了在北平的台湾人所感受到的悲哀,"北平是伟大的,以他的谦让与伟大,他是可以拥抱了一切。但假若你被人晓得了是台湾人,那是很不妙的。那是很不幸的,是等于叫人宣判了死刑"。一个殖民地的岛民,期盼奔回祖国的怀抱,得到的回报竟是"你们吃饱了日本饭了吧!""它常是和朝鲜人什么的被排在一起。朝鲜人怎么样,台湾人又怎么样——报上常常登着。这样的话,我们已经听得太多了。我们能由这里感到少许的亲热吗?从前,我们的支配者也同样叫我们——台湾人!"

作为日本人的被殖民者,台湾青年常被日本殖民者置于非常尴尬的地位,他们被征兵到大陆和自己的同胞开战,其中有许多台湾青年听信日本人的宣传,将大陆视为自己的敌对国。这是日本的殖民统治造就的悲剧。

另一方面,通过对可以作为乡土中国代表的北平的审视,钟理和的小说提供了台湾知识分子在民族/殖民文化的冲突境遇中对民族文化的批判性思考。

《夹竹桃》是以他在北京的几年生活为原型。钟理和从小便接触到"原乡"这个词，他知道隔海相望的大陆才是自己真正的故乡，是他爷爷的爷爷的家乡。《夹竹桃》中记下的是他踏上原乡后对"原乡人"的审视，写了北平的一个普通的四合院内所发生的故事。在这个四合院里生活着的都是些社会底层的小市民，他们物质上贫困、精神上苍白，人们都失去了最起码的尊严和道德。在这里，人与人之间冷漠、自私，为了小小的一块煤都可以大打出手；在肮脏的生活环境中，这里的人有更为肮脏的生活方式：偷窃、吸鸦片、欺骗、虐待等等。年迈的老太太在丧失生活能力之后非但得不到邻里的帮助，甚至成了邻里们要躲避的对象，没有人愿意搭理她。她的窝窝头总被她三儿子、三媳妇抢吃，最终老太太和她那有些痴呆的孙子沦为乞丐。少年小福受尽后母的虐待，终于被饥饿和疾病夺去了生命……钟理和在小说中用极为平静的笔调描绘了这个北平四合院内悲惨而毫无希望的生活。在这部作品中，他通过一个极小的细节触及人性凶残的一面：鱼缸内刚买来的漂亮小金鱼，不隔日，最多也不过三五日，便会因被孩子们捞起玩耍而致死；他对这些人身上的劣根性予以了坚决的嘲讽。但长期以来他在台湾所形成的对原乡人并不全面的印象在无形中左右了他观察大陆平民的视线，况且他本身生活漂离，在北平孤独无助，以及他与大陆人之间存在着语言、思想上的隔阂，特别是他处在动荡的社会大背景下，对社会阴暗面和人性的弱点尤为敏感。然而那时的中国也正在酝酿着新生的力量，可惜钟理和看不到这一点。《夹竹桃》这部作品过度地沉浸在无望的愁闷中，基调过于凄苦，并不完全符合大陆当时的社会现实。不过作者在一开头便将北京的四合院描绘得栩栩如生。北京城院落内的典型布置——天棚、鱼缸、石榴树，即使再差的院落里也要养上几盆花，显示了皇城根下居民与生俱来的悠闲性情，这也是作者所要批判的。

台湾的光复使远在中国大陆的钟理和欣喜若狂。他以为一个崭新的台湾就要诞生，台湾人民会摆脱一切枷锁投身到新生活的创造中去，会与一切不合理的封建社会习俗决裂，塑造健康的台湾群体形象，当然也就会以宽广而温暖的怀抱来迎接、拥抱他这位游子，他这个特殊的家庭。多年的思乡之情喷涌而出。他携带妻儿回到台湾。

　　然而他万万没有想到的是，时间的流逝、台湾的光复对台湾人思想深层的改变，远没有他想象的那么令人乐观，家乡人仍拒绝认可他的婚姻，他的家庭仍因是同姓之婚而被视为异类，他的孩子也遭到周围人的唾弃。这一切与钟理和的想象距离太远了，这些使他措手不及。他陷入极大的痛苦之中。辗转回乡的奔波、回乡后为生计的操劳，加之精神上的苦闷，钟理和很快就患上了严重的肺病，从此整个家庭的重担不得不落在他的妻子台妹的身上。为了治病，钟理和变卖了所有的家产和田地，为了维持家庭的生活，台妹只好下地劳动，甚至干起了捎木头这一粗活、重体力活。面对这一切，钟理和内心"一份愧歉之情油然而生"。他只能"拿起她的手反复抚摸"，只能当妻子在田里干活时为她准备好饭，然后等着妻子的平安归来。这种家庭中男女角色的替换是在钟理和得病的情况下作出的无奈选择。看着婚姻并未给心爱的人带来幸福，相反带来了牵累，钟理和的内心充满了自责；看着美丽柔弱的妻子不得不像健壮的男人那样干活来维持家庭的生存，钟理和作为一位男人的自尊心遭到了极大的打击。他在作品中不断地以热爱、怜惜、感激的心情去塑造台妹的形象，不断低吟着啼血般的哀鸣。钟肇政在《往事二三》"代序"中说："铁民把他爸爸的遗稿统统寄给我整理保管，我看几本手稿上的斑斑血渍，为之触目惊心，也为之吞声饮泣，久久不能自已。我从未怀疑过他在信中所告诉我又病倒了、又吐血了的一类话，然而当我抚摸那发黑了的血痕，想象到他在病魔纠缠里挣扎着苦吟苦写的情况时，又怎能禁得住内心那种被剜杀般的痛楚呢？"唯有在创作中他舐着内心深处的创伤，重建他的精神支架，获得生的勇气。对平妹的书写、对台湾底层人痛楚生活的描写、对人的尊严的探寻是他回到台湾之后的创作重点。与在大陆时的创作不同的是，他回台后的作品中尽管同样写到愚昧、迷信、苦难的人生，却越来越注重传递人生的无助感，因而也大量地写到人的祭祀活动，并越来越少地运用批判性语言。

第三节　两种模式文化内涵的异同

　　二十世纪的中国，"城市"与"乡村"成为两种文化规范的象征。从鲁迅始，中国大部分作家都面临着两种文化规范选择的情感困惑。随着现代都市的崛起，一些乡村的知识青年怀着对外界更丰富斑斓生活的向往以及对未来更合理的生活的憧憬，卷起铺盖来到城市。城市现代文明浸染、重铸了这批年轻人，他们有可能站在一个新的角度打量他们曾赖以生存的文化环境。从这个角度，他们看清了农村封建宗法制度吃人的本质，看出了农民的愚昧、落后。对生活在家乡的人们，他们"哀其不幸，怒其不争"。然而城市现代文明是以工业文明为其核心的，工业文明的进步是以消除个性以及与大自然对立为其代价的。工业文明前行中的残酷性又使这些来自乡村的淳朴青年不约而同地怀念起故乡生活中那宁静、淡泊的一面来。这两种情怀合成了中国现代大部分作家创作乡土题材小说时一种共同的隐形心态。

也有一部分作家，从他们的文字表面上看完全是以城市文明对立者的面貌出现。他们完全以"乡巴佬"的独特视角，以浪漫抒情的笔调来构建自己的乡土社会，显出浓重的乡恋情结。作品中作家用细致的笔触所描绘的如诗如画的"风俗画"、"风情画"和"风景画"，似乎更直接地传达出作者对故土传统文化的认同以及对现代文明侵蚀的抗拒。沈从文的乡土小说正是这种情状。而他的这种书写方式与作者自身非但不逃离现代大都市而且还极其虚心地向现代文化先驱们求教的行为构成了强烈的反差，从中我们亦可见沈从文内心深处对两种文化形态选择的艰难与困惑。沈从文曾说过的这样一段话："王羲之、索靖书翰的高雅，韩幹、张萱画幅的精纱，华丽的锦绣，名贵的瓷器，虽为这个民族由于一大堆日子所积累而产生的最难得的成绩，假若它并不适宜于作这个民族目前生存的工具，过分注意它反而有害，那么，丢掉它，也正是必需的事。实在说来，这个民族如今就正似乎由于过去文化所拘束，故弄得那么懦弱无力。这个民族的恶德，如自大、骄矜，以及懒惰、私心、浅见、无能，就似乎莫不因为有了过去文化遗产过多所致。这里是一堆古人吃饭游乐的用具，那里又是一堆古人思索辩难的工具，因此我们多数活人，把'如何方可以活下去的方法'也就完全忘掉了。"[①]从这段话中

---

① 沈从文：《〈凤子〉题记》，《沈从文文集》(四)，花城出版社、三联书店香港分店联合出版1987年版，第302页。

我们似乎可更准确地把握沈从文文化选择的心态,即他并非希望固守传统的静态文化,而是希望这必然出现的现代文化能摒弃刚开始出现便显出的弊端而朝着更健康、更符合人性的方向发展。沈从文这种文化选择的心态在任何文化模式转型的关口都是具有代表意义的。

虽然沈从文乡土小说中呈现的直接批判色彩不强,但我们也应当看到作者在作品中流露出的呼唤人们摆脱一切固有文化形态的束缚,走向自然的浓厚意识。而对于自然形态的人际关系的书写最直接的效应便是对封建宗法制度下人与人之间的不健康关系提出质疑。在这个层面上,沈从文也对封建文化进行了批判。沈从文是站在焕发人性的立场上去回味湘西人的生活:"他爱湘西民族的下等阶级,从他们龌龊、卑鄙、粗暴、淫乱的性格中;酗酒,赌博,打架,争吵,偷窃,劫掠的行为中,发现他们也有一颗同我们一样鲜红热烈的心,也有一种同我们一样的人性。哪怕是炒人心肝吃的刽子手,割负心情妇舌头来下酒的军官,谋财害命的工人,掳人勒索的绑票匪,也有他的天真可爱处。"①

沈从文的笔墨重心不在于从人道主义立场上抨击一切愚昧和野蛮,而在于从人道主义立场对自然美的孜孜追求,对生命原动力的弘扬。所以,读者即便是读那些悲惨的故事,也能"从一个乡下人的作品,发现一种燃烧的感情,对于人类智慧与美丽永远的倾心,康健诚实的赞颂,以及对于愚蠢自私极端憎恶的感情。这种感情且居然能刺激你们,引起你们对人生向上的憧憬,对当前腐烂现实的怀疑"②。显然沈从文所称颂的是未受到过封建文化浸染的行为。他完成了对两种文化形式的双重批判,表现出自己独立的文化价值观。

沈从文到底有自己热爱的故乡作为自己漂泊他乡时孤寂心灵的情感慰藉,而钟理和则要不幸得多。钟理和由于同农场钟姓女工相爱而遭到习俗的不允许,被迫离开台湾私奔到大陆。1946年台湾光复后钟理和携妻儿返回家乡,没想到却仍未得到世俗的谅解,这成为钟理和心头抚不平的创伤。从小曾阅读过大量五四新文学作品和许多世界文学作品的钟理和固然有勇气坚持自己的选

---

① 苏雪林:《中国三十年代作家论》,台湾纯文学出版社1983年版,第395页。
② 沈从文:《〈从文小说习作选〉代序》,《沈从文文集》(十一),花城出版社、三联书店香港分店联合出版1984年版,第46页。

择,但他仍深感到和社会习俗抗争后的疲惫与空虚。他在日记中记下了这种心情:"我们的爱是世人所不放的,由我们相爱之日起,我们就被诅咒了。我们虽然不服气,抗拒向我们加来的压迫和阻难,坚持了几年没有被打倒、分开,可是当我们赢得了所谓胜利携手远扬时,我们还剩下什么呢? 没有! 除开爱以外! 我们的肉体是已经倦疲不堪,灵魂则在汩汩滴血,如果这也算得是胜利,则这胜利是凄惨的,代价是昂贵的。在别人或在别的场合,由恋爱而结婚,该是人间最辉煌、最快乐的吧! 而我们的场合,则连结婚这一名词也不可为我们所有。你,我,灰沉天气、霏霏细雨、和一只漂泊的船……这些,便是当日参加我们的'结合'典礼的一切。别人的蜜月施行,却变成我们的逃奔了。逃到远远的地方,没有仇视和迫害的地方去。"

特殊的人生经历使得钟理和觉出了自己人生的不完善,而仔细思量,这不完善的人生是由不合理的社会习俗酿成的。近亲结婚固然是不符合优生学的,但倘若将所有毫无血缘关系的同姓之人都划归为亲缘关系则是荒唐的。死守祖上传下来的规矩而不顾具体的人和事,这是一个社会极其冷漠无情的表现。追根究底,这是封建家长制、宗法制的产物,正所谓"祖宗之法,不可变"。那么,传统的文化在多大程度上呈现出它的合理性呢? 钟理和怀着一颗悲愤的心将自己的视线投向了被传统文化笼罩着的故乡。在这里,到处充斥着的是愚顽、迷信,人们因之生活在痛苦的深渊里。《竹头庄》、《山火》等篇在对村民愚昧行为细致的描绘中,实现了对封建传统文化的猛烈批判。

钟理和由于成为封建传统文化的直接受害者,因而他对传统文化的批判带有强烈的感情色彩,甚至有时还会意气用事。而同是对封建文化的批判,沈从文则是平和冲淡,有静中显风"力"的优美。钟理和希冀得到社会的认同,而沈从文追求的是社会朝更健康、更富有朝气的方向发展。在这点上,也分出两者思想境界的高低。至于钟理和在《夹竹桃》中所使用的带有谩骂、侮辱性的文字,则更使他的小说和沈从文的小说在审美上拉开距离。《夹竹桃》,若我们以乡土小说的几大要素去考察它,它并不是乡土小说,但由于钟理和是以台湾人的身份对梦牵魂绕的原乡进行切切实实的打量与描绘,故将它归之为乡土小说也是恰当的。在这篇小说中,钟理和似乎找到了台湾人愚昧、自私、冷酷这一系列文化性格特征的最初来源。

　　钟理和对台湾和大陆传统文化一脉相承的认可，使他在描写中国封建传统文化负面效应时毫不留情。钟理和因过多地批判封建文化传统对中国人的心理结构所造成的影响，所以他绝少注意到正在中国大陆悄然崛起的现代文明以及现代文明对大陆人民心灵的撞击，因而他缺少沈从文那样一种为抗拒城市文明的侵蚀而以"乡下人"看"乡下人"的独特视角，甚至也缺少像鲁迅、许杰那样以城市作为参照系交换"城里人"、"乡下人"的视角去打量乡下人所流露出的既恨又怜且爱的情感。钟理和表达的只是一种对乡土的悲情，这相对于乡恋、乡愁来说内涵要单薄得多。

第五章　两岸乡土小说中的现代主义萌动

第一节　大陆乡土小说现代主义的回响

　　无论是大陆的现实主义乡土文学，还是台湾的现实主义乡土文学，它们的创作实绩都丰富了中国的现实主义文学，同时它们创作的得失也引发了文学理论工作者对现实主义文学的理性思考。关于"暴露与讽刺"的讨论、关于民族形式的论争、关于"主观论"的论辩都是这一时期颇有吸引力的论争话题。这三个论争话题都涉及了现实主义如何继承五四现实主义文学传统、如何吸收其他创作手法来丰富现实主义文学的问题。反观这一时期的论争，胡风所提出的理论是值得注意的。他非常强调与五四现实主义精神的连贯性。他认为"文艺创造是从对于血肉的现实人生的搏斗开始"，提出作家一方面要创造出包含有比个别的对象更高的真实性的艺术世界，另一方面要求作家"所创造的艺术世界真正是历史真实在活的感性表现里的反映，不致成为抽象概念底冷冰冰的绘图演义"，①

---

① 胡风：《置身在为民主的斗争里》，《胡风评论集》(下)，人民文学出版社 1985 年版，第 19 页。

进而他指出作家的生活实践和创作实践是作家的"自我扩张"、"自我斗争",提出作家的"主观战斗精神",这在某种程度上和现代派的主张是一致的。从"客观写实"转向"主观写实",这是西方现代主义者的一个重要信条。西方现代派最大的创作特点便是主观性和内向性。在这以前,许多现实主义作家过多地着眼于外部世界的现实斗争,过分地注重描写变幻莫测的客观世界而忽略了对主体人的关注,甚至出现了将人物类型化、面具化的不足。很多作者主体的退场也造成了作品个性的消弭。从这个角度来看胡风所提倡的作家主观的战斗精神,对当时创作界克服这些不足是有积极的指导意义的。在当时创作界紧紧追随胡风文艺理论的作家是路翎等七月派作家。出身于城市小知识分子家庭的路翎却以极大的热情去描写农村,创作出了《饥饿的郭素娥》、《王家老太婆和她的小猪》、《棺材》、《罗大斗的一生》、《财主底儿女们》等乡土小说作品,但他笔下的人物形象却未失之苍白,相反"是追求油画式的、复杂的色彩和复杂的线条融合在一起的,能够表现出每一条筋肉底表情,每一个动作底潜力的深度和立体"①,这关键在于他的视点是在于对底层人民"精神奴役创伤"的揭示,他注重展示每个人的原始强力。

路翎笔下的农民大多数过着非人的生活,他们在物质和精神的双重压迫下,近乎崩溃的边缘。在《王家老太婆和她的小猪》中,王老太婆一生中饱尝了社会的不公,子女亦抛弃了她,以二分利借钱买来的小猪成了她唯一的伙伴,也是她生命中全部的希望所在。她对人生、对周围的一切是仇恨的,但她毫无能力。她因在外界不断地遭受凌辱而产生了怨恨,由怨恨在她心中所形成的精神压抑,只有通过对唯一陪伴她的小猪的鞭打而宣泄出来。可小猪又是她最为心爱的,这种矛盾构成了她内心新的压迫,于是她的精神崩溃了。她暴躁不安,她恐惧万分,对美好安宁的生活近乎本能的追求在她生命的最终一刻幻化为她外孙女来接她到另一个美丽世界的影像。

路翎塑造着这一群被扭曲了的人,然而路翎自己并不悲观,他从他们身上亦

---

① 胡风:《饥饿的郭素娥·序》,《二十世纪中国小说理论资料》(四),北京大学出版社 1997 年版,第 135 页。

看到了一股原始强力。在《蠢猪》中,王树清非常小心地努力地为专员撑船,然而由于山洪暴发,行船特别艰难,即使王树清咬紧牙关拼命地撑船,船仍停滞在逆流里,专员不断地斥骂着他"鸦片鬼"、"蠢猪"、"不是正经人",威吓着他"枪毙你"、"还要挨打是不是"、"把你抓到镇公所去",凡此种种,王树清终于由不敢发作到感到屈辱,转而愤慨地申辩,直到最终的反抗。在这一过程中,正是王树清体内蕴存的原始强力在支撑着他,推动着他的行动,这种原始强力往往是不计后果的,有时难免凶残和卑污。《棺材》中的王德全、《罗大斗底一生》中的罗大斗身上都暴露出凶残和卑污的一面。且不论路翎在展示人的原始强力时所把握的尺度如何,有两点是确定的:第一,他仍继续着鲁迅对国民性、对民族灵魂的关注;第二,他走的是由现实主义逐渐转向现代派的道路,作品中主观性、内向性的倾向是明显的。

路翎的小说不同于解放区小说具有明朗的色调,它弥漫着令人压抑的阴晦色调。路翎小说的独特魅力在于他对人物心理的刻画,而他在"心理刻画方面最大的成功之处,是善于写出人物在特定境遇中异常丰富的心理变化,善于写出从某种心理状态向另一种对立的心理状态的跳跃"。"这种心理变化的幅度往往是一百八十度,频率往往是瞬息万变,这样的变化幅度与速度在中国现代小说史上都是罕见的。"①这种心理刻画的方式实则是借鉴了西方现代派意识流的表现手法。《王家老太婆和她的小猪》里,一个孤苦伶仃的王老太婆在风雨中追赶她的小猪,在追赶小猪的过程中王老太婆因外界的触发不断地变化着她的心理状态:

> 她觉得,小猪,连衣服都没穿的,站在雨中,一定很冷。她想到,小猪,长大了就要被杀死,自己却一点都不知道,是很可怜的。她心酸起来了,"唉,你这孤儿多可怜哟,又不通人情,又不会讲话,心里有苦又说不出!"然而在不一会她受了保长的欺负后,看见小猪在路边悄悄地向她抬着头,觉得一切全是因为它,发狂地愤怒了起来,拼命抽打小猪。小猪冲开去了,她忽然恐怖起来,觉得小猪是被打伤了,她呼唤小猪,猪没有回答,她更强烈地感到恐

① 严家炎:《中国现代小说流派史》,人民文学出版社1995年版,第274页。

怖,并且感到孤独,她觉得有什么事要发生。她眼一黑倒在了泥泞里。她明白她已经倒下了,她忽然感到安宁,她的内心变得非常的温柔:我要死了!唉,可怜这多好啊!她想,依稀地听到了尖锐的风声。她觉得她的一生是无罪的,她心里有欢畅。她觉得另一个世界向她打开了,平坦的道路,照耀着温暖的、慈祥的光明。

在短短的时间内,王老太婆的心理流动显得零乱无序,矛盾重重。路翎将王老太婆对猪的爱与恨、对生的恐惧与向往这几种不同的心理流程在很短的时间内展示出来,刻画出了一个在生活重压下的老妇人内心的烦躁与不安,反映了老妇人精神上的缺陷。

路翎的小说在吸收现代派的一些技巧来丰富现实主义创作方面是作出了贡献的。这不光表现在人物心理的跳跃式转化方面,还突出反映在他小说中的景物描写上。他笔下的景色丝毫不含有风俗画的成分,也绝少有抒情的意味。他笔下的景色总是人物内心世界的外在物化,是人对外界主观印象式的描写,其中最明显的是拟人、通感等手法的运用。

一个家庭的摆设往往能反映出这家主人的身份、所在地区的社会风俗,可在路翎的笔下,这些全部用来烘托人物内在的精神世界。在一个狂风大作的夜晚,"这狂风仿佛一张有着钢牙的大嘴,在咬嚼屋顶,使得这家庭碉楼和屋子簌簌地抖动着"(《棺材》),王德全点了一盏灯走出房来,用手护住火苗,向四处查看——"但什么也没有。然而在这种查看中,他底凝固了的对周围的一切有了一种鲜跃的感觉,突然和他底挂虑,他底全部生活的昏蒙状态远离了——缩了缩身体再看的时候,一切全带着自己底打着辛苦的印记的历史生动地对他无声地说起来:陈旧的桌椅说:'从你娶亲的时候起,我便在了!那后来被人害死的麻子木匠做了我!'写着'枝书采药'的挂在中堂左边的黑漆牌说:'你底祖父,你底祖父!'院子里的破裂了的石水缸也说着和这类似的话;至于那竖立在围墙上面的黑色的碉楼和它后面的在狂风里啸出怖人的大声的高大蔽天的沙桐树,则愤怒而悲切地鸣叫道:'我们有两百年了!两百年了!你底生活永远不会好。你就要倒下去!'"周围一切的陈设都成为王德全精神上的压迫,古旧的房屋、家具、沙桐树让王德全感到自己生命的短暂与生命被物的奴役。

与路翎创作风格较为接近的是丘东平。在对乡间的战争场景进行描绘时，他投注较多的人物的主观情感，也使得其短篇小说《一个连长的战斗遭遇》和大陆当时其他一些反映战争的小说显出了明显不同的风格。作者虽亦没有忘记塑造典型环境中的典型人物，但小说在塑造典型环境时更多地呈现出了作品中人物的感官印象和心理印象；而且作者在着力刻画一位在残酷的战场上成长起来的英雄形象时，是以林青史在战斗中的心灵历程为潜在线索的。

路翎和丘东平等作家在坚持走现实主义创作道路的同时，注重吸收现代派的创作手法，使得他们的作品既比同期大陆解放区的作品更为深入，也拓宽了现实主义创作的发展之路，又比国统区进行都市文学创作的现代派作家徐訏、无名氏等人更贴近人生。

第二节　台湾乡土小说现代主义的萌动

从 1937 年卢沟桥事变之后，日本将台湾的政治、经济、文化全部纳入所谓战时体制，到台湾光复的 8 年中，台湾人民更深切地感受到了日本统治者的殖民压迫。台湾人民的耕地越来越多地被强占，日本在台湾的资本掠夺、劳动力的压榨越来越有恃无恐，日台人之间的不平等，台湾人内部的分化以及国语被日语的强行取代都使敏感的台湾知识分子深感压抑。他们中虽有杨逵、吴浊流这样不畏强暴、以笔作刀的斗士，但更多的作家是采取曲隐的笔法反映生活在社会底层的台湾人的生活，思想性呈现出退化的趋势。他们企图用较高的文学艺术技巧，掩盖作品思想内涵的不足。这一时期许多作家在艺术创作手法的多样化方面作了很多探讨。和大陆文化的隔断、对日本统治者的憎恨使他们转向学习西方文学作品，这一阶段许多台湾乡土文学作品在思想上毫无突破，但艺术性却大幅度提高了。这其中的表现之一便是这一时期一直坚持现实主义风格的台湾乡土文学创作中现代主义的萌动。较多借鉴现代主义创作笔法的是作家龙瑛宗。

龙瑛宗是一位多产作家。台湾光复前他写有小说《植有木瓜树的小镇》、《黄昏月》、《午前的悬崖》、《白色的山脉》、《摸》、《龙舌兰与月亮》等 24 篇。台湾光复后,1945—1947年期间他又发表了《青天白日旗》、《从汕头来的人》、《女人在燃烧》3部作品以及文学评论集《孤独的蠢鱼》和随笔集《女性素描》。龙瑛宗的小说具有较强的抒情意味,小说弥漫着一种较为女性化的自艾自怜、暗自伤怀的情调,这在很大程度上源自当时台湾受日本统治的殖民压迫,这种心态在二十世纪四十年代台湾的知识分子中也并非一个怪异的现象。在日本统治者对政治、经济、文化的严控之下,大部分台湾人民生活在痛苦之中,尤其是知识分子,他们中许多人因看不到令人乐观的前景而焦虑、失望、彷徨,他们生活在社会的中下层,不仅忍受着思想的折磨,更要接受贫穷生活的煎熬。长期以来,他们被迫和祖国传统文化隔绝,这使得他们思考问题极少受中国传统文化的支撑。在思想结构荒芜的情况下,囿于当时的现实,他们极容易倾心于西方现代派所依据的哲学思想,直觉主义、非理性主义、潜意识、存在主义的信条在他们心中引起了共鸣,成为他们形成自己世界观的重要依据,由此他们形成了"艺术至上"、"唯美主义"的创作观。事实上,孤独、苦闷、彷徨,多年来已成为台湾知识分子解不开的情结。从地形板块来看,台湾四面环海,这独特的地形状况,固然使生活在此地域文化中的人们有着较为开放的心态,容易接受海洋文明的浸淫,然而这种地形又易使居民形成一种特有的孤岛心态;另一方面长期远离母体,即使从总体倾向上表现为对民族文化的认同,也不能否认在一定程度上会表现出对民族文化的疏离:这些因素都使得台湾有较适宜接受西方较为颓废、悲观的哲学思想的土壤。这种情况到五六十年代国民党加紧对台湾舆论自由的控制、严禁大陆书在台湾出版传播时就更厉害了。现代派作为一个流派在台湾文坛粉墨登场,是能从这里找到一些渊源的。

此外,从龙瑛宗主体方面来看,小说中所流露出的这种情感特征和他的出身、个性是有关系的。身为客家人的龙瑛宗性格非常内向害羞。他对台湾社会中客家人长期以来遭受福佬系作家的歧视十分敏感,甚至和张文环等福佬系作家因此产生了深深的误会,加之他不善于说闽南话,又口吃、身材短小,自卑感一直没有离开过他。这种强烈的自卑感成为龙瑛宗内心世界极大的阴影,也造成了他对外部世界的恐惧、不信任。

敏感的龙瑛宗深感殖民者对台湾社会的压迫,加之他的自卑、对外部世界的恐惧，这使他的作品中流露出的哀伤与悲观尤为浓烈。龙瑛宗是以他的处女作《植有木瓜的小镇》走上文坛的，而且是一鸣惊人。这篇小说不仅证实了他卓越的才华，而且也基本上形成了他日后创作的基调，显出了他借鉴西欧现代派文学创作手法的特征。陈有三终究认识到无论他如何努力也很难得到赏识，他看不到自己的前途，因此伤心失望透了。理想实现的渺茫使他意志日渐消沉，他对外界一切污秽的空气越来越失去抵御的能力。陈有三就是这么一个由乐观向上到自甘沉溺的、痛苦彷徨的小知识分子形象。"一切都接近死亡，在路上被践踏的小虫，咬在树上的空蝉与落叶，走过黄昏街上的葬列……"这不仅是林杏南长子临终前的思索，也是陈有三内心的恐惧、绝望后的对世间的一种孤独的观望，更是作家龙瑛宗对外界的一种感受。这种颓废、哀伤、悲观的心绪与西方现代派作家的世纪末情绪是相一致的。对知识分子内心深处灵魂作最后无望挣扎的描写正是台湾现代派作品的一个重要特色。

《植有木瓜的小镇》不仅在揭示极压抑的人物内心世界方面呈现出现代派小说的特色，而且从创作技巧上来看，小说中充满了富于感性和通感的语言，如"正午的太阳像要烧焦脑门那般强烈照射着"，"街上溢满白光"，"尖锐的旋律，像锥子似的钻进黄昏"。这种创作风格到《白色的山脉》就更明显了。《白色的山脉》在总标题下又设有："薄暮中的家族"、"海滨旅邸"和"白色的山脉"三个小标题。整篇小说并没有一个完整的情节，只是传达作者对生活的一种独特感受。

包括龙瑛宗在内，这一时期台湾乡土文学的主流还是属于现实主义文学范畴。不过这一时期台湾本土推行的一系列经济、文化殖民政策，使得许多台湾作家倍感压抑。他们从现代派文学那里找到了宣泄内心苦闷、揭示人性荒谬的途径。张文环的《论语与鸡》完全可看作一则黑色幽默。满嘴纲常礼义的私塾先生，不仅对村人斩鸡赌誓的行为感兴趣，竟还抢先捡回了被砍头后丢弃的鸡。回到家中，他"流着口水在拔鸡毛"，忙得连上课的时间都忘了。这荒诞不经的情节让人失笑之余，亦对台湾教育界某些教师人格的丧失哀叹不已，对台湾人的生存状态有所质疑。

龙瑛宗等人虽未着意引领现代派文学思潮，但他们对现代派创作的尝试开了先河。到五六十年代，台湾现代派小说才形成一股强大的潮流。

第三编

五十年代乡土小说：
主流话语与民间话语的互斥与互融

第一章　大陆乡土小说的变异

第一节　入轨——为政治服务的模式

1949年对二十世纪中国文学史(无论大陆或台湾)来说，都是一个不容忽视的转折点，自二十世纪以来艰难形成的现代知识分子的文化写作传统，至此被彻底转换。一个全新时代的来临，迫使文学从内到外作出了根本性的调整，尽管这种转换和调整实际上在二十世纪四十年代乃至更早——二十年代末的"革命文学"中便已发生，但在1949年前毕竟还存在着多种文化写作，革命—政治文化的写作尚未一统天下，知识分子的文化写作仍有其阵地；而1949年后，二十世纪文学这条昔日曾是流向纵横交错的滔滔大河，渐渐变得流向明朗而单一起来：所有的支流均消失，或者说，都被转纳到主流中去了。

1949年7月2日在北京召开的第一次文代会，便担负着上述的定向使命，其直接目的，无疑是要把四十年代毛泽东《在延安文艺座谈会上的讲话》的核心思想——文学为工农兵服务，为政治服务——普遍化与合法化。周扬与茅盾各自代表解放区和国统区作了报告。形成对比的是，周扬高度赞扬了解放区文艺，誉之为"新的人民的文艺"；而茅盾则在肯定之余，着力批判了国统区文艺。这已经表明：大陆新时代的文艺方向，不是别的，就是解放区的文艺方向。而解放区的方向众所周知，是"赵树理方向"。这一方向虽然并未在五十年代后真的成为大陆文艺创作的主方向，然而，它的某些结构内涵却无疑与五十年代后的文学发展有着内在的一致。

　　按照文化形态来说，赵树理的小说显然是有传统白话通俗小说的亚文化叙事性质：在认同主流文化的前提下，面向民间大众，功能是娱乐和教化，特征是"无我"——叙事作者个性主体的缺席。这是为五四知识分子的文化写作所激烈反对的传统，然而，五四没能解决这个矛盾：将亚文化通俗叙事驱逐后，用什么取而代之成为民间大众的健康食粮？知识分子文化的现代写作无法普及大众，一次又一次的"大众化"运动也最终流于形式。究其根源，事实上在于知识分子大众化写作虽亦力求"通俗"，但在价值观念上却不可能放弃精英形态，而走向亚文化。而出身农民，亦未受到现代知识分子文化多少熏陶的赵树理，①却凭借着一种农民式的本能，轻而易举地解决了这个难题——说"解决"不大准确，因为赵树理根本就无意进入知识分子的文化逻辑中，他只不过是从另一个角度将难题转换了而已。知识分子文化写作所耿耿于怀的是启蒙和批判，即使是"大众化"写作亦难忘此点，而赵树理则从民间文化传统出发，在认同了主流文化话语的天然前提下，认同了大众和大众文化，以平视视角取代了知识分子的俯视视角。与传统亚文化叙事不同的是，传统文本中，意识形态认同或主流文化的宣教，只不过或是点缀成分或是"卒章显其志"式的画蛇添足，或是无意识地渗透在文本叙事中，而故事娱乐部分则是主体；但在赵树理的小说中，二者的关系刚好颠倒过来：故事娱乐是载体，更主要的目的是印证政治话语、讴歌主流文化。通过这种转换，赵树理小说便徒具亚文化叙事形态，而其内里却是主流文化叙事。

　　更具亚文化叙事形态特征的一点是，赵树理小说中的价值判断，不是来源于作者主体，而是他者主体。这种他者主体有两个：一为淳朴的农民文化价值观，如勤劳、善良、实在等等，一为革命—政治文化道德，前者从属于后者——自然，二者也有冲突对立的时候，这时赵树理的农民本能往往占了上风，含而不露地反

----

①　早年赵树理在五四运动余波的影响下，亦曾写过些新诗、散文，但均不大成功，这种失败坚定了他转向通俗大众化写作的决心。

驳后者,如他六十年代创作的一些小说。不过在通常情况下——至少 1950 年代的绝大部分时间里,赵树理的价值判断都是通过农民文化指向革命—政治文化,以前者来衬托、讴歌后者。这样,赵树理又巧妙地将亚文化叙事转换成了政治主流叙事。

赵树理的小说是一种"读者中心主义"的文本(与五四的"作者中心主义"迥异),这个"读者",自然是农民。他自己就曾说过:"我每逢写作的时候,总不会忘记我的作品是写给农村的读者读的。"①这本是古代话本、评书的亚文化传统;然而,有别于传统,赵树理的"读者中心主义"并不单单是为了取悦读者,扩大市场。在他的"读者中心主义"中,还暗含着一个更为深层的"政治中心主义":为农民读者写作的目的,固然有向他们提供精神食粮的动机,但这一动机必须服务于政治宣传与教育,必须指向讴歌政治与时代——尽管这种讴歌的确是真诚的。赵树理想做个"文摊"文学家,但这个"文摊"并非铺在农村又脏又乱的庙会地面上,而是必须铺在纯净明亮的政治舞台上。这样,赵树理就再次将自己的亚文化叙事假象转换成了主流文化叙事。

借用亚文化叙事的文体特征以达到"民族化",而其文化内涵则是——取消启蒙与批判、无我性、价值判断的非自我主体性、认同主流话语、政治化的读者中心主义……这一切,其实便是延安文学尤其是延安乡土文学的特质,与五四时以鲁迅为代表的乡土文学相比,这显然构成了一种文化转型,而赵树理则以其适逢其时的创作,历来被视为这一转型的当然代表。

其实,从某个角度来说,这两种创作倒也并不是截然对立的。

延安乡土小说模式与五四乡土小说的文化精神尽管大相径庭,但在逻辑上却有几分相似:五四乡土小说是以现代性批判封建性或国民劣根性,目的是要建立起现代性;五十年代的乡土小说则是要以革命—政治文化来批判封建性或国民劣根性,其目的是要建立起革命—政治文化的绝对统治。遵循这种思路,小说家只要将"现代性"置换成"革命—政治文化",他们的写作转轨便轻而易举;而对心甘情愿接近革命并投身革命,以革心洗面、脱胎换骨的作家们来说,这种置换

---

① 赵树理:《随〈下乡集〉寄给农村读者》,《下乡集》,作家出版社 1963 年版。

并不艰难。最难的还是叙事上亚文化风格的转化——语言、结构、叙述以及内里的农民文化价值观,这或许是习惯了知识分子文化精英写作的作家们所遭遇的最大难题。或许这也就是为什么谷峪的《新事新办》一经茅盾推荐,便好评如潮,而能按此方向坚持写下去的,却仍为解放区过来的那部分"山药蛋"、"荷花淀派"等作家。沙汀、艾芜等等老一代乡土小说家虽心有余而力不足,总难拿出"合式"的作品。尽管如此,这个模式受到了一致欢迎,却是无疑的。这也说明了乡土小说在五十年代的转轨,为何会进行得如此顺利——在其思维逻辑中,五四乡土小说便埋下了蜕变的伏笔——其实,二十年代末的革命文学便已将这个伏笔暴露过一次了。

当然,提倡为政治服务的延安乡土小说,与提倡为人生的五四乡土小说毕竟有着本质的不同,这种不同首先体现在两种小说共同的文化结构模式上:新/旧的对立冲突,是两类乡土小说绝大多数的核心主题。它们关心的,一是人的精神解放,二是人的政治解放,但指向却不同:五四乡土小说通过现代与传统的斗争冲突,关心的是人的灵魂归宿,旨在写出人性的复杂,讴歌美好人性,总之,指向的中心是"人",这亦与五四文学"立人"的目标相一致;而政治化后的乡土小说,虽然也关注新一代农民的精神归宿,但重心却放在对政治主题的阐释上,目标指向讴歌体制、政策、领袖、政党等等"宏伟理念"上,人物及故事则往往成为道具,叙事的现实政治意义既是文本写作的动力,亦是其价值大小的准绳,这显然是对五四文学传统的全面反动。小说的人学意义和人文价值让位于政治意义和政治价值。这种乡土文学的写作中显然蕴含了"非人化"的因子;对政治价值的一味追求,也必然会导致写作者对现实的盲视。然而,这一切政治化写作的恶果,要到五十年代后期才逐渐暴露出来。

但是,这两类乡土小说还有着更为重要的差异,这种差异在某种程度上甚至改写了"乡土小说"的定义。构成五四式乡土小说根本的是"乡土"这一意象的独特性:在现代性启蒙这一历史使命面前,乡土尽管时常被视为"蒙昧"、"封建"、"落后"、"闭塞"的象征,但在现代文明的光照之下,在那些"失根"的"都市游子"心目中,它却也以其无所不在的风俗画、风景画、风情画,以其别具情味的乡村日常生活,无意间会向观者呈现出浓郁的自然色彩、神秘色彩、悲情色彩或流寓色彩来。相对返乡的游子来说,乡村似乎总是短暂的、过渡的,然而又似乎是永恒的、漫长的,似乎被放逐在历史之外,但却在心灵的某个地方,与归乡者藕断丝连,令他们梦绕魂牵。乡村是他们的"根",是他们永远也割舍不下的大地母亲,但又是令他们黯然神伤徒感无奈的"围城"。这种复杂的感受,即使在以乡土批判的严厉性与彻底性见称的鲁迅那里,也不例外:我们在鲁迅的乡土小说里,既可以看见他对祥林嫂、阿Q们"哀其不幸、怒其不争"的痛心疾首,也可以感受到他对童年时的社戏、闰土等乡土记忆意象挥之不去的柔情,以及那种痛感其永逝的哀伤。这些复杂的情感,几乎在五四时有影响的乡土作家身上都能发现不同程度的存在,比如在废名、沈从文那里,乡土可能更多时候呈现为田野牧歌式的风情画与风景画,对其自然色彩与神秘色彩的渲染与捕捉,可能正好为他们提供了内心的梦想与诗意,然而,透过翠翠(《边城》)、萧萧(《萧萧》)、老七(《丈夫》)等等这些乡村底层普通个体的爱情与生活,我们分明能够感受到沈从文心灵深处的疼痛与无奈,这时的"乡土"也就更增添了一份悲情色彩。然而,延安之后的"乡土"意象,与此相比却发生了根本性的改变:一方面,在某些必要的时候,乡土似乎依然是"蒙昧"、"封建"、"落后"的化身,因而,它是"革命改造"亦即"政治性启蒙"的对象;在更多的时候,乡土被当作真正的"根"与"家"看待:它被视为天然的无产阶级的发源地,是每一个想脱胎换骨的革命者最好的回归之地(如杨沫便特意在《青春之歌》的修改稿中让林道静回到农村,让其革命品性得到真正的锻炼);对每一个进出乡村的革命者而言,他都应该与乡村里外合一,这也是检验其革命属性的一个标准。因此,在这里,没有返乡的归人,没有思乡的游子,只有不断从乡村出发的革命者以及投身乡村建设的"新人",这意味着:五四式乡土小说中的那些悲情色彩、神秘色彩、流寓色彩等都被认为是矫揉造作的、不合时宜的,与之相对应的是,五四乡土小说中固有的风俗画、风景画、风情画,也被认为是多余的、小资情调的:于是,文化的、民间的、自然的乡土,便变为政治的、革命的乡土,而乡土小说的功能也便发生了相应的本质性变化。

二十世纪五十年代的大陆乡土小说家中,赵树理无疑是当然的首席代表。自他四十年代以来的一系列作品——典型如《小二黑结婚》,便形成了一个模式:

反映新旧两个时代、两种思潮、两种文化的冲突,喜剧性地送走旧事物,真诚地讴歌新事物。建国后他的第一篇小说《登记》,延续了四十年代的反封建主题,但较之旧作,色彩更为明朗,语调更为轻松;不再有恶势力对人的残害,有的只是一步步走向没落、一步步转向光明的传统残余思想。赵树理显然是乐观的,对政治充满了信心,这在他的《三里湾》中得到了进一步体现。在小说中,农村合作化被描述为历史必然和历史进步的方向,滚滚的合作化大潮终将使农村发生翻天覆地的变化,并像磁铁一样将一切都吸附上来。尽管合作化运动中充满了艰巨与复杂,但在赵树理看来,一切矛盾的核心只有一个,那就是公与私的对立:只要"公"能战胜"私",农村就能真正实现改天换地。这样,艰巨的农村历史进程便被简化为公私的斗争史,这种理解固有其特定历史情境,但赵树理的历史理解便无法不陷入政治平面化中,这是肤浅乐观主义的必然。

赵树理的小说无疑是一个样板,他的叙事风格无意间投合了政治化文学的要求,这自然不是他的错。自五四开始的文学大众化运动本意是在呼唤现代性,而自延安以来的大众化运动却意在从政治上教育、组织民众,以便顺利达至某个政治目标,因而,使大众理解政治政策的当前任务压过了从现代意识角度解放、提高大众的历史使命。与此相应,对文学的要求不再是审美的、人文的、个性的,而是功利的、通俗的、普及的。赵树理及他所代表的"山药蛋派",其传统的叙事手法、天然的乡土气息、朴素的日常口语,恰好与政治化大众文学的追求目标不谋而合,自然便大受鼓励。然而,主流话语尽管将赵树理小说树为"为政治服务"的写作方向,但仍然轻估(或简单化)了赵树理小说的价值内涵。从表面看起来,的确,赵树理小说在通俗叙事的字里行间都与政治同轨,然而更为深层的一点当时却被忽略了,那就是:支撑赵树理小说内在精神的,并不是至高无上的政治话语,而是一种对淳朴农民文化价值道德的本能坚守,小说的价值判断终归来自于此。赵树理笔下的正面人物,固然有着光辉的政治品质,但更有着传统的农民美德——勤劳、朴实、节俭、诚实;中间人物虽有种种政治不觉悟,但传统老农的美德又常常令赵树理对他们满怀善意地微笑,最终使之成为正面人物;即使是反面人物,赵树理也并不是简单地从政治上给他定位,而往往是从传统农民价值观上鄙弃他,指出他的懒惰、奢靡、心黑(不具农民式的善良);更有意味的是,对政治文件和政策,赵树理也往往是从农民角度去理解,他关心的是农民的实利,而似乎缺少某种政治"高度"——从这个角度来说,他真不愧是农民的代言人。五十年代的乡土作家,像写了《改造》的秦兆阳,《不能走那条路》的李准,像"山药蛋"派的马烽、西戎、束为、孙谦,也莫不如此。他们很乐意从事这种写作:既能护卫农民文化的淳朴价值,又能很好地为政治服务。然而,当两者发生冲突时,他们的姿态便不尽相同了。像在"大跃进"的浮夸风中,出自农民本能和维护农民利益的本能,敢于说"还是相信自己的眼睛"①,敢于提出"英雄就是有远大的理想,一声不响,勤勤恳恳地在那里建设社会主义,别人知道他,也是这样子,别人不知道他,也是这样子"②,并在写出《锻炼锻炼》、《套不住的手》受到批判后依旧不改弦易辙的,唯有赵树理。当农民文化价值观与政治价值观一致时,赵树理义无反顾地为政治奔走呐喊;而当两者矛盾时,他却毫不犹豫地站在前者立场上。因而,"为政治服务"在赵树理身上是有极限的,他的"读者中心主义"在此变成了"农民中心主义","为政治服务"也就变成了"为农民服务"。

赵树理之外的五十年代大陆乡土作家,可谓姿态各异。李准在写了《不能走那条路》一举成名后,趁热打铁又写了《白杨树》、《雨》、《小黑》等纯粹配合政治形势的合作化小说,但仓促、粗糙、肤浅的毛病却一目了然。或许是他对自己也不满意,所以此后写了《芦花放白的时候》、《灰色的帆篷》等小说,对现实矛盾的揭露尖锐得多了,对"灰色人物"的嘲讽亦颇见功力。然而受到批判后的李准很快转换了方向,他不再去冒险写"阴暗面",而将重心放到了对农村新人等"光明面"的宣传颂扬上:《李双双小传》便是这样的代表作。李双双这个公正无私、见义勇为的新型妇女形象固然刻画得成功,然而作为"转向"性文本,小说更重要的还是它的明朗、乐观和纯净的风格——因为,此种风格才是政治姿态的象征。

很难说李准的这部作品没有受到其他乡土作家的启发,早在他之前,就有不少乡土作家专写光明面,如"要把笔墨献给新生活,献给新人物"③的王汶石。他以"带着微笑看生活"的姿态著称,在他笔下,一切都是那么纯净,那么轻松,那么

①　高捷:《赵树理传》,山西人民出版社1982年版。
②　茅盾:《一九六〇年短篇小说漫评》,《文艺报》1961年第5期。
③　王汶石:《风雪之夜·后记》,人民文学出版社1959年版。

新鲜，那么美好。他有自己的写作宗旨："要以现实生活为基础，以革命理想为主导，在本质伟大、貌似乎凡的生活现象中，概括和复制无产阶级新人物的形象，展示他们的崭新的思想感情。"①他的《新结识的伙伴》便是这样的代表。小说重点刻画人物，旨在"反映中国农村妇女的新的社会地位、新的命运、新的生活，来描写由于这种真正人的生活所引起的真正人的感情大爆发"。② 但是，与《李双双小传》一样，这部名作的重要处并不在于人物的刻画，而在于小说叙事风格的明净和诗化：比起以人物形象来大唱政治赞歌，这种艺术力的感染显然更有力量，亦更能表征作者的政治情感。

其实，在五十年代的乡土作家中，说到叙述的诗情画意，说到对女性形象的刻画，有着代表作《荷花淀》的孙犁应是当仁不让的首席代表。《山地回忆》、《吴召儿》继续保持了"荷花淀系列"的飘逸、抒情笔调，有着很浓的意境感染力。他的《铁木前传》也同样不失为一部佳作，尽管"它要接触并着重表现的，是当前的合作化运动"③，同样也无法避免配合政治、为政治服务的窠臼，然而孙犁却从农民文化价值的角度，"发现了农村新旧生活的变迁和农民心理、感情、性格、命运之间既是本质的又是特殊的联系"④，加上艺术化的表现，这就使《铁木前传》不至于成为一部应时的政治之作，对农村中新旧转变历程的描绘，亦未落入两条政治路线的简单化处理中，而是把握了农民传统文化价值与新兴政治价值的内在深刻冲突。这样，孙犁的"荷花淀"风格便由此与赵树理的"山药蛋派"异曲同工，在表面的政治化形式中，有着不为人察知的传统价值关注。这恐怕也是二人为何能各自成为一个流派之首，并在五十年代大陆乡土小说中技高一筹的原因所在吧。只不过，孙犁的"荷花淀"命运远不如赵树理的"山药蛋"好。在孙犁的抒情化语言和独特的年轻女性形象的塑造中，显然有着"过浓"的个人化风格和个人艺术趣味，这点远不如赵树理的淳朴农民价值代言人角色更受欢迎。

总之，五十年代的大陆乡土小说，其基本叙事动力无疑是来自"为政治服务"

---

①　王汶石：《风雪之夜·后记》，人民文学出版社 1959 年版。
②　王汶石：《答〈文学知识〉编辑部问》，《文学知识》1959 年第 11 期。
③　孙犁：《关于〈铁木前传〉的通信》，《鸭绿江》1979 年第 12 期。
④　滕云：《〈铁木前传〉新评》，《新港》1979 年第 9 期。

的要求,在此前提下形成了一系列特色。在政治这个特定视角的制约下,它摇摆于"洞视/盲见"之间:政治化要求迫使它只能配合政治,因而它的洞视区便只能限于所谓的"光明面",而不得不在现实面前形成一个巨大的盲视区;然而,出于艺术家和农民式的直觉本能,他们努力想使自己摆脱对现实的盲视,并与对政治的洞视相结合起来,以便能创造出完美的"社会主义现实主义"作品。毋庸置疑,这种努力遭到了迎头痛击,以致绝大多数作家都放弃了现实的主体介入姿态,而一心一意地唱起政治的赞歌来。尽管如此,在五十年代大陆小说创作中,由于与现实的天然亲近关系,乡土小说仍然取得了其他题材所不能媲美的成就(可堪比肩的,大概唯有军事小说——而且,不少革命历史小说都可视为乡土化小说,这类小说有个名称:农村革命斗争小说)。在"为政治服务"的天条面前,乡土小说家仍然尽可能地记录了所处时代的风云,努力塑造出了一批特定时代的新人形象——尽管,由于大量的政治"先见"和现实盲视,这一切的真实性需大打折扣,而有时赤裸裸的政治宣教亦不免令人遗憾。但我们无法苛求他们,五十年代的乡土小说只能是它所在历史的产物;作为历史文本,它已和那段历史密不可分,且自身就是它的一部分,因而理解它便不仅仅只是理解文学,而是理解历史——这或许便是为什么在认定了赵树理们"为政治服务"的基本写作立场后,还要努力去寻求其文本的内在价值的缘故吧。

第二节　牺牲民间话语本性

赵树理式的乡土小说,是在亚文化叙事的基础上蜕变而成的。亚文化叙事的一大特点,就是立足民间、面向民间,因而,蕴藏丰富的民间话语,应是二十世纪五十年代大陆乡土小说中应有之意。

其实,在二十世纪中国乡土小说中,民间文化一直是个说不明道不清的话题。五四一代的乡土作家(如鲁迅),既意识到民间话语的非自主性,又意识到倘要使"立人"的世纪性历史使命能够完成,使现代性启蒙不致落空,就势必要占领民间这个广阔的文化阵地。何况,民间文化本就有着两重性:一是藏污纳垢,既有封建糟粕、民间糟粕,又有传统意识形态的渗透和遗留;但另一方面,民间文化又有朴素、清新、健康、活泼、原创的特性，有时还能从中听到文化反抗的声音。传统的亚文化话语——代表为评书，就是这种民间文化二重性的典型体现。五四知识分子文化话语一方面看不起这种叙事形态，认为它低级、简陋、粗俗；但另一方面，也不能不承认它在民间的巨大影响力。这种认知上的矛盾是导致现代史上大众化运动失败的根源：它使知识分子的大众化努力方向一开始就与民间的接收方向相错，文化形态尚很原始的民间只能接受自下而上民间式的文化启蒙，而拒绝知识分子式自上而下的启蒙。也就是在这点上，延安以来的革命—政治文化取得了成功：它以民间文化来教化民间——话语形态是朴素的亚文化类型——快板、评书、弹词、打油诗、梆子……当然，最重要的是亚文化型小说（章回体、民间故事体）——而且作者也是民间的化身（赵树理就来自民间）或代言人（对非赵树理式的民间作家的老舍等，则要求他们深入民间，转换价值立场，用民间视角来看民间）。这样，革命—政治话语便与民间话语在某个层次上达到水乳交融，迅速征服了民间。

但是，革命—政治文化介入民间，与现代知识分子文化介入民间的目的迥然不同。后者是要改造民间，给它注入现代性新鲜血液，最终将它激活、更新；而前者的功利目的则很清楚：首先，是它需要民间的支持，否则革命就难以成功；其次，它也改造民间，但这种改造有一个至高无上的目的——为政治服务。两种不同的出发点带来的是不同的结果：在现代知识分子那里，民间的种种封建糟粕尽管遭到无情批判，但民间及其话语仍然是一个被尊重、有其独立性的文化自在物；而在革命—政治文化的运作下，民间却失去了根本的文化精神，失去了话语本性，被全面政治化。这个后果，在五十年代的乡土小说中反映得非常明显。

从二十世纪经典的乡土小说来看，民间及其话语的表现形式之一是经常落实到乡土小说这一体裁所独有的"三画"，即风景画、风俗画、风情画，尤其是后两画的艺术表现上。"三画"尤其是风俗画、风情画，它们绝不是属于一个艺术细节的表现问题这么简单，在那些流露出了对民间及其文化的真正尊重意识的乡土小说中，大量风俗画、风情画的展现其实便蕴藏着作家对民间甚至是民间价值的深刻体验与复杂情感，这一感受的复杂内涵有时甚至还与作家的理论价值立场之间形成微妙的张力。换言之，对许多作家而言，若以现代性价值视角洞察的话,那么乡土民间是一个迫切需要启蒙之光去照耀的场所,它似乎已经失去了存在的必要理由;然而,附着于这一场所中且已与之融为一体的大量民间风俗与风情,却又承载着沉淀了古老岁月的民间记忆,而潜行其中的民间道德与民间价值,在很多时候,却又是人性理想的最后避难所,甚至是消解统治性意识形态的无形力量,即使它们已颓败不堪,但其间人性的光辉与温暖却还常常依然成为知识分子心灵的最后家园,在如此境况下,作家们又如何能够忍心去埋葬它呢? 这就是为什么我们一方面在鲁迅的笔下看到了"故乡"的衰败,看到了"社戏"的永逝,看到了闰土、"豆腐西施"、祥林嫂们的没落;但另一方面,却也看到了鲁迅笔下时常情不自禁流露出的对"故乡"诸种记忆(如"祝福"、"社戏"等风俗)的柔情与哀伤。这对另一种类型的乡土作家如沈从文等来说,又何尝不是如此呢? 沈从文们何尝不知道笔下的三三、萧萧们心中的伤痛? 何尝不知道心目中的湘西故土在现代性的进程中必然将不可逆转地走向颓败? 然而,他们却不愿去正视这些,因为在故土的风情图画与民间记忆中,实在有着太多太多他们业已失落了的梦想与情怀。——然而,所有的这一切,在 1949 年后的"新乡土运动"即农村的社会主义改造中全部被重写了。随着乡土民间属性的失落,随着作家与乡土之间关系的改变,随着乡土小说文化功能的相应变化,构成经典乡土小说的"三画",也随之出现了畸变,甚至转而消失。在传统乡土小说中,"三画"的大量存在经常使这些作品的内涵呈现出某种复杂性甚至内部对立,民间、传统、现代等文化因素穿行其中,文本因此成为一个"有意味"的张力结构;而"三画"消失之后,这些乡土小说的内涵在政治的穿透与统摄下,变得明晰、单一起来,民间仅仅成为漂浮于其上的符号,民间价值与民间话语至多也只能以碎片的形式偶尔出场,便立刻让位于至高无上的政治主宰。

　　我们依旧可以以赵树理的小说为例。从形态上来说,赵树理的小说应是民间文化最具潜力的载体了,在他的代表性文本中,诸如"罗汉钱"、"三仙姑"、"二诸葛"、"耍灯"等等民间意象屡见不鲜,民间口语化的朴素语言亦很到位。当然最重要的,还是他叙事风格的民间化倾向:以故事为中心,讲故事的传统评书技法,单线发展,人物的特征化(如"小腿疼"、"吃不饱")……这些在传统的乡土小说那里,都是构成纯粹"风俗画"与"风情画"的绝佳材料,都是民间文化与民间记忆的绝佳载体。然而，在赵树理的小说中，这一切的背后蕴藏的却是一个宏大的政治主题，是民间文化价值与统摄性政治价值的两位一体，大量的民俗符号与民间风情，在其作品中都是些沉浮于小说政治主题中若隐若现的碎片，虽然有时也不乏闪闪发光，但却无法成为一幅完整的图画。因此，赵树理的小说，固然有"新颖、健康、朴素的内容与手法"，固然有"新的天地，新的人物，新的作风，新的文化"，①但这一切透过民间话语所显现的"新"，却往往不具有民间文化独立的精神价值：民间话语的言说只不过是形式，它在最终意义指向上仍被置换成政治言说。从这个意义上来说，赵树理的小说显然已经改变了传统的乡土小说范式。

应该说，出于"我不想上文坛，不想做文坛文学家。我只想上'文摊'，写些小本子夹在卖小唱本的摊子里去赶庙会，两三个铜板可以买一本"的目的，赵树理的小说尚未完全将民间话语异化成政治话语。赵树理尚有一种浓得近乎固执的乡土情结，他始终不肯放弃对民间淳朴道德价值的坚守，哪怕它与政治价值相矛盾。在他的小说中，"农民的主人公的地位不只表现在通常文学的意义上，而是代表了作品的整个精神，整个思想。因为农民是主体，所以在描写人物、叙述事件的时候，都是以农民直接的感觉、印象和判断为基础的"②。因而，赵树理虽然也自觉地将民间话语用作"为政治服务"的工具，但对民间文化价值却始终未能忘情，在以浮夸为荣的"大跃进"时代，赵树理尚能歌颂"实干家潘永福"，歌颂陈秉正的劳动之手，敢于逆时代潮流而动，这需要极其可贵的艺术良知和勇气。

但是，倘若因此便认为赵树理的小说意在为民间话语的价值独立性辩护，那就错了。赵树理固然不忍弃民间价值而去追随时尚，但他的目的却不过是想以民间价值来校正政治的一时失误，《套不住的手》等作品即此意图体现；而当民间价值与政治价值（如农村合作社）相一致时，他便义无反顾地走上了政治讴歌的道路，而将民间价值当作政治价值至尊性的一个参证。当然，置于五十年代乃至"文革"的文学史中，赵树理这种姿态已算是十分难得。在"为政治服务"高于一切的前提下，民间话语浮出水面后，只能走向失真——在赵树理那里，或许尚保

---

① 郭沫若：《"板话"及其他》，《文汇报》1946 年 8 月 16 日。
② 周扬：《论赵树理的创作》，《解放日报》1946 年 8 月 26 日。

留了几分本真;而其他乡土作家那里,失真的痕迹就较明显了。

民间本是一个极其隐秘幽暗的文化世界,而失真后的民间特点是:公开化。原始民间丰富多彩,各种原生性文化支流盘根错节,纵横交错,形成一个生机蓬勃而不无阴暗的文化天地;而公开化后的民间则被政治之光普照,一切幽暗的角落或消失或隐蔽起来,它不再是一个自在的存在,而是在政治外力的介入下,有了一个不可置疑的流向。公开化后的民间,明亮,纯净,整洁,有序,单一,然而问题是:一个亮堂堂的民间还是不是"民间"? 如果把民间世界比作一眼幽邃甘甜的乡间野泉的话,或许很形象:有农村尤其是山区经验的人都知道,最好的野泉大都掩藏在怪石磷响或荆棘掩映中,不被太阳照耀,其间还不时有毒蛇盘踞,然而这样的泉水清冽,并且活力无限;如今,将怪石削去,砍净荆棘,四周地面平整,并设法使其暴露在阳光之下,这样之后,泉依旧是原来的泉,然而却不再甘甜清凉,活力亦将逐渐萎缩——这就是将野泉纯净化的代价。在很大意义上,民间的活力一如野泉,来自于它的自发性和貌似无序中的有序。纯化后的民间虽然似乎绝对安全可靠,但其本性却已丧失了。

对民间的这种纯化,即政治整合作用,将杂乱无章的民间文化有序化,使流向纷杂的民间话语有向化。这样,赵树理笔下的罗汉钱、"三仙姑"等民间意象便在很大程度上成为道具,改变(或消失了)其原有的民间文化内涵,指向政治寓言:艾艾母女俩由两个罗汉钱所引发的不同悲喜剧,最终化为新时代的赞歌;"三仙姑"、"二诸葛"这些民间人物则成为喜剧性嘲讽对象,作为没落物起着烘托政治的修辞作用……就连五十年代乡土作家笔下极为流行的俚语、俗语,也失去了其本真文化含义,而被附加上浓重色彩:在周立波等人的笔下,粗俗不堪的俗语是没落阶级的口头禅(如骂人的脏话),是政治上落后的表征(《山乡巨变》中有着生动的例子,如菊咬金、龚子元),而充满日常喜剧色彩的俗俚语,则是朴实、正直、善良的阶级本色表现,是劳动人民智慧的体现(如《山乡巨变》中的亭面糊、李月辉)。不仅如此,连民间谚语亦被政治整合,失去了本有的文化意味,如周立波的《桐花没有开》,就是围绕一句农业谚语"穷人不信富人哄,桐树开花才下种"展开的,这句谚语在小说中被宣布失效,而这个失效的过程指向的是对农村新时代的颂歌。这样,语言的民间魔力消失了,它与民间意象一样被符号化,其使命在于从各个角度巧妙地折射出一种新的魔力——政治魅力。

这样，在民间话语的公开化面前，乡土小说中的"风俗画"走向大规模的失真，便成为不可避免。且不说像赶庙会、耍龙灯这样的民间仪式或从五十年代乡土小说中消失，或即使出现也完全失去了它的原有情趣，而被转喻为政治话语，以讴歌新时代翻天覆地的改造后果；就是夏夜乡村纳凉这样传统的民间情趣，也被政治之光穿射。周立波的《禾场上》，有着传统夏夜歇凉的一切民间要素：习习的晚风，数星星的姐弟，摇着蒲扇驱蚊闲聊的农人，给小孩讲故事的老人，夜鸟的啼叫……然而，这一切不过是背景，为县委派来领导高级合作社的工作组长邓部长的出现作好铺垫，本应是情趣盎然的夏夜禾场在邓部长出场后很快发生了变化，成为邓部长政策解说的变相讲坛。尽管在一问一答中仍然不时穿插浓郁的乡村情趣，但夏夜纳凉这一民间传统却已彻头彻尾变为政治象征：安宁的夜晚、农人安详的心态、宁静和煦的气氛，明净的星光……这一切，被转换为政治清明的喻体；邓部长的形象和他对何谓高级社的一番慢悠悠的乐观解释，更是将整个民间氛围刻意引向政治的礼赞。周立波的另一篇名作《山那面人家》亦然：充满农家喜庆和民间情趣的山里人婚礼，最终被处理成对农村政治新人的歌颂——爱社如家的新郎在新婚之夜偷偷溜出去为社里干活。这种政治意图将民俗的民间意义从根本上置换掉，使之仅仅成为承载政治意义的道具或契机；即使作家愿意去详尽描写民俗，挖掘其民间情趣，目的也仍是为了更好地达至政治言说。

失去了自己文化谱系的民间话语，完全成为为政治服务的道具，但这还不是民间政治化的全部；民间堡垒本真意义最终的消亡，应是乡土人物民间性的失落。如果说民俗、民俚、民间意象……是民间文化中的静态成分，那么民间性人物就是民间文化中最具活力的动态成分了，他们往往体现着民间文化的精神：原创力、活泼、轻松、乐观、幽默……民间性在他们身上闪闪发光，他们也使民间性不断推陈出新，向前发展。事实上，乡土小说中的重要因素之一——风情画，便常常是通过这些人物体现出来的，在他们身上，我们经常可以体会真正的乡土文化，真正的乡土人情；他们经常是一个性格的复合体，并且常常拒绝简单的二元价值判断。然而，恰恰是这样的人物，体现着丰富的人性内涵，闪耀着迷人的人性光彩。经典乡土小说的成功,在很大程度上往往依赖对这些乡土风情的艺术表现,它们与乡土小说的其他要素一道,构成了一个魅力无穷的民间审美世界。然而,在赵树理、周立波、西戎、马烽、王汶石、李准等作家笔下,人物的民间风情特征却无一例外被政治符号化:越是先进的农村新人,其身上的民间性越淡,相应的,政治性(党性)就越强——刘雨生、邓秀梅、王金生、李双双等等,在他们身上,已经几乎没有多少民间文化浸润过的痕迹。对这些作家而言,民间性显然被理解为小农文化的产物,特点是散漫、个人主义、无原则乃至与封建落后性相连。正是因为这个原因,所以,更多的民间风情体现在乡土小说中的中间人物或落后人物身上,他们迷信旧时的谚语,像《桐花没有开》中的张三爹,有着很强的爱占小便宜心理,像《锻炼锻炼》中的"小腿疼"、"吃不饱",有着民间特有的小智慧(多来自对《三国演义》一类亚文化叙事文本的阅读),像《山乡巨变》中的龚子元;迷信老黄历。如《山乡巨变》中的"亭面糊"……这些常见的民间属性在政治之光的反照下,亦带上了喜剧性的政治色彩。不过,颇具讽刺性的是,在这些小说中,刻画得较成功的,几乎一无例外是这些富含民间文化沉淀的中间人物形象;而先进人物因被抽去了丰富的民间内蕴,政治品质一目了然,反倒往往流于生硬、概念化,缺少几分情趣和文化吸引力,这或许就是阉割民间精神的代价吧。

五十年代大陆的乡土小说,貌似立足民间,面向民间,像赵树理说的那样,一心一意为农村读者写作,然而由于他们已不可能重现出民间话语生机勃勃的文化精神,最终只是立足政治,面向政治,这就导致他们的小说常常成为民间—政治的嫁接性文本。只是,这种"嫁接"后的民间话语还能有自己的生命力吗?显然,它只能从政治躯干上吸取养分,而最后开出的,也只能是政治之花。

第三节　乡土小说的困惑

从世界性角度来看,乡土小说的兴起乃是工业化的产物。所谓"乡土",乃是相对"都市"而言的,二者是相辅相成的概念,只有在"都市"的整体映照、反衬下,"乡土"才能作为一个独立的意象被凸现出来,反之亦然。因此,构成乡土小说特征的"三画"(风景画、风俗画、风情画)及"四彩"(自然色彩、神性色彩、流寓色彩、悲情色彩)便显得尤其重要。如果说，"都市"这一意象往往意蕴着都市文明、工业文明、现代文化，那么，"乡土"就相应地往往成为乡村文明、农业文明、传统文化的载体。因而，所谓"乡土小说"，并非仅仅指乡土题材的创作；笔者以为，现代意义上的乡土小说，除了对"三画"、"四彩"的凸现外，还应有价值上的乡土意识的凸现，以及审美上的自觉、独立意识。在现代文明的氛围中，乡土小说的存在本身就应是一种文化象征，即使它不作任何文化批判、文化比较或文化超越，只以静态的姿态在场，亦是一种无声而意味深长的现代文化的折射。

从中国二十世纪文学史来看，以鲁迅为首的第一代五四作家，乃是现代乡土小说的始作俑者。现代史上乡土小说有两种基本流向：鲁迅式的传统文化批判小说和废名式的田园牧歌小说。在这两种小说中，乡土都是传统文化的象征，它在现代文化的映照下，或显出惰性愚昧的一面，或闪烁着宁静自然的美丽光芒，无论批判或留念，都体现出强烈的文化意味。然而，革命文学—延安文学的出现打破了这种格局，由于有了截然不同的价值参照系——革命—政治文化，革命文学家(典型如蒋光慈)和延安传统的小说将五四乡土小说中的基本文化冲突模式——城/乡亦即现代/传统、文明/愚昧转换为政治价值冲突模式——先进/落后、无产阶级品质/小资文化品性：乡土不再是愚昧的象征(尽管也有封建残余)，而是劳动人民的天堂；乡土文明不再是惰性落后或封闭宁静的文化意象，而是一代农村政治新人的优良品质(如朴实、勇敢、勤劳等)的阶级基础和天然保障。与此相对，城市(尤指大城市)便成为腐化堕落、花天酒地的象征，城市人则是懒惰、娇弱、自私、享乐等小资品质的载体。如果说这种对城市的理解在解放后赵树理、孙犁等"纯正"的乡土作家笔下尚不十分明确，那么，萧也牧的《我们夫妇之间》就很形象地写出了城/乡对立意象的含义，"我"是城市文化的接受者，政治觉悟低、自私、贪图享乐；妻子"张同志"是不折不扣的乡土象征，政治立场坚定、朴实、勤劳。它看似已对乡土文化品性赞扬得够高了，但事实上，这篇小说因含蓄地写了"张同志"所代表的乡土文化的某些缺点——如狭隘、无知，而被大肆批判，这是城市文明亦即现代文化的一次彻底溃败。自此，乡土文化品质便成为无产阶级革命性的象征，再也用不着担心会被城市文明指责出诸如狭隘这样的缺陷；而城市文明则被从政治价值角度遭到轻视、否定，此后便一直在五六十年代乡土小说中缺席(自延安至"十七年",城市题材的小说几乎空白),即使偶尔出现,亦是个滑稽小丑的角色(如浩然的一些小说)。

随着城市文明彻底退出,五十年代的大陆乡土小说便发生了一系列变异;这也带来了乡土小说概念的某种混乱和危机。

第一,不同于五四乡土小说、革命乡土小说乃至《我们夫妇之间》,知识分子的观照视角完全从五十年代乡土小说中消失,革命—政治文化成为统治性价值参照系。赵树理小说开创的一个模式,就是以革命政治文化楔入浑然一体的乡土民间社会,将它切割成三大块:先进、中间、落后,从政治价值的角度使之有序化——"先进"乃是农村的发展动力和前进方向;"中间"是一个有待向"先进"转化的集体;"落后"则是被政治否定的对象,其前途要么艰难地向"先进"看齐,要么毁灭。这样,乡土文化就在整体上成为政治透射的对象,唯有在政治之光的烛照下才能显出其价值:乡土文化就这样失去了自有的独立价值。

由于政治文化价值本非自我批判性价值,当它成为乡土小说的统治性价值后(尽管在它与乡土价值冲突时,赵树理等亦会委婉地抗争),乡土小说的价值判断便呈现出了某种混乱。周立波在《山乡巨变》和一系列短篇中便多次写到:农民将厅堂上的菩萨像或灶台上的灶神位换成领袖像,然后香火供奉。① 这种显然是封建性的文化仪式却因为与政治相关,而得到了作家的赞赏。此处深刻地暴露出乡土小农文化的非自主性,是文化批判参照系缺场的直接后果,与五四的文化批判力度相比,无疑是某种反动。

传统农民乡土文化价值的这种惯性延续,与乡土小说的切入角度息息相关。在赵树理、西戎、马烽、周立波、李准以及孙犁的绝大部分小说中,农民价值本位主义的观照视角亦是作家的文化观照视角,作家自觉向农民文化认同,心甘情愿取消自我主体的思考和介入。诚如周扬所说,赵树理"没有写超出农民生活或想象之外的事体;没有写他们所不感兴趣的问题"②。他并不想跳出农民文化的疆域,冷静地谛视他;他只想成为一个农民,以农民的眼光来观看农民,在貌似客观

---

① 如《山乡巨变》中写到乡政府的摆设时,有这么一段话:"从前安置神寨的正面的木壁上,如今挂着毛主席的大肖像。"《山乡巨变》,人民文学出版社 1979 年版,第 20 页。

② 周扬:《论赵树理的创作》,《解放日报》1946 年 8 月 26 日。

呈现中体现自己的价值倾向。这种把握诚然有真实之处，代价却是价值判断上的非批判性和这样的疑问：这种严重变异、不再有现代文化参照的乡土小说，还能不能算是乡土小说？

第二，在五四式的乡土小说中，由于观照者的知识分子文化视角，因而乡村文化便自然而然呈现出异域情调——相对都市景观而言，乡土风俗风景及其地方色彩总是能引起审美感受和文化感知上的新颖、刺激、惊奇，构成一幅幅浓墨重彩的乡村风景画、风俗画与风情画，令观照者"震惊"不已。正是这个原因，所以在五四乡土小说中，地域风情总是一个被重彩浓抹的对象，乡土风光以其迥异于都市风光的形态，流露出清新、悠远、宁静的诗情画意，这其实亦是早期乡土小说之所以成功的一个原因。然而，在五十年代乡土小说中，知识分子文化这个异质文化观照视角退场了，取而代之的是赵树理式的农民视角。这样，乡土地域风情便自然在他们眼中丧失了新鲜感，其内在的诗情也无法凸现，于是风景风俗画的描写便从赵树理式作家笔下消失了。相反，出于农民对日常实用的关注惯性，赵树理们感兴趣的，是地形地貌以及各种日常之物的描写。《登记》、《锻炼锻炼》中，没有多少乡村风情的描写，而对土地形貌、农村生活细节、家用物品的描写却随处可见：

> 这地方有两丈来高一个土岗，有一棵老杏树就长在这土岗上，围着这土岗南、东、北三面有二十来亩地在成立农业社以后连成了一块……
>
> ——《锻炼锻炼》
>
> 金生扛起麦子，金生媳妇领着女儿青苗跟着走出去。玉梅倒了水，拿起笸箩、簸箕、罗床、钢丝罗、笤帚等一堆家具也走出去。
>
> 金生送了麦子去找张乐意，金生媳妇牵了牲口去套磨，玉梅送了磨面家具转到场里去削谷穗，走到半路上，碰上她娘领着她大嫂的五岁孩子黎明往磨上送……
>
> ——《三里湾》

这种描写，的确增加了乡土气息和农村生活的真实性，然而，平实、沉闷亦是显而易见的：它缺少内在的文化精神超越，更缺少审美意识的自觉性。风景画、风情画便这样从赵树理笔下退场了,残留下的一些吉光片羽也失去了其内在的民间魅力。同样,本应是极富乡土情趣的民俗,如玩龙灯、放花炮,在赵树理笔下亦不见痕迹:

> 艾艾洗罢了锅碗,就跟她妈相跟着,锁上院门,也出去看灯了。后来三个人走了个三岔:张木匠玩龙灯,小飞蛾满街看热闹,艾艾可只看放花炮起火,因为花炮起火是小晚放的。艾艾等小晚放完了花炮起火就回去了,小飞蛾在各街道上飞了一遍也回去了,唯有小木匠不玩到底放不下手,因此他回去得最晚。

> ——《登记》

在这流水账般的叙述中,"玩龙灯"、"放花炮"等民俗只不过是个毫无内容的道具,作家并未给它哪怕半个正面画面。

赵树理放弃了风俗风景画的诗意描写,一心一意沉浸在故事里,这与他对农村生活的熟悉、与农民的感同身受有关。但这其中更重要的原因,显然还与赵树理的文化结构有关:在农民文化视角的制约下,由于缺乏异质性文化视角的参照,本应是极具魅力的乡土风景画、风俗画与风情画,根本不可能获得独立的存在地位,更不可能以"陌生化"的形象进入观照者视野获得文化与美学的新生,因此,它们被熟视无睹,甚至完全被忽略,便也在情理之中了。这点,我们可以从一些相反的个案中进一步得到确证——在一些并非像赵树理那样拥有天然的农民意识的作家比如周立波、孙犁等那里,由于观照视角与农民文化视角的非同一性所导致的现代审美意识的某种程度的潜在存在。因此,乡土风土、风情、风景的描写,恰是他们取得成功的另一个原因。

孙犁的"荷花淀"派风格,极为重视山水风情的诗意描绘,这点很可能与他的经历不无关系。他虽与赵树理同为解放区作家,然而中学毕业后曾在北平工作过,受过城市文明的熏陶,因而在反观乡村时,城市文明便不知不觉起着制约作用——虽不可能从价值形态上取代革命文化成为参照系,但至少有助于凸现乡土地域风情中被农民习焉不察或无法剥离出的诗情画意。他的"荷花淀"系列自不待言,《山地回忆》、《吴召儿》便犹如一首首抒情短诗,一幅幅色彩秀丽的山水写意。至于周立波,中学毕业后亦曾在北平工作过,参加抗战后,更是在冀中抗战学院、华北联合大学、鲁迅艺术文学院等单位任过文艺教员,他虽为解放区作家,但知识分子的气质却很浓。因而在他的笔下,乡土风情自然扑面而来,《山乡巨变》甚至就可以说是一幅山水长卷,轰轰烈烈的政治历史进程就在这些山水中展开;乡土风情、地域风俗风景固然被政治化(如《禾场上》),然而,政治叙事却也因此获得了一定的艺术性。《山乡巨变》一开头就是一幅明丽的乡村画卷:

> 节令是冬天,资江水落了。平静的河水清得发绿,清得可爱。一只横河划子装满了乘客,艄公左手挽桨,右手用篙子在水里一点,把船撑开,掉转船身,往对岸荡去。船头冲着河里的细浪,发出清脆的、激荡的声响,跟柔和的、节奏均匀的桨声相应和。无数木排和竹筏拥塞在江心,水流缓慢,排筏也好像没有动一样。南岸和北岸湾着千百艘木船,桅杆好像密密麻麻的、落了叶子的树林。水浑船少的地方,几艘轻捷的渔船正在撒网。鸬鹚船在水上不停地划动,渔人用篙子把鸬鹚赶到水里去,停了一会,又敲着船舷,叫它们上来,缴纳嘴壳衔的俘获物:小鱼和大鱼。

像这种充满水乡情趣的文字,小说中屡见不鲜。从艺术角度来说,一方面,它增加了小说的抒情气氛,形成了周立波淡雅明净、清新俊逸的小说风格;另一方面,它不时穿插于故事情节中,使叙事舒缓有致、有张有弛,富于韵律感。

地域风俗风景画描写在某种程度上成就了周立波、孙犁,支撑着他们在五十年代的继续写作。然而,有必要指出的是,这种乡土风情的审美观照是有限度的,它并非独立的审美对象(迥异于鲁迅的《社戏》等和废名、沈从文的作品),而是政治叙事的楔子或载体:无论多美多新鲜的地域风土人情,最终必定指向宏大的政治主题。从这个角度来说,这些作家笔下的乡村风景只能形似,难以神似,实已被政治之网过滤。孙犁就曾说过他的艺术追求:"看到真美善的极致,我写了一些作品。看到邪恶极致,我不愿意写。这些东西我体验很深,可以说镂心刻骨的。可是我不愿意去写这些东西,我也不愿意回忆它。"①所谓"真善美的极致",只能是从政治向度上而言,从这种想法出发,孙犁笔下优美的风俗风景画就承担起了美化生活的政治使命,因而其本身审美价值便大打折扣。周立波亦然,他善写变革后的农村新貌,白描是他的特长,然而在清新、自然、朴素的生活本色之美背后,隐藏的却是讴歌"变革"的政治主题。这种政治姿态有时过于急功近利,就不可避免地给他的小说艺术带来损伤:典型如《禾场上》,以一朵小浪花来传递政治脚步的政治目的是达到了,然而乡村风情却无辜地被异化为道具和布景。

于是,赵树理等山西作家无视地域风情,孙犁、周立波等作家以地域风情描写见长而实则又在很大程度上牺牲了地域风情的美学价值:五十年代的大陆乡土小说,实际上已居政治的膨胀挤压下,一点一滴地失去了自己的独特魅力,最终沦为政治的传声筒。

第三,在现代文明映照下的乡土,往往是自然,清新、本真、朴素的文化象征,或宣泄出民间乡村自由、活泼、生动、反叛的文化精神,或从价值学上指向自我批判自我清理,或成为工业文明的价值批判参照系。总之,乡土意象及其文化在美学的价值学上皆是独立的,这也正是经典乡土小说中乡土风情画、风俗画、风景画的文化魅力之所在。然而,现代文明这个参照系失去后,乡土的文化意义便失去了向度和着落;"政治"取现代文明的地位而代之,但却巧妙有力地将乡土整合为自己的延伸和载体。这样,在"政治"这一庞然大物面前,乡土不得不成为它的附庸:它不仅不再可能自我批判,更失去了文化批判的能力。

在赵树理、孙犁、周立波、王汶石等人的乡土小说中,我们仍能看到许多生气勃勃的充满乡土风情的人物形象或乡村画面,它们散发出民间独有的活泼情趣和蓬勃生命力,尤其是那些年轻妇女的形象,如泼辣天真、善良能干的吴召儿,活泼好运、积极向上的盛淑君(《山乡巨变》),见义勇为、敢于斗争的李双双,倔强美丽、敢于追求幸福的艾艾(《登记》)……然而,她们并非独立的美学形象,而只不过是某种政治寓意的载体,诚如王汶石所说,他之所以要"反映中国农村妇女的

---

① 孙犁:《文学和生活的路》,《孙犁文集》第6卷,百花文艺出版社1982年版。

新的社会地位、新的命运、新的生活"，目的在于"描写由于这种真正人的生活所引起的真正人的感情大爆发"[①]，这种人物形象愈是生动，政治叙事便愈是成功。传统民间形象中所蕴含的丰富民间精神，被政治转化了；自由本真、活泼的属性被从民间话语上剥离，嫁接到政治话语上。于是，民间叙事就彻底失去独立性，成为政治叙事的换形表达。

民间话语文化精神的抽空；价值参照系的失落及政治化；美学形态的附属性；风俗风景地域风情的符号化；民间的异形……结果必然是乡土文学的政治空洞化与形式化：与五十年代大陆其他文学式样一样，乡土小说成了政治的传声筒。

第二章　台湾乡土小说的民间性

第一节　主流话语及其反动

五十年代的台湾文学，与同期大陆相比，有很多相似之处：首先是在背景方面，无论是在台湾还是在大陆，1949 年都是一个标志性年份，它意味着一个新时代的开始，预兆着全新意识形态的登场，而这必将对文学创作产生巨大影响。其次，五十年代两岸都有着声势浩大的政治纯化运动——尽管纯化的方向针锋相对，文学亦在纯化之列，在台湾，是三四十年代文学的中断和隔绝，在大陆，则是延安文学传统作为正统的确立，以及五四传统的客观反动。第三，在强大的政治外力作用下，两岸的创作均不可避免被政治化，或烙上了深深的政治痕印，有的则成为意识形态的传声筒，文学都不约而同沦为政治的工具。这方面，大陆比台湾更甚：从五十年代到六十年代再到"文化大革命"，大陆文学在政治的泥淖中越陷越深；而台湾自五十年代末始，文学就逐渐与政治拉开了距离，走上了自我发

[①]　王汶石：《答〈文学知识〉编辑部问》，《文学知识》1959 年第 11 期。

展之路。第四,两岸此期的小说,均呈现出以乡土小说为主流的趋势。在台湾,一是因为台岛本为一个大乡村,小说创作自然呈乡土小说倾向,而随迁的大陆作家亦多写作乡土怀念小说以寄别愁;再者,五十年代台湾本岛经济尚未发展,现代性都市亦未出现,因而都市文学的创作还缺少土壤。在大陆,则与意识形态和主流文化形态的重乡土轻城市性质有关,何况延安文学方向本就是乡土性的。

五十年代的台湾乡土文学中,意识形态化的政治小说亦即"反共小说",是压倒性的主流话语。它要求文学成为政治运作的工具,为特定的政治目的服务,以达到与政治的一体化。1950 年 5 月,有着浓厚政治色彩的"全国文艺协会"成立,它提出:"反共救国"是台湾作家的至高使命,它设立的"中华文艺奖金委员会"征稿标准是:"以能应用多方面文艺技巧发扬国家民族意识及著有反共抗俄之意义者为原则。"①在理论上,台湾当局亦不遗余力鼓吹文学的政治功用,提倡"战斗文学"。张道藩首先发表了《论文艺作战与反攻》,强调文艺应配合政治。此后,类似的主导性论文如《论小说的战斗性》、《论诗歌的战斗性》亦纷纷出笼,再加上众多文艺评奖和文艺刊物对"反共文学"的倾斜,一时间,台岛小说界硝烟滚滚,杀气腾腾,充满了对"赤党"的"血泪控诉"。

五十年代台湾的主流小说,或多或少都有些政治色彩。在一时甚嚣尘上的"反共小说"大潮中,大致有两类:随国民党去台的政界作家和军中作家,他们在当时处于垄断性地位。叶石涛曾对此评论:"来台的第一代作家包办了作家、读者及评论,在出版界树立了清一色的需给体制,不容外人播进。"然而,作为政治化文学,他们并未带来大陆现代文学的传统:"大陆来台的第一代作家也一样面对了文学传统中断的尴尬局面。他们排斥三十年代暴露黑暗统治的社会意识浓厚的文学,同时也几乎抛弃了五四文学革命以来的民主和科学精神。三十年代的文学旗手,如老舍、巴金、沈从文、茅盾、田汉、曹禺等没有一个来台,他们的作品也全被查禁。这使得大陆来台作家跟三十年代、四十年代文学成了脱节的真空状态。"②不过,在这两类作家中,政治化的程度并不尽相同:第一类作家,几乎

---

① 葛贤宁、上官予:《五十年来的中国新诗》,转引自公仲、汪义生《台湾新文学史编》,江西人民出版社 1989 年版,第 73 页。
② 叶石涛:《台湾文学史纲》,高雄文学界杂志社,1987 年 2 月版。

是赤裸裸地配合意识形态,是不折不扣的"庙堂文学";第二类作家也认可主流政治话语,但其小说的内容又往往并非"反共复国"的政治要义所能涵盖,而且有些成员在后期的思想还发生了转变。

政界作家的代表有姜贵、陈纪莹、王平陵、尹雪曼、潘人木、王蓝等,比较典型的作品有姜贵的《旋风》、陈纪莹的《荻村传》、潘人木的《莲漪表妹》、《马兰自传》等等。

姜贵是"反共小说"的代表性人物,他一生著述颇多,耕作甚苦,为迎合主流话语,写作了不少"反共"作品和歌功颂德之作。然而富于讽刺意味的是,他竟一直未受青睐,《旋风》亦数投不中,只好自费印刷。他在生活上极端潦倒困苦,不过,他将这一切都归于政治变迁,将自己纳入"赤祸"的"受害者",这亦成为他写作"反共小说"的出发点。(这也是台湾"反共"作家普遍的心态,直到1988年,潘人木还在宣称:"现在打算重操旧业,写几篇小说,内容包括家人在共产党手下所受的迫害,这笔血债无论如何要记上一笔。"①)姜贵在《旋风·自序》中便曾直言不讳:"三十七年冬避赤祸来台,所业寻败,而老妻又发病,我的生活顿陷于有生以来最为无聊的景况。回忆过去种种,都如一梦。而其中最大一个创伤,却是许多人同样遭遇的那个'国破家亡'的况味。由于三十年来所亲见亲闻的若干事实,我想应当知道,共产党是什么。我将整串的回忆,加以剪裁和穿插,便成了一个完整的故事。"直到夏志清在其《中国现代小说史》中对他的《旋风》大肆赞扬,姜贵这才时来运转,一时成为台湾文坛的传奇式人物。

由姜贵和潘人木的上述自白可以看出,他们的小说创作有着极为鲜明的政治目的;因而,其作品的意义构成和叙事构成之间便不能不呈现分裂。换言之,乡土叙事失去了本身文化意义,而被嫁接到赤裸裸的政治叙事上;乡土只不过成为一个载体和道具,其生命灵魂在政治功利的霸权垄断下业已萎缩。这种情形正与同期大陆的政治化乡土小说相类似。其实一切政治化小说(而非政治小说),都逃不开这个樊笼。

姜贵的《旋风》深得夏志清推崇,然而夏尤为欣赏的,却是该小说中的一些反

---

① 《赤子心情——潘人木》,(台湾)《中央日报》1988年3月31日。

映共产党如何"宣传"、"赤化"无知百姓和小孩的段落。一部小说只能从政治上寻找"优点",本身即反映了它在艺术上的贫乏。"旋风"这种乡土意象在小说中只不过是政治寓言的载体,以寄寓共产党的革命运动"终必像旋风般的烟散失败"及"旋风,旋风,他们不过是一阵旋风"的主题,可谓直露而幼稚。

陈纪莹的《荻村传》是当时被炒得颇为热闹的一部"反共小说",还曾被译成英、日、法等版本。小说主人公傻常顺儿是个阿Q式的农民,但长得远比阿Q令人呕心,简直形同怪物:"两只牛鼻孔又大又圆。两只猫耳朵,不但小而且卷成一团。胳膊、手掌、脚片、肌肉都是粗壮的。鼻孔里永远淌着鼻涕,嘴唇边不断流着唾沫,眼里包藏着眼屎,说话时,结巴、挤眼、向上抽搐的鼻子。走路时,两只脚一齐向外撇,一个怪模样,极傻极肮脏的庄稼汉……"这个开始时唱出"先杀天主教啊,后杀洋鬼子儿!"而在临死时却叫喊"先杀共产党呀! 后杀老毛子呀! 先杀王子和呀! 后杀马克思儿"的农民二流子,显然是某个蹩脚的政治象征而已。但辱骂和丑化并非艺术,过于直露的政治目的注定了这部小说不可能成为《阿Q正传》,更不可能达到《阿Q正传》的艺术高度——在鲁迅那里,乡土乃是一个国民劣根性批判的切入口,饱含着写作主体对乡土深厚的感情;而在陈纪莹这里,乡土则成为政治发泄的道具,写作主体对描写的对象不再有同情或爱,而是充满了厌恶和憎恨。

政界作家的这些乡土政治化小说,不仅在当时并未获得广大读者的好评(台湾一批评家曾这样评述过姜贵的"反共"小说:"尽管好评如云,姜贵先生的小说在台湾始终是个冷门,这对'反共精神堡垒'的台湾真是一个讽刺。"①),而且受到了当时有艺术良知的作家的抵制(钟理和即曾愤然说过:"现在的风气却是要求你这篇也'爱国',那篇也'反攻',非如此便不足以表示你确像一位爱国者,非如此便不为他们所欢迎,想起来真是肉麻之极,纯文艺云云,纯在哪里? 文艺在哪里? 呜呼!"②),甚至也被后来者全盘否定:"一般'反共'文学是没有力量的,

---

① 刘绍铭:《十年来台湾小说》,引自《台湾作家小说选集(二)·前言》,中国社会科学出版社1982年版。
② 钟理和:《致钟肇政》,转引自潘亚暾主编《台港文学导论》,高等教育出版社1990年版,第42页。

不真实的。"①白先勇也曾详细评论道："跟随国府迁台的行列中,也有一些早已成名的作家……那时他们惊魂甫定,一时尚未能从大陆所受的沉痛打击中清醒过来,另一方面也没有足够的眼光和胆量来细看清楚错综复杂的新形势,所以只好盲目接受政府所宣传的反攻神话。"故而"这些作家笔下的人物大多与现实脱节,布局情节老套公式化,故事中的主人公不管如何饱尝流放的痛苦,总是会重临故土,与大陆上的家人团圆结局。这些作品注满思乡情怀,但这种悲伤的感受老是陈腐俗套,了无新意"②。

与政界作家同为官方主流话语的另一支——军中作家,亦有类似的写作倾向,常常将本应感人至深的乡土情怀政治化;不过,在他们那里,"反共"的政治化主题只是一时之需,随着形势的变化以及自身的成熟,他们中的多数人改变了自己的创作路数。

所谓军中作家是指那些在军队中任职的写作者,他们年纪较轻,势力甚大。从事"反共"小说创作,对他们来说,既带有服从意识形态,与之保持一致的军人自觉因素,亦与他们对现实的盲视有关。这批作家有司马中原、朱西宁、段彩华等。与政界作家相比,他们的小说更注重艺术性,政治化倾向亦不那么露骨。

由于受意识形态的影响和个人理解上的偏差,在司马中原笔下,大陆乡土被处理成"荒原"的意象:这一"荒原"没有艾略特笔下丰富深刻的文化象征含义,而仅仅是特定的政治产物,被视为是日本人和共产党人所共同制造出来的荒芜景观的隐喻,因而这个"荒原"中的英雄则丧失了应有的文化意义,而只能是一个这样的梦呓者:"他要选取多年前他和妻共拥的月亮:那样的月亮和那样温柔的情爱使他勇悍地和一切出自黑暗的野兽抗斗,鬼子、八路,或是一只侵迫安宁的狼"——这就是《荒原》中的"反共"斗士胡瘫儿临死前的内心独白。这块雄深壮阔的北方大地,也失去了应有的乡土文化韵味,仅仅成为政治宣泄的布景。不过,在"反共"小说之外,司马中原还有一类比较成功的乡土小说:乡野传说。这其中颇有一些类似于大陆八十年代中期的"寻根小说"。司马中原的这类小说一

① 胡菊人:《小说技巧》,台北远景出版社。
② 白先勇:《流浪的中国人——台湾小说的放逐主题》,《明报月刊》1970年1月。

共出版了六个集子：《路客与刀客》、《红丝风》、《天网》、《十八里旱湖》、《荒乡异闻》、《遇邪记》。这些小说的背景几乎一无例外都是一片雄浑的、孕育了古老苦难的大草原，野火烧不尽的善恶对立故事和纠缠不休的爱恨传奇，在这里一幕幕上演，与此相应，小说的风格亦时而深沉，时而婉约，时而粗犷。可以这样认为，司马中原的"乡野传说"系列之所以能取得成功，恰恰与他摆脱了政治的羁绊相关：只有当作家主体的观照视角不再被政治视角同化、过滤、扭曲，只有当他以一个正常的"人"视角去认真地体验历史与生活的哀痛与欢笑时，他才能看见一个真正的乡土世界，才能深刻地理解几千年来乡民们的生存状态与情感追求，才能再现出动人至深的乡土人情。

　　朱西宁也是一个有过之而无不及的相似例子。前期，他听从意识形态的需要，写了许多赤裸裸的"反共"小说和歌功颂德之作。但到后期，他完全否定了自己的前期创作，承认那些作品"都很幼稚，很多是喊口号喊出来而非写出来"的；①有评论家亦曾这样评论他："来台的最初六七年，他采信实用主义，以为写作可以为社会尽许多责任，有些作品难免流于口号与形式化。"②这些自述和评论正好一针见血地点出了政治化文学的致命伤，让人想起大陆五六十年代的同类小说，在形式构成上两者是何等相似！后来，朱西宁开始改变自己的创作道路，决意抱着"如果我们能把当代人生活细微地留下来，让后代子孙知道祖先们曾在这片土地上怎样的生活"的信念而写作，写出了不少坚实的乡土小说，取得了一定的艺术成就，有集子《狼》、《铁浆》等。他的小说最大特点是富于浓郁的大陆乡土气息，塑造了一组中国农村"血气汉子"的形象。《狼》是他的成名作，写一个孤儿如何被婶婶虐待，而后婶婶如何又良心发现，把他认做儿子的故事。但小说最成功处在于对一系列底层农村人物形象的刻画：大毂辘粗犷、豪爽、正直，浑身洋溢着蓬勃的野性生命力；二婶的泼辣、大胆；二叔的卑琐、谨慎……他们都是典型的中国传统底层农民形象，而小说对民间乡土活动的描写——如对猎狼的精彩描述，尤为小说增色不少，使之饶有情趣。朱西宁后期的乡土小说，其最大

---

① 转引自《台湾作家小说选集(2)》，中国社会科学出版社1982年版，第130页。
② 张素贞：《细读现代小说》，第82—83页，转引自古继堂《台湾小说发展史》，春风文艺出版社、辽宁教育出版社1989年版，第124页。

的成功之处便在于他"发现作为一个中国人,他无法逃避不去面对那形成民族性格、生活方式以及悲剧的生存空间,于是他把他的笔触转向乡土中国的探究与批判"①——而这正是五四乡土小说的文化传统。事实上,如果将朱西宁的某些小说置于二三十年代,的确有可能让人分辨不出来时代背景。

由于对虚假的政治化历史记忆的背弃,而走向更为真实的个人乡土记忆,司马中原、朱西宁的后期小说获得了某种可贵的乡土诗性,亦为他们带来了一次艺术新生。然而,这种对主流话语的漠视必定会遭到攻击。尽管朱西宁可算是台湾文学中写作"反共"小说的"功臣",在转向后他同样遭到冷落:1977年8月,台湾当局召开规模颇大的"第二次文艺会谈",竟将他拒之门外。就连有过汗马功劳的"反共斗士"也会失宠,遑论其他一些根本不与政治合作的作家了。事实上,在"战斗文学"的冲击下,五十年代台湾乡土文学一直受到压制,"挨过一段沉默、颓丧、失望、灰色的时光"②。一些本省籍作家,如钟理和、钟肇政、林海音、廖清秀、郑清文、施翠峰、李荣春等,都或明或暗受到排挤,只能在艰难的环境中默默无闻地坚持写作。

然而,从五十年代台湾乡土文学创作的整个格局来说,真正起着领衔作用的,却正是这一批作家。正是他们坚守着本身的乡土精神,拒不向肤浅庸俗的政治化大潮投降;只有在他们笔下,乡土民间风貌才能保留了一份真实,本土现实亦未遭到歪曲。他们是五十年代主流话语的对抗者。他们的这种对抗姿态或许可以这样概括:立足民间,面向本土。事实上,拒绝与庙堂文学同流合污,坚持民间化写作,这本身就是对主流话语的无声蔑视和抗争。作为本土作家,在众多随迁的"外来客"的喧嚣面前,他们虽暂时处于劣势,但毕竟唯有他们熟悉自己的历史与现实;而站在政治潮流之外,唯有他们才能看出那些被政治梦想冲昏了头脑的写作是多么荒唐;以冷静的旁观者角色自居,唯有他们才能清醒地透视到现实的真相。因而,虽处于蛰伏之中,然而他们默默耕耘的背后却蕴含着巨大的力量,一旦爆发出来,自然会要改变台湾的小说格局。

---

① 转引自《台湾作家小说选集(2)》,中国社会科学出版社1982年版,第130页。
② 叶石涛:《台湾乡土作家论集》,转引自《台湾新文学概况》(上),鹭江出版社1986年版,第67页。

　　同期的大陆亦有形式上的类似现象。一方面，主流政治话语高高在上，以势不可挡之势，裹挟了绝大部分乡土作家；另一方面，总有一些清醒者不愿盲从，如后期赵树理，如"干预生活"的一些乡土作家，只不过这种与主流话语的无意间对抗似螳臂挡车，然而倘若没有这种对抗，那么五六十年代大陆乡土小说将更是"不可承受之轻"。文学的规律都是相同的，两岸乡土小说在同时进入政治化轨道，成为政治一体化的工具，而牺牲了乡土文学的艺术本性，这必然会导致对一体化的疏离和背叛，但由于各自所处历史境遇不同，这种疏离背叛的动机与目的呈现出很大的差异性：大陆一部分作家的"出轨"，目的不在于对抗政治，颠覆主流话语；相反，他们乃是出于最善良的动机，试图在"为政治服务"的樊笼中，尽可能发挥乡土小说的现实批判功能，揭示现实真相，有限度地为之保留一定的艺术性，最终的目的，是在于让文学为政治服务得更好，让文学来修补政治的裂缝。因而他们并不反对"政治化文学"，只是要求：一，"政治化"之"政治"是正确、清醒、从现实出发的政治，而不是假大空、"浮夸风"；二，必须是"文学"，而不是口号、宣传。为了做到这些，他们只能有意无意（或可理解为出自农民式本能）地求助于民间，试图借民间话语的本真、鲜活、自由、淳朴以及天然的现实感来扼制"政治化"不分对象不问因果的泛滥狂潮，通过此种方式，民间文化的本性在一部分优秀的乡土小说家（如赵树理、周立波等）那里多少获得了一些哪怕是形式、象征意义上的保留；而对台湾作家来说，由于他们缺少与政治一体化的热情，亦缺少同期大陆式的政治信念，他们之与政治投合，一是为迎合意识形态之需，二是从狭隘的个人遭际出发（如前述念念不忘要"算上一笔血债"的潘人木），他们的"反共"意志难以坚定，加上难以受到读者的欢迎（台岛本土的读者显然不会对这些与己无关的"血泪仇恨"和"战斗豪情"感兴趣），因而不得不或偃旗息鼓，或在艺术良知的感召下改弦易辙；而对另外一部分不愿与政治合作的本土乡土作家来说，情形更为简单：作为立足现实的乡土作家，他们不仅与超现实、反现实的政治宣传之间有着天然的距离，更与之格格不入。在民间与庙堂之间，在现实关怀与政治梦幻之间，在人性展现与歌功颂德之间，从艺术的本性和艺术家的良知出发，他们只能选择前者，于是，民间化的乡土便成为对抗政治化乡土的立足点。这种对抗是一种对政治话语决然的大拒绝，他们以让它在自己作品中彻底缺席的方式,最大限度地表达了自己对它的疏离与蔑视;而他们的作品亦因此逃脱了沦为政治宣传工具的可悲命运,具有独立的艺术价值;也正是他们的作品,构成了五十年代台湾文坛最为厚重的存在。

第二节　领衔的乡土小说家们

五十年代的台湾乡土小说,从内容上来说大致可分为两类:一类是"怀乡小说",作者多有过大陆生活经验,而后又于 1949 年随国民党迁至台湾,有些在大陆就已开始写作,这类小说的代表作家有林海音及前面论述过的司马中原等;另一类则是"本土小说",多为台湾本土作家或外来作家本土化后所写,这些作品关注台湾的历史和现实,富于浓郁的台岛乡土风味,代表作家有钟理和及光复后第一代作家——钟肇政、郑焕、林钟隆、张彦勋、廖清秀、文心、李荣春、施翠峰等等,而钟肇政是其中理所当然的杰出代表。

五十年代初,台湾文坛为"战斗文学"所充斥,但在一片喧嚣中,"怀乡文学"亦即"乡愁"文学,却颇为壮观。这有几个原因:一是大量大陆人士来台后,与故乡断绝了一切联系,回乡眼看无望,于是只有借思念来填补心灵的虚空,尤其是许多人只身来台,将妻儿老小都遗在了大陆,他们浓烈的思乡情感是怎么也压抑不住的——这一因素是导致台湾此期乡土小说多呈现出某种悲情色彩的主要原因;其次,对绝大多数来台者来说,台湾只是他们心目中的一块暂栖地,无法成为心灵的归属和精神的家园,他们梦萦魂牵的只能是大陆乡土,那里有他们最难忘的人和事——而这又正是此期台湾乡土小说中浓烈的流寓色彩的主要成因;第三,为了鼓动"反攻复国"的热情,深化"国破家亡"之恨,以激起更多人的"战斗"热情,主流意识形态亦默许"怀乡文学",如果它能与政治主题相结合的话,那就更受鼓励了。与上述背景相对应,五十年代台湾乡愁小说大致有两类:一类是纯粹的怀乡小说,代表有林海音;另一类是与政治相关的、带有怀乡内容的小说,代表有司马中原等。后者前已有述,此不赘论。

林海音,原名林含英,小名英子,原籍台湾,但却出生于日本。1921 年她三岁时随全家迁回日据下的台湾老家,两年后又迁至大陆北平定居,直至 1949 年回台。因而,林海音的童年、少年、青年时代主要是在北平古都度过的;迁台后,故都生活的一点一滴常常使她梦萦魂牵。正是这个原因,叶石涛才会作如此发问:"英子,就是'作客美国'回来的作家林海音,也就是'作客北平'回到故乡台湾一晃二十年的作家林海音。林海音到底是个北平化的台湾作家呢,抑或台湾化的北平作家呢? 这是颇饶趣味的问题。"①其实这个问题根本无需回答:林海音既是台湾人,又是北平人,这并不矛盾,台湾和北平,一南一北,刚好塑造了林海音对中国乡土完整的感知域,她的乡思乡愁,并不是褊狭的失去故土的表现,而是整个无根的中国人(包括失去母亲大陆的台湾本土人和沦亡台岛的大陆人)的集体情感象征——要理解弥漫于林海音小说中的悲情色彩与流寓色彩,此点殊为重要。

　　林海音的许多作品都表现了浓得化不开的乡愁,典型如《城南旧事》。即使那些不正面表现乡愁的作品,作品的背景、人物的命运、故事的进展也总是和大陆故土息息相关。长篇作品《晓云》、《孟珠的旅程》尽管是写台湾生活的,看似与乡愁无关,然而,《晓云》中的人物大都来自大陆,《孟珠的旅程》中孟珠和妹妹的命运更是与大陆紧紧联在一起:她们在"徐蚌会战"中失去了父亲,而不得不随母至台,因而所谓"孟珠的旅程"即从大陆至台湾之旅。短篇作品《蟹壳黄》中的手艺人亦是大陆来客,由于与故乡隔绝,而不得不在台湾另觅出路,他们的艰苦生活,亦是整整一代大陆人(普通人)迁台后的生活缩影;剪不断割不散的怀乡情思渗透在他们的日常生活中,无根的流浪心灵与困苦的生存挣扎相互映衬,常常令人对他们充满同情。小说《烛心》的主人公亦是大陆人身份,男女主人公本是恩爱伉俪,却因抗战的爆发而分离,再因时局的变动到了台湾,然而,一切已经改变了,昔日的恩爱夫妻不得不劳燕分飞。这种横跨海峡两岸的婚姻悲剧,不正是民族悲剧的某种投影吗?

　　有别于某些怀乡小说,林海音的乡愁小说并未陷入思乡情感无节制的泛滥中;她的众多小说固然有着念念难忘的"大陆情结",笔下亦常流露情不自禁的故乡怀念深情,然而,这些并没有主宰她的全部写作;思乡只不过是个创作动机或

---

① 《叶石涛作家论集》,台北远景出版社1995年版。

切入口,悲情与流寓之感虽然渗入其骨髓,但林海音并未停留于此,这就使得她的乡愁小说在众多同类小说中别具深度。她的小说创作有自己一以贯之的主题,那就是对中国女性命运的关心和思考。女性的遭际一直是林海音小说的主要内容,她们的悲欢、奋斗和挣扎以及最终常常不可避免的悲剧结局,既令人同情、扼腕叹息,又令人陷入深思。一方面,林海音笔下的女性,善良、美丽、要强,敢于为改变自己的命运而抗争,付诸行动;另一方面,在或旧或新的文化羁绊和社会世俗压力下,她们又常常成为牺牲品,失去了青春、理想和幸福。这一方面令人或对旧的封建伦理礼教"吃人"的现象震惊不已,或愤而批判不公正的社会对女性所施予的种种戕害;另一方面,又令人反思女性的自我:因为在女性的悲剧命运中,种种看不见的"无主名杀人团"固是元凶,但女性自身却也是造成女性悲剧命运的一个因素。这样,文化批判、女性的苦难、女性的不觉悟三位一体,共同构成了林海音小说深刻丰富的思想内容。

《孟珠的旅程》可视为是一部当代台湾女性的悲歌,歌妓雪子的悲惨遭遇充满了血泪辛酸。她美丽、清纯,有着迷人的歌喉,有着对美好生活的憧憬,然而却无情地沦入风尘,成为男人的玩具。不平的社会导致她的异变,雪子变得玩世不恭,她要报复,要玩弄男人,然而最终却无法挣扎出痛苦的深渊,只好走上自我毁灭之路。雪子命运的终结,无异于是对罪恶世界的绝望抗议。而在《金鲤鱼的百褶裙》、《烛》等一系列作品中,林海音的视点落到那些封建传统婚姻的女性牺牲者身上,一方面,她继续在这些女性身上倾注自己全部的同情;而另一方面,她也愤怒地控诉了封建婚姻制的罪孽,尤其是对女性身心的戕害;同时,她还不动声色地展现了这些女性的心理状况,对她们的麻木不悟亦给予温婉深沉的叹息。《金鲤鱼的百褶裙》描写的是小丫头金鲤鱼被老爷收为小妾,目的是要她来传宗接代。金鲤鱼不久生下一个儿子,然而她的名分没变,仍然是个卑贱的小妾。她最大的心愿,就是能够有朝一日穿上一回象征正室身份的百褶裙——然而,大太太看穿了她的心思,就在金鲤鱼等到儿子结婚那天,以为能实现自己心愿时,大太太公开宣布:现在是民国了,大家一律不准穿裙子,而穿旗袍——千篇一律的旗袍掩盖了身份差异。金鲤鱼受此打击,顿时崩溃,此后抑郁而死。而死后因她不是正室,棺材只能走侧门。《烛》则相反,描写的是大太太的悲剧:韩太太在生第三子时,当保姆的秋姑娘悄悄地成了丈夫的新宠,而使她成为一个弃妇;但为了维持正室的名分,保持传统妇德,她又不得不对丈夫的纳妾表示宽容,也对秋姑娘笑脸相迎,然而她内心却是妒火中烧,陷入深深的痛苦中无法摆脱。很显然,林海音在把握妇女命运时,着重刻画的是她们的精神世界,对她们那种几近变态的扭曲心理,既充满了同情,又有着婉转的批判;不过,批判的主要矛头,则还是集中在造成妇女悲惨命运的"无主名杀人团"上。在这方面,林海音的小说在某种意义上接近五四乡土小说的文化传统,这是她的创作之所以在当时极为繁盛的女性作家群中脱颖而出、别具深度的一个重要原因。

林海音的创作无疑疏离了政治主流话语,而自觉站到了民间话语的立场上。背靠民间,她找到了一个政治高压时代主流外作家的最佳位置——这个位置,也正是钟肇政们的选择。

若从身份来说,林海音自然也算是本土作家;只不过,与钟肇政们相比,她的本土身份显然具有很鲜明的形式意味。当她还沉浸在对大陆乡土的深痛思念以及"大陆人在台湾"这一时代现象的关注时,钟理和、钟肇政们却已潜心在对本土历史和乡土现实的深切关怀中。

在这批作家中,钟理和相比之下算是"前辈"了,他早在四十年代即已成名,五十年代写出呕心沥血之作《笠山农场》,殒于六十年代初,临终前仍笔耕不辍,被台湾文艺界称为"倒在血泊中的笔耕者"。钟理和写作姿态的最大特色是:自觉疏离主流话语,关心底层大众的生存。正如台湾评论家、成功大学中文系教授张良泽在《钟理和全集·总序》中所说:"战前的台湾作家,无论'御用'或'叛逆',多少总参与殖民时期的社会运动或文学运动,唯独钟理和默默地自修与写作;战后的台湾作家,得意者去笔从官从商,失意者封笔隐遁,唯独钟理和坚持文学的立场,默默地投稿,默默地挣扎。他漂泊一生而从未服过一年以上的公职,潦倒一生而从不视文学为安身立命之工具;具有强烈的民族意识,从未以日文写作;精湛的中文造诣,从不去写阿谀奉承的作品。"①他自觉沉入民间,与民间融为一体;他的写作,始终不曾游离本土的乡土现实这一焦点;他的最成功之处,也正在

---

① 张良泽:《钟理和全集·总序》,台湾远行出版社 1980 年版。

于对五十年代台湾乡土农村现实的真实呈现和人文关怀，守卫了台湾文学的现实主义优秀传统。

此外，更重要的是，有别于外省籍作家，作为土生土长的台岛作家，钟理和的乡土创作有着非常明显的本土特色。他的作品中没有大陆系作家常见的那种流寓色彩，却有着更为浓郁的悲情色彩——这一悲情色彩来自于钟理和作为本土作家，对台湾这片多灾多难的土地深沉的爱，来自于他对这片土地苦难历史透彻的理解，来自于他对自身身份的独特理解与执著探寻。因此，表面看起来，钟理和的小说具有极强的自传性，有些就是他自身生存真相的再现；但这种自传实质上突破了狭隘的自我映现，它所表现的其实已不再是一个底层个体的现实生存史，在象征意义上，它是台湾和台湾人的历史。这样，个体的生存悲剧便与族群的悲剧命运紧密相连，个体的悲情存在也由此上升到历史的高度。因而，钟理和乡土小说中压抑不住的悲情色彩就其本质而言，乃是一个时代的悲情，一个民族的悲情。

因此，钟理和总是力图从自己的生活中观照出更为广阔的现实真实，广博的人道主义同情心使他自然而然冲破了自我视野的束缚，而将目光投向了更为广阔的乡土大众；更何况，钟理和自身就是一个在底层挣扎的普通大众，他不仅是现实的见证者，而且本身就是现实的缩影，因而，写自己亦即写现实、大众。《贫贱夫妻》是典型的自传，《同姓之婚》、《钱的故事》、《阁楼之冬》、《杨纪宽病友》亦有相当浓的自传成分。小说虽然尽情展现了"贫贱夫妻百事哀"，展现了作者贫困潦倒、艰难拮据的生活，但并未因此陷入自怜自叹之中；相反，作品尽可能从对自身窘况的描绘中折射现实，赞美底层人民的闪光人性，因而小说虽给人以凄怆之感，但却令人感动不已，作者善良而丰富的同情心将琐碎的乡土日常现实化合成社会现实的广阔图景，而细致、朴实的笔调又为这种现实透视增加了一种令人不禁为之动容的魅力。

对穷苦平民和弱者的深厚同情是钟理和小说中人道主义的主要内容。《阁楼之冬》、《杨纪宽病友》等小说中，穷人一旦生病，便意味着末日来临，为了治病，穷人变卖一切，然而最终仍然挡不住死神的脚步，善良、可爱、淳朴的病人邱春木、杨纪宽从一入院便已注定了死亡的结局。这是穷人的无奈，更是现实的无奈,作者看着一个个卑微生命在挣扎后消失,心中有着怎样无言的哀痛?同病相怜,处于同等境况中的作者又是该怎样的自悚?无言的抗争和悲凉的愤怒从钟理和笔下流出,指向现实。社会对穷人是何等不公,正如他在《钱的故事》中所写:在穷人那里,每一分钱都要经过无数汗水和万分劳困才能攒得;而在富人那里,一分钟内便可以若无其事地花掉大把的钱。在这种不平的现实面前,穷人的劳动只不过"是一种没有受到真正报酬的牺牲。什么是神圣呢?什么是价值呢?什么是有用呢?这一切都变得十分渺茫了,十分空虚了"。这种现实批判的力度,往往使钟理和的小说摆脱了平面现实的照相式观照,而获得一种内在深沉的特性:从这个角度来说,钟理和正是以民间疾苦的体验者、代言人的身份,挖掘出了民间乡土现实生活的真正内涵,使之达到文化批判的精神高度。

对弱者的悲悯常常与对乡土现实的真实写照、对人性的挖掘与讴歌融为一体,这是钟理和乡土小说民间立场的又一大特色。《故乡系列》、《雨》、《老樵夫》、《还乡记》以及一系列的自传性小说,一方面,直面五十年代初台湾战后令人触目惊心的乡村现实;另一方面,底层乡民的生存挣扎和精神状态则又是钟理和关注的焦点。在《故乡系列》中,农村的凋败得到最为集中的体现,然而,钟理和并不满足于对乡土现实的真实再现,他还要写出在困苦中挣扎的乡民的精神变异:《山火》中由于害怕"天火",山民们狂热地投入祭天师的仪式中,捐学校的钱筹不到,捐做庙的钱却远远超过,这种现代愚昧不能不令人痛心疾首;《阿煌叔》中的班头阿煌,曾是一个充满蓬勃生命力、勤劳的农民,然而在"越做越穷"的不合理现实面前,他渐渐变得懒怠起来,这种畸变又何尝不是一种消极的抗争;《老樵夫》中的老樵夫,孤苦伶仃,以为死期将至,先行躺入棺材中,不料第二天醒来还活着,于是又不得不活下去,穷人的生存是一件何等艰难的事!作者在这种貌似客观的笔触中,情不自禁地流露出深沉的感叹。

钟理和笔下的乡土现实是一个没落、破败的世界,充满贫穷、肮脏、愚昧、迷信和人心的种种异变,他既痛心这乡土田园的破落,哀惋世道人心的变迁,又控诉不合理的现实,诅咒可恶的社会,批判农民的愚昧落后,然而,最重要的是,他没有厌弃这个世界;相反,他无比热爱着这片乡土,因为他知道,尽管在贫困的现实中,生存简直就是对穷人的一种惩罚,然而人们之所以仍能坚定地生活下去,就在于在底层民间,还有着永不会失落的爱、同情、怜悯等可贵的品质,这是民间乡土的希望之所在,也是钟理和民间文化立场的精神力量之源。因此,尽管钟理和的乡土小说中总是有着如丝如缕的悲情色彩,但这一悲情却并不令人感伤,更不令人感到绝望;相反,人性伟大力量的在场常常令这一悲情转化为一种更为深沉的力量,它令作品中的人物从沉沦中奋起,也让读者从压抑中看到希望。《贫贱夫妻》中的妻子是何等伟大的传统女性形象:她敢于面对现实,以柔弱的双肩挑起沉重的生活重担,为了丈夫和孩子做出一切牺牲,而支持她的,是爱。她对"我"的爱以及"我"对她的爱,这是种极为朴素的民间爱情理想:"我们不要高官利禄,不要良田百顷,但愿一所竹篱茅舍,夫妻俩不受干扰,静静地生活着,相爱着,白头偕老,如此尽足。"《阁楼之冬》中,寡母对孤儿的爱更是动人心扉,为了给病儿治病,母亲不惜把求生的资本也卖掉,当最终没有什么可卖时,她只有把儿子接回去等死。深沉的母子情在死亡面前被映衬得让人战栗不已。《杨纪宽病友》中,一心挚爱着丈夫的妻子只能眼睁睁看着丈夫一步步走向死亡……当然,在这一切之下,是作者对这些弱者的悲悯情怀和对现实的无奈,然而钟理和并未因此陷入绝望之中,人性之爱或许在狰狞的乡土现实面前十分无力脆弱,但它毕竟是民间特有的人性温暖之源,更何况在民间乡土还有《雨》中黄进德式的人物,他倔强、乐观、自信而充满力量,敢于藐视政治权威,不畏强暴,敢于坚守正义,敢于怒斥日本走狗罗丁瑞。他的身上有许多民间传统农民文化的局限——如家长式的专制等,然而,他的刚健有为、自然淳朴则是民间所独有的文化力量。通过对这种人物形象的塑造,钟理和真正把握了民间文化的精髓,也最终完善了自己对民间文化的理解。这样,他融入民间,深入底层,也就是融入了最坚实的文化现实中,既不夸大,亦不虚妄:既有清醒的文化自我批判,亦有牢牢的民间信念坚守和民间真谛发掘。由此,民间便成为钟理和在疏离主流政治话语之外的真正精神依托。

如果说钟理和是以底层乡土大众的体验者和化身发言,具有传统朴素的写实倾向的话,那么,在钟肇政等光复后第一代乡土作家那里,他们的民间乡土切入姿态相比较而言就更为丰富多彩了:有的以纯粹旁观的中立视角,而又不无讽刺地勾勒种种当代乡土现实百相;有的重在切入乡土人物微妙的心理波动,以此凸现现实;有的沉入古老的回忆;还有的则明显带有现代主义的视角观照特点……事实上,从五十年代后期起,台湾乡土小说就已经呈现出某种变异的征兆了。

以钟肇政为首的一批作家,常被称为光复后的第一代,他们起着承上启下的作用:一方面,从钟理和、吴浊流等"前辈"那里,他们继承了台湾现实主义乡土文学的传统;另一方面,他们又是战后新文学的开拓者,直接启迪了光复后第二代作家,诚如钟肇政所言:"我们不能妄自尊大,也不应妄自菲薄,我们是台湾新文学的开拓者,将来台湾文学之能否在中国文坛上——乃至世界文坛上,占一席之地,关乎我们的努力耕耘,可谓至深且大……"①自然,这种勃勃雄心说起来容易,而要实现起来,则需要坚实的努力,需要与各种羁绊束缚作斗争。这一代作家有自己的优势,但要将这些优势转化为创作资源,则非经一番自我奋斗不可。台湾文学评论家彭瑞金就曾这样细致入微地评论过他们:"所谓战后台湾新文学的第一代作家,年龄上在战争结束时大部分是二十岁上下,在日据下受过中等学校教育,也接受过战火洗礼的一批年轻人。他们中虽有少部分人曾经有过日文创作的经验,但共同的特色是他们不同于先行代作家,他们没有日文创作的情意包袱,毅然选择学习'ㄅ文ㄇ',开始白话文创作……国民政府带来的不是中国大陆三十年代的新文艺气息,而是'反共八股'当道的战斗文艺,而面对所谓战斗文艺式的白话文学,对他们而言是一种压力,那不是他们经验所及,更不是他们心中想说的话,他们必须从回归祖国的少年热情和面对面的现实中调整自己……怎样在战斗文学当道的文学王朝里,表现具有台湾作家特质文学出发……我们却从中可以看出第一代作家在迷惘中不断挣扎、探索、追求的痕迹。"②

在这一代挣扎、探索、追求的作家中,钟肇政无疑是卓越的代表,他的创作在台湾乡土文学史中具有里程碑式的意义,我们将在后面专节论述。除他之外,郑焕、林钟隆、文心、廖清秀等作家亦是优秀代表,他们的创作在五十年代影响愈来愈大,渐渐打破了"反共文学"的包围圈,以至当局的文艺机构再也无法假装漠

---

① 《文友通讯》,1957 年 4 月 23 日。

② 彭瑞金:《台湾文学的过去、现在与未来》,转引自古继堂《台湾小说发展史》,春风文艺出版社、辽宁教育出版社 1989 年版,第 145 页。

视,不得不也给他们评奖。例如,为鼓励"反共"作品而设的"中华文艺奖金委员会"除将钟理和的《笠山农场》接纳外,还先后给廖清秀、李荣春等作家颁奖。

廖清秀是光复后第一代作家的中坚,他的作品除获得 1952 年"中华文艺奖金委员会"长篇小说三等奖的《恩仇血泪记》外,尚有短篇小说集《冤狱》。他的小说有着非常浓厚的乡土色彩,尤其善于刻画人物的心理,在反讽中时常进行辛辣的文化批判。《土地公与阿九》是一篇佳作,小说形象生动而略带讽刺地描述了农民阿九如何向土地公求卦去赌钱的故事,小农式的心理被刻画得栩栩如生,沉默不言的土地公宛如一个巨大的民间封建文化阴影,将阿九异化。小说对民间迷信的批判尤其是结尾的神来之笔不露痕迹,但却收到了很好的反讽效果。短篇小说《金钱的故事》则通过丈夫贫穷时的自述与妻子在丈夫富起来后的抱怨两种心理的对照,不无辛辣地写出了金钱对底层平民的人性扭曲。廖清秀的乡土短篇并不刻意去构思完整的故事,而是抓住一个剖面,将人物心理展示出来,以此为切入口进行尖锐的挖掘和批判。

与廖清秀相似,林钟隆的作品亦善于对人物进行锐利的心理剖析。他曾被认为是除钟肇政外,台湾本土作家中著作甚丰的一位,作品有长篇小说《爱的画像》、《外乡来的姑娘》、《阿辉的心》、《童年心影》等,短篇小说集有《迷雾》、《错爱》、《蜜月事件》、《暗夜》等。《迷雾》是部出色的短篇,从中可见林氏的一些创作特色。小说的大致情节是:阿菊是村上的漂亮女人,她的丈夫在和朋友阿田去碧潭划船时翻船而死,村里人怀疑阿田是凶手,因为阿田垂涎阿菊的美貌。阿菊守寡后,阿田常半夜给她送粮食来,反复表白不是他害的阿田;然而,阿菊总是不做声,有一次突然大喊"抓贼",把半夜前来送粮食的阿田置于尴尬之境,而在阿田被警察带走后,她却又去看他,并表现出前所未有的兴奋,打扮得前所未有的漂亮……然而,当阿田出狱后向她求婚时,却又遭到拒绝……伤透心的阿田只好搬出村子,远离阿菊,因为他们之间"横着一片迷雾"。整个故事叙述得极其冷静客观。尤为精彩的是,人物的心理就像巨大的冰山,只露出海面上的一小角,其丰富的内涵必须通过小说简短的对话、人物的行动去细细琢磨,才能豁然开朗。阿菊显然爱着阿田,阿田显然也爱着阿菊,然而当他们面对面时,各自的表现却又是如此隔绝:阿田反复申明自己未害阿菊丈夫;阿菊则将一切情感都掩藏得深深，但阿田入狱后她判若二人的表现，则又将她想爱阿田而又不敢爱的心理揭示得淋漓尽致……为什么两个相爱的人却如此隔膜，以致只能相互弃绝？原因在于"迷雾"。这"迷雾"是什么？世俗舆论？封建礼法？……林钟隆的小说叙事极为节制，处处闪露着敏锐的感觉，即使有所批判，也总是不动声色、含而不露，就像《迷雾》中对"迷雾"的批判一样，令人回味无穷。

　　郑焕、文心的乡土小说亦有别味。郑焕的职业即务农，且主编《养鸡》杂志，因而他的小说自然具有浓郁的乡土特色，他著有长篇小说《所茅督的故事》，短篇小说集《长岗岭的怪石》、《毒蛇坑的继承者》。他的作品叙事传统而严谨，扎扎实实的现实把握和地地道道的农民形象刻画是他的特长。《异客》的故事极其简单：阿海叔母在儿子婚礼大喜之际，迎来了一位"异客"——阿亮嫂，她是阿海叔母从前的好友，两人在年轻时都曾为一个风流男子所玩弄，而今阿亮嫂穷困潦倒，便以此事来向已是有身份有地位的阿海叔母敲诈；遗憾的是，才刚敲得一笔巨款，她便从断崖上掉下去摔死了，阿海叔母听到此消息，"她的心骤然平稳了许多"，便顺水推舟将阿亮嫂从她那里敲来的钱交给在自己家做活的私生子，让他去处理阿亮妈的后事。小说的特色在于，人物的性格、心理在不动声色中被勾勒得活灵活现；人情世故的讽刺亦入木三分。这些技巧手法使郑焕的乡土小说在众多作家中别具一格。另一位乡土作家文心的创作特色正与郑焕的拙实相对，他行文流利，风格活泼，对话丰富生动，文笔优美。他有小说集《生死恋》、《千岁松》，另有长篇小说《命运的征服者》和《古书店》等，后者曾于1965年获台湾《新生报》征文佳作奖。他的《千岁松》主题略似钟理和的《故乡系列》，以现实主义的笔法，再现了战后台湾农村的苦难现实和底层农民的艰苦生活，乡土特色非常浓郁，饶富民间情趣，所塑造的农民形象，如《祖父的故事》中的祖父具有独特的民间文化魅力；同时在技巧上，则讲究含蓄，尤对人们隐秘的情感生活和心理纠葛表现得细腻、婉转。

　　总之，台湾光复后的第一代乡土作家，无论是在反映现实还是在艺术探索上，都取得了可喜的成就。在某种意义上，他们奠定了台湾现实主义小说的坚实基础，正如彭瑞金所评价的那样：

异族统治下亲身经历的日据五十年代带给台湾人民的灾难、痛苦,战争造成的贫穷匮乏,祖先开荒拓垦留下的朴实刻苦精神面貌,成为他们小说主要的主题,他们看似无意地反复借这块土地上的人民克服灾难的经验,述说他们的爱与恨,表面看起来,那是个人的,属于过去的陈述;那是感伤的,然而经得千劫万难锻炼的正是金刚不坏的身啊! 因此第一代作家在迷惘中拘谨地以台湾的事物反映台湾特色的写作为着眼点,经过逐步深入探索后,终于又继先行代作家之后再一次地冲击了台湾的心。[①]

当然,这一批领衔的乡土作家亦有自身创作上的不足,比如,除钟肇政外,大多数作家的创作视野较为狭窄,格局较小,笔触多集中在历史上,而对当下现实乡土的切入,则还是稚弱。不过,这些现象随着他们在六十年代的成熟以及第二代乡土作家的出现,渐渐得到了克服。

第三节　两岸同期乡土小说之比较

五十年代大陆和台湾的乡土小说,在形式和内容上都有许多共同点,尤其是两岸在同一时期,都不约而同出现了"政治文学"、"战斗文学",尽管其实质意义指向刚好针锋相对,但在文本构成模式上,却都逃不掉违背文学规律后的必然樊笼。这其中一大表现就是概念化和公式化,远离真实生活本相。大陆的此种倾向曾受到茅盾、邵荃麟等众多主流批评家及胡风等非主流批评家的指责,但这种指责不但难以起到真正的遏制作用,反而可能给批评者自身带来灾难。这是因为,概念化和公式化是文学为政治服务、文学政治化的必然后果:远离喧嚣丰富的生活,不对人物作真实的人性分析,而配合政治、"赶任务"的需要又呼唤大量的文学作品出笼,这样,作品就必然变成概念先行和模式化。台湾也不例外,甚至更糟,因为离开了大陆这块熟悉的土地和熟悉的生活,他们事实上已经不再拥有任何生活源泉,被可悲地架空,于是闭门造车,便必然走向概念化和模式化,人

---

① 彭瑞金:《台湾文学的过去,现在与未来》,转引自古继堂《台湾小说发展史》,第 148 页。

物成为观念化的产物,诚如有论者在评论潘人木的《莲漪表妹》时所说:"从白莲漪到洪若愚,从赵白安到张心宜,没有一个人物不是产生在作者的观念中,换言之,他们都是作者观念蠕动的人,而不是现实中的人……或者说,现实生活中没有这类的观念人物,他们缺少血和肉。"①这类文学,虽有乡土文学的形式,然而只能沦为"玩弄文艺形式和政治口号"的"反共八股",读起来"味同嚼蜡"。②

不过,就像同期台湾还有钟肇政、林海音、钟理和等众多优秀乡土小说作家一样,五十年代大陆也有赵树理、周立波等某种程度上坚守了传统现实主义精神的作家,和《三里湾》、《登记》、《锻炼锻炼》、《山乡巨变》、《铁木前传》、《红旗谱》等或多或少表现了历史及现实真实并守卫了民间文化的优秀作品。两相比较,两岸的这些乡土小说大致有以下这些不同点。

一、结构要素的不同

由鲁迅等一批作家在二十世纪二十年代所创造的乡土小说,基本奠定了这一独特文体大致的风格特征与结构要素,其中,最为明显的是所谓的"三画"(风景画、风俗画、风情画)与"四彩"(自然色彩、神性色彩、悲情色彩、流寓色彩)的表现,尤其是"三画",甚至被认为是经典乡土小说的标签之一。然而,随着历史、现实的演变,这一文体在大陆与台湾各自经历了不同的演变,其中,有些结构要素被淡化,有些被有意无意丢失,而有些则被保留下来,甚至得到强化——这些变化客观上导致了乡土小说形成了不同变体,而这些不同的变体显然又正对应着不同的文化、美学、价值观照。

就大陆五十年代的乡土小说而言,如前所述,由于异质性文化视角的取消,更由于作家与乡土关系的根本性改变,乡土在作家视野中的独特性实际上已经失去了——它只不过是政治意识形态自我合法化叙事的一个场所,只不过是一个道具,如此而已。因而,它的叙事法则,乃是政治的、功利的、意识形态的,在此意义上,构成传统乡土小说的文化、美学原则业已失效,它与其他类型的小

---

① 何欣:《三十年来台湾的小说》,转引自潘亚暾编《台港文学导论》,第22页。
② 吴浊流:《要经得起历史的批判》,转引自潘亚暾编《台港文学导论》,第23页。

说——如革命历史小说，在实质上已经同质化。因此，在所谓的"三画"中，由于现代审美眼光的缺场，更由于现代审美需求的匮乏，风景画便必然显得多余；至于风俗画与风情画，在民间及其话语被釜底抽薪之后，由于缺乏现代价值之光的照耀，必然会沉沦于乡土作家们对乡村日常存在无差别的关注与呈现之中而不见踪影。至于"四彩"，风景画的消失直接便导致了自然色彩的消失；而当整个乡村大地都成为意识形态化历史进程的见证之后，所谓的悲情色彩便不合时宜了。此外，当作家们被要求"为工农兵服务"、被要求"向工农兵学习"、被要求自觉地将自己的世界观向工农兵的方向转化时，乡村已经成为他们的政治家园，哪里还敢有什么"流寓"的感受呢？至于"神性色彩"，在那个年代，是属于特定对象，以及与此特定对象有本质关联的存在物。这样，从文化美学形态而言，五十年代的大陆乡土小说其实在某种意义上已经与经典的乡土小说有了天壤之别，已经失去了经典乡土小说的内核与精神，虽然从外在形态来说，我们似乎依然可以将其命名为"乡土小说"，但如果严格地考察，这一命名难道不是很可疑吗？

台湾同期的乡土小说情况则不然，虽然此期也存在一些与大陆相似的高度政治意识形态化的文本，但就其主流而论，则依旧与五四式的乡土小说保持着紧密的家族相似性。不过，不同类型的作品之间仍有些小小的不同。对以林海音为代表的外省作家而言，对"三画"的倾心描述其实是醉翁之意不在酒，他们所怀念的，是那"失去的天堂"。因此，无论是风景画、风俗画还是风情画的大量描写，在他们的作品中都别有深意，也正因为这个原因，他们的乡土作品凸显了一种"流寓色彩"——许多作家本来就是抱着一种"大陆人在台湾"的心态，他们根本没有将台湾看成自己的真正家园（无论是地理意义上的家园，还是精神意义上的家园）；而对于像钟理和这样的本土作家而言，情况则恰恰相反，台湾就是他们的根，是他们的母亲，无论是福是祸，他们都与她生死与共。他们了解这片大地，他们的祖祖辈辈都在这块土地上，因此，这块土地凝结了他们的血与泪、苦与乐、歌与笑，承载着他们的历史与未来、苦难与梦想、希望与幻灭；这是一片这样的大地：它像一个弃儿，曾经被母亲无奈地抛弃过，在异族的铁蹄下辗转哭泣，因此，这些本土作家对于山河、对于土地，有着一种独特的悲怆体验——而正是这些，令这些作家从笔下自然而然地流露出一种令人肃然起敬的悲情色彩与神性色彩。他们作品中的乡土，已经不再是纯粹地理意义上的乡土，而是台岛子民们真正的家园，最后的归宿。就此而言，台湾此期的乡土小说，有着比五四式乡土小说更为深沉的家园之痛，因此，它们从精神上更为接近五四式的乡土小说。

二、乡土意象的不同

在台湾作家笔下，"乡土"主要有两个所指：一是大陆，一是台湾本土。但无论是哪一个，两者的色彩都是苍凉、凄清的，对众多赴台者尤其是以"反共斗士"自居的作家而言，大陆乡土是一个"失火的天堂"，是永远失落的田园，只可在记忆中重温抚摸，只可遥祭；大陆有着太多令他们梦萦魂牵的记忆，他们的根和灵魂在大陆，离开了大陆他们就俨如行尸走肉，于是，对大陆的怀念便难免罩上一层忧伤绝望的末世情调。这种凄清、残缺，俨若永不可重新拥有的绝望情怀在林海音等"乡愁"作家笔下呈现出一种动人心魄的凄楚之美。而对众多台湾本土作家而言，他们心中的乡土是战后凋敝的台湾农村现实，这也是一个没落的世界，充满贫困、病苦、罪恶、沉沦和挣扎，是穷人家的地狱、弱者的坟墓，善良的传统，古朴淳厚的民间人性人情在其间忽闪忽灭，有时那么顽强，令人感动不已；有时却又那么脆弱，在无情的现实面前不堪一击。这些作家——如钟理和，对这片乡土充满了深情，然而，他们却不得不眼睁睁地看着它一步步走向破败，心中充满深沉的忧郁。因而，这些作家的乡土意象也是沉重的，即使偶有几个作家使用了貌似明丽、反讽的笔调，但其背后的苦涩却遮掩不住，丝丝缕缕地漏逸出来。

对五十年代大陆作家而言，情形则恰好相反。乡土意象在他们笔下也有两种模型：一是尚未被革命之光照亮的乡土，一是"解放区的天，是明朗的天"和1949年后的乡土。前者，是黑暗统治的对象，因而充满了不公、不义，充满了强权、暴政和压迫，穷人备受凌辱，在死亡线上苟延残喘——如《红旗语》前半部所写；后者则是光明和希望的象征，处处是生机勃勃的新生事物，时时是改天换地的新变化，人人是自由平等的新人——如众多"山药蛋派"所写。但无论哪种模型，乡土意象都有两个相似的特点：其一，它是革命性的象征和革命的摇篮，乡土性亦即农民性（无产阶级性）具有天然的革命品质，乡土人物亦即底层平民，是天然的革命中坚；其二，它又是封建性的大本营和小农思想的温床，因而是改造的对象。两种性质的二位一体，造成了五十年代大陆乡土作家的独特乡土情怀：既无比深情地讴歌，赞美它，又情不自禁地对它有所保留、批判——当然，能够把握好这个分寸的作家寥寥无几，大多数作家都有由前者而走向过于乐观地全面肯定乡土文化的倾向。

三、观照心态的不同

作家主体不同的观照心态，必然造成对对象不同的观照映像。对大陆作家来说，由于自觉"为政治服务"，因此观照心态完全政治化，换言之，他们看到的不是丰富复杂的乡土生活，而是轰轰烈烈的政治图景。他们自觉以政治传声筒自居，一方面，既有主人翁意识，在这种意识下，乡土乃是革命改造的对象；但另一方面，由于乡土性与革命性的紧密关系以及知识分子的自卑感，他们又以一种崇敬的眼光仰视比他们更纯洁、更具革命力量的农民，尤其是越到后期，这种仰视便越明显，以至后来的农民典型成为"高大全"。这种奇怪的矛盾心态便造成了大陆乡土作家对待笔下乡土及其人物形象态度的微妙分裂：既不得不以歌颂为主，又无法对种种反现代性的乡土文化品质视而不见，于是便出现了含笑的微讽，成为类似"颂百讽一"的作品。其次，在回忆历史时，大陆乡土作家有着特定的胜利者回溯视角，它将本应是客观冷静的历史观照演变为胜利者的一次自我验收，以政治理解重新组合了历史，使之成为现实的延伸，被现实政治之光和胜利者的乐观情绪所照亮。因而，大陆作家笔下的乡土，无论是现实抑或是历史都是充满光明，有信心朗朗的前进方向；然而同期台湾乡土作家的心态则恰恰相反：对一部分迁逃者而言，大陆是他们的根，一旦这条根被切断，他们就成了永远回不了家、永远只能在异乡流浪的游子，因而他们观照大陆乡土的心态充满哀痛和凄婉，他们只能一次次潜入旧日大陆生活的伤怀追忆中，才能寻到自己的"根"，这种浪子心结，造成了怀乡文学对大陆生活和传统文化的象征符号——对民间风土人情的执著兴趣及其所特有的缠绵、眷念、忧郁和失落，典型如林海音的《城南旧事》；而对另一部分疏离主流政治话语的台湾本土作家而言，由于对政治意识形态不满，且遭到排挤、压制，在面对日益凋敝破落的乡土现实时，他们唯有以民间为依托，才能找到自己的立足点和力量之源。

四、民间话语的不同文化功能

对失根的台岛"浪子"们来说,点点滴滴的传统民间文化,是通向旧日生活的桥梁,就如林海音笔下,北平的天桥、耍猴的、冰葫芦串、逛灯、听大戏等风物风俗是珍藏在心底最深最宝贵的记忆一样。对游子来说,最念念不忘的,不是故国故土的理性形象,反而是那些往日已习以为常的日常民间生活细节。在这些作家笔下,民间文化具有整体的文化象征功能,它超越了自身,指向背后古老而庞大的传统文化;然而这种象征又是感性的,并非观念演绎的产物,民间风俗的一点一滴,带给怀乡者的并非是痛苦的思索,而是无限温情。也许,对在他乡的浪子来说,重温、抚摸往日记忆便是无可慰藉中的最大慰藉吧!

然而,对钟肇政、钟理和们来说,民间文化不再是怀旧对象,更不是对抗昔日不可重来的绝望的幻影,而是实实在在的存在、可触可感的力量,是他们所赖以存身的家园(尽管破败不堪),赖以立足的坚实土地(尽管日渐荒芜)。由于疏离庙堂宫廷文化,他们除了民间已无处可去,而也只有民间才能给他们提供对抗主流压抑的力量;作为本土现实文化的守护者,民间是他们的根,一旦斩断,他们便只有枯萎。因而,在他们的作品中,民间始终与最真实的历史、现实融为一体,难以分割;他们也自觉地融入民间、融入现实。民间在他们笔下不再是抽象象征物,而呈现出本真面目:既有生动活泼、自由创造、野性蓬勃的生命原力,也有种种为千年封建意识形态及小农文化传统所污染的糟粕,然而最重要的是它真实无碍,与民间底层的心理状态亲密无间,是底层人民所安身立命的精神家园。在这点上大陆恰与之迥异:民间在大陆,不过是主流文化的延伸和渗透,处于绝对的从属地位,因而民间不可能成为大陆作家的文化居所;相反,政治要求这些作家做的,是要将所有民间栖居者赶出民间,让他们走到阳光中,接受光明的照耀和改造。这种理解决定了民间在大陆乡土小说中只能成为政治符号,被观念性地赋予两种品性:一、革命性——从这个角度出发,民间性被理解为久受压迫后的革命自发性以及淳朴的农民本性,这是民间之所以仍能得以保留的根本原因;二、封建性——民间被认为是藏污纳垢之所,有着小农文化大量的封建落后性掺杂其中,因而亟须改造。这样,民间又常常成为政治改造的对象,并担负起反证政治无所不能的伟力的文化功能。

然而，如前所述，在一小部分大陆乡土作家笔下，民间还具有另一种功能：那就是隐晦地修正、补充主流政治文化。五十年代末六十年代初赵树理的小说即一例，他以民间乡土的朴实劳动品质和正直素质，来矫正政治"浮夸风"的危害。在这种情形中，民间文化以前所未有的韧性突出自我，以从政治化大潮中剥离出来；只不过，仍不能认为此时的民间担负着对抗主流的功能：在"十七年"时期的大陆文学中，主流政治文化其实并未遇上真正的抵抗，民间只不过试图以自身来更好地弥补政治的裂缝而已。

五十年代两岸乡土小说的同异当然不止上述这些，尚有些复杂的问题如"乡土文学"概念的区分，我们尚未涉及；而有些一目了然的差异，如大陆多以政治作价值观照，而台湾多以人性人情作人道主义式观照，我们亦未论述。而还应该指出的是，尽管此时期两岸乡土小说发展有着质的差异，但至少从乡土小说的外观——风俗画的营构上，两者还是存在着一些共同点的。大陆乡土小说尽管只剩下形式的外壳，但赵树理的山西地方风俗画、李准的河南地域风情、孙犁的河北水乡风光，都还是为大陆乡土小说留下了一丝精神血脉；而台湾方面，地域风俗画也是作家们追求的一个创作特征。林海音的《城南旧事》等作品在一丝丝乡愁的景观中点染上故土的独异风情，而钟理和等本土作家则竭力凸现台湾地方的独特自然风貌和生活习俗，如钟理和的《故乡系列》作品，塑写台湾农民的生活，浓郁的地方风俗色彩融入农民生活场景中，共同绘制了一幅幅台湾山区清秀明丽、质朴淳厚的乡村生活图画。

这种地方"风俗画"的残存，是两地乡土文学能够构成比较的基础，也是两地乡土小说生存的前提。

第三章　乡土长卷的异同

第一节　台湾乡土长篇小说概述

与同期大陆相似,五十年代台湾曾发表过众多的乡土长篇。从内容上看,大致有两类:官方作家的政治乡土长篇和民间作家的乡土长篇。以成就而论,自然是后者更高一筹。

官方作家的政治乡土长篇,比较著名的有姜贵的《旋风》、陈纪滢的《荻村传》、司马中原的《荒原》等。这些小说站在意识形态的立场上,以"反共"为使命,有着浓烈的政治色彩;在艺术上,并没有多少可称道之处。

这一时期,真正有成就的乡土长篇当属一些非主流乡土作家的作品,它们疏离主流政治意识形态,或立足本土,面向乡土现实;或沉入缅想,于乡愁中再现出一个至真至美的民间乡土。这类作品有林海音的《城南旧事》、钟理和的《笠山农场》、谢冰莹的《女兵自传》、廖清秀的《恩仇血泪记》、文心的《命运的征服者》以及李荣春的《祖国与同胞》,等等。

在五十年代的乡愁小说中,林海音的《城南旧事》可谓是当之无愧的代表作。这部长篇作品其实是五个短篇的合集:《惠安馆传奇》、《我们看海去》、《兰姨娘》、《驴打滚儿》、《爸爸的花儿落了》、《我也不再是小孩子》,外加一篇代序《城南旧事》,但这五个短篇有着内在的连贯性,诚如作家自己说的:"收集在这里的几篇故事,是有连贯性的。"①它们按照"我"的年龄大小依次排列,俨然便是一部"我"的童年成长史:在《惠安馆传奇》中,"我"还是一个睡在小床上需要宋妈来帮忙穿衣服的六岁小孩,但到最后一篇,"我"已"不再是小孩子",而是小学毕业生了。

《城南旧事》是一部自传性作品,作者回忆的是童年在古都城南的生活,小说

---

① 《城南旧事·代序》,北京出版社1984年版。

始终以"我"亦即英子的视角，切入回忆，组织回忆，温馨与淡淡的伤感交织一体，故都杳不可寻的民间风情与点点滴滴的亲情记忆浑然一体，令人读后不禁怦然心动。

透明的童眸与若隐若现的世事人情的结合，是此小说的一大特色。单纯、幼稚、天真的儿童视线，为现实抹上了一层美好的色彩，而苦难、复杂、沉重的现实也许是过于尖锐和普遍了，又常常无可奈何地朝幼稚的心灵露出一角，打破了纯粹宁静的童真世界。在偶露峥嵘的现实面前，时时困惑的童心渐渐成熟了，于是童年便结束了，留下的只有永恒的记忆：

> 夏天过去，秋天过去，冬天又来了，骆驼队又来了，但是童年却一去不还。冬阳底下学骆驼咀嚼的傻事，我也不会再做了。
>
> 可是，我是多么想念童年住在北京城南的那些景色和人物啊！我对自己说，把它们写下来吧，让实际的童年过去，心灵的童年永存下来。
>
> 就这样，我写了一本《城南旧事》。
>
> 我默默地想，慢慢地写。看见冬阳下的骆驼队走过来，听见缓缓悦耳的铃声，童年重临于我的心头。

这种回溯视角中"心灵的童年"，与痛失家园的哀痛交织在一起，注定了作品将染上淡淡哀愁和绵绵伤怀，于是，再现童年便成为梦回家园的替代形式，故土童年成为漂泊浪子的精神之根。在种种刻骨铭心的童年意象追怀中，亲情首当其冲成为最柔弱亦是最动人的一环，贯穿着作者的整个童年记忆。在开篇《惠安馆传奇》中，"我"是个何其幸福的小孩，有浓浓的母爱和父爱，然而，到终篇时，"爸爸的花儿落了"，"我"终于永失父爱，这是何其沉痛的心灵创伤？自然，亲情并不仅仅限于"我"与家庭之间，在《我们看海去》中的小偷与他弟弟之间、《驴打滚儿》中的宋妈与儿子小栓子之间，亲情同样真挚深厚得催人泪下：为了能让弟弟上学，哥哥不惜去做小偷，最终逃脱不了悲剧的下场；宋妈儿子早已夭折，却一直被丈夫欺骗，生活在虚幻的思念中……亲情在冷酷的现实面前何其脆弱，轻轻一碰便碎落一地；而与此同碎的，还有一颗晶莹剔透的童心。如果不是"我"的不谙人事,做小偷的哥哥或许就不会被抓,至少不会这么早;宋妈不是为了照顾"我"和弟弟,或许就不会失去自己的孩子。人世的险恶与无情,给懵懂无知的"我"上了最初的一课。

《城南旧事》中五个相对独立的故事,是五个悲剧,尤其是女性的悲剧,这又体现了林海音小说的一贯特色。《惠安馆传奇》中的女疯子秀贞,是封建时代婚姻不自由的牺牲品,既失了爱人,又失去了爱子;《兰姨娘》中不愿做有钱人小妾的兰姨娘,却无处可去;《驴打滚儿》中的宋妈,更是旧时代下层妇女悲惨命运的浓缩:丈夫不争气,心爱的孩子又被卖……在这一切悲剧之后,是一个贯穿整个小说的悲剧,即作为女性的"我"的悲剧:随着父亲的去世,尚是小女孩的"我"将不得不挑起生活的重担,早早地告别了童年时代。值得注意的是,《城南旧事》中的悲剧几乎都有着广阔的社会背景,是社会现实向一个小孩子显露出的小小一角。疯子秀贞的爱情悲剧、躲在草丛里的小偷、失去孩子的宋妈……都不是个别悲剧案例,而有着特定的社会普遍性,从一个侧面暴露了当时的社会现实。在作者的追溯笔调中暗蕴了对这些社会底层弱者的深切同情,以及对不公现实的含蓄批判。这些无疑为《城南旧事》增加了厚度和重量,使之超越了常见的怀乡小说。

《城南旧事》之大受欢迎,亦与它对故都北京的民间风俗画盎然有致的勾画有关。默默行进的骆驼队,"咚咚咚"的驼铃,"拉骆驼的摘下了他的毡帽,秃瓢儿上冒着热气,是一股白色的烟,融入于冷的大气中"。一开篇,我们就看到了这么一幅别致的景象。骡马市,鸭蛋粉,八珍梅……这些旧北京的风物,无疑能勾起怀乡者的无限遐想;至于旧都的一些风俗习惯、风土人情,更是令人怦然心动:斜嘴轻笑的兰姨娘说着一口轻轻软软的家乡口音;骑驴儿回老家的宋妈,穿着条恶心的大棉裤,那么厚,那么肥,缚着裤角;换绿盆儿的敲着那个两面的大绿盆,一个劲地喊:"添吧,您!"更有那些令人梦绕魂牵的死胡同,"做买卖的从汤匙的把儿进来,绕着汤匙底儿走一圈,就还得从原路出去。这时剃头挑子过来了,那两片铁夹子'唤头'弹得嗡嗡地响,也没人出来剃头。打糖锣的也来了,他的挑子上有酸枣面儿,有印花人儿,有山楂片,还有珠串子……"凡此种种,如何不令思乡的游子怦然心动?这幅绚烂宁静、趣味盎然的旧北京风俗画,为小说增添了许多内在的诗性色彩。

在本土乡土作家的长篇小说中,有影响的除了钟肇政的三部曲,就要算钟理和呕心沥血之作《笠山农场》了。

《笠山农场》是钟理和于 1956 年带病创作的,并获"台湾中华文艺奖金委员会"长篇小说二等奖(一等奖空缺)。不过这部作品却未能在他生前出版,这是作家的一大憾事:"《笠山农场》不见问世,死而有憾。"①他对这部小说是情有独钟的,在致钟肇政的信中他曾这样说:"说到拙著《笠山农场》,真叫人伤心。既然是自己的心血结晶,何异自己的孩子,珍爱原是每一个作家的心情。"②

《笠山农场》以日据时期和光复之初的台湾南部农村为背景,描写了一个咖啡农场的兴衰史,反映了在日本殖民统治下台湾农村经济的破产;与此同时,还描写了一对同姓青年刘致平和刘淑华的爱情故事。小说的大致情节是:男主人公刘致平的父亲是个农场主,他花钱买下了笠山,准备建成一个咖啡农场;刘致平受过现代教育,他回到笠山农场,发现自己与之格格不入,而农场的一名女工刘淑华吸引了他。刘致平虽然明知同姓不婚的禁忌,但还是不可克制地爱上了刘淑华,这理所当然地遭到了笠山小社会的阻挠。最终,他们打破了一切樊篱,双双离家出走。而这时,笠山农场的咖啡苗也染上瘟疫,全部枯死,笠山农场就此衰落。

小说具有浓郁的自传色彩:刘致平与刘淑华的爱情,俨然就是钟理和与钟台妹爱情的写照。因而,这段爱情的心理矛盾冲突写得尤为真实动人,淑华的形象亦刻画得光彩照人:她美丽、纯真、勤劳、坚强,愿为自己心爱的人牺牲一切;刘致平一开始也曾动摇,想退却,最终他克服了自己性格的弱点,变得坚强起来,决意向封建观念宣战,舍弃优裕的物质条件。他有着现代思想,对周围的小社会亦有清醒的认识:

  ……他发现原来自己所栖息的世界,是由一种组织谨严的网儿所牢牢

---

① 转引自《台湾新文学概观》,鹭江出版社 1986 年版,第 79 页。
② 转引自《台湾新文学概观》,鹭江出版社 1986 年版,第 79 页。

地笼罩着。这网儿由无数直系的线和同样无数横系的线通过一个一个小结而连结起来。每一个人就是一个小结,每一个人对另一个人的关系,就是一个小结对另一个小结的关系。每一个人背负着无数的这些直系和横系的关系,同时也由这些直系和横系的关系严密地固定在那里。你不能更改你的地位,也不能摆脱你的身份,不问你愿不愿意。

他和淑华的关系被这种"关系"牢牢约束为兄妹关系,不能越雷池一步。在这种"关系网"中,他和淑华只不过是两个符号而已。要想摆脱符号身份,做一个正常的人,去追求自己应享的幸福和自由,就必须拒绝这种"关系"。他们这样做了,同时也被"关系"所拒绝。于是,这两个弃儿无法在现存的小社会中得到身份认同,被驱逐出原有位置,不得不远走高飞。这是反抗者唯一的逃路。

在刘致平和淑华之外,小说还成功地刻画了许多形象:农场主刘少兴,是一个经过苦斗才从社会底层爬到上层的人物,他很有事业心,精力充沛,颇有干劲,待人和蔼,但同时也守旧、顽固、专横,深受封建正统思想的熏染;巡山人饶新华,以山为家,对山的熟悉到了令人吃惊的地步,在他身上,体现着人与自然的和谐;佃农张永样、阿喜嫂等,善良,淳朴,乐观而又脚踏实地,是底层劳动者的优秀代表……这些人物塑造得栩栩如生,显示了作者深厚的艺术功力。

作为非主流派作品,《笠山农场》中洋溢着清新自然的民间乡土风情。人物的民间色彩自不待言——如饶新华,俨然就是一位传奇性的巡山人,民间视角中,可能会认为他是"山神附体"。小说的价值参照,也充满了民间特征。钟理和是一位悲天悯人的人道主义者,胸襟宽广,对世事颇为超脱,因而在小说中,他往往并不是作社会政治参照,相反,常从民间底层博爱的思想出发,对劳动者的淳朴、善良、单纯以及劳动的美丽,发出会心的微笑。至于小说中的乡土风俗描写,以及对山歌等民间风俗饶富趣味的描绘,更是生机盎然。总之,在五十年代反映台湾农村现实的乡土长篇中,《笠山农场》是当之无愧的代表作。

此外,廖清秀的《恩仇血泪记》,亦是此时期的优秀之作。它获得了1952年"中华文艺奖金委员会"长篇小说三等奖。小说亦是自传体风格,作者以亲身经历和所见所闻,真实具体地记载了日本帝国主义在台湾犯下的血腥罪行,同时区分了日本人中的善恶、恩仇,是一部凝结着作者身世浮沉及历史思考的佳作。文心的《命运的征服者》也是这一时期的乡土佳作,获得了1955年台湾地区《中央日报》"青年节征文奖"第一名。另一位非常活跃的乡土作家李荣春,其70万字的鸿篇巨制《祖国与同胞》,获得了1954年"中华文艺奖金委员会"的奖助。

总之,五十年代是台湾乡土长篇小说的繁荣期,乡土作家们辛勤耕耘,取得了可喜的成就。这标志着台湾乡土小说的创作已进入了一个新的阶段,而其中最卓越的代表,便是钟肇政。

第二节　大陆乡土长篇小说概述

五十年代大陆文学由于受"为政治服务"影响,创作受到遏制,题材越来越狭窄,对主题的政治要求也越来越严格单一,稍有越轨,便会受到政治批判。萧也牧的《我们夫妇之间》、方纪的《让生活变得更美好吧》、丰村的《美丽》、秦兆阳的《改造》、朱定的《关连长》等一系列作品,莫不因种种原因受到指责。1957年左右在"双百"方针的鼓舞下,曾涌现出一批"干预生活"的小说,如李国文的《改选》、李准的《灰色的篷帆》等,它们大胆直面现实矛盾、揭露阴暗面的现实主义批判力度使人为之一振。然而,在随后而来的"反右"斗争中,它们无一例外成为"毒草",作家亦为它们付出了沉重的乃至血的代价。在这种形势下,文学园地越来越凋零,最后只剩下"工农兵"题材可写,这是造成五六十年代农村题材和革命历史题材小说勃兴的原因之一。

乡土小说也同样表现出这种创作倾向,由于"戴着镣铐跳舞",五十年代大陆乡土小说主要有两类:一类是配合政治形势,反映当前农村现实的小说,长篇代表作有《三里湾》、《山乡巨变》;还有一类是农村革命题材小说,长篇小说有《红旗谱》、《风云初记》等。第二类作品中事实上并无多浓的乡土意识,农村只不过提供了革命斗争的一个环境而已。但正如第一类小说事实上也只不过将乡村视为政治历史进程的载体,笔者以为,这两类作品应属畸变的乡土小说。

五十年代大陆的乡土长篇小说与同期台湾相比,有某种相似性,即都是在意识形态渗透、控制下的产物;但台湾除了政治文学以外,尚有远离政治漩涡的怀乡小说和本土乡土小说。无论是哪种小说，台湾作家都有着与大陆作家截然不同的乡土意识：对台湾作家来说，大陆乡土是一个失去的天堂；对大陆作家来说，恰恰相反，在他们笔下，新的大陆乡村正在向天堂般的世界前进。赵树理、周立波的两部长篇小说，分别描述了这一"人间天堂"是怎样正在中国大陆农村一步步建构起来的。

赵树理被称为写农村生活的"圣手"，他有自己的创作理想："创作毕竟是创作，不要人云亦云，亦步亦趋。"①因而他总是敏锐地捕捉生活中的新鲜事物，努力走在时代的前头。当农业合作化运动尚在试验阶段时，赵树理就敏感地意识到：这将是一个对农村改造产生天翻地覆作用的重大运动，是迈向社会主义新农村的里程碑。1950年春，他去山西长治专区参加了农业产生合作社的试办工作，积累了大量的第一手资料。1953年，他酝酿成熟，开始动笔，到1955年春天完成了《三里湾》，当时正值全国农业合作运动高潮来临前夕。这就使得《三里湾》成为第一部较大规模地描写农村合作化的乡土长篇。

从赵树理一贯的创作指导思想出发，《三里湾》仍可算是一个"问题小说"：赵树理将自己在农业合作化运动中遇到的核心问题以及自己的思考艺术化地表现出来。他曾自述："我在做群众工作的过程中，遇到了非解决不可而又不是轻易能解决了的问题，往往就变成了所要写的主题。"②在《三里湾》中，这个问题就是：合作化运动中农村两条道路的斗争。赵树理发现了这种斗争的复杂性：它们"并不是摆开阵势两边旗鼓相当地打起仗来……实际上，这个阵势不是这么个摆法，有时候在一个家里边，这个人走这条路线，那个人走那条路线；在一个人身上，也可能有社会主义思想，也有资本主义思想，他有时在这一段资本主义思想多一些，到另一段资本主义思想少一些"③。通过对这种复杂性的描写，赵树理既写出了政治空前的影响力——它能使一个家庭分成几个对立派别；但更重要的，是借此写出了人性的复杂——这点在当时无人察知，连赵树理也未意识到，他一心一意要歌颂农村社会主义改造的伟大胜利，无意间却写出了新时代农民

---

① 赵树理：《当前创作中的几个问题》，《三复集》，作家出版社1960年版。
② 赵树理：《也算经验·代序》，《赵树理选集》，开明书店1951年版。
③ 赵树理：《谈谈花鼓戏〈三里湾〉》，《湖南文学》1963年1—2月。

情感思想新旧纠葛的丰富性：从另外一个角度来看，这种新旧斗争并非仅仅指向政治主题，同样可以深刻地指向文化人类学主题。

《三里湾》中，所谓两条道路的斗争，归结到最后即公/私、集体/个人的斗争。在赵树理看来，只有消灭了私心和个人主义，让每个农民最终都成为大公无私的集体主义者，农村的社会主义美好天堂才能实现。然而，他却没有想到，这种政治一体化的筹划，事实上牺牲了每个农民的个体自我，将每个农民视为手段，而非目的；它取消了人性的丰富性和魅力，而是按照某种政治模式强行塑造多样性的人性。这显然是对人性尤其是民间自然人性的扭曲和压抑，它的悲剧性后果今天已人人皆知。因而，当范登高、糊涂涂、常有理这些丰富的乡村人物形象被当作政治改造对象，并被改造成功时，政治上的胜利恰恰是人性的失败：问题并不像赵树理想得那么简单，在这些中间人物的"落后"表现中，不仅有着丰富的民俗文化和传统文化积淀，而且还有着丰富的正常人性内容，有着农民千百年发家致富、丰衣足食的合理梦想。对于未经现代性启蒙的中国农民来说，强行剥夺他们的自我实现动力，企图以自上而下、模式化的政治理想来将他们重塑成无差别的个体，以实现宏伟的政治蓝图，其结果只能酿成悲剧。

不同人物形象的塑造效果亦是对此的一个旁证。《三里湾》中丰富圆润、栩栩如生的人物，反而是那些作为否定对象的"中间人物"——糊涂涂、能不够、常有理；而作为正面典型的王金生，反而给人以生硬简单之感。这固然与赵树理对传统农民形象的熟悉有关，但更不为人察的一个原因是：在政治化程度较低的民间人物身上，有着比政治化英雄更丰富的人性体现。糊涂涂、能不够、常有理这些人身上的种种缺点，如小农式的狡诈、自私、怕老婆、泼辣……由于与农民本质的勤劳善良融合在一起，反而给人以可信可爱之感；而王金生们则如一个政治机器，在他们身上，很少有超出政治之外的人性活动，更少有非政治性的人性体现，因而令人可敬，但并不可爱。在赵树理的小说里面，乃至有这么一个有趣的现象：如果不算上反面人物的话（赵树理小说中实际上反面人物也不多），缺点越多的人，反而越可爱，塑造得越真实丰满；缺点越少的人，则越令人敬而远之。这与赵树理无意间对人性的把握有关：中间人物由于让人性自由展现，呈现出一种原生、本真状态，因而活泼生动；而英雄人物则刻意改造自己的人性，以适应政治化要求,因而客观上有种"非人化"趋势。不过,此种趋势在赵树理笔下尚不明显,因为他的理想英雄形象尚未完全失去人性因素:"在日常生活中,我们常常碰到许许多多这样的英雄人物,他们有远大的理想,一声不响,勤勤恳恳地在那里建设社会主义……""我是喜欢这样的英雄。"①这种英雄尚是日常现实人物,只不过他完全"无私"而已;这与五六十年代众多"高大全"的英雄人物相比,已是难能可贵了。

在某种意义上,在五六十年代的时代背景下,政治和人性竟构成了反比关系,此点真是令人惊讶。比较同期的台湾乡土小说,在本土长篇如钟肇政的小说和怀乡长篇如林海音的小说中,情况恰恰相反:在这些小说尤其是怀乡小说中,最感人的是人性的表现和光辉;政治不过是为人性提供了一个表现契机。当然,在五十年代台湾文学中,除了"反共文学"外,其他文学能够做到回避政治,而在同期大陆,政治不但不容回避,而且是唯一合法的主题,这或许也是两岸乡土小说风貌迥异的一个原因吧。

在人物形象的内涵把握上,同为描写农业合作化运动的《山乡巨变》与《三里湾》有着相同的表现。其实,整个"十七年"文学都有这个特色:越是落后的中间人物,越具有亲切可爱的人性特征;越是顶天立地的英雄,其政治性反而压抑了他作为个体的正常人性体现。这或是政治文学与"文学是人学"这一本质定义之间的必然冲突吧。

《山乡巨变》的主题与《三里湾》相似,旨在反映大变革时代农民的心态变化,借此歌颂新时代。因而,两条路线的引导,新旧人物的转化,自然而然成为小说的线索,人物结构的设置亦遵照"先进—中间—反动"两头小中间大的原则,只不过这个人物结构乃是运动的,最终要三合为一:反动人物(龚子元为代表)是消灭的对象,中间人物是向先进人物转化的集体。小说中最为活跃、丰满的形象,也正是这些转变中的中间人物,以及那些正处于自我完善过程中的准先进人物:糊糊涂涂、刀子嘴豆腐心、善良而有些自私的盛佑亭,勤劳、本分、倔强而又不无守旧的陈先晋,能干、吃苦而自私的菊咬金,务实、朴素而体恤民情的李月辉……比

---

① 转引自茅盾:《1960 年短篇小说漫评》,《文艺报》1961 年第 5 期。

较而言,正面典型刘雨生倒显得性格单一而静态化:他的大公无私、以身作则、任劳任怨、顾全大局等优秀品质,在小说一开始就全具备,即使他经受了家庭破裂的冲击,这些品质不曾有过一刻动摇。他就像《三里湾》中的王金生一样,是个"家懒外头勤"的典型:没有小家庭观念,眼中只有全村这个大家庭。很显然,这是个理想英雄的化身,他的过于完美使之在小说中的作用被符号化,他更像一个农村新现实的塑造者和组织者,虽然高瞻远瞩,却也因为鹤立鸡群而失去几分真实性。

就《山乡巨变》的人物文化氛围来看,亭面糊等人物的成功,与其身上浓郁的民间气息不无关系;而刘雨生的单一静态化,亦与他身上民间气息被政治品质扫荡无存密不可分。在第一章我们就曾分析过,在五十年代大陆乡土小说中,民间被政治重塑而失去了其本性,沦为政治主题表现的道具,即使在周立波这样的作家笔下亦不能幸免;但另一方面,当民间被引入乡土小说中后,哪怕它是以非本身面目出现,但作为一种"有意味"的形式,它或多或少地对乡土人物形象乃至政治主题,起着某种丰富乃至"反整合"作用。而正是这种作用,使《三里湾》、《山乡巨变》这样的乡土小说形成了某种为政治显性结构所掩藏的隐性结构,它虽然尚只有非自觉的雏形状态,但对小说人物形象的塑造和整部小说叙事的成功,起到了某种不可估量的作用。

民间文化气氛总是不失时机地弥漫在《山乡巨变》的每个代表性政治、生产事件和场面中,它们内在的趣味性和幽默性,总是不自觉地将政治和生产活动的空间挤占掉,从而既冲淡了过于严肃的政治气氛,为小说增加了一种轻松的喜剧色彩,又丰富了人物性格,使其富于更浓厚的乡土味和人情味。在"烂秧"一节中,刘雨生主持了一个新委会,讨论烂秧的原因和对策,参加会议的人七嘴八舌,一个本来非常严肃的政治场合,却充满了各种民间谚语和民间玩笑:谢庆元不愿多管闲事时说"少吃咸鱼少口干",而盛清明却开玩笑地说他"瘟猪子肉吃多了一点","杀猪作豆腐,称不的里手",陈先晋更是脱口就是"'割麦插禾'日夜叫,桐子树也都开花了"……这些民间话语无疑大大活跃了会议气氛,也符合说话者的心理、性格;唯有刘雨生,一开口就是"重要的是党的领导,政治挂帅"等等"宏伟话语",这固然也符合他的身份和性格,却丧失了民间情趣,人性内涵亦生硬起来。

很显然，这里存在两个文化结构：一个是以刘雨生为代表的政治显性结构，另一个就是由种种民间特色暗含的民间隐性结构，它为前者服务，受前者制约——当它游离了政治主题或过火时，便很快被刘雨生打断，被引导到政治主题上来；另一方面，这个民间隐性结构也往往改变了政治显性结构的硬涩状况，使之更具乡土现实感和风土人情味。游移不定的民间话语客观上削弱了政治主题的霸权化绝对中心地位，将人物置于一个更为开阔更为生动的文化氛围中。

从小说中亦可看出，周立波对那些民间特色颇浓的"中间人物"是由衷喜爱的：代表如亭面糊，尽管他政治觉悟不高，受命去探龚子元口风时反而被对方用酒灌得迷迷糊糊，回家时还稀里糊涂摔在半路上烂醉如泥；然而作者并未对他有丝毫指责，反而饶富情趣地写他的被诱过程和拙劣演技，喜剧性地展现他的心理变化，笔调中流露出对他的喜爱之情。而对刘雨生这样的积极人物，作者更多的则是表现出肯定、赞扬、崇仰，至于情感上的亲近，反倒不如对亭面糊，也不如对莽撞冲动的大春、美丽大胆的盛淑君、办事有点慢腾腾的李月辉等"准先进人物"。

从总体上来讲，在五十年代大陆乡土小说中，作为隐性结构的民间话语与作为显性结构的政治话语是相融的，并且前者附属于后者。但正如我们分析的那样，在较优秀的作品如《山乡巨变》、《三里湾》等中，两者又有一种潜在的互斥性，民间话语常从主导性政治话语的包围统治中分离出来，正是这种有限的分离保证了作品的丰富性与人物的情趣化，从而或多或少地解构了政治化的庞然企图，为小说保留了一定的非政治文化内涵。不过，不能高估这种分离，尤其是当作家的笔触转移到重大革命历史进程上时，民间话语往往会被政治话语赤裸裸地吞噬，这方面孙犁的《风云初记》或许是个很好的失败例子。

无论是从孙犁的一贯艺术风格还是纯粹从小说叙事角度而言，《风云初记》都很难称得上是一部成功的作品。这部小说以冀中平原五龙堂为背景，试图反映抗日战争的宏伟进程。在结构上，小说一共分 90 小节，断断续续地推进着故事的几条线索，每条线索不以情节见长，而常常试图以抒情画面的剪接来刻画人物，并以小见大地将宏伟历史进程烘托出来。然而，无论是五龙堂的斗争，还是芒种的行军，抑或是春儿的成长，每条线索都似乎缺少故事发展的动力，而不得不由作者站出来，以人物评论、时局介绍、情感表白、哲理思考等种种非叙事手段，勉强将故事衔接起来；即使这样，故事到最后也无法结尾——散漫的情节注定了这点——而不得不由作者以生硬的历史思考和人物命运交代的方式，从形式上草草将故事中止。尾声一节与前几节显然不够紧凑——看得出，作者也无法处理好这点：在小说结尾的时间落款上还留下了"重写尾声"这样的话。

《风云初记》的失败，与孙犁的创作本身特色不无关系：抒情化的艺术手法、善于以诗意的语言三笔两画勾勒出韵味悠远的乡土意境，使孙犁奉献出了《荷花淀》、《山地回忆》这样散文诗一般的精品；然而，将这些精致、小巧的艺术手法用于鸿篇巨制，用于把握严肃重大的历史进程，显然就有力不从心之嫌——小说中大段大段的政治议论和形势介绍，可能就是为了弥补这种风格轻灵有余、凝重不足的缺点；而越到后半部情节便越散乱，显出后继乏力的窘相，这与抒情风格对故事情节长度的把握限度有关。不过，小说失败的另一个更重要原因是，孙犁过于重视政治表现的目的和效果，而在不知不觉中放弃了对民间、乡土的坚守。《荷花淀》也好，《山地回忆》也好，小说最感人的，是那些平凡女性的日常风采：她们淳朴、善良、温柔、细腻，而又不乏水乡女子的泼辣、大胆，在她们身上，最闪光的不是政治品质，而是民间乡土气息环绕下的本真人性。然而，在《风云初记》中，这些退居次要地位，人物的政治成长成为压倒性主线，政治斗争的铺排亦常常挤占了诗性画面。故而，整部小说显得松散无力，缺少孙犁小说应有的清新飘逸的艺术感染力；而从乡土文学的角度来说，则又因民间地域风情的缺失和过浓的政治意识，致使"乡土味"匮乏。

相比之下，另一部农村革命题材的长篇《红旗谱》，在处理乡土风情、民间话语与政治的关系时，显然较为成功。某种意义上可以这样认为：《红旗谱》之所以成功，正与它对民间话语和地域风情的兴趣密不可分。小说前半部是最精彩、最成功的部分，也是民间色彩最为浓重的部分。"朱老巩大闹柳树林"几近民间侠义传奇；而朱老忠活生生就是个侠义英雄：为朋友两肋插刀，不畏强暴，敢说敢做，爱打抱不平……甚至在运涛入狱后，他想的居然是"梁山泊的人马，还劫过法场"，简直就像个草莽英豪。这种民间性的人物心理，加上传奇性的情节，正是这部小说最吸引读者的地方。而到了小说下半部，小说将情节一部分挪到了保定学潮,朱老忠渐渐政治化及至成为党员,小说的民间色彩便渐渐淡了下来,人物的传奇性也随之消失了——可以说,这也是小说下半部比上半部大为逊色的一个原因。

《红旗谱》中对民间文化心态的描写颇为动人,它与中国农民的民族心理结合在一起,体现出既真实又深刻的文化内涵。比如闯关东这一民间行为,朱老忠之所以要从关外返乡,并不仅仅是出于为父报仇的目的,还在于中华民族安土重迁、落叶归根的传统情结。严志和为救运涛被迫卖地的一节更是感人:"宝地"被卖之后,他来作最后的告别,小说这样写道:

> 严志和一登上肥厚的土地,脚下像是有弹性的,发散出泥土的香味。走着走着,眼里又流下泪来,一个趔趄步跪在地下。他匍匐下去,张开大嘴,啃着泥土,咀嚼着伸长了脖子咽下去。江涛在黑暗中看见他是在干什么,立刻叫起来:"爹,爹! 你想干什么? 你想干什么?"
>
> 严志和嘴里嚼着泥土,咕哝地说:"孩子! 吃点吧! 吃点吧! 明天就不是咱们的土地了! 从今以后,再也闻不到它的香味了!"
>
> ……说着,冷不丁地又趴在地上,啃了两口泥土。

读了这段描写,谁能不被感动呢? 这种土地情结远非政治视角所能理解,它是中国农民积淀深远的文化结晶,其中饱含了一个勤劳朴素、老实本分的农民多少的辛酸! ——有趣的是,五十年代的乡土作家一方面深深理解农民的这种恋土情结,并对之恋恋不舍;而另一方面,当合作化运动号召农民交出自己的土地归公时,他们又毫不犹豫地为之鼓动宣传。这种矛盾的现象实在令人深思。

从《红旗谱》的成败得失可以看出:越是民间特色浓郁、地域风情明显、政治氛围较淡的叙事,便越具有艺术性和可读性;而当政治性放逐了民间性并膨胀开来,使地域风情成为可有可无的点缀时,小说叙事便变得生硬起来。这其实亦是整个五六十年代乡土小说创作的普遍现象,并几乎成为判定其成败的一条规律。

再来看同期的台湾乡土长篇,情况亦大致相似:凡是急功近利、以"为政治服务"为目的的小说,其艺术生命总是昙花一现;相反,那些远离政治并在政治面前仍保持自己独立文化视角的小说，则因能全心全意地进入到一个民族、民间化的乡土地域世界中，再现出自然真实的人性，则每每成为佳作。只不过，在处理民间话语与主流意识形态话语的关系上，台湾作家似乎比同期大陆作家更具弹性：在大陆，无论是写乡土现实，还是浸润到农村历史中去，政治阐释视角始终制约着作家的观照和体验；而在台湾，钟理和、钟肇政等本土作家固然可以比较专注独立地进行本土历史的艺术构写，林海音等作家的优秀"乡愁文学"亦可免受政治的生硬干扰——因"乡愁文学"与意识形态目的有暗合之处，它也常不可避免受其渗透，然而毕竟也有不接受此种政治渗透的作家存在——尽管他们因此曾备遭歧视和冷落。

从乡土长篇的角度来说，大陆同时在现实和历史两个领域各有开拓；而台湾则在五十年代较注重于历史回顾，并在此领域收获颇丰。钟肇政的乡土长河小说具有史诗性的风格和里程碑式效果，相比之下，大陆同期尚缺少这种作品——而从情理上来说，五十年代正是一个出史诗性大作品的绝好时代，尤其是乡土题材方面的作品。由于政治的过度干扰，大陆失去了这一机会。这或许应是大陆五十年代乡土文学的一大遗憾吧！

第四编

六十年代乡土小说：
风俗画的萎缩与乡情的变异

在二十世纪大陆乡土小说发展史上，六十年代是一个明显的衰落期。由于从1966年"文化大革命"爆发起始，整个中国大陆的文学事实上就成了荒漠，乡土小说也自然谈不上有任何生存的可能性，因此，六十年代大陆乡土小说的实际生存时间只有六十年代最初的五六年。并且，即使是在这短短的五六年间，政治风云也已经充分表现出"山雨欲来风满楼"的严峻，文学生存的空间是相当的局促和艰难。政治文化环境的艰难，决定了六十年代大陆乡土小说发展的曲折和坎坷。

具体而言，可以作为六十年代大陆乡土小说代表的创作，一是在短篇小说领域，一些作家对他们五十年代的创作余脉作了延伸，代表作品如李准的《李双双小传》，赵树理的《套不住的手》、《实干家潘永福》和《卖烟叶》，浩然的短篇小说集《新春曲》、《杨柳风》等。这些作家大都在五十年代受过批评，虽然在进入六十年代后创作有所继续，但创作已明显变得"迟缓"（唯一不"迟缓"的作家浩然将主要精力转向了长篇小说），①因此，这类作品的数量不多，影响也不大；二是在长篇小说领域，柳青出版于1960年的《创业史》在六十年代最初曾引领着时代的创作风潮，之后，浩然于1964年和1966年出版了这一时期影响力最大的长篇小说《艳阳天》第一部和第二部，它们是这时期乡土小说创作的典型代表。此外，还有周立波的《山乡巨变》续篇、陈登科的《风雷》等。这两类创作有题材和成就上的

---

① 孙犁：《谈赵树理》，《天津日报》1979年1月4日。

区别,从总体来说,较之刚刚过去的五十年代,创作数量呈现明显的萎缩趋势,创作质量上,无论是思想还是艺术表现,都存在着较大的缺陷,与五十年代相比有较大的退步。

和大陆情况不一样的是,六十年代是台湾乡土小说又一个兴盛期的开始。经历了五十年代比较严峻的政治环境束缚,六十年代台湾的政治和文化空气开始往比较宽松的方向改变,作家们可以比较自由地关注和批判现实,创作上的空间有明显的改善。与此同时,西方文化在这时期大规模地进入台湾,这一方面促成了台湾现代主义文学的勃兴,另一方面也使一些作家有意识地往本土化方向发展,从而形成了乡土小说比较明确的自觉意识,在理论和创作上有新的发展。由于这一时期的乡土小说创作经历了现代主义文学的洗礼,许多作家不同程度地受到现代主义思想的影响,因此,它与传统乡土小说有了很多的不同。虽然由于时间短促等原因,这一时期的台湾乡土小说成就还不算显著,但它成为了许多重要乡土小说作家的起步期和准备期,为下一阶段台湾乡土小说的迅猛发展作了充分的铺垫。

六十年代台湾乡土小说大体可以分为两个阶段。第一阶段是以钟肇政为代表的传统乡土小说创作。钟肇政于 1961 年出版了第一部长篇小说《鲁冰花》,之后又完成了《台湾人三部曲》和《浊流三部曲》等作品,这些作品的问世表示着台湾乡土小说走出了五十年代的艰难,已经进入苏醒和发展时期。

第二阶段是从 1964 年开始。这一年的 3 月,吴浊流创办了《台湾文艺》,该刊以推动“台湾本土文艺”为办刊目标,有意识地扶植和培养大量台湾省籍作家。虽然它所提出的“本土文艺”观念存在着一定的狭隘排外局限性,为后来部分台湾乡土文学创作出现“台独”倾向起了不好的影响作用;但就现实而言,它从一个角度加强了台湾作家回归乡土的自觉性,对台湾乡土小说的复兴作出了贡献。另一个更具宽容和现代色彩的刊物,是由尉天骢、陈映真等人创办,于 1966 年创刊的《文学季刊》(后改名为《文季》)。这一杂志主张文学必须同现实结合起来,必须流动着时代精神,并能对社会起积极作用,因此,他们在理论上抵制当时西方现代主义文学潮流,在创作上提出“回归到现实”的口号,主张文学走现实主义道路,从而有力地推动了作家们的现实文化意识。它对台湾乡土文学的影响正如陈映真所说的:"《文学季刊》是一个丰收的文学杂志,这些今天正值盛年的战后在台湾成长的小说家,就是在这个苗圃中发芽生长的。"①"《文学季刊》生命最长,也最重要,以小说创作最出色,最有成绩。它与台湾战后的第二代乡土作家的成长有着极为重要的关系。"②

正是在这两个刊物的大力扶持下,一些年轻的台湾乡土小说作家开始崭露头角,有影响的作品开始问世。像陈映真、黄春明、王祯和等许多后来很著名的乡土小说作家都有重要的早期作品发表在这两个刊物上面,那里是他们登上文坛奠定声誉的基础。正是在这些刊物的支持和影响下,乡土小说在台湾逐渐形成了一股有影响、有特色的潮流,使台湾乡土小说创作呈现出新的气象,为它在七十年代的辉煌复兴作出了充分的准备和积淀。

第一章　风俗画的萎缩与新生

六十年代大陆和台湾的乡土小说创作虽然存在着成就和风格上的巨大差异,但是,它们在一点上却颇有些一致,那就是在乡土风俗画上的相对萎缩。尤其是在自然风景美方面,和传统乡土小说相比,这时期的创作都失去了曾经的从容和优美,人情风俗画也有所简单化。但是,大陆和台湾乡土小说的差异还是明显的。那就是:大陆乡土小说风俗画萎缩是整体性的,在台湾则主要表现在六十年代前期。进入六十年代后半期后,台湾乡土小说在乡土人情的表现上呈现出了新的面貌,实现了乡土风俗画的新生。而即使是在六十年代前期,台湾乡土小说的主要缺失也只是表现在自然风景美上,人情风俗方面则有自己的成就和贡献。

---

① 陈映真:《那杀身体不能杀灵魂的,不要怕他!》,转引自刘登翰等主编《台湾文学史》(下卷),海峡文艺出版社1993年版,第285页。

② 王拓:《访问尉天骢》,《出版家》第57期,转引自公仲、汪义生著《台湾新文学史初编》,江西人民出版社1989年版,第180页。

第一节　大陆乡土风情画的集体消退

六十年代大陆乡土小说风情画的消退已经有许多研究者都关注到，①事实上，这一消退并不是横空出世，而是与刚刚过去的五十年代文学有着直接的联系，只不过六十年代在这方面走得更远，表现得更突出而已。如果说在五十年代，尚有孙犁的《风云初记》、周立波的《山乡巨变》、梁斌的《红旗谱》等作品尚残存着一些乡村风情的余脉，展现了湖湘和冀中的部分自然风貌和世俗人情的话，那么，到了六十年代，这一余脉也已经受到更大的限制，表现得更为干枯和萎缩了。

这首先表现在自然风景美的消失上。自然风景是乡村风情中最重要的部分之一，也是构成乡土小说特殊艺术魅力的重要基础。现代文学时期的重要乡土小说作家，如鲁迅、沈从文、废名等人，都曾经描画过细致优美的自然风景画，绘出了浙东、湘西和鄂西等美丽动人的自然风景②。但是，受政治文化、作家理念等多方面的影响，六十年代乡土小说几乎丧失了这一传统，在其中很难再看到乡村自然美的风采。

以柳青的《创业史》为例。这部作品被誉为六十年代成就最高的长篇小说作品，它也典型地代表了这时期乡土小说的思想理念和艺术特点。《创业史》的作者柳青是一个有着深厚生活基础并对文学也非常执著认真的作家，但他的创作意图却是与乡土小说的"美"有一定距离的。他创作小说的目的非常明确，是在于对中国农村发展道路的思索，在于对农村青年生活方式的思考，强烈的政治意图和理念色彩是作者思考和创作的中心，乡土的自然或风俗相比之下完全成了辅助性的工具。作者很自然不会花太多的笔墨去关注农民的自然生活，更少顾及乡村的自然风貌。正是这种创作意图的支配下，《创业史》以大量的笔墨表现了梁生宝和郭世富截然不同的政治道路，表现了不同政治态度下的竞争和冲突，

---

①　较早的关注者如丁帆、王世诚的《十七年文学："人"与"自我"的失落》，河南大学出版社 1999 年版。

②　参见丁帆的《中国乡土小说史论》"绪论"，北京大学出版社 2007 年版。

也表现了徐改霞在人生道路上的彷徨和两难选择；并以执著而真挚的情感对农村青年发出各种劝慰和呼吁，却很少细致地描画乡村里的自然风情。

不能说柳青的选择就是错误的，事实上，他对农村青年出路问题的关注充分体现了他对农村生活的深入和对农村深厚的感情，并由他直接导引出八九十年代的路遥、陈忠实和贾平凹等对乡村具有深切关怀的创作传统。但是，这一创作对乡村现实的关怀过于急切，尤其是政治理念色彩太过强烈，自然导致了其理性色彩压过了审美的感性色彩。所以，《创业史》固然内容繁复，场面宏阔，有"史诗"色彩，但在乡村自然美的呈现上却有明显的不足，比较二三十年代优秀的乡村自然风景画小说，《创业史》明显逊色，甚至比五十年代周立波和孙犁的作品都有较大的缺陷。

《创业史》是一个典型。事实上，乡村风景的缺失是六十年代乡土小说的集体状况。《风雷》、《艳阳天》中同样缺乏自然美的奉献，赵树理、李准的短篇小说也是如此。即使是在五十年代以《山乡巨变》细腻地描画了湖湘地区的丘陵风光的周立波，当他写下《山乡巨变》续篇时，也开始将更多的笔墨放在了阶级斗争的中心上，在《山乡巨变》中颇为从容的自然风情笔墨已经很少能够看到，自然美的魅力也迅速丧失。

其次，这表现在对乡村风俗的淡化上。

乡土风俗是乡土小说艺术魅力的重要表现，也是其重要美学特征之一。五十年代的《山乡巨变》、《山那面人家》等之所以还呈现出一定的乡土小说魅力，一个重要的原因就是作家较为细致地表现了乡村社会的民俗生活，再现了乡村社会的人情关系。[①] 然而，进入六十年代后，这一魅力顿然消失。我们还是来比较周立波的《山乡巨变》正、续篇。虽然续篇和正篇内容上直接相连，故事环境也无大的改变，但是，小说在呈现乡风民俗方面及农民生活细节上已经有了明显的滑坡。政治斗争的画面和阶级矛盾的场景，取代了充满民俗生活意蕴的正篇中的日常生活描写，人和人的关系也更为简单化，凸显了斗争场面。

当然，在这一点上更具代表性的还是浩然的《艳阳天》。五十年代浩然刚开

---

① 参见刘洪涛：《湖南乡土文学与湘楚文化》，湖南教育出版社1997年版。

始进入乡土小说创作领域的时候,他的早期作品如《喜鹊登枝》等还有意无意地触及了一些乡土风俗风情的描写,他的作品中的某些生活画面还充溢着乡土生活的画意和泥土的真实气息,再现了京郊地区农民的日常生活风情。这些作品对于乡土生活真实自然美和风俗美的挖掘和表现,一定程度上增强了作品的审美价值和艺术魅力。

但是,到了《艳阳天》,以往的日常生活画面已经完全为政治斗争场景所取代,或者说,在小说中人们所有的生活完全围绕着政治的主题来进行,都附属于政治的主题而存在。"《艳阳天》却更分明,更切合激进派所描述的社会结构和文学结构模式:对立的阶级力量的性质更加清晰,'阵线'更加分明,之间的冲突更加尖锐激烈,而且,'阶级斗争'已被组织成笼罩全部社会生活的网。"①虽然作品运用写实的手法部分地再现了乡村生活,其中也多少包含着乡村风俗和自然风情;但是,这些风俗画其实是变异了的,它被迫承载着政治的重负,失去了它本初的、自然的面貌。

乡村风情的丧失与乡村语言的丧失有直接的关系,因为乡村社会的风俗人情除了通过具体的物质呈现,更要靠人们生活的日常语言来表现。六十年代乡土小说的叙述语言普遍失去了曾经的活泼和自然,作家们大都以"纯化"了的书面语言作为小说的叙述语言,人物语言也充斥着大量的政治话语,丧失了地方方言活泼、自然的特征。典型的例子是赵树理,他在四五十年代曾经以《小二黑结婚》、《登记》等风趣本色的语言,表现了山西农民的生活风俗;但是,六十年代后,他的《卖烟叶》、《互助鉴定》已经丧失了当初的活泼自然,即使是《实干家潘永福》、《套不住的手》这样的名篇,在人物语言上也大大逊色于之前的作品。不是说赵树理的语言能力下降了,而是时代的政治要求使他笔下的人物不可能再说出那么自然、生动的语言了,否则就是与时代要求格格不入。但正是这样的要求,严重地局限了赵树理六十年代小说的成就,也导致他丧失了曾经辉煌的语言风格。

六十年代大陆乡土小说走过了从柳青到浩然的历程,这中间也存在着不同

---

① 洪子诚:《中国当代文学史》,北京大学出版社 1999 年版,第 201 页。

作家程度上的差别,像《创业史》虽然自然风情比较薄弱,但在家庭生活细节上还是保留了一些人情风俗。到了浩然的《艳阳天》,则是接过了柳青的《创业史》的接力棒,把乡土小说推入更狭窄的"现实主义"胡同,乡村风情画也有显著的消退。然而,从总体上来说,他们二人只不过是时代文学的缩影,他们的成就缺失代表了这一时代乡土小说的整体状况。它们严重地消弭了乡土小说的独特审美特征,从而把"乡土小说"降到了事实上的"农村题材小说"相等同的地位。所以在某种意义上说,以《创业史》和《艳阳天》为代表的六十年代"乡土文学"作品,已经基本丧失了乡土文学的主体精神意蕴和基本美学特征,乡土文学发展陷入了畸形的退化。

大陆乡土小说乡村风情的集体消退有深刻的政治和文化原因。从政治方面说,现实政治对社会文化的僵化要求是根本原因。随着在五十年代曾经昙花一现的《论人情》、《电影的锣鼓》等遭到批判,从五十年代后期开始,政治文化将人进一步限制和简单化,人性被简化为阶级性,人和人之间的关系被简化为阶级关系,阶级斗争也成为人们生活中最重要的画面。而在现实政治的囿限下,当时的乡土小说又基本上只能以现实生活为题材,不可能去反映更复杂的生活,对自然美的欣赏也会被当作"小资情调"受到批判,更遑言去表现人和人之间的温情。在这种情况下,以对现实生活写实为基本特点的乡土小说将生活演绎为政治斗争的教科书,乡村风情画的集体萎缩,不过是现实的一种折射,有很强的时代必然性。

现实是一个方面,作家主体也有很大的原因,而在背后起作用的则是时代对文学的强烈工具化要求。我们不是完全否定文学有其功利功能,但是,如果完全将文学作为政治工具来要求,势必对文学构成伤害。就中国新文学而言,如果说在抗战时期工具化文学要求尚有其合理余地的话,那么,到了建国后就主要是对文学的一种伤害了。正是在工具化文学观念的要求下,乡土小说创作也沦为了完全的政治演绎。如果说五十年代赵树理以"赶任务"为创作目标,其中的"任务"实质上还包含着作家的自我认识的话,那么,到了六十年代,许多作家已经完全是被动或被迫地在迎合着政治形势,完全充当着政治的工具了。这种工具化的文学理念深刻地影响着作家们的创作,也深刻地伤害着文学的独立追求,决定了乡村风貌只能以狭窄和扭曲的面貌得到呈现。

　　文学审美方面的变化也有一定的影响。五六十年代是文学通俗化和大众化为主导方向的时代,乡土作为当时两个最重要的创作题材之一,为了适应农村读者的阅读要求,在这方面表现得更为突出。通俗好懂,受到农民读者的喜爱,成了评价这类题材几乎唯一的标准。而正如有学者指出的,乡村的审美是需要距离才能感受到的,对于一直生活在农村的农民们来说,普遍文化水平较低,对新文学也没有很好的接受准备,他们所习惯和喜欢的,只有中国传统的说书和章回体小说,他们感兴趣的只有传奇和故事。① 以农民的接受为唯一目标,作家势必去迎合农民对"故事"的执著爱好,甚至是唯一的喜爱,以故事叙述为唯一的目标。乡土小说的风情美就自然被拒绝在外了。

　　与之相关联的还有六十年代乡土小说创作队伍的构成。我们注意到现代文学时期的乡土小说作家大都有较深的文化素养,对"乡土小说"的文化内涵有独特和深入的理解。正是在这种情况下,鲁迅、茅盾、废名、沈从文等作家才能在乡土小说创作上走出有自己特色的道路,创作出异彩纷呈的乡土小说。但是,进入六十年代后,由于各种原因,现代乡土小说作家大都离开了创作舞台,活跃于文坛上的大都是工农作家,他们的文化素养较浅,对乡土小说的理解就难以深入到其文化背景上,只能从现实角度去理解和创作。这必然导致六十年代乡土小说风俗画魅力的集体匮乏。

　　乡土风情画的丧失,在很大程度上影响了六十年代大陆乡土小说的价值。阅读这些作品,我们很难再看到富有诗意的、优美动人的自然风景画,也看不到本色质朴、民族气息浓厚的地方风俗。尤其是乡村风俗,基本上都经过了政治的过滤,包括乡村宗教民俗在内的一些生活习惯很难在其中觅得踪影。在这种情况下,生活的丰富性自然不能得到文学化的表现,这也造成了文学本身的呆滞和简单化,使模式化和公式化成为这时期乡土小说的一大缺陷。

----

　　① 丁帆、王世诚:《十七年文学:"人"与"自我"的失落》,河南大学出版社1999年版。

第二节　台湾乡土风情的转向与新生

与大陆的乡土风情整体上萎缩有所不一样的是,台湾乡土小说风情画的表现呈现出阶段性的变化。

六十年代前期是乡土小说风情画表现比较薄弱的时期。这其中的原因有二:一是受五十年代以来政治色彩较强的文化影响,作家们更侧重于政治观念的表现,将更多的重心放在叙事上,对自然风景比较忽略,对地方风俗也未充分关注;二是受新的文学观念的影响,六十年代初期开始,"现代主义文学"在台湾兴起,作家们更侧重于内心表现等新潮艺术手法,传统的现实主义写实手法被忽略,也难以呈现出细腻的自然风情和地方风俗描写。正因为这样,在六十年代初期的台湾乡土小说中,无论是钟肇政传统风格的长篇小说,还是传达思乡情怀的於梨华的《梦回青河》等作品,都没有在自然风景描写上加以特别关注,因而自然风景画的特点不是很显著。

但是,我们注意到,六十年代台湾乡土小说中的风情画状况与大陆小说有较大的差别。我们在前面讲到政治色彩对乡土小说风情画表现的影响,应该说,这一点在表面上与同时期的大陆作家颇有几分相似,只是台湾作家的自我主动性更强一些,大陆作家的被动性更为突出,但实质上二者还是有根本性的差别。而这也在根本上决定了这时期大陆和台湾乡土小说在风情画上共同缺失中的内在差异——那就是虽然台湾乡土小说也像大陆乡土小说一样,受政治思想的影响而无暇或没有很强的期许去关注乡村的自然风情,导致了自然风情画的匮乏,但是,在人情风俗方面,台湾乡土小说较之大陆创作有明显的不一样。所以,它并不是像大陆小说一样是乡村风情的萎缩,而在一定程度上可以用转移来表示。

这可以以代表六十年代前期台湾乡土小说最高成就的作品——钟肇政的《浊流三部曲》和《台湾人三部曲》为例。《台湾人三部曲》以台湾居民陆氏家族三代人对日本占领者的反抗为中心,每一部讲述一代人的故事,从一个侧面完整地折射了台湾人民对日本侵略者的抗争历史,也反映了日据时期台湾人民的真实生活。《浊流三部曲》则带有强烈的自传色彩,以青年知识分子陆志龙在日据时期的遭遇和心路历程为线索,再现了日据时期台湾人的艰难生活,尤其是内心的屈辱感,表达了他们对祖国的强烈认同感。

这两部作品都表达了作者强烈的政治情怀,都表现了日据时期台湾人生活的压抑和艰难,以及人们勇敢而急切的反抗精神。这种爱国民族情感是两部作品的主角,其中包含着强烈的失国沉痛感和怀乡主题。在这种情感的主导下,小说都没有花费足够的笔墨去描画台湾山水的美丽,也无心去细致渲染风景的妍媸。在一定程度上,作品所表现的爱国民族感情与自然风景的描写是成反比的。比如《台湾人三部曲》中,第一部主要写的是日据之前的台湾生活,还展现了一定的台湾自然风光;等到第二部和第三部,写的已经是日本入侵之后的生活,风景描写明显减少。同样,《浊流三部曲》整个写的是日据时期的生活,人物的现实感受占据了作品的绝对主体,风景描写相当匮乏。

这两部作品尽管没有非常细致地描摹台湾山水,但它们在表现民俗生活方面还是取得了很大的成功。两者都采用现实主义再现的手法,细致地描绘了日据时期台湾人民的生活,生活气息非常浓郁。尤其是《台湾人三部曲》,作品主要叙述的陆氏家族是以种茶为生的客家人,小说在第一部中细致地描绘了茶叶生产的工艺流程,有声有色地叙述了茶农们从采茶到踩茶、炒茶的全过程,充满了生活情趣和现实情怀,使人恍惚来到了茶场,在亲眼目睹茶农的工作:

此刻正给水蒸气、茶香以及一股从火炉里辐射出来的热气笼罩着。谈笑声,吆喝声,加以炒茶匙与茶锅碰撞的金属响声此起彼落,热闹非凡。

茶间的另一个墙壁下离地面大约一尺半高度横绑着两根粗大的观音竹,揉茶手并排地坐在竹子上面,双手撑在两侧。大毛拦送来了,他们便用双脚揉。这是颇需技巧的工作,得把每一片茶叶揉得卷曲起来,稍用力可能把那些嫩茶芯揉碎,用力不够,茶便卷不起来。刚炒好的茶菁热度还很高,脚底踩下去,烫得人好难受,但他们不能等到茶菁凉些才揉,因为冷却了,茶菁会变硬,怎么揉也不会卷曲的。

而穿插在小说的每一个部分,几乎四处可闻的质朴山歌,更加深了小说的淳朴风情和文化色彩：

> 阿妹生来笑洋洋
> 可比深山梅兰香
> 梅树开花阿哥唔识看
> 露水泡茶阿哥唔曾尝

在第二部有关章节中，作品还细致地展示了采茶戏曲、采茶歌谣等风俗习惯，从而使小说充分而全面地展示了台湾客家人的茶文化，展现了客家人民丰富多彩的日常生活。

而在这些民俗生活习惯中，往往熔铸了作者强烈的民族感情。这一点在《台湾人三部曲》中体现得最为明显。如第一部写海信老人的寿宴时，细致地描绘了台湾的一些地方风俗，而这些风俗与祖国大陆文化有着一脉相传的联系。作者在描述这些风俗时，也有意识地将它与中华民族的文化历史背景联系起来。民俗意识事实上就是一种民族文化意识。

正因为有了这些丰富的民俗生活描写，《台湾人三部曲》和《浊流三部曲》呈现出相当强烈的地方文化气息和乡土色彩，这也使六十年代前期的台湾乡土小说在乡风乡俗的表现上比大陆乡土小说更胜一筹，无论是生活气息还是文化内涵，都有更突出的成就。

台湾乡土小说发展到六十年代中期以后，随着一批年轻乡土小说作家的崛起，呈现出新的面貌。总体而言，作家们在创作上更关注现实日常生活，更乐于描画普通百姓，写他们的喜怒哀乐。可以说，他们的作品更注意对台湾现实本土风景和风俗的描画，在创作中呈现出新的乡土风貌。

以自然风景而论，主要的特点是更加关注细节，同时注意将日常生活和人物的感受结合起来，突出表现自然风貌的日常化和亲近感。在这一点上，六十年代中后期的台湾乡土小说颇有日本"新感觉派"小说的色彩。比如郑清文的短篇小说《一只斑鸠》中的景物描写：

　　我终于走过了那山峦。从那里望过去,眼前的一切都落在深邃的谷底。一条溪水像一条银色的呆子静静地躺在脚底下,沐浴在春天的阳光里,那么安详,那么庄穆。在那条河上,悬挂着一条吊桥。我还记得,第一次过桥的时候非常害怕。但现在它就在脚底下,从高处望过去,好像玩具似的。我绕过山峦下去。左右两边是七八十度的山壁,右边翘然指着天空,左边一直通到谷底。两边都长着许多不知名的树木和花草,已可以看到蝴蝶在那里穿来穿去。

以及《水上组曲》描绘的乡村自然景观:

　　灰色的云低罩着灰黄的水。风在飘飘地刮着,雨在下着,一下子斜扫着,一下子直压着,一下子好像有人用大筛子筛着,紧紧密密地,画出无数柔和的曲线,一直打到河面。河面是一片烟雾,把河密密地罩着,风刮过,偶尔可以看到隔岸,沙滩低洼处,模糊的竹影,已有半截没入水中了。在呼啸,在怒吼,那只无羁无绊的,无限大的野兽,在打翻,在掀动,那条狂怒的无限长的巨蟒。

　　应该说,这些景物并不以特别的优美见长,但它融入了主人公的感情,涂抹上了强烈的主观心理色彩,因此,这样的景物描写拥有特别的艺术感染力,也更为真实朴素。

再来看黄春明《溺死一只老猫》中的风景画:

　　西厢边的这棵神树——就是大榕树,正是结子的六月,每一棵榕树子都熟透得发紫,稍稍一碰就落地跌碎。树下铺满了一层碎开的树子,发出香甜而又略带酸的霉味,教人闻起来并不讨厌。一群灵活的小毕罗,在这枝丫在那枝丫地,像矫健的手指在琴键上弹奏一连串的顿音那样的跳跃着鸣唱。树子成了一种快活的旋律,"波答波答"地落下来。蚯蚓带来的两个六岁大的双生孙儿,每个人各骑一只门口的石狮子,手抱牢石狮子的脖子也都睡着了。

以及《青番公的故事》中的乡村风景：

> 太阳收缩它的触须，顷刻间已经爬上堤防，刚好使堤防成了一道切线，而太阳刚爬上来的那地方，堤防缺了一块灿烂的金色大口，金色的光就从那里一直流泻过来。昨天的稻穗的头比前天的低，而今天的比昨天的还要低了。一层薄薄的轻雾像一匹很长的纱带，又像一层不在世上的灰尘，轻飘飘地，接近静止那样缓慢而优美的，又更像幻觉在记忆中漂移那样，踏着稻穗，踏着稻穗上串系在蛛丝上的露珠，而不叫稻穗和露珠知道。阿明看着并不刺眼的硕大的红太阳，真想和太阳说话。但是他觉得太阳太伟大了，要和他说些什么呢？

同样，它们也不是客观的风景再现，主人公的心绪情感融会其中，人物的主观感受和客观的自然描写融为一体，其中又巧妙地融合了作者对大自然美丽的向往之情，大自然的美和人物对美的向往和依恋合成一个整体，形成了一幅独特的自然风景画。

这样的风景描写确实是作家们"回归台湾本土生活"思想的体现，也是台湾自然的真实写照。因为台湾虽然美丽，但是它毕竟地方有限，特别优美、有个性的自然环境不是很多。如果要真实地描画台湾的自然风景，只能是再现其朴素自然，而如果要增加一些变化，就只能在艺术手法上做文章，只能多在人物主观感受上着手，展现台湾乡土自然的多彩多姿。

所以，从表面上看，六十年代中后期的台湾乡土小说自然风景画似乎不是特别的优美动人，但它却是别有一种风采。它的自然亲切，它的真实细致，尤其是它浓郁的情感色彩，使它在真实地呈现了台湾自然风光的同时，也呈现出了特别的艺术魅力。与大陆乡土小说建立在丰富地貌和广阔自然基础上的风景描写相比，可以说是各具风采，各有意趣。当然，这种比较只能是建立在其他时期大陆乡土小说的前提上，同时期的大陆乡土小说正处在一片阴霾中，毫无生趣。

　　同样值得提出来的,是这时期台湾乡土小说对乡土民俗的再现。比较而言,台湾乡土小说对自然民俗的描写没有形成自然风景描写这样显著的特点,内容相对来说也比较单薄,缺乏足够的丰富性和多样性——这在一定程度上与作家们尚没有创作出内容宏阔的长篇小说有关系。

　　但其中部分作品所展现出来的风俗画,还是表现出了一定的艺术魅力。比如黄春明的《青番公的故事》,通过祖孙两人的对话,细致地介绍了有关稻草人的风俗细节。同样,黄春明的《锣》写憨钦仔在失去了打锣的职业之后困窘的生活状况,颇有点像《阿Q正传》中阿Q生活的扩大版,包括他那些依靠"吃白饭"为生的同伴的生活,都相当传神细致。

　　台湾乡土小说的生活风俗细节的特点很明显:其一,是它们往往是与乡村里的人情韵味融合在一起,比如《青番公的故事》中稻草人的风俗,就映衬了祖孙俩的深厚感情,也体现了乡村文化面临破败的内涵;其次,是它们往往通过地方方言叙述得到体现。这时期许多乡土小说都喜欢用方言叙述,通过浓郁地方色彩的语言,许多生活风俗自然得到体现。王祯和的《嫁妆一牛车》是其中的代表作品。故事本身也许并不太有地方色彩,但用颇为生涩和独特的方言叙述出来,生活气息自然浓厚不少,地方风俗气也明显浓郁。

第二章　乡情变异的两种情态

　　乡土小说的一个重要美学特色是乡情的表现,人和人之间的亲情、友情与爱情,人与大自然的亲近和依恋,都能够加深乡土小说的艺术内蕴。而人是乡情表现的基础,因为乡村的中心是人,乡情的表现者也是人,只有塑造出了真实生动的人物,乡土小说的乡情才可以说得到了充分的表现。此外,乡情还蕴含着民族意识。因为浓郁的乡情是建立在同文化同传统的基础之上,其背后深藏着共同的宗教和文化信仰,是民族凝聚力和自我认同的外在表现。

　　六十年代大陆和台湾乡土小说的乡情表现都有一定的变异。大陆是过于强烈的政治化导致了乡土人情世界的扭曲和变形，单一的政治情感代替了其他所有的正常情感。台湾的乡土小说则由于经历过的殖民之痛，以强烈的民族感情代替了丰富多样的乡情，更在思乡怀土的情绪中得到另一种转化。六十年代中后期的台湾乡土小说则对乡情作了新的表达，呈现出了别样的艺术风采。

第一节　政治化与民族化：乡情的不同选择

六十年代大陆处于严重政治化的时代，乡土小说也很自然地被罩上了浓烈的政治化因素。这种情形的出现，与时代的政治形势和现实政策有密切联系。六十年代初中国大陆陷入"自然灾害"的困境，此后国家的经济政策有一定的调整；但紧接着，毛泽东于 1963 年提出"千万不要忘记阶级斗争"的口号，1966 年更全面开展"文化大革命"，强烈的政治意图笼罩和统率着所有的经济和文化政策。

整个六十年代中国大陆处在一个政治运动频繁、政治斗争剧烈的时代，乡土小说创作自然是不能置身事外。作家们的生活环境、思想理念不可避免被政治话语所控制，他们对乡村生活，尤其是对乡村社会生活、人情人性的表现，都涂抹上了浓厚的政治色彩。可以说，这些乡土小说里的乡情是政治化的乡情，作家们所传达的乡土意识是政治化的乡土意识。由于六十年代的政治形势是不断发展的，或者说随着时间的推移一步一步更为严厉和拘谨，乡土小说的创作因此也经历了类似的过程，一步一步走向政治化的模式。

我们首先来看作家们的创作理念。从五十年代以来，其实从延安整风运动以来，政治化的文学观念就占据了中国文学的中心，乡土小说作家自然也不例外。如果说赵树理在四十年代的"问题小说"虽然是为现实政治服务的，但还多少包含着为农民说话的意图，那么，五十年代后，所有偏离政治意图的创作都会受到打击。赵树理在五十年代的受批评、作检讨就是实证。正是在这种文化语境下，柳青明确地将《创业史》定位为："这篇小说要向读者回答的是：中国农村为什么会发生社会主义革命和这次革命是怎样进行的。"①为现实服务的观念非常明确。而到了浩然，政治服务色彩更为突出。正如他自己后来对《艳阳天》的表述："这小说所表现的是，在一个特定历史时期，阶级矛盾和人民内部矛盾纠葛在一起的社会现实生活题材。"②政治观念是作品的思想统帅，为现实政治斗争摇旗呐喊是其根本目的。在这样的情形下，我们就不难理解作品为何将人物分成界线分明的两个阵营，将乡村生活演绎成了阶级斗争的运动场。稍后几年，在"文化大革命"的背景下，"阶级性"、"阶级感情"成为人们唯一的思想属性，《艳阳天》也将乡土社会的人情简化成了阶级性，民俗生活简化成了斗争生活。

其次，我们来看这时期乡土小说的创作题材。它们基本上没有例外，都是对现实政治的表现，都是反映共产党有关农村的政策、农民的运动。其他的生活，包括农村的历史，甚至包括刚刚过去的土地改革运动，都基本上被排除在了作家们的视线之外。不是说作家们对其他生活不感兴趣，而是现实的要求使作家们不敢越雷池一步，只能亦步亦趋地跟在现实政治后面作颂歌和战歌。

最后，我们再来看小说主题与现实的完全趋同。这一点也与现实政治显示的发展相同步。《创业史》创作的时代是五十年代末六十年代初，政治环境还相对宽松，因此小说里面的斗争场景还比较缓和，思想观念上的斗争是基本内容。但到了《艳阳天》中，阶级矛盾已经上升为主要矛盾。所以，无论从作品的创作目的、艺术构架，还是从作品的情节模式、语言组织，我们都可以在《艳阳天》中觅到《创业史》的影子。但是，它们还是体现着不同时代的印记。《艳阳天》中描述的东山坞农业社发生的剧烈阶级斗争风波，同《创业史》中一样，作者的创作意图是上连着城市、心怀着全国，因此，作品所营设的各阶级成员之间的矛盾冲突，与当时一触即发的阶级斗争形势密切相应。以萧长春为首的走社会主义道路者与以马之悦为代表的阶级异己分子，以马小辫为代表的地富反分子之间的两条路线与两条道路斗争，显然有很深刻的社会内涵和时代背景。

如果说在《创业史》创作的 1959 年，作家们还不能以敏感的触觉把握到"阶

---

① 柳青：《提出几个问题来讨论》，《延河》1963 年第 8 期。

② 浩然：《怀胎，不只十个月》，载《浩然研究专集》，百花文艺出版社 1994 年版，第 163 页。

级斗争"这根弦的话,那么在《艳阳天》出世的 1964 年、1965 年,则已是"山雨欲来风满楼",即将到来的政治风暴已经初露峥嵘,足以使处于时代热浪中的作家们心惊肉跳了。

正是在这种背景的制约下,六十年代大陆乡土小说中的人情描写呈现出几乎真空的状态。虚假的阶级感情充斥于许多作品中,正常的人际关系失去了踪影。举例来说,作品中的萧长春被塑造成了单一的政治形象,他的情感世界,尤其是他和焦淑红的情感描写,丝毫没有正常的乡村生活气息,只有政治涂抹下的表演。即使是作品中的邻里关系,也被阶级对立所代替,而没有从真实生活细节中流露的自然情感。生活的丰富和朴素,被政治消磨殆尽,乡土生活转而成了政治生活的代名词。

在大陆乡土小说被逐渐而全面地拉到政治化的道路上的同时,台湾乡土小说也表现出较强的政治意识,只是这种政治意识的内涵更丰富和宽泛,它主要是通过爱国主义和民族意识表现出来。

这种民族意识在钟肇政的小说中体现得最为突出。钟肇政的民族意识往往融合着强烈的爱国民族情感。《台湾人三部曲》是突出代表,这部作品围绕台湾人民反抗异族侵略的真实历史事件。第一部直接写台湾人的抗日战争;第二部和第三部写台湾被殖民时期的民族意识觉醒和反抗精神,充分张扬了台湾人民的爱国主义和民族主义精神。作品不是以个人为中心,而是写了一个家族对异族的反抗史,其时间跨度、空间容量,都达到了史诗的高度。而小说始终洋溢着与祖国大陆密切的情感联系和血缘关系,反复渲染其"炎黄子孙"的民族情感,包括其对祭拜祖先等行为的描写,都蕴含着民族情感在内。《浊流三部曲》中主人公陆志龙始终以"那就是中国人的血液,中国人的骨头"来勉励自己,作品也借其他人物之口明确表达爱国感情:

吾儿,你知道你的祖国吗? 他不是日本,而是中国,我们祖先都是从中国来的,我们说我们是日本人,只不过是表面罢了,我们的血液都是中国人的血液,骨头也是中国人的!

(《浊流》,第 507 页)

　　钟肇政还通过对乡土知识分子形象的塑造和歌颂表现自己的民族感情。钟肇政小说塑造了大量知识分子形象，这些形象往往都具有很强的民族意识，凝聚了中华民族的传统道德和思想。如《原乡人——作家钟理和的故事》真实地再现了著名乡土文学作家钟理和的坎坷人生，表现他在苦难生涯中坚持传统美德的崇高情怀。此外，《望春风》、《绿色的大地》等作品也塑造了类似形象，表达了类似主题。《绿色的大地》塑造了一位拒绝外在诱惑，忠实于内心感情，矢志扎根乡村，献身家乡教育的青年知识分子形象，其家乡情怀与民族情怀有机地融为一体。

　　《浊流三部曲》是其中的突出代表，作品包括《浊流》、《江山万里》、《流云》，形象地将知识分子的成长历史与民族意识的觉醒联系起来。主人公陆志龙在《浊流》中还是一个民族意识蒙胧的幼稚青年，但到了《流云》中，他已经逐步成长为一个有明确爱国意识并自觉回归中华民族传统的现代知识分子。陆志龙这一形象并不高大完美，甚至到小说结尾时也没有完全摆脱游移怯弱的性格，但他真实地展现了蕴藏在台湾普通大众心中强烈的民族情感，并将这一情感融于生动的描写之中。

　　六十年代大陆和台湾乡土小说中的乡情都存在着一定的变异，都表现出以政治意识取代乡土乡情的特点，但是我们应该注意到二者存在着本质上的差异。在对这些差异进行分析和评价时，我们既应该有区别地对待，也应该从不同的具体文化背景上去进行考察。

　　首先，对大陆乡土小说而言，我们要清晰地看到政治化对文学世界、对乡土世界所造成的严重影响和损害。在政治的影响下，六十年代大陆乡土小说承载着过于强烈的服务意识，对现实的歌颂成为这些作品唯一的主题，现实中的很多问题和缺陷都被遮蔽和隐藏，历史的真相未能在文学中充分地反映出来。

　　当然，这更突出地表现在人物形象的塑造上。人物形象的单一和模式化是六十年代乡土小说的共同特点。在这当中，唯一值得肯定的是《创业史》中塑造的老农民形象，他们对土地的热爱得到了比较充分的表达；但即使是在《创业史》中，人物的感情其实也比较单一，人与人之间的感情已开始被政治化所代替。到了后来的作品中就更是变本加厉，无论人物情感的丰富性，还是人物性格的复杂性,包括日常生活的真切性,都被统一到政治这个大模式中,人与人的关系也变成了单一的政治关系,家庭生活、夫妻生活、邻居朋友之间的感情都失去了原有的生动和活泼。在这种情况下,六十年代乡土小说几乎没有奉献出一个真正鲜活的人物形象,也就不足为奇了,乡村生活原本具有的喜怒哀乐也都没有在小说中得到自然的表现,即使是和五十年代相比,六十年代乡土小说的人情表现也有明显的退步。

在总体上对六十年代乡土小说的人情世界进行批评和否定的同时,也应该指出它所形成的某些特色,以及对整个新文学乡土小说所构成的影响。就风俗画而言,尽管其遮蔽了许多乡村生活的真实和鲜活;但另一方面,多少还是继承了五十年代的创作传统,避免了传统乡土小说习惯将乡村作黑暗式描写的窠臼,展现了乡村某些自然的、本色的、质朴的、真实的场面,这对于传统乡土小说有一定的补充①。

对台湾乡土小说而言,这种政治意识只能说是特点而不能说是缺陷了。因为说到底,乡土小说并不排斥政治意识,它只是天然地拒绝政治对文学简单的利用和凌驾。钟肇政小说的政治意识事实上就是民族意识,民族意识也自然地蕴涵着乡土人情,它们是紧密结合在一起的,很难做出截然的分割。比如他的《浊流三部曲》,就是将对异族侵略者的否定和对本土文化的认同作为一个事物的两个方面,作品的政治态度也就是民族态度,而作品表现的民族感情也是与乡土人情混合在一起,构成了一种文化乡情世界。

而且,钟肇政的《台湾人三部曲》和《浊流三部曲》中的政治意识也并没有完全掩盖对乡土人情的表达。比如《台湾人三部曲》中对茶民之间的人情关系的表达,就非常细致而又全面。像青年男女之间朦胧的爱情,家庭内部不同辈分、不同年龄人之间的相处,都在大的民族文化氛围中展开,乡土气息很浓郁。尤其是第一部对几个青年农民的塑造,写出了人物不同的性格,泼辣中见柔顺,热情中见刚强,可以说体现了独特的客家人的风情,也融注了客家人独特的文化。

同样,《浊流三部曲》叙述了日据时期台湾乡村知识分子的生活和情感故事,

---

① 参见贺仲明《"乡村生态"与十七年农村题材小说》,《文学评论》2006年第6期。

带有青春小说具有的感伤色彩,但它对山村风俗和人情的渲染却使它具有鲜明的乡土小说特征。小说的侧重点不在描画乡村自然风情,而是借主人公的独特感受传达地方风情。比如小说写主人公与父亲以及乡亲们的感情,就非常细腻感人。这是小说中主人公望见家乡时的一个片段:

> 忽然,我看见一盏微弱的灯光。在这以前,我的发现从来没有一种能够与这一次的发现相比。那束光是那么昏黄,那么深邃,就如一颗梦里的公主头上的小星星一般。它向我的灵魂招引,它发出梦样的微笑,它照亮了我空虚寂寞的心房,我觉察到我的眼里噙满了泪水。

而小说中主人公父亲与戆婴老人对唱山歌一段,以及对山歌文化的细致阐释,同样具有浓郁的地方特色:

> 山歌就是客家人的采茶调,调子很少变化,词则有流传极广的,也可以信口凑成的。……客家人与福佬人杂处的地方,一切都是福佬人占上风,客家人也多以福佬话交谈,唯独客家山歌能风靡所有的人,由此可见这种歌调的魔力是怎么大了。

不可否定,过强的政治民族化对钟肇政的乡土小说乡情的表现有一定的负面影响。我们以为,乡情的表现和民族意识尽管有深刻的关系,但二者并不是完全一致的。换句话说,民族意识应该是蕴涵在自然的乡情描写之中,以内蕴的精神意识表现出来,如果这种意识过于强烈,甚至压过了基本的美学表现的话,那么,它很可能会影响乡土小说的魅力与价值。成功的例子如沈从文的乡土小说,《边城》、《丈夫》等小说深藏着地处湘西边陲的苗民族的文化意识,体现着这一民族的压抑和痛楚,但它都是通过优美的文学意象和普通乡民的生活展现出来的。失败的例子则可以举蒋光慈的《咆哮了的土地》等三十年代的"革命加恋爱"乡土小说,这些作品的乡情表现完全被政治斗争所取代,人情生活被阶级斗争所掩盖,其艺术魅力也因此大打折扣。

钟肇政的乡土小说在这方面的缺陷首先表现在,以民族意识为绝对中心,就在一定程度上掩盖和冲淡了其他人物感情,比如男女爱情和母子亲情等。而当民族意识与其他思想意识构成冲突时,一切以民族感情为先导,也难免会存在有不够现代的因素。像《台湾人三部曲》第一部中就带有一定的封建因素。其次,过于强烈的民族意识也可能会影响作品的形象化表达,使作品存在理性色彩过重、说教过多的缺陷,故事也容易走向概念化,人物形象缺乏自然和自在色彩。《台湾人三部曲》第一部比后两部要好,主要是因为第一部的大部分内容与民族政治意识的联系不是太直接,后面则完全以之为主导,这就影响了其他内容的表达。

当然,考虑到作者创作题材方面的原因和台湾刚刚经历过的惨痛历史,这种在民族精神方面的些微缺陷不应该对作者进行特别的指责,相反应该肯定和张扬。事实上,正是这种强烈的民族意识,作者自觉地将民族意识和乡土意识结合起来,对民族精神、民族传统的卫护成为乡土文化的一个中心,使得钟肇政笔下的乡情世界有独特的思想魅力,他的乡土小说也因而呈现出独特的风采。这种民族意识是乡土小说精神的充分体现,也是对新文学乡土小说创作传统的发展。这种传统应该值得台湾乡土小说进一步发扬。

第二节 怀乡:另类的乡愁

在六十年代,台湾乡土小说还产生了一种新的变异,那就是以白先勇、聂华苓、陈若曦为代表的"怀乡型"创作。如果严格按照传统乡土小说的定义,这些作品也许不能算做乡土小说,以往的台湾乡土文学论者也大多把台湾六十年代兴盛的现代主义文学群体同台湾乡土小说完全对立起来论述。这也许缘于两个方面的原因:一是受到台湾文学史家的影响。台湾的许多文学史家习惯于对"乡土文学"作地域性的概念限定,尽管没有统一的内涵,但他们大都把"乡土文学"的概念局限在台湾省籍作家创作的范围内,对其他创作进行排斥,像七十年代王默人、蔡文书等作家,尽管创作内容上与乡土作家毫无二致,仅仅因为他们非台湾省祖籍的身份而被排于"乡土小说作家"范围之外。在这涵义狭窄的概念限定里,主要由非台湾籍作家组成的台湾现代主义文学群体很自然地与"乡土文学"截然分开,并被视作对立性的阵营。其二,在客观上,七十年代爆发的"乡土文学大论战",观点、阵营都鲜明对立,无形中又把现代主义文学与乡土文学划为相对立的两个群体。

于是,乡土文学论者们几乎是众口一词地把现代主义与乡土文学对立起来看待,在评述六十年代台湾文学时,也多把这一时期视作"乡土文学的低潮期",隐在含义是台湾的六十年代文学,现代主义排斥、压抑了乡土文学,使乡土文学中断了自己的发展之路,直至七十年代才重新"复归"。

这一看法其实是片面与表层性的。客观上来说,在六十年代的台湾文学中,现代主义文学固然是占据了中心,但它与乡土文学并非势不两立,而是内在构成着对乡土文学的影响与启迪,直接与潜在地为乡土文学的成熟与进一步发展奠定了基础。

比如在作家的培养上,像七十年代乡土文学的中坚作家陈映真、王祯和等都是从现代主义文学中起步,他们的创作得惠于现代主义文学熏陶处甚多,并为乡土文学的发展和更新打下了坚实的基础,事实上他们可视作现代主义与传统乡土文学结合的产儿。

更应该指出的是,在现代主义文学主体阵营中,其实也蕴涵着浓郁的乡土文学特质。如白先勇、聂华苓、陈若曦等作家,虽然被划入"现代主义作家"的阵营中,其创作其实包孕着强烈的乡土文学因素,无论是从精神还是从内容上,他们的创作与乡土文学都有不可分割的深在渊源。

这些作家绝大多数是来自祖国大陆,有过在大陆故乡短暂的生活与记忆,而且他们多有较深厚的传统古典文学根底,对传统文化有较深的感情依恋与体悟。他们的生命之根与文化之根都深系在民族传统文化和大陆乡土之上。受时代文化的感染,也为突破台湾五十年代的文化禁锢,他们积极参与了现代主义文学并一度成为其中的主力,他们在文学技巧乃至一些文学思想上也都不同程度受到西方现代主义文学思想的影响,但透过他们作品的表面与浅层的西方文化色彩,我们可以发现潜藏其中的内在精神是乡土的,其中有对民族传统与大陆乡土的强烈依恋之情,有传统文学和传统文化对他们的深刻影响。

　　他们在写作时,往往带着浓郁的思乡情绪,并将这些情感融入创作中。如於梨华创作《梦回青河》,"是在於梨华过着'漂泊无着落的生活'和内心笼罩着'难以解脱的孤寂'的处境下写成的。那时她虽已在国外生活了六七年,但仍感到美国不是自己的家,不是自己的国土。一种对家的思念时时地萦绕在心头,特别是对大陆的浙东故乡更是难以忘怀,那里有她植根的土壤,有她熟悉的一草一木,她怎么能够忘记少年时期那段'充满了欢乐,但更充满了悲苦的日子'呢,她不能忘记。她很想回到家乡去看看那里的一切,然而却不能,思乡心切,只好梦回故乡。作者把这种刻骨之恋和满腔的乡愁,熔铸在《梦回青河》这部情思切切的思乡曲里,通过对童年和少年时期生活的追忆以及对亲友们各自命运的生动描写,寄托了自己对祖国故土的无限怀念之情"①。同样,聂华苓之写作《台湾轶事》,叙述那些漂流到台湾的老大陆人思乡的故事,其实也是在传达她自己的内心苦痛,所以她曾这样描述自己的创作心态:"我就生活在他们之中,和他们一样想'家',一样空虚,一样绝望。"②

　　正如白先勇曾经说过的:"在外面的时候,……对自己国家的文化反而特别感到一种眷恋,……到外面去以后,更觉得自己是中国人,对自己国家的命运更为关怀。"对故土的依恋和对传统的眷顾,使他们笔下的创作中呈现出浓郁的"乡土"气息。他们尽管少有对故乡具体山水与生活的描述,也不以异域风情的风俗描写取胜,他们的"乡"也非现实中的台湾乡土;但是,如果不局限于传统台湾文学史家们不无狭窄的"乡土文学"概念限定,而代之以更宽泛,也更真切的概念界定,那么,我们完全可以确定,白先勇、聂华苓他们所怀的"乡",正是老一辈台湾作家(包括乡土作家)所谓的"原乡"——"大乡土"。而他们的内在创作精神对故乡乡土的归属感和认同感,更体现出"乡土文学"的本质特征,所以,我们完全可以把白先勇等一部分现代主义文学阵营中的"怀乡"作家视为"乡土文学"中的一员,为了区别传统的概念限定和凸现他们的创作特点,我们不妨称之为"现代主义中的乡土作家"。

---

　　① 刘菊香:《於梨华和她的〈梦回青河〉》,见於梨华《梦回青河》,辽宁大学出版社1988年版,第3—4页。
　　② 聂华苓:《台湾轶事·写在前面》,北京出版社1980年版。

在这个意义上说，六十年代初期台湾文学中的乡土文学并未中断，也未陷入真正的低潮，白先勇等"现代主义的乡土作家"以自己独特而又深刻的方式丰富着乡土文学的思想内涵和表现方法，他们借鉴西方现代主义的文学技巧与思想，更好地融会了乡土与现代。现实主义与现代主义的统一，即使他们的创作取得了较高成就，也对后来的乡土文学作家产生了深刻的影响。六十年代不是台湾乡土文学的低潮，而是台湾乡土文学发展过程中不可缺少的过渡和洗礼。

其实，在"现代主义中的乡土作家"中，也并非没有以描写大陆乡村生活为题材的传统意义上的现实主义乡土作品，如聂华苓的《失去的金铃子》就是其中之一。该作品以抗战时期的西南大后方的一个小山村为背景，演绎了一个发生在大陆乡村中的爱情悲剧故事。作品通过这个爱情悲剧的展示与演绎，表达了对于乡村愚昧风习的揭露和对于传统封建礼教思想的批判。这个山寨在某种程度上被作者当作了中国数千年封建统治和封建思想控制的缩影，而女主人公的命运则代表着封建制度压迫下数不清的无辜牺牲品。作品含意深远，同时蕴涵着浓郁的西南山村地方风味，具有中国大陆二十年代现实主义乡土文学的韵致，而其思想内容更可在鲁迅、王鲁彦、许钦文的早期乡土小说作品中寻得先声。这部作品的成功，在某种程度上也预示了"现代主义中的乡土作家"们与传统现实主义乡土文学的深在渊源。

同样，正如有评论者认为《梦回青河》能够"从平凡的生活里，写些极普通的人，要把他们义利交战的心理，善恶交织的生平，愚昧和天真相混的性情，怯懦和狠毒相杂的动机，以及种种错综复杂，时隐时现的下意识，一一都入情入理底显露出来"。[①] 该作品以抗战时期浙东乡村生活为题材，再现了乡村社会的人文神态，演出了一段乡村的爱情悲剧故事，揭示了复杂的人性，其风格可以直追 1920 年代的乡土小说创作传统。

当然，对于这一创作群体中的主体作家们来说，"乡土"是以一种更内在也更抽象的方式表现出来的。它更主要表现为一种乡土情结，一种对于故乡祖国的深沉归属感和对于传统文化的深情眷恋。在这里，"传统"与"故乡"是"乡土"两

---

① 沈刚伯：《〈梦回青河〉序》，见於梨华《梦回青河》，辽宁大学出版社 1988 年版，第 317 页。

个不可分的翅翼，共同协助着"乡土"飞向民族文化的深厚之根。

（一）首先，"乡土"的内涵体现在作家们对祖国故乡——大陆乡土的怀恋上。

1949年后，台湾岛上一下子产生了数百万的离乡游子。随着时光的流逝和国民党"复国"之梦的破灭，对于未来的幻灭感和对于故乡的思恋同时在这些游子心中萌生，并迅速弥漫于五六十年代台湾的社会思潮中。这其中，也包括白先勇等"现代主义中的乡土作家"们。

他们是远离故土的游子们的后代，感染着父辈们的思乡情绪，并萌发出对童年生活、对大陆故乡的依恋。这种情感使他们的文学创作表现出深重的沉郁感。他们广泛地从大陆去台人员的现实生活中取材，表现他们现实生活中的窘境和浓烈的思乡情结，以及文化上的无"根"意识。通过对这些人物的描绘，他们借别人的愁绪浇自己之块垒，寄寓自己的思乡文化情感。白先勇和聂华苓可视为这方面的突出代表。

白先勇的《台北人》小说集基本上以大陆去台人员生活为创作题材。像《梁父吟》、《思旧赋》、《国葬》等作品就表现了去台的国民党高级将领们在台湾老年生活的失意与落魄。他们现境的颓唐失意与他们记忆中曾经的辉煌荣耀形成鲜明对照，浓烈的感伤给这些作品蒙上了一层黯淡而凄凉的风景。

集中的作品《永远的尹雪艳》内容最为典型。作品中主人公尹雪艳原是上海"百乐门"舞厅的高级舞女，到台北后，尽管时光流逝，但她依然魅力不减，她的周围，依然如在上海一样，盘旋着许多著名的男性，只不过人员的构成由当初的少年权贵多换成了今日的失意官僚与商贾们。旧贵们在尹雪艳这里寻找失去了的优越感和权力感，新贵们则又在重演旧贵们曾经演出过的挥霍和夸饰。今日的新贵同昔日的旧贵一样，在尹雪艳身上投上重资，收获的却是灾难与死亡。作品中的象征和感伤意味是很浓的。尹雪艳是一个象征，她象征了那些去台人员已经远逝的过去、永不可回的梦幻。"永远的尹雪艳"不可能永远，这一"永远"仅表示着无奈与虚幻。权贵们的没落命运点缀着作品的虚幻与感伤色彩，尹雪艳则正构成对于荣耀与骄傲不可言说的锐利嘲笑与讽刺。

除了通过对官僚们没落命运的叹喟表示"去国无奈"与"思国日深"的主题

外,白先勇还写了下层去台人员的困境与思乡情绪。《台北人》集中《那片血一般的杜鹃花》是这方面的代表。主人公王雄是一个在台湾混了几十年的老兵,在长期的孤寂与困窘中,他依靠对故乡、对过去的回忆而生活。他将他的思母之梦和思念那个从小定亲的“小妹仔”的感情,寄寓在他现在所伺候的富家小姐身上。这一寄寓的失败结果是必然的,而一旦失败,他也就只能走向死亡了。再如《岁除》中的赖鸣升,境况、经历几乎与王雄相似,除夕之夜,孤身一人的他来到故人家中,借酒起兴,以酒浇愁,以对往事的回忆慰藉孤苦漂泊的心灵。作者在这里明确表达了对于下层人民的思乡恋土情感和不幸现实遭遇的理解与同情。

聂华苓也对大陆去台人员在台湾的命运遭际和他们浓烈的思乡情感作了真切的描绘。与白先勇对军界官兵的关注相比,聂华苓的视点主要落足于普通百姓阶层。她曾经说:“那些小说全是针对台湾社会生活的‘现实’而说的老实话。小说里各种各样的人物全是从大陆流落到台湾的小市民。他们全是失掉根的人;他们全患思乡‘病’;他们全渴望有一天回老家。”这些主人公们,失掉了祖国乡土的根,漂泊在异地他乡,生活现实与文化心境上的双重失意,使他们常常深陷在内心创伤与惆怅之中。比如她的短篇小说《高老太太的周末》。主人公高老太太,年老孤苦,在强烈的孤单寂寞中,希望儿女们能与她一起共度一个周末,但这一愿望最终也未能实现。高老太太只能在极度的惆怅中,借对已在大陆逝去15年的丈夫的回忆聊以自慰,她的现实感觉是“仿佛一个人孤零零地悬吊在万丈深渊里,什么也抓不住”。再如《寂寞》中的袁老头,他在孤寂的晚年时为儿子娶亲,当娶亲的热闹场景、过去的欢乐对应现在的孤寂时,袁老头最后也只能以伤心泪水为伴,沉浸于对已离世的妻子——“那个穿花布衣的大姑娘”的回忆中。故园遥远,梦已难寻,现实又充满困顿,除泪水之外,他又能如何呢? 她的另一部作品《一捻红》更能表现作者展示的这种“小人物”的困境。主人公婵媛,在大陆时原有深深相爱的丈夫,被迫抛家别夫去台之后,因生活所迫,她不得不委身于一个纺织厂老板。但在她内心中却仍然深悁着在大陆的丈夫,所以她只同意同居而不愿意结婚。在现实生活中,她时常回忆过去,靠对昔日大陆家庭幸福生活的回忆填充现实的苦涩,消解内心的惆怅,而在内心的更深处,她仍抱着传统伦理的“生为叶家(原夫家)人,死为叶家鬼”的真诚信念,寄寓自己心中的浓郁乡愁。

聂华苓的这些作品带有强烈的悲剧气氛,也富有浓烈的感情积蕴。思乡爱土,是作品中贯穿性的一个主题。聂华苓与白先勇一样,都是借他人遭际抒自己的情怀,作者的思想感情与人物思想感情的同一性是相当突出的。人物的乡愁正是作者的乡愁,人物的痛苦也正是作者的痛苦。白先勇和聂华苓的怀念故土、思念祖国之情是深切的,故土之恋是他们写之不厌的主题,乡土之思是他们心中不可去除的心理情结,故土之根则是他们取之不竭的精神源泉。

在白先勇和於梨华的部分作品中,他们还把这种在台人员的大陆之恋生发开来,延伸到去国外留学的人们对故土的依恋上。在台湾现代主义作家关注的一个中心主题——"留学生文学"上,其中心内容就是抒写"流浪的中国人"和"无根的一代"的浓郁乡愁,其中表现出了与"乡土文学"的精神联系。

这里重点分析一下"留学生文学"的代表作家於梨华的作品《又见棕榈·又见棕榈》。作品主人公牟天磊早年出生在大陆,从小随家人去台湾,在台湾出国风潮的影响下,他离家远赴美国留学。在美国十年,他历尽艰辛,尤其是因为远离故土、亲人而带来的孤独和漂泊感时时缠绕着他,使他倍感痛苦和苦闷。有一次他听着古老而悠远的中国古曲《苏武牧羊》,被其中的情感所触动,想起自己儿时在大陆家乡听母亲哼这首歌的情景,情不自禁地流下了眼泪。十年之后,他获得了博士学位,回到台湾,希望能够找到心灵的归宿,但他得到的依然是失望,台湾并不能安顿他漂泊的灵魂,家人不理解他,未婚妻提出的条件更是要把她带去美国。他深深地感到一种"过客"的寂寞和惆怅。他在与妹妹的一次谈心中这样说过:"他们在这里有根,而我们,我不知道别人怎么想,我总觉得自己不属于这里,只是在这里寄居,有一天总会重回家乡,虽然我们那么小就来了,但我在这里没有根。"可以说,牟天磊的漂泊感和无根感与白先勇、聂华苓笔下人物的思乡感是基本一致的,虽然他们是更年轻的一代,但异乡感与思乡感是与其父辈们共有的心理感受,怀乡恋土是他们共有的文化心理。

再如白先勇的《纽约客》写的也是一批由台去美人员的故事。如果说《又见棕榈·又见棕榈》中的牟天磊尽管失意但多少还可算个社会上的成功者的话,那么《纽约客》中的主人公们则是事业与心理上的双重失败者。事业的失败与心灵的失落共同把他们拉下黑暗深渊，所以他们的悲剧色彩更强，思乡愁绪也更浓。

　　於梨华和白先勇的"留学生乡愁"，虽然已不同于传统乡土小说的现实乡土生活描绘，但这种异国游子的思乡愁绪、怀土情结，与白先勇和聂华苓笔下的大陆去台人员的思乡病一样，都源于一种对故乡对热土的深情眷顾，是对民族文化的深沉依恋。对故土的归属感，对民族文化的认同感，使这两类"乡愁"都具有乡土文学内在的实质，蕴涵着"乡土文学"的本质内涵。

　　（二）这种"乡土"的内涵还表现在民族传统文化对于"现代主义乡土作家"们的深刻影响上。

　　尽管六十年代台湾现实主义中的乡土作家们大多深受现代西方文化观念影响，但他们同时也依恃着传统文学的根底，潜移默化地受着传统文学和文化观念的熏染，在他们身上，传统的、民族文化的影响无时不在。而在某些时候，这种影响不但表现在他们作品自觉不自觉地流露出的传统、民族情感和文化色彩，还表现在他们对于传统文学和民族文化的自觉趋附和追求上。

　　这种民族传统文化的影响首先体现在作家们表现出的对传统文化思想的认同上。尽管白先勇等人受西方现代主义思潮影响，存在主义、弗洛伊德心理学在他们创作中打下过深浅不同的痕迹（如白先勇的《孽子》对同性恋的认可），从而呈现出某些与传统文化思想不和谐的特征；但是总体上，他们对于民族传统文化思想是持认同态度的。这种认同态度伴随着他们作品中普遍性的思乡情感，共同构成了民族文化精神强烈的感染力与震荡力。比如民族性的爱国主义就渗透于他们几乎全部的作品中，无论是远隔海峡、有家难归的老兵，还是曾经风云一时的高级军官；无论是旅美的事业成功者，还是落魄异国的街头游子，祖国是他们共同的珍宝。他们的乡愁正体现他们爱国之深，而对祖国深沉的爱正体现他们心灵与传统文化的内在维系。

　　与这种爱国精神相关的，是他们对于许多传统文化中的美德如善良、忠厚、正直、勤劳的认同，对一些西方生活方式则表示了批判和拒绝。比如陈若曦的《最后夜戏》就对西方风气的影响表示了批评态度，对纯朴的乡村道德表示了认同。

　　这种文化认同还表现在作家内在的文化情感上。像白先勇，"自小就深受中国传统文化的浸泡和熏染,这使他在灵魂深处与中国传统文化有着一种深刻的和密不可分的联系,蓄积于中国传统文化中的有关思维特征、价值取向、审美情趣、生存形态、艺术精神等种种元素,都已深深地融入了白先勇的血液并牢固地植根在他的内心深处……"他作品中的文化哲学思想基本上是在传统文化影响下构成的,他的文化观和历史观就体现着传统思想浓烈的影响痕迹。他曾以中国传统文学精神的苍凉感来支援自己苍凉的历史感:"中国文学的一大特色,是对历代兴亡、感时伤怀的追悼,从屈原的《离骚》到杜甫的《秋兴》八首,其中所表现出人世沧桑的一种苍凉感,正是中国文学最高的境界。"因此,他作品中的历史沧桑感及命运无常感就表现得非常突出,显示了传统文化对白先勇的深刻影响。鉴于此,欧阳子曾给予白先勇以"道道地地的中国作家"的恰当评价。实际上,这一评价不只是对白先勇合适,对于其他"现代主义中的乡土作家"来说,也同样切中了他们的内在创作精神。

中国传统文化对"现代主义中的乡土作家"的影响还表现在作家们在创作技巧方面对传统民族文学的借鉴和运用。这些作家尽管身列现代主义文学阵营,创作技巧也受到西方现代主义文学的启迪和影响;但是他们与纯粹现代主义文学阵营中的王文兴等人对西方文学的竭力追逐与效仿不同,他们即使借取现代主义的创作手法,也不是盲目的、完全的,而是立足于理解地择取的基础上。在他们的创作实践中更多的是将西方的现代主义技巧与中国传统的现实主义手法相结合,博采众长,现实主义传统是他们始终未曾放弃的根本。

比如前面曾介绍过的白先勇小说集《台北人》,就基本体现了现实主义为主体、综合现代主义创作技巧的特征,诸如对人物形象和人物语言个性化的重视,对人物的身份、时代背景的强调,都暗合中国传统现实主义的创作风格。所以对于文学与社会、文学与时代的关系,他们的态度完全区别于其他现代主义作家的否定文学现实意义和现实作用,他们写作的现实目的性是强烈的。比如陈若曦就曾经表示过她创作乡土小说的初衷是为了表现乡村人物和他们的生活。白先勇更明确对五四以来的现实主义新文学予以高度评价:"五四以来以社会写实主义为主流的中国现代小说,凡是成功的作品,都是社会意识与艺术表现之间得到一种协调平衡后的产品。换言之,也就是说小说内容主题与小说技巧形式合而为一的作品。这种文学态度,使他们体现出与传统现实主义、传统乡土文学内在的紧密联系。"

第三节　回望本土:新乡情的出现

在六十年代中后期,经过《文学季刊》等文学刊物的扶持和推崇,乡土小说得到了很快的发展,陈映真、黄春明、王祯和等作家开始崭露头角,奉献了许多有影响的作品。由于这时的乡土文学理论(包括文学刊物的编辑思想)倾向于文学往本土化方向发展,因此,这些新进的乡土小说作家在创作思想和艺术风格上呈现出与以往不一样的气象。就对乡情的表现而言,最突出的特点是作家们将更多的笔墨放在了普通老百姓的现实生活上,以朴实的笔墨描画他们的平凡生活,再现其真实的乡土情怀。

六十年代的台湾是社会变化很大的年代,西方资本的大量进入冲击了台湾百姓的生活,尤其是普通老百姓,在这一社会变化中遭受很多的打击和欺凌,身陷困境和艰难的很多。台湾乡土小说关注底层大众生活,对老百姓的生活作了细致而全面的描画,也叙述了西方文化对传统台湾乡村生活方式所构成的冲击。这些创作在一定程度上反映了台湾乡土社会在此期间经历的巨大变异,在一定程度上也表现出为底层大众代言的愿望和要求,同时蕴涵着作家们自己在这一社会变化面前的复杂心态。

(一)作家们非常细致而真实地再现了普通百姓的艰难生活,也传达了底层大众之间朴素而深厚的感情,描绘了底层百姓相濡以沫的真挚人情。

六十年代中后期的台湾乡土小说作家绝大部分出身乡村,对处于社会底层的农民生活很熟悉,也有很深厚的感情,而且像李乔、黄春明、王祯和等出身贫困,从小体会了乡村的艰难和痛苦。因此,正如王拓所说:"也许就正因为我也是个'小人物'吧,他们对我而言是那么亲切,熟悉。他们的乐,也是我的乐;他们的辛酸,也是我的辛酸;他们的感受,也是我的感受。"[①]他们的书写中也往往表达

---

① 胡为美:《〈嫁妆一牛车〉序》,台北远景出版社1975年版。

了对乡村的怀念、同情以及赞颂的情感,也传达了批判、揭露的思想,渗透着作家强烈的主观情愫,爱憎鲜明。他们的创作反映了底层大众最真实的生活,展现了他们真实的人情生态。

这其中,表现农民生活艰难和苦痛最突出的作家是李乔。他的《蕃仔林的故事》系列小说,写日本殖民地时期台湾乡村底层农民的艰辛和苦难,以特别的渲染和刻画,体现了震惊的效果。如《蕃仔林的故事》写乡民在极度饥饿的驱使下,竟然偷挖埋在地下的已腐烂的猪肉为食;《山女》写一家乡民竟然无法生火,以生食为生,以"盐霸梗"代替盐巴,女人连裤子都没有穿的;《哭声》则写日据时期两个被征调到南洋去当兵的农村青年,在死亡威胁的巨大压力下,两人在离乡前夕,相约到恐怖山洞探险,生命的价值在这里沦落成了赌注。

陈映真发表于1964年的《将军族》也是比较引人注目的。这篇作品充分表达了对小人物命运的关怀,讲了两个处于社会底层的男女从相爱到殉情的故事,充分表现了人性的美丽和光彩。两位主人公,一位来自大陆,一位出生在台湾,但他们的感情和共同命运彻底消弭了这种所谓身份上的差异,深入地体现了民族情感和人性情感对地域差异的超越。

黄春明的《儿子的大玩偶》则描画了艰难地在城市边缘生活的农民形象。主人公坤树离开乡土带着全家来到城市生活,由于找不到合适的工作,就整天顶着广告牌在大街上做广告,样子难看,工作艰苦,成了一个没有自我的"广告人"。回到家里,连儿子都认不出他,吓得大哭。

而另一部分作家则侧重从这些苦难中去寻找和发现美,侧重抒发乡村感情。

在这方面,郑清文是一个突出的典型。他的小说抒情意味浓郁,侧重表现人物情感世界,笔触也较多集中于人性世界中。他的《一对斑鸠》,通过一个少女的眼光,以清新的笔墨描绘了乡村自然的清净和优美,更通过刻画一个真诚质朴的乡村少年形象,对这种生活方式表达了向往和肯定。同样,他的《又是中秋》叙述了一个乡村里的爱情悲剧。仅仅因为女孩手掌上长了断掌纹,两个相爱的青年就被迫走向不幸,以女孩的死亡为最后结局。虽然故事并不算太新鲜,但其乡村文化批判的主题却是常新的。

此外,他的《永恒的微笑》写出了底层人的尊严和价值。主人公是一位穷苦善良的小工,他一直艰难而忍隐地生活。后来,他的儿子发迹了,但他却依然保持着平常的风格,默默而自尊地度过人生。作品对劳动者的勤俭善良进行了赞颂,也批判了社会中的强烈不平等。《秋天的黄昏》有同样的主题。作品写一位乡村老校长,对学生一贯严厉,现在年老了,却开始以充满温情的态度看待过去,看待亲人。作品描画了乡村百姓的师生之情、夫妻之情。这些普通人的朴素感情里,凝聚了作者的许多感慨。

郑清文之外,黄春明也在这方面用力甚勤。他的短篇小说《鱼》,写善良的乡村少年阿苍在镇上打工,他曾经向祖父承诺要带条鱼回家,然而,在路途中,他却不小心把鱼丢掉了。他不知如何面对亲人,只能以有些可笑的固执举止表现出来。他的行为看似有些自相矛盾,实则真实而细腻地反映了少年的难受和痛苦心情。他对祖父和其他亲人的深厚感情,他那单纯和真诚的心灵,以及受到委屈又无可言说的复杂心态,像一面镜子一样得到了清晰的映照。朴素的感情拥有特别的感染力。

再如《"城仔"落车》,写一对去投奔亲人却不幸下错车的祖孙俩,他们的弱小无助,相依为命,以及在无奈情况下颇带情绪的冲突。像这段细节:"老少两人一下车就被车外的昏暗与北风吞食,暮色中,除了大桥和马路,所有的东西都颤抖,而夜魔的足步越发地紧迫。"人物的感情世界自然地流露出来,很有情感的穿透力。

(二)再现乡村社会人情的变化,传达作家的忧患意识。

台湾乡土小说真实地再现了六十年代台湾乡土社会的变迁,尤其是在文化上,西方文化的进入对台湾传统农业社会的道德伦理产生的巨大影响。正如有学者所说:"面对这种情势,怀着强烈忧患意识与历史责任感的乡土作家,看到了一股来势凶猛的暗流,日益严重地侵蚀着台湾社会的肌体,进而思索着如何用自己的创作去呼唤民族意识的觉醒和美好人性的复归。"①人情世界的变异是乡土作家们关注的重要主题。

李乔的《采荔枝》是比较有影响的作品。作品以阿元婆这个乡村女性的一生

---

① 刘登翰等:《台湾文学史》(下),海峡文艺出版社1993年版,第311页。

经历为背景,回顾了她的艰难创业生涯,展示了现实中年轻一代的自私乃至相互倾轧,清晰地传达了乡村文化的巨大变异。

黄春明在这方面有更突出的贡献。黄春明在创作初期曾经涉足过现代派文学领域,但他很快回归自己最熟悉的乡土,找到了最真实的表现领域,《青番公的故事》等是他在六十年代的代表作品。这些作品都以农民为描写对象,表现他们的悲剧人生,对他们的坚强和韧性品格进行了赞颂。正如有评论家所指出的:"他永远在这些小人物身上发现作为一个人的可爱又可敬的性格,他们有悲哀,有埋怨,有气愤,但是这些都没有把他们压死,也没有使他们对生活失去信心,他们设法适应他们的生活,并不逃避。"①

《青番公的故事》是一个典型。小说中的主人公青番公是历经坎坷的老农民,在他的一生中,曾经遭遇过洪水等自然灾害,但他以自己的坚强和勤劳战胜了这一切。只是在现代文明的面前,他感到困惑,产生了一种后继无人的悲哀。老人对孙子怀着亲情,作品特别渲染了老农民对土地的感情,充满强烈的文化怀旧气息。黄春明于1967年发表的《溺死一只老猫》同样关注传统农业文明与现代文化的冲突。阿盛伯也曾经有过失败时的艰难和成功时的辉煌,但在今天,他更多的是失落和无奈,在时代的面前无所作为,遭人嘲笑。对于阿盛伯的表现,作者有所嘲弄,也有所同情,其主题正是在这种矛盾中体现了出来:"这篇小说的意义在于,它切入到农民的思想层面,深入地反映了台湾社会转型过程中在农村引起的老一代农民与新的变革思想的冲突。作者虽然对老一代农民热爱土地、热爱家乡的执著感情深表同情与敬意,但对他们的迷信、守旧思想却是给予否定的。"②

还有些作家则将笔触伸展到来到城市谋生的农民身上,真实再现现代文明到来之际农民的困惑,城市化对传统农村生活和文化的冲击,现代和传统文明的冲突,同时写出了在现代文明冲击下被迫离开乡村来到城市的农民之间的朴素感情,相互之间的依赖和眷顾。

---

① 何欣:《论黄春明小说中的人物》,载《书评书目》第二卷第八期,1962年11月。
② 赵遐秋:《在回眸乡土中审视历史》,载《黄春明作品集》(1),九州出版社2001年版,第6页。

（三）继承五四之风,对乡村文化和农民心灵的缺陷进行批判。

这一点,在王祯和的创作中体现得最为鲜明。"在题材上,黄春明与王祯和的小说有相似之处,他们创作的焦点都对准生活中卑微的、受屈辱的小人物。不同的是黄春明笔下的小人物大都表现得坚强、自信,不向厄运妥协,力图维护自己作为一个人的尊严;王祯和笔下的小人物则不仅可怜、愚昧,而且缺乏自信,苟且偷安。"[①]他的《嫁妆一牛车》是其代表作品。主人公万发处于社会底层,为生活所迫,他实质上将妻子出卖给了一个商人,而得到的"嫁妆"就是一辆牛车——他一生中可望而不可即的牛车。作家对万发被生活扭曲的灵魂进行了尖锐的揭露,同时也传达出一定的同情,背后蕴涵的更是对现实生活的强烈批判精神。小说颇有《阿Q正传》之风,尤其是对大众群像的描写,与鲁迅笔风有些相像。

当然,王祯和的农民精神批判也有自己的个性,他的冷峻,他的无声嘲讽,体现出独特的思想深度。而他在表现这种思想时所采用的艺术手法冷峻平静,将感情深藏在客观的叙述背后,颇有几分二十年代叶圣陶小说的特点。"所有这些小人物,仿佛都被套上了命运的绞索,他们越是挣扎,命运的绞索收得越紧;挣扎得越激烈,他们就越发像小丑,越发显得可卑、可笑而又可怜!对于这种可卑、可笑而又可怜的小人物,王祯和不是给予亲切的抚慰,而是进行冷峻的嘲弄。所以,读王祯和的作品,人们会像站在人世的高处俯视那熙熙攘攘的芸芸众生那样,对他笔下的小丑般的人物生出嘲笑。"[②]

此外,黄春明的《锣》塑造了靠以给人敲锣为生的底层农民憨钦仔的形象。在现实的冲击下,他失去了工作,只能沦落为流民,靠"打秋风"度日。作品细致描述了他无所作为的生活,更刻画了他初次试图通过陷害别人使自己得利的复杂心态,真实地揭示了底层农民心灵的愚昧,但也表现了主人公顽强追求自尊的生命力。

六十年代中后期这些年轻的台湾乡土小说作家,确实提供了一种不同于以往乡土小说的新人情,描画了另一种乡村世界。首先,它更为真实本色。这些作

---

① 公仲、汪义生:《台湾新文学史初编》,江西人民出版社1989年版,第218页。
② 陆士清:《谈王祯和的小说创作》,载王祯和《快乐的人》,海峡文艺出版社1989年版,第329页。

家笔下的乡村世界都是原生态的,底层农民的生活和感情世界,是台湾广大农民的真实折射。他们没有什么大的作为,可以说是在生活漩涡中艰难挣扎的芸芸众生,他们的思想也基本上只局限在个人世界,但无疑是真实百姓的生活。其次,它更为人性化。这些作家非常注意写人,写底层人的幸福和悲哀。尽管有些作家也带有批判的思想,但其中更多的是理解的同情。尤其是对底层百姓之间的朴素感情,如《"城仔"落车》中的祖孙感情,如《鱼》中的少年情怀,非常真挚细致,还原了底层大众的精神世界。这些方面对传统乡土小说是一种新的发展,也为我们展现出了台湾底层大众的真实生活图画。

第三章　艺术表现的显著分歧

在六十年代,大陆和台湾的乡土小说在艺术上的差异是前几十年中都无法比拟的。如果说在之前的几十年中,两岸文学尽管存在着艺术旨趣、艺术水准和艺术手法上的差异;但是,在艺术表现方法上都是大同小异,基本上是以现实主义为主,以客观再现现实为基本原则。但是,这一切在进入六十年代后有了显著的改变。由于政治和文化等多方面原因的影响,大陆和台湾乡土小说在艺术上走的是完全不同的道路,艺术风格、艺术成就也有明显的差异。

第一节　大陆乡土小说:写实的艰难与虚幻

六十年代的中国大陆所处的是相当封闭的社会环境,内在的文化政策也比较单一和严厉,中国的古典文学传统戴着"封建"的镣铐举步维艰,西方的文化和文学则基本上被隔绝在外,而且随着中苏关系的恶化,曾经深刻影响中国五十年代文学的苏俄文化也被逐渐疏离。甚至是中国现代文学传统,也被严厉的政治环境所圈限和禁锢。在这种情况下,西方的现代派文学艺术固然是不可能进入中国文学的视野,即使是中国新文学曾经有过的许多艺术探索,也横遭中断,基本上只有"现实主义"为唯一途径——对于乡土小说来说，现实主义并不是一个贬词，甚至可以说，要真正完整清晰地呈现出乡土小说的艺术魅力，现实主义是非常重要的、合适的方法；但是，六十年代的现实主义却丧失了真正现实主义的基本精神，那就是丧失了直面现实的勇气。经过五十年代末"革命现实主义"和"革命浪漫主义"的两结合，现实主义理论在一定程度上已经被曲解为颂歌和战歌，失去了其揭示现实和批判现实的基本特征。在这种情况下，单一的"现实主义"无疑会窒息乡土小说的生命力。在这种表面上坚持现实主义，实际上却是以政治观念图解生活、歪曲生活的"伪现实主义"创作思想的指导下，六十年代的大陆乡土文学走入了创作的死胡同，这一死胡同的表现是"现实主义"，实质上却是对真正现实主义的反动；或者说，此时的"现实主义"已仅有其表，里子里包的是反现实主义的政治"浪漫"。

当然，这中间也并非没有突围和新生的愿望出现。最典型的是 1962 年举行的以农村题材创作为主题的"大连会议"。在这一会议上，邵荃麟重新提出对现实主义精神的坚持，"现实主义是我们创作的基础。没有现实主义就没有浪漫主义。我们的创作应该向现实生活突进一步，扎扎实实地反映现实"，并对现实创作中单一狭隘的"现实主义"创作风气提出了批评："从反映现实的深度、革命斗争的长期性、复杂性、艰苦性来看，感到不够。在人物创造上，比较单纯，是题材的多样化不够，农村复杂的斗争面貌反映得不够。单纯化反映在性格上，人与人的关系上，斗争的过程上，这说明了我们的作品的革命性强，现实性不足。"①认为应多关注和描写"中间状态的人物"，希望回归现实生活和朴素的现实主义。同一时期，另一个批评家康濯进一步肯定了赵树理朴素的现实主义创作，认为它们"毫不夸饰，一切都紧遵生活规律，十分严格地从实际出发，……在我们文学中应该说是现实主义最为牢固"②。尽管他们的现实主义理论还没有完全摆脱时代政治的镣铐，但确实在一定程度上恢复了现实主义的基本精神。

值得提出来的还有 1963 年学者严家炎与柳青关于《创业史》人物形象进行

①　邵荃麟：《在大连"农村题材短篇小说创作座谈会"上的讲话》，载《邵荃麟评论选集》（上册），人民文学出版社 1981 年版。
②　康濯：《论近年来的短篇小说》，《文学评论》，1962 年第 5 期。

的论争。严家炎在文章中认为《创业史》中塑造得最成功的人物形象是梁三老汉而不是主人公梁生宝,因为对梁三老汉的塑造严格遵循了现实主义原则,展现了现实主义的深度,其言外之意是对梁生宝形象的理想色彩有所批评。柳青对之作出回应,阐述了自己的创作观念。二人争论涉及的基本理论问题是如何理解"现实主义"。严家炎所持的是传统现实主义立场,而柳青的观点带上了时代特有的"现实主义与浪漫主义相结合"的特点,也就是从理想化的角度去看待人物和生活。

不能简单地否定柳青对现实主义的追求精神,他的理想化现实主义也不能说完全没有理论价值;但是,放在当时的时代背景中去看,这种对现实主义的理解在客观上却进一步阻断了人们对现实真实进行揭露和批判的道路。或者说,作为作家的个人选择,柳青和《创业史》也许无可厚非;但是,它对时代潮流的影响却是负面的。造成这一情形的原因当然不在柳青,而是在于他所生活的时代,是时代对文学的限制和要求所致。

遗憾的是,随着政治形势的进一步严厉,作家和理论家们对现实主义的探索受到了阻遏,"大连会议"对朴素现实主义的时代呼声更是受到现实政治的严厉批判和禁锢,没有真正在创作中得到体现。正如"写中间人物"的艺术口号被粗暴地加以围剿性批判,口号的提出者和支持者们受到野蛮的攻击乃至人身的打击,六十年代的乡土文学在表现生活、揭示生活上也表现出越来越大的局限。真正在六十年代乡土小说创作中实践的,始终是被政治化的现实主义。其模式是对现实政治的图解,是高大全的英雄塑造,是对现实生活的政治美化,真正的现实远远被遮蔽在外。

从赵树理到柳青《创业史》,从《创业史》到浩然《艳阳天》,中国大陆六十年代的乡土文学经历了从"问题"到"歌颂",再从"歌颂"到"典型"的过程。在这个过程中,乡土离真正的现实生活,距离真正的现实主义是越来越远,虽然它始终标示着"现实主义"的口号,但实质却在经历着一场"现实主义"残酷的蜕变。理念化、政治化、工具化,使乡土文学正逐步堕落为政治宣传的奴仆和现实生活的背叛者,这一过程,在十年"文化大革命"中达到高峰。

在小说的人物塑造上,英雄人物、典型人物越来越被美化,"三突出"的特征越来越鲜明,并占据人物描写的绝对中心。而与之相应,其他人物形象所占的比例越来越小,并且他们也失去了五十年代"中间人物"们的复杂丰满和真实,他们往往同英雄人物们一样,被演绎成观念和阶级意识的化身,他们失去了生活真实的韵致,而堕落为苍白的政治符号。如果说《创业史》还能有梁三老汉之类的"中间人物"勉强装点装点"现实主义"的门面,那么,《艳阳天》就再也撑不起"现实主义"这片广阔的天空了。

《艳阳天》在这方面体现得最为典型。作品中的人物都充满着阶级化、理念化的特征,主人公萧长春基本上已是一个"高大全"式的时代英雄,较之梁生宝,他显得更为成熟,更为老练,也更为高大。如果说梁生宝的行为不管怎样还显得有些老实巴交和稚气的话,那萧长春显然已将这些不足完全克服了。虽然他在思想上也被赋予一个发展的过程,但从一开始,他就是以一个没有缺点、没有过失的英雄人物出现的,在作品中,他俨然是全能全美的救世主,是指挥者——共产党的形象化身。尽管作者试图补偿《创业史》中梁生宝生活方面描述的单调和不足,他让萧长春同时出现在→父亲和儿子、爱情→焦淑红、邻里→马老四父子等几条线上,以试图丰满他的性格。但事实上,这些关系都不是自然的、真诚的,而完全笼罩在政治关系、英雄形象的阴影下,这种阴影不但使这些关系显得虚假、造作,也使人物实际显得苍白和干涩。这一形象发展到"文革",就是高大泉(《金光大道》)、李玉和(《红灯记》)、江水英(《龙江颂》),人物已经完全没有自我,仅仅成为概念和政治观念的化身。从梁生宝到萧长春,显然是"党的忠实儿子"的进一步成长和升华,然而实在的却也使文学更远离了现实生活。此外,像马小辫之于姚士杰、焦淑红之于徐改霞等等,阶级的漫画性特征都有了显著"进步",而人物的真实个性和立体性特征也相应地缩小,成为干枯的理念形象。

同时,作品中的辅助人物形象也受到了很大损伤。在《艳阳天》中,以萧长春为首的阵营,集中着贫雇农、党团员和进步青年;而马之悦为首的阵营,则云集了地富反和落后分子、阶级异己分子;二者各有首脑,各有谋略,俨然两军交战,旗帜鲜明。受其影响,在《艳阳天》中,已经没有那种阶级关系相对模糊的人物,或者叫"不好不坏、亦好亦坏、中不溜儿的芸芸众生",亦即"中间人物"。作品中的人物,无一例外地被置身于走社会主义道路还是走资本主义道路的两个阵营,像马子怀、韩百安、马大炮、弯弯绕等暂时性被利用、被蒙蔽的人物，最终也分别回到了各自本应所属的阵营。阶级性充分代替了个性，观念充分代替了形象。这些人物再没有梁三老汉般的复杂、矛盾却真实自然的心理，没有了梁三老汉所曾有的处于新旧社会交替之际的喜和恨、爱和惧，他们于五十年代的"中间人物"们无疑是一个明显的倒退。

可以说，尽管《艳阳天》在"三突出"方面尚逊于七十年代出版的《金光大道》，但它已具备《金光大道》的雏形，或者说已是《金光大道》的先声。换句话说，《艳阳天》中的人物形象更典型，阶级特征更突出了，但同时，它距真实的、具体的人愈远了；《艳阳天》中的生活更戏剧化、更简单化了，但它实质上正在背离着生活现实，它表面上的景物细描和人物肖像，实质只是在遮盖着现实，掩饰着现实。它表面上所宣称的"革命现实主义"和"革命浪漫主义"的"两结合"，本质上是对于现实主义的亵渎、嘲讽和戕害。

应该承认，《艳阳天》的作者浩然与柳青一样，有着深厚的生活功底，这多多少少赋予了他的作品一定的泥土气息，但由于时代社会政治性的强化，他所受到的时代政治化的强烈影响，他已经不可能坚持真正的现实主义创作，而只能在"革命浪漫主义与革命现实主义相结合"的旗帜下点缀一些真实的故事、细节影子，真正的生活、真正的现实本质与他是远离的。

我们还可以举李准的《耕云记》来谈现实主义狭窄化的影响。这篇作品诞生于1960年，这一时代背景的政治化、理念化情形我们前面已有所阐释，这里不多赘言。应该说，相比比它产生更晚的如浩然的《艳阳天》、《金光大道》等作品，《耕云记》所受的政治理念影响还并不太深，生活气息也还较为浓郁；但是，感应于时代的"为政治服务"的精神，作品图解生活的意图还是相当突出的，很自然的，现实生活在作品中并没有得到真实、本质的反映，"现实主义"的裂隙我们已可以完全地窥察到。

《耕云记》叙述的是一个乡村女气象员成长的故事。故事的主人公萧淑英虽然文化不高(刚刚脱盲)，但凭着革命信念和激情，依靠党的支持和群众帮助，在经历一场风波之后成长为一个乡村优秀的气象员。我们应该承认，作者对乡村生活是被一种理念所控制着的，"为革命服务"、"歌颂英雄人物"的先置理念，使

《耕云记》有意无意地拔高着生活，远离着现实。最典型的自然是小说的女主人公萧淑英，尽管作品浓彩重墨，将人物置身于矛盾中心，展示她的成长过程，但从总体而言，人物却没有得到真切细致的表现，她的一言一行、一举一动都没有脱离"新时代中的新人"这个预先置定的理念模式，也只能停留在这个模式，她作为"个人"的真实复杂的心理完全被忽略了。与之相应，萧淑英周围活动的民众也都是或正或反、或前或后对主人公进行陪衬，起着烘云托月之效。从表面上看，这种体现"典型环境中典型人物"的写法符合现实主义的表现原则。但实际上，他们距离真正的现实还很遥远，现实生活中真正人物的自我内心世界远未能得到体现。更何况，即从作品构思的基本框架而言，故事的逻辑性也颇值得推敲，在某种程度上，作者所歌颂的那种"敢想敢说敢干的革命作风"实质上与刚刚才成为过去的"大跃进"风尚有着不可忽略的密切联系。

失误固然与时代政治政策密切相关，与作者的社会历史判断和把握能力的不足相一致，但同时也包含了作家在创作方法上的某些失误。在五六十年代的文学界中，作为唯一正确的"社会主义现实主义"和随后的"革命现实主义与革命浪漫主义相结合"模式的创作方法，"现实主义"的真实精神已被严重曲解，不但"真实"作为现实主义的首要原则被彻底摒弃，"典型"也事实上成为了"歌颂英雄人物，歌颂新时代"的代名词。也就是说，在五六十年代的"现实主义"口号中，那种曾被马克思所坚决批判的非艺术倾向——把艺术变成"简单的传声筒"——正悄悄而迅速地占据了文学创作的主流。这显然是六十年代乡土小说创作的巨大悲哀，但它的必然性发展趋向，又不可避免地使乡土文学进入"虚假现实主义"误区。

可以说，从五十年代到六十年代，有独特地域特色的风土人情描写正逐步减少，而同时，故事的构架、情节的安排却越来越有着惊人的相似与巧合。这也许在某个方面展示了乡土文学的发展现状，也体现了始终以单一现实主义——并且是越来越虚假的现实主义——单一道路上所必然导致匮乏创造性的致命缺点，从《山乡巨变》到《创业史》、《耕云记》，乡土风味确实越来越淡薄，生活气息也逐步被政治气息、歌颂气息所取代。因此，李准的《耕云记》确实使人们窥见了大陆六十年代"现实主义乡土文学"的严重缺失和路途越走越窄的艰难前景。在这里,我们不但可以窥察到变形了的"现实主义"事实上已构成乡土文学的大敌,也可以体味出乡土文学走单一现实主义道路的不足,乡土文学欲得到发展,在形式上的借鉴创新是必需的。时代注定了现实主义——真正的现实主义在当时社会只能是虚幻,也注定了"中间人物"只能走向消亡与枯萎。六十年代的大陆乡土文学在当时一片"以阶级斗争为纲"、"千万不要忘记阶级斗争"的口号声中,被逐渐剥光了乡土的灵魂,被扯离了现实的土壤,并最终走向事实上的死亡。写"中间人物"是一面镜子,也是乡土文学迈向死亡的重要一步,迈过了这一步,乡土文学便已经被时代挤压得只剩下干枯与焦黄了。

当然,六十年代乡土小说的现实主义也并非没有任何可以肯定之处。正如恩格斯在谈论巴尔扎克时曾经歌颂过"现实主义的胜利",五十年代的一些乡土小说作家也凭借自己的生活经验,对乡村的深厚感情以及对传统现实主义方法一定的坚持,在政治化的艰难夹缝里,取得了一定的成绩。

如六十年代乡土文学的代表作家之一柳青,在今天,我们也丝毫不可否认他创作态度的真诚和他对于现实生活的熟悉,以及他对乡土、对乡村人们的深厚情感;但我们也应该明确一点,柳青作为一个中共党员作家,他的创作身份首先是党员,其次才是作家,他是主动地去解释、宣传党的政策思想,政治意图弥盖、削弱了他文学创作的艺术意图。在创作历史中,他经历过自我思想改造"灵魂蜕变"的艰难过程。由知识分子到成为党的代言人,柳青曾先在思想上对自己进行过反复的检讨,并深深地感触出"作家要以正确的阶级观点与思想感情进行创作活动,除了走毛泽东同志所指定的这条路,再没有其他任何捷径"。在这种强制的又是出自内心的思想蜕变影响之下,柳青对生活的审视与判断很自然地不再凭借自己的感觉、经验乃至事实,而要凭靠党的政策、方针和思想。他写梁生宝,把梁生宝拔高,将他理想化,是因为他是把梁生宝作为党的英雄人物来刻画来讴歌,他将农村土地政策变动中的群众性的冷漠置之不理,或予以严厉批判,而描绘出政策所需要的朝气蓬勃的向上局面。在这种意图支配下,生活必然被有意无意地忽视或曲解,比如梁生宝的原型王家斌曾有买土地等计划,经柳青处理后就成为全无私心杂念者。我们不是说作家不能进行艺术加工,但柳青的艺术加工显然是一种理念的体现。

　　但是,柳青毕竟是一个创作态度非常严谨、生活积累非常丰富的作家,他与农民水乳交融的感情和对生活的熟稔很自然地会与他们主观思想意识形成对撞。此外,作为一个坚持现实主义创作方法的作家,严谨的现实主义本身就可能突破作家思想的束缚而直接赴向生活的本质(比如托尔斯泰和巴尔扎克)。作为一个有高度责任感同时又有着深厚的生活基础的作家,柳青在创作中经历的思想矛盾毫无疑问是激烈的。虽然他自己没有谈过,但从他所创作出的作品人物形象上可以明确看出来。比如梁生宝,他固然是作者大力歌颂、浓彩重墨描绘的人物形象,作者对于他(包括他的生活原型)的情感与理智上的认同是毫无疑问的,但是客观上这个人物却没能达到预期的、与作者所付心血相对称的效果。就像作品中生宝与改霞的爱情描写上的矛盾,按照作者前面的叙述,改霞是一个颇有个性、追求上进的女青年,她与生宝也有着互相理解的感情基础(尽管不是深入理解,但在当时乡村中已是难能可贵的了),可以说在她与生宝之间感情发展有着相当的必然性,并且也可以肯定,对梁生宝形象有着偏爱的作者也曾希望年近三十岁的他有一个完满的家庭,有一个贤内助和工作上的支持者。但是,作者在写作中终于明白了,改霞与生宝的爱情并不适应作品的主导精神,所以在作品的后半部故事发展中,他们的爱情莫名其妙地结束了,生宝在爱情上的表现像一个不需要血肉挂念的共产党员,但却绝不像生活中的一个普通人,更不像一个农民。对此,我们可以看到作者本人也是充满无奈的,最后他只好借区委书记的话来"理智"地对分手进行合理的解释,而实际上这一解释却显得非常勉强与苍白。与梁生宝形象所形成对照的,实际上也代表了当时农民的大多数,代表着乡村农民真正内心愿望,也符合历史发展进程生活规律的梁三老汉和郭世富形象——亦即"中间人物"形象们,尽管作者在"理智"上和政治上鄙弃他们的发家致富梦想,但在客观实在的描写当中,作者却寄予了相当程度的认可与同情,尤其是对梁三老汉,他的奋斗、他的梦想,都在生活中得到了真实又生动的描绘,从而使这个形象获得了远比梁生宝形象更突出的艺术个性和艺术魅力。

　　柳青和他的《创业史》是一个典型代表,在他之外,李准的《李双双小传》以及赵树理的众多作品也都体现出了同样的生活与理念、情感与"理智"的矛盾,他们笔下的喜旺、陈秉正等形象的艺术魅力也远远胜于那些"典型人物"、"英雄人物"。

这是生活的胜利,也是现实主义创作方法的胜利。虽然"写中间人物"的口号还因为受到时代的局限,不是完全的、充分的现实主义批判宣言,在时代政治的高压下这样的声音还显得颇为稚弱和无力;但它的意义无疑是重大的,它的方向也是直接指向现实生活、指向艺术的本真。无论在现在还是在当时,它的文学自觉性精神和现实批判方向都应该得到充分的肯定。

第二节　台湾:现代主义与现实主义的融合(一)

在六十年代之前的新文学历史上,台湾乡土小说基本上都是采用现实主义的创作方法,从赖和、杨逵、钟理和到钟肇政,都坚持现实主义传统,乡土的自然和人文图画都是通过细腻的再现方法得以呈现,对乡村生活的写实式描绘是小说艺术的主要方式。但是,进入六十年代后,台湾乡土文学则呈现出完全不同的状貌。六十年代初期台湾文坛是现代主义盛行,坚持用现实主义手法描写乡土生活的仅仅只剩下钟肇政等寥寥几人,更多的作家是进入现代主义领域,或者运用现代主义技巧,大大地改变了传统乡土小说的艺术面貌。

六十年代台湾乡土小说在艺术上从传统现实主义走向现代主义的发展,与台湾社会在政治和文化上的开放有直接关系。西方文化和西方文学观念的引入,对整个台湾文学观念和创作方法产生了深刻的影响,也自然地影响到乡土小说作家们。但我们注意到另一方面的因素,在现代主义文学盛行于台湾的背景下,"本土文学"的观念兴起。它们二者之间构成了某种程度上的冲突,又有一定的互补。正是这种情况下,台湾乡土小说艺术的发展不是单一和僵化的,而是多元和发展的。

具体而言,白先勇等"现代主义中的乡土作家"主要是在精神上回归乡土,艺术上在表现出较浓现代色彩的同时,更在深层艺术精神上回归传统,其创作染上了很浓的中国传统文学色彩。他们虽然在很大程度上受到现代主义文学思潮的影响,但他们作品的思想内容却始终寄寓着对中华民族传统、对祖国大陆乡土的浓重乡思,他们的作品流露出一种更广泛意义上乃至略有些抽象意义的乡土情结,而他们的艺术表现方法则常常在现代主义与现实主义之间摇摆。在艺术表现上,作家们充分借鉴了现代主义手法,对乡土小说的表现艺术作了大胆的创新和拓展。而以黄春明、郑清文为代表的新乡土小说作家,则以回归现实生活为基本特征,他们创作的根本是对台湾乡村生活作现实主义的再现,只是在技巧上借鉴了现代主义。尽管不同作家的方向和表现不一样,但殊途同归,他们共同发展了台湾乡土小说的表现方法,为乡土小说艺术的多样化做出了显著的贡献。

通过六十年代不同乡土小说作家们的创作实践,我们可以充分地相信,固然乡土文学与现实主义方法有着不解之缘,但它与现代主义丰富多彩的艺术表现也并非水火不容。单一的现实主义会使乡土走向单调和枯涩,而畸形的现实主义更可能导致乡土的危机。乡土的内容与现代主义的形式有着某种悖反因素,但也有着可共容的契机,这两者若能真正的相互交融,不但能使乡土文学扩展、丰富自己的表现力,还能更深刻、更复杂地揭示并反映人的复杂内心世界与外在生活,从而使乡土文学步入一个新的境界,进入一个新的时代。

"现代主义中的乡土作家"在将现实主义和现代主义融合于乡土小说创作上所做的探索最为突出,成就也最为显著。他们一方面投身于现代主义阵营,借鉴、运用西方现代主义的艺术思维和艺术手法,同时又依恋于中国传统的民族文学,时刻不忘怀现实,不忘怀于大众,更在创作中自觉不自觉,有意与无意地表现出传统文学的内在影响和外在特点,具有作家自我与客观时代双重的社会文化背景。

他们的创作,对于台湾乡土小说传统现实主义文学具有重要的创新意义。应该说,由于海峡阻隔和文学环境等多方面的原因,台湾传统的现实主义基础是较为薄弱的,尤其是在五十年代以前,较之同时期大陆小说,取得的成就有所局限,它也必须要经历新的发展。白先勇等作家从"现代主义"文学阵营中进入乡土小说,既是时代和文学发展的自身选择,也在很大程度上给传统现实主义加入了新的现代元素,促进了现实主义的发展。这其中的内因,是这些从大陆漂泊过来的"寄居者",传统文化的根基都相当牢固,传统文学、传统文化的影响是潜在而深入的,客居异地的漂泊感又必然增强这种文化怀乡与恋土意识。而从台湾乡土小说历史来看,它也是现实主义发展吁求的结果,是台湾乡土现实主义之根的必然延伸。所以,尽管他们在时代潮流中走进了现代主义文学阵营中;但是,他们的精神上又带有很浓的乡土气息,他们的现代主义文学很自然地与传统文学精神,与民族文化密切联系起来,形成对现代主义与现实主义的融会,传统与现代的统一。乡土和传统,是他们内心永远不可能遗忘的精神之根,也是他们将现实主义和现代主义熔为一炉的基础。

所以,他们一方面借取西方,审视传统,同时又认同传统,依恋传统。矛盾与对立、批判与继承,使他们的创作具有双重的持久性,而正是在这持久里,他们发展、丰富了台湾乡土文学。他们虽然大部分人没有乡村生活经验,难以进行细致具体的乡土风情描写,但他们对于祖国乡土("原乡")的强烈怀恋和回归意识,使他们笔下的作品洋溢着强烈而普遍的乡土意识。这种乡土意识,虽然略带抽象性和情感性,但它显然代表着众多海外游子们对于大陆、对于乡土刻骨铭心的思念,对于中华民族悠久文化的强烈认同之情。这种乡土意识,在海外华人中是具有极大代表性和普遍性的。它的意义也已不局限在文学领域之内,更具有文化、历史、社会的深刻内涵。它于台湾乡土文学的题材与影响上都是一个大的开拓,更构成了台湾乡土文学发展史上的一道卓异而独特的风景。

比如在故事场景的烘托、象征和隐喻艺术手法的运用上,他们都是深得中国传统文学之精妙,将传统与现代作了很好的融合。例如白先勇给小说作品命名就很注意采用一些历史意象,借以形成独特的历史悠远感和沧桑感,将人物与情境融进历史意境之中。如《思旧赋》题名就明寓晋代向秀的凄切悲愤,将现实人物的失意悲愁融入古人感怀,意境深远;《梁父吟》亦借用杜甫诗句,寓含主人公"请缨有志,报国无门"的历史命运与深沉感喟;此外,如《谪仙记》之诗题"前不见古人,后不见来者,念天地之悠悠,独怆然而泣下",《台北人》的诗题"旧时王谢堂前燕,飞入寻常百姓家",都是很好地将故事氛围融入历史情境的良好典例。除了题名与诗题之外,白先勇还善于为人物为情节营造氛围,如《金大班的最后一夜》,舞场的热闹与主人公心境形成的强烈对比;《永远的尹雪艳》中尹公馆的繁华喧嚣与一些"触煞"者的悲惨结局互为比照,使人物个性与故事情节得到了良好的铺垫与发展。除白先勇之外,陈若曦等人也是如此,《灰眼黑猫》中猫的意象予主人公宿命之寓意,《巴里的旅程》中对社会黑暗的寓意等,都很好地体现了传统象征艺术手法的现代借用。

此外，在创作语言上，白先勇等"现代主义中的乡土作家"们也很突出地体现了中国传统文学的深刻影响。白先勇的《永远的尹雪艳》中个性化、意境化的人物语言，古典与现代合一、传统与意识交融的叙述语言，取得了很高的艺术成就，以至几乎所有的台湾文学史都把它作为成功的典范列举，这里不再详述。其实不仅是这篇作品，他的《台北人》中的许多作品都是语言意味十足，含蓄深沉又意蕴深远，确实是体现了中国传统书面语言的良好现代转型。除白先勇外，像於梨华的语言具有抒情意味浓郁的特点，聂华苓的语言简洁清新，都各具特色，又同时都体现了中国传统文学重视语言，强调以言传神、以言创意的艺术特征。"在语言上，白先勇的小说语言既流淌着传统白话的精髓（如《红楼梦》《金瓶梅》的白话风格），又熔铸进现代白话的成果；既蕴涵了传统诗词的节奏和神韵，也吸纳了西方文学语言的某种表达方式，最终锻炼出一种圆熟的、从容大气、饱满而又细致的现代白话语言。"①

而於梨华的《梦回青河》语言上的传统意味则更浓，这是作品的"写在前面"：

> 昨夜梦回青河乡，乡景未改，只是家屋已坍，黄草丈高，坍墙碎石中，依稀分辨得出旧日的门庭，天井里的花坛仍在，坛里的枇杷树早已死去，剩下一根枯黄的躯干，斑斑鳞鳞，尽是蛀孔。野草生满一坛，草堆里，有亮晶晶的破镜一角⋯⋯

同时，中国传统文学的重视情节、重意境烘托的艺术特点也鲜明地构成了对"现代主义中的乡土作家"们的启迪和影响。在他们的创作中，除了个别作品以意识流等现代技巧穿插而使情节显得跌宕多姿外，大多数作品都体现了故事清晰、完整的艺术特点，表现出他们与传统叙事方式的亲和。

由于经历、背景的不同，六十年代后期崛起的现实主义乡土作家们不可能具备与"现代主义中的乡土作家"同样的思乡意识和文化回归意识，他们体察不到

---

① 董健、丁帆、王彬彬主编：《中国当代文学史》，人民文学出版社2005年版。

白先勇他们那种内心永远难以驱去的漂泊感与怀乡意识。但是,很显然,白先勇等"现代主义中乡土作家"的创作深刻地影响和启迪了下一代乡土作家,六十年代崛起的乡土文学作家,如陈映真、黄春明等,都曾经经历过现代主义文学的洗礼,深刻感染过现代主义的风潮和影响,他们所创作的乡土文学已经深刻地融入了现代主义文学的因子,现代主义文学技巧和表现方法在台湾乡土文学作家手中被广泛地运用,并使他们笔下的乡土文学在某种程度上呈现两者的有机结合。在一定程度上,在对现实主义和现代主义的整合上,白先勇他们作出了自己初步的探索,而后来者则对他们作了进一步的继承与深化,并取得了更大的成功。可以说,白先勇等"现代主义中的乡土作家"为六十年代末台湾现实主义乡土文学的振兴起下了奠基性作用;而在对传统文化、对大陆乡土的依恋上,"现代主义中的乡土文学作家"们则可谓谱出了他们这一代人的"绝唱",也确实为台湾乡土文学(其意义已不局限在台湾)的题材开拓和艺术表现提供了一个新的境界。这是任何台湾乡土文学研究者都不应该忽视与忘却的。

正是在这一前提下,后起的乡土小说作家对白先勇他们进行的是积极的"扬弃"。一方面,他们借取了现代主义的艺术方法,自觉地将这些方法运用到创作的各个方面;另一方面,他们抛弃了白先勇他们的"乡愁",而是将着眼点放在了当下,在他们身上中国传统文化的影响已经较为淡薄,创作中的文化气息也不那么强烈,他们创作中洋溢的是像田野一样自然清新的鲜活气息,是台湾底层大众的生命气息。正如李乔说过的:"任何创作必须植根于生活,唯有真正忠实于生活,才能创造出真正的文学作品来。"①在他们的文学实践中,再现现实依然是基本原则,现代主义手法和现实主义的融合也不体现在精神上,更主要是体现在具体的艺术手法上。他们的创作本质是对台湾本土农民生活的再现,或者换句话说,现实主义是他们的实质,现代主义是他们的外衣。

这种现代主义气息几乎蕴涵于小说的各方面,比如在小说的情调方面,一些作家不再追求"还原式"写实,而是追求精神上的写实和情感上的写实。我们举李乔的短篇小说《那棵鹿仔树》为例。作品写移居城市多年的老人石财伯因为苦

---

① 李乔:《孤灯·后记》,台北远景出版社 1979 年版。

恋故里,借传统的妈祖娘生日之际孤身重归故乡,触景生情,故乡的一景一物、一山一水均激起起老人的依恋情怀和对往昔生活的深情回忆。最后,在浓郁的乡情中,石财伯悄然带着他亲手拔下的一棵鹿仔树离开故里重回城市,但在城市,那棵鹿仔树还是很快就枯萎了。作品的故事情节颇简单,却散发出浓郁的艺术魅力,原因正是其艺术表现上的现代色彩。虽然作品没有放弃传统现实主义手法,故事的结构安排基本遵循传统现实主义的线性结构,故事发展层次清晰、情节完整。同时,作者也还注意人物背景的烘托,众人的艳羡,同乡阿烈的追随梦,都预示了广阔的时代背景,揭示了资本主义的日益发展对传统生活方式构成的严重影响。应该说,现实主义构成了作品稳健朴实的基调。但是,现代主义影响的痕迹也在作品中随处可见,故事的发展基本循人物意识活动展开,人物意识流与现实生活流交互发展,而且作品笼罩着一股浓烈的乡愁情调。同时,由于对人物心理的全面揭示,展现了人物的复杂矛盾心态:对故土的眷恋,回城的无奈都揭示得相当细腻又深刻。

其他作家也都借鉴了新的艺术手法。比如黄春明的《青番公的故事》和《儿子的大玩偶》,都充分运用了现代小说技巧,将人物的内心独白和现实描写杂糅在一起,客观上加快了小说的叙述节奏,很好地渲染了主人公内心的狂躁感和焦虑意识。至于李乔的《人球》(1969年),人变形为人球,原因一是经常被老板苛责,二是希望回到母亲子宫中,回到胎儿时代,回避这污浊的世界。

再如在语言上,许多作家也有意识融入现代意识,将写实和情感结合在一起。如黄春明《锣》写醉酒的农民:

> 他伏在草地,口里还喃喃不断地咕哝着。公园的晚风一阵一阵抚慰着他,他像熟睡在母亲怀里的婴儿,无声无息地教生命喘息。

再如郑清文的《又是中秋》,完全将人物感受与客观景物合为一体,难以分清楚何为感情何为景物:

> 四周是黝黑的,阿巧还没来,她会不来? 前面的溪水淙淙地流着。风在

刮,竹屏在响着。我看着竹屏的缺口,上次阿巧就从那里钻出来。我看不出有什么动静。草地上很湿,露水下得很重。我的头发,我的脸也都湿了。我曾经对阿巧约过要在这里等她,她会忘掉? 她会不来? 以前她从没有爽约过。

同样,李乔的《采荔枝》是这样描绘乡村老农民阿元婆的形象的:

> 阿元婆,像身边的那对石狮,始终坐在大门上。白发被雨水汇成的小河冲带下来。把整个脸面覆盖了。她双手不停地抚弄,搔抓,梳理,却越理越乱,总是拢不上去。水注入眼里,耳里,鼻子里,又再灌进没牙而跌塌的嘴洞里,咸咸的,咸咸的。她想给儿孙交代甚么,说甚么,可是,面前,白茫茫,朦朦胧胧,荔枝树在哪儿? 儿孙们在哪儿? 看不到了,找不着了。开口喊,喊不得了,唉! 用鼻子呼吸? 都不好——唉,只感到咸咸的,咸咸的。

在经过了现代主义的洗礼之后,即使是作家们采用现实主义的写实方法,风格特点也会不自觉地发生了变化,呈现出新的面貌。在这里,我们看到的已经不再是传统的客观生活再现,而是融会了人物强烈的主体感受。尤其是《水上组曲》以第一人称写出,融合着细腻的情感描写,外在的恶劣环境与内心世界的温情形成对照,成为了和谐的一体。客观和主观、再现和表现、现实主义和现代主义,完全融合成了一个整体,很难说哪个是主导。而正是通过这样的现代主义融会,乡村生活的表现呈现出了新的色彩。较之传统的现实主义,其丰富和细致感显然更胜一筹。

当然,在不同的作家中,对现实主义和现代主义方法的取舍程度是不一样的,比如王祯和就更多地运用传统的现实主义手法。他依然保持冷峻而客观的叙述方法,甚至在客观中还要加上些嘲笑进去,从而形成了自己独特的艺术风格。但这并不妨碍他在深层次上对现代主义艺术的借用:"'乡土'气息的浓厚并没有妨碍王祯和在小说中注入现代'因素',在《鬼·北风·人》和《嫁妆一牛车》等作品中,对弗洛伊德理论的潜在涉及使这些作品能够深入到幽深的潜意识层面,在表现人性的'深'方面达至极高的境地。"①正如有学者指出的:"因为他是小人物的一分子(在思想感情上的对小人物的认同),对卑下的生活有着同样的感受和同样的辛酸,他鄙视和痛恨这样的生活,从而加以揭露和诅咒。他不给痛苦的生活加进甜味,也不给受创痛者擦干伤口上的血滴;相反他以辛辣的嘲讽,给苦水添加黄连,在滴血的伤口上撒上盐巴,使苦之越苦,痛者愈痛,把用喜剧形式裹着加倍痛苦的悲剧呈现在读者面前,期望人们在嘲笑它的同时不期而然地凄凉起来,在回顾自己的处境中升华感情,从而产生真正的关心、同情和怜悯。这就是说,王祯和这样写的目的,在于要唤起一种比直接的关怀要深刻得多的同情。"②现实主义和现代主义艺术手法的融合,给予王祯和小说以深刻而独特的艺术魅力。

同样,郑清文也是以写实手法见长。他的小说简洁清新,散文式的笔调,抒情性强,在含蓄蕴藉的笔调中侧重写人物的心灵世界,再通过人物的命运折射时代,颇有海明威"冰山理论"的实践者之风。他的现代艺术因素是通过细致的艺术感体现出来的。

第三节 台湾:现实主义与现代主义的融合(二)

借鉴了现代主义手法,融入了现代主义艺术的因素,六十年代台湾乡土小说确实呈现出了许多新的艺术气象,具有新的艺术感染力。当然,这种新颖也并不是说毫无缺点,但总体而言,它为台湾乡土小说注入了新的气息,带来了新的发展契机。对于台湾的乡土文学发展历史来说,它是一个不可忽略的重要发展阶段,因为正是经历了现代主义文学的洗礼,经历了六十年代中后期乡土作家的积极探索,乡土文学作家们逐渐走出了与他们以现实主义为唯一创作方法的先辈们迥然不同的局面。

概括而言,六十年代乡土文学作家体现了对现代主义与现实主义进行融会

---

① 董健、丁帆、王彬彬主编:《中国当代文学史》,人民文学出版社2005年版。
② 陆士清:《谈王祯和的小说创作》,载王祯和《快乐的人》,海峡文艺出版社1989年版,第329页。

与整合的趋向,他们的创作使台湾乡土小说呈现了新的风貌,最基本的是如下几个特点:

一、现实与超现实的融会

六十年代的乡土作家是现实生活的关注者,他们关心现实社会问题,对社会进行揭露和批判;但是,对于其中一部分作家来说,现实已不是他们的唯一目的,在揭示现实问题和关注现实人生之外,他们开始探寻一种"超现实"的对文学本体的追求,具体的就是对诸如人性、命运等人类普及性的问题进行探讨,试图在现实的文学之外要进入一个新的层面。如郑清文著名的短篇名作《槟榔城》,在其现实"冰山"之下就隐藏着对于理解和性爱等问题的一些抽象性思索;李乔的《那棵鹿仔树》也展示了人类所面临的普遍性的城乡迁移问题。关注乡土,立足乡土,但又不局限于乡土,试图超越现实乡土,这显然比囿于现实的作品内涵更广,距离文学的本体也更近。

由于乡土文学以展现乡土风情、描摹乡土景观为基本内容,它与以反映论为哲学基础的现实主义创作方法有着天然的联系。事实上,自鲁迅揭开现代乡土文学的序幕,现实主义就构成了乡土文学创作的主体方法,作家们以精细的白描临摹着各式各样的乡土风情,描画着湖光山色、幽涧深林;同时,作家们在清晰流畅的故事结构中往往寄寓了一定的社会批判思想,在乡土的景观中往往勃发出一股现实批判的豪气。

在某种意义上,现代主义创作方法与乡土文学存在着某种悖反,现代主义创作方法源自现代都市对人的压抑,它往往借夸张、象征等方式表达现代人的焦灼和痛苦,展现自我强烈的精神渴求。完全的现代主义显然是不适合乡土文学的。但是悖反仅仅是事物的一个方面;在另一方面,现代主义与乡土文学有着某种内在的相通性,现代主义对都市文明的反抗实即寓含着对乡村文明的回归。而更重要的是,无论哪一种文学类型,它的终极目的都是对人的揭示,对人性的挖掘,现代主义由于它的丰富技巧,在表现人的深层意识、揭示人的深层思维上有独到之处,时空交错、象征等艺术方法的应用也有助于更准确、更细微地把握这一世界。所以,当我们越过现代主义与乡土文学外在的悖反,就能够从现代主义创作方法中汲取很多补给，尤其在艺术表现方法上，现代主义丰富多彩的技巧借鉴更能充实乡土文学现实主义（虚假的现实主义更能损害乡土文学），多方的借鉴能使它更为成熟，更为蓬勃兴旺。

事实上，现代乡土文学的开拓者鲁迅就并不是完全采用纯客观的现实主义，而是往往在创作中汲取和杂糅了多种现代主义的艺术表现方法，比如《狂人日记》中运用的象征手法就很突出，即在他的现实主义代表作《阿Q正传》中，单纯的现实主义是远不能概括其丰富和复杂性。在《阿Q正传》中，适度的夸张变形、丰富多义的象征，以及溢出人物之外的对于更广阔社会"集体无意识"的深入挖掘，都显示了鲁迅先生对于现实主义创作方法的丰富与超越，鲁迅先生的这些成就卓异的乡土小说，于现代乡土文学树起了一块丰碑，他对于艺术形式的广泛采撷，对于后来的乡土文学作家亦有深刻的启迪。

二、语言的成熟

早期乡土文学是用不太成熟的汉语写作的，在文学表达上，质朴本色，但距生动、流畅的要求还很遥远；现代主义文学的语言则在受到欧化句式强烈影响的基础上对语言进行了大胆的创新。六十年代乡土文学显示了对二者的充分吸纳与融合，他们的作品语言在总体上表述清晰、流畅的基础上，呈现多种风格的放射。这之中，既有李乔的清新婉曲，又有黄春明的质朴明朗和郑清文的简洁含蓄。而如果说"现代派中的乡土"作家白先勇的语言体现了传统文学与现代主义的交融的话，那么新一代的语言更多是一种现实生活与表现手法的交融。生活化是他们共同性的特征。

在台湾光复之初，有一些台湾本土作家提出了"台湾话文学"和以描写台湾事物为限制的"台湾乡土文学"的口号。这种宣扬台湾文学本土化、台湾文学语言应方言化的主张，虽然在当时尚未形成大的气候，但反映了一定的台湾乡土本位趋向，在六七十年代的台湾乡土文学复归中产生了一定影响。

台湾文学刚刚走出日据时代，紧接着又是国民党入台。大陆作家随之进入台湾，对于促使台湾文学回归民族传统、台湾文学语言回归新文学传统起到了一定作用；但是由于国民党在五十年代采用文化专制政策，阻塞了台湾文学与大陆文学、五四新文学的联系,大大阻遏了台湾文学的发展,也阻滞了台湾当局文学语言迅速走出日据化的阴影时代的脚步。确实,在台湾五十年代的本土作家创作中,文学语言不流畅、不通顺的情况到处可见,语言结构上受日文的影响更是明显,个别作品中甚至有夹杂日文的情况。这对于台湾文学的发展显然会严重滞后。

所以,对于六十年代的台湾乡土文学作家们来说,面临着双重的语言课题:一方面是要彻底消除日本殖民主义对台湾文学语言的影响,使台湾乡土文学语言完全回复汉语化,通顺流畅是其基本要求;另一方面则要超越以前乡土文学作家的语言表现力,力争在语言表现上走向现代化,从而使文学进入一个更高的层面。应该说,这个课题在台湾乡土文学经历了现代主义文学潮流的"洗礼"后得到了较好的解决。六十年代的台湾乡土文学语言不但比五十年代的日化语言,而且比之前的台湾乡土文学语言,也有了很大的发展。

在台湾现代主义文学作家中,有一些作家深受西方文学的影响,他们不但在文学方法上严重受西方熏染,文学语言也深受欧式语法影响,最典型的当数施叔青和王文兴。施叔青作品的语言与她所表现世界的分裂变形相一致,充分呈现出乖张、丑异的特点。如她的《约伯的末裔》、《凌迟的柳束》等作品的语言,就给人以强烈的怪异感觉。白先勇曾这样评述施叔青的小说语言:"不属于中国典雅平顺的传统语言,似乎也不是受西方作家影响的语句,而是施叔青为了表现她那奇异的个人世界,而创出的一种语言……施叔青小说的世界中,死亡、性、疯癫——几乎无时无地不在,因此她所用的明喻、暗喻、象征、意象,都是表现这几样主题。"

王文兴在《家变》中所进行的语言变革试验,曾被某些评论家寄予希望是"不但'空前',而且'绝后'",其影响力和所受到的批评都非常突出。确实,他的作品对于一般人来说难以卒读,因为它不只是晦涩更因为它很多地方违背了传统汉语的语法结构,意思也很难明确理解。比如作品有"他很容易听见彼父亲的咳嗽声"等文白夹杂式,有以"……一下嘴腔"代替日常所说的"濑口"的怪句式,有"致是他知道他的妈妈她已以为她的爸爸他永永不会再复回来了"、"感到特特的不能受纳"的重复,以及以一些奇怪的感叹虚词来表示语气,甚至有以拼音字母或英语字母代替的情形。凡此种种,可见王文兴的语言确实呈现了惊世骇俗的特征。

与施叔青、王文兴语言强烈受到西方文学的影响不同,在"现代主义文学"旗帜下的另一些作家,坚持现代主义与现实主义的杂糅,由于他们有着较深厚的传统文学根底,对传统文化也持向往肯定之情,并普遍在作品中表达对祖国大陆大乡土的思念和描述,所以我们把他们称作"现代派中的乡土文学"。他们的文学语言也形象地体现出这样的特点。

最典型的如白先勇,由于他受传统文学修养的浸润,再加上他在作品中较广泛地采用传统的白描手法,他的语言既具有古典文学作品的凝练简约,又兼备白话文学的通俗形象;同时,偶尔的欧式句法又显示作者受到现代主义文学的浓重影响。比如在《永远的尹雪艳》中对尹雪艳的描写:

> 尹雪艳在舞池子里,微仰着头,轻摆着腰,一径是那么不慌不忙地起着舞,即使跳着快狐步,尹雪艳从来也没有失过分寸,仍旧显得那么从容,那么轻盈,像一球随风飘荡的柳絮,脚下没有扎根似的。尹雪艳有她自己的旋律。尹雪艳有她自己的拍子。绝不因外界的迁异,影响到她的均衡。

在这段描写里,像"分寸"、"从容"、"轻盈"、"迁异"等语句,都带有一定的文言色彩,但用物表达尹雪艳的冷艳个性,却非常吻合,恰到好处。口语化、欧化句式与文言句式的适度结合,在某种程度上代了中国现代文学语言正确的走向,也显示了对中国传统文化浸润颇深的白先勇对于台湾乡土文学语言发展的卓越贡献。

除白先勇之外,现代派中的乡土作家聂华苓、陈若曦、於梨华等人的语言运用也取得了相当的成功。

经历了现代主义文学的"洗礼"和现代派中的乡土作家的探索之后的台湾六十年代现实主义乡土小说,文学语言有了新的发展。以李乔、郑清文、王祯和为代表的这些作家的创作语言,比较他们五十年代前辈们的"日化"影响,固然早已是自然流畅、完全生活化和民族化了,即较之更老一辈的现实主义乡土作家的质朴平白,他们的语言表现得更为丰富,他们借鉴了现代主义作家们的语言创新,但基本脱离了现代主义中的乡土作家们向传统文学语言借鉴的优长,显示出自己的融合特征。而且,在他们的文学语言探求中,个性化、风格化特征也初步展露,像王祯和、李乔等人的语言都各具特色,异彩纷呈。

方言的运用是六十年代后期新乡土小说家的集体特点。李乔始终将笔触集中在鹿港这块土地上,其人物也始终带着地方独特的方言韵味。同样,王祯和的小说更是以方言取胜,在六十年代末期发表了他的乡土文学代表作《嫁妆一牛车》,就充分显露出他别具特色、以方言为主体叙述语言的文学语言特征。他充分借用闽南方言,表现有独特文化内涵的闽南人的乡土生活,如"干伊娘,给你爸滚出去,干伊祖公,我饲老鼠咬布袋,干!还欺我聋耳不知情里!""干——没家没眷,罗汉脚一个,鹿港仔,说话咿咿哦哦,简直在讲俄罗!伊娘的,我还以为会有一个女人伴来!"虽然乡土小说过分的方言化可能导致晦涩难懂,但是适度的、准确的地方方言表达确能增进乡土小说的地方文化感,使乡土小说真正体现出地方特色文化,表现出真正乡土的本味的现实生活。

另一位现实主义乡土大家李乔的文学语言则呈现出另一种特色。虽然他也运用方言,但他突出的是从现代主义文学语言中汲取营养,以细腻的、个性化的语言表现人物复杂的内心世界,他的语言情感化和意境化特点较为突出,朦胧美、含蓄美的美感特征较为鲜明。我们可以举他的成名作《那棵鹿仔树》为例,当主人公老人石财伯满载着乡愁回到故乡时,在他充满愁绪和爱恋的眼里,故乡的山水呈现出迥然于日常的情景,而老人在乡人热情的款待中,内心仿如沉醉,现实与幻觉巧妙地杂糅在一起:

> 忘不了。这一团热情,像六月天的日头,火烈的,任你块顽石锈铁都要熔净;更像农家自酿的葡萄酒,喝下一瓶半瓶,没问题,汽水般地顺口。可是,五分十分钟后,来啦,那个醇法:晕晕地,陶陶地,飘飘地,茫茫地,痴痴地,就想大笑三声,笑出泪汁来;就想痛哭一场。哭什么也不是,最后哭笑混合一起——人生到这个窍眼上,不能说了。真的。

除王祯和、李乔之外,像郑清文等作家的语言也是各有特点,他们充分体现了六十年代现实主义乡土文学语言上的新成就和突破。

正如生活本身是丰富多彩的一样,乡土文学的语言表现也应该是多样化的,而民族化的、生活化的乡土语言,则是乡土文学语言必不可少的条件。在比较了大陆六十年代乡土文学和台湾六十年代乡土文学不同的道路之后,我们不难得出这样的启示。

三、艺术手法的多样化

以艺术视角为例,传统的现实主义手法在叙述视角上一般采用单一的全视角。台湾早期的现实主义乡土文学也不例外(虽然受大陆同期《狂人日记》等的影响,有个别作家如张深切的《鸭母》也尝试于篇首设置"叙言",在一定程度上采用了自知内视角)。六十年代现代主义文学受西方文学的影响,对叙述视角的创新作了不懈的追求,自知视角、第三人称视角等多种视角的运用丰富了文学的表现。六十年代现实主义乡土文学作家汲取了现代派文学的优点,也广泛采用多元叙述视角。如郑清文的《校园里的椰子树》和《三脚马》都是采用第一人称的内知视角,李乔的《人球》也是第三人称的内知视角等等。多元叙述视角丰富了乡土文学作品的表现力,也深刻反映了更复杂更广阔的现实生活世界。

当然,六十年代台湾乡土小说在现实主义和现代主义的融合上也未能取得完全的成功,甚至可以说存在着一定的缺陷。比如现代主义中的乡土小说所奉献出来的是一种颇带抽象意味的乡土文学,这种不完全的现实主义使作品的乡土气息蒙上了不清晰的灰土。由于作品人物的语言、行为设计都有明确的意图而不是出自生活本身,因此,尽管有一些人物语言有着表面的"生活气息";但它并不能切中真正的现实生活本身,乡土人物真正朴实的思想感情得不到真实的表现,"地方风俗"也自然成了一层外在的蛇蜕,与生活的本质完全相悖离。另外,也许是缘于生活真实的匮乏,作品虽以现实主义白描为基本笔法,却未能进行细致形象而又有地方特色的风物描写。

同样,在新乡土小说作家的创作中也存在一定的遗憾。首先是现代主义手法运用得不够娴熟,和现实主义写实手法的融合比较生硬。比较起来,那些传统手法运用得较好的作家,所取得的艺术成就要更高一些。如黄春明、郑清文的作品,艺术魅力主要来源于写实——当然,他们的写实也是包含了现代主义的因素。其次,缺乏真正有分量的、内容丰富的长篇小说作品。作家们的艺术尝试,或者说比较成功的作品,都是在短篇小说领域。这显示出作家们还未能充分地将现实主义和现代主义融合。

就现代和传统这个角度来看,六十年代乡土小说的整合,我们觉得白先勇是其中的佼佼者,读他的作品,即可体会到现代性的情绪、感觉,又可得到传统美的享受;而就现代主义与现实主义的整合,六十年代的现实主义乡土作家们固然已取得了一定成绩,但还未能达到最高的境界,其圆熟的结合期是在七十年代乡土作家的优秀创作中。

第五编

七十年代到世纪末的乡土小说：
转型期的批判与守望

第一章　两岸乡土小说发展的不同路径（上）

上世纪七十年代，由于两岸社会状况和文艺生态迥然有别，两岸乡土小说的发展路径也显示出鲜明的差异。在六七十年代，当大陆正在进行"文化大革命"时，台湾却处于经济高速发展时期，都市化进程快速展开，社会生产重心由农业转向工业和服务业，经济模式也相应地由进口替代内向型转变为出口导向外向型，台湾乡土小说生动记录了台湾乡土社会的转型，以及在这一转型过程中人们对于乡村和土地的复杂情感。更为重要的是，在七十年代，由于钓鱼岛事件（1970）、台湾被驱除出联合国（1971）、尼克松访华（1972）、日本与台湾"断交"（1972）等重要历史事件的发生，民族主义意识在台湾高扬起来，按照许多学者的认识，左翼传统也在这个时期复归，①而著名的乡土文学论战（1977—1978）便是发生在这样的背景下，所有这些都彰显出台湾复杂的历史经验和历史意识。七十年代的社会文化思潮以乡土文学论战作为重要的支点，对台湾的政治、文学产生了深刻的影响，而乡土小说创作也因之与大陆面貌各异。

在"文化大革命"结束后，大陆文学进入了"新时期"。新时期大陆乡土小说顺应时代主潮，以启蒙话语为先导，开始了新的征程，从"伤痕文学"、"反思文学"

---

①　关于"左翼传统的复归"，见本编第二章第二节。

到"改革文学"、"寻根文学",大陆乡土小说从"文化大革命"阴影中艰难地走出,一方面感应时代的脉动,书写古老土地上的新变;另一方面又回顾传统,试图以现代性的眼光在传统中发现民族文化之根。到了九十年代,大陆的市场经济风风火火进行,城市化进程快速展开,乡村不可避免地被裹挟其中,其中比较引人注目的现象便是乡下人进城打工。民工在城市和乡村之间的流动、迁移,改变着乡村的生产方式和农民自身的生活方式。从经济到文化,再到乡民心理、思想观念,乡村由表及里地向着城市敞开。而知识分子在八十年代的精英姿态和启蒙立场在进入九十年代后也不再居于社会思潮的中心位置。在这样的社会转型期,时代的巨变和人们价值观念的变动影响着乡土小说对叙述对象和审美表现方式的选择。

而在海峡对岸的台湾,经过六七十年代的高速经济发展,到了八十年代,都市化的程度已经非常高,有论者指出:"八十年代以降台湾社会加速了都市化进程,到八十年代中期,台湾城市人口已达 80％。"①相应地,作家的乡土体验有被都市体验所取代的趋势。乡土小说从七十年代的文坛主流地位退居于边缘,其美学意蕴也有所嬗变;同时,都市文学迅速崛起,到了八十年代末,黄凡、林耀德甚至提出了"都市文学跃居台湾文学主流"的说法。② 将此状况与大陆作对照,不难看出,大陆的城市化进程迄今尚在进行之中(其完结时间目前似乎也不能够预料),农民仍在不断进城打工,成为"城市异乡者"。台湾的现代进程(以及由此延伸的后现代进程)相对来说具有"整一性",而在广袤的大陆土地上,现代化进程则凸显出较为分明的层次感、差距感(某种程度上,"城市异乡者"的大量出现,其直接导因正是这种差距),从沿海到内陆、从东部到西部、从城市到乡村,大陆的社会发展存在着一定的落差,前现代、现代、后现代这几种文明样态均可在今天的中国土地上找到相应表现。同时,大陆社会发展造成"文化滞差"③,新的文化未必能够解决很多现实问题,而旧的文化依然顽固存在,沉重而复杂的历史意

---

① 朱立立:《台湾都市文学研究理路辨析》,《东南学术》2001 年第 5 期。
② 黄凡、林耀德为《台湾新世代小说大系 2·都市卷》撰写的前言,台北希代书版公司 1989 年版。
③ 关于"文化滞差",参看丁帆《社会转型期知识分子的文化选择》,《粤海风》1997 年第 10 期。

识作用于当下的乡土社会，乡民（以及创作主体）的思想观念与现代化进程产生了不同程度的对抗。正是社会发展的不均衡，思想观念的差异，使得大陆的乡土小说在叙事内容和叙事方式上具有多样的、混杂的形态，同时也使乡土小说具有多种质地以及较大的阐释空间。

尽管两岸的工商社会转型存在着二十余年的时间差，并且在具体表现上也有如上所说的总体差异，但两岸具有相同的血脉和文化之根，对脚下的土地、对置身其中的传统文化都有相类的情感和体验方式。当农耕文明向工业文明转型时，延续了许多世代的生活方式迅速变化，传统的道德观、伦理观也随之面临更替或消解。宏观地说，这一社会转型乃是我们这个历史悠久的民族在新时代的精神嬗变，而两岸的乡土小说中都有这一巨变多姿多彩、悲喜交集的投影。由此，对转型期两岸乡土小说的比较，既饶有兴味，也有其重要性。

本编前两章梳理了七十年代以来两岸乡土小说发展的不同路径，其中第一章论述了大陆"文化大革命"和八十年代乡土小说的衍变；第二章则分别讨论了七十年代的台湾"乡土文学论战"和七十年代台湾乡土小说的创作倾向（尤其是其中的反殖民意识），由于这两章着眼于两岸乡土小说发展的"不同路径"，因此，第一章（大陆部分）和第二章（台湾部分）均在"不同路径"的导向下勾勒出两岸乡土小说的衍变，并论述其衍变的内在机理。至于转型期两岸小说（台湾七十年代以来和大陆九十年代以来）之比较，则留待第三章展开。

第一节 "文化大革命"时代大陆小说乡土精神的沉沦

开始于 1966 年的"文化大革命"是一场深重的历史灾难，在世界文明史上，也是一场罕有其匹的、残酷的历史闹剧，法西斯文化专制主义和文化虚无主义及其对民间的渗透与统治，是这一时期中国社会与文化的根本特点，而炮制于 1966 年 2 月的《林彪同志委托江青同志召开的部队文艺工作座谈会纪要》，便是这种"霸权文化"的根本纲要。《纪要》在全面否定我国三十年代甚至五四以来的文艺传统以及中外古典文学包括世界无产阶级的文艺传统、宣扬文化虚无主义的同时，以"兴无灭资"、"有破有立"的原则实行文化专制主义，并且通过"好的样板"作品来创造自己的"新文艺"。在这种情况下,文化界的"梨庭扫院"和"彻底清洁"终于导致了文化组织机构以及整个文艺队伍的几近溃解。所遗存的,只是那些臣服于文化专制淫威并且"洗心革面、重新做人"的"文学工作者"。即使是郭沫若这样一个进入主流、身居高位的"文化人"也做出这样的"表态":"几十年来,一直拿着笔杆子在写东西,也翻译了一些东西。按字数来讲,恐怕有几百万字了。但是,拿今天的标准来讲,我以前所写的东西,严格地说,应该全部把它烧掉,没有一点价值。"①郭沫若在这里用以衡量自己既往文化活动的标准显然便是当时的《纪要》所"钦颁"的文艺天条,这些文艺天条主要包括:"根本任务论"、"三突出"原则以及 1970 年代以后提出的"写斗走资派"等论点。

　　《纪要》将"满腔热情地、千方百计地去塑造工农兵的英雄形象"、"努力塑造工农兵的英雄人物"作为"社会主义文艺的根本任务",实际上,这一"根本任务"论正是建国以来主流意识形态不断要求书写"社会主义新人"的文艺主张的逻辑结果,更是 1960 年第三次文代会所确立的"文艺为工农兵服务"文艺方向的恶性发展。如果说,"根本任务"论只是为"文革"文学规定了努力的方向和目标,那么,同时提出的"三突出"要求当时的文艺创作必须坚定不移地遵循"在所有人物中突出正面人物,在正面人物中突出英雄人物,在英雄人物中突出中心人物"②基本原则,同时还为文学创作规定了僵死、呆板的程式化的组织结构技巧及修辞方式,这从根本上扼杀了整个文学的生机与活力,也导致了乡土小说创作的全面沉沦。

　　但是,文学生机的丧失和文学创作的沉沦并不是以文学的全面死亡作为表征的,实际上,"文化大革命"时期的文学活动并未完全终止。一方面,地火依然在奔突与运行,正常的文化活动包括文学写作及文学鉴赏往往是以"非法"的方式存在着,这种"非法"的文学活动已经无法借助于"大众传播"来实现自己,而主要依靠"人际传播"在悄悄运行,这便是当时愈禁愈烈、生生不已的"手抄文学"和"地下文学"。

---

① 郭沫若:《向工农兵群众学习,为工农兵群众服务》,《光明日报》1966 年 4 月 28 日。
② 《努力塑造无产阶级英雄人物的光辉形象》,《红旗》1969 年第 11 期。

另一方面，当时"合法"出版或发表的文学作品就产量而言和"十七年"相比较也是有过之而无不及的。据统计，仅长篇小说，在1969年到1977年的9年时间内，便出版187部，平均每年20.8部，远远高于建国初十年的平均每年13.5部的产量，只不过这些作品要么属于贯彻"霸权文化"的"根本任务"论、"三突出"原则或"写斗走资派"的"瞒"和"骗"的"御用文学"，要么是无法避免当时主流意识形态的文化渗透，难逃上述创作模式并且一样奉持"斗争哲学"的"阶级斗争文学"。前者如《虹南作战史》和南哨的《牛田洋》，它们也是"四人帮"在小说领域所树立的"样板作品"，后者如浩然的《金光大道》（第一部1972年版，第二部1974年版）、谌容的《万年青》和克非的《春潮急》等。后者这些小说由于不同于前者与"文化霸权"之间存在着组织上的"御用"关系，因此都不同程度地具有鲜明生动的个性描写及浓郁的乡土气息，文本组织中会有少量的风景画和风情描写，但是对于主流话语的"迎合"和"暗合"，同样使得它们与真正的现实主义有着相当大的距离。对于我们来说，这类作品正是有着更加复杂的历史意识的"经典"文本，从中我们不难发现"文化大革命"时期专制文化的强大"霸权"力量以及文学叙事向着主流话语的刻意迎合。中国现代小说中情系乡土的精神传统在高度专制的"文化大革命"时代面临几乎彻底沦丧的历史悲运。

我们不妨以《金光大道》为例，考察一下这种历史悲运。分别出版于1972年和1974年的乡土长篇小说《金光大道》第一部和第二部所书写的主要是华北农村芳草地的领头人高大泉带领村民们和资本主义道路进行坚决斗争，并由单干而"组织起来"，走上互助组和合作化这一社会主义"金光大道"的"历史故事"。如今，"话语讲述的年代"和"讲述话语的年代"均已被历史宣布为虚妄与癫狂。但是，诚如米歇尔·福柯所指出的，历史文本的重要意义"不在于话语讲述的年代，而是在讲述话语的时代"，通过对《金光大道》这一历史文本的存在形式及其文本内部的压抑关系的分析与揭示，我们兴许能够窥见其所隐含的历史秘密以及其和当时的主流意识形态之间的"共谋"关系。更能发现在那样一个疯狂的年代，中国文学中乡土精神的沦丧达到了怎样登峰造极的地步！在此意义上，浩然的《金光大道》倒是为我们提供了一个相当珍贵的文学文本，我们在这部作品中所看到的，只是依循着当时的主流意识形态要求的政治"突出"、乡土遭弃的虚假无趣的所谓"金光大道"。

《金光大道》的基本叙事结构便是以高大泉为代表的社会主义道路和以张金发为代表的资本主义道路之间的斗争。路线斗争不仅展开于贫雇农和地主、富农以及暗藏的反革命分子"歪嘴子"、冯少怀和范克明们之间,同时也反映于党的内部,王有清、谷县长和张金发等便是资本主义势力在共产党内的"代理人"。在《金光大道》的历史叙事中,即使是最具民间色彩和日常性的私人行为(如婚嫁、兄弟分家、民间借贷、购买行为)都是一种政治行为,与此相关的每一种私人选择,都是一种对于"两条道路"的政治选择。在这里,民间的自主色彩和自在气质已经全然丧失,乡土小说通常具有的"非关政治"的风俗民情及异域风光已被作家所严重忽视。正如小说中的人物所自白的,贫雇农对于新生活的感恩主要表现为对共产党、毛主席的爱戴,而非对于各方菩萨的崇信。"文化大革命"时期横扫全国的"破四旧"作为主流意识形态的一个重要的文化战略自然导致了作家对于民俗民情的忽视,而乡土景观、自然气候的描写在作品中的少量出现除了简约地作为农民生存环境的表现之外,大部分是为了烘托斗争气氛、作为人物出现或生活的舞台背景而被组织进整个路线斗争的故事之中的,就后者而言,作品中的自然景观和气候描写所执行的无非只是一种单纯的政治功能,正面人物,特别是英雄人物的出场一般都以明亮的背景作为衬托。

> 在东方,移来三个健壮的身影,灿烂的阳光,好像给他们每一个人都披上了一件金线绣成的斗篷。走在前面的是党支部书记高大泉。……
> (第二部·52·"集体力量能胜天")
> 月亮升起来了,夜色显得格外的明净、柔和。
> ……
> 他(高大泉——笔者注)迈着轻松的步子,往家走。
> (第一部·25·"家务事")

而阴暗的角落及黑夜和雨天往往都是阶级敌人出现的场所:

夜深人静了。

有一个人（指歪嘴子——笔者注）顺着墙根，挪到张家门口……

（第一部·9·"夜深人静"）

　　阶级敌人范克明不是"顺着墙根追过来藏在一棵树后边"，便是"走在黑乎乎的街上"，或者是"'咕咚'一声，消失在黑暗里"。而高二林对钱彩凤一见钟情并且冒雪送其回家也是"匆忙地走下高台阶，朝黑暗的方向拐过去"。在《金光大道》之中，"高台阶"无疑喻示着社会主义的阵地，是以高大泉为首的贫雇农们的活动场所，而"灰暗方向"同样也喻示着中间人物高二林从此走上了与社会主义相反的歧途。

　　在《金光大道》的人物形象系统中，高大泉明显是一个绝对中心化的英雄人物，这一中心化的地位的取得无疑应该"归功"于对"三突出"创作原则的严格遵循。除了高大泉之外，小说还有意塑造了周忠和朱铁汉这样两个英雄人物，而与高大泉相比，他们在芳草地的社会主义事业之中的作用无疑只是辅助性的。朱铁汉虽然在政治上极为坚定，但是往往有勇无谋，需要高大泉时加点拨；而周忠老汉虽然德高望重，但是又无法介入党内斗争，实际上仍然是唯高大泉马首是瞻。这样，高大泉这一英雄人物的中心化地位便通过对与其同一阵营的正面英雄人物的弱化获得了凸显。

　　就作品的情节演进而言，《金光大道》也与"三突出"原则所要求的"三陪衬"、多侧面、多回合、多波澜、多浪头即"水落石出"和"水涨船高"等塑造中心化人物的叙事模式基本相符。

　　此外，高大泉这一人物形象的塑造，是假借于文本叙事之中二元对立的压抑模式得以完成的。《金光大道》之中，存在着大量的非此即彼的二元对立模式，社会主义/资本主义、集体化/单干、共同富裕/发家竞赛、贫雇农/地富农、党性/人性、阶级情/人情、男性/女性……叙事对这些不可调和的二元对立的处理往往是以前者的胜利来压抑或取消后者并且以此来建立前者的权威，就芳草地的历史变迁史来看，确实是贫雇农们以共同富裕为目标的集体化的社会主义道路在不断取得胜利。《金光大道》的第一、二两部也是分别以互助组和合作化的实现作为其乐融融的"大团圆"结束的,而党内和党外的阶级敌人的资本主义"阴谋"也受到了挫折。这样一个结果无疑又归功于芳草地的领头人高大泉,归功于其超凡入圣的"卡里斯玛"魅力,从而便也成了高大泉最为主要的英雄事迹。就高大泉这一人物形象本身而言,丰富生动的人性内容无疑已被作家所抽空,剩下的只是一个符合作家理念,也是主流意识形态所期许的无产阶级英雄。在作品的"引子"之中,高大泉便已具有强烈的"道路意识"和对"幸福未来"的乌托邦冲动,只是这种"道路意识"和"乌托邦冲动"还不具备明确的社会主义色彩。而在"正文"之中,共产党员高大泉确实时刻以"社会主义"理想来烛照和规范一切,这一理想和坚定的党性立场及阶级本能几乎使其具备了先知先觉的神能,他在未能确知上级精神的时候便能窥破张金发们鼓吹发家致富的"资本主义"用心。在高大泉身上,我们无法看见一点属于"人性"的东西,他有婚姻,有妻小,可是他与吕瑞芬之间丝毫没有爱情可言。正如高大泉所说的,吕瑞芬不过是支持起社会主义事业的基本群众,他们之间的关系不过是一种阶级关系。当他从北京赶回芳草地后,丝毫没有重见妻小的急切心情,一进村便发现了标语的问题并和张金发发生了正面的冲突,回家之后的夫妻夜话也毫无基本的人性色彩。高大泉的所思所虑,主要还是革命工作以及暗暗下定"一定要干下去,一定要干出个样子来"的决心。在高大泉这里,任何日常生活以及私人情感无不关涉"社会主义"的"革命大计"。他对高二林与钱彩凤的恋爱,提出的是这样几条意见:

> 第一,钱金凤是不是跟咱们奔革命大目标的人,她的心思,你得摸透;第二,这件事儿,冯少怀插手没有,他是不是又在打咱的主意,这你得有底;第三,上边这些没问题,你俩又真好,我赞成,你嫂子也会赞成。
>
> (第一部·25·"家务事")

在这里,党性和阶级性无疑取得了对于人性和人情的绝对的优先性,而其本身无疑也是严格遵循这样一个基本原则的:

> 高大泉对媳妇说:"我先告诉你吧,对咱们的家务事儿,我过去管得少,

今后更顾不上多管了,我得一心一意地跟同志们一起带着全村闹增产,奔社会主义呀!"

············

吕瑞芬替男人拉拉被角,轻声回答:"你是党里的人,就得这样嘛!"

（第一部·25·"家务事"）

在《金光大道》第一部的"家务事"里,遭受压抑的不光是个体的肉身欲望、私人感情和基本人性,作为性别的"女性"无疑也遭受到了"男性"的压抑。高大泉这样一个"文革"文学中作为典型的中心化的正面英雄形象就是这样根据"三突出"的创作原则及独有的叙事程式、压抑关系和人物修辞推倒了整整一个时代的文学"巅峰",从而也使这个填满了当时主流意识形态的无尽欲望的抽象空洞的阶级符码成了"文革文学"的重要标志,这一标志也昭示了二十世纪中国乡土小说的历史发展由此步入了绝境。

自觉书写和生动描绘不同地域的风景画、风俗画和风情画,并在这样的书写中使得作品散发出鲜明强烈的乡土色彩,一直是自鲁迅以来中国现代乡土小说的宝贵传统;但这样的传统却在以《金光大道》为突出代表的"文革文学"中遭到弃绝,所"突出"的,实际上只是"文革"政治所迫切需要的形象性的政治符码。

第二节　新时期大陆乡土小说中的启蒙话语

新时期大陆乡土小说肇始于"伤痕文学"与"反思文学",它们在批判极左政治的同时,自然承续了五四文学的启蒙传统。中国大陆乡土小说在"十七年文学"中曾经深受"两结合"的影响,逐步走向工具化和政治化,并最终走入虚假"现实主义"的死胡同;"文化大革命"则更加剧了这一趋向。"文化大革命"中的"乡土小说"(如果我们对《金光大道》、《牛田洋》等作品依然借用此称谓的话)几乎完全坠入了政治意识形态工具的怪圈。在那里,乡土小说被惊人地扭曲,既没有了"文学"的意味,更无"乡土生活"的气息,他们不过是"文革"废墟中勉强可称得上是植物的几株"病梅"而已,因此,批判与反思极"左"思潮,呼应政治与思想改革,使文学摆脱意识形态的束缚，一直是"伤痕文学"与"反思文学"所承担的任务。

而"文化大革命"的政治并不只是体现在它现实的文化专制上，它颇有渊源的历史更加剧了它对文学界旷日持久的深刻影响。所以，"文化大革命"之后，尽管政治对文艺的禁锢逐渐放开，但历史注定，新时期乡土小说走出政治怪圈、回返乡土小说本位的路途必然是迢遥而艰难的。但历史毕竟是在发展，新的社会经济形势，新的文艺政策，尤其是不可逆转的改革开放大潮，终于促使了乡土小说缓慢但是坚定地突出了政治的包围圈，进入自己的社会文化领地。

在这一过程中，乡土小说对封建专制政治文化的批判，呼唤人性的回归，对传统文化的审视与反思使五四文学启蒙传统得以延续。在初期，"伤痕文学"与"反思文学"更多地承担了社会政治功能，乡土小说的话语启蒙也主要体现于政治启蒙与人道主义启蒙，而"寻根乡土小说"则主要体现了文化启蒙。

新时期最早的乡土小说中的启蒙话语是从"伤痕文学"开始起步的，以《许茂和他的女儿们》(周克芹)、《芙蓉镇》(古华)为代表的"伤痕乡土小说"，着眼于揭露"四人帮"在"文化大革命"中的倒行逆施行为，展示其给广大人民群众留下的血迹斑斑的"伤痕"，从而对"四人帮"所制造的苦难提出了严正控诉。可以说，同当时几乎所有的文学作品一样，"伤痕乡土小说"也在事实上承担着主要应该由社会学家和思想家们承担的任务，它不过是以文艺的形式传达出迥异于"文化大革命"的另一种政治声音——即对"文化大革命"的否定。

应该肯定这种"社会学文学"的意义。在粉碎"四人帮"之初，"左"的思想依然是禁锢人们的精神镣铐，如何揭示"文化大革命"的真实面目，引导人们彻底否定"文化大革命"，显然还是一个重要的课题。"伤痕乡土小说"的政治意义不可低估，它不但深入全面地展示了"文化大革命"的创伤，更开始逐步对"文化大革命"发生的历史原因及严重后果进行思索。如《许茂和他的女儿们》就通过许茂全家人在"文化大革命"中的不幸遭遇，通过许茂巨大的心灵变异，揭示了"文化大革命"对人心灵的巨大残害；《芙蓉镇》则更试图"寓政治风云于风俗民情图画，借人物命运演乡镇生活变迁"①。古华笔下芙蓉镇的"文化大革命"历史是知识

---

① 古华：《〈芙蓉镇〉后记》，人民文学出版社1980年版，第213页。

分子和平民们的苦难史，是痞子王秋赦的发迹史。作品笔触沉重而犀利，具有相当巨大的批判性力量。

但是，我们也应该看到，"伤痕乡土文学"依然还在很大程度上附着于政治，其中以政治理念来图解生活的地方仍不少见，过于直白的政治抒情更是到处充斥。这使许多"伤痕乡土"作品在表现生活的时候还显得表面化、浅层化，作品中人物的思想和命运都完全是政治时代的被动产物，而体现不出作为个人的独特个性。像《芙蓉镇》中的王秋赦，显然存在着漫画化之嫌。《许茂和他的女儿们》中的许茂是一个相对丰满的人物，但实质上他也仅仅是作者用以表现"政治政策的变化足以损害一个老农民的心"观念的一个工具而已，对于人物超于政治的内心世界和自主行为缺乏更多的挖掘和表现。

"新时期"的大陆乡土小说在很大程度上是和这一时期大陆的社会政治变革及思想文化探索紧相适应和共同发展的，甚至，它还是后者的一项重要组成部分。"新时期"之初出现的"伤痕文学"不仅是与政治上和思想上的拨乱反正相伴生的文学成果，而且它也自觉、成功地配合并促进了后者的顺利进行。在当时所涌现出来的大量"伤痕文学"作品中，乡土小说并未在数量上占绝对的优势，但是像《邢老汉和狗的故事》、《在没有航标的河流上》、《蓝蓝的木兰溪》、《张铁匠的罗曼史》及《许茂和他的女儿们》这样一些书写"文化大革命"时期"乡土伤痕"的优秀作品却在某种意义上提高了"伤痕文学"在当时所能达到的艺术高度。

对于现实主义创作原则的坚持和发扬是"伤痕乡土小说"所发挥启蒙作用的最为重要的文学因素。大陆新时期"伤痕文学"中的乡土小说所面临的社会文化语境是十年"文化大革命"结束后的大陆在中国共产党领导之下进行政治上和思想上的拨乱反正，从而以"四个现代化"作为整个社会的奋斗目标开始"新的长征"。这一时期的乡土小说和其他文学门类一样，都是通过对"文化大革命"中的极"左"错误及"四人帮"罪行的血泪控诉和勇敢揭露，而自觉履行自己的意识形态职能并对新的政治现实进行合法性辩护。乡土小说作家的主体身份在实质上还是国家意识形态所为之定位的"文学干部"，而且就当时的历史实际来看，知识分子由"文化大革命"时期的"臭老九"而变为"工人阶级的一部分"，被体制所接纳确实也是他们所梦寐以求的。事实上，他们也是乐于其"位"并恪尽职守地和权力话语戮力同心地以"新时期"之初的"新"的政治话语对社会民众实行政治启蒙。在当时,由于这一"新"的政治话语代表了历史的进步方向和民众的内在要求,所以说,"伤痕文学"中的乡土小说的话语实践在思想内涵和价值目标上的"现代性"特点无疑是应合了大陆社会在七八十年代之交所开始的现代性转换,不过创作主体的意识形态定位也导致了"伤痕乡土小说"存在着不可避免的历史局限性。

在文学史的意义上考察"伤痕乡土小说"的现实主义写作,我们发现,它是作为"文化大革命"时期"三突出"式的、"瞒和骗"的虚假现实主义的反动力量出现于"新时期"文坛的,而且它的理论宣称以及对于它的理论辩护和理论阐发无不强调它是对"十七年"现实主义文学传统的"恢复"和"发扬"。考察一下建国后大陆文学的现实主义写作所达到的深度以及现代主义写作的严重阙如,我们便可明了以此作为文学资源的"伤痕文学"中的"乡土写实"所达到的深度实在已是难能可贵。与此相反,七十年代前后的台湾乡土小说在其出现之初却是作为五六十年代文坛主流的现代主义的反动力量而形成最初创作潮头的。这种差异决定了两岸乡土小说不同的现实介入方式和批判力度。

虽然"新时期"大陆的"伤痕乡土小说"有着不可避免的局限性。但是,相对于"十七年文学"中现实主义的"未及深化"和"文革"文学中的"三突出"写作,"伤痕文学"的"乡土写实"仍然有着非常重要的历史意义,它参与拨乱反正的意识形态功用自不待言,即以它对"文化大革命"的"历史批判"来说,便有着相当重要而独特的社会历史和文学方面的双重意义。

在社会历史学的意义上,"伤痕文学"的"乡土写实"相当真实地反映了"文化大革命"政治霸权之下的乡土现实及民间生存。在"文化大革命"期间,不管是普通民众的经济行为,还是他们的日常生活,在本质上都是一种"政治"行为,即使是最为个人化的私人情感也难逃劫数地渗入了政治的内容。"文化大革命"时期的乡土民间,在实质上便是一种高度政治化的"政治空间"。《许茂和他的女儿们》最为重要的叙事特点便是"家庭纪事"结构空间,但是围绕着许茂老汉的"做生"这一民间特点的日常行为所牵扯出来的一系列人物和事件,无不具有丰富而深刻的政治内涵。许茂老汉的大女婿金东水和四女婿郑百如无疑是两条政治路线的代表与符码，而许茂老汉和四姑娘秀云对于二者的去就与取舍绝不是由一种人间亲情或男女私情起作用，最为关键和最主要的，还是政治倾向在起着决定性的作用。即便是小说中的男女私情，也都渗透着政治性的因素，如许勤对吴昌全和齐明江的态度、秀云对郑百如和金东水的取舍、许贞对"小胡子"的厌弃……政治因素对婚姻爱情的渗透和强力干预在其他"乡土伤痕小说"中也多有表现，如《蓝蓝的木兰溪》中的赵双环和肖志君、《在没有航标的河流上》中石牯和改改之间的爱情以及《邢老汉和狗的故事》中的邢老汉、《张铁匠的罗曼史》中的张铁匠的婚姻，在无孔不入的政治霸权之下，全都难逃劫数，招致毁灭。实际上"伤痕乡土小说"所揭示出的最大伤痕，便是在"文革"霸权之下除却政治因素的独立自在的民间生活的极度逼仄和与此相关的私人感情及个人生活的高度政治化，这不仅是政治的，同时也是民众的真正的悲哀，这也使得"伤痕乡土小说"的悲剧性内涵体现出独有的意味和特点。

"伤痕乡土小说"浓重的悲剧意味是其较为显著的审美特点，但是它的悲剧性无疑是一种古典的悲剧精神，它对"文化大革命"时期普通民众的悲剧性命运与生存的真切揭示所唤起的审美感受只是同情和悲悯这样一些审美情感，应该说这种悲剧精神与"伤痕乡土小说"对"文化大革命"实行政治批判的意识形态目标无疑是相适应的。但是，随着历史反思的深入和民族文化精神的蜕变，形而上的审美超越这一现代悲剧精神的阙如使得"伤痕乡土小说"的悲剧精神日益显出它的肤浅与无力，自然，这也局限了其审美价值。

所以，就整体而言，"伤痕文学"时期的乡土小说主要是局限在"为政治服务"的领域之内，五十年代的一些政治文化观念是作家们赖以批判"文化大革命"政治的工具。从乡土小说的发展历史来说，它处于一种艰难的但又是必不可少的"拨乱反正"时期，它的特点是"恢复"，而不是"建设"。

"伤痕乡土文学"之后，新时期乡土小说发展进入"反思文学"阶段，"反思文学"的内涵与实质是指作家们由于对"文化大革命"的揭露批判开始更上升到理性阶段，而与之相应的是，作家们对于"文化大革命"前的"左"的方针政策也有了进一步的认识。伴随着十一届六中全会《关于建国以来党的若干历史问题的决议》的公布，人们对于"十七年"时期的历史进行了更加深入的思考，乡土小说作

家们则通过对建国以来广大农民命运的回顾,对在"左"的路线影响下受尽艰苦
的农民生活作了充分的展示,并表示了深刻的同情,从而对这期间党和国家的农
村工作方针政策提出质疑和反思。

比如张弦的《被爱情遗忘的角落》就展示了中国农村社会一个惊人的悲剧,
"左"的思想和有关政策对人们思想观念的束缚是造成这一爱情悲剧的重要原
因,但与之相关的,还有农村基层工作人员的粗暴态度、农村社会难以言说的贫
穷境况以及其他不同样式"左倾"农村政策的产物;此外,像高晓声的《李顺大造
屋》、《"漏斗户"主》等作品,都以深刻的笔触展示了中国农民的悲惨命运。像李
顺大、陈奂生这样的农民,"老实得受了损失不知道查究,单纯得受到欺骗会无所
察觉;他们甘于付出高额的代价换取极低的生活条件,能够忍受超人的苦难争得
少有的欢乐;他们很少幻想,他们最善务实。他们活着,始终抱定两个信念,一是
在任何艰难困苦的情况下,相信能依靠自己的劳动活下去,而是坚信共产党能够
让他们的生活逐渐好起来。他们把根深埋在现实之中,始终对现实抱着无限的
希望,并且是尽一切努力去实现那种希望"①。我们以这一段话去对比他们所获
得的收获,其巨大的反差就足以让我们产生深刻的思索,对"左"的农村工作政策
提出强烈的质疑和追问。

比较"伤痕文学"阶段的乡土文学,高晓声们对"文化大革命"本质思考挖掘
的深度显然有了较大的突破,他们的一些作品避免了以感性的、抒情的口号去表
现生活,而代之以冷静的、理性的展示与思索。如何士光的《乡场上》写一个平常
的故事,却蕴藏着深刻的内涵,比较许多"伤痕文学",它明显显得深沉厚重。与
此相应的,是"反思"阶段的乡土小说作品图解政治观念的缺陷相对较少,更注重
从现实、从生活本身出发,使部分"反思乡土小说"的批判进入了现实生活的本质
部分。

但是,"反思"阶段的乡土小说也未完全摆脱政治理念的影响,为党提意见、
为党当参谋的思想仍然是众多乡土作家创作的主导。从《关于建国以来党的若
干历史问题的决议》中去找先导历史结论再去找生活、处理生活,在"反思"乡土

_____

① 高晓声:《〈李顺大造屋〉始末》,《雨花》1980 年第 7 期。

小说作家中也并非没有。这样，很自然的，反思历史的乡土小说作家们的反思深度必然受到许多局限，他们从"伤痕乡土文学"切近的、急功近利的依附政治上撤身，却仍然没有真正逃离"为政治服务"这个无处不在的符咒，只不过他们服务的方式更为间接，站得也稍远一点罢了。这样，高晓声在反思中国农民历史命运之时，却会不自觉地把农民的悲惨命运某种程度上归咎于他们的个人意识："李顺大在十年浩劫中受尽了磨难，但是，当我探究中国历史上为什么会发生这场浩劫时，我不禁想起了李顺大这样的人是否也该对这段历史负一点责任。"[①]这种"责任"显然是脱离了历史，也客观上为执政党的错误冲淡了责任。这些，自然都影响了"反思乡土文学"的成就，也充分反映出乡土文学在"反思文学"阶段仍很大程度上局限在政治这张罗网中，未能真正进入文学"自己的园地"。

但是，历史往往在为人所察觉前就开始了自己的脚步。虽然就主体而言，新时期的乡土小说在"伤痕"、"反思"阶段都还未能完全摆脱开政治的束缚，政治工具性的意识在它身上体现得还很强烈；但是，在这个时期的一些"非主流"作家已经早就开始了自己默默地，却是坚韧地向政治突围之路，他们比"主流"作家们走得更快也更远。

就作品中启蒙话语的历史演进而言，其中比较突出的是一些作家对于政治之外的"人性"探索。"人性"曾被视为当时思想界和文学界的一个禁区，但它是体现人之为人而非政治观念工具的一个重要思想观念。新时期"伤痕乡土小说"和"反思乡土小说"中的不少作品自觉不自觉地触到了人性这块敏感的禁地，但是，真正在乡土小说（实质上也是在整个新时期文学）中大胆充分地表现人性，还是在主流之外。

汪曾祺的《受戒》一登上文坛就引起轩然大波，它的技法是一个方面，它对人性的思索，对人性美的大胆表示和歌颂是它更为引人瞩目的方面。从人性被极度压抑的"文化大革命"中生活过来的人们第一次惊奇地发现人性是如此之美，如此值得歌颂。当然，汪曾祺对生活的观察点显然也是力图审美的。他的作品也并非没有描写丑恶，但他是极力回避，对丑恶的鞭笞也不是尖利的、明确的，而

---

① 高晓声：《〈李顺大造屋〉始末》，《雨花》1980 年第 7 期。

带着许多的"温柔敦厚"气息,沈从文的含蓄平淡的风格在他身上得到了很好的继承。他尽力去发现、去挖掘生活中的美,自然美,人情美,风物美,尤其是对于人性人情善的讴歌更是他作品最动人心弦的地方(因为他的抒情笔触也许更适合赞赏美而稍逊于鞭笞丑)。叶蔚林的早期作品也对人性作了充分的关注,他的《蓝蓝的木兰溪》深刻地批判了"左"的思潮对人性美的摧残的扼杀,在《在没有航标的河流上》中,他则对"文化大革命"中被扭曲人性中残存的人性进行了歌颂。

这些于主流之外的乡土小说对人性的赞美和讴歌,显然大大加快了人们向政治突围的脚步。因为,"文学是人学",以表现生活主人的"人"为中心,显然比表现政治中的"人"更为丰富、更有潜力,也能更深刻地反映生活,达到文学反映生活的初始目标、本质特征与启蒙功能。

与"人"的觉醒把乡土小说从政治的手中向外拉的同时,文化的觉醒也是把乡土小说从政治的手中拉开的另一只胳膊。"伤痕乡土小说"与"反思乡土小说"中的部分作品,也尝试着进入文化层面的反思。文化的觉醒,早在李准 1979 年出版的长篇小说《黄河东流去》中即开始有所体现。李准曾说,他之写作《黄河东流去》,"不是为逝去的岁月唱挽歌,而是想在时代的天平上重新估量一下我们这个民族赖以生存和延续的生命的力量"①。作品的文化探究意味非常明确。作品通过描写抗战时黄河决堤后流离失所的河南农民奋发图强、自谋生路的艰难历程,歌颂了中华民族的传统美德和凝聚力,同时也探究了中国农民的深层文化心理。这种作品的出现,确实反映出了新时期乡土小说作家中,有一部分已经开始试图从文化层面去理解乡村和把握乡村。这种文化的自觉显然使乡土小说进入了比政治更为深入的程度。韩少功在《西望茅草地》中对张种田的乌托邦理想与社会现实之间冲突的展示,就不仅是揭露"四人帮""左"的罪行,更探寻中国小农经济文化思想的巨大局限性问题,表现出对中国传统文化初步的思索。

再如在高晓声的《李顺大造屋》和"陈奂生系列"作品中,作者在对"文化大革命"进行政治批判的同时,对作为受害者的农民的传统文化心理也进行了揭露。应该承认,作者对农民身上残存的"阿 Q"精神的抨击是严厉的:"他们的弱点确

---

① 李准:《开头的话》,《黄河东流去》,北京十月文艺出版社 1992 年版,第 2 页。

实是可怕的，他们的弱点不克服，中国还会出现皇帝的。"①这种对农民文化心理的探究能令我们想到鲁迅"哀其不幸，怒其不争"的峻切，这也是作家超越现实层面体现得更深入更透辟的地方。

七十年代末八十年代初出现的展示人性美的作品和对于现实生活的文化解读与探究的作品，共同使新时期乡土文学走向政治包围圈之外。但是，在整个新时期之初，这些脚步还是很轻缓、很稀少的，他们像勇敢的探雷者一样，正试图绕过、踏过一个个的雷区，步入政治禁忌之外。八十年代中期的政治干预使人性这条探索之路暂时受到了阻遏；但是，乡土小说逃离政治、返归自身的趋势已是不可阻挡的。八十年代中期出现的"乡土寻根"文学运动和现代主义的"乡土先锋小说"，分别从文化思索和文学形式自觉的角度，对文学的思想层面和形式层面进行深入探索，而它们共同的目标（即使是自觉或不自觉地）显然都是对于曾无所不在的政治意识形态影响的背离和抗拒。

新潮的"先锋小说"在形式上创新，内容题材虽偶有乡村题材（如余华的部分作品）；但从整体而言，显然不能归属于传统意义上的乡土小说。所以，具体到乡土小说对政治的逃离和对文学本体的回归过程，主要体现在"乡土寻根"文学运动中。

"新时期"之初的"伤痕小说"和"反思小说"作为一种社会政治和普遍的人道主义启蒙较为充分地实现了作家的政治热情和人性关切，但却具有对现实过于泥滞的基本局限，对此状况的超越性变革，在紧随其后兴盛于八十年代中期的"寻根小说"那里得到了一定程度的实现，"寻根"作家的文学宣言及写作实践无不透露出这种主体动向。阿城对当时的中国小说所侧重具有的"社会学材料"价值表示不满，郑万隆则提出："如若把小说在内涵构成上一般分为三层的话，一层是社会生活的形态，再一层是人物的人生意识和历史意识，更深的一层则是文化背景，或曰文化结构。所以，我想，每一位作家都应该开凿自己脚下的'文化岩层'。"②而李杭育和韩少功也同时指出："一个好的作家，仅仅能够把握时代潮流

---

① 　高晓声：《〈李顺大造屋〉始末》，《雨花》1980 年第 7 期。
② 　郑万隆：《我的根》，《上海文学》1985 年第 5 期。

而'同步前进'是很不够的。仅仅一个时代在他是很不满足的,大作家不只是属于一个时代,他眼前过往着现世景象,耳边常常有'时代的召唤',而冥冥之中,他又必定感受到另一个更深沉、更深厚因而也更迷人的呼唤——他的民族文化的呼唤①;作家应该"在立足现实的同时又对现实世界进行超越,去揭示一些决定民族发展和人类生存的谜"②。与他们的创作主张相适应,"寻根小说"向历史深层的掘进以及从文化史透视民族生存的题旨取向相当明显地昭示了对于"时代"和"现实"的超越意向。

　　虽然"寻根"作家发掘民族文化精华的努力明显蕴含着接续传统的企图,但是,对于传统的接续并不意味着简单的全盘接纳。一方面,他们以自己的创作实践继续着对民族"劣根性"的批判与思考,涌现出了《爸爸爸》、《女女女》、《回声》(韩少功)和《古船》(张炜)这样的文化批判性作品。韩少功的《爸爸爸》甚至被有的论者推崇为二十世纪中国文学中堪与鲁迅的《阿Q正传》相媲美的启蒙作品,其中的丙崽形象在典型性方面因而也取得了和阿Q一样的突出地位。《爸爸爸》以蕴含深厚的象征方式对作为民族劣根性的愚昧、保守、偏执、凶残、冷漠所展开的冷峻批判就其深度与力度而言,在"寻根小说"中确实是无出其右的。在另一方面,"寻根小说"对于人类原始蛮力的挖掘与张扬及对清纯天真、优游从容的生命情态的表现,倒是体现着明显的接续企图。李杭育的《珊瑚沙的弄潮儿》表现了在粗犷野蛮的自然面前"文明人"的羞愧;郑义的《远村》借"人不如狗"的慨叹痛切于现代人原始蛮力的丧失;而郑万隆的"异乡异闻"和张承志的草原小说对于冷傲、勇敢、野蛮、坚韧的"初民人格"的崇尚无不烛照出现代文明的苍白;贾平凹的"商州系列"及阿城的《棋王》所表现出的淳朴民性和庄禅人格从另一侧面彰显了现代文明的病态与不足。实际上,无论是"接续"还是"批判","寻根"作家的价值基准和价值目标都是民族灵魂的现代性重铸。韩少功和李杭育曾经分别自陈其"寻根文化"的现代性企图。韩少功说:"在民族的深层精神和物质文化方面,我们有民族的自我,我们的责任是释放现代观念的热能,来重铸和镀亮这

---

　　①　李杭育:《理一理我们的"根"》,《作家》1985年第9期。
　　②　韩少功:《文学的"根"》,《作家》1985年第4期。

种自我。"①李杭育也指出："理一理我们的'根'，也选一选人家的'枝'，将西方现代文明的茁壮新芽，嫁接在我们古老、健康、深植于沃土的活根上，倒是有希望开出奇异的花。"②贾平凹也自陈其"商州系列"的写作动机是因为现代文明的"电气化，自动化，机械化"，"这种人工化的发展往往使人又失去了单纯，清静"，因此，他便"凭着一颗拳拳之心"，对商州的"人情风俗""初录"而"又录"，而当其"再录"之际，其思考方式已经相当明显地体现出理性的传统与现代之间二元对立的色彩："随着时代的变迁，这些山民既保存了古老的传统遗风，又渗进了现代的文明时髦，在对待土地、道德、婚姻、家庭、社交、世情的诸多问题上，有传统的善的东西，有现代的丑的东西"③。实质上，"寻根小说"的根本焦虑便是困扰二十世纪中国知识分子百年的现代性问题，而其对于民族传统中不规范文化的"接续"，无疑也是以现代性纠偏作为指归的，上述作家的自白已经非常明显地体现了这一目的。

　　这里我们想重点强调的是，"乡土寻根"运动对于乡土文学的自觉的意义，并不仅仅表现在它自身对于政治之外文化范畴的思考（这自然也是极重要的），而更主要的是它在文学史上的阶段性意义，经历了"乡土寻根"文学运动之后，政治启蒙已不再作为新时期乡土文学的主要话题，更不再是唯一的话题，新时期文学的主流已经基本远离了政治，而进入深层的文化、哲学层面上返归自身独立的对人生对现实的展示与思考，这对新时期乡土文学的意义是不可低估的。

　　所以我们说，只有到了"乡土寻根小说"的文学阶段，新时期乡土小说才从主体上突出了政治理念的包围圈，真正进入了文学"自己的园地"。新时期乡土小说此后的发展，就是在更阔大也更自由的领域里进行，也更具有自己创造性和探索性的可能。

　　在文学史的意义上，"寻根小说"的文化批判和文化启蒙对于此前涌现的"伤痕小说"和"反思小说"的政治批判与政治启蒙做出了关键性的超越。首先，"寻

---

　①　韩少功：《文学的"根"》，《作家》1985 年第 4 期。
　②　李杭育：《理一理我们的"根"》，《作家》1985 年第 9 期。
　③　贾平凹：《商州三录·序》，《做个自在人——贾平凹序跋书话集》，内蒙古教育出版社 1998 年版。

根小说"文化意识的凸显拓宽了中国当代小说的思考疆域,从而使当代作家获取了文化哲学的和人类学的眼光来透视民族群体的历史与生存;其次,"寻根小说"的"寻根"趋向引发了中国当代小说向历史深层的掘进,也使不少作家获取了深邃的历史意义;另一方面,"寻根小说"叙事艺术的革命性意义,特别是它的后期作家莫言的小说写作对于其后的当代小说叙事方式的影响尤其不能低估。但是,我们应该指出,声势浩大、影响深远的文学"寻根"运动虽然以重铸民族自我作为其价值目标,但是以其着力推崇的不规范文化对于民族自我的现代性重铸到底能否成功? 就"寻根"作家的写作实践来看,他们的回答显然是极不自信的,实际上,韩少功的《归去来》和张承志的《九座宫殿》已经象征性地昭示了"寻根"的迷惘以至于失败。我想造成这种状况的一个关键性原因可能在于,"寻根小说"的文化关切及表现方式无不是将民族的群体自我放在首位并且在实际上以之消泯了个体,个体的肉身、生命与情感在"寻根小说"这里出现了严重的忘却,这种已然忘却的个体不仅是指应该作为叙事焦点的生命个体,同时也包含着作为生命个体的创作主体。另外,"文化寻根"小说中的文化意蕴一旦变为"文化理念",其对作品审美价值的影响便是不言而喻的了,这种局限即使在"寻根小说"中的典范性作品《爸爸爸》中,也是显而易见的。

即使在最为严格的意义上,即从"地方色彩"和"异域情调"的角度进行考察,"寻根小说"在总体上也堪称百分之百的"乡土小说",之所以如此,是和"寻根"作家的"文化寻根"企图和"文化批判"策略紧相联系的。对于这种现象,韩少功的《文学的"根"》一文在"寻根"运动的开始便已经有了很好的解释。他说,"寻根"作家"在立足于现实的同时又对现实世界进行超越,去揭示一些决定民族发展和人类生存的谜"的时候,"很容易首先注意到乡土",因为"乡土是城市的过去,是民族历史的博物馆,哪怕是农舍的一梁一栋、一檐一桶,都有可能有魏汉或唐宋的投影","更为重要的是,乡土中所凝结的文化传统,又更多地属于不规范之列",而正是这些"凝结"于乡土民间的不规范文化被"寻根"作家视为"民族文化之精华"。他们认为:"我们民族文化的精华,更多地保留在中原规范之外。规范的、传统的'根',大都枯死了。五四以来我们不断地再清除这些枯根,决不让它复活。规范之外的,才是我们需要的'根',因为它们分布在广阔的大地,深植于民间的沃土。"因此,大部分的"寻根"作家所主要发掘的,都是我们民族的历史及生存现实中所"凝结"着的不规范的或弱势的文化,如韩少功、李杭育、郑万隆、乌热尔图、阿城、张承志、贾平凹等笔下的"楚骚文化"、"吴越文化"、"狩猎文化"、"庄禅文化"、"草原回回文化"以及边地传奇和远山野情。

从边缘文化寻求批判传统文化的资源,无疑是"乡土寻根小说"的创作策略,但是否具有现实效力却令人怀疑。"乡土寻根小说"的超越性企图在当时便已引起了思想文化界部分人士的忧虑。李泽厚在一次谈话中便曾指出,一些作家"跑到深山野林中、荒凉大漠中去歌颂那拙朴、原始、粗犷、纯净、严峻、神秘的生命力量,在其中感叹、表达、歌颂人性,去探求那似乎是超时代超现实的永恒的人生之谜,的确创造出了一些在审美和艺术上有相当水平的好作品。但就我个人来说,却总感到不满足",因此,他提出了这样的质疑:"为什么一定都要在那少有人迹的林野中、洞穴中而不在千军万马中、日常世俗中去描写那战斗、那人性、那人生之谜呢?"①应该说,李泽厚的忧虑是不无道理。作为二十世纪中国文学的一个重要传统,"现实战斗精神"在"寻根小说"中最起码在题材取向上未能得到非常明显的发扬,但是,如果我们抱持"同情的理解"的态度对"寻根小说"同样从文化的深层进行考察,便会发现它的超越性企图其实是在以"文化"的方式实现自己的"战斗性"。

不管"乡土寻根小说"的倡导者如何指责五四所造成的"文化断裂",实际上,它的根本精神却是和五四基本一致的,其价值基本点都在于以现代性作为文化目标对民族文化进行重新思考从而进行现代性的"文化启蒙",而且其"文化启蒙"的实现方式即通过乡土小说的写作来进行"文化批判"无疑也直接承继了鲁迅的基本精神。当然,"寻根小说"的"国民性"批判主题更是如此。

---

① 李泽厚:《两点祝愿》,《文艺报》1985 年 7 月 22 日。

第二章 两岸乡土小说发展的不同路径（下）

第一节 七十年代的台湾"乡土文学论战"

一、"乡土文学论战"的背景

第二次世界大战特别是六十年代之后，台湾资本主义得到快速发展。虽然这种资本主义"和中心国资本主义在发展水平、构造和性质上仍有巨大落差，内包着诸多复杂的问题所造成的后进性"[①]（正是因为这种后进性的存在，陈映真将六十年代以后的台湾社会，"规定为'半资本主义'"[②]社会），但不管怎么说，此一时期的台湾社会在基本性质上已经具备了资本主义的根本特点。

此一时期台湾社会的基本矛盾主要产生于官僚资本、外国资本、民间财团资本/中小企业资本/底层民众之间，而本应具有一定的独立性的民间财团由于"血液中，渗流着官僚资本和外国资本的血液，失去其独立性和民族性，不具民族资产阶级性质，对国民党权力和帝国主义，不但没有拮抗的性质，反有深度驯从的性质"[③]，这样，由官僚资产阶级、买办资产阶级以及与其亲和并依附于它们的"民族资产阶级"共同组成的大资产阶级和中小资产阶级及底层劳动阶级之间的矛盾，便构成了此一时期台湾社会的基本事件所导致的社会文化冲突，构成了七十年代台湾乡土文学论战及乡土小说崛起基本的社会文化背景。

具体地说，七十年代发生于台湾岛内及数起国际性的重大事件，即"钓鱼岛事件"（1970）、台湾被驱除出联合国（1971）、尼克松访华（1972）、日本和美国与台"断交"（1972、1979），以及岛内的"民族主义事件"、"中坜事件"和"高雄事件"等，

---

① 陈映真：《台湾现当代文艺思潮之演变》，《文艺理论与批评》1993年第3期。
② 陈映真：《台湾现当代文艺思潮之演变》，《文艺理论与批评》1993年第3期。
③ 陈映真：《台湾现当代文艺思潮之演变》，《文艺理论与批评》1993年第3期。

对整个社会包括文学都有着极大的刺激和影响，从而也构成了文学发展直接的社会背景。

严重的内忧外患使得台湾的社会和民心，特别是知识分子的精神意识发生了极大的变化，其中最重要者，是民族意识的觉醒。整个台湾岛充溢着高涨的民族情绪，本土和西方之间的冲突变成了整个社会包括知识分子在内的大部分人士的意识焦点。二是社会意识的觉醒。这特别明显地表现在知识分子之间。知识分子的社会关怀逐步增强。他们纷纷展开广泛的社会调查运动，"上山下海"、"拥抱人民"、"为大众服务"，关注民生，服务民生。这一切，都构成了七十年代乡土文学论战和乡土文学崛起重要的精神背景。

探究七十年代台湾乡土文学的崛起，不能回避对于此前文坛占取主流地位的现代主义以及围绕现代主义的几次论争的考察。这正如陈映真所言："1970年代'台湾乡土文学'的提起，是针对1950年以降支配台湾文学二十年之久的，模仿、舶来的'现代主义'文艺思潮的批判和反论。"①

从五十年代开始，台湾在接受美国政府的政治佑护及经济援助的同时，通过教育体制的美国化改革和西方文化的强力渗透，使得台湾的思想文化日益体现出浓厚的"西化"色彩。"在这个背景上，从美国新闻处，从香港，从精英大学的外国文学系，从大陆来台汪伪时期的法国象征主义，从欧美画舫的画册，汇集成一股'现代主义'的风潮"，②并至六十年代成为文学界的主要思潮。相反，现实主义的乡土文学却处于受抑的边缘地位，造成这一时期重大的社会矛盾和基本的民间生存很难为文艺作品所反映，文学和时代与社会之间出现了严重的脱节现象。针对这种情况，一大批敢于正视现实、直面人生的批判性知识分子掀起了声势浩大的对于现代主义的批判运动。1966年，在七十年代成为现实主义的乡土文学主要阵地的《文季》的前身《现代文学》由乡土文学的主将之一尉天骢创刊；进入七十年代，台湾乡土派理论批评家和作家，先后对现代主义文学思潮以及欧阳子、王文兴为代表的小说作家和诗人的现代主义创作提出了尖锐而深刻的批

①　陈映真：《回顾乡土文学论战》，《文艺理论与批评》1994年第2期。
②　陈映真：《回顾乡土文学论战》，《文艺理论与批评》1994年第2期。

评,其中尤以从 1970 年开始的"现代诗论战"规模和影响最大。

1970 年,在国立新加坡大学任教的关杰明发表了《中国现代诗人的困境》和《中国现代诗的幻境》等论文,着重批判现代诗的恶性西化及思想焦点和民族特色的丧失。接着,一大批乡土派批评家如尉天骢、高信疆、蒋勋等纷纷撰文批判现代主义思潮,主张文学应该关怀社会、反映民生,为民族命运承担责任,现实主义的文学创作得到理论上的肯定。1973 年,唐文标发表了《什么时代什么地方什么人》、《诗的没落——台湾新诗的历史批判》两篇文章,它们和 1970 年即已写就但至 1974 年才发表的《现代诗的没落》一文一起,对现代诗脱离民众的贵族化倾向及其逃避现实、思想空洞、玩弄形式、玩弄语言提出了尖锐批评,并将批评直接指向当时享有盛名的现代主义典范性诗人余光中、周梦蝶、叶珊等,从而掀起了一场影响广泛的"唐文标事件"。

1976 以后,在思想文化界,吴明仁的《从崇洋媚外到民族意识的觉醒》、林义雄的《知识分子的崇洋媚外》、江帆的《现代人与现代化》等论文又对战后台湾知识界的"买办化"和"崇洋媚外"现象提出猛烈批评。

至此,上述论争以及由这些论争所激发出的音乐、美术、舞蹈、戏剧、摄影等艺术领域的回归现实潮流的兴盛,已经昭示着一场大规模的文学、文化论争即将来临,而这也正是即将到来的乡土文学大论战的文学和文化背景。

二、"乡土文学论战"的发生

一般以为,七十年代台湾乡土文学论战发生于彭歌发表《不谈人性,何有文学》这一发难性文章的 1977 年 8 月。实际上,这次论战的爆发要远早于这一时间。

1977 年 4 月 1 日出版的《仙人掌》第 2 期同时发表了银正雄的《坟地里哪来的钟声》、朱西宁的《回归何处? 如何回归?》和王拓的《是"现实主义"文学,不是"乡土文学"——有关"乡土文学"的史的分析》三篇长文,初步拉开了乡土文学论战的序幕。银正雄的文章通过讨论王拓的短篇小说《坟地钟声》扩展为对包括黄春明、王祯和在内的乡土小说主要作家的批评。银文在肯定黄春明、王祯和早期乡土小说所表现的"拙朴而纯真"①精神的同时，指责他们的晚近创作"走入了一个偏差的方向"，②认为"'乡土文学'却有逐渐变质的倾向，我们发现某些'乡土'小说的精神面貌不再是清新可人，我们看到这些人的脸上赫然有仇恨、愤怒的皱纹，我们也才领悟到当年被人提倡的'乡土文学'有变成表达仇恨、憎恶等意识的工具的危机"，③并因此而"寒心"。④ 朱西宁的文章也对当时的"回归热"提出了不同的意见。而王拓的文章却以更加开阔的视野深入讨论了"乡土文学"崛起的社会历史和文学史的原因，主张"文学应该植根于现实生活，和民众站在同一地位，去关心拥抱社会的痛苦和快乐"，并对"台湾文学界相当普遍的缺乏具有生动活泼、阳刚坚强的生命力的文学作品，而到处散发出迷茫、苍白、失落等等无病呻吟、扭捏作态的西方文学的仿制品"⑤的形象提出了批评。这次讨论形成了乡土文学作家及其批评者的第一次交锋。随后，从1977年5月到8月上旬，《夏潮》、《中国论坛》、《台湾文艺》、《仙人掌》、《妇女杂志》和《中央月刊》先后发表叶石涛的《台湾乡土文学史导论》，李拙（王拓笔名）的《二十世纪台湾文学发展的动向》，陈映真的《乡土文学的盲点》、《文学来自社会反映社会》，尉天骢的《死亡与救赎——谈陈映真笔下的人物》，何欣的《乡土文学怎样"乡土"？》等文章对乡土文学进行了多方面的讨论。《夏潮》1977年8月1日出版的第17期还特辟专辑，发表尉天骢的《文学为人生服务》、赵光汉的《乡土文学就是国民文学》、任卓宣的《三民主义与乡土文学》、杨青矗的《什么是健康的文学？》、王拓的《乡土文学与现实主义》等文章，集中探讨了乡土文学问题，这是乡土文学论战的第一个时期。这一时期的乡土文学讨论基本上是学理性的，不少乡土文学作家和理论批评家一方面冷静梳理台湾乡土文学的历史发展，另一方面自觉建构科学合理的乡土

① 银正雄：《坟地里哪来的钟声》，《乡土文学讨论集》，台北远景出版事业公司1980年版，第199页。
② 银正雄：《坟地里哪来的钟声》，《乡土文学讨论集》，台北远景出版事业公司1980年版，第199页。
③ 银正雄：《坟地里哪来的钟声》，《乡土文学讨论集》，台北远景出版事业公司1980年版，第200页。
④ 银正雄：《坟地里哪来的钟声》，《乡土文学讨论集》，台北远景出版事业公司1980年版，第202页。
⑤ 王拓：《是"现实主义"文学，不是"乡土文学"》，《乡土文学讨论集》，第112页。

文学理论,讨论也基本上局限于文学内部。即使是乡土文学的批评者,也提出了较为有益的意见,如银正雄指出的民族主义情绪化问题、乡土文学表现社会阴暗面的深度问题以及谨防狭隘的地方主义问题等。但这种理性探讨的良好局面迅即被彭歌所打破。由此,论战进入了第二个时期,从而也进入了高潮。

1977年8月17至19日的《联合报》副刊连续发表了彭歌的长文《不谈人性,何有文学》,对王拓、陈映真和尉天骢的文学创作与文学观点提出了居心不良的指控,指责他们的观点"不唯对国家有害,同时对于追求发扬人性、启导时代的文学作品的这一目标,也是有害无益",①也"很容易陷入'阶级对立'、'一分为二'的错误。这种态度上的偏差,延伸到文学创作,便会呈现出暧昧、苛刻、暴戾、仇恨的面目",②从而使他们的作品和观点"有着恶化'社会内部的矛盾'之倾向"。③尤为险恶的是,彭歌在此文中还作了这样的政治暗示:"我们是自由的,但享有自由的人必须要珍惜自己的自由,尊重他人的自由。自由的文学有没有限度? 这个问题首先应诉诸作家个人的良知。我不赞成文学沦为政治的工具,我更反对文学沦为敌人的工具",④"如果不辨善恶,只讲阶级,不承认普遍的韧性,哪里还有文学?"⑤如果说,彭歌的文章还只是"政治暗示"或"政治构陷"的话,那么,紧随其后的8月20日《联合报》副刊上发表的余光中的短文《狼来了》,则显然已是充满杀气、闪现着刀光剑影的"通缉令"。⑥ 在该文的第一句话,余光中便发出惊呼:"工农兵的文艺,台湾已经有人在公然提倡了!",接着又指出"近年来某些'文艺批评'和中国共产党的工农兵文艺竟似有些暗合之处","北京未闻有'三民主义文学',台北街头却可见'工农兵文艺',台湾的文艺界真够'大方'"。在文章的结尾,余光中还充满血腥气味地提出:"说真话的时候已经来到。不见狼而叫'狼来了',是自扰。见狼而不叫'狼来了',是胆怯。问题不在帽子,在头。如果帽子合头,就不叫'戴帽子',叫'抓头'。在大嚷'戴帽子'之前,那些'工农兵文艺工作

---

① 彭歌:《不谈人性,何有文学》,《乡土文学讨论集》,第246页。
② 彭歌:《不谈人性,何有文学》,《乡土文学讨论集》,第246页。
③ 彭歌:《不谈人性,何有文学》,《乡土文学讨论集》,第249页。
④ 彭歌:《不谈人性,何有文学》,《乡土文学讨论集》,第262页。
⑤ 彭歌:《不谈人性,何有文学》,《乡土文学讨论集》,第263页。
⑥ 古继堂:《台湾小说发展史》,春风文艺出版社、辽宁教育出版社1989年版,第332页。

者'，还是先检查检查自己的头吧。"①正如徐复观所言，彭歌和余光中给乡土作家所戴的"阶级斗争"和"工农兵文艺"的帽子对于后者来说，是足以致命的"血滴子"，在当时的政治环境下，"是要坐牢的"。② 与彭歌、余光中一起共同讨伐乡土文学的论者，还有尹雪曼、王文兴等人。

在乡土文学阵营中，除了陈映真、王拓、尉天骢等主将分别撰写了《建立民族文学的风格》、《关怀的人性观》(陈映真)、《拥抱健康的大地》(王拓)、《欲开壅蔽达人情，先向诗歌求讽刺》(尉天骢)等论文对上述指控予以反击之外，还获得了思想文化界其他知识分子的有力支持。陈鼓应连续在《中华杂志》发表《评余光中的颓废意识与色情主义》和《评余光中的流亡心态》对乡土文学的发难者余光中予以反击；王晓波从《中国文学的大传统》中寻找乡土文学的传统血脉；蒋勋亦著文为乡土派作家进行辩护与鼓吹……尤其值得重视的，这时身经中国现代文学几次重要论战的胡秋原先生和徐复观先生、郑学稼先生出面公开维护了乡土文学。特别是在台湾思想文化界和政界拥有很高的威望和重要影响的胡秋原先生，不仅将其主办的《中华杂志》作为乡土文学家们的论战阵地，而且还亲撰数篇长文，一方面保护了乡土派作家在当时免受政治伤害，同时也在民族主义问题、台湾社会性质问题及乡土文学的理论建设等问题上提出了深刻的见解，提升了论战的理论水平。

由于彭歌、余光中等人政治中伤的道义丧失及乡土文学理论的合乎时代潮流，使得乡土派作家在论战中取得了决定性胜利，作为这种胜利的一种重要象征，便是 1978 年元月 18、19 日在台北召开的"国军文艺大会"。与 1977 年 8 月29 日到 31 日在台北召开的"全国第二次文艺大会"对乡土派作家的施加政治压力相反，这次会议作出了"团结"的姿态。"国防部总政战部"主任王昇在大会的讲话中说："我们的文学该不该描写工人与农人？工人和农人伟大极了，对社会的贡献大极了，当然应该描写，应该歌颂的；但是，我们却不能走中共那一套'工农兵文学'路线……"③在此，当局的让步虽然是极有限度的，但是毕竟已经允许

① 余光中：《狼来了》，《乡土文学讨论集》。
② 徐复观：《评台北有关"乡土文学"之争》，《乡土文学讨论集》。
③ 曾祥铎：《参加国军文艺大会的感想》，《乡土文学讨论集》。

了工农题材作品的存在。对于乡土文学,他说:"纯正的'乡土文学'没有什么不对,我们基本上应该'团结乡土'。爱乡土是人类的自然感情,乡土之爱,扩大了就是国家之爱,民族之爱,这是高贵的感情,不应该反对的。就算是有些年轻的乡土作家们偶或偏激了一点,他们也反对帝国主义侵略,反对过去流传下来的某些不合时代的东西,反对社会上某些黑暗与不公平,这也可能是出自年轻人一种天赋的正义感,只要是动机纯正的,我们就应该听听,应该谅解,应该善意地交换意见,应该团结这些人,不要把他们都打成左派,统统给戴上红帽子。事实上我也知道有些乡土作家并非如此……"①至此,轰轰烈烈的乡土文学论战结束了它的高潮时期,这一时期以当局表面上的"谅解"和"团结"而告结束。

许多论者以这次"国军文艺大会"作为七十年代台湾乡土文学论战结束的标志。其实,这次大会并未真正解决乡土派作家与现代主义和官方意识形态之间存在的多方面深刻的思想分歧,况且,王昇的讲话仍然要求乡土文学具有"纯正"的品格,并且"不能走中共那一套'工农兵文学'路线",而且王昇亦未对后者作出具体和严格的界定,这样,乡土文学仍有随时致祸的危险。

"国军文艺大会"之后,论战进入了第三个时期,即真正的"结束期"。这一时期,现代主义作家王文兴于 1978 年 2 月份在《夏潮》发表了《乡土文学的功与过》一文对乡土文学继续提出非议,而乡土派则继续进行大规模的论争和探讨。仅 2、3 月,胡秋原、齐益寿、田甚、侯立朝等相继发表了《覆某女士论风车之战与右派心理》、《论"王文兴的 Nonsense 之 Sense"》(胡秋原)、《乡土文学之我见》(齐益寿)、《看尹雪曼民族意识的逆转》(田滇)、《联经集团三报一刊的七大"政纲"》、《联经集团三报一刊的文学部队》(侯立朝)等十多篇论文。以后,随着乡土文学的深入人心及其主流地位的逐步确立,论争渐趋平息。但在这次论战中贯穿始终的民族民主主义知识分子和主流意识形态之间的严重对立作为一种隐患仍然存在,它终于导致了 1979 年 12 月份的"高雄事件"中乡土派主将的工、农作家杨青矗和王拓的被捕入狱,从而也宣告了"乡土文学论战"的彻底结束。

---

① 曾祥铎:《参加国军文艺大会的感想》,《乡土文学讨论集》。

三、"乡土文学论战"的主要焦点

七十年代台湾乡土文学论战从爆发之日起，其规模之大，影响之广，是台湾文学思想史上所罕见的。仅从 1977 年 7 月 15 日到 11 月 25 日一百余天的时间里，属于当局的主流报刊《中央日报》、《中国时报》、《中华日报》、《经济日报》、《联合报》、《中国论坛》等就发表了近六十篇文章对乡土派理论家进行讨伐。论战尚未完全结束，双方便各自出版了两部论战文章汇编：一是青溪新文艺学会出版、由尹雪曼作序的《当前文学问题总批判》；二是由尉天骢主编、胡秋原作序的《乡土文学讨论集》。

七十年代的乡土文学论战不仅"具有十分重要的台湾战后文艺思潮史的意义"，而且更具台湾战后思想文化史的意义，这场论战涉及广泛的社会思想文化问题，是台湾战后不同意识形态之间的大较量。概而论之，论战的主要焦点是：

（一）民族意识问题

七十年代的台湾乡土作家大都是民族本位主义者，无论是他们对"殖民经济"的清醒意识，还是对民族意识的张扬、民族文化的保卫、民族传统的继承、民族文学的主张，都表明了他们的民族主义立场。

首先是对台湾经济是否属于"殖民经济"的争论。王拓于 1977 年 4 月 1 日在《仙人掌》杂志发表的《是"现实主义"文学，不是"乡土文学"》在概括 1970—1972 年的台湾社会时认为："这段时间的台湾社会，由于国际重大事件的冲击，与经济极不平衡的发展，而产生了强烈的反抗帝国主义，与反抗殖民经济和买办经济的民族意识和社会意识。"陈映真在其 7 月份发表的《文学来自社会反映社会》一文中也指出："三十年来台湾社会经济非常重要的特点"便是在"开始是美国，后来是日本的资本和技术的一种绝对的影响下成长起来的"，"七十年代以前，台湾无论在社会上、经济上、文化上都受到东西方强国强大的支配"。[①] 而彭歌对此却提出了截然不同的意见。他在《不谈人性，何来文学》一文中说："在国民经济蓬勃发展之时，却被形容为'殖民经济'、'买办经济'，这不仅是对政府的

---

① 陈映真：《文学来自社会反映社会》，《乡土文学讨论集》。

不公道，也是对于胼手胝足、呕心沥血努力建设的同胞的极大侮辱。"①其后，王拓撰写了《拥抱健康的大地》一文，强调其"殖民经济"说并对彭歌加以反驳。对于王拓的观点，孙伯东又在《台湾是殖民经济吗？——王拓先生〈拥抱健康的大地〉读后》②中进行直接攻击："我觉得王先生对资料的选择、判断和解释，颇有可以商榷的地方，他所得到的结论，令人触目惊心，与事实恐怕不无出入"；"王拓先生在这篇文章里对台湾经济的描述，本身已经构成一种对社会向心力和团结的破坏，如果他再根据如此了解的社会经济背景写小说，其破坏性的影响恐怕更大"。③ 而王文兴更是轻率地强词夺理："未来的投资是互惠，不是侵略"，"文化侵略和政治侵略不能是侵略"，担心"把美日帝国主义请出去我们靠什么来过活？"并将王拓的"殖民经济"主张诬指为"新义和团思想"。④ 对于这些观点，除王拓继续撰写《殖民地意愿还是自主意愿——孙伯东〈台湾是殖民经济吗〉读后》⑤进行反击，胡秋原先生也对"殖民经济"说予以支持。他在回答记者"你认为台湾的经济结构，是不是属于殖民地经济型态"的提问时指出："整个第三世界，只要一天不能具有独立的科学技术，就不能脱离殖民地经济型态。……为人家出劳动力、服务的经济就是殖民地经济，殖民地经济就是依附人的经济……把大的利益分给人家，自己卖劳动的经济，就是殖民地经济"，"今天台湾的经济，也有买办经济存在……总之，台湾是有殖民经济的成分"。⑥

其次是对乡土作家对民族本位立场的坚守和捍卫。王拓在乡土文学战之初撰写的《是"现实主义"文学，不是"乡土文学"》便竭力弘扬高涨的"民族意识"，并对民族意识凸显的社会必然性及历史正当性进行了深入阐发，同时批判了六七十年代台湾文化界在"纵的方面割断了自己的民族传统，横的方面却又盲目地放

---

① 彭歌：《不谈人性，何有文学》，《乡土文学讨论集》。
② 孙伯东：《台湾界殖民经济吗？——王拓先生〈拥抱健康的大小〉读后》，《中国论坛》第五卷第 2 期，1977 年 10 月。
③ 孙伯东：《台湾是殖民地经济吗》，《中国论坛》第五卷第 2 期，1977 年 10 月。
④ 王文兴：《乡土文学的功与过》，《中国论坛》第五卷第 2 期，1977 年 10 月。
⑤ 王拓：《殖民地意愿还是自主意愿——孙伯东〈台湾是殖民经济吗〉读后》，《中华杂志》第 173 期，1977 年 12 月。
⑥ 胡秋原：《谈民族主义与殖民地经济》，《中华杂志》第 173 期，1977 年 12 月。

开胸怀吸收西方资本主义的思想和价值观念"。陈映真也指出"文化精神生活对西方的附庸化、殖民地化——这就是我们三十年来精神生活突出的特点"，并对自己在谈话和行文中不时出现的英文单词而自我检讨。① 尉天骢也在《乡土文学与民族精神》等论战文学中对民族自尊的丧失和民族主义传统的未被继承而深感忧虑。塞爵更在《"畸零人"与"畸零文学"》之中将民族意识的丧失及其导致的崇洋媚外行为和现代主义文学嘲讽为"畸零意识"、"侏儒意识"、"畸零行为"和"畸零文学"。而在胡秋原看来，台湾社会的各种症状，无不导因于民族主义精神的缺失。②

在乡土作家的批判者那里，他们要么直接而全面地否定民族本位主义文化论，要么将民族主义文化的基本内涵及挑战对象进行悄悄"移植"。王文兴显然属于前者。他在《乡土文学的功与过》这一长文中振振有词地说："我坚决地相信，世界上只有军事侵略，才会造成亡国，文化侵略和政治侵略都不能算是侵略"，"反对西方就是反对文化"。他还说："我发现在民族本位的这些思想里头充满了矛盾，混合和不通"，这种思想"尚不够资格称作思想，他只是心头的一股气而已"，而且，他还"是一股浊气"。如果说，王文兴的论调因为过于轻率而不值一驳的话，那么，作为《中央日报》总主笔的彭歌及军中的老作家朱西宁却要更为"老到"。彭歌在他的主张中提出了要将反对的目标由"美日"移向"俄苏"，朱西宁也力图将"民族本位"思想纳入封建主义和"反共"的主流思想之中，这也相当真切地暴露了他们作为主流意识形态代言人的本来面目。实际上，在乡土文学论战所处的政治文化语境之中，"民族本位主义文化论"既是乡土派论者的真实主张，同时也是他们抵御政治霸权的暴力压制的策略性选择。所以说，彭歌的"目标移植"较为准确地体现了当局的真实企图。

论战双方虽然在民族主义问题上多有分歧，有时甚至还针锋相对，更有论者暗藏着一定的政治用心；但是我们今天重新检视各方的意见和主张，发现在部分论者那里还是达成了一个民族主义"共识"。我们称为辨证的、理性的民族主义，

① 陈映真：《文学来自社会反映社会》，《乡土文学讨论集》。
② 胡秋原：《谈"人性"与"乡土"之差》，《乡土文学讨论集》。

这种"辨证性"和"理性"特点主要有：

1. 正确认识六十年代"西化运动"的历史意义。尉天骢在《我们的社会和民族精神教育》一文中，肯定了"六十年代的西化运动是五十年代残余的封建主义的否定和修正"这一积极意义，①蒋勋也在提出不做"假洋鬼子"的同时，也要不做"封建余孽"。②

2. 民族主义并不等于极端排外。尉天骢承认"狭隘的、排外的、封建家族式的民族主义""是社会进步的障碍"，张忠栋也指出："无论谈乡土民族，还是谈自立自强，最忌讳的就是排外倾向的发展"；"我们应该做的，乃是从日常生活的充实着手，加强民族的向心力，培养民族适当的自尊，面对外人不卑不亢"。③

3. 民族主义的正当性决定于国内民生与民权的保障和实现。这是理性的和辩证的民族主义极有价值的观点，虽然这种观点的基本思路基本上遵循着孙中山先生的"三民主义"思想，但对于民族主义的"单向亢进"，却是不无意义的。尉天骢指出："民族主义是民权主义和民生主义的民族主义，它不是单一的民族主义，而是同时具备了民权主义和民生主义的民族主义，成为一种独立自主的自由、民生、平等的生活方式，而不仅仅指的只是狭隘的民族感情。"④胡秋原先生也在很多场合提醒："我们要对外自由平等，对内就决不能压迫自家人。"⑤张忠栋在阐述这一问题时，概括得更为清晰，他说："我们应该承认每一个人的政治权利，让每一个人参与政治的活动，使政治成为全民族的共同事业，而非少数寡头的玩具。在经济方面，我们应该继续推行自由企业制度，让每个人都可以创造财富，最后使全民族都能享有富足的生活。在社会方面，我们应该让每个人都有公平竞争的机会，但是却不鼓励阶级对立和集团冲突。在文化方面，思想自由尤其是一切的根本，唯有让每个人在思想领域中都有充分的驰骋纵横，我们才能变成一个智慧的民族，创新的民族。"⑥张氏的主张虽然隐约有着自由主义的内在局

---

① 《乡土文学讨论集》。
② 蒋勋：《灌溉一个文化的花季》，《乡土文学讨论集》。
③ 张忠栋：《乡土、民族、自立自强》，《乡土文学讨论集》。
④ 尉天骢：《乡土文学与民族精神》，《乡土文学讨论集》。
⑤ 《乡土文学讨论集》，第572页。
⑥ 张忠栋：《乡土、民族、自立自强》，《乡土文学讨论集》。

限性,但其总体精神无疑是可取的。

4. 民族主义应以"中国"为取向。民族主义"取向"的分歧主要存在于陈映真和叶石涛之间,这种分歧因为二者在论战中同属乡土派阵营而未能凸显;但即使在当时,陈氏亦对叶氏的"台湾意识"主张提出了批评。陈映真在对叶石涛《台湾乡土文学史导论》的商榷文章《乡土文学的"盲点"》中指出:"叶石涛先生所不惮其烦地、坚定指出的'反帝、反封建'的现实内容之外,实在不容忽略了和台湾反帝、反封建的民族、社会、政治和文学运动不可分割的,以中国为取向的民族主义性质。"①乡土文学论战的双方在当时无论是民族主义的主张者还是其反对者,基本上都是以"中国"取向谈论问题的,唯有这一"盲点"在论战后的八十年代逐渐明朗和放大,终于导致了乡土文学作家内部的深刻裂痕。

最后是乡土作家对于建立民族文学的提倡,也即乡土作家的民族文学观。提倡民族文学最为有力和最为直接的是陈映真与叶石涛,固然二者在建立民族文学的基点上存在着"中国意识"和"台湾意识"的分别,但是在这一点上,却是较为一致的。陈映真的《建立民族文学的风格》和《文学来自社会反映社会》对此作了较为充分的阐述。在前一文章中,陈映真指出:"在台湾的新一代中国作家,要以自己民族的语言和形式,在台湾这块中国的土地上,描写他们每日所见所感的现实生活中的中国同胞、中国的风土,并且批判外国的经济和文化之支配性的影响,唤起中国的、民族主义的、自立自强的精神。"这无疑是陈映真民族主义文学观最为精当的概括。在同样一篇文章中,他更为民族文学传统的丧失而"感到无由言说的怆痛"。叶石涛的《台湾乡土文学史导论》一方面认真梳理了台湾乡土文学的民族传统,一方面要求新一代作家将这种"有民族风格的写实文学"传统发扬光大。② 其他诸如尉天骢、蒋勋等人也极力提倡要"重建民族形式"。

反对建立民族文学的论者以王文兴最为积极,他指责乡土文学的思想形态"是一种狭隘的民族本位的观念",并且将其贬为"新义和团思想"。然而,即使是在乡土文学的反对者阵营中,直接反对民族主义文学的人也是寥寥无几,足见这

---

① 陈映真:《乡土文学的"盲点"》,《乡土文学讨论集》。
② 该文见《乡土文学讨论集》。

一主张的正当与无可反驳。

（二）台湾的社会现实是否存在着社会不公和社会矛盾，文学对此是否应该反映

这是乡土文学论战中最为敏感的问题，对此问题的肯定性回答及创作实践中的贯彻也是乡土派作家终致罹祸的重要原因，主流意识形态的代言人也正是据此将他们诬陷为"阶级论者"及共产党的"工农兵文艺"和"统战文学"的。

王拓的《是"现实主义"文学，不是"乡土文学"》在肯定台湾经济取得"高度的、惊人的成就"的同时，指出"在台湾工商业经济的成长与繁荣后，带来了财富分配不均的现象"，"带来了台湾农村的经济危机"，"稻米和农产品的价格与工人的工资在鼓励工商经济发展的政策下，继续被抑低了！被牺牲了！"①而"我们社会既然还存在着许多不合理的事实和矛盾，那么，我说'文学应该正确反映社会内部矛盾'——又有什么不对？"②王拓正是希望用文学来反映和批判社会不公以推进社会进步。但是，对于王拓的建立于大量数据与资料之上的立论和良苦用心，乡土文学的反对者们却表示强烈的不满。彭歌在《不谈人性，何有文学》中认为王拓的观点"有着很大的缺点"，"在现代社会中，所得发生的差距是不可避免的现象"，"以'收入'，而不以'善恶'为标准说法，无论出于有意或无意，都会造成思想上的混乱"，他还据此阴险地给王拓戴上"'阶级对立'的想法"这样一顶足以招致政治灾祸的"红帽子"，并且指出"某些'乡土文学'作品的内容，令人感到并不是要'正确地反映'，而是有着恶化'社会内部的矛盾'之倾向"。孙伯东也指责王拓指出社会不公是"煽动不满的情绪"和"制造莫须有的罪名"，"恐怕去事实太远"。③ 王文兴甚至说："台湾农业并没有凋敝农民也未受到剥削"，甚至更主张"应允许贫富不均存在"。④

乡土文学对于社会不公的揭露与批判，除了受到彭歌的诟病之外，也遭到了其他反对者的"围攻"。尹雪曼在其为《当前文学问题总批判》一书所作的序言

---

① 王拓：《是"现实主义"文学，不是"乡土文学"》，《乡土文学讨论集》。
② 《访问小说家王拓》，《乡土文学讨论集》。
③ 孙伯东：《台湾是殖民地经济吗》，《乡土文学讨论集》。
④ 王文兴：《乡土文学的功与过》，《乡土文学讨论集》。

《消除文坛"旋风"》中认为："乡土文学本是一个很纯正的名词，……然而穷嚷嚷乡土文学的人，却别有用心地在乡土文学中渗入一些色素，希望读者在不知不觉中中毒。什么'色素'呢？'揭发社会内部矛盾'的色素。……青溪新文艺学会诸君子一律反对以'揭发社会内部矛盾'为主！"①董保中更是责问乡土文学作家"为什么只有工、农的困难、痛苦才值得作家们的同情、注意"，甚至要求文学也要表现"政府的官员、国家的领袖们"以及"行政院长"的痛苦。②

实际上，上述分歧并无任何学理方面的意义与价值。正如陈映真和胡秋原所指出的，这种分歧无非是反映了"居于利得地位的人"和"非利得者"之间利益和立场的不同，是"满足于现状和不满足于现状"③者之间的差异。

（三）社会写实的文学观问题

强调文学的社会性及写实特点，是乡土作家文学观的重要方面。他们不仅从社会经济的发展寻找文学变革的根本原因，更是不厌其烦地强调文学的特质和使命便在于扎根现实、服务社会，对于这一点，王拓的阐述最有代表性。在《二十世纪台湾文学发展的动向》一文中，王拓指出："一、文学必须扎根于广大的社会现实与人民的生活中，正确地反映社会内部的矛盾和民众心中的悲喜，才能成为时代与社会真挚的代言人，而为广大的民众所爱好和拥戴。而这种具有明显、强烈的'现实主义'精神的文学，因为具有较真诚的道德勇气、较强烈的爱心和炽烈的感情，所以也往往更具有感动人心的说服力。二、文学的发展必须能与当时的社会发展相一致；文学必须能发展为一种社会运动，或与社会运动相结合，文学才能更有效地发挥它改良社会的热情和功能。"④这种带有社会功利倾向的社会写实的文学观在陈映真的《文学来自社会反映社会》、《关怀的人生观》，胡秋原的《谈"人性"与"乡土"之类》，尉天骢的《路不是一个人走得出来的》，叶石涛的《台湾乡土文学史导论》，何欣的《中国现代小说的传统》及王拓自己的其他著述、黄春明、杨青矗、王祯和同时期的"创作谈"中都有相当广泛的阐述。可以说，几

---

① 《乡土文学讨论集》。
② 董保中：《谈"工农兵文艺"》，《乡土文学讨论集》。
③ 陈映真：《关怀的人生观》，《乡土文学讨论集》。
④ 该文见《乡土文学讨论集》。

乎每一个乡土文学的理论家、作家和支持者,都持有这种社会写实的文学观,只是在个别论者那里,表现得过于褊狭而已。

对于乡土派社会写实的文学观反对最力者,仍然是王文兴。还是在《乡土文学的功与过》这一长文中,他认为:"文学的目的,就是在于使人快乐,仅此而已。"他还说:"我们不应当提倡一种社会小说,一种社会文学",他所认为的乡土文学"四大缺点"第一就是"文学必须以服务为目的",因此,他说作家"跟数学家、跟物理学家一样,都是把艺术和社会分开的,我们并不要求数学家、物理学家,在他们的作品里对社会要负责,那我们为什么要苛求作家在他的作品里面,要有社会的良心?","我们不应该借用文学为服务社会的工具"。不过,这样一种极端的论调实在是乏有应者。

除了上述几种论争焦点之外,乡土文学论战还在文学与人性、现实主义及具体作家作品的评价等方面展开了广泛的争鸣,对于"乡土文学"来说,便是通过论战对其进行了新的定位。

四、"乡土文学论战"中对"乡土小说"的历史定位

乡土文学论战虽然涉及广泛的社会政治及思想文化方面的问题,但作为一次"文学"论战尤其是关于"乡土文学"的论战,"乡土文学"自然是其中的一个重要话题。事实上,论战中的乡土文学作家及其理论批评家已经从多种不同的角度对乡土文学的理论问题进行了自觉的研究和探讨,从而完成了对于乡土文学的再次定位。具体地说,这种定位其实是包括现实和历史两个方面的双重定位。

对于乡土文学的现实定位,意味着在现实的社会文化语境中为乡土文学或乡土作家确立其应有的主体地位,七十年代台湾乡土文学的现实定位即是对民族主义和批判现实主义的主体位置的寻求与实现,实际上这已经是一个毋庸赘述的问题,倒是这次论战对乡土文学的历史性定位值得详加探究。

其实,在乡土文学论战爆发之初,乡土派作家就清醒地意识到从历史之维来研究乡土文学的重要性。叶石涛发表于 1977 年 5 月的《台湾乡土文学史导论》便是这种努力的重要一步,即使在今天看来,叶石涛的研究在台湾乡土文学理论史上也仍然有着里程碑的意义。乡土派作家对于乡土文学的历史定位主要循着

以下两个基本思路：

　　其一是为乡土文学接续历史血脉从而为其寻求传统的深厚支持。叶石涛和杨青矗都将台湾乡土文学的历史追溯至赖和与杨逵那里。叶石涛在《台湾乡土文学》中认为"本土乡土文学的诞生应当从赖和开始"。① 杨青矗的《现实与文学》一文也认为"台湾的乡土文学最早可以追溯到日据时代的杨逵、赖和等本土作家"。② 而王拓与何欣则尤其强调中国近代史及中国新文学的传统。王拓在《是"现实主义"文学，不是"乡土文学"》一文中认为"生活在台湾的文学作家"在"大量地吸收西方的思想"的同时，"对中国在近代历史上反抗帝国主义侵略的民族主义传统，却又完全的割断了，忽略了！"何欣的《中国现代小说的传统》在考察中国现代小说民族主义及社会写实的历史传统之后，明确主张"我们的作家应该继承我们新文学的传统，注意此时此地的现实"。侯立朝的目光更为深远，他直接地将乡土文学的源头追溯至《诗经》那里。他在《七十年代乡土文学的新理解》中指出："中国的诗经，整个表现了乡土精神。风，是小乡土文学。雅和颂，是大乡土文学。……有了这一整个的乡土精神之传统，中国人才活得像中国人。所以，中国人对乡土文学，应该有特别鉴赏的能力，也应该有特别创新的能力，不必模仿外来的形式，因为我们就有正宗的乡土文学的精神和形式。"③上述这些努力不光有助于为此时期的乡土文学寻得较为有效的历史合法性，对于乡土文学的传统继承尤其是五四新文学传统的继承和发展无疑也有极为重要的意义。

　　其二，乡土文学论战中的乡土作家对于乡土文学的历史定位还表现于他们通过清醒的"历史区分"进而为此时期的乡土文学厘清独特的历史意义与历史特点。在台湾文学发展的历史意义上，几乎每一位乡土作家及理论批评家都肯定此一时期"在文学创作上以现实主义为本质的所谓'乡土文学'的文学思潮"是"对西方附庸的现代主义的批判"。这样，他们便一方面指出了此时期乡土小说的产生和崛起的文学史动力，另一方面也强调了乡土小说区别于六十年代现代主义的"现实主义"特点。不过，乡土作家将此一时期的台湾乡土文学与二十年

① 转引自王淑秧：《海峡两岸小说论评》，中国人民大学出版社1993年版，第63页。
② 转引自王淑秧：《海峡两岸小说论评》，中国人民大学出版社1993年版，第63页。
③ 何、侯文均见《乡土文学讨论集》。

代第一次乡土文学论战中的"乡土文学"内涵进行比较研究却是有着接通历史血脉和区分历史特点的双重意义。陈映真在《文学来自社会反映社会》一文中指出:"从历史上看,'乡土文学'是抗日文化运动中提出来的口号。由于深恐中国文学在殖民地条件下的消萎;由于中国普通话和闽南话之间的差异;由于日治时代台湾和大陆祖国的断绝,当时,伤时忧国之士,乃有主张在台湾普遍使用的闽南话从事文学创作,以保中华文学于殖民地,而名之为'乡土文学'",因此,1930年代乡土文学论战其实正是当时白话文运动的一个组成部分。而 1970 年代乡土文学论战中的"乡土文学",却更加"具有反对西方和东方经济帝国主义和文化帝国主义的意义",因而也有其"特殊的精神面貌"及时代性特点。

作为乡土文学论战对于"乡土文学"的再次定位以及乡土文学理论建设的重要内容,"乡土文学"这一概念的取舍及其内涵的界定也是论争中的一个焦点问题。对于乡土文学论者所着力批判的现代主义作家王文兴来说,"乡土文学"这一理论性概念自然没有存在的必要(虽然他对具体的乡土创作表现出一定的宽容),而乡土文学作家及理论批评家自然是对其着意甚多。不过,饶有意味的是,他们对"乡土文学"这一概念并未表示过多赞同,相反,却是对它不断地进行理论的修正和补充,在另一个意义上,我们也可将此视为乡土文学理论建设的自觉努力,正是通过他们的修正和补充,"乡土文学"这一历史性概念才不断获得新的时代性内涵,并且也为时正崛起的乡土文学写作赋予新的活力。

作为"台湾光复以来的第一代'乡土文学'的代表作家之一"的钟肇政的"乡土"文学观却是"反乡土"的:"'乡土文学'如果要严格的赋予定义,我想是不可能的,没有所谓'乡土文学'。用一种比较广泛的眼光来看,所有的文学作品都是乡土的,没有一件文学作品可以离开乡土……因为每一个作家写东西必须有一个立脚点,这个立脚点就是他的乡土。或者,我不如说,那是一种风土。……'乡土',人人的眼光都放在那个'乡',说那是乡下的、很土的,这种说法我是不能赞同的。那么'风土'呢?你在都市里头也可以有一种风土,不管你说你的作品是什么世界路线的,但也离不开风土。"① 杨青矗在《什么是健康的文学》中指出:

---

① 转引自王拓:《是"现实主义"文学,不是"乡土文学"》,《乡土文学讨论集》。

"凡写的是以中国的某一土地为背景,是当地社会发生的现实,都是中国的乡土文学,何必过敏说有地域观念","其实所谓乡土,都市也是乡土",因此,他认为"乡土文学"之名,"实在很笼统"。① 在钟氏和杨氏这里,"乡土"的疆域已经包容了"都市",作为乡土文学论战的乡土派主将,王拓也认为"把'乡土文学'理解为'乡村文学'虽然不能说完全没有道理,但是,很容易引起一些观念上的混淆以及情感上的误解和误导",这便是容易抹杀"乡土文学"的独特意义,将其误解为一般的"乡愁文学"。基于这一点,他在《是"现实主义"文学,不是"乡土文学"》这一著名文章中提出自己的"乡土文学"观,即"'乡土文学',就是根植在台湾这个现实社会的土地上来反映社会现实、反映人们生活和心里的愿望的文学。它不是只以乡村为背景来描写乡村人物的乡村文学,它也是以都市为背景来描写都市人的都市文学。这样的文学不只反映、刻画农人与工人,它也描写、刻画民族企业家、小商人、自由职业者、公务员、教员以及所有在工商社会里为生活而挣扎的各种各样的人。也就是说,凡是生自这个社会的任何一种人、任何一种事物、任何一种现象,都是这种文学所要反映和描写,都是这种文学作者所要了解和关心的。这样的文学,我认为应该称之为'现实主义'的文学,而不是'乡土文学'"。胡秋原也在肯定乡土文学的同时希望它不要自我局限,可以将题材和眼界拓宽至乡村甚至台湾以外。② 此外,赵光汉、陈映真和尉天骢都曾提出同样的主张。③

正是因为"乡土文学"内涵的不断扩大,使得它作为一个概念的"边界"愈来愈模糊,从而也使得其意义更加可疑,所以何欣甚至认为"根本就没有打出'乡土文学'这面旗帜的必要"。④ 南亭也认为"'乡土文学'已成为一个空的概念,它已被一个更大综合性的潮流吸入肚腹",这便是民族主义的和广泛的社会写实的文学潮流。⑤

不过,这次论战中齐益寿对"乡土文学"的概念界定却是较为妥帖的,他在

———————

① 见《乡土文学讨论集》。
② 《乡土文学讨论集》,第76页。
③ 参见王淑秧:《海峡两岸小说评论》,中国人民大学出版社1993年版,第61页。
④ 何欣:《乡土文学怎样"乡土"》,《乡土文学讨论集》。
⑤ 南亭:《到处都是钟声》,《乡土文学讨论集》。

《乡土文学之我见》一文中认为"世界上有两种乡土文学,一种是一般的乡土文学,一种是特殊的乡土文学。一般的乡土文学,其内涵不外是田园牧野的风光,民众的生活和信念,是一种具有地方特色情调的文学。……特殊的乡土文学则产生在一种文学受外来文化压制侵蚀到不能忍受的程度之后,便觉醒起来,开始反抗,要求自立自主,反对崇洋媚外……而落实到本土精神的文学,也叫做乡土文学"。根据这种观点,他进而将七十年代台湾的乡土文学称为"特殊的乡土文学"。① 齐氏的观点无疑有着较为明显的学理性,从而有助于澄清"乡土文学"论战中在概念上的纠缠与混乱。不管怎么说,此时期的"乡土文学"概念与其原先的内涵相比,已经获得了远为丰富的(都市,岛外)和更加现代的(都市,工商)意义,这也从一个侧面表明了一代乡土作家不囿传统的时代性突破与调整。

除了对于"乡土文学"所做的历史和现实的双重定位及概念厘清之外,七十年代乡土文学论战还对台湾乡土文学与中国文学整体之间的关系进行了重新定位,这主要表现于对乡土文学地方主义以至于分离主义的警惕。对于这一问题,论战各方的意见基本上有三种:其一是认为乡土文学不会导致地方主义和分离主义,如南亭便认为乡土文学的"发展未必就会导致所谓的'分离主义',正如同美国的'南方文学'未必就会造成南北的分离";其二是认为乡土文学极易导致地方主义,因此对其不应过分强调和提倡,如张忠栋在《乡土·民族·自立自强》中就认为"过分强调乡土的结果,会使大家的目光短浅,心胸狭窄,会在我们的社会划分出来自不同地域的人群",而朱西宁也认为"即使所谓的乡土文艺可以一时风行,只怕终将会流于地方主义",作为一个理由,他不主张提倡"乡土文艺",而是认为要将其落实于"民族文艺"之上,虽然朱氏的"民族文艺"主张带有明显的反共企图及封建意味,但其担心却是不无道理的;其三是并非没有意识到乡土文学的地方主义或分离主义的可能性,但他们认为后者正是乡土文学所要反对与警惕的。尉天骢强调乡土文学"必然是反对分裂的地方主义的",而陈映真一方面不断强调台湾新文学包括乡土文学"不可否认的是整个中国近代新文学的一部分",强调"应该肯定乡土文学是中国文学的一部分",一方面希望乡土作家们

---

① 《乡土文学讨论集》。

不能因为有人"对乡土文学乱吹乱杀"，便"被逼出分离主义的情绪"。同时，陈映真还在《乡土文学的"盲点"》一文中对以叶石涛的"台湾意识"和"台湾（人）立场"为代表的分离主义情绪进行批评，指出叶氏的主张明显是应该警惕的"用心良苦的，分离主义的议论"。

不过，叶、陈二氏的分歧在当时因消弭于论战的硝烟之中而未得凸显，只是在八十年代新的历史条件下，叶氏的"走向台湾文学"企图才引起更大范围的注意与争论。

第二节　"左翼传统的复归"与七十年代台湾乡土小说的创作倾向

在上一节，我们梳理了七十年代台湾"乡土文学论战"几个主要的论争焦点，包括民族意识问题、社会不公问题和社会写实的文学观问题。这三个主要的论争焦点是七十年代台湾社会意识和文化思潮的直接反映，因此它们紧密关涉着七十年代的台湾乡土叙事，并对其后的乡土叙事产生影响。吕正惠对七十年代的台湾乡土文学所作的概括是："总结来讲，七十年代的乡土文学具有三种倾向：民族的（回归乡土）、写实的、同情下层的。"①这三个倾向，对应着我们在上一节梳理出来的乡土文学论战的三个主要论争焦点。横向来看，七十年代台湾乡土叙事的这三个重要维度乃是社会意识和时代情绪对文学的塑形，且三者具有内在的关联性，民族的（回归乡土）是要人们将盲从西方和美国转过来，转到关心本土的现实问题，扭转此前的"西化"意识和"西化"的现代主义文学观；而扭转现代主义文学观正意味着现实主义文学立场的占据和坚守；关怀现实则是要求将目光落在脚下的土地上，而转型期乡土（特别是农村）的社会不公、下层人民的苦难生活就应该凸显在作家的人文视野内，相应地，表现他们的生活自然就应该采取社会写实的文学观。纵向来看，七十年代台湾乡土叙事的这三个维度，与三十年代大陆的左翼文学，特别是台湾日据时期的乡土小说多有叠合之处。吕正惠指

①　吕正惠：《乡土文学与台湾现代文学》，见《乡土文学论战三十年：左翼传统的复归》，台北人间出版社 2008 年，第 112 页。

出,上述三个维度,正是三十年代大陆和台湾乡土文学的主要倾向,"只是受制于反共的戒严体制,这些传统到了七十年代已为人所淡忘",因此,"乡土文学的另一项重要工作就是,重新发掘和恢复这一传统。不过,大陆三十年代的乡土文学传统因为和共产党关系密切,当时的政治环境还不能自由谈论,于是,乡土文学阵营主要的工作还在于:复活日据时代的台湾文学,特别集中在赖和、杨逵、吴浊流和钟理和诸人作品的介绍上,他们明显具有反日的民族主义色彩,和同情农民的写实主义色彩。"①

事实上,日据时期台湾文学的"发现",对乡土文学论战和乡土小说的崛起有着重要的意义。赵稀方从反殖民的角度指出:"在民族主义情绪中,台湾人开始寻找自己过去的历史,特别是抗拒日本帝国主义的历史,于是有久被湮没的日据文学的出土。1973 年 7 月,颜元叔在《中外文学》上发表了《台湾小说里的日本经验》一文,紧接着有张良泽的讨论钟理和、林载爵讨论杨逵、钟理和的文章发表。报刊上出现了大量的介绍研究日据以来台湾文学的文章,赖和、杨逵等人的作品也得以重刊。"②某种程度上可以说,日据时期台湾文学的"出土",汇入了七十年代的社会文化思潮的洪流之中,赖和、杨逵、吴浊流、钟理和等作家成为陈映真、黄春明、王祯和等人的榜样,而前者关怀乡土、反抗殖民的创作精神,也在后者身上得到很好的延续。台湾学者郑鸿生在其文章中记述了他拜访杨逵的情景,并高度评价了杨逵被"发现"的意义:"杨逵及其作品的重现江湖,有着重大的历史与现实意义。这个意义指的不仅是一个第三世界民族解放的左翼运动传承,同时也是台湾被日本占领五十年之后,重新寻回中国历史传承的一环。"③

显然,无论是七十年代台湾特定的社会意识和时代情绪促使乡土文学带上了吕正惠所说的"左翼文学的阶级色彩",还是日据时期作家作品的"发现"勾连了七十年代的乡土文学与和日据台湾文学,"左翼传统"都成为近些年来一些学

---

① 吕正惠:《乡土文学与台湾现代文学》,见《乡土文学论战三十年:左翼传统的复归》,台北人间出版社 2008 年版,第 112 页。

② 赵稀方:《台湾:新殖民与后殖民》,《乡土文学论战三十年:左翼传统的复归》,第 36 页。

③ 郑鸿生:《台湾的文艺复兴年代:七十年代初期的思想状况》,见《台湾的七十年代》,台北联经出版事业股份有限公司 2007 年版,第 84 页。

者从总体上把握七十年代台湾"乡土文学论战"内涵以及乡土文学创作精神的重要角度。① 在这方面,台湾学者郭纪舟的研究较为深入,他以《夏潮》杂志为中心,翔实考证了七十年代台湾的左翼运动;②在其论著《七十年代台湾左翼运动》的第二章第一节中,他仔细爬梳了《夏潮》杂志对台湾历史与日据时期台湾文学的整理。(按:吕正惠在《日据时代台湾新文学研究的回顾》中说:"在接着而来的七十年代中、后期,对日据时代台湾新文学的'出土'贡献最大的,可能要数《夏潮》杂志。"③)陈映真也提到,"素朴的左翼文论"在中断了二十年之后于七十年代在台湾被提起。④ 而左翼传统复归的看法,也可在相关论述之中见到,比如刘亮雅在《后现代与后殖民——论解严以来的台湾小说》中提到:"严格说来,由国民党政府开始主政到解严,中间并非完全没有左翼思想。1977年至1978年乡土文学论战便是把被压抑的左翼思想透过文学论战抒发,王祯和、宋泽莱、陈映真、黄春明等的小说,着重对下层社会现实面的披露,多少都具有左翼精神。"⑤而《乡土文学论战三十年:左翼传统的复归》一书的"编辑旨趣"则明确提出:"发生于1977—1978年的乡土文学论战,是一场藉由文学应否担负社会功能的论争,朝向左翼传统复归的努力。具体的表现则为当时乡土派对台湾社会殖民地性质的揭露,对崇美媚日等西化思潮的批判以及民族认同的标举与现实主义文学的提倡"。⑥ 朱双一在《从个人叛逆到集体反抗:六○、七○年代台湾文学主潮的更叠》中也曾指出:"当代台湾乡土文学的另一脉则具有鲜明的批判现实主义色彩,堪称乡土文学的'左翼',以尉天骢等创办的《文学季刊》、《文季》以及后来的《夏潮》、《人间》等为核心,集合了陈映真、黄春明、王祯和、王拓、杨青矗等著名作家,成员虽仍以省籍为主,却不像叶石涛那样强调省籍的结合。这一脉络的产

---

① 倘若全面来看,当时国际范围内的"左翼"思潮(包括法国学生运动、中国大陆的"文化大革命"等)也会对七十年代台湾"左翼"思潮有所影响。

② 可参看郭纪舟的专著《七十年代台湾左翼运动》(台北海峡学术出版社1999年版)和论文《七十年代的〈夏潮〉杂志》(收入《台湾的七十年代》,台北联经出版事业股份有限公司2007年版)。

③ 见吕正惠:《殖民地的伤痕——台湾文学问题》,台北人间出版社2002年版,第203页。

④ 陈映真:《七十年代黄春明小说中的新殖民主义批判意识》,《文艺理论与批评》1999年第2期。

⑤ 见陈建忠等著《台湾小说史论》,台北麦田出版社2007年版,第331页。

⑥ 见《乡土文学论战三十年:左翼传统的复归》,台北人间出版社2008年版,第6页。

生具有台湾社会现实问题（特别是日益严重的农村问题）的根源，又受到各种来源的左翼思想（包括杨逵的日据时期左翼文学传统）的灌溉，具有很强的现实批判性，成为七十年代台湾的主流，乡土文学论战等的主角，官方压制的主要对象，虽因高雄事件等而中挫，其内部也发生一些分化，但仍保持左翼传统一脉绵延不绝，'红旗不倒'，甚且成为当今思想狂潮中的中流砥柱。"①

无论是三十年代的乡土文学论战，还是七十年代的乡土文学论战，都并非没有论者从"地方特色"的角度谈论"乡土文学"（前者如毓文的《给黄石辉先生——乡土文学的吟味》②，后者如何欣的《乡土文学怎样"乡土"》③），只不过两次乡土文学论战都是在特定的社会意识和时代情绪下发生的，"乡土文学"一词总是承载着远远多于其本质的含义和使命，三十年代的"乡土"与"台湾话文"有着紧密关涉。根据笔者的理解，七十年代"乡土"一词在特定语境中内涵的扩展乃是在"左翼"的话语畛域内沿着上述三个维度——民族的（回归乡土，本土，反殖民或矫正"西化"意识）、写实的、同情下层的——进行的。也就是说，当"乡土文学"这一概念在相关论述中出现时，它除了其本身所具备的含义及特征（"地方"、"农村"、"传统"等指向以及"三画"、"四彩"等内涵特征）之外，还可能是指民族的（作品是反殖民的，或具有民族风格的，或者反映的是本土自身的生活等）、写实的（有着鲜明的现实主义品格和风格）、同情下层的（关注民生，叙述底层苦难，具有人道关怀精神），而更多的时候，可能其含义和特征并非上述某个单一的维度，而是几者混合。理解其内涵，并进而把握其特征，则完全要视这一词语所依附的语境。可以说，在特定的语境中，"乡土文学"的丰富含义乃是在台湾人"空间意识"（"地方色彩"）和"历史意识"（民族主义的、反殖民取向的、写实的）的双重层面上生成的。

本节内容就以乡土文学论战三个主要的论争焦点（也即相对应的吕正惠所概括的七十年代台湾乡土文学的三种倾向）：民族意识问题、社会不公问题和写实主义文学观问题，作为入口，适当加以展开。由于是着眼于七十年代以来台湾

---

① 《苦闷与蜕变：六〇、七〇年代台湾文学与社会》，台北文津出版社 2007 年版，第 574 页。
② 中岛利郎编：《一九三〇年代台湾乡土文学论战资料汇编》，高雄春晖出版社 2003 年版。
③ 见《乡土文学讨论集》。

乡土小说迥异于大陆的创作倾向,因此,对台湾乡土小说中的反殖民意识会多加留意。

　　关于揭露社会不公、反映底层苦难之倾向,将在下一章比较转型期两岸乡土小说之异同时适当加以展开。这里先来看一下七十年代以来台湾乡土文学的现实主义品格,也即写实主义文学观问题。如前所论,现实主义是在多个层面上进入乡土作家审美视野的:它是在民族主义意识高扬的前提下对六十年代台湾现代主义写作的反动;也是表达转型期台湾社会,特别是底层社会苦难的必由之路;同时,它也是日据时期优良的台湾文学传统对七十年代乡土作家的召唤,当陈映真、黄春明、王拓、王祯和等乡土作家将日据时期的赖和、杨逵、吴浊流、钟理和等人作品中的反殖民意识、关怀苦难之情怀以及写实的精神继承下来时,日据时期台湾文学便成了乡土关怀的一种典范,即使进入八十年代"多元化"的文学生态之中、乡土文学被边缘化时,这一文学传统依然作为潜流,在乡土作家的笔下涓涓流淌。

　　现实主义既成就了七十年代台湾乡土文学的盛况,也因乡土作家的写作而成为七十年代台湾文学的审美主潮,它促成了台湾文学的审美蜕变和文学史的自我更新。与文学史的自我更新相应相契的,是作为创作主体的作家一番不无痛苦而又十分决然的自我蜕变。作为乡土小说创作的主要作家,陈映真、王拓、王祯和、宋泽莱、杨青矗、季季和曾心仪在其创作初期,都曾受到现代主义的影响,在乡土文学论战前后,他们纷纷向现代主义的旧我作别,其文学主张和文学实践都表现出明确的现实主义倾向。台湾作家在乡土文学论战前后由原先对于个体自我"小小的心"和"深不可测的内在世界"的现代主义表现纷纷转向现实主义的社会性书写是一个值得重视的文学现象。对于这一现象,陈映真在当时就曾有过相当准确的概括:"他们不再支借西方输入的形式和情感,而着手去描写当前台湾的现实社会生活和生活中的人。在文学形式上,现实主义成为这些作家强有力的工具,以优秀的作品,证实了现实主义无限辽阔的可能性。"①

　　虽然在陈映真,乡土作家的写作实践证实了现实主义无限辽阔的可能性,不

---

　　①　陈映真:《文学来自社会反映社会》,《乡土文学讨论集》。

过,在七十年代,这种现实主义在不少作家那里,确曾带有不同程度的左翼色彩,他们在提出自己现实主义创作主张的同时,尤其强调这种创作方法的社会功利作用。比如,黄春明强调,"所谓文学艺术,应该也是推动社会向前迈进的,许多力量当中的一股力量吧","艺术这样的东西,也应对社会的进步有帮助才有价值",[①]"我希望我今后的写作——跟我们整个社会连在一起",[②]并进而"和大家一起来为我们的社会,为我们的民族献身"。[③] 陈映真和黄春明在创作转向之后,都曾受到社会性增强而艺术性下降、以社会性牺牲艺术性的诘难,然而二者却对此毫不以为然并且表明了相反的观点。王拓也特别强调文学推动社会的实践功用。联系到乡土论战前后的特定语境,这些乡土作家的创作主张和创作实践,反映出七十年代以及八十年代初期台湾的社会意识和时代情绪。

如果将这种批判现实主义写作放在开始于1949年的整个中国当代文学史中进行考察,便会发现中国现代文学史上的批判现实主义写作在1949年以后在台湾文学史上的这一时期得到了较好的发扬;而在大陆,起码是在1976年以前,未曾有过这种批判现实主义的文学潮流,即使我们不过分苛求,将"十七年文学"的"干预生活"的小说写作和新时期以来体现"现实主义深化"的小说写作被认为是一种批判性写作,然而这种批判性的实现到底程度如何? 事实上也是极为可疑的,更不用说其峥嵘初露往往便遭扼杀,而且在本质上,这些现实主义写作更加符合革命现实主义的要求与特点,正是在此意义上,此一时期的台湾乡土小说具备了相当独特的文学史意义。

"民族的(回归乡土)"是七十年代台湾乡土小说另一重要的创作倾向,这一创作倾向是七十年代台湾社会意识和时代情绪对文学的直接塑形,因此它具有较为复杂的内蕴。如前所述,对六十年代"西化"意识的扭转,使得乡土作家将目光转向了脚下坚实而苦难的土地;在文学上则要创立并坚守民族气质和民族风格;同时,七十年代的民族主义意识,使得乡土作家对台湾被殖民的现实处境和现实体验多有书写,而日据时期台湾文学的"发现"则将赖和等作家的反殖民意

---

① 《台湾作家谈创作》,海峡文艺出版社1985年版,第60页。
② 《台湾作家谈创作》,海峡文艺出版社1985年版,第61页。
③ 《台湾作家谈创作》,海峡文艺出版社1985年版,第62页。

识作为历史经验馈赠与七十年代的乡土作家。我们在前面梳理"乡土文学论战"的论争焦点时，曾较为详细地述及论战诸人对台湾是否属于殖民经济的讨论，显然，到了七十年代，随着民族主义意识的高扬，美、日从经济上对台湾的"殖民"，已经凸显为台湾重要的社会问题，并作为一个理论命题被提出来加以讨论。与这一理论探讨相呼应，七十年代的台湾乡土小说中大量出现反殖民的题材。大陆学者赵稀方在其论文《台湾：新殖民与后殖民》中指出："战后台湾乡土文学虽然从六十年代就开始了，但其中的反帝反殖维度却是在七十年代初民族主义思潮的催生下出现的。"①赵稀方接着做了一个简单的梳理："黄春明自五十年代下半期就开始发表作品了，六十年代中期后创作出《青番公的故事》、《溺死一只老猫》、《看海的日子》(1967)、《儿子的大玩偶》(1968)、《锣》(1969)之成熟之作。至七十年代初期以后，黄春明开始'转向'，写作《苹果的滋味》(1972)、《莎哟娜啦·再见》(1973)、《小寡妇》(1974)和《我爱玛莉》(1977)等暴露崇洋媚外，批判新殖民主义的作品。王祯和最早发表《鬼·北风·人》是1961年，成熟之作《嫁妆一牛车》发表于1967年，而批判崇洋媚外的小说《小林来台北》则发表于1973年，《玫瑰玫瑰我爱你》则至1984年才发表。陈映真1959年发表第一篇小说《面摊》，1964年发表成名之作《将军族》。虽然敏感的陈映真早在1967年就批判台湾现代主义，但由于他随即入狱，至1975年后才获释，因此错过了七十年代初期的反帝反殖文学思潮。不过，出狱后的陈映真在七十年代末和八十年代初发表《夜行货车》和'华盛顿大楼'系列，它们是批判美国新殖民主义最有代表性的文学创作。"②

　　显然，七十年代乡土小说中的反殖民意识乃是横向地因应时代情绪和社会问题、纵向地继承日据时期台湾文学反殖民传统而出现。也正因此，反殖民题材的作品成为台湾乡土小说的一个特例，也是台湾乡土小说区别于大陆乡土小说的一个重要维度。有论者指出："这一题材（按：新殖民主义批判题材）已超出了狭义的'乡土文学'的范围，但由于是乡土文学作家所创作的，仍可归入广义的乡

---

① 赵稀方：《台湾：新殖民与后殖民》，《乡土文学论战三十年：左翼传统的复归》，第36页。
② 赵稀方：《台湾：新殖民与后殖民》，《乡土文学论战三十年：左翼传统的复归》，第36—37页。

土文学中。"①"是乡土文学作家所创作的"即可归入广义的乡土文学,似乎还不足以说明其中的根本原因,实际上,殖民主义已经渗透到台湾的日常生活中了,日据时期如此,七十年代也是如此;要表现台湾的乡土生活,便绕不开殖民主义批判。也因此,无论是日据时期,还是七十年代,反殖民题材作品都被许多论者列入乡土小说的范畴内。而这一题材在七十年代的大量涌现,尤能说明问题。

"新殖民主义"成为学者对六七十年代台湾社会经济进行指认和把握、对七十年代台湾乡土小说中的反殖民意识进行分析和评价的重要概念。② 陈映真在《七十年代黄春明小说中的新殖民主义批判意识》、赵稀方在《台湾:新殖民与后殖民》中,都曾详细分析六七十年代的台湾经济,认为自"二战"结束以来,美国和日本相继由经济援助(美国先是军事援助,后来逐渐转向经济援助)控制了台湾的经济,而台湾也由经济上对美、日的依附产生了文化上的"西化"意识。

台湾对美日的经济依附以及相应的文化上的"西化"意识,成为七十年代台湾乡土小说反殖民意识发生的特定语境。陈映真、黄春明、王祯和等人反殖民题材的乡土小说,总是或显或隐地有"殖民经济"的背景,而这正是"新殖民主义"权力结构的根本依托。《夜行货车》中的马拉穆电子公司,隐然是美国对台湾进行资本渗透,从而在经济上对台湾进行殖民的代理;《莎哟娜啦·再见》中的黄君之所以不得不带着日本人去嫖自己的女同胞,正因为日本公司对他在经济上的控制,黄君倘若拒绝的话就会丢掉工作,会使刚刚安定下来的小家庭生活重新回到动荡之中,使妻子以及经常复发气管炎的孩子在生活上得不到保障。小说还将日本对台湾的"新殖民"与日本的侵华历史扣连起来,小说中黄君的祖父被日本

①　朱双一、张羽:《海峡两岸新文学思潮的渊源与比较》,厦门大学出版社2006年版,第480页。
②　简单来说,所谓"新殖民"是指在以军事力量进行的"殖民"之后发生的、不再靠武力而是靠经济控制所进行的殖民模式,而"后殖民"侧重于从知识论的角度,关注并分析殖民宗主国对被殖民国的文化渗透。以下所提到的陈映真和赵稀方的论文均对"新殖民"、"后殖民"概念有所辨析。根据赵稀方的介绍,"新殖民主义"可追溯到1961年在开罗召开的第三届全非人民大会,该届会议专门通过了一项关于新殖民主义的决议;而新殖民主义较早的代表性著作,是恩克鲁玛于1965年出版的《新殖民主义:帝国主义的最后阶段》。另,关于"新殖民主义",可参看(英)Robert J. C. Young 所著《后殖民主义:历史的导引》(周素凤、陈巨擘译,台北巨流图书有限公司与"国立"编译馆合作翻译发行,2006年版),该书第一篇"观念的沿革"较为严谨地辨析了"殖民主义"、"帝国主义"、"新殖民主义"以及"后殖民主义"这四个相互纠缠、容易混淆的概念,对"新殖民主义",作者围绕着发展与依赖理论进行了论述。

人硬生生地折断了右腿,黄君上初中的时候又听身为南京人的历史老师讲述南京大屠杀的惨剧。而在台湾光复多年以后,日本人那无耻的"千人斩",依然构成一场不见硝烟的"殖民"事件。小说通过历史场景的预设,隐隐地表达了七十年代台湾的现实处境:当年日本人是以武力占领了台湾并对台湾进行殖民统治,而现在则是通过经济的无形控制,对台湾同胞进行着新的殖民。

殖民/被殖民的强/弱权力结构,不单在现实的层面上体现出来(就像《苹果的滋味》中美国人的汽车撞伤了贫穷的台湾工人江阿发,结果却因为经济上的绝对优势而使得江阿发一家觉得"因祸得福",江阿发一家所感觉到的"幸",恰恰折射出我们这个民族的历史之"悲"和现实之"痛");殖民的权力结构还内化为赛义德所谓的"东方主义"观念。在这个方面,陈映真以黄春明的《小寡妇》为例进行过非常精彩的分析。[①] 按照赛义德的看法,所谓的"东方"只是西方人"想象的地域",是经过了西方人"东方化"的"东方"。"东方"不再作为确定的实体而存在,而是以诸如"东方的"故事、"关于神秘东方的神话"、"亚洲是不可理喻的观念"等形式存在,总的来说,它乃是"欧洲对东方的集体白日梦"。[②]《小寡妇》写越战期间美国大兵来台湾休假,找台湾妓女发泄性欲。而小说主人公,在美国获得MBA学位,但完全没有操守的马善行,就以其自鸣得意的营销策略,将开妓院作为一种产业来经营。他很好地利用并满足了西方对东方的"集体白日梦",以"小寡妇"作为妓院的店名,把酒吧女作装扮成"东方小寡妇"来"投其所好",以"中国寡妇"的"东方情调"招徕美国大兵。他让妓女们穿着清末民初的行头,戴上假发,穿上绣花鞋,腋下塞着一条香绢。闺房的布置也"恰如其分",不仅要有东方的摆设,柜上还得放有一面镜框,镜框以黑纱蒙盖,以显示其"寡妇"的身份。这些"东方寡妇"要做到"外表像冰山"似的冷,"里面像火山"似的热,和洋嫖客大谈中国妇女缠足历史、贞节牌坊和妇女崇拜,谈《金瓶梅》、《素女经》上的故事。所有这些,都是按照西方人对东方中国的集体想象,营造出西方人对东方的"集体白日梦"。而这一切,无一不是在殖民的权力框架中进行的。另外,《夜行货车》

---

① 见陈映真:《七十年代黄春明小说中的新殖民主义批判意识》,《文艺理论与批评》1999年第2期。

② 见(美)爱德华·W. 萨义德:《东方学》,王宇根译,三联书店2007年版,第65页。

中的摩根索在喝醉了酒之后用侮辱性的秽语谈论中国人,也正是来源于其文明(西方)/野蛮(东方)、带有种族偏见的"东方主义"观念,这一观念正是殖民权力结构的内在体现。

　　黄春明、王祯和等作家还在他们反殖民题材的乡土小说中,对崇洋媚外者的奴性心理进行了辛辣的讥刺和无情的批判。一个突出而有趣的现象是,黄春明和王祯和的笔下,经常会对小说人物所起的洋名加以嘲讽性的颠覆。《我爱玛莉》中的陈顺德,洋名叫"大卫·陈",后来被人称为"大胃"。显然,在这里,姓名具有一种身份认同的意义,而中文名和洋名的转换,正显示出民族认同的丧失。倘若结合台湾被殖民的历史经验和历史意识来看,民族认同的丧失确实成为台湾一道很难痊愈的伤痕,尽管这一伤痕经常被看似美丽的衣衫所遮盖。无论是在日据时期,还是在六七十年代的美日"新殖民"时期,乡土小说都曾将这一伤痕作为表现对象,对民族认同的丧失进行了嘲讽和批判。以后殖民理论中的"自我东方化"这一视角来看,民族认同的丧失乃是因为被殖民者完全将西方(对台湾而言,还有日本)看待自己的观点内化,从而以西方人的眼睛看自己,以文明/野蛮、进步/落后的殖民结构看待本民族,在盲目认同西方的同时,也就丧失了自己的民族立场,①而日据时期的皇民化教育,以及六七十年代的"西化"意识则加剧了民族认同的丧失。正是遵循着这样的逻辑,大卫·陈恨不能将自己的中文名丢掉。黄春明在《我爱玛莉》的一开篇,即以类似《阿Q正传》开篇之写法,以"名正言顺"作为小说第一节之标题,戏谑地讲述了"大胃"这个名字的由来。黄春明写道:如果有人以洋文名呼之,陈顺德的反应非常灵敏;但倘若以中文名呼之,则一连几声他都没有反应;不过,倘若这个中文名被洋老板称呼则又另当别论。反讽的是,最后朋友却以"大胃"称之,这一称呼保留了这个名字的洋文发音,却具有极其形而下的中文意指,由此对大胃的崇洋媚外构成了极具冲击力的破坏。在日据时期朱点人的短篇小说《脱颖》中,主人公陈三贵因缘际会,成了他一直想做的"内地人",实现了他"转世"的梦想,并改名为"犬养三贵"(作者用"犬养"这

<hr />

　　① 关于"自我东方化",可参看美国历史学家阿里夫·德里克的论文《中国历史与东方主义问题》,见《后殖民主义文化理论》,中国社会科学出版社1999年版。

个姓氏毫无疑问带有强烈的嘲讽意味），当朋友以原来的名字称呼他时，他一口咬定自己不姓陈，而是姓"犬养"！将《我爱玛莉》与《脱颖》对照，不难看出台湾乡土作家对崇洋媚外者奴性心理的尖锐批判，而这正是台湾乡土作家优良的反殖民传统。倘若说《脱颖》中的陈三贵实现了他"转世"之幻梦，那么《我爱玛莉》中的大胃尚在对"转世"的"不懈努力"之中，而这个"努力"自然要付出巨大的代价。小说写大胃的上司卫门因回国，将一条名叫"玛莉"的狗送交大胃喂养。大胃如获至宝。大胃不单是出于现实利益的考量：因为大胃在公司里可以通过收养玛莉表明与前任主管的亲密关系；更重要的是，收养玛莉显示着一种美国式的生活方式，结果家中因为玛莉的到来弄得一片混乱，妻子忍无可忍，质问大胃"你爱我，还是爱狗"，而大胃居然毫不犹豫地选择了后者！耐人寻味的是，玛莉必须用英语和它交流，它才能理会。小说写得极富喜剧的张力：大胃一心要维护其血统纯粹性的所谓"洋狗"，其实只是土洋杂交的混种狗而已。黄春明另一篇小说《莎哟娜啦·再见》中的大学生，一心想到日本去研究中国文学，却连故宫博物院都没有去过，其心理与大胃颇为相似。

相较而言，王祯和则更擅长以狂欢化的策略，对小说人物的洋名进行辛辣而恣肆的嘲讽，并以这种嘲讽对崇洋媚外的奴性进行批判。在短篇小说《小林来台北》以及与《小林来台北》具有同样的叙述视角（小林）和故事背景（美国驻台北的某航空公司）的长篇小说《美人图》（所谓"美人"，既意指崇拜美国之人，也是一种反话正说的话语策略）中，作者通过谐音对笔下许多人物的洋名进行了嘲讽，而由于小说叙事采用的是来自农村、不懂英语的小林的视角，这样的谐音就显得很自然。主任 P·P·曾被小林听成"屁屁真"，"南施"被听成"烂尸"，多拉西被听成"倒垃圾"，道格拉斯被听成"倒过来拉屎"，P·P·顾被听成"踢屁股"，UPT 公司被听成"流鼻涕公司"。甚至在《玫瑰玫瑰我爱你》中，英文"Nation to Nation, People to People"也被小说人物大鼻狮听成了"内心对内心，屁股对屁股"，王祯和每每涉笔成趣，让人忍俊不禁。在航空公司这样的"洋家店"里，崇洋媚外的奴性在很多人心里扎根，王祯和以谐音的策略，通过发音的近似，将原本在崇洋媚外者听来相当"高贵"的洋名置换成具有极其形而下意指的中文名，于是所谓的"高贵"被从虚无的高处摔下来，摔得粉碎，由此王祯和通过破坏和颠覆，完成了对崇洋媚外者奴性心理的尖锐批判。

除了上述拉开距离加以嘲讽的批判策略,陈映真、黄春明等人还努力贴近人物内心,将人物在现实处境与民族认同之间的两难、无奈或软弱,细腻地表现出来,并以此完成对新殖民语境中奴性心理的批判。像《夜行货车》中的林荣平、《莎哟娜啦·再见》中的黄君,他们在精神层面上能够清晰地意识到自身的处境,无论是对美国(《夜行货车》),还是对日本(《莎哟娜啦·再见》),都并非没有抵触心理,可是他们却在物质的层面上难以割断对美国和日本公司的经济依附,因此只能在上司面前忍气吞声,将民族的尊严以及与之紧密相连的人格尊严一再磨损。黄君带着持续不断的内心冲突为日本人嫖自己的女同胞拉皮条,所能做的只是靠着自己精通日语,在日本嫖客和自己的女同胞之间周旋,给自己的女同胞多争取一些嫖资。而林荣平尤其不堪,即使自己的情人刘小玲在美国老板面前受辱,他也不敢吭声。陈映真和黄春明对这两个人物的内心世界开掘得很深,描写得很有分寸感,而通对这两个人物内心世界的展现,就很好地揭露出"新殖民"者对"新殖民地小资产阶级买办知识分子"①的控制,由此将"新殖民"者的罪恶呈现在读者面前。相比林荣平和黄君,《夜行货车》中的詹亦宏则堪称富有民族气节,并敢于反抗的正面人物形象。在《夜行货车》中,当美国老板摩根索以侮辱性的秽语谈论中国人时,詹亦宏义正词严地说:"先生们,当心你们的舌头……"并以辞职表达了自己的抗议。抗议的代价是巨大的,但詹亦宏仍然站了出来,并勇敢地割断了自己对马拉穆公司的经济依附。陈映真通过詹亦宏这个人物张扬了可贵的反殖民意识。小说结尾,詹亦宏带着刘小玲走向南方的故乡,似乎预示着抗争者的出路,不知是作者有意还是巧合,小说结尾詹亦宏的返乡正回应了七十年代"回归乡土"的时代呼声。

大体来说,反殖民意识是台湾历史意识的重要维度;相对而言,反封建意识则是大陆历史意识的重要维度。上述陈映真、黄春明、王祯和的反殖民写作,既是对七十年代台湾"新殖民"现实状况的回应和反映,也承接了日据时期台湾乡

---

① 陈映真语,见陈映真:《七十年代黄春明小说中的新殖民主义批判意识》,《文艺理论与批评》1999年第2期。

土小说的反殖民传统。乡土文学论战之后，这一传统依然在台湾文学创作中延续着。对日据时期反殖民历史经验的回顾和反思，不时可以在台湾小说中见到，像李乔的《小说》、杨照的《黯魂》都以繁杂的叙事将历史的混沌、丰富和吊诡表现了出来，其中对日据时期台湾人民反殖民的斗争和斗争的艰难多有反映。宋泽莱的《最后的一场战争》，将"二战"时期福寿等台湾人被日军征去南洋作战的惨烈场景与当下福寿为了讨回军邮而勇敢参加"立委"竞选并置在文本中，历史和现实交集在一起；而英年早逝的李双泽则以其喜剧天才创作了《终战の赔偿》，将严肃的历史放在金钱至上的当下，以谐谑的叙述并置历史和现实，在滑稽的氛围里见出历史的沉重，于是一切既显得荒诞，也显得真实。这篇小说虽然将背景放在南洋，却与台湾有着内在的精神联系。在这些小说中，历史并非仅仅以投影的方式叠印在现实之上，历史本身就带着尖锐的刀刃，锋利地刺入当下的现实之中。即使就严格意义上的乡土小说而言，战后第三代作家宋泽莱、吴锦发、钟延豪等人也都有优秀之作，他们从当下乡土人物的"传奇故事"，反思日据时期台湾被殖民的历史，尤其是一些台湾人在精神上被奴化的悲剧，从而对日本皇民化教育的遗毒进行了揭露，并对奴性心理展开批判。比如吴锦发的《永恒的戏剧》(1982)，讲述了一个绰号叫"三八吕"的乡土人物"有趣的"故事。三八吕在日据时期做了殖民政权里的巡察，他完全将自己当做了殖民者，将日本殖民者的威势化作自己对同胞的嚣张气焰。他看到一个老妇在行人道上摆摊时，恶狠狠地将她抓起来，当他的同窗上来劝解时，他竟然连劝解的同窗也一并抓到警察局。村人遂给他起了"三八吕"的绰号，所谓"三八"，"含蕴着疯癫、官僚、滑稽……诸般复杂的情意结"①。而这些"情意结"，某种程度上正是三八吕被"皇民化"所毒害的结果。三八吕不仅肆意欺压同胞，而且为了维护所谓日本巡察的威严，连亲情也弃之不顾。他对自己的弟弟毫不手软，当他的母亲阻止他抓捕弟弟时，他将母亲推倒在地，并且对他母亲说："我是巡察，你敢打巡察，你犯了公务执行违犯第×

---

① 吴锦发：《永恒的戏剧》，见《台湾作家全集·吴锦发集》，台北前卫出版社 1992 年版，第 119 页。

条第×项罪名,你知道吗?"①当日军征召台湾青年赴南洋作战时,三八吕积极地将自己的弟弟推为"志愿兵",从而让其弟横死南洋。村民们将三八吕的"趣事"口耳相传,成为"永恒的戏剧",然而,这些戏剧的背后,却是台湾被殖民的历史带给人们的深入骨髓的悲凉,所以叙述者的阿公说完三八吕的趣事,时常眼带泪花,在小说开头作者也特地点出:"可是随着年岁的增长,以及求学之余对台湾史的涉猎,回想及阿公当年述说的三八吕的故事,觉得事实上阿公和他的同年口中的三八吕并不只是单纯的滑稽的人物,甚至,我似乎领悟到了,阿公和他的同年在叙述这些故事的当儿也不全然是快乐的吧,在他们笑声的背后也一定隐藏着某种程度的悲哀与痛苦在的。"②这种悲哀和痛苦,不正是"殖民地的伤痕"吗?老作家郑清文的短篇小说《三脚马》(1979)处理的也是类似的题材。小说主人公曾吉祥因为"白鼻"这一生理缺陷,遭人歧视,于是努力出人头地,最后做了殖民地的警察,做了警察后也像三八吕那样"自认为是王爷",欺压同胞。多年后,当日据时期成为历史,曾吉祥默默无闻地雕刻木马,而他雕刻的所有木马都是三脚。一方面台湾人称日本人为狗,是四脚,而替日本人做事的走狗,则是三脚;另一方面,残缺的木马也成为"殖民地伤痕"的一种隐喻。

相对而言,钟延豪的《高潭村人物志》(1980)在发掘乡土人物因被殖民而产生的心理创伤方面,尤为用力。小说以充满历史感的叙事,呈现出四个乡土人物的人生悲剧:癫坤仔在日据时期长期受到皇民化教育,所谓的"日本精神"已经渗透到他的血液里,他在24岁那年成为"宪兵补",在村民看来颇有前途,然而日本战败使得对日本皇民化有着天真看法的癫坤仔受到重挫,并因此而疯狂。当祖国的军队来到街头时,他居然挤进队伍里唱起日本歌,并以光复前殖民者的威权怒骂兵士。反讽的是,被皇民化毁掉一生的癫坤仔在死后居然被葬于抗日烈士纪念亭之后。而阿福伯公先是受到皇民化的蛊惑,其后看到村子里的子弟被抓去南洋打仗,民族意识渐渐觉醒,从此再也不说日本话,而且将他的狼犬的日本

---

① 吴锦发:《永恒的戏剧》,见《台湾作家全集·吴锦发集》,台北前卫出版社1992年版,第121页。

② 吴锦发:《永恒的戏剧》,见《台湾作家全集·吴锦发集》,台北前卫出版社1992年版,第113页。

名改为美国名；当美国飞机来轰炸时，阿福伯公劝导村民不必再咒骂美国人，因为他们是来炸日本人的，可是当他看到轰炸后一栋栋房舍倒塌，时见断肢残骸从瓦砾中寻出时，禁不住悲从中来。美军轰炸同样给旺仔仙带来一生难以平复的悲痛，他的妻子在轰炸中丧生。作为派出所的工友，旺仔仙曾得意于自己拉警报的活，可是他的警报却难以挽救妻子的生命，于是内心的伤口永难愈合，在以后的酗酒岁月中，他不停地谴责自己："我应该把响筒弄得响些的。"①《高潭村人物志》中的最后一个人物林明，是阿福伯公的孙子，在一家美商电子公司工作，公司副经理、日本人山本太郎不顾工人死活，总经理、美国黑人山姆森欺侮女同胞，林明挺身而出，打了山本太郎一巴掌，并使山姆森得到了应有的惩罚。小说结尾类似《夜行货车》，林明也像詹亦宏那样，在辞职后离开了美国公司，"在同仁的惋惜中大步地向车站走去"②。有论者指出："台湾'殖民经验'的时代，一直到了林明掌了山本太郎一巴掌，法院宣判了山姆的罪行，才算结束。"③可见，《高潭村人物志》以四个乡土人物的故事，从日据到"二战"中美国对台湾的轰炸，再到"新殖民"，在不同的语境中表现出台湾人民被殖民的巨大伤痛，正如林芝眉所评价的那样："钟延豪的《高潭村人物志》是唯一一篇试图借着小乡村的人物传奇，勾勒出台湾人民处过两个时代后，被划伤的刻痕。"④同时，小说也表现出台湾人民坚贞的民族气节和可贵的反殖民气概。

《永恒的戏剧》、《三脚马》、《高潭村人物志》等作品，在表现反殖民意识时，乃是立足于现实去回望和反思历史，带着缅怀历史的思绪。相比之下，宋泽莱的《糜城之丧》(1979)则更带有现实的焦虑。《糜城之丧》讲述的是昔日的大汉奸胡之忠死后，灵柩被运回糜镇，其子胡伟明要将灵柩安葬在胡姓墓园。围绕着这一中心情节，小说叙述了糜城不同人物对此事的反应。由于胡伟明财大气粗，气焰

---

①　钟延豪：《高潭村人物志》，见《台湾作家全集·钟延豪集》，台北前卫出版社1992年版，第20页。

②　钟延豪：《高潭村人物志》，见《台湾作家全集·钟延豪集》，台北前卫出版社1992年版，第25页。

③　黄娟：《钟延豪作品的特色》，见《先人之血，土地之花：台湾文学研究会论文集》，台北前卫出版社1989年版，第133页。

④　林芝眉：《落入凡间的文学精灵》，收入《台湾作家全集·钟延豪集》，台北前卫出版社1992年版，第280页。

颇为嚣张,他以自己的财力对小镇上的各色人物,特别是有话语权的人物加以收买,不仅要将其一直未受到惩罚的汉奸父亲葬入胡姓墓园,而且要办一个规模空前的葬礼。以胡清池为代表的胡姓子弟,对胡伟明的行为表示了严正抗议,然而在胡伟明的财势面前,胡清池等人的抗议并未收到多大效果。在小说最后,数十年未见的盛礼在麇城上演,观礼的麇城人人头攒动。反对者只能组成一个行列,在灵车经过时向灵柩吐痰,并高喊"麇城之耻",可是当反对的行列过去时,一切还是那么欢闹。在小说结尾,作者满怀悲情地写道:"欢闹的气氛扩散到整个麇城,人们几乎都忘了这个葬队里运载着怎样的一个死人!"①小说将台湾的日据历史化作现实中的一次事件,与现实短兵相接,叙事充满张力。对当今社会人们对金钱和权势的屈服,对历史伤痛和民族耻辱的遗忘,作者发出了盛世之危言。在这种现实的焦虑面前,我们不难感受到小说对民族尊严和民族气节的高扬。从而,该作就和前述几个作品一样,在新的时代环境下接续了台湾乡土小说的反殖民传统。

第三章　转型期两岸乡土小说的社会批判与乡土守望

第一节　社会转型与两岸乡土小说的发展态势

七十年代是台湾乡土小说的辉煌时期,富有深度且饱含乡土情感的作品大量出现,这些作品体现出来的现实主义精神也成为文学的主潮。如前所述,在七十年代特定的社会文化环境中(一系列社会事件将台湾的民族主义意识迅速激发出来),"乡土文学"这一概念产生了意义的增殖,它除了本身所具备的含义及特征("地方"、"农村"、"传统"等指向以及"三画"、"四彩"等内涵特征)之外,还在

---

① 宋泽莱:《打牛湳村》,见《宋泽莱作品集2·等待灯笼花开时》,台北前卫出版社1988年版,第294页。

反殖民意识、现实主义精神、写实主义文学观等相互联系的维度上获得了新的内涵。可以说,七十年代特定的社会文化环境,是促使乡土小说创作走向辉煌的重要力量;然而,乡土小说创作的根本动力,却是六七十年代经济高速发展所带来的社会急剧转型。社会转型给底层民众带来的社会不公,以及转型期人们对都市和乡村充满矛盾的认同,对迅速边缘化的乡土的守望(特别体现在老一辈身上),都在这一时期的乡土小说中被留影和造型。台湾评论家齐邦媛在1989年九歌版《中华现代文学大系·小说卷》(1989年版收1970年到1989年近二十年的作品)的序言中,引用具体数据来说明台湾乡土社会的工商转型,并由此概括乡土小说的主题:"进入七十年代之际,台湾的农业与工业,乡土与都市互为消长的现象,显著加速。1968年,制造生产值的比例占百分之二十四,开始超过了占百分之二十的农业。次年,农业开始呈现百分之二的负增长。1972年,农民所得只及非农民的百分之六十六。到了七十年代的末年,工业品所占出口品比例终于突破了百分之九十,与光复的初期正好相反。这些抽象的数字到了小说家的笔下,变成了活生生的形象,看得出农村开始萎缩,田园变貌,机器下乡,人口进城,种田人的下一代为了出头,不得不纷纷辞乡入市,去'呷头路'。乡土作家的笔下,大半是反田园,甚至倒乌托邦式的农村;笔触轻的,发出无助而迷惘的叹息,重的,就发出反省的社会批评。从钟肇政到吴锦发,从王拓到洪醒夫,二十年乡土小说多变的风貌,成为台湾社会变迁重要而生动的见证。"①乡土社会的工商转型,带来人地关系的转换,从生产方式到生活方式都在改变,农民的乡土体验不再纯粹,而都市体验则越来越丰富,相应的,道德伦理也在发生嬗变,所有这些都给乡土小说提供了丰沛的创作资源。因此,乡土社会的急剧转型,可以说正是七十年代乡土小说蓬勃生长的肥沃土壤。

然而,问题的症结可能也正在这里。倘若乡土社会的工商转型成为乡土小说创作的基本动力,一旦转型趋于完成、都市化程度较高之时,作家的乡土体验就会被都市体验渐渐取代;相应的,乡土小说也就会被都市小说挤到边缘的位

---

① 余光中总主编,小说卷由齐邦媛主编《中华现代文学大系·小说卷》序言,台北九歌出版社1989年版。

置。事实上,经过六七十年代经济的高速发展,进入八十年代以后,台湾的都市化程度已经非常之高,由于乡土社会向工商社会的急剧转型,一些小镇崛起为新兴的小城,至八十年代中期,台湾的都市人口已达百分之八十。[①] 还需要特别提到的是,台湾农村经过多年的改造,包括"三七五减租"和"耕者有其田"政策(五十年代)、土地重划(六十年代)、社区建设(七十年代)、高速公路兴建(1978年),农村产业结构在逐步改变,生产方式和生活方式自然发生着相应的变化,地理景观和人文景观也会有新的面貌。可以说,台湾农村是以较为长期的准备和较为积极的姿态参与了台湾的城市化进程,并成为这一进程重要的、有机的组成部分。有论者认为,"传统农村可说已在某种程度上转型成劳力供给丰沛的工业村,农村几乎有名无实。八十年代中期之后,这个农业空洞化的过程因泡沫经济的影响,脚步更加快速。"而由于城乡距离拉近,"农村都市化已是无法避免的走向或最终结果"[②]。城乡交通的便捷,农村产业结构的调整和都市化进程,使得城市之于乡村的绝对优势开始弱化,城乡差距变小,甚至变得有些模糊,乡村的都市生活体验可以比较方便地获得。这样一来,八十年代小说家关怀的重心就发生了由乡到城的迅速位移,乡土文学因此而式微。

　　台湾乡土文学的式微已经成为众所公认的事实。比较一下九歌出版社1989年版和2003年版的《中华现代文学大系·小说卷》所收录的作品即可清楚地看出这一点。1989年版大系收录的是1970—1989年间的作品,涵括了七十年代辉煌时期的乡土小说,因此较为丰富;2003年版大系收录的是1989—2003年间的作品,乡土小说所占比例则相对较小。齐邦媛在1989版大系小说卷的序言中说:"人与乡土的关系不断在改变中,乡土本身的风貌也在不断地改变着,因此产生了数之不尽的文学题材,造就了许多各具风格的作家。自七十年代初期盛极一时的台湾乡土文学作品,在此选集中占很大的分量。"[③]再看马森在2003

---

　　① 该数字引自朱立立:《台湾都市文学研究理路辨析》,《东南学术》2001年第5期。
　　② 李顺兴:《"美丽与穷败":七十年代台湾小说中的农村想象——兼论乡土文学的式微》,见陈义芝编《台湾现代小说史综论》,(台湾)"行政院文化建设委员会"、台北联经出版事业公司1998年版,第283—284页。
　　③ 齐邦媛:《中华现代文学大系·小说卷》序言,台北九歌出版社1989年版。

版大系小说卷的序言中如何来说："就题材而论，写本土的虽然仍占多数，但写乡土的（如果专指台湾的农村而言），却已寥寥无几。相反的，写都市的小说却大量增加，反映出今日台湾普遍的都市化倾向。"①实际上，刚进入八十年代，乡土小说式微的迹象似乎就已经可以寻见。叶石涛在《论 1980 年的台湾小说》中，谈及编选《六十九小说选》时说："廖蕾夫的《隔壁亲家》是我们这集子里唯一收录的农民小说；很遗憾我们在 1980 年再也找不着另外一篇更好的农民小说；……回想这两三年此类以农村为背景的小说几乎占着台湾文学的主流，而曾几何时，此类小说逐渐衰微，真致人感慨不已。……"②几乎与此同一语调，彭瑞金在《1983 台湾小说选》的导言中说道："农民文学曾经是七十年代台湾文学的动脉和光荣的标志。""然而选定这本《1983 年台湾小说选》之后，我惊讶地发现这十篇作品中，竟然没有一篇可以严格地划入农民小说的阵营里去的，这的确不是我的初衷，只能算是巧合。也许这种巧合暗示着台湾文学现实关怀焦点的转移，逐渐摆脱农业与工商业纠缠不清的问题，新的、孳生于工商业社会的问题、烦恼攫住了我们文学的心，出现了新的思考、关怀的焦点。"③

"乡土文学论战"之后乡土文学创作的高起点起飞，成为彭瑞金所说的一种"错觉"。当然，这并不能抹杀"乡土文学论战"对台湾社会文化，包括文学创作内在精神的深远影响。毕竟对作家来说，一个时代有一个时代的关怀重点，台湾乡土小说的命运从根本上来说，与时代主题的递变密切相关。在这一点上，李顺兴在其论文中曾做过历史性的考察："由九十年代回顾乡土文学，很容易看出文学中乡土本身的演进：早期乡土作品的乡土环境或背景大多非常素朴，强烈的城乡对立成分不高，七十年代的乡土则几乎清一色是在急速变迁中，大量工业化/都市化元素入侵，后遗症或副作用在乡土间爆发开来，这样的乡土观察到了广义都市文学的兴起，才开始消退，主要场景逐渐由都市环境取代，而小说形式也开始

① 马森：《中华现代文学大系·小说卷》序言（该大系依然由余光中总主编），台北九歌出版社 2003 年版。
② 叶石涛：《台湾文学的回顾》，台北九歌出版社 2004 年版，第 103 页。
③ 彭瑞金编：《1983 年台湾小说选〈导言〉》，台北前卫出版社 1984 年版。

起变化。"①其实,这也就是我们前面所讨论的,乡土社会的工商转型成为乡土小说创作的根本动力;当社会转型趋于完成,乡土文学也就随之退居边缘的位置。当然,社会变迁固然对乡土文学起着根本的促动作用;而八十年代文学潮流的演进和更迭也对乡土小说创作产生着重要的影响(社会变迁和文学潮流之间也有着内在关系,这一内在关系是个复杂的论题,此处姑且将两者分论)。在笔者看来,八十年代的政治写作以其靶标更为明确、批判锋芒更为锐利的激进姿态,在小说写作方面赢得了更多的注意力和掌声,某种程度上对乡土小说创作构成了遮蔽的态势;而另一方面,乡土小说那种泛政治化的表达方式和较为稳固的写实主义审美范型,也使得更新的世代在摆出鲜明的文学探索架势之时,对之有所排斥。另外,转型期乡土小说另外一个维度的表现主题,即对城市化进程所带来的道德堕落现象的批判,以及相应地对乡村和谐的人地关系、质朴的生活方式的回望和守护,也随着社会转型的趋于完成而更多地成为一种怀旧式的缅想。对和谐的人地关系的期盼和守护,则给基于生态伦理的"自然写作"提供了历史性的机遇。特别是,随着后工业社会的到来,生态问题不仅在科学的意义上关系到人类的生存,更是在人文的意义上与我们的家园守护息息相关。也正因此,八十年代以来台湾的"自然写作"非常盛行,许多图文并茂的著作相当畅销。转型期乡土小说的乡土守望似乎成了过时的话题。所有这些,都使得乡土文学创作在进入八十年代后迅速地走向边缘,在"多元化"的文坛默不做声地、本色地出演着自己的角色。不过,李顺兴在其论文中所说的"乡土已逝,乡土文学已死,而乡土文学论战也已息鼓"②的论断,如果在象征的层面上,是说得通的;如果是在事实的层面上,可能就显得绝对化了。尽管乡土文学在进入八十年代后开始式微,但乡土文学创作依然作为潜流,在耐心地流淌,且时而可闻玎玲脆响。比如王湘琦的《没卵头家》(1987)就以其戏谑、荒诞且富有历史感的叙事,书写了"没卵头家"吴金水的可悲命运,同时又凸显了吴金水不屈不挠的奋斗意志和开阔的胸襟,暗含

---

①　李顺兴:《"美丽与穷败":七十年代台湾小说中的农村想象——兼论乡土文学的式微》,见陈义芝编《台湾现代小说史综论》,第287页。

②　李顺兴:《"美丽与穷败":七十年代台湾小说中的农村想象——兼论乡土文学的式微》,见陈义芝编《台湾现代小说史综论》,第293页。

着对传统文化的批判（李欧梵评之曰，"没卵头家反映出一种原始的、象征的层次……影射了了很多中国文化上的深层结构"①），堪称乡土小说的力作，甫一发表即赢得一片喝彩，显示出乡土小说"静水深流"之品格。其他像黄育德以人道关怀精神书写小人物悲喜剧的《啸阿义，圣阿珠》（1988，此篇完全有黄春明、王拓等前行代乡土小说家的风格）以及王湘琦更具狂欢效果的《玄天上帝》（1989）等，都是乡土文学的收获。而在九十年代，像凌烟的《失声画眉》（1990）、蔡素芬的《盐田儿女》（1994）等长篇小说，在较为开阔的社会舞台、较为纵深的历史背景上展开叙事，让时代变迁在文学作品中留下生动的形影，都显示出乡土文学坚韧的生命力。进入新世纪后，更新的世代也以他们颇具生命质感的乡土叙事和艺术上的创新，展现乡土小说新的风景。值得一提的是，八十年代以来，将乡土缅想纳入童年回忆的乡土小说多有所见，比如沙究的《童年》、七等生的《大榕树》、李赫的《母亲的压岁钱》以及袁哲生创作于上世纪末的乡土小说力作《秀才的手表》，这些作品传达出物化时代人们对精神原乡的怀想。

尽管隔了二十余年的时间差，台湾乡土小说的命运仍可作为大陆转型期（九十年代以来）乡土小说发展的一种参照，而彼此的参照可能更容易把握转型期两岸乡土小说发展的内在机理。尽管在具体的层面上，两岸的社会状况有着诸多差异，但从根本上来说，乡土社会的工商转型所遵循的现代性逻辑，两岸都是一样的。法国社会学家 H. 孟德拉斯在考察法国农村的现代化时指出，工业化意味着农业在自身现代化的过程中追随工业的足迹，②于是"平衡被打破了，缓慢的农业被动摇了，它开始以工业的步伐前进，并利用工业的能源和最新发现"③。两岸社会都曾长期处于农耕文明状态之中，就文学而言，则相应地具有相当浓厚的田园色彩。然而当台湾在六七十年代步入经济发展的高速车道。大陆在九十年代城市化进程全面而快速地展开时，乡土社会的静态平衡很快被打破，农业必须追随着工业的足迹。社会转型带来了社会不公，而道德伦理的迅疾失范则使得人们对几千年来传统文化所营造的田园乌托邦有着怀旧式的缅想，并因此

①　转引自黄凡主编《海峡小说1987》，台北希代书版有限公司1988年版，第42页。
②　（法）H. 孟德拉斯：《农民的终结》，李培林译，中国社会科学出版社1991年版，第12页。
③　（法）H. 孟德拉斯：《农民的终结》，李培林译，中国社会科学出版社1991年版，第11页。

对乡土进行无助的守望,这些丰富的内容在两岸乡土小说中都有生动的表现,并成为两岸乡土小说作品在特定历史阶段大量涌现的重要原因。

然而,两岸社会现实在具体层面上的诸多差异,以及这些差异给两岸乡土小说带来的区别,也是值得关注的。将二十余年前的转型期台湾乡土小说作为一面镜子,九十年代以来大陆乡土小说的表现形态或许可以得到更为清晰的映射。这里大略提出几点,并适当加以展开。

首先,从历史上来看,台湾民众的现代性体验要比大陆民众丰富些,在时间上也早一些(日据时期台湾即以被日本榨取资源,以及心灵被奴化的惨重代价,得以展开初步的现代化建设)。城乡之间的区隔尽管也是历史性的存在,但相对大陆而言,乡村的封闭性程度还是要轻一些。相较大陆而言,"台湾农业土地,很早就开始了商业性经营,也就是,不以生产劳动者自身食粮所需为满足"①。而七十年代的社区建设,更使得乡村之于城市的弱势地位略有改变,相应地,乡村在工业化进程中的主动性也较大陆稍强一些。而大陆,尽管在 1978 年以后,即开始将发展经济作为社会发展的中心任务,但历史上形成的城乡差距和区隔依然赫然存在,"非农户口"之所以长期高农村户口一等,正是因为城市保持着对农村的绝对优势,这个优势不单是经济上的,而且还是政治上的、文化上的。八十年代反映乡村社会变动的小说,像《古船》《浮躁》等作品,虽然表现出乡民经济意识的觉醒和时代嬗变中人们心灵的骚动,但城市在这些作品中只是以虚虚的背影出现。但进入九十年代后,城市化进程的迅速展开,将乡村卷入其中;城市由于要高速发展,便表现出对农民热切的接纳姿态,由于城市对乡村历来保持着绝对的优势,九十年代以来的城市因此显示出对乡村民众巨大的召唤力。乡村也立即向城市敞开(甚至换个角度说,是被城市打开,以获得劳动力资本),乡村民众大量进城,成为"城市异乡者"。农民工向城市求生,可视为积极的生存策略,在追求现代文明方面,他们表现出相当的主动性。然而就整体而言,乡村在向城市文明敞开时,却多显示其被动性的一面:城市文明与乡土文明,在九十年

---

① 杨照:《为什么会有乡土文学论战——一个政治经济史的解释》,见《乡土、本土、在地》,台北联经出版事业有限公司 2007 年版,第 74 页。

代的中国舞台上，早就由"现代性"安排好各自的角色。大陆乡村的封闭程度较台湾要高；而乡村被城市化进程的巨大向心力吸附之前，又缺乏台湾那样较为长期的现代性积累，它的主动性因此较台湾弱一些。甚至可以说，在并不算短的时期里，乡村在城市化进程中几乎失却了主体性，贾平凹在《秦腔》后记中说，农村"成了一切社会压力的泄洪池"①，可见，尽管大陆农村在城市化进程中不断改变着面貌，但其被动性则是显而易见的——很大程度上可以说，乡村必须通过城市来定义自身。封闭程度既高，主动性又弱，乡土社会转型的幅度较台湾来说就显得尤为剧烈，都市伦理与乡村伦理之间的冲突也更加激烈。反映在乡土小说中，大体可以说，转型期大陆乡土小说，无论是反映社会不公，还是抒写乡土守望，较台湾而言，在故事情节上更具戏剧性（甚至经常会有一些看似荒诞实则真实的情节，比如《农民刘兰香之死》、《好大一对羊》、《瓦城上空的麦田》，等等；而那些抒写乡土守望、表现乡村纯朴美德的作品，像《日落碗窑》、《乡村情感》，也因为在浑浑俗世中书写美好的"乡村情感"而使得作品颇见强烈的对比，有时读起来竟感觉像是童话），在主题上更富悲剧感（往往直接给读者以锐利的疼痛感，而悲剧的顶点以及最具疼痛感的莫过于人物的惨烈死亡，比如《被雨淋湿的河》、《太平狗》等等），而从题材上看，则较多地出现了以"城市异乡者"为主要表现对象的乡土作品（尤其是在进入新世纪以后）。"城市异乡者"题材的作品，反映了乡村之于城市的贫困、转型期的社会不公和乡民进城后道德观念所遇到的挑战，所有这些均显示出此前乡村的封闭，以及大陆社会转型的急剧。也因此，转型期台湾乡土小说中的"城市异乡者"形象，就并不多见。并不是说没有，②但却不像大陆这样一时间蔚为壮观。

　　"城市异乡者"形象在大陆乡土小说中的大量出现，使得乡土小说的概念在内涵上有了新的拓展。实际上，"城市异乡者"题材盛行一时，也隐括了大陆乡土

---

① 贾平凹：《秦腔·后记》，作家出版社 2005 年版。
② 比如许俊雅就曾用过"城市的异乡人"这样的概念，来指称进城后被物化、丧失传统道德观念的年轻一代离乡者。见《从杨青矗小说看战后台湾社会的变迁》，收入《台湾文学散论》，台北文史哲出版社 1994 年，第 347—348 页；另外，像黄春明《两个油漆匠》(1974) 中的主人公猴子和阿力，由乡入城，而又在城市中找不到精神归宿，最后猴子在记者的镜头前从高空坠落。这两个乡土人物则完全和九十年代以来大陆乡土小说中的"城市异乡者"具有精神上的一致性。

小说之于台湾乡土小说的另一特殊背景，这是我们要提到的转型期两岸乡土小说的第二个总体差异。由于地理景观的先天条件，大陆沿海地区较之内陆地区，更早呼吸到现代的空气（尽管这个空气里时而掺杂着霉烂的气味），自晚清国门被强行撞开以后，沿海就较内陆更能感受到"现代"进入传统母体之后的不停躁动以及由此带来的阵痛，其现代性体验因此较内陆丰富。在这一点上，台湾与大陆沿海地区较为接近，而与内陆地区较有距离。改革开放以来，沿海地区以其地理上的优势和历史上的现代性积累，迅速进入现代化进程之中；相对而言，内陆地区则迟缓得多。所以，"毫无疑问，二十世纪后半叶，我们仍然沉浸在无边的农业文明的社会形态和文化语境之中，尽管我们的沿海地区在八十年代已经完成了从农业文明向工业文明的转型，那些资本原始积累时期的文化矛盾叠印在中国这一沿海地区的时空之中。但是相比之下，中国还有大部分的内陆省份，尤其是西部地区，仍然在充满着试图进入'现代性'文化语境的希望的田野上耕耘，就此而言，尽管农业文明与工业文明的落差已经形成；但是它还不足以使中国完全摆脱农业文明的社会肌理"①。后现代、现代和前现代，时间的历程在大陆广阔的空间上被分布、展开，不同文明得以共时性地存在着，而其中的落差（经济上的、文化上的）正是"城市异乡者"大量出现的直接动因。而就作家这方面来说，九十年代创作乡土小说较多的乃是中西部作家，其中的原因也正包含在文明发展的多层次性和差距之中（在沿海较为发达的地区，消费文化也对乡土小说创作有所压抑）。与此同时，进入九十年代以后，社会转型又适逢"全球化"进程，西方的文化理论进入大陆，使得大陆的文化语境众声喧哗。乡土小说的价值取向由此显得颇为混杂，当赵本夫《无土时代》中的石陀不断敲开城市的水泥地，让植物生长出来，而小说中的另一人物天柱将城市种满庄稼时，周大新《湖光山色》中的暖暖们却对种地极其厌烦和排斥。其中的矛盾和吊诡包含着诸多文化信息。相较而言，转型期台湾乡土小说无论是在价值判断上，还是在表现形态上，都显得较为单纯。

最后值得提出的一点是，相对转型期的台湾，大陆的封建意识，尤其是官本

---

①　丁帆：《"现代性"与"后现代性"同步渗透中的文学》，《文学评论》2001年第3期。

位思想和封建家长制尚且顽固存在，这也使得转型期两岸乡土小说对题材的选择以及对主题的表现都有所不同。如前所述，大陆民众的现代性体验较台湾民众来说有所欠缺，时间上也相对较晚，特别是，几千年的封建统治使得宗法制乡村形成了稳固的文化基础。将威权和奴性合而为一的"官本位"思想，以及与之密切联系的"封建家长制"（费孝通称之为"长老统治"）尤其成为这一文化基础中的痼疾。五四时期提出的文化批判和文化改造的命题，在此后的历史进程中一再被延宕，而这一命题即使在当下，仍有其至关重要的意义。当乡土社会的工商转型在进入九十年代后迅速展开时，表层的社会急变和深层思想观念的顽固构成了巨大的反差和矛盾，乡村蜕变最为艰难的环节正是在这里。由于台湾现代性体验较早，也较丰富，相对来说，大陆乡土观念中的这个"痼疾"在台湾表现得不是很突出。转型期两岸乡土小说由此呈现了不同的景观：在大陆，展现这一文化痼疾所带来的转型期社会问题的作品颇有阵容，而台湾则相对较少。不过，尽管转型期大陆乡土小说确有不少作品带有文化批判的意图，但九十年代以来，由于大陆社会文化状况日趋多样和复杂，特别是消费主义文化甚嚣尘上，文化批判主题常被遮蔽，甚至因为这一主题五四时即以盛行，而被有些作家当做过时的理念丢在一边。实际上，由于封建意识是那么深入地潜藏在民族文化的母体之内，并隐隐辐射出种种精神阵痛，阻碍着真正意义上的"现代化"的实现，文化批判主题仍应该在当下的乡土小说创作中加以艺术呈现。法国社会学家 H·孟德拉斯在描述法国农民的终结时说道："永恒的'农民精神'在我们眼前死去了，同时灭亡的还有建立在谷物混作基础上的家族制和家长制。这是工业社会征服传统文明的最后一块地盘的最后战斗。"①以此来看大陆转型期的乡土社会，则封建家长制、官本位思想，依然犹如堡垒一样坚固。以文学所能发挥的精神力，将之摧毁，当是一件有意义的事情，就此而言，大陆乡土小说作家在文化批判方面仍有用武之地。如前所述，台湾乡土小说在进入八十年代后迅速衰落，而其直接的导因则是台湾社会工商转型的趋于完成；可是结合孟德拉斯的描述，可以说其最深层的原因却是"农民精神"在年轻一代乡土作家面前的"死去"，以及相应的农村

---

① 《农民的终结》，第 16 页。

家族体制在工业社会的解体。很明显的事实是,乡土地理景观的改变乃至消逝,并不足以真正导致乡土小说的衰落;但农民精神和农村生产方式、生活方式的消失和解体,却对乡土小说创作构成了致命的打击。循乎此,可以说,大陆的"农民精神"以及消极意义上"封建意识"(其中最为突出的便是"官本位"思想)依然没有退出历史舞台,工业社会征服传统文明的最后战斗远远没有到来,乡土小说创作依然有开阔的空间,因此,相较台湾乡土小说在进入八十年代后的衰落,大陆乡土小说还有很长的路要走,其终点落在何处,目前尚不可论定。

第二节　转型期两岸乡土小说的社会批判

揭露社会不公、反映底层苦难是七十年代台湾乡土小说重要的创作倾向,较之另外两个创作倾向,即民族意识和现实主义精神,尽管三者之间颇有内在联系,但这一创作倾向仍是最为关键的一个;而从乡土文学论战这个角度来说,台湾是否存在社会不公及社会矛盾、文学是否应对此加以反映,则是最为关键的论争焦点。比如乡土文学论战中的重要文章,王拓的《是"现实主义文学",不是"乡土文学"》一文,即直陈台湾经济的高速发展,带来的却是社会分配的不公和农村经济的危机,以及底层劳动者的利益被侵占和损害(详见第一章第三节)。实际上,在论战中,对乡土派最具威胁性的对手不是现代主义者,而是来自官方的打压;而官方所害怕并极力辩护的,正是乡土派揭露的社会不公问题。杨照在其文章中,曾详细梳理、分析了乡土文学论战的政治经济背景,他从"二二八"开始,通过对具体的政治经济发展状况的列举和解读,呈现出七十年代台湾农村的恶劣处境:"连串的因素指向同一个结果,那就是对农村不公平的层层剥夺。到了七十年代中期,农村的经济下降恶化,进行了将近二十年,农村破产的景况,再凄惨不过。这二十年中,随着这种农村破产过程成长的一代,当然不可能没有感受,当然有许多想要表达的意见,想要发泄的情绪。"①杨照因此认为,"乡土文学"阵

---

① 杨照:《为什么会有乡土文学论战:一个政治经济史的解释》,见《乡土、本土、在地》,台北联经出版事业有限公司 2007 年版,第 83 页。

营真正的共同关怀,乃在于农村的"现实",而强调"现实",乃是"为了要跟政府宣传的'农业复兴'、'农业发展'明确区隔"。① 由此不难判断,七十年代台湾"回归乡土"外在的诱因乃是一系列的国际事件(钓鱼岛事件、被迫退出联合国、尼克松访华、中日建交等等),内在的动因则是台湾农村在经济高速发展下的恶劣现状,而导致这一现状的逻辑正如上一节所述:在现代化进程中,农业必须追随工业的逻辑。按照杨照的分析,国民党当局也确曾为了工业发展而牺牲农业,为了现代化进程而使农村凋敝,于是"农家珍惜土地不愿离开不愿废耕,只好让青壮人力离开去新兴工业部门努力,农村人口结构慢慢朝'三老'(老祖父老祖母老妈妈)移动,老化的人口却要承担起比以前有青壮人力时更多的劳动量。靠着这样的挤榨,才有产业结构上的转变"②。经过了二十年的积弊,到了七十年代,在国际事件的刺激下,民族意识觉醒,"回归乡土"的呼声更是唤起了乡土作家对农村恶劣现状的关注。由此,乡土作家开始直面现实,满怀着道德激情和文化悲情去批判工业发展给农村带来的社会不公。

另一方面,在七十年代,日据文学的发展给乡土作家们在道德上和文学表现技法上树立了典范,赖和、钟理和、吴浊流、杨逵等人直面现实、勇敢揭露苦难的现实主义写作给七十年代崛起的乡土作家提供了重要的创作资源,台湾文学中揭露苦难的文学传统被有效地承续下来。实际上,对农民生存困境的镜像式呈现,是台湾乡土小说的重要一脉,日据时期即有大量专事描写农民苦难的乡土小说(可参看第一编第一章第二节),叶石涛曾指出:"当时的台湾民众百分之八十为农民而且几乎是没有土地的佃农,所以我们的先辈作家张文环先生常说:'台湾是没有人生存条件'的地方。既然所有台湾民众都是赤贫的农民,台湾新文学的主题都离不开农民为主题,描写农民在殖民地政府和大小地主的双重压迫下如何生存的现实问题。"③甚至有论者认为,台湾乡土文学中,除了"批判/启蒙"

---

① 杨照:《为什么会有乡土文学论战:一个政治经济史的解释》,见《乡土、本土、在地》,台北联经出版事业有限公司 2007 年版,第 84 页。
② 杨照:《为什么会有乡土文学论战:一个政治经济史的解释》,见《乡土、本土、在地》,台北联经出版事业有限公司 2007 年版,第 80 页。
③ 叶石涛:《恢复优秀的台湾农民文学传统》,见《走向台湾文学》,台北自立晚报社文化出版部 1990 年版,第 84 页。

型、"怀恋乡土"型、"扎根土地"型乡土文学之外，另有一脉"描写苦难"型，而这一类型的乡土文学正是源自日据时期："可以说，描绘和表现日本殖民统治下台湾人民遭受的巨大灾难和痛苦，也是日据时期台湾新文学'基本的主题模式'之一。"①

我们可以非常容易地列出七十年代许多"描写苦难"的乡土作品。像王拓的《炸》，主人公陈水盛因孩子要交学费，为了向兴旺嫂借钱而将孩子押给了兴旺嫂，在走投无路的情况下铤而走险去炸鱼，结果把自己的手给炸断了，而即使陈水盛因此躺倒了病床上，却依然躲不过警察的追问和兴旺嫂的逼债。洪醒夫的《金树坐在灶坑前》则以多幅"构图"将金树家的苦难生活描绘出来，金树夫妇生养了一群孩子，而又不得不将有的孩子送人，其长子天鼠为了家庭放弃了自己的爱情……这样一幕幕的场景，将底层人的生存窘境呈现出来，小说整体上有一种令人压抑的氛围。吴念真的《白鹤展翅》则以精彩的细节将主人公清水仔的心理描摹出来。清水仔年老力衰，却一心要参加"弄狮"，好赚些钱给妻子治病；然而，由于他上了年纪，"理事长"终于没有同意。在小说最后，清水仔与后生阿明自己准备了行头，在村里弄狮之时突然出现，然而清水仔却因为剧烈的运动而受伤。其他像钟肇政的《阿枝和他的女人》、王祯和的《素兰要出嫁》和《香格里拉》、宋泽莱的《等待灯笼花开时》以及八十年代后期黄育德的《啸阿义，圣阿珠》，都是在小人物物质困境的层面上展开叙事，体现出乡土作家的现实关怀和道德良知，也让人们再次看到了台湾乡土文学"描写苦难"的写作传统。

不过这种镜像式的、在小人物物质生存层面上展开的乡土叙事，倘若不能深入人物的心灵深处，揭示出人物在生存困境中的心理状态，或者以一种包含着悲悯的眼光温柔地注视着小人物的生存，并将之普遍化，成为人类生存的一种写照或象征，那么，仅仅停留在对物质困境的呈现，小说在艺术上是存在较大局限性的。好在上述小说的叙事大多带着温情，将底层人物的善良性格和坚忍的生存意志隐约地表现了出来。在表现底层人物坚忍的生存意志方面，洪醒夫的《黑面

---

① 见朱双一、张羽：《海峡两岸新文学思潮的渊源和比较》，厦门大学出版社2006年版，第457页。

庆仔》堪称典范。小说的主人公黑面庆仔带着一个疯女儿和一个儿子过着艰难的日子，疯女儿被村人欺侮，且有了孩子，面对着不幸的生活和四处飘飞的流言，黑面庆仔有过恼怒，他气愤地打了自己的疯女儿，甚至还想掐死婴儿，却又深知他们都是清白无辜的。他想将婴儿送人，但最终他意识到生命的尊严，"一枝草一点露"，于是毅然承担起一切，以坚忍的生存态度面对不幸的命运，也因此该作品带有较为普遍的人性意义。黄春明的《甘庚伯的黄昏》也具有与《黑面庆仔》相似的主题内涵，甚至在情节设置上也有相似之处。有论者指出："对于巨大的命运的承受，是台湾人在传统社会组织变动缓慢的情况下，自然养成的知命、认命习性，它常成为超越时空而存在的意识形态，也是一种民族文化心理结构的积淀，非一时之间所能改变的，因而形成乡土小说的一种基调。"①这种基调正显示出七十年代乡土小说对小人物生存苦难的关注和呈现，而这种呈现隐含着对社会不公的批判。

如果说这些"描写苦难"的作品尚且体现出对日据时期乡土文学传统的继承，那么，七十年代台湾乡土小说所描写的工商阶层对农民利益的侵占，则更直接地表现出乡土作家对转型期社会不公的强烈批判。如前所述，尽管与九十年代以来的大陆社会转型在具体样态上有所不同，但现代化进程的逻辑却大体相似，都是将农业发展纳入工业化的轨道之中，产业结构的转变依赖于农业所付出的代价，乡土社会的工商转型带有不同程度的被动性。而政府"以农养工"的经济策略使这种被动性又有所加剧。当农民的利益被新崛起的工商阶层侵占时，社会不公便以非常触目的方式呈现出来，而这些引起了台湾乡土作家的高度关注，由此，七十年代以来的台湾乡土小说对社会不公作出了迅捷的反应和有力的表达。

实际上，六十年代的乡土小说就曾涉及工商阶层对农民利益的侵占，像黄春明《溺死一只老猫》，游泳池在清泉村的修建，某种程度上意味着代表着城市文明的工商阶层进入到乡村之中，只不过在这个时候，乡土作家关注的焦点乃是转型

① 李丰楙：《台湾乡土小说中的社会变迁意识——六〇、七〇年代乡土小说的主题：贫穷、命运与人性》，见龚鹏程编《台湾的社会与文学》，台北东大图书股份有限公司1995年版，第173页。

期乡土观念的艰难嬗变,更多地带有文化批判的色彩,因此,小说主人公阿盛伯的命运才带有喜剧般的艺术张力。不过,进入七十年代以后,随着"回归乡土"的社会诉求日益彰显,底层社会日益受到关注,以及乡土作家的现实介入精神(其道德批判尺度和情感把握方式带有一定程度的左翼色彩)日益强烈,乡土作家的视点更多地转移到社会经济的层面。从社会经济层面把握转型期乡土社会新的矛盾,成为乡土小说创作的重要路径。比如,由于卖猪可以带来较好的利润,农民们纷纷养猪,一些企业也在养猪方面进行规模化的经营,由于市场的震荡,更由于大企业规模化的养猪方式,导致猪价在七十年代末期暴跌,农民利益受到极大损害。对这一社会现象,宋泽莱的《友乐村猪仔末日记》、吴锦发的《烤乳猪的方法》都做了生动的反映。《友乐村猪仔末日记》全面而精到地描写了这次猪价暴跌风潮中友乐村各色人等的活动,并站在农民的立场上,对农民利益在这次风潮中受到损害表达了愤怒之情;《烤乳猪的方法》写的则是猪牯嫂的子女从城里回来,由于猪价暴跌,子女们居然非常开心地探讨如何烤乳猪,并真的将乳猪烤出来享用,要是在往日,猪牯嫂无论如何也不会让子女如此对待乳猪。两篇小说写的是同一个题材,笔法也都相当戏谑——可以说,两篇小说以笑中带泪的方式表达了对农民的同情和对农民难以操控的经济秩序的不满。某种程度上可以说,正是由于经济秩序乃是农民看不见摸不着的无形之物,辛苦劳作的农民才会任由能够操控经济秩序的工商阶层欺压和剥削。

　　工商阶层的崛起是乡土社会转型带来的必然结果,只是乡土社会转型所遵循的现代化逻辑,似乎早已将农民安排在工商阶层的案板上,农民辛苦劳作所获得的成果必须被工商阶层分享;换言之,一种不平等的剥削与被剥削的关系由此在"商/民"的二元对立结构中形成。宋泽莱的《打牛湳村》和《粜谷日记》对"商/民"的不平等关系有着深入的表现,社会不公问题由此被揭露和批判。《打牛湳村》围绕打牛湳村出售梨仔瓜的风波,将"包田商"和"瓜贩"对打牛湳村乡民的经济剥削相当真实和细腻地表现了出来。所谓包田商,乃是待瓜田成熟时来到田间将瓜田整块包下的商人。无论是来到田间巧妙算计的包田商,还是在市场压价杀价的瓜贩,都拥有较为雄厚的资本,对市场信息有着相当深入的了解;同时,对农民的弱点也把握得非常到位;最关键的是,他们能够利用各种手段操控梨仔瓜市场。而打牛湳村的乡民尽管在瓜田里终日劳苦，其最终所得却不及包田商和瓜贩。小说在提到瓜贩（"瓜果运销商"）时，如此写道："……这些商人实在不宜称为'菜虫'或'果蝇'。伊们更像一只精巧的牛蜂，知道哪条牛的肉比较香；哪一地方是多血质，还可以从这只牛的眼睛瞧出他是笨牛、怒气的牛或乖巧的牛，必要时还可以从牛角上叮出一口很好的血来……"①从此处的比喻式描写，不难看出瓜贩对农民的盘剥，而"从牛角上叮出一口很好的血来"尤其表现出商人对农民剥削之甚。陈映真对《打牛湳村》中商人的剥削方式有很好的概括。陈映真指出，在《打牛湳村》里，我们至少看到三种讹诈的方式：第一种方法，是布置几个人串通包围，局部封锁市场的行情，然后制造瓜价猛跌的错觉，逼使农民贱价卖出。第二个方法是利用口头契约的不明确性，使农民吃亏上当。在小说中，商人和萧笙谈妥"只挑好的卖"，于是萧笙高高兴兴地以稍好的价钱卖出一些梨仔瓜，但商人却精挑细选，将好的全部挑光，使剩下的瓜成为三四级品。第三个方法，是延宕战术。这是利用农产品保存时间不长久，农人必须急速脱手的条件，或利用农民搬运农产品来市集，都希望迅速、顺利地脱手，以便赶回去料理家务农事的条件，商贩故意拖延收购的时间，逼使农民在焦急的情况下，折价出售。② 这些方式具体而微地表现出工商阶层对农民的盘剥。小说中富有启蒙意识和反抗精神但却被不被村民理解的萧贵，一方面不满于乡民的愚昧，另一方面也意识到商贩的剥削本质；可是，他也毫无避开商贩剥削的途径。宋泽莱的另一个中篇小说《粜谷日记》，同样以虚构的打牛湳村作为地名，以日记体的方式向我们详细讲述了发生在该村的一场粜谷骗局。因为采用的是日记体，小说非常贴近生活，甚至可以说与生活本身保持着零距离（台湾人类学家胡台丽回忆其 1981 年到鹿港访问宋泽莱，问他《粜谷日记》反映的内容有多少是真实的，宋泽莱的回答是"百分之百的写实"③）。由此，小说几乎是以原生态的方式表现出七十年代转型期

---

① 宋泽莱：《打牛湳村》，收入《宋泽莱作品集 1·打牛湳村》，台北前卫出版社 1988 年版，第 41 页。

② 陈映真：《变貌中的台湾农村——试评〈打牛湳村〉》，见《陈映真文集·文论卷》，中国友谊出版公司 1998 年版，第 184—187 页。

③ 胡台丽：《〈美丽与穷败：七十年代台湾小说中的农村想象〉讲评意见》，见陈义芝编《台湾现代小说史综论》，第 297 页。

台湾农村的社会矛盾。由于阴雨绵绵,稻谷容易发芽,致使谷价低廉,而农会的收购行动于事无补,这时,出生在打牛湳村、后来在城里经商的林白乙回到村子里,以高于市价的价格大量收购打牛湳村和附近村庄的稻谷,预付三成现金,余下的钱以后再付。这一收购条款,乃是建立在传统的诚信基础之上的"口头契约"。然而,当收购完成后,再也见不到林白乙的人影! 村民们方知上当受骗,却无法要回属于自己的钱,由于林白乙有钱有势,甚至连对他报复一下都做不到。小说中的粜谷骗局,既反映出传统的仁义道德在工商社会中的崩解,也在社会经济的层面上揭示出工商阶层对农民的残酷剥削。林双不的短篇小说《笋农林金树》反映的也是中间商对农民的盘剥。小说主人公林金树为了给儿子娶妻,辛苦收种芦笋,然而由于政府政策失衡,农会提高收购标准,甚至还要从中牟利,商贩遂得以毫不顾忌地盘剥笋农。愤怒的林金树和商贩发生了打斗,在打斗受伤后,林金树绝望地将笋田犁去。在这些小说中,中间商作为转型期崛起的工商阶层,对农民的盘剥简直触目惊心。

林双不的《老村长的最后决战》以及黄春明写于1987年的"老人"系列小说之一的《放生》,讲述的则是农民和进驻乡村的现代工厂之间的矛盾。现代工厂进驻乡村,给乡村带来严重的污染。在《老村长的最后决战》中,老村长最初看中进驻村里的化工厂能给村庄带来便利,年轻人可以在工厂做工;但后来污染问题日益严重,有人因此患病死去,而且更可怕的是,据说污染对村子的影响将会长达五百年。在陈情无效后,老村长终于决定以集体暴动的方式表达村民的愤怒。黄春明饱含温情和人道关怀的短篇小说《放生》,虽是将关怀的重点放在老人阿尾仔对儿子文通的思念上,但通过阿尾仔和老伴、客人的谈话,以及阿尾仔的回忆,展现出文通入狱的曲折经过。与林双不的《老村长的最后决战》情节相似,《放生》中的大坑罟最初也是期盼着工厂进入乡村,并因此对选举充满热情;然而,工厂进驻乡村以后,污染问题不仅影响到村民的生活,而且影响到村民的生存。文通为了改变这种状态积极奔走,结果在气愤中,将一个公务人员打成重伤,因此被捕入狱。这两篇小说尽管涉及工业污染问题,但叙事的重心并非在于从生态的角度反思工业的弊病;而是侧重表现代表现代文明的工业对农民利益的侵占,并且由于这些工业主强大的势力,农民的反抗往往遇到重重阻碍。因此,这样的乡土小说乃将批判的锋刃对准了社会不公,尽管在这两部作品中,工业主的形象并没有直接出现,但人们丝毫不会感觉不到隐迹在文字中的工业主那种似乎操控一切的威势。

七十年代台湾乡土小说的社会批判,在宋泽莱的长篇小说《变迁的牛眺湾》中得到了更为集中的展现。以"变迁"作为小说的标题,很显然是将转型期的乡村(牛眺湾)置放在更为开阔的舞台上(从乡村到城市,从城市到乡村),在一个较长的历史时期(现代化进程)中展开叙事。以"变迁"作为主题或者背景的乡土小说,时常会以一种比较超越的眼光看待时光流转和人事更迭,从而使叙事带着较为明显的沧桑感。然而,这些对《变迁的牛眺湾》并不适用,这部小说并非要去感叹世代更迭,以及在时光流转中小人物的命运和人们道德观念的嬗变;而是以紧贴社会苦难的姿态,以较为理性的分析,反映转型期台湾的社会不公。具体而言,即通过李寅一家各个人物的命运遭际,揭露社会转型期农民利益的被侵占,以及农民离乡进城后被工厂资本家所压榨的诸多社会问题,从而表露出明确的社会批判意图。小说叙事也根本不想摆出超越的姿态,相反,倒是体现为一种浮躁凌厉的风格。小说中的一些人物,往往承受了来自社会多方面的压力,这些压力逐步将小说人物逼向悲惨的境地。比如李寅宣称永远不会离开牛眺湾,但是,他遇到了一连串的不幸,先是收成不好欠下两万斤赋谷,接着借用的抽水机出了故障而农机行老板在修理时抽水机又爆炸了,李寅出于对死者家属的怜悯卖地付给她们赔偿费,其后又在"土地重划"中被权势者欺负;吴娥则更为不幸,她从小被遗弃,后被人收养,遭受养母虐待;成年后又因为出身贫寒,不能和心爱的男人结合,反倒怀了身孕;为了给婴儿治病,又不得不沦为妓女;接下来,在做妓女时又遇到警察抓捕,逃脱之后,警察依然会阴魂不散地突然出现……这样的情节安排很难说是高明,正如鲁迅对这一类情节设置的批评:"平铺直叙,一览无余;或者过于巧合,在一刹时中,在一个人上,会聚集了一切难堪的不幸。"[1]因此,《变迁的牛眺湾》在叙事上尚不够精致。不过,这样的情节设置倒是颇能说明问

---

① 鲁迅:《且介亭杂文二集·〈中国新文学大系〉小说二集序》,《鲁迅全集》第六卷,人民文学出版社 2005 年版,第 247 页。

题,在小说中,作者将苦难和罪恶集中化之后,便可以轻易地以二元对立的结构来把握社会矛盾。在困境中相互扶持的李寅一家,不断地承受着社会的不公,在乡下遭到权势者的欺压;在城市,则受到资本家的盘剥。在乡村,是农民与权势者的阶级对立;在城市,则是劳工阶级与资本家的阶级对立。作者时常站出来,直指造成李寅一家不幸命运的社会原因,比如:"这件事(李寅卖地之事)在说明一件平常的问题,一个深植在我们政治、经济决策的一个问题。它是在说明在这个农业与工业蜕变的社会里,我们的决策者在牺牲一些孤苦的无告者。霸道的、没有仁慈的、偏颇的法律,没有照顾一些受苦者,某些集团用尽一切的手段来榨取广大的低收入者,当决策者高喊经济成长时,而经济成长的骨子里是什么?"[①]只要联系前面的论述,不难看出,这里的追问其实正是指向台湾"以农养工"的现代化策略。而资本家对劳工阶级的压榨,更是显露出工商阶层对农民利益的侵占。在这篇小说中,造成李寅一家不幸命运的力量是多重的,不仅有工商阶层,还有与之结为一体的政治力量。因此,具有剥削与被剥削关系的"商/民"结构显示着社会不公,而宋泽莱对底层苦难的集中展示以及对造成底层苦难的原因的探寻,毫无疑问凸显出作家鲜明的社会批判意图。

在对转型期台湾乡土小说的社会批判做了一番考察之后,我们不妨将台湾乡土小说作为参照系,以比较的视野对转型期大陆乡土小说的社会批判进行一些分析。两相比较,我们可能立刻就有一个比较鲜明的印象:相比转型期台湾乡土小说内涵的整一和单纯,转型期大陆乡土小说的社会批判往往具有"多义性"。

台湾曾出现较多"描写苦难"之作,大陆也有相似题材的作品,只不过从比较微观的层面上来看,我们将台湾的作品定位为"描写苦难",而大陆的作品则更多地注目于"贫困"。贫困与苦难是有着内在联系的两个概念,相较而言,前者要比后者的内涵窄得多;不过,当我们用这两个概念对两岸乡土小说创作进行定位时,这两个概念必须放在特定语境中加以理解。某种程度上,台湾乡土小说所描写的"苦难",大多是在物质贫困的层面上展开的;然而,由于纵向上承续了日据时期乡土文学的传统,横向上感应了七十年代"回归乡土"的时代诉求,"描写苦

---

① 宋泽莱:《变迁的牛眺湾》,台北远景出版社1979年,第99页。

难"型的乡土小说带有较为鲜明的批判指向。而大陆乡土小说对"贫困"的书写，却显得较为复杂。一方面，农村在现代化进程中的被动与滞后，使得贫困成为农民，特别是内陆地区农民的生存现状；另一方面，"脱贫致富"自八十年代以来便是农村改革的重要话语内涵，进入九十年代后，"脱贫致富"依然在发展经济的主流意识形态下具有其合法性和重要地位。因此，"脱贫致富"既体现出农民的根本诉求，又和主流意识形态相呼应。所以，当我们在价值立场较为含混的"现实主义冲击波"中看到贫困题材的乡土小说时，我们就能够读出较多的含义。像《穷县》、《穷村》、《穷人》、《穷乡》、《天下荒年》等作品，一方面是和主流意识形态保持较为一致的语调，以一种居高临下（为农民扶贫）的俯视视角看待农民的贫困，隐含着改变贫困、走向富裕的诉求；另一方面，有时似乎又在默认贫穷，其隐含的话语逻辑是，贫穷与道德纯粹性联系在一起，而富裕则与道德堕落相联系。《天下荒年》在对比现代都市的盗窃腐败等犯罪行为（也是道德上的堕落）后，甚至对"物质绝对危机，而精神绝对灿烂的年代"有着怀念之情。大陆乡土小说相比台湾乡土小说具有其"多义性"，"多义性"的直接导因是复杂的社会现实问题，而其深层原因，则是纠缠错杂的"历史意识"。实际上，由于多义性的存在，我们未必能够像在台湾乡土小说中那样，找到单纯"描写苦难"或"书写贫困"类型的乡土小说，只能从题材上来做大略定位。但这并不妨碍我们对两岸乡土小说进行比较，相反，当我们将台湾"描写苦难"的乡土小说作为参照系时，大陆乡土小说的内在肌理可能更容易呈现出来。基于这样的认识，我们不妨再举出另外一类以贫困为题材的乡土小说，比如《好大一对羊》、《农民刘兰香之死》。这两部作品表现的都是政府对贫困家庭的"扶助"，在情节上颇显荒诞。前者写刘副县长的老师通过刘副县长送给贫穷的德山老汉一对外国的高级山羊以此来"扶贫"，但为了这一对外国羊，德山老汉吃尽了苦头。（这个刘副县长，颇能让人想到《陈奂生上城》中那个好心办"错事"的吴书记。）然而小说真正让人啼笑皆非之处是，德山老汉自从养了这对外国羊，便感受到此前从来未曾感受到的村人对他的尊重；而他为了外国羊吃尽苦头的外在原因，则是这对外国羊和刘副县长有关，村子里因此对他施加了许多压力。如果说《好大一对羊》的荒诞还带有喜剧色彩的话，那么《农民刘兰香之死》的荒诞则让人觉得沉重和压抑。小说写上级领导到刘兰香家访贫问苦,由于当日刘兰香没有招待好领导,此后她家受到村干部的责骂和排斥,村民也都骂她"小气",刘兰香因此自杀身亡。正是在这里,我们触及一个我们无法回避的话题,即相较台湾乡土小说而言,大陆乡土小说所揭露的社会不公,往往和以官本位思想为核心的封建意识紧密联系在一起。按照一般的逻辑,转型期主要的矛盾应该是在经济方面,但在中国大陆,由于文化观念的滞后,使得转型期的社会问题除了体现于经济层面之外,还体现于思想文化层面,转型期大陆乡土小说之于转型期台湾乡土小说的"多义性"的内在结构,正对应于此。

事实上,权力/奴性结为一体的官本位思想似乎已经渗透到大陆乡土小说写作的诸多角落。我们将台湾蔡素芬的长篇小说《盐田儿女》(1994)与大陆周大新的长篇小说《走出盆地》(1990)做一个大略的比较,即可很分明地看出官本位思想在大陆乡土小说中的隐然存在。之所以将这两部作品放在一起,是因为二者有不少地方非常相似。两作都是在城市/乡村的广阔背景中和较长的历史时期内展开叙事,具体展现出现代化进程中普通人的命运;特别是两作的主人公在性格上非常相似,《盐田儿女》中的明月和《走出盆地》中的邹艾都是相貌美丽、性格要强、能力突出、处事精干的年轻女性形象。两位姑娘在爱情上都不能与心爱者结合,却依然为了改变命运而努力奋斗。然而稍一比较就会发现,《盐田儿女》中的明月,无论是在乡间,还是在城市,都以一种较为淡定的心态,辛劳而踏实地走自己的路;她有自己的不幸,更有自己的追求、梦想和尊严。相比起来,《走出盆地》中的邹艾在命运上更有起落,且起落的幅度相当大。大队革委会主任对邹艾的奸污,是对其命运的第一次巨大冲击;当她成为巩副司令员的儿媳妇后,她迅速走向了人生的辉煌,特别是她的衣锦还乡,更是将权力的热能发挥到极致,然而当巩副司令员意外死去、丈夫自杀后,她所拥有的一切迅速消失,这是命运对她的第二次冲击;她不折不挠地在家乡办起了医院,然而当小说快要结尾时,由于误用假药,医院受到重创,这是小说中命运对她的第三次巨大冲击。这几次冲击在很大程度上都和权力有关。如果说,这还只是从小说情节来看;那么,从邹艾的性格来看,则更能显出官本位思想的深入影响。邹艾固然是一个充满进取精神、意志坚强的女性,但从小说中不难看出其性格受到了极大的扭曲。邹艾深谙权力之作用，也深谙进取之道，她富有心机，懂算计，为了达到目的能够成功地伪装自己，有时甚至是不择手段。她的争强好胜往往和忌妒心、报复心连在一起。一旦获取权力，她的报复欲望就迅速释放。所有这一切，都表明她的性格在一个充满官本位思想的社会里被严重地扭曲了。邹艾这个人物，有时让人同情，有时让人敬佩，有时则让人反感。很显然，可悲可憎的不是邹艾这个人物，而是导致其性格扭曲的社会文化氛围（这一社会文化氛围或者正是乡村民众难以走出的"圆形盆地"）。再回头去看《盐田儿女》中的明月，就觉得她的性格和心理要健康得多，虽然历经不幸，但她依然坚强、坦诚地生活。两相比较，以官本位思想为核心的封建意识，在大陆乡土小说中巨大而无形的存在便清晰可见。

之所以暂时离开前面所讨论的话题，是因为希望通过《盐田儿女》和《走出盆地》的对照，凸显出官本位思想之于大陆乡土小说的巨大影响，从而更深入地对两岸乡土小说的社会批判做一番比较。

权力/奴性结为一体的官本位思想，不单作用于小说人物身上，也隐隐作用于创作主体身上。像"现实主义冲击波"中的乡土小说，与主流意识形态保持着既疏远又亲密的含混关系，其叙事时常采用基层干部（镇长、村长等）的视角，既承受压力和苦难，又对底层民众维持一种俯视的视角，似乎可见官本位思想的淡淡印迹。这使得大陆乡土小说在价值判断上不像台湾那样鲜明，而是显得有些含混和模糊。[①]

如前所述，崛起的工商阶层对农民利益的侵占和盘剥，是转型期台湾乡土小说社会批判的重心所在，"商/民"的二元对立成为社会矛盾的内在结构；在转型期的大陆乡土小说中，同样能够看到不少描写工商阶层的暴发户或者权贵侵占农民利益的作品，且这种侵占尤显残酷和恶劣。《被雨淋湿的河》中采石场和服装厂的老板不仅在经济上对工人进行剥削，还在人格上对工人进行凌辱；《太极地》中的日商通过合资兴建的矿物泥厂赚取了大量金钱，招致村民们的强烈不满。（值得注意的是，在《被雨淋湿的河》与《太极地》中，都出现了日本人形象，尽

---

　　① 关于"现实主义冲击波"含混的价值判断，可参看刘复生《历史的浮桥——世纪之交"主旋律"小说研究》第二章"历史的转折与'新乡土小说'的意识形态"，河南大学出版社 2005 年版。

管《被雨淋湿的河》中的服装厂老板乃是"假冒"的日本人。日本人形象的出现使得这两部作品在揭露资本剥削的罪恶这个"新仇"的基础上,又增加了一重日本侵华历史之"旧恨",使得资本对民众的侵占更激起民众的愤怒)。其他像《走过乡村》中的倪土改、《分享艰难》中的洪塔山、《九月还乡》中的冯经理,等等,均是转型社会新崛起的工商阶层;不过这个工商阶层往往是以暴发户或者资本权贵的形象出现,他们气焰熏天而又道德败坏。这些乡土小说往往将他们的罪恶通过强奸少女的情节集中展现出来:倪土改强奸了倪豆豆、洪塔山强奸了田毛毛,冯经理则以软硬兼施的手段占有了九月的身体,这些罪恶的暴发户形象某种程度上象征着资本原始积累时期的残酷。前面所论述的台湾乡土小说中的社会批判主题,往往倾向于表现工商阶层在经济上对农民利益的巧取豪夺,而大陆乡土小说中的社会批判,往往不重视描写资本权贵的"经营策略",而是注重反映他们的嚣张和所犯下的罪恶,从这个角度来说,这些资本权贵对少女的强奸毋宁说带有更隐晦的象征意义。尽管大陆乡土小说也表现出资本权贵对民众赤裸裸的侵犯和欺凌,但小说所反映的社会矛盾却并不能单纯地以"商/民"的二元对立结构来体现。实际上,资本与权力的相互利用与合谋才是这些乡土小说社会批判的整体对象。《走过乡村》中倪土改对倪豆豆的强奸之所以显得有恃无恐,是因为地方官员需要倪土改来支撑并带动地方经济的发展,以获取政绩;《分享艰难》中洪塔山强奸的少女是镇长孔太平的表妹,可是孔太平也顶多只能将其暴打一顿,当洪塔山要爬起来时,他还必须伸出手去搀扶;而《九月还乡》中的冯经理,本身就是官员的亲戚,其经济上的优势很大程度上正是来自这一背景。相对于台湾乡土小说中的"商/民"这一内在结构,大陆乡土小说中隐含的结构毋宁说是"商(官)/民"。

除此之外,许多大陆乡土小说更是直接表现出"官/民"这一结构性冲突。不管怎样,工商阶层在社会矛盾结构中的缺席,说明作家关怀的重心已经从经济层面转移到政治文化层面,这里也许透露出一个重要的信息,即官本位思想已经成为社会转型的极大障碍,因为只有作为突出的矛盾摆在作家眼前,才能对转型期社会应有的经济层面的矛盾产生遮蔽。在刘醒龙的《挑担茶叶上北京》中,以丁镇长作为代表的乡镇官员,为了自己的职务升迁向上级行贿,完全无视"半斤茶叶就要冻死一亩茶树"的事实，要求农民采摘冬茶作为礼品，结果对农民利益造成巨大的损害。在陈世旭的《救灾记》中，宋财火等乡镇官员为了一己之私不顾自然灾害对于农民的打击，相反还要通过加大镇统筹与村提留的方法，向处于困境中的底层农民转嫁危机、索取财富。阎连科的《耙耧山脉》系列作品以及《黑猪毛白猪毛》都是以荒诞得让人心惊的叙事，将乡村权力结构的残酷揭露了出来。另外像王祥夫的《乡村事件》、胡学文的《命案高悬》、张继的《清白的红生》等作品，无不将权力（当然，对乡土小说而言，大多是基层权力）结构的巨大辐射力呈现出来。

　　尽管转型期台湾乡土小说中并非没有"商（官）/民"这样的结构性冲突（比如王祯和的《伊会念咒》和宋泽莱的《变迁的牛眺湾》），但从总体上来看，转型期台湾乡土小说是以"商/民"的二元对立体现出社会矛盾的内在结构，由此显示出乡土作家的社会批判；相较而言，大陆乡土小说基本上未曾显现出"商/民"这样内涵较为单一的结构性冲突，而是显现为"商（官）/民"或"官/民"这样的内在矛盾。大体而言，台湾的"商/民"结构是体现在资本文明的范畴内，大陆的"商（官）/民"或"官/民"结构则体现为资本文明与封建文明的交混。如果说台湾乡土小说的社会批判指向的是文明的现代转型；那么大陆乡土小说指向的既有文明的现代转型，也有前现代文明向现代文明的转型，二者的叠加构成了大陆乡土小说写作的独特语境，而这一语境则直接导致了大陆乡土小说社会批判的"多义性"。

　　尽管二者的社会批判在文明形态上有所差异，但都显示出左翼的倾向。转型期台湾乡土小说对"苦难"的关注和呈现、对社会不公的强烈批判，有着一定程度的阶级视野。吕正惠就曾感觉到七十年代台湾乡土小说反映农民、渔民和工人的种种问题，使得"七十年代的乡土文学具有左翼文学的阶级色彩，至少，他们基于人道主义，非常同情下阶层人民的生活状况"[①]。转型期大陆乡土小说则较为复杂，像"现实主义冲击波"中的乡土小说，直面底层社会现实，揭露社会不公，表达作家的社会批判，不过其价值立场和对社会不公原因的探寻却有些暧昧，认

---

　　① 吕正惠：《乡土文学与台湾现代文学》，见《乡土文学论战三十年：左翼传统的复归》，台北人间出版社 2008 年版，第 112 页。

为其带有左翼色彩是不大合适的。但近些年来,特别是自 2004 年以后,一些评论家将"底层写作"概括为"新左翼文学"。① 近年来的乡土小说,自然也以其对苦难的呈现和对社会矛盾的凸显,带有一定程度的左翼色彩。不过,两岸乡土小说的左翼创作资源不尽一致,对台湾乡土小说而言,日据时期的左翼批判传统是其资源;而对大陆乡土小说而言,其左翼创作资源则主要来自三十年代的左翼文学。② 值得一提的是,在转型期两岸乡土小说创作中,"左翼色彩"一方面显示出乡土作家的道德激情和社会批判勇气;另一方面,却也构成一种限制(特别是成为一种文学风潮后,一些作家跟风而上,写出一些貌似"底层",实则主题先行、情节和结构模式都带有抽象和生造痕迹的作品),这种限制最主要的表现是道德激愤对作家描写广阔的社会和探索复杂的人性构成了某种程度的阻碍和遮蔽。③ 台湾人类学家胡台丽认为,台湾乡土文学"没落的主因是作家缺乏对台湾农村变迁的心理文化和政经面的整体理解,未能在穷败和富裕、穷败和美丽之间加以辩证,所以变成特殊意识形态下单一农村穷败意象的展现"。而对农村穷败意象的展现,使得作家对台湾农村脱离穷败的转向缺乏关照,结果"陷在'穷败'的意想中痛苦挣扎,终于导致创作的衰竭"④。这种看法或许未必揭示出台湾乡土文学没落的真正原因,但"陷在'穷败'的意想中痛苦挣扎",却不妨视作对两岸乡土小说左翼倾向的一种描述,因此值得关注。总的来说,置身于仍在艰难转型的大陆乡土社会,乡土作家既要坚持富有思想深度的社会批判,又应该以开阔的视野和深入灵魂的文学"勘探"精神,生动表现出转型期乡土社会的复杂变迁。

第三节　转型期两岸乡土小说的道德批判与乡土守望

尽管隔了二十余年的时间差,而且在许多具体层面上有所差异,台湾六七十

---

① 许多评论家都对此有过论述,可参看何言宏、蔡翔、李云雷、邵燕君等人的有关文章。
② 在这个方面,可参看马春花《左翼文学传统在新时期的沉寂与复兴》,《海南师范大学学报(社会科学版)》2009 年第 1 期。
③ 在这一方面,可参看周保欣《底层写作:左翼美学的诗学正义与困境》,《文艺研究》2009 年第 8 期。
④ 胡台丽:《〈美丽与穷败:七十年代台湾小说中的农村想象〉讲评意见》,见陈义芝编《台湾现代小说史综论》,第 299 页。

年代和大陆九十年代以来的社会转型，还是共同构成了我们这个伟大的、在近百年充满苦难的民族一次艰难的蜕变。乡土社会的工商转型是这次蜕变的重要环节，它随着城市化进程而展开，并向着城市开放自身。在这样的转型进程中，都市所代表的工商文明与乡村所代表的农耕文明交混在一起（由于大陆乡土社会的深度转型发生于九十年代以来，随着全球化的到来，大陆社会除了工业文明和前工业文明之外，尚有后工业文明），新的已经到来但其面目对许多人来说未必清晰；旧的似乎将要逝去但许多人对其充满依恋。无论是作家笔下的人物，还是作家本人，对新的文明似乎还需要更多的时间和环境来适应，即使对其保持着认同，这份认同也未必没有保留；而对承载了传统和记忆的旧的文明，他们则是在理性上明白其逝去已是大势所趋，但在情感上却依然难以割舍。正是在这样的语境中，人们的价值观念颇显矛盾。一方面，物质进步的召唤使得工商文明在农耕文明面前有着相当的优势，这种优势尤其被年轻一代所认可；另一方面，由于工商文明似乎先天而来的"物化"倾向带来环境的污染和道德的堕落，使得乡村民众，特别是老一代，对其有所批判和抵制；相应地，对乡土就抱持一种守望的姿态。于是两岸乡土小说中，一方面是对工商文明的道德批判，另一方面则是对乡土景观和农耕文明的守望。可见，对工商文明的道德批判和对乡土的守望只是一个问题的两个方面，道德批判需要乡土守望作为参照、支撑和凭借；乡土守望则意味着对工商社会道德伦理的拒绝和抵制。而对创作者本人而言，对乡土本位意识的坚持，也正是一种守望姿态。然而，乡土的工商转型作为一种历史趋势，不以个人意志为转移，乡土守望因此而显得悲壮；时代潮流哗然而下，就连乡土守望本身似乎也会成为旧时景观，随时光而逝去，于是挽歌式的情绪便不可避免地流贯于转型期两岸乡土小说之中。

无论是在台湾，还是在大陆，乡土文学的根系都非常庞大，几千年来的农耕文明培育了精致的田园性格的文学。如同南帆所指出的那样："相对地说，文学对于'工业化'的历史演变远为冷淡。由于持久地依恋农业文明，没有多少作家认为城市与乡村的文学比例不正常。无论经济生活之中发生了什么，文学始终没有意识到城市与现代性的深刻联系。文学接收不到城市的真实信号——二者之间存在着坚固的屏蔽。"①也正因此,当这道坚固的屏障突然打开,乡村向着城市开放,城市召唤乡村年轻一代时,乡土作家便以较为二元化的思维看待城市和乡村。城市代表着物质进步和道德堕落,乡村则代表着精神和谐与道德完善。这种二元对立的思维在整个二十世纪中国文学中经常有所体现,并给乡土作家的价值判断带来偏移:"田园式的农耕文明和牧歌式的游牧文明以其魅人的诗意特征牵动着作家的每一根审美的神经,使其陶醉在纯美的情境中而丧失文化批判的功能;而工业文明的每一个毛孔里都沾满了污秽和血,其狰狞可怖的丑恶嘴脸又使作家忘记了它的历史杠杆作用,而陷入了单一的文化批判。"②在这较为单一的价值判断下,两岸乡土小说在描写乡土社会的工商转型时,基本上是将城市化进程与道德堕落联系在一起,某种程度上,乡土变迁的历程便是道德逐步堕落的历程。比如廖蕾夫曾被改编为同名电视剧和舞台剧的短篇小说《隔壁亲家》,通过比邻而居、交情深厚的石龙伯和粗皮雄仔两家的亲事反映了时代的变迁。石龙伯生有三子,而粗皮雄仔生有三女,三对男女虽欲结亲却最终全没结成。石龙伯次子天保与粗皮雄仔的次女迎治先是成了恋人,并一同去了台北。然而当天保入伍服役后,两人便疏远起来,等到天保退伍去找迎治,才发现自己被迎治甩掉了,而迎治此时早已做了应召女,赚了很多钱,后来嫁给了一个美国黑人。当初粗皮雄仔连生三女,土地重划时又只分得旱田,不成想旱田却被城市来的土地掮客和建筑公司瞄准,粗皮雄仔于是在人们羡慕的眼光中盖起了村里第一座楼房。生了三个儿子、经济上却捉襟见肘的石龙伯不禁感叹世事的变化,在小说结尾,石龙伯感到唯一得意的事,就是当年二子天保被迎治甩掉后,曾将做应召女的迎治招到旅社,嫖了迎治,而此事当然要被粗皮雄仔夫妇视为奇耻大辱。在时代变迁的背景中,我们分明看到了人们思想观念的嬗变,其中道德堕落的痕迹清晰可见。在林双不的短篇小说《憨面田的心肝火》中,绰号"憨面田"的吴明田在郊区的歌剧院里看了同村姑娘阿怨跳脱衣舞,不禁欲火中烧,后来回村遇到阿怨,向其求欢,遭到拒绝,遂扬言要将她在城里跳脱衣舞的事情公之于众。

---

① 南帆:《后革命的转移》,北京大学出版社 2005 年版,第 178 页。
② 丁帆:《中国乡土小说生存的特殊背景与价值的失范》,《文艺研究》2005 年第 8 期。

阿怨因此投水而死，吴明田也随之自杀。生命的毁灭成了道德堕落和欲望膨胀的最终结果。同样，在大陆作家贾平凹和周大新创作于新世纪的长篇小说《秦腔》和《湖光山色》中，当乡土向着城市开放，乡村开始有了酒楼，坐台小姐也随之出现，旧时的乡土地理景观在逐渐变化，淳朴和谐的乡村秩序遭到了欲望的冲击，人们在追逐金钱的过程中渐渐开始不择手段、唯利是图、唯钱至上，传统的道德规范迅速崩解。

　　毫无疑问，以金钱为核心的工商社会的道德观念对以仁义为核心的传统的乡土道德观念构成了极大的冲击。对城市文明充满期盼的年轻一代纷纷走向城市，他们迅速接受了工商社会的道德观念，在城市激烈的生存竞争中谋求发展，无论是从生活方式，还是从道德观念，都渐渐远离乡土（台湾作家季季在《拾玉镯》中有一句话对此有生动的概括："书读得越多，离老家就越远。尤其离我们那百年传家的种田祖业，不但远，而且早就摆出了告别的姿势，重返不得了。"[①]）；而老一代却大多对城市文明有所疏离，有所抵制，相比城市，他们更愿意生活在乡村（在这方面，台湾作家洪醒夫的《清水伯的晚年》颇具代表性，小说中的清水伯儿女们生活在城市，且相当富裕，但清水伯难以习惯他们的生活方式和价值标准，最后还是回到了乡村），他们固守着传统的生活方式，秉持着乡土社会的道德观念，因此，他们不仅是乡村的留守者，更是乡土社会道德观念凄凉的守望者。两岸乡土小说都有不少作品反映年轻一代和老一代之间的代际冲突，而这种代际冲突正对应着两种价值观念的冲突。比如大陆作家鬼子的《瓦城上空的麦田》，就以荒诞而悲怆的叙事，凸显出年轻一代与老一代之间遥远的距离。老一代的李四像是和自己斗气，一定要孩子们主动记起他的生日，但一次次被证明是枉然。也许他至死也弄不明白，生活在城市中的孩子们为什么对亲情那么漠然。虽然李四悲惨地死去，但他的孩子们作为个体似乎并不因此显得罪恶；不过，一旦我们将李四的孩子们与城市生活方式和道德观念联系起来，那么这种道德观念的不近人情则令人深为痛心。相比九十年代以来的大陆乡土小说，七十年代以来的台湾乡土小说尤其注重将价值观念冲突的宏大主题放在家庭亲情的微观

---

① 季季：《拾玉镯》，见《台湾作家全集·季季集》，台北前卫出版社1993年版，第254页。

层面来展开叙事。在许多作家笔下都能看到这类叙事,而且多有名篇。在王拓的《金水婶》中,瘦小疲弱的金水婶养育了六个儿子,他们一个个大学毕了业,在城市里有着体面的工作和很好的收入。正如陈映真所指出的:"这些借着母亲长年的沉重的劳动,换来脱离生产以上学受教育的儿子们,毕竟受的是工商社会训练精英人才的教育。这样的教育,足以引发他们在这个追逐商品和金钱的社会中向上爬升的野心,却使他们日深一日地同他们所来自的落后渔村疏隔了。"①甚至在母亲去城里找他们为生存困境想办法时,这些孩子也对母亲没有好脸色和好声气。金钱的力量在小说中几乎无处不在,它不仅是金水婶处于困境的根本动因,也是金水婶的孩子们相互疏远和推诿责任的重要背景。金钱观念对亲情的渗透和迫压,在季季《拾玉镯》中有着更具象征性的表现。在该作中,叙事者"我"的堂哥堂姐之所以决定回去给曾祖母拾骨,是为了曾祖母墓中可能会有的陪葬物,当"我"得知这一点时,不禁黯然神伤:"我突然觉得:我们本来顺着一条温暖和煦的日光大道回老家去的,却不知为什么,竟弯入一条阴异森冷的岔路去了。"②回到老家后,堂姐等人果真看到了一个玉镯,并纷纷建言,让三叔卖掉。三叔非常伤心,他愤怒地斥骂道:"我还没穷到那地步,要靠卖祖先的遗物吃饭!"③老一代与年轻一代的道德观念可以由此看出明显的分别。相较这两个作品,履强《杨桃树》、《晒谷埕春秋志》的叙述语调要温和得多,但小说中的一些细节却具有丰富的内涵,这种相当本色的乡土叙事,可能和作者生长于农业生产特色较为鲜明的云林地区有关。短篇小说《杨桃树》曾被选入中学语文教材,该作情节相当生活化,讲的是居住于台北的昌平携妻淑蕙和两个儿子回老家看望父母,淑蕙处处以城市文明的眼光打量乡村,且时露不满的神色。因为两个孩子想吃杨桃,昌平年迈的父母在夜色里去摘取,一个爬在树上,一个站在树下,就像是让人看着心酸的一尊雕塑,两位老人对子女的疼爱之情从文字中流溢出来。熟悉朱自清《背影》的人,一定会联想到朱自清笔下爬月台的父亲的肥胖身影。小说似乎别有寓意地让老人说出这样的话:"我们这一家曾经依靠这株杨桃树度过

---

① 陈映真:《试评〈金水婶〉》,见《陈映真文集·文论卷》,第214页。
② 季季:《拾玉镯》,见《台湾作家全集·季季集》,台北前卫出版社1993年版,第261页。
③ 季季:《拾玉镯》,见《台湾作家全集·季季集》,台北前卫出版社1993年版,第274页。

最难、最苦的日子。"①叶石涛曾如此诠释："作者似乎以这棵老而弥坚的杨桃树来象征台湾农村历经沧桑而仍奋勇抗争的精神。究竟我们民族生活的根扎在肥沃的大地里，纵令工商业带来丰裕的物质生活，我们的精神故乡还是在泥土里。"②不过，叶石涛似乎也是带着一种美好的祝愿，因此，从某种程度上说，叶石涛也如同小说中的老人那样，在对乡土进行着执著而辛酸的守望。生活在城市里的年轻一代与生长在乡下的老一代的微妙冲突和情感联系，在《晒谷埕春秋志》中有着类似于《杨桃树》那样的表现，个别地方甚至有所叠合。小说中的邵礼和邵周英是留守乡村的一对老夫妻，他们有六个儿子生活在城里。在小说中，孙辈十二个孩子包乘一部游览车，浩浩荡荡来乡村度假。两位老人尽管为孙辈忙碌不停，心里却很高兴。然而，习惯于城市文明的孙子女在听说饭是由井水所煮之后，担心没有经过化验的水会招致疾病。经过颇有心计的谋划，孩子们以央求老人讲故事为名，不时拿手指去按压老人的皮肤，试探老人是否有病。两位老人得知内情后，专门接引自来水给孩子们煮饭、洗澡。《杨桃树》中祖母给孙子爬到树上摘取杨桃的情节在这部小说里复现，然而这次邵周英老太太从树上摔了下来，而且她为了给孩子们捞水芋仔又落到水中，孩子们呼啦而去后，邵周英老太太患上了重病。小说写得颇具喜剧色彩，甚至还有些荒诞：当众子媳跪在老人床前，不断向着眼看即将离世的老人许诺时，老人竟恍然醒了过来，虽将死，却复生，把众子媳吓了一跳。履强在另一部精彩的短篇小说《儿女们》中则塑造了一个孤僻、行为怪诞的老人形象，当儿子回到家中时，老人爱理不理，似乎不曾感觉到儿子的存在，看起来相当冷漠。他在孩子离乡进城后留下的空房间里养了家禽和牲畜，冰箱里人狗共食，深夜里老人给牲口喝水，亲切地叫着它们的名字，如同呼唤自己的孩子。这些描写代际观念冲突的乡土小说，题材算不是宏大，主题却不乏深刻。当小说将长辈对子女的疼爱和温情表现出来时，我们反倒会觉得心酸，因为在这些小说中，子女并非是以同等的亲情对待长辈。毕竟，在乡土社会向工商社会转型的过程中，人们的道德观念在迅速嬗变，老一代守望乡土的执

---

① 履强：《杨桃树》，见《台湾作家全集·履强集》，台北前卫出版社1992年版，第101页。
② 叶石涛：《回家的方式——谈〈杨桃树〉》，《台湾文学的回顾》，台北九歌出版社2004年版，第108页。

著姿态就显得那么悲壮！像这样从家庭伦理嬗变的角度表现道德批判和乡土守望的作品，在九十年代以来的大陆乡土小说中倒是不多。不过，大陆另有一种叙述模式，这一叙述模式在张宇的《乡村情感》、迟子建的《日落碗窑》等作品中有所体现。像《乡村情感》、《日落碗窑》这样的作品，往往表现出对城市文明的彻底拒绝，或者说是彻底的逃避。《乡村情感》围绕麦生伯的丧事，表现出乡间风俗的淳朴和村民的古道热肠。而《日落碗窑》中为孙子烧碗的爷爷以及主动帮助邻里的吴云华，都展现出一种自外于现代文明的道德观念。作家就是这样用文字在都市文明四处渗透的整体空间中开垦出一块"净土"，实际上，这种姿态原本就是对商业文明所带来的道德堕落的批判；而且，如此的乡土守望，真像是温室里的花朵，难以经受风雨的吹打，其脆弱性和封闭性不难想见。

对土地的依恋，是"乡土守望"最根本，也最重要的姿态。"土地"这一概念，有着多种意蕴，美国人文地理学家段义孚在谈到农民的"恋地情结（Topophilia）"时说："农民的恋地情结是多重混合物：与土地的身体接触、对土地的物质依赖性以及这样的因素——土地蕴涵着记忆，承载着希望。"[1]当乡土社会发生急剧转型时，这样的"恋地情结"往往表现得更加突出。如前所述，无论是在台湾还是在大陆，乡土社会的工商转型都有其被动的一面，乡村必须在城市的注视下开放自身，而农业也必须追随工业的逻辑，正是在这个意义上，可以说，城市化进程一方面推动了乡村的发展，另一方面又在特定阶段给乡村带来凋敝。农业的受损，表现在种田相对其他工商行业而言处于弱势。投入和产出不成比例，使得农民，特别是青壮年农民离开土地。"离土"成为转型期最为突出的乡土现实。在转型期两岸乡土小说中，有大量作品直接点出了种地利润不足的事实，同时也向我们展现出农民离土离乡的时代语境。比如在宋泽莱的长篇小说《变迁的牛眺湾》中，老村长临终前留下遗嘱，告诫大家要离开牛眺湾，他说："其实我们都在欺瞒自己，现在我们种的田都是赔钱的，但我们还想勉力地在地上掘黄金。早在几年前就应该离开这个牛眺湾的。"[2]而在杨青矗的《绿园的黄昏》中，叙事者"我"因为

---

① （美）段义孚（Yi-fu，Tuan）：《恋地情结》（*Topophilia: A Study of Environmental Perception, Attitudes, And Values*），哥伦比亚大学出版社1990年版，第97页。

② 宋泽莱：《变迁的牛眺湾》，台北远景出版社1979年版，第8页。

种田得不到姑娘的爱情,"我"愤怒而绝望:"我家何其不幸! 拥有那么多的田地!"①由于种田不赚钱,在小说最后,"我"家的田地不得不变成了鱼塭。吴锦发的短篇小说《出征》将这种"离土"的社会趋向表现得尤其动人,在小说中,"我"的父亲因为种田入不敷出而去阿拉伯务工,在临行前村庄的送别宴会上,"父亲"高声喊叫,让大家离开家乡,结果被眷恋土地的叔公一巴掌从凳子上打了下来。宴会散去之后,父亲带着"我"来到庄稼地里,由于爱之深恨之切,父亲将庄稼狠狠铲掉,最后却又小心翼翼地将铲掉的庄稼扶植起来。小说将农民对土地的复杂情感通过人物的言和行细腻地表现了出来。大陆乡土作家也常有类似描写。在贾平凹的《秦腔》中,清风街上的俊德因为超生被罚款,迫于生计到省城去拾垃圾,结果一年后衣着光鲜地回到清风街,诱得一批年轻人纷纷离开土地,沿着312国道走向城市,走进工商文明之中;而在周大新的《湖光山色》中,主人公暖暖对城市有着强烈的认同,而对自己出生其中的楚王庄没有好感,"暖暖对楚王庄没有好感,主要是因为她厌烦种地",小说中写道:"可这年头喜欢种庄稼的年轻人能有几个? 谁都知道种庄稼要遭风刮日头晒,得受苦;粮食又卖不出好价钱,会受穷。"②可见,对年轻一代来说,对城市文明的认同,使得他们努力远离土地,或者是将土地作为"商品"来出售,而这恰是乡土社会工商转型过程中根本的物质现实。

　　然而,对老一代农民来说,土地则是"蕴含着记忆"和"承载着希望";换言之,"土地"以及基于"土地"而衍生的生产方式、生活方式、道德观乃至自然观、世界观,几乎成为深藏于他们心理结构中的"集体无意识"。在钟延豪的短篇小说《阴沟》中,阿牛告诉祖父,自己辛苦种田,却连村子里去工厂打零工的年轻人都比不上,祖父却说:"我就不信耕田会落到这种地步。"作者接着写道:"但祖父关心的倒不是这些,他总认为耕田是一种责任,也是一种天命,就像人生下来要吃饭般自然。"③在贾平凹的《秦腔》中,土地意识同样稳固地深藏于夏天义的心理结构

①　杨青矗:《绿园的黄昏》,见《台湾作家全集·杨青矗集》,台北前卫出版社1992年版,第109页。

②　周大新:《湖光山色》,作家出版社2006年版,第15页。

③　钟延豪:《阴沟》,见《台湾作家全集·钟延豪集》,台北前卫出版社1992年版,第158页。

中,他的认识是:"土农民,土农民,没土算是什么农民?"当年轻人出去打工时,夏天义感到难以理解,他"不明白这些孩子为什么不踏踏实实在土地上干活,天底下最不亏人的就是土地啊,土地却留不住了他们!"而当君亭要在清风街发展商业时,夏天义对君亭说:"你瞧吧,当农民的不务弄土地,离饿死不远啦!"①也正因此,当年轻人努力离开"土地",或是将"土地"视为"商品"时,他们依然对土地抱持着坚定的信念,而当工商文明的触须已经蔓延到他们身边时,他们对土地的信念就往往以一种偏执的方式呈现出来——由此,乡土守望的姿态看起来便显得有些扭曲。在台湾洪醒夫的《吾土》中,马水生的父母得知儿子要卖地为自己治病时,双双上吊自杀。而大陆王祥夫的短篇小说《五张犁》则讲述了五张犁这个"疯癫"农民,在所种的田地被开发为公园后,仍像以前种地那样,将公园里的土地当作庄稼地、将公园里的花草当作庄稼来侍弄。在表现老一代农民的"恋地情结"方面,台湾作家吴锦发的短篇小说《堤》和大陆作家贾平凹的长篇小说《秦腔》在本质上非常相似。在《堤》中,叙事者"我"的阿公执意要在河上筑堤。初看上去,阿公之所以要筑堤,是因为他听人说自家在牛角湾的土地乃是"龙形之地",但风水却被河水破坏了,因此极力筑堤,以守护风水。不过,稍微细心阅读就能看出,阿公之所以要筑堤,主要是为了拯救土地:"河水冲向右岸可就使得我们的土地一年一年地崩到河里去了,眼看着几代人辛苦开垦出来的土地一分分一寸寸变成了河床,可真叫人心痛。"②多年来,相信有土地就会有希望的阿公一直在努力挽救这个形势,而风水之说只不过是给阿公筑堤提供了一个契机。至于所谓的"龙形之地",则是有其象征意义。在小说中,现代造纸工厂使美浓溪变得污浊了,河里的鱼虾和田地里的庄稼也深受其害,"美浓溪,这条美丽的大地的血脉,现在已经隐隐然可以听到她的呜咽了"。③ 正是在这种背景下,阿公筑堤护地就是在维护一种和谐的人地关系,小说的题记如是写道:"我知道,在历史的河流中,免不了的要出现一些曲流,泛滥的河水随时想吞灭我们心中的龙形之

---

① 这三处引文分别见《秦腔》的第95、381、562—563页,作家出版社2005年版。
② 吴锦发:《堤》,见《台湾作家全集·吴锦发集》,台北前卫出版社1992年版,第57页。
③ 吴锦发:《堤》,见《台湾作家全集·吴锦发集》,台北前卫出版社1992年版,第62页。

地。"①然而，在这"泛滥的"工商文明的"河水"中，阿公的筑堤显得那么孤立，那么不合时宜，最后阿公能带的人只有"我"一个，祖孙两人孤孤单单地在美浓溪上筑堤护地。不过，筑堤更大的阻力来自"我"的父亲。父亲与阿公在土地观念上存在着巨大差别，对阿公而言，几代人开垦的土地是生存和生活的根本，甚至是生命的存在形态；但对父亲来说，土地只是商品。因此，就在阿公屡败屡战地筑堤护地时，父亲却早已和人谈妥，要将土地卖给造纸工厂，正是由于这个意图，父亲带人在深夜里将阿公和"我"在白天辛苦筑出的堤坝推到河流里，以使阿公彻底死心。同样，在《秦腔》中，夏天义也成为商业大潮中土地的守望者。为了保护耕地，他甚至反对修建国道。而当清风街的俊德离乡入城后，土地抛荒，是夏天义将之开垦，种上了庄稼。与《堤》相似的是，夏天义与君亭之间代际矛盾的焦点也落在对土地的不同看法上。对工商文明的认同乃至仰望，使君亭这些新一代农民对土地的感情要淡漠许多，土中求生在他们看来因缺乏足够利润而当摒弃。与夏天义不同，君亭的雄心是要在清风街发展商业。312国道边农贸市场的建立便是君亭意志的外化之物。而夏天义则和《堤》中的阿公一样，带着叙事者"我"和一条狗在七里沟淤地，将其自我意志投射于土地之中。在小说结尾，七里沟东涯在没有任何迹象的情况下大面积滑坡，夏天义被土石淹没，这位一生与土地保持着血脉联系的传统农民和传统家长的典型，最终沉入土中。这样的结局毋宁说是一个象征，是传统人地关系终结的象征。借用吴锦发的话来说，就是："泛滥的河水终于吞没了我们心中的龙形之地。"

　　乡村生活、乡村道德伦理乃是建基于传统的人地关系，但是当年轻一代将土地作为商品时，传统的人地关系便不可避免地逐渐消解，而新型人地关系正是将商业利益作为根本。由此，"物性"的商业文化对"土性"的乡村文化带来了巨大的冲击。当"土地的黄昏"（张柠语）来临时，"土性"的乡村道德和乡村文化便在夕阳惨淡的余光里唱响了挽歌。在农耕文明时代，耕牛在人们生产和生活中占有相当重要的位置，某种程度上可以说，人们在土地上的耕作是与耕牛一起完成的。然而在转型期的台湾，耕牛渐被机器（"铁牛"）取代，它们曾经是农民的劳动

---

① 吴锦发：《堤》，见《台湾作家全集·吴锦发集》，台北前卫出版社1992年版，第55页。

伙伴,然而它们渐被机器取代后,它们就作为商品(一种食品)而存在。在转型期台湾乡土小说中,有不少作品描写了传统农民对耕牛的深厚情感,而当他们不得不面对耕牛成为待宰牲畜这一现实时,这种深厚情感便化作了"挽歌",在小说中缓缓奏响。在钟延豪的《阴沟》中,热恋土地的祖父在临终时交代阿牛,可以把土地卖了进工厂做工;但绝不可卖掉老牛,而是等老牛死后,将老牛与其合埋。耐人寻味的是,小说中的牛贩子姜国朝不仅在杀牛时手段残忍,而且曾经谋害了长官。这样一个"罪恶"的形象,作为牛贩子出现在小说中,显然与祖父的道德观念构成了强烈对比,同时也显示出商业文明对传统文明的巨大威胁。履强的《奔》也反映出两种文明的冲突,小说中的耕牛被"铁牛"惊吓成了"恶牛",使得旺仔父母被牛害死,但是当旺仔在外做工时,见到草原却情不自禁地想到了老牛。在廖蕾夫的《隔壁亲家》中,石龙伯饲养的耕牛已是村中的最后一头,由于经济窘迫,不得不将其卖掉。牛被卖掉后,小孙子阿明非常高兴,认为有牛时,每天牵牛吃草清理牛粪,在村子里非常落伍;而石龙伯却悲愤地说"无饲牛算什么做田人家"!另外,洪醒夫的《跛脚天助和他的牛》也写出了天助与牛之间"相濡以沫"的情感。正是因为耕牛行将随着农耕文明一道消失,这些情感才使得作品带有一种挽歌式的意绪。

　　"挽歌"也在民间戏曲的没落中缓缓奏响。台湾洪醒夫的《散戏》、凌烟的《失声画眉》和大陆贾平凹的《秦腔》,将民间戏曲的式微或是作为小说的题材,或是作为主题,或是作为背景,都表达出创作主体对民间戏曲"曲终人散"的凄婉咏叹。作为传统文化的重要组成部分,民间戏曲与乡村生活方式联系在一起,它所传播的忠孝节义观念显示了"大传统"对乡村道德伦理的渗透,而其富有戏剧张力且暗含着"集体无意识"的审美形态,又对构建民间文化的"小传统"发挥着重要作用。随着工商社会的来临,新的传播媒介,特别是影视,对民间戏曲带来了冲击;更主要的是,民间戏曲所传播的忠孝节义观念与时代远远脱节,某种程度上,这种忠孝节义观念不是对时代的讽刺,而是对自身的反讽。然而,无论是台湾的歌仔戏、布袋戏,还是大陆像秦腔这样的地方戏,都承载着乡土记忆。《失声画眉》的作者凌烟正是在小时候看了歌仔戏以后,喜欢上歌仔戏,长大后进了歌剧团学唱歌仔戏,然而此时歌仔戏辉煌的时代已经远去。洪醒夫也曾回忆,他在小时候,喜欢听收音机里面播放的歌仔戏和布袋戏所讲演的忠孝节义的演义故事。① 台湾学者邱贵芬指出,"在这部小说(《失声画眉》)里,歌仔戏与故乡儿时记忆有不可切分的关系,换句话说,歌仔戏事实上是'乡土想象'的投射。"② 因此,民间戏曲的没落必然给人们带来感伤,让人们悲叹,对作家而言,他们的"乡土想象"也不得不面对着曲终人散后的一片荒凉。转型期两岸乡土作家都带着挽歌式的情绪,感伤地看着民间戏曲在工商社会中渐渐消逝;他们用手中的笔,将演唱民间戏曲的乡土人物的尴尬生存状况细细描绘出来;对其中的道德堕落现实予以无奈批判。洪醒夫的《散戏》经常被人称道,该作将现实生活和戏剧故事并置,从当下去怀想历史或将历史投影于当下,在叙事上颇有密度。正是因为作者使用了"并置"的叙事方式,歌仔戏的今昔对比才愈发分明。"玉山歌剧团"当年的辉煌已是风流云散,今日在演出时看戏的人零星寥落,而艰涩的生存现状也时时逼迫着台上的演员,使得他们心不在焉,把当年非常精彩的戏演得松散不堪,内心充满无聊和凄惶。"玉山歌剧团"曾经坚持不唱流行歌,然而康乐队和布袋戏班那些穿着迷你裙和紧身T恤的姑娘们给"玉山歌剧团"带来了极大的威胁,于是正在饰演忠孝两全大义凛然的岳飞的秀洁,只能在班主的要求下穿着岳飞的战袍唱起了流行歌。这样的"并置"使得喜剧和悲剧交混,让人啼笑皆非。凌烟的《失声画眉》是自立报系百万小说获奖之作,该作根据作者的亲身经历写成,几乎是以纪录的方式呈现出一个歌剧团走乡串村的历程。作者将关注的目光放在歌剧团这个处于社会边缘但独立自足的小世界里,讲述了艰难处境中歌仔戏演员的悲喜故事,对同性恋真实而颇有分寸的描绘值得称道。施淑称其为"歌仔戏团最后的记录"③。小说以慕云的眼光展开叙事,慕云最初因喜爱歌仔戏进入剧团,但如今的歌仔戏演出已经完全变质,演员不再用心学戏,传统歌仔戏只是辅助性的演出,而且由原来的口唱变成录音带对口,真正的演出则是像脱

---

① 参见许俊雅《台湾小说中的戏剧题材及写作技巧》,见许俊雅著《见树又见林:文学看台湾》,台北渤海堂文化事业有限公司 2005 年版,第 157 页。

② 邱贵芬《女性的"乡土想象":台湾当代乡土女性小说初探》,见《台湾文学二十年集 1978—1998·评论二十家》,李瑞腾主编,台北九歌出版社 1998 年版,第 374 页。

③ 见《失声画眉》的附录"一个小社会的完整呈现:第四次百万小说征文决审过程记录",凌烟著《失声画眉》,台北自立晚报社文化出版部 1990 年版,第 260 页。

衣舞这样的色情表演。在小说最后,慕云离开了剧团,如季季所指出的那样:"这整个传统艺术遭受拜金主义与物欲横流逐步摧残的过程,对慕云是一种无情的洗礼;通过这项洗礼,她幻灭了,也成长了。"①无论是"幻灭",还是"成长",都意味着美好情怀的丧失。在相隔多年后,大陆作家贾平凹的《秦腔》,也以同样的姿态讲述了秦腔的没落。在小说中,当夏雨因为酒楼开业去县剧团找人来唱秦腔时,从他的眼里看到了剧团的凄凉处境。演员们在剧团大门前搭了牛毛毡小棚,卖水饺,卖杂货,甚至是卖花圈、寿衣和冥纸。酒楼开业时的演出也没有赢得喝彩,相反,在演奏了一阵秦腔曲牌后竟唱起了流行歌。小说中的白雪是个秦腔演员,而其所嫁的丈夫夏风却对她唱秦腔不以为然。更具象征意味的是,喜爱秦腔、绘出许多脸谱马勺的夏天智在小说即将结束时病逝,他戴着脸谱马勺躺在棺材里,离开了这个时代。这些小说都以挽歌式的叙事呈现出"乡土想象"的凋敝和残缺,隐含着作家的道德批判以及相应的乡土守望姿态。

以上的考察侧重于作品呈现出来的叙事内容;其实,也可以从创作主体的层面对转型期作家的乡土本位意识作一番考察。相较而言,台湾现代性经验比较丰富,而且进入八十年代后都市化程度已经非常之高,都市文学渐渐崛起,黄凡、林耀德甚至于八十年代末提出"都市文学已经跃居文坛主流"之说法,②相对而言,台湾作家对乡土社会工商转型的焦虑不像大陆作家那样突出。比如,从《秦腔》的后记中就不难读出大陆作家对乡村转型的焦虑和困惑:"我站在街巷的石碾子碾盘前,想,难道棣花街上我的亲人、熟人就这么很快地要消失吗? 这条老街很快就要消失吗? 土地也从此要消失吗? 真的是在城市化,而农村能真正地消失吗? 如果消失不了,那又该怎么办呢?"③这种对未来难以把握的惶惑,并未显示出明确的守望乡土或远离乡土的价值判断,但其中的焦虑感却相当强烈,这样的焦虑感在台湾乡土作家那里是很少出现的。这可能与大陆乡土社会的工商转型比较急剧有关。而且,对台湾作家而言,无论是对工商社会进行道德批判,还是对乡土的地理景观和人文景观进行守望,两种文明和两种价值观念的冲突

① 凌烟:《失声画眉》,台北自立晚报社文化出版部1990年版,第259页。
② 参看本编第一章。
③ 贾平凹:《秦腔·后记》,见《秦腔》,作家出版社2005年版,第562—563页。

似乎已是尘埃落定;既然成为结论,对农耕文明的眷恋和对乡土的守望就只能作为朝向过去的精神缅想而存在。像富有诗人气质的台湾作家东年,在其作品中就曾明确表露出对土地的依恋,但此时的田园、乡土已经成为历史名词,作家对现实无从改变,大约也未曾想到改变。正如蔡源煌所评论的那样:"现阶段的社会形态、文化格局已成定势,无以扭转,作者本人虽然身为此一'现定的时空'之一分子,亦丝毫未减少他对失落的'过去'的那份伤感;尽管理智、常识告诉他时下是不可能'回到过去'了,他并没有放弃'过去'的价值观,更无意与时下人们的掠夺意识妥协。作者对于旧有的祥和秩序之眷恋,带有几许愁绪与美感,但绝无绝望的成分;相反的,是对某种消失殆尽的价值观所做的最后肯定。然而,这不是投降:'每个人心里都有一片土地,任何人都无法触及,在心里。'"①因此,作家毋宁是将乡土作为人的一种本源式存在(在《构不着的圆》中,东年写道:"乡土中的他们原会,以血和泪,紧密地联结;离开土地,他们变成散异地甚至尖锐地相对的个体"②,而"每个人心里都有"的"一片土地"其实已完全将"土地"抽象出来,作为一种和谐而本真的生存状态了),并以这已经成为历史的、虚空里的乡土式生存作为道德堕落的当下社会的对立面(东年似乎也意识到这样的价值立场是虚悬于时代的,因此《构不着的圆》中的叙事者称自己是"落伍地依恋着土地",而实际上,"和平已经消失了,至少正在退隐"③),以此简单而分明的对比来展开带有非写实倾向的叙事。所以,在短篇小说《青蛙》中,叙事者"我"去乡下找谭买地,让赖陪同,后来赖和"我"分别讲了一个故事,赖讲了他吓唬哑巴叔公的故事;而"我"则讲述了在台北看见有人在车祸中受伤,将其送到医院,结果反被伤者有意诬为肇事者。作者通过叙事者之口说道:"当你们那些小孩敢把蛤蟆扔在那个呃,你那个可怜的哑叔公床下,田园生活的结构早已经解体,所谓的亲情、友爱、诚实、公正……一切。"④当然,乡土在物质的层面上并未逝去,东年如此缅怀的

---

① 蔡源煌:《符号与灵视——评东年〈落雨的小镇〉》,收入《台湾作家全集·东年集》,台北前卫出版社1992年版,第228页;"每个人心里都有一片土地,任何人都无法触及,在心里",该句话出自东年的短篇小说《青蛙》。
② 东年:《构不着的圆》,见《台湾作家全集·东年集》,第31页。
③ 东年:《构不着的圆》,见《台湾作家全集·东年集》,第29页。
④ 东年:《青蛙》,见《台湾作家全集·东年集》,第48页。

乡土,乃是作为象征而存在。可见,面对工商文明的真实存在和乡土文明的逝去,东年乃以一种寓言式的叙事在单一存在的现实之外,从逝去的时间中简单打捞起一种"田园"式存在,将二者并置在一起,其对立式的结构使得当下的道德现状有了一个参照。也许,可以将东年的这种叙事立场视作一种独特形态的乡土守望。

台湾乡土社会的工商转型在文明形态上较大陆而言单纯一些。而在九十年代以来的大陆,乡土的工商转型远未完结,而且,在这个转型过程中,历史意识和现实存在都较为复杂,这也使得大陆乡土作家的道德批判和乡土守望不单是一种精神意愿,也有可能落实在重建乡村主体性,或者寻找落脚点以对抗工商文明,或者给工商社会寻找救赎"良方"的现实层面上。也就是,他们的价值判断不仅背对过去,也面朝未来。对台湾作家而言,乡土本位意识已经是一个无需多议的话题,因为一切皆没入逝去的时间之中;而对大陆作家而言,乡土本位意识的紧张则需要找到缓解的途径。特别是,相对于转型期台湾社会文明冲突的单一性,大陆不同的文明形态共时性地参差存在,使得大陆乡土作家无需回头或前瞻,就能在当下现实中找到落脚点,尽管由于文明的多样形态,作家的落脚点有所不同。这里我们不妨选择近年来的几部作品,通过简单的分析,列出大陆作家缓解乡土本位意识紧张状态的几种途径,或者说在乡土社会工商转型中几个不同的落脚点。

先来看看周大新的长篇小说《湖光山色》。该作以一种重构乡村主体性的理想主义设计,在非常隐秘的层面上,显露出创作主体缓解乡土本位意识紧张状态的努力。积极向上的调子,使这部作品具备了对乡土未来的前瞻性;而理想主义色彩,却又使该作在处理一些矛盾时存在简单化的倾向。在小说中,暖暖一家通过楚王庄的旅游资源迅速致富,这种现代性诉求具有单向度的表征。现代性本身是作为被肯定而不是被反思的对象,因此,小说的矛盾并不关涉现代性本身的悖论,而是发生于现代文明与前现代文明之间。在作者看来,理想的乡土形态应该是物质上丰裕而道德上淳朴。如何获得这种理想的乡土形态呢? 首先,小说以极快的节奏让暖暖一家通过开发当地的旅游资源获得丰裕的物质。其次,在小说中,富裕起来的旷开田在接替詹石蹬做了村主任后,成为楚王庄的又一任家长。小说还远溯历史，将荒淫无道的"楚王赘"拉到当下的乡土中国。在小说结尾，暖暖及其支持者通过不懈的斗争将旷开田绳之以法，终于攻克了封建家长制这个"堡垒"，并消除了物质丰裕所带来的道德隐患。这样一来，楚王庄既实现了物质上的崛起，又杜绝了道德上的堕落；另外，乡土景观也没有因为空间的商业化而受到损害，可谓尽善尽美。这种理想化的处理方式，某种程度上正显露出创作主体缓解乡土本位意识紧张状态的潜在动机。再来看看赵本夫的《无土时代》，与《湖光山色》所体现出来的前现代／现代文明的冲突不同，该作乃是以后工业文明视角来看待当下社会，由于这种视角与现实有所偏差，因此，其叙事也缺乏现实社会生活素材强有力的支撑。小说毋宁说是给当下中国社会现实（当然是作家所定位的后工业时代）开出救赎之方，无论是石陀在政协会议上所提的议案，还是天柱给城市种上庄稼，作家都将落脚点放在一种本源意义上的"土地"上，以此来"救赎""无土"的后工业"时代"。最后来看看张炜的《刺猬歌》。该作似乎走得更远，在这部奇异之作中，"野地"成为自外于现代文明的场所，人与动物的生命在其中共舞、交融、合一，原始之力蓬勃而生；其文本也相应地具有寓言和童话之表征。相反，城市或乡土的城市化趋向却以恐怖景观乃至妖魔化方式呈现。小说如此描写唐童的工厂，即"紫烟大垒"："这庞大欺人的物件就没有一个人看得懂，没有一个人见过，就连最奇异最凶险的梦境里都未出现过。眼看这青魆魆硬邦邦的物件一天天垒起来了，看上去就像塌了半边的山包、像悬崖、像老天爷的地窖、像被关公爷的大刀砍了一宿的怪物头颅，龇牙咧嘴，吓死活人，却怎么也想不出是干什么用的。"[1]面对它冒出的紫色烟雾，人们惊慌地嚷叫："老天，毁了，咱们这儿一天到晚全是屁味了！"[2]城市文明对人性的压抑以及所带来的道德危机在作家笔下被反复渲染。一些隐秘信息或许可以从自九十年代以来一直作为作家重要话语符码的"野地"中解读出来。关于"野地"，美国人文地理学家段义孚倒是在《恋地情结》一书中做过定位，而且是将其作为城市的绝对对立面加以定位的：乡村与城市的对立被人们广泛认可；但事实上，是"原生态的自

---

① 张炜：《刺猬歌》，人民文学出版社 2007 年版，第 233 页。
② 张炜：《刺猬歌》，人民文学出版社 2007 年版，第 235 页。

然(raw nature)"或者说"野地(wilderness)",而不是乡村,才是城市的对立面。乡村可以被称作"中间景观(middle landscape)",介乎城市与野地之间。① 不过,张炜的"野地"内涵已经远远超出上述人文地理学范畴,可以说,它既作为城市的对立面而存在,也意味着一种生存的本源,就后一点来说,倒是接近荷尔德林诗句中的"大地",或海德格尔的"诗意栖居"。总的来说,它是知识分子在特定的社会文化环境中的一种思想构造,它所具有的批判力度指向的是压抑人性以及带来道德危机的工商文明。因此作家将"野地"作为落脚点,某种程度上也就显示出创作主体与工商文明的对抗姿态,而创作主体的道德批判倾向和乡土守望姿态也就隐含在这对抗的姿态中了。

　　从这几部作品中多少能够感觉到,大陆作家在书写转型期的乡土时不再像1990 年代以前那样得心应手。转型期社会的急剧变化使旧有的乡土经验不再像以往那样有效,乡土经验的重构成为摆在作家眼前的现实问题,在这一问题上,许多作家面临的困境是:"一方面历史环链的断裂,使他们在面对现实和未来时,失却了方向感;另一方面面对从未有过的新的乡土现实生活经验,他们在价值取向上游移彷徨;再一方面就是可以借用的资源枯竭,作家需要自己寻找新的思想资源和价值资源。"②因此,对目前仍在进行转型期乡土写作的大陆作家而言,"面对从未有过的新的乡土现实生活经验",无论是道德批判还是乡土守望,在价值判断上都应该摒弃那种非此即彼的简单选项,要"将复杂的问题复杂化,而不是简单化"③。

---

　　① (美)段义孚(Yi-fu, Tuan):《恋地情结》(*Topophilia: A Study of Environmental Perception, Attitudes, And Values*),哥伦比亚大学出版社 1990 年版,第 109 页。
　　② 丁帆:《中国乡土小说生存的特殊背景与价值的失范》,《文艺研究》2005 年第 8 期。
　　③ 丁帆:《中国乡土小说生存的特殊背景与价值的失范》,《文艺研究》2005 年第 8 期。

第四章　"地方色彩"的绚烂与差异

第一节　台湾乡土小说："民族风格"主导下的"地方色彩"

　　二十世纪七十年代的风云际会，使得台湾乡土文学获得了空前良好的生长土壤；但进入八十年代后，由于都市化程度已经非常之高，乡土文学创作遂退居文坛边缘，而其艺术呈现也基本上未曾逸出七十年代乡土作家确立的美学规范。因此，在考察七十年代以来台湾乡土小说的审美表现时，便很自然地将原点放在七十年代以"乡土文学论战"作为重要支撑点的文化思潮。

　　在"乡土文学论战"几个具有内在联系的论争焦点中，"民族意识问题"是其中重要的一个，相应地，在这个大问题的论争范围内，建立具有民族风格的台湾文学就被作为子问题提了出来。实际上，民族本土和西方之间的冲突是七十年代前后台湾知识分子的主要社会文化焦虑，作为这一时代焦虑在文学上的反映，此一时期的台湾乡土小说及其辩护者都将"建立民族文学的风格"（陈映真语）作为自己的创作追求和理论倡导。胡秋原所推崇的乡土文学"可取的倾向，就是民族主义的倾向"。① 陈映真主张"在台湾的新一代中国作家，要以自己的民族的语言和形式，在台湾这块中国的土地上，描写他们每日所闻所感的现实生活中的中国同胞，中国的风土，并且批判外国的经济和文化之支配性的影响，唤起中国的、民族主义的、自立自强的精神"。② 王拓也认为七十年代出现的乡土文学其实"基本上是一种民族主义的文学"。叶石涛和任卓宣更从文学史的角度来探溯台湾文学的民族主义传统。不过，乡土文学作家和理论批评家在提倡"民族主义文学"的时候，非常警惕可能与此伴生的狭隘的地方主义以至于分离主义倾向，

---

① 胡秋原：《中国人立场之复归》，《乡土文学讨论集》。
② 陈映真：《建立民族文学的风格》，《陈映真作品集·11》，台北人间出版社1988年版。

强调其"民族主义文学"在基本立场、历史文化传统以及题材取向、风格建立、语言使用等方面均应以中华民族本位为根本目标。也正因此,此一时期台湾乡土小说所张扬的民族精神、颂赞的民族美德、针砭的民族痼疾以及对于乡风民情的展示和民族文学传统的继承、民族文学风格的建立均体现了华夏民族的基本特点,在此基础上,由于此一时期的台湾乡土小说主要书写的还是台湾社会的民众生活及民生苦难,使得台湾本土所独有的民风民性得到了充分的表现。可见,"民族风格"(台湾作为中国的一个组成部分,其文学表达带有中华民族的共通性)和"地方色彩"(共性基础上的个性)辩证地统一为台湾乡土文学的审美规范。

台湾乡土文学的"民族风格"在许多层面上得到体现。比如中华民族传统的美德和价值观在这期间的乡土文学中得到了着力书写。在此方面,"阿荣伯"(洪醒夫的《吾土》)、李寅(宋泽莱的《变迁的牛眺湾》)以及吴锦发《堤》中的阿公、钟延豪《阴沟》中的祖父对于土地的热爱和虔诚;"金水婶"(王拓的《金水婶》)的母爱与勤劳,马水生(洪醒夫的《吾土》)对于父母的孝顺;詹奕宏(陈映真的《夜行货车》)、林明(钟延豪的《高潭村人物志》)的爱国情怀与民族气节;明月(蔡素芬的《盐田儿女》)和辛先生夫妇(王祯和的《素兰要出嫁》)作为中华民族儿女的坚忍和牺牲精神,都由于作家情感的深挚表现得真切动人。另外,对于华夏民族以及台湾本土优秀文学传统特别是艺术表现传统的继承和发扬,也是乡土小说民族风格的应有之意。事实上,诸如对作品故事性和传奇色彩的强调(比如宋泽莱的《变迁的牛眺湾》、《大头崁仔的布袋戏》,吴锦发的《静默的河川》、《堤》,等等)、人物个性化语言的运用(如王拓《金水婶》中的金水婶、宋泽莱《打牛湳村》中的萧笙和萧贵)、对比(宋泽莱的《打牛湳村》、洪醒夫的《散戏》等)、讽刺(黄春明的《我爱玛莉》、季季的《拾玉镯》等)、白描(洪醒夫的《吾土》等)等手法的运用,在很大程度上体现和增强了此一时期台湾乡土小说的民族风格。

在"民族风格"的主导之下,七十年代以来的台湾乡土小说也以其独具风姿的"地方色彩"和"异域情调"满足了人们的审美期待,从而显示了它不可替代的价值。

在风景画的层面上,我们可以从许多乡土小说中领略到宝岛台湾优美、多样的自然景观。自然风情的"诗意"书写意味着创作主体向书写对象的突入与交融,也映射了人物主体的思想性格和精神心理特征,从而基于物质现实构建了具有自足性的文学空间,它既跟物质空间有着根本的联系,又比物质空间更能让人产生联想和想象,因此毋宁说是精神的空间。这个空间容纳着苦难又消解着苦难,酝酿着进步却又葆有人们对土地的深深依恋。黄春明笔下的宜兰乡景,是憨钦仔(《锣》)、阿尾仔(《放生》)、甘庚伯(《甘庚伯的黄昏》)等许多乡土人物活动的空间,诸多的乡间景物点缀在小说之中,而最终汇成了风情宛然的文学景观;美浓的田园景观和野地景观在钟铁民和吴锦发的笔下竞相显现面貌,钟铁民营造的田园有时候虽然充满苦难,看起来却是那么祥和,而吴锦发眼中的荖浓溪,奔腾流淌,具有不羁的性格,这野地上的历史也像河川一样浩荡、曲折;宋泽莱笔下的"打牛湳村"满带着人们尚不熟悉却能够分明感觉到的骚动不宁,而在其"浪漫主义时期"的作品《等待灯笼花开时》中,随着小说人物在台湾乡间四处漂泊,满眼的风景也就是满眼的凄凉;洪醒夫笔下的"彰化二林"小镇似乎相对安静一些,但正因为其安静,才能感觉到失去土地的痛苦在防风林、在芝麻田、在辛苦开垦出的土地上无声流淌(《吾土》);还有蔡素芬笔下南台湾的海边盐田,蕴藏着作者的记忆,也承载着读者时而充实时而空洞、时而喜悦时而悲哀的心情,在《盐田儿女》的序言中作者如是说道:"盐田中吹拂的风成了我孩童时的感觉,有淡淡的海腥味,挟着人们的悲欢;有烈日、阵雨,和静静午后树荫下浓绿的清凉。"①有这么美丽的风景,当然就有钟烈日海风之动荡与灵气的女主人公。其他如王拓笔下的八斗子渔村、履强笔下农耕特色较为丰富的"云林",乃至王湘琦、黄克文笔下的离岛……乡土作家对自然风景的文学营构,水到渠成地彰显出台湾乡土小说的文学魅力。

在风俗画的层面上,我们可以从七十年代以来的台湾乡土小说中看到作家对风俗民情的描绘和渲染。台湾民众信仰"妈祖",奉祀"土地神",崇敬"大道公",尚习"宋江阵",爱看"歌仔戏"和"布袋戏",以及他们崇卜喜巫、尚鬼招魂、避邪远祸、念祖祈福,都被作家着意书写,不仅增强了作品的乡土气息,更从一个侧

---

① 蔡素芬:《盐田风日·序——人情的故乡》,见《盐田儿女》,台北联经出版事业公司1994年版。

面说明了台湾文化作为中华文化一个支脉的基本特质。此时期台湾乡土小说对于乡风民俗的描绘构成一幅幅风俗画；但这风俗画并非浮荡在小说的表层空间（否则的话，文本的表层和深层就会发生断裂），而是融入小说叙事之中，因此有效地增强了小说的艺术魅力和审美表达效果。比如在吴锦发的《堤》中，阿公听风水先生说牛角湾的土地乃是龙形之地后，终于开始筑堤护地，而且这个"龙形之地"在小说中又被作为一种象征来运用。所以，对这一风俗的绘写，提升了小说的艺术内涵。另外像吴念真的《白鹤展翅》，对舞狮这一节日庆典仪式的描写，让小说富有民俗风情，同时，这一庆典仪式还是小说叙事的关键环节，正是在这个仪式上，上了年纪身体疲弱的清水伯受伤倒地。因此，民俗展示的叙事动力绝不只是作家某种"游录式"愿望。除了增强小说叙事效果，在这些民俗书写的背后，还可以窥见乡土作家的文化批判意图。比如宋泽莱的《枣谷日记》，一方面描述了农民生存的艰难，另一方面又通过人们的迷信（小说中的光荣灵仔见了"鬼"，大道公庙的老鼠仙对此大做文章，而村民则信以为真），揭示了民众的愚昧，颇有"哀其不幸，怒其不争"的文化批判意指。

在风情画的层面上，我们可以从这一时期台湾乡土小说带有强烈地方色彩的风俗礼仪中感受台湾民众的爱与恨、悲与喜，而在这样的情感激荡中，乃见细微而恒常的人性。《盐田儿女》中村民齐聚海边，鸣放鞭炮欢送村民出航，从这海边村庄独特的风俗活动中，我们可以看到带有人类学色彩的台湾乡土生活。在王拓《吊人树》中，人们都认为阿兰是被鬼冲了，于是阿旺伯就花钱弄狮，然而在这迷信和民俗活动的背后，却深藏着一个爱情悲剧，由此，小说的弄狮便包含着民众的悲哀，成为一种消极意义上的风情。而《等待灯笼花开时》中女主人公随剧团的奔波，则显示出生存的艰难和生命的韧性；至于《失声画眉》中逐渐沦丧的歌仔戏剧团，原本就具有浓烈的民俗色彩，而作者通过这一剧团的四处漂泊，展示出工商社会里民间艺术的凋零，人情冷暖，世事变迁，也就尽在其中了。

当然，在考察七十年代以来台湾乡土小说的"地方色彩"时，不应忽视作品的叙事语言及人物语言中的大量台湾方言。人物语言中台湾方言的适度使用有助于表现人物的个性特征及增强作品的真实感，而叙述语言中的少量运用也有助于营造独特的乡土色彩；但是，如果方言的运用过多过滥，却易造成文本接受及流通方面的障碍,也易形成某种带有文化分离主义色彩的方言文学。好在台湾乡土作家大都在理性上自觉反对方言文学,在他们的乡土小说之中,不管是人物语言还是叙述语言,方言的适度选用只是为了增强艺术表现力的需要。从语言政治学的角度来看,方言文学确实是应当反对的,但是又不得不面对这样一个文学现实,即此一时期台湾乡土小说中的部分作品,确实存在着方言过度使用的问题,在保持汉语写作的纯正性及内在同一性的意义上,这无疑是我们所应该审慎对待的。

值得指出的是,七十年代以来台湾乡土小说"地方色彩"的营造并非没有问题,恰恰相反,"地方色彩"经常被压抑,甚至不少作家完全忽视了"地方色彩"的营造,作品"地方色彩"的呈现,很大程度上是作家无心插柳之举。这一点正如美国著名的小说家、评论家赫姆林·加兰所说:"地方色彩一定要出现在作品中,而且必然出现,因为作家通常是不自觉地把它捎带出来的。他只知道一点,这种色彩对他是非常重要和有趣的。"①"地方色彩"的被压抑,其原因是复杂的,不过,我们可以结合七十年代的文化氛围,抽出两点,并略加展开。

首先,七十年代带有左翼色彩的文化思潮,使得乡土作家将目光紧紧盯住社会不公和底层苦难,对政治经济的关注多于对民俗文化的关注,尽管在很多时候,这些乡土作家仍然无意识地在其作品中表现出地方色彩;但带有功利取向的写作观念,浮躁急切的叙事节奏,往往会遮蔽小说对地方色彩的呈现。当我们可以有效地用政治经济的视角,而不是文化的视角对七十年代乡土小说展开分析时,问题其实就已经暴露出来了。对比一下宋泽莱"浪漫主义时期"的《等待灯笼花开时》与"现实主义时期"的《打牛湳村》或《巢谷日记》,就会发现其中的问题。在《等待灯笼花开时》中,作者颇有耐心地通过小说人物的目光将乡土风景加以呈示,随着人物的漂泊,风景也一路展开,比如小说开头:"一如多数的村子,春日,阳光暖暖地晒在篱村的屋脊上,小路边的苦楝树青绿着它小小的叶实,蝴蝶便飞来在野鸡冠花的河岸上翩舞着。"②或者是,"对面的河堤上,一片恒久的芦

---

① 《破碎的偶像》,见《美国作家论文学》,刘保端等译,三联书店1984年版,第89页。
② 宋泽莱:《等待灯笼花开时》,收入《宋泽莱作品集2·等待灯笼花开时》,台北前卫出版社1988年版,第320页。

苇,现在正是抽枝发芽的时节。许多的小鸭摇晃着它们椭圆形的身子在那里啄食着。记得在细幼的年岁里,这条河不曾是这样一种规整、石砌的模样,曩昔,还未土地重划,这条河流像哺乳的母亲,宽大着她的背臀,用着多水的河床,灌溉着篱村千甲的土地,水声嘎嘎"①。然而在因应七十年代社会文化思潮而调整后的"现实主义时期",无论是《打牛湳村》,还是《粜谷日记》,基本上找不出较为耐心的景物描写,或许《打牛湳村》的开头还有点景物描写的痕迹:"一到六月正是梨仔瓜成熟的季节,天地间浮一颗赤焰焰的太阳,打牛湳的村子便热烘烘地一片闹。"②其实,我们不难感受到此处急速的叙事节奏和浮躁凌厉的叙事语调,而浮躁凌厉的顶点便是长篇小说《变迁的牛眺湾》,尽管这部作品长达八万余字,但景物描写基本上是缺席的。

　　其次,六七十年代台湾经济的高速发展,使得社会转型迅速展开,到乡土文学论战发生之时,都市化程度已经比较高了。乡土社会的工商转型,致使许多田园景观遭到工商文明的重新塑形。在上一章中提到的许多作品,常常对乡土景观的改变乃至丧失加以反映,像黄春明的《放生》、林双不的《老村长的最后决战》、吴锦发的《堤》,这些小说中的现代工厂给村庄带来的严重污染,不仅改变了乡村景观,连乡民的生存也受到极大威胁。《放生》中的渔民不得不到其他地方去谋生;而《堤》中造纸工厂的污水同样让美浓溪的鱼虾和岸边的田地深受其害。另外,像钟肇政的《白翎鸶之歌》以白翎鸶的视角看待人类遭到严重损毁的土地,李赫的《哭泣的精灵》中森林被砍伐后,森林中似乎有精灵在哀吟。凡此种种,均显示出乡土景观的严重变形。钟延豪《阴沟》中的"阴沟"是村子里的一口池塘,它承载着村民的生命以及关于生命的记忆:"也正因为阴沟是先民用来耕作的,围住在这田亩四周的百姓,对这口池塘都有着非常的、特殊而难言的感情。他们依着阴沟生存,受到了它的灌溉,受到了它的滋润,人生死递换,也无一不在阴沟的荫护下交替着。"但如今它是什么样呢?"它老迈了,失去了生命了,十数年来

---

① 宋泽莱:《等待灯笼花开时》,收入《宋泽莱作品集2·等待灯笼花开时》,台北前卫出版社1988年版,第321页。

② 宋泽莱:《打牛湳村》,收入《宋泽莱作品集1·打牛湳村》,台北前卫出版社1988年版,第20页。

的几次洪水及干旱,毁灭了它,堤岸被冲散,水变得浅了,沟渠堵塞,原先种在四周的树木,也因池面的扩张而使得根腐了,烂了,终至干枯而倒落水中。一眼望去,仅只一棵枯死的大树,仿佛一个苍老将死的巨人跪拜在地上,高举着双手向天呼号。"①这口池塘的枯竭正和阿明祖父的老去相一致,这里的象征显然是非常外露的。如此看来,台湾七十年代,特别是七十年代末期的乡土现状乃是乡土被逐步地商业化,"地方性"遭到极大损坏。按照文化地理学的术语,就是"地区"成为了"空间":"人们所依附的地区景观成了无地区、无灵魂的新空间的牺牲品,这个空间在功能上更有效,但是却降低了在其中体验的质量。"②当"地区"成为"空间","地方色彩"就在物质的层面上开始弱化,而它在文学作品的精神世界里也就相应地褪色了。

联系到台湾乡土小说在进入八十年代后衰落的命运,上述两点分析或许能够揭示出其衰落的部分原因;而正是在这里,上述两点分析对尚在进行转型期乡土叙事的大陆作家来说,就有了一定的参考价值。

第二节　地域文化视野中的新时期大陆乡土小说

中国大陆有着悠久深远的历史和广袤博大的地域,在时间长河中,它们共同构成了中华民族丰富多彩、各具特色的地域文化,这些地域文化以各个时代的主流意识形态为其文化中心,但在这文化中心之外,地方民风民俗、历史风物,形成了它的边缘性的、富有地方文化特征的次文化,比如湘楚文化、关中文化、吴越文化等。若将二十世纪的乡土小说作为一个整体来审视,可以明显地看出,建国以后的乡土小说逐渐放弃了对"地方色彩"和"风俗画面"的描写,这在很大程度上弱化了乡土小说的地域文化特征,形成了乡土小说历史沿革的断裂带。进入八十年代以后,作家笔下的"风景画"、"风俗画"和"风情画"的描写逐渐强化,使乡土小说作品呈现出浓郁的地域性审美特征,打破了此前小说创作普遍存在的为

---

①　钟延豪:《阴沟》,见《台湾作家全集·钟延豪集》,台北前卫出版社1992年版,第148页。
②　(英)迈克·布朗:《文化地理学》,杨淑华、宋慧敏译,南京大学出版社2005年版,第99页。

政治服务的僵化模式,于是,"中国地域文化小说的创作达到高峰期,富于地域文化特征的作品可谓汗牛充栋"①。因此,从地域文化视野来考察新时期大陆乡土小说,就有其必要性。

早在1981年,刘绍棠就亮出了他的建立"北京的乡土文学"旗帜,其与同处京郊生活群中的刘锦云、谌容等作家一起,形成了富有京郊文化气息的北京乡土文化作家群体。尽管他们尚不成其为明显的文学流派,创作风格也各有特点,但浓郁的北京郊区地方文化气息是同一的。

"寻根"文学兴起以后,真正群体色彩强烈、地域文化中心更为突出的乡土小说创作群落出现。"寻根"文学以对传统文化进行重新审视为初始目标,在它的旗帜下,众多不同地域文化背景中的作家对自己所属的地方文化进行了深入的挖掘,对其富有特色的生活习俗、风土人情进行了充分的描写,于是,各种蕴含浓郁地方特色的文学作品相继产生,有着共同地方文化特征的乡土小说创作群体自然形成。古华、叶蔚林、谭谈、彭见明、韩少功等代表性作家形成的被时人称之为"湘军"的湖南地方作家群最引人注目。湖南地属古楚文化区,深受楚文化影响而形成的瑰丽浪漫的文学风格,在楚地文化区域内有着广泛而深远的影响。现代文学创作领域中,沈从文、周立波等作家的创作即幻化出楚地民间富有特色的生活图景,散发出浪漫奇幻的楚文化气息。新时期以来,尤其是在八十年代中期,新时期文学进入更深的文化自觉层次。湖南青年作家们在韩少功"寻根"旗帜的召唤下,纷纷以其自身所感受到的楚文化生活影响,展现湖南地方(尤其是乡村)具有独特文化气息的民众生活、风俗习惯。在美学追求上,他们也不同程度地受到湖南老一辈乡土作家彭家煌、沈从文和周立波的影响,倾向于描绘出湖南地方浪漫、优美而富有神秘气息的风景画,追求一种刚柔相济的清丽之美。这些作家所描绘的湖南地方风物各有选择,也呈现出各具特色的地方风情,如孙健忠侧重写湘西山水,富有古朴诗意;古华重写五岭风光,突现神奇瑰丽;而韩少功、谭谈等人则多写湘中丘陵景色,风格蕴藉而轻柔;此外,还有彭见明等人描绘洞庭湖区的烟波浩渺,体现出楚文化古老而年轻的秉性……凡此种种,集中而各

---

① 丁帆:《新时期地域文化小说丛书》(第一辑)"总序",北京出版社1998年版。

有特色地体现出楚文化深久的魅力和古朴优美的地方生活风情。

湖南作家群之外,山西作家群也是很有特色的一支。山西古属三晋文化区域,其古远精神孕育了"山药蛋"派朴素现实的文学特征,使赵树理及他的后继者马烽、西戎、束为等人以富有特色的地方乡土文学博得了大众的共识,也大大地丰富了"文化大革命"前的中国乡土文学。进入新时期以来,一些老一辈山西作家重返文坛,马烽、西戎、束为等人的特色尚存的文学作品不但重展"山药蛋"风光,更影响了青年一代的创作方向。受其影响,张石山、韩石山、王东满、郑义及后来的李锐等人,承继了"山药蛋"派立足于山西乡村现实生活、以质朴的故事和语言反映乡村生活的基本特点;同时,他们对于传统的"山药蛋"派又有所发展。尤其是郑义和李锐等人,更侧重从文化角度挖掘出三晋土地人民的古朴生活,揭示他们内在的文化影响,对于丰富发展山西乡土文学(事实上也丰富发展了整个中国大陆乡土文学)有着突出的贡献。他们的代表作品分别有《神主楼牌》(张石山)、《磨盘庄》(韩石山)、《远村》(郑义)、"厚土"系列和《无风之树》(李锐)等,古朴厚重是山西乡土作家群体共同的创作特征。山西的地理风貌、风俗人情等富有地域特色的"三画"描写是构成这类乡土小说古朴厚重的群体风格不可或缺的底色。

还有地处西北高原的陕西作家群。陕西古属三秦,是历史悠久,以浑朴内向为文化特征的三秦文化的地理中心。四十年代,著名的乡土文学作家柳青就是崛起于三秦大地,其早期代表作《种谷记》和五十年代创作的《创业史》一道,以其严谨、厚实的文学风格,将二十世纪中国四五十年代的乡土文学发展作了有力的推动(尽管由于时代局限,他的创作缺失也是明显的)。新时期以来,路遥、贾平凹和陈忠实成为陕西乡土文学的主要代表。路遥的代表作《人生》和《平凡的世界》形象地描绘了富有特色的黄土高原人民生活,更体现出蕴含陕北地方文化内涵的凝重人生思索,堪称陕西乡土文学中的力作。其对黄土地饱含激情的风景描写,对陕西风俗、风情的细致刻画与其积聚在内心的乡土情结交融在一起,形成小说浓郁的地域特色。此外,贾平凹的商州系列小说对秦地风貌的描写,陈忠实在渭河平原的文化原野上辛勤耕耘,邹志安则力图描绘出关中平原人民生活的风俗画面……众多作家都注重对秦地风景画、风情画和风俗画的展示,成为小说创作中的鲜明地域纹印标志。

此外，还有以古代吴、越文化为基本文化底蕴的江苏、浙江乡土小说作家群。吴、越文化历史悠远，由江南水乡的清婉而孕育出吴、越文化的柔媚、清丽的基本风格，但这种柔媚清丽并非"柔弱无骨"，其内在的血气和风骨是颇为强健的。中国现代乡土文学的宗师鲁迅就深刻浸润于吴越文化，其精警透辟、疾恶如仇的内在品格即可在"吴钩越剑"中觅得渊源，而他的《故乡》《祝福》对家乡水色的描写，也可见地方清丽之风。新时期以来，吴、越之地的作家们对于地方文化也各有体悟，各有取舍，从而呈现出两种有着内在联系，但又有迥然不同外形的文化风格特征。其中尚柔婉一派，以江苏汪曾祺为代表。此外，林斤澜以温州地方为文化背景的"矮凳桥"系列作品，风格独特，以"怪"著称，然亦饱含温州人的智慧狡黠，文化底蕴是很浓的；李杭育以浙江葛川江为题材的"寻根"小说，以伤感的笔调歌出了一曲吴越传统文化濒临现代转型而渐失原韵的文化悲歌。他的作品对吴越文化中的一些传统品格和文化精神作了较深入的挖掘，作者对家乡地方文化的依恋与亲近溢于作品之言表。而继承吴越文化中重刚传统的则以江苏高晓声为代表。他的作品重在对传统文化进行挖掘和批判，目的显然在于振兴民族的阳刚之气，重扬民族的发展之风。汪曾祺、林斤澜、高晓声等作家对吴、越文化的不同理解使其笔下的风景风情描写在呈现出吴、越文化的共同地域特征时，又呈现出各自独特的审美个性。

我们在上面的文字中简单介绍了新时期乡土小说地方文化气息颇为突出、创作人员也相对集中的创作群落，在他们之外，像以齐鲁文化为精神底蕴的以张炜、矫健、莫言等为代表的山东作家群，也是有着相当地方文化特征的一个群落；东北以郑万隆、洪峰为代表，也体现出了其粗犷、质朴的地方文化个性……限于篇幅，这里不再作一一的介绍与展示。

新时期异彩纷呈的地域文化乡土小说所表现出的各自相对集中，又不乏独自特色的各地地方风情画特征，对自己地方文化有着深刻体悟的文化个性，都使中国大陆乡土小说的历史发展进入到一个新的水平。在某种程度上说，这一繁花锦簇、百花斗妍的场景，不但在中国大陆五六十年代文学中所未见，甚至超过了二十世纪二十年代乡土小说发展的第一个高峰期。但由于许多乡土小说作家对自己所处的独特地域文化的体会还不够深刻,外在的风格习惯和地貌地理特点只是乡土文化的一些表现,更内在的显然是其浸润于日常生活而几令人不觉的文化精神,透过其外在的地理风貌、风土人情,却找不到其地域文化深在的个性。

由于八十年代后期的浮躁凌厉的世风及愈趋猛烈的商品文化冲击,使八十年代中期崛起的众多地域文化乡土小说群落纷纷成为昙花一现。能够继续在自己的土地上、自己的文化中进行默默耕耘的乡土小说作家似乎显得越来越少。而且,浮躁的时代更影响了他们潜心文化地域创作的韧性和勇气。八十年代后期,这些作家们纷纷改弦易辙,进入各种各样的"文化新潮"中。到了九十年代,风景画、风俗画和风情画只能在部分乡土小说作家那里得到重视,"三画"在整个乡土小说创作中呈现出日渐衰微的趋势,地域性成为乡土小说创作的"盲点"。这正如有位评论家所指出的那样,"我们在当前的乡村小说中,再难以看到那种独特的地域环境、异乡情调、民情风俗的描写,更难以看到那种具有地域性格的人物形象,以及那种富有地方韵味的文学语言"。① 这一时期,虽然河南集中出现了阎连科、李佩甫、张宇和周大新等作家,山东出现了莫言、张炜和尤凤伟等作家,陕西出现了贾平凹、陈忠实等作家……但随着生活观念和艺术观念的演变,作家们在创作中的"自我意识"的强化,个体精神的凸现造成了风格的排他性,这一时期的地域作家在从事乡土小说创作时,虽然有共同的地域文化底色和精神文化渊源,但作家在审视地域文化的角度,对该地域风景、风情和风俗的审美聚焦及主题设定等方面,整体的地域性特征与八十年代相比,已经大为减弱。

第三节　"田园牧歌"与"鲁迅风"：
新时期大陆乡土小说"地方色彩"的审美范型

当二十世纪八十年代的帷幕刚刚拉开的时候,老作家汪曾祺就以重温"四十三年前的一个梦"为新起点,在小说创作中注重对乡土风景、风俗和风情的描写,

---

① 段崇轩:《地域性:乡村小说创作的盲点》,《小说评论》1999 年第 2 期。

开始其风俗画小说的创作。随后出现的古华的《芙蓉镇》和《爬满青藤的木屋》，叶蔚林的《在没有航标的河流上》，贾平凹的《腊月·正月》、《小月前本》和《鸡窝洼人家》、《商州》，韩少功的《爸爸爸》、《女女女》、《归去来》，莫言的"红高粱家族"系列等小说无不染有浓郁的风俗画色彩，都可以清楚看到风俗画面给其作品带来的美感影响。人们已经意识到，乡土小说成败的重要标志取决于具有地域色彩的风俗画描写。一般认为，新时期中国大陆的乡土小说主要存在着"田园牧歌"和"鲁迅风"两种主要风格的写作。前者以汪曾祺及新"京派"小说家的作品为代表，后者则以高晓声、古华、叶蔚林、何士光等作家为主。风俗画、风景画、风情画的描写在新时期大陆乡土小说中也呈现出"田园牧歌"和"鲁迅风"两种不同的审美范型。

以汪曾祺为代表的"田园牧歌"式的乡土小说创作比较注重典型环境的描写，一般不择取重大题材，而十分考究地用细节去描写风土人情，增强作品的情趣。在技巧上常把散文的写作笔法融入小说创作中，大有"清水出芙蓉，天然去雕饰"的自然美。其人物描写似不追求鲜明的个性，大都是颇有写意人物的韵味。这类作品乡土气息尤为浓郁，给人以一种净化的美感。诸如汪曾祺的《受戒》、《大淖纪事》，刘绍棠的《蒲柳人家》、《峨眉》，叶文玲的《心香》，姜滇的《瓦楞上的草》、《阿鸽与船》等等，都是这类作品的代表作。写这类作品的作家在艺术观上都有共同的特点。汪曾祺把自己的作品作为"生活的抒情诗"来写，刘绍棠的作品一向是以"田园牧歌"著称的，而姜滇则试图追求一种诗画统一的意境。在艺术结构上，他们都倾倒于沈从文的"散文诗"说，不主张那种"太像小说"的刻意描摹，却注重于平实的、不讲究戏剧性情节的，而又散溢着诗情画意的典型环境描写，甚至主张小说"无主角"，而去追求"传奇性、趣味性"，以适合于中国一部分知识分子的传统欣赏习惯。他们的作品可以说是在同一主旋律下跳动着的不同音符，悠扬委婉、袅娜多姿的抒情色彩使他们各自的创作个性迥异，又形成了各自不同的描写视点和美学追求，因此，呈现出的风俗画面又是各具特色、斑斓多彩的。同样表现诗情画意，汪曾祺笔下苏北县镇的风俗习尚显得清淡平实，但又带着淡淡的哀愁，抑或还染有圣化的神秘色彩；刘绍棠描摹的京东运河一带的风俗，既粗犷却又有田园牧歌的情调；叶文玲则是把江南的风俗融入画境和人物的隽永性格之中,宛若江南民歌小曲那样纤细柔和,婀娜多姿;姜滇却是努力把江南风景风俗融入时代和社会的背景之中,让人物气质与秀美高尚的风土人情相融合,形成一种特异的格调。可以看出,这类作品不大适于写重大题材,尤其是近距离的。它更适合于表现那种容易被人们忽略,但又富有强烈的生活情趣的"琐事",经过艺术家的提炼加工,它们以绰约多姿的形态出现,给人们以诗情画意般的美感享受,如果没有较深厚的艺术描写功力,是很难达到那种炉火纯青的境地的。

　　汪曾祺的系列怀旧乡土小说,以故乡苏北高邮作为描摹对象,在烂熟于心的风土人情描写中构筑了一个美的世界。其清秀隽永、生趣盎然的风俗画、风景画和风情画描写获得了文坛的普遍瞩目。汪曾祺小说的复现是对"新时期"小说创作的多元化趋势的第一次认同,它带来了"田园牧歌"风俗画小说的兴盛。作为承继沈从文之衣钵、延续"京派小说"风格的传人,如果说汪曾祺在二十世纪四十年代发表的"田园牧歌"式作品尚未受到人们足够重视的话,那么,他四十年后的风俗小说却格外引人注目。其中最重要的原因,就是作家对于富有地方色彩和异域情调的视觉性很强的风俗画、风情画和风景画的刻意描摹。他一再强调风俗描写对于小说的至关重要:"我是很爱风俗画。十六七世纪的荷兰派的画,日本的浮世绘,中国的货郎图、踏歌图⋯⋯我都爱看。讲风俗的书,《荆楚岁时记》、《东京梦华录》、《一岁货声》⋯⋯我都爱看。我也爱读竹枝词。我以为风俗是一个民族集体创作的生活抒情诗。我的小说里有些风俗画成分,是很自然的。但是不能为写风俗画而写风俗。作为小说,写风俗是为了写人。"又说:"风俗,不论是自然形成的,还是包含一定的人为的成分(如自上而下的推行),都反映了一个民族对生活的挚爱,对'活着'所感到的欢娱。"①从这些关于风俗画描写的言论中,可以看到作者独特的艺术审美情趣,一种沈从文式的对自然美和地方文化人情美的发自内心深处的热情讴歌,一种建立在试图回到超尘脱俗的人生境界中去的淡泊宁静、清雅通脱的美学风范。这让他很自然地站在审美的立场上,对其

---

①　汪曾祺:《谈谈风俗画》,见《汪曾祺全集》(第4卷),北京师范大学出版社1998年版,第350页。

故乡的民俗风情予以由衷的赞美。从其哲学观念来看,它基本上是继承五四人文主义思想,试图在摆脱现实困扰中来展现理想化的充满着人性温馨的生存境界。这种境界的表现在很大程度上依赖于哲学意蕴对风俗画面的笼罩,那种蕴涵在风俗画中的"超脱"、"遁世"的隐情又成为一种新的美学体验。这无疑是对长期以来被阶级斗争学说同化了的小说创作模式的逆反,它强化了人们对于"田园牧歌"式作品美学风格的企盼和需求。其作品的开头总离不开大段的关于环境、景物等的描写或者对风俗、典故的考证文字,并且能把这些很难出彩的内容写得活灵活现,别有韵味而引人入胜。比如《异秉》中对"生意经"的交代,《大淖纪事》的开头更是典型,从对"淖"字的考证,写到淖中沙洲上的茅荻和四周的炕房、浆坊、鲜货行、轮船公司、码头等,紧接着还拉扯上东边的挑夫和西边的锡匠,之后才是小说的真正主人公的"千呼万唤始出来"。在看似不着边际、洋洋洒洒的"漫话"中,实则高屋建瓴、匠心独运,饱浸了作者深切的民间体验和民间情怀于字里行间,给人一种充实的文化美感。在这种底蕴深厚的背景与人物关系的基础上,汪曾祺发展出自己独特的叙述方式。这种叙述方式类似于张择端的《清明上河图》,多白描,少皴染,几乎不用浓墨重染的表现手法,也没有过于夸张的特写镜头。他笔下的人物,就这样融会在作品中诸多风俗画所构成的背景氛围之中,被浓郁的乡俗风情和民间气息包围、笼罩着。汪曾祺对民间习俗的这种铺张描写,不仅是其民间情怀的深切体现,也是其民间审美意识的自然流露。这些令人眼花缭乱而又耳目一新的民俗风物,在构成作家小说人物生存的背景的同时,也影响了他们的生命形式和对所处世界的感受。

刘绍棠在八十年代初率先举起了"乡土小说"的大旗,以一组"田园牧歌"式的风俗画取悦于文坛,像中篇小说《蒲柳人家》、《瓜棚柳巷》、《草莽英雄》、《小荷刚露尖尖角》、《花街》、《草长莺飞时节》和短篇《峨眉》等,都以鲜明的风俗画风格丰富了乡土小说的美学特征,注重对京郊农村的风景、风俗和风情的刻画,营造出"田园牧歌"情调。在《草长莺飞时节》里,作者用洗练自然的语言描写了大堤内外的景物,绿色的岸柳、蒲苇、水草和粼粼的清波,白色的鸭子,红色的鸭掌,真是相映成趣,勃发着春天的生机;其画外音又是多么动听悦耳:黄鹂鸣啭、蛙声鼓噪、鸭子的呱呱声,奏出了一曲和谐的"百鸟朝凤"。从堤上到堤下,再到堤内,色彩鲜艳,富有层次感,并通过绿色原野上插秧的人,已不是成行结队的"大忽隆"
了,吃大锅饭的日子已一去不返,透露出鲜明的时代气息。在《花街》的第一章,
作者在介绍花街这个世界时,用简练的笔墨勾画了花街的地理环境,人情世故。
花街里的人过的日子是凄惶悲凉的,老人早逝,男人们扛长工、打短工、赶脚、拉
纤、卖苦力,小孩子"抽四六风,蒲草一捆,草丛中刨个坑儿一埋"。女人们"不是
私奔,就是拐卖"。但作者写到这里却笔锋一转,用大段笔墨去描绘了充满生活
情趣的风俗人情:男人们在河边挑水时的嬉笑怒骂;女人们浣衣时的争风撒村,
以及她们在暮霭晚霞映照中脱衣下河洗澡时的嬉戏玩耍,躲避路人的一闹一静
的无限情态,是一幅多么富有生活情趣的人情风俗画啊,其格调清新明朗,入诗
亦入画,还有动人的音乐美,是一首充满着民俗风味的乐章,这部田园交响诗奏
出了花街人们对生活的挚爱和追求,她们不被生活的重荷所压倒,他们是精神的
富有者。值得注意的是,刘绍棠虽然举起了乡土小说的旗帜,但以刘绍棠为首的
"京郊"乡土小说流派却始终未能形成。其原因是多方面的,其中一个主要的原
因是:风俗画的描写在乡土小说中所占的美学比重是很大的,但风俗画小说一旦
被置入某个传奇故事的模式框架中,就只能成为一种风物习俗的"摆设",就失却
了其诗意化的特征,落入俗套。换言之,这种风俗画一旦进入"通俗小说"之中,
其美学特征也就相应减弱,成为寡淡无味的点缀物。由于缺乏这种把握时代美
学情趣的转移的意识,忽视了主观的创造性和客观的接受效果,刘绍棠所作出的
巨大努力,收效甚微。

　　如果说汪曾祺那样的自觉恢复"田园诗风"的乡土小说在"新时期"还属凤毛
麟角的话,那么,在"反思文学"口号的鼓噪下,所涌现出的类似高晓声的继承"鲁
迅风"的乡土小说所占的比重却大得惊人。后者由于整个时代思想氛围的制约,
使作家们热衷于主题深刻性的发掘,而忽视了"鲁迅风"中对具有风俗画意义的
"异域情调"的营构,致使这类小说在文学史的历史长河中很容易成为昙花一现
的时尚之作。高晓声的《李顺大造屋》、《"漏斗户"主》、《陈奂生上城》等作品把农
民的命运放在每一个历史转折的关头,放在社会动荡变革的时期来描摹,而且用
异常幽默调侃的叙述语调来勾画农民悲剧灵魂的重创,这就使他的乡土小说具
有了鲁迅式的"哀其不幸,怒其不争"的思想内涵。但同时需要面对的一个问题

是，高晓声作为"新时期"乡土小说创作具有大家风范的作家，其后来的小说之所以不被后来的读者所重视，被更多深刻，又更有美学价值的乡土新作所替代，忽视风俗画、风景画以及异域情调的氛围营造，应是一个重要的原因。尽管高晓声在人物塑造方面颇得"鲁迅风"之深味，同时对苏南地区不乏有特色的风俗描写，但毕竟由于对地方风景画描绘上的相对忽略，而过多的将笔触让给了人物形象的塑造，地方风俗画、风景画以及异域情调氛围营造上的欠缺，极大地影响了其乡土小说中对于"风俗画"的展现，相应的"异域情调"的体现也就显得相当的薄弱和苍白。地方风俗画、风景画以及异域情调氛围营造上的欠缺，极大地影响了高晓声乡土小说的艺术价值和本应取得的艺术高度。

在这类"鲁迅风"式的乡土小说中，作者多把风俗、风景、风情的描写渗透到环境描写、人物性格的刻画和波澜起伏的情节描写中去，使之熔为一炉的交织型写法，既有诗情画意的风俗画面，又有富于地域特色的乡土人物和悲壮慷慨的故事情节，它是风俗与哲理的结合。既是"唱一曲严峻的乡村牧歌"，又是奏响了人生的悲壮之歌和时代的英雄交响曲。这类作品笔墨凝重，气势雄浑，多以思想的力度和艺术的张力取胜。主要作家有古华、叶蔚林、韩少功、贾平凹、莫言等。叶蔚林以描绘楚乡湘水见长，"文化大革命"期间下放湘南山区劳动十年，与当地山民的长期交往，耳濡目染，深受楚湘文化的影响。在他笔下，潇水的清流婉转，木兰溪的静谧优美，茹母山的雄奇壮伟，黑谷老林的白狐皑雪，洞庭湖堤上的白马绿杨，沼泽草滩的斑驳陆离……展现了三湘地区如诗如画的胜景，具有相当鲜明的地方色彩。在一幅幅"风景画"的背后，作为一位严肃的、有着强烈社会责任感的小说家，他笔下诗情画意的描绘蕴含了深邃的社会现实意识，透过人物的特定命运来展现时代风云。在其早期作品《蓝蓝的木兰溪》中就充分体现出其对人性的关注与对"风景画"的描写相濡以沫的融合。他的代表作《在没有航标的河流上》是思想和艺术结合得比较完美的一部作品。盘老五之所以被誉为当代文学中少见的个性化人物，除了人物的动机外，更重要的是民族风俗（包括善与恶的两重性）给"这一个"人物身上打下了深深的烙印，民族精神在他身上得到了完美和谐的统一。他酗酒、光屁股游水、打架，他救人于难、大义凛然、视死如归的气魄，并不是决定于他的"流氓无产阶级"的劣根性和理想中的崇高共产主义的思想动机，更多的倒是受到原始习俗的冲动和传统的伦理道德的支配。整个作品对潇水两岸的风俗人情的描写大大丰富了这个人物的个性，这是使之成为一个有立体感的悲壮人物的基础。古华的《芙蓉镇》一方面是沿着故事情节冲突线向前推进，表现出线型的结构模态；另一方面，作者又巧妙地将风俗画、风景画植入小说的内部，使之成为一个有血有肉的机体。小说第一章"山镇风俗画"就为读者介绍了五岭山的风土人情，赶圩的习俗、芙蓉仙子的传说、风俗歌舞《喜歌堂》、米豆腐摊子的来历等等，把人引入这个地处湘、粤、桂三省交界地带的小镇。由于作者善于把民风民俗的描写与时代的风云际会相结合，这幅风俗画就不再是静止的，而是流动的。"三天圩"、"星期圩"、"十天圩"、"半月圩"，小镇的政治、经济生活也随着沉浮，小小的圩场就成了时代风雨的晴雨表。正如有论者所说："《芙蓉镇》首先吸引我们的，是作者手中那支散发着浓厚泥土香气的风俗画笔"，并且"流动的、渗透着丰富的政治经济内容，从中时时透露着时代的消息"①。使读者在透过人物反思历史的同时，也能够通过时代把握人物。"如果说在《爬满青藤的木屋》里，对雾界山林区绿毛坑和带有异族色彩的'瑶家阿姐'的描写还只是零散的，到了《芙蓉镇》，对乡土风情的描写就有了自觉追求的意味。"②这种自觉的追求，在一定程度上中和了五四以后"田园诗风"乡土小说与"鲁迅风"式的乡土小说不可调和的对立矛盾，将两种风范融合为一，创造出了一种新的乡土小说范型，这不能不说是具有文体意义的一次尝试。他的"芙蓉镇"系列小说创作中，将对历史现实的批判与地方风情画的细致描绘熔于一炉，在某种程度上既是对高晓声开拓的新时期"鲁迅风"的承接，又是对其超越。因为，《芙蓉镇》的风俗画描写已远远超出高晓声小说相对单调与匮乏的乡土风情描画，具有更强的"风俗画"色彩。这使乡土小说呈现出缤纷色彩的多元格局，也推动了这类小说从萌发到成熟的发展。韩少功的《风吹唢呐声》和谭谈的《山道弯弯》的悲剧气氛也主要是依靠那种悲凉的、不合理的习俗描写来渲染的，悲剧意义的深化也是由此而产生。张承志的《黑骏马》和《北方的河》那种奔腾豪放的气势与北方的慓悍的习

---

①　雷达：《一卷当代农村的社会风俗画——略论〈芙蓉镇〉》，《当代》1981 年第 3 期。
②　董健、丁帆、王彬彬主编：《中国当代文学史新稿》，人民文学出版社 2005 年版，第 423—424页。

俗相融合,形成强烈的民族风格。

　　韩少功的《爸爸爸》、《女女女》,郑义的《远村》、《老井》,郑万隆的"异乡异闻"系列、贾平凹的"商州"系列、李杭育的"葛川江"系列,以及莫言的《透明的红萝卜》、张承志的《北方的河》等乡土"寻根小说"都充分地表现出风俗画的特征,作家们非常注重"异域情调"和"地方色彩"的发掘,以此来区别于其他非"寻根"的乡土题材小说。作家们以自己亲见、亲历或想象的乡村僻野的原始风貌与生活方式,作为他们的主要书写对象,倾力揭示民族文化的历史积淀,试图在中国乡土小说的广阔土壤中,以"横移"的新审美观念与艺术技巧对传统进行改造,充分呈现出风俗画的特征。倘若说拉美文学对中国新时期乡土小说有着更内在的影响,那么就是其浓郁的"风俗画"色彩所构成的"异域情调"吸引了中国的"寻根小说"作家。拉美的"魔幻现实主义"也罢,"结构现实主义"也罢,"心理现实主义"也罢,都不乏风土人情的描绘。在多样的文学描绘中,拉美与中国有几分相似的地理、人种和风俗所形成的文化的奇异性,形成了有别于其他民族人种的神秘的地方色彩。这种拉开了与现实和现代城市文明生活距离的乡村图景,无疑提供了一种美学的餍足。这也许是新时期作家们在短短的几年中游历了欧美近百年的文学思潮后,为什么仅对拉美爆炸后文学倍感亲切的缘由。

　　一些寻根小说倾向于描写苍凉蛮荒、充满悲剧氛围的洪荒时代古老先民的生活形态,其"异域情调"的新鲜审美感受同样引起了人们的惊异。如韩少功的《爸爸爸》中鸡头寨人和鸡尾寨人"打冤"前砍下牛头来通过占卜预测胜负,鸡头寨人在庄稼歉收时的祭谷神习俗。《女女女》中不能怀孕的妇女常常赤身裸体去山岭上睡卧着承接南风,据说南风可使她们受孕,或者服用蜂窝与苍蝇熬出来的汤汁,人们认为大量繁殖的昆虫(蜜蜂与苍蝇等)也能赐福给不孕的妇女。充满着蛮荒悲凉的风俗画作品曾被有些人指责贬斥为远离时代精神、颂扬原始人性的劣作。严家炎认为,二十世纪二十年代乡土小说在鲁迅、周作人兄弟的倡导下,形成了共同的特色。其中,"在风俗画这方面,乡土小说取得了相当高的成就"。他把风俗画分为两种:"一种写的是很野蛮落后的陈规陋习";"另一类风俗画,写的是一般传统的风俗习惯。虽然落后但不一定野蛮不人道"。"这些作品加在一起,成为了解那个时期中国农村经济、政治、思想、文化各方面形象的史料,除了美学价值以外,还具有现实主义作品特有的认识价值。"①由此言之,这些作品被指责为远离时代确实有些冤枉,他们都在充满着蛮荒的异域情调的表层油彩背后,融进了鲜明的当代意识,以此去统摄和把握人物,形成了潜在和隐性的强大冲击力。

贾平凹在 1980 年前后创作的《满月儿》(1978)、《林曲》(1979)、《牧羊人》(1980)等作品即非常注重对山地自然风景和风俗人情的描写,借助风景、风俗和风情的描写,展示如诗如画的山地风光和朴素民风,讴歌乡村世界的人性人情之美。贾平凹早期小说中的景物描写酷似一幅幅淡雅隽永的水墨画,然而却散发着浓烈的泥土馥香。打开《林曲》,你马上就会被那幅幽美的画面所吸引,你仿佛看到远处错落有致的山镇房屋和朦胧的山影;弯曲的石阶路蜿蜒伸展到小河边;近处叮咚作响的淙淙溪流清澈见底,鱼儿的情影在悠悠浮动;一石激起了层层涟漪,树影在镜似的水面上婆娑搔首;早霞在河面上洒下了一片碎金。姑娘们在光溜溜的石头上洗着衣裳,河边一片捣衣声。画面层次分明,意境清幽,色调柔和,有着动人的生活情态。就是在这样动人的画面中,作者颇具匠心地用淡淡的笔墨,轻轻勾勒出了一个写意人物,"一个女孩子就坐在树下玩'抓石子'"。整幅图画完成了,读者也深深地被这幅充满着乡俗、乡情、乡音的柔美图画所感染。《牧羊人》里的景物描写更是令人心旷神怡。"雾色开始退,太阳照在阳坡上,坡上青草泛绿,游动着一群一群的羊,像飘山的云朵,飘着飘着,就住在山峁上,蓝天立即衬出它们的剪影来,一声鞭响,那云朵便炸开了⋯⋯山原来还这般地美啊!"在这里,作者采用拟物的艺术手法,使景和物融合在一起,把静止的景写活了,又将活动的物融入静止的蓝天背景中描写,交相辉映,生趣盎然。其后来创作的《商州》(1983)、《小月前本》(1983)、《鸡窝洼人家》(1983)、《腊月·正月》(1984)、《古堡》(1986)等作品以商洛地区为中心,山川风物和景物描写在小说中仍然占有很大的比重;但是早期作品中由自然风景和风俗民情营造出的田园牧歌情调从作品中渐渐退居次要的位置,不再成为小说情感的基调。这类作品主要是探讨新型的社会经济变革对商州"偏僻、闭塞"的冲击,富有乡土风情的生活场景和自然

① 严家炎:《中国现代小说流派鸟瞰》,《文艺报》1986 年第 5 期。

画面在进步/落后的二元对立价值立场的审视下,呈现出不同于其早期作品的文化意蕴。如在《鸡窝洼人家》中,以回回和麦绒为代表的自给自足的小农经济在作品中是作者加以反思和审视的对象,以禾禾和烟峰为代表的不再像祖辈那样依附于土地和传统的耕作方式为生的新型经济方式成为作者试图张扬的人生方式。在这种价值评判的视阈中,回回和麦绒家中是极富乡土气息的生活场景:"东墙上,挂着筛箩:筛糠的、筛麦的、筛面的、筛椮子的,粗细有别,大小不等。西墙上挂着各类绳索:皮的曳绳、麻的缰绳、草的套绳,一律盘成团儿。南墙靠着笨重用具:锄、镢、板、铲、犁、铧、耱、耙。北墙是一个架子,堆满了日常用品:镰刀、斧子、锯、锤、钳、钉、磨刀石、泥瓦抹。满个屋里:木的亮着油色,铁的闪着青光,摆设繁杂,杂而不乱。""回回家的猪肥得如小象一样……回回主张杀了吃熏肉。深山里,家庭富裕不富裕……看谁家的地窖里有没有存三年两年的甘榨老酒,看谁家的墙壁上有没有一扇半扇盐腌火燎的熏肉。"买农具和吃熏肉这种体现乡土风情的描写,作为自给自足的小农经济文化的象征载体或对应物,由"场景"升华为与人物并置的叙事对象,从而获得了相对独立存在的意义。在《小月前本》中,小说的开端即将笔触聚焦到一块一块碎石板铺成的街面,高高低低的瓦槽,短墙头,纵横交错的土路,田地,河岸漠漠的沙滩,袅袅的炊烟,夕阳映照下的波光水影恍惚迷离、变幻莫测等风景画描写中。小说中也有"水"的描写,丹江河的水面仍然如诗如画,但因为承载着小月在经济变革中的忧愁和思索,也失去了其早期作品中"水"所给人的明快格调。虽然贾平凹前后期的小说创作中风景、风俗和风情的描写出现明显的变化,其后期的作品倾向于"鲁迅风"式的反思和批判,但贯穿其小说始终的是,这些自然景物描写和风俗人情的刻画在其作品中不仅仅是人物活动和故事展开的环境与背景,它们有时也是作品主要的叙述对象,成为作品富有独特审美个性的美学资源。

第四节　坚执与衰微:世纪末大陆乡土小说的"地方色彩"

　　二十世纪九十年代的大陆乡土小说创作中,莫言、阎连科、李佩甫、张炜、阿来、尤凤伟、贾平凹、杨争光、邵振国等作家仍然重视对风景、风俗和风情的描绘,使作品呈现出鲜明的地域性和乡土小说的审美特征。

阎连科的"瑶沟"和"耙耧山"系列小说是他投入直接情感最多的作品,其在对乡间故事的叙述和乡人心理状况的探询中显示出相当的文化批判的努力,但在以现代视角观照自身的乡土生活背景时,对命运的让步和对历史荒诞的回避使他在回望时的理性审视显得有些犹疑——他以一种优柔感伤的审美格调表现出他的犹疑。在《黑乌鸦》中,作者借助"爹"的突然"死亡"(并未死)和兄弟俩对财产的争夺表现了金钱对乡村伦理秩序和人性尊严的戕害,黑乌鸦在乡村民间文化中代表着不幸的来临和凄惶的气氛,黑乌鸦落满枝头的乡村风景在小说中反复出现。当黑乌鸦来临时,村人如临大敌的反应亦体现出浓重的乡村风情,他们直声呼唤着"瑶沟不留你——你往东飞","瑶沟不留你——你往西飞","瑶沟不留你——你往南飞","瑶沟不留你——你往北飞"并且敲锣打盆的动作为小说营造了悲凉的气氛,这种悲凉的气氛成为小说故事发展的背景,推动情节的发展,但也暗含着作者对美好的人性和亲情伦理在金钱的戕害下丧失殆尽的哀悼和忧伤。作者把兄弟俩对金钱的贪婪和对父子、兄弟之情的漠然放置在丧葬仪式的进行中,在乡村世界极富约束力的丧葬礼俗与兄弟俩的勾心斗角之间形成鲜明的对立,成为小说极富张力的叙述部分。办丧事时的规模分为大办、中办、小办,在丧葬仪式中对孝子、孝服、寿衣(是穿九寿衣还是七寿衣)、棺材、老坟、大孝、中孝、小孝、上供、行孝洗礼等细节的描写在小说中表现出葬礼这种风俗的神圣感和对生命的尊重,而在这个仪式中两兄弟对四孔砖窑的争夺也在紧张进行着。在小说的背后,当葬礼即将举行完时,爹仍有呼吸、并未死亡的事实,将小说的批判性推向极致。这里对丧葬礼俗进行浓墨重彩的描写,其在小说中虽然也起到了增强作品的地方特色、为塑造人物性格服务等功能,但已成为叙述结构的主体内容,承担起了独立的叙事功能。在《寻找土地》中,小说采用"回访"和"回忆"的叙述结构,只是这里"回访"的不是现实世界中的人,而是已经死去的魂灵,一个亟须入土为安的年轻人,这里的"我"是作者的代言人,叙述者站在人道主义的立场上审视经济生活的改变对人性和乡村伦理的影响力量。小说存在着"两个空间的对比",马家峪一直远离着金钱势力的侵入,保持着淳朴的民风,这里没有村干部,只有德高望重的长辈四爷管理着这个村的大小事务;而与之不远的刘街因为有一条公路穿村而过,竟成了集市,金钱的力量在刘街施展着巨大的魔力,践踏着感情和生命的尊严。作者极富感情地描写了马家峪的风景、风俗和风情,携带"我"归来的海连长刚进村就得到在槐树下吃饭的村人的热情接待,拿出平日都不舍得吃的好汤、好馍和炒鸡蛋来给客人吃,面对"我"的骨灰入祖坟的要求,也因为"我"的死因(为帮助人而死)而得到接纳,与刘街的"我"的舅舅的冷漠形成了鲜明的对比。冥婚的仪式化场面和细节也得到了细致的刻画,做棺木、送彩礼、写对联、请响器、行叩头礼、丧葬时行走的路线等风俗表现出马家峪人的纯朴和善良,乡人对冥婚的热情和冥婚的盛大场面寄托了作者对美好人性人情的讴歌,马家峪早早盛开的灿烂的桃花成为作者心中的一抹温情,增强着小说的抒情性。阎连科在《瑶沟人的梦》中描写了九爷相信的梦境启示;在《耙耧天歌》中描写了尤四婆让疯傻儿女喝下她死后的脑浆和尸骨的风俗,信仰鬼神的民俗也得到了细致的体现,父亲尤石头的亡灵像其在世时一样,亲切、怯懦、善良,他如影随形地陪伴着妻子尤四婆四处奔波去为子女说亲,并且忍受着妻子的唠叨与责骂。他像在世时一样牵挂与疼惜着自己的子女,尽心地照看着四傻以免其遭受别人的欺凌。在长篇小说《受活》和《日光流年》中也有风俗画、风情画和民间故事的细致呈现,作者在对民风、民俗、民间故事的全面展示中并无情调炫耀,而让人深切感受到人的生命尊严和个体意识在红红绿绿、荒诞诡异的乡村礼仪中的悄然隐退。"从所有普遍流传下来的风俗中,我们能感受到的是农民的'躲避','乞求'和'保佑的苦苦哀求'。"①

李佩甫的《黑蜻蜓》、《无边无际的早晨》和《羊的门》等乡土小说通过对风景、风俗的描写,表现出中原大地虚幻沧桑的乡村风情。这位河南乡土小说作家将热切而焦虑的目光投向现实对历史的偏离、背叛与抛弃,那对于新的生活方式的抵制和抗拒,是乡土的惯性与惰性使然,也来自传统文化中磁性的人格力量,更来自不能忘却的沉郁的童年乡情。《黑蜻蜓》里勤劳、宽厚、坚韧的二姐作为乡村美德的象征,为"我"编织值得永远怀念的童年,为老人、丈夫和孩子营造温暖的家,在四十七岁时带着微笑死在猪圈中。这是一篇"回忆"性的小说,每当二姐在

---

① 阎连科:《褐色桎梏》,百花文艺出版社1999年版,第20页。

"我"潮湿的记忆中出现时，玉米地、麦场、静静的乡野、雨后新湿的乡间土路、牛蹄的踏痕、高高的麦垛、夕阳西下金黄色的大地、枝丫上的柿子红灯笼似的悬着……极富诗意的乡村景色呈现在作者的笔下，与二姐宽厚而勤劳的身影融为一体，这里极富地域色彩的"风景画"描写寄托着作者对童年乡情的美好回忆和对二姐的眷恋情怀，其作为一种移情对象转换为隐喻和象征的主要载体，完成了对人物性格的塑造和作者对传统文化的情感表现。在《无边无际的早晨》中，主要人物李治国是逃离乡土并失却乡土之根的现代人的象征，丧葬礼时打"引魂幡"，摔"牢盆"，结婚时乡人送来"早生子"，升职离乡时给李治国送来"老娘土"等风俗画描写呈现出了古道热肠、善良宽厚的乡亲形象和乡土世界，时时拷问着这个忘了根的李治国的灵魂。在小说的叙述中，这些都成为作者人道主义立场的承载体，推动情节的发展。

此外，周大新在九十年代的乡土小说创作中运用包含地域文化色彩的象征手法——包括"紫雾"等物象，方生的母亲用菜刀在蹒跚学步的孙儿两腿间一边剁地一边念叨等事象，傻四儿等人象，其余如潜意识的融入和神话故事的插叙（如奇顺爷的牛神话），无不展示出历史悠久、雨量充沛、气候湿润、异常丰饶美丽、具有深厚农业文化传统的伏牛山下南阳盆地的生动图景，充分显示了风俗画、风景画和风情画的魅力，在二十世纪九十年代乡土小说中表现得格外独特而突出。张炜、尤凤伟在《九月寓言》、《丑行与浪漫》和《金龟》、《石门夜话》、《石门呓语》、《石门绝唱》等作品中几乎完全沉入民间，胶东"龙泉汤镇"和"昆嵛山"的野路子营构了他的小说风情画、风俗画的独特美学效应。

邵振国在九十年代的乡土小说创作也非常注重对西部风景、风情的描写和刻画，其创作的《白龙江栈道》叙述藏民昂戛的一段人生遭际。昂戛和他的女人扎西拉毛遭了雪灾，在外出伐木求生时得到了"牦牛"大哥、依丹草兄妹的友情和爱情，回家途中与道尔吉相向过狭窄的白龙江栈道，按习俗昂戛只得抛掉自己用血汗换来准备救灾养家的全部财物和依丹草的爱情赠予，悲伤地走进苍苍暮色中。人物几乎都是浮雕式的，作者并不注重用故事来塑造性格，而是用大量的风俗描写和异域情调的画面来构造小说整体的艺术效果，甚至使读者感到陷入了背景的营造中，但正是这样的构图才真正形成了小说摇曳多姿的特殊地域文化色彩和风俗情调。藏民的饮食、交际、情爱、劳动和宗教等方面的习俗得到多量叙写，特别是过白龙江栈道的奇特习俗，占据了一半以上的篇幅，在那响彻耳畔的不断出现在小说中的"噢——蒭、蒭、蒭、蒭——"的"喊大山"的吆喝中，我们听到的是人性的回声和历史的回声，道尔吉和昂夏两人完成的不是宗教的仪式，而是充满着人性哲理的灵魂洗礼。小说在风俗画和诗的交响中最终完成了人性内容的抒情，给人以久久的回味。《远嫁》和《上堡子杨青柳绿》虽然是抒写现实题材的作品，但是其风俗画和浓郁地域色彩弥漫其中，便有了几多西北风情的本色。

贾平凹在九十年代以来创作的《高老庄》、《怀念狼》、《秦腔》等作品，除了延续其在八十年代一贯坚持的对秦地风情和神话传说的细致刻画以外，还非常注重对方言民俗的运用，关于方言民俗对小说创作的作用，他有着清醒的自觉意识："许多人以前曾说过我的文字半古半白，《高老庄》也不例外，这主要取决于家乡的口语，也就是民间土语……是典型的地域语言"，[①]"我的语言多来自民间，陕西话民间话语觉得最土，但用文字记录下来就文雅，我现在就是用家乡的民间语言来写。别人说我的文白夹杂，如'吃毕了'、'挽子孩'、'把孩子挚好'，农民就是那样说的"。[②] 在《高老庄》中，"坐坐无聊，各自进屋睡去"、"菊娃愣住了，拿眼睛直勾勾看起儿子"、"……就拜拜，没在人群不见了"、"一家三口吃毕了饭，西夏去洗碗了"、"一个老头戴瓜皮帽，袭长衫，五绺胡须飘在胸前，很是气宇轩昂"、"蔡老黑喷完鼻涕，又坐着没言传"、"黑暗里并不看清西夏，却在说"、"沏了一壶热茶出去，喜得众婆娘说"、"众人嘻嘻哈哈扶着去，婆娘们就坐在酒桌上"和"子路听了，没有言传"这样的句子，以及在《怀念狼》等作品中大量出现的"就……了"，"事毕，……"，"……一时无语"，"众人听了……"和"那……就……"，"兀自……着，一时无语"等句子实际上包含着带有强烈的地域色彩的语音、语汇、语气、语言资料和语言风格。注重对方言民俗的运用也突出地体现在张承志、张

---

① 张英：《文学传统的继承和创新——贾平凹访谈录》，张英：《文学的力量——当代著名访谈录作家》，民族出版社 2001 年版。

② 张英：《文学传统的继承和创新——贾平凹访谈录》，张英：《文学的力量——当代著名访谈录作家》，民族出版社 2001 年版。

炜、韩少功、莫言、阎连科和刘庆邦等作家的笔下。在张炜的《九月寓言》中,这一特点既表现在诸如"端量"、"吃物"、"转醒"、"拉呱儿"、"歹人"和"俺"这样的语汇上,更主要体现于鲁地所特有的凝重厚朴的语调。在莫言的《檀香刑》中,方言民俗的运用一方面体现在对于鲁地方言、特别是旧白话小说的叙事语言和人物语言的适度吸纳上;另一方面,突出地体现于莫言对"猫腔"戏文语言的独特运用上。在韩少功的《马桥辞典》中,马桥方言虽然很少进入作家的叙事语言,但很独特的是,它除了经常出现于人物语言之外,还有着更加重要的价值,这便是它不仅在形式方面形成了文本的结构方式,而且在内容方面,它也是作品的主题指归——实际上,《马桥辞典》就是以"辞典"这一特殊的文本结构方式并且通过对马桥方言的释义,来挖掘或"释放"马桥方言的"文化潜能"。[①]

九十年代以来,乡土小说中的"三画"描写呈现出在总体上日渐衰微的倾向,这也成为不容忽视的问题。就乡土小说本身而言,风景画、风俗画、风情画不可缺失,它们是乡土小说根基性的魅力。中国乡土小说,乃至整个世界乡土小说的鲜明标志就在于它的地域性和风俗画。但是,在九十年代,随着寓严肃沉重的人生内容于诗情画意中的乡土小说渐渐淡去,风俗画、风景画、风情画描写的衰微已经成为不容忽视的倾向。许多乡土小说家逐渐放弃和远离了"三画"特别是风俗画和风景画的描摹,而热衷于"故事"的营造、"历史"的解构或"叙述迷宫"的设置,也许他们认为自己抛弃了幼稚的浪漫情怀和过时的写作文体,将之作为乡土小说的一种进步,却不明了,这无疑是乡土小说的一种相当可悲的退化。最典型的,就是曾经盛极一时的一批所谓"现实主义冲击波"作家的创作。比如在何申的《七品县令和办公室主任》、《乡镇干部》、《穷县》、《年前年后》和长篇小说《梨花湾的女人》等作品中,风趣的故事、戏谑的语言、民间的智慧、乡土的气息、充沛的时代气象,使他笔下的乡镇干部和普通农民中经常冒出一些其他乡土小说作家未能提供的新鲜人物。值得注意的是,何申小说工笔绘画的消弭和粗笔重墨的写法尽管快速酣畅地推动了情节与矛盾的演进,却因文笔的粗疏而令读者容易感到冗繁和沉闷,风景画和风情画的缺失十分明显,具有地域文化色彩的"三画"

---

① 韩少功:《即此即彼》,《文学的根》,山东文艺出版社 2001 年版。

如果缺失，便从本质上取消了乡土小说的审美差异性。诸如"黄禄感到很疲乏，他仰起头，透过蒙蒙的烟雾，看到茫茫天幕上刚刚出现的一颗星星，是那么显眼，又是那么孤独，没有其他的星星与他做伴，他似乎在盼着群星快快地来临"（《村民组长》）这般潦草的景致已经是屈指可数，而且不能带来乡土小说本应特有的强烈而富有感染力的地域诗情。"三驾马车"之一的关仁山在九十年代创作的《九月还乡》、《大雪无乡》、《老鼓》、《太极地》等作品表现出市场经济中的乡村各方面的强烈震荡，以及各种农民的命运沉浮及其心理变迁。作者丰富的乡村经历和质朴的乡村情感使其对乡村发展各个阶段的重大问题保持着题材的敏感，但关仁山的民间话语中较多融入了意识形态话语的写作，致使其在乡村变动着的现实和人的道德困惑面前迷失，不能建立属于作家主体的独立性的新道德标准。当代意识观照的匮乏，使小说中的地域风情不能被激活而呈现出魅力，世纪末的乡村中的新风景、新风俗、新风情的表现空间未能得到表现，这使其在九十年代的小说中的人物故事具有过多的重复性，读者的审美经验因此受到疲惫感的阻碍，这也让小说在商品经济时代流于追求即时效应的应景化写作，对农民命运的表现力的丧失易使小说流于对政策的简单图解，落入五十年前赵树理小说"民间色彩＋意识形态"的窠臼。

这一倾向也体现在刘醒龙在九十年代的乡土小说创作中。刘醒龙自认为，从 1984 年开始发表小说，大概就是在《我的雪婆婆的黑森林》的年月，其乡土小说面世之初带来了一种强调主体观照的新乡土风情——《大火》、《人之魂》等等作品展示了刘醒龙想象与构思中的乡土。从《大火》等小说离奇的故事、魔幻般的语言中难以窥见传统乡土小说的形态，而"那实实在在的乡村生活场景和风情的确让我们感受到乡土小说的巨大生命所在"①。在八十年代中后期，刘醒龙的乡土小说固然不指向对自然风情的描摹和乡土气息的追求，却还附着于楚文化扑朔迷离、雄奇素朴的乡村历史风物。而到了九十年代，小说家似在有意避免对乡村场景的直接切入，《凤凰琴》对乡村生活的风土描写是极俭省的，乡村生活的震撼力主要产生于对简单沉闷的转正、填表等"事件"具有高度驾驭能力的挖掘，

---

① 赵怡生：《刘醒龙与新乡村小说》，《江汉大学学报》1995 年第 5 期。

对知识者与农民、学生与教师、教育体系与国家变化间多重复合关系的沉着有力的表现。《菩提醉了》、《秋风醉了》更把淳朴的乡村生活的描写重心转移到已经热闹芜杂的乡镇。严肃的社会主题冲淡了地域色彩的表现，这并非小说技巧的进步，而是乡土小说灵魂的窒息。强烈而温暖的乡土情感固然赋予了小说以亲和力，风景画、风情画的严重缺失却在一定程度上使简约了的小说成为观念化的写作，甚至有问题小说的嫌疑。

　　从某种意义上说，消灭风俗画、风景画、风情画的描写就是消灭了乡土小说的立命之本。设若拒绝了必要的乡土物象与景观，只作抽象的形而上思考，那种原汁原味的感性乡土肯定要被榨成咸菜干，这不能不说是乡土小说的悲哀。牺牲文学性向西方某些文化哲学靠近是一种生涩可疑的风格，尽管我们欠缺的是思想的穿透力，这种穿透力却不能通过牺牲诗性来获得。诗性的力量是小说家透视生活的力量来源。我们的乡土小说所书写的——如果我们认定它们最终的使命是实现对乡土世界的悲剧性批判——实在首先应该是"感性的乡土"。在思想文化资源匮乏的情况下，任何"理性的乡土"下沉淀的，都必然是知识分子的视角，而只有在乡土小说家视点下沉，再浮上来进行有距离的审视，才能以"有意义的想象"实现现代作家在充分理性引导下重构历史的宏阔胸襟和眼光。

新世纪两岸乡土小说的新变

　　进入新世纪以后,植根于不同社会现实和文化语境中的两岸乡土小说出现了新的变化。

　　在大陆,随着农耕文明和游牧文明形态的逐渐衰微,同时随着中国城市容积的不断扩张(据报载,中国的城市人口每年以千万计增长),农民赖以生存的土地大量流失,农民像候鸟一样飞翔在城市与乡村之间。当农民开始了艰难的乡土生存奔波和痛苦的乡土精神跋涉时,我们看到的是一群既离乡又离土的无名者。"离乡又离土"到了二十一世纪已经成为中国社会不可遏制的大潮,并且呈现出许许多多新的社会和思想特征,这些特征都有意无意地裸露在乡土小说的创作之中。既然作为乡土的主体的人已经开始了大迁徙,城市已经成为他们刨食的别无选择的选择,那么,乡土的边界就开始扩大和膨胀了。许许多多的乡村已经成为"空心村",其"农耕"形式已经成为城市的"工作"形式;同样,许许多多的牧场已经荒芜,其"游牧"形式已经成为商业性的"都市放牛"。"农民工"或"打工者"这一特殊的命名就决定了他们是寄身在都市里觅食的"另类",他们是一群被列入"另册"的城市"游牧群体"。在那种千百年来恪守土地的农耕观念遭到了根本性颠覆的时刻,乡土外延的边界在扩张,乡土文学的内涵也就相应地要扩展到"都市里的村庄"中去,扩展到"都市里的异乡者"的生存现实与精神灵魂的每一个角落中去。这一没有身份认同的庞大"游牧群体"的存在,改变了中国乡土社会的结构和生产关系,同时也改变了中国城市社会的结构和生产关系。因此,在中国大陆这块存在了几千年的以农耕文明为主、以游牧文明为辅的文化地理版图上,稳态的乡土社会结构变成了一个飘忽不定、游弋在乡村与城市之间的"中间物"。而"农民工"的身份便成为肉体和灵魂都游荡与依附在这个"中间物"上的漂泊者,"亦工亦农"、"非工非农"的工作状态就决定了他们在农耕文明与游牧文明向工业文明与后工业文明转型过程中的过渡性身份。所以,表现这些在生产形式上已经不是耕作形态的新的"农民"群体的生存现实,应该成为当前乡土文学不可或缺的有机组成部分。鉴于这种特殊的文化背景,乡土文学的内涵和概念需要进行重新修正与厘定。因此,1992 年版《中国乡土小说史论》将乡土小说的边界阈定为不能离乡离土的地域特色鲜明的农村题材作品,其地域范围至多扩大到县一级的小城镇。[1] 而 2007 年版《中国乡土小说史》,则对乡土小说的边界重新作了界定,将以"农民进城"及其作为"他者"的"所进之城"为叙事对象的小说归入新世纪乡土小说的范畴中。[2] 本编第一章,将集中论述以"城市异乡者"为题材的新世纪大陆"新型"乡土小说,以此展现大陆乡土小说的新变。

在台湾,乡土小说创作在进入八十年代后逐步退居文坛边缘,乡土文学的没落曾经颇受人关注。尽管乡土文学的没落已成定局,但是乡土文学创作依然富有韧性和耐心地随着时代向前延伸。当这向前延伸的脚步迈入新世纪后,一批年轻作家登上文坛,以他们不尽一致的美学风格和比较新锐的姿态书写着台湾土地上坚定而卑微的生命存在,表达着乡土人物的淡淡愁绪和浅浅哀吟。其实,在进入八十年代以后,随着都市化景观逐渐凸显,作家,特别是年轻作家的都市体验日益丰富和细腻,作家关注的焦点也就慢慢转向都市生活。在这样的情况下,七十年代乡土作家所确立的美学风范,特别是对转型期乡土文明与工商文明冲突的描写,也就随着冲突的弱化和边缘化而渐行渐远。实际上,所谓乡土文学的没落,或许正意味着七十年代描写文明冲突的审美范型的崩解。乡土/工商文明之间的内在紧张一旦弱化乃是消失,必将对乡土文学创作产生至关重要的影响,乡土文学景观由此具有了新的质地和面貌。正是在这个层面上,我们看到了

---

[1] 丁帆:《中国乡土小说史论》,江苏文艺出版社 1992 年,第 25 页。

[2] 丁帆:《中国乡土小说史》,北京大学出版社 2007 年版,第 18—20 页。另外,关于新世纪乡土小说概念的阈定,可参看丁帆的论文《中国乡土小说生存的特殊背景与价值的失范》,《文艺研究》2005 年第 8 期;以及李兴阳的论文《"新世纪"的边界与"新世纪乡土小说"的边界》,《扬子江评论》2008 年第 1 期。

新世纪台湾乡土小说与大陆"城市异乡者"题材乡土小说之间的反向运动。即使有些作品涉及文明冲突，七十年代乡土作家所确立的审美范型也基本上在作品中找不到，尽管这些审美规范我们可能已经比较熟悉和习惯了，比如基于乡土/工商文明冲突所产生的"紧张感"，情节结构的"戏剧化"处理，由道德嬗变所带给作家和读者的"疼痛感"，等等。这些特点从袁哲生发表于上世纪末的短篇小说《秀才的手表》(1999)中即可看出。《秀才的手表》中提到两种时间观：一种是手表的客观时间，它是机械的、被一个个刻度所切割的时间；另一种是生仔感知到的主观时间。袁哲生的叙事看起来相当散漫，他并非将目光聚焦在秀才身上，而是将笔触漫漶开来，对"我"的童年生活、"我"的家人的心态都有抒情化的描述。在袁哲生这里，"烧水沟"的苦难生活被超越了，乡土/工商文明的内在紧张被作者以寓言的方式抽象化了，从而也就在无形中消泯了。袁哲生还善于以反讽的方式表达悲悯的情怀，像在《秀才的手表》中，秀才拥有精确计算时间的手表，然而他对邮差到来时间的把握却经常出现误差；而生仔仅凭身体的感知，却能较为准确地把握住邮差到来、火车到来的时间。因此，在袁哲生营造的弥散性的文字中，作者的乡土关怀被更为邈远、更为幽深的哲学关怀化解了，表面上看起来袁哲生的乡土叙事似乎与前行代有着相似之处，特别是对乡土的眷恋之情，以及写实的笔法，但实际上袁哲生的作品往往具有现代主义的内在气质。袁哲生的乡土小说某种程度上暗示了乡土叙事在新世纪的走向，而在更年轻的、进入新世纪后被文坛广为关注的作家那里，现代主义（还有后现代主义）的倾向也就更为外露，乃至有意为之了。本编第二章所关注的即这些年轻作家，为方便讨论，在这一章里，将这些作家称为"新世代"。这样的称谓很大程度上是一种权宜之计；不过，近些年来，世代视角的论述倒是较为盛行。作为一种动态的、具有相对性的研究视角，"新世代"主要是与前行代对照，并借前行代映射自身，使自身的特定形象显露出来。这一章所说的"新世代"主要是指那些在七十年代出生、在新世纪展示出创作实绩，并引起广泛关注的一批作家，论述中所涉及的是许荣哲(1974)、童伟格(1977)、李仪婷(1975)、伊格言(1977)、吴明益(1971)、王聪威(1972)、甘耀明(1972)、张耀升(1975)等人。由于"新世代"只是大体而言的称谓，有时可以适当延伸，比如在谈到"新乡土小说"时，台湾学者范铭如即将袁哲生(1966)视作该潮流的"领衔"人物。① 在对新世代乡土小说进行概括时,本编使用了"失焦"一词。事实上,总体考察新世代乡土小说,不难发现,在新世代作家的视野中,并无一个突出的、具有吸附力的乡土叙事焦点,平面化的"失焦"状态成为新世代乡土叙事的共同语境和整体表征。而且,在这些作品的艺术呈现上,"失焦"一词也具有一定的概括力。

第一章 大陆乡土小说的新变:"城市异乡者"的梦想与现实

西方世界在城市与乡村的融合中,已经不再是原始积累时期的那种带着血腥味的掠夺:"城市与乡村曾经代表两种不同的生活方式……这两种方式正合而为一,正像所有的阶级都在进入中产阶级一样。给人更真实的总印象是:国家正在变为城市,这不只是在城市正向外扩展这个意义上说的,而且是在生活方式正变得千篇一律的城市化这更深层的社会意义上说的。大都市是这一时尚的先锋。"②这是西方从现代工业文明向后现代后工业文明过渡时期的城市与乡村图景,它无疑与中国目前的社会结构有着本质的区别,因为在中国的地理版图和精神版图上,还远没有逾越前现代的农耕文明向工业文明过渡的历史阶段,尽管我们沿海的小部分地区进入了后工业文明的文化语境中了,但是,广袤的地理和精神层面都处在一个前现代向现代转换的历史时段之中。而中国从乡村流入城市的大量人口正是历史阶段中不可忽视的乡土存在,描写他们的生活与精神的变化,才是乡土小说最富有表现力的描写领域。

"农民工"是一个广义的称谓概念,它囊括了一切进城"打工"的农民。"农民工"的定义似乎还不能概括那些走出黄土地的人们在城市空间工作的全部内涵,

---

① 范铭如:《轻·乡土小说蔚然成形》,见范铭如《像一盒巧克力——当代文学文化评论》,台北INK印刻出版有限公司 2005 年版,第 175 页。

② 劳伦斯·哈沃斯语,参见[美]艾尔伯特·鲍尔格曼:《跨越后现代的分界线》,孟庆时译,商务印书馆 2003 年版,第 154 页。

因为游荡在城市里的非城市户籍的农民身份者,还远不止那些从事"打工"这一职业的农民,他们中间还有从事其他非劳力职业的人,如小商小贩、中介销售商、自由职业者、代课教师、理发师、按摩师、妓女等许多不属于狭义"农民工"范畴,他们比那些真正的"打工仔"更有可能成为城里人。当然,在阶级身份层面的认同上他们仍旧是属于广义的"农民工"范畴的。因此,无论从身份认同上来确定这些"城市游牧者"阶层,还是从精神层面上来考察这些漂泊者的灵魂符码,我以为用"城市异乡者"这个书面名词更加合适一些。

"城市异乡者"的生活之所以越来越受到许多作家的关注,就是因为人们不能不接受这样一个事实:大量的"农民工"进入了城市,也就自然而然地进入了城市社会生活的各个领域,究竟是城市改变了他们,还是他们改变了城市? 这是一个很复杂的两难命题。他们改变了城市的容颜,城市的风花雪月也同时改变了他们的肉体容颜,更改变着他们的心理容颜;农耕文明的陋习使得城市文明对他们鄙夷不屑,而城市文明的狰狞可怖又衬托出了农耕文明的善良质朴。一方面是为了生存,他们出卖劳力,出卖肉体,甚至出卖灵魂;但是,城市给予他们的却是剩余价值中最微不足道的极小部分,然而,比起在土里刨食、刀耕火种的农耕社会生活来,他们又得到了最大的心灵慰藉。另一方面他们在城市中是个完全边缘化的"虫豸",是一个失去灵魂的"行尸走肉",是被城市妖魔化了的"精神流浪者",但是,一旦他们返归乡土,就又会变成一个趾高气扬"Q爷",一个有血有肉的"灵魂统治者",一个乡村的"精神富足者"……所有这些,构成了一个光怪陆离、充满着悖反的现实生活图景与精神心理光谱。

毫无疑问,对"城市异乡者"的描写,随着日益澎湃的"农民工潮"和农民职业向工业技术的转换而迅速猛涨,对这一庞大群体的现实生活描写和灵魂历程的寻觅,就成为近几年来许多乡土作家关注的焦点。而就作家们的价值观念来说,其中普遍的规律就是:凡是触及这一题材,作家就会用自上而下的同情与怜悯、悲愤与控诉、人性与道德的情感标尺来掌控他们笔下的人物和事件,流露出一个作家必须坚守的良知和批判态度。这是五四积淀下来的"乡土经验",从这一角度来看,自八十年代后期以来渐行渐远的、带有批判精神的现实主义开始在这一描写领域复苏。在这里,作家们的思考不再是那些空灵的技巧问题,不再是那些工具层面的形式问题,因为生存的现实和悲剧的命运已经上升为创作的第一需要了。即使像残雪那样带有荒诞意味描写的作家,一俟接触到民工(《民工团》,《当代作家评论》2004 年第 3 期)这一题材的时候,也不得不在严酷的生活面前换上了现实主义的面孔,改变了以往那种艰涩的形式主义的叙述外壳,用更平实的叙述方式来介入现实生活,即便还是改变不了那种絮絮叨叨式的精神病者梦呓的琐屑,但也毕竟清晰地描写和抒发出了城市给农民带来的肉体痛苦和心灵异化。在再现与表现之间,在悲剧审美与喜剧审美之间,绝大多数作家站在了批判现实主义的立场上,用饱蘸情感的笔墨去抒写人性和人道的悲歌。其实,仅仅如此还是不够的,新的文化背景需要我们不但对人性和人道作出回答,还需对时代和历史的发展作出评断。在某种程度上,它是需要克服人性的偏颇,客观地去描写戴着假丑恶面具的发展性事物的,因为那是历史的必然!

　　专门关注乡土的女作家孙惠芬一旦把目光投入到现实的乡土社会生活当中去,就痛切地体味到乡土现实世界的悲剧性命运:"与那些被外出民工的男人们撇在乡下空守着土地、老人、孩子和日子的女人们相遇的时候,曾不止一次地想,她们的男人如今与她们、土地、日子,到底是一种什么样的关系呢,他们常年在外,他们与城市难道真的打成了一片? 而女人与土地、日子、丈夫又是一种什么样的关系呢?"于是,在"2001 年夏天的一个正午,当我在我家东边的台阶上看到一老一少两个民工扛着行李泪流满面地往车站走,一对回家奔丧的父与子的形象便清晰地出现在我的面前。他们不一定是父与子,更不一定是回家奔丧,可是不知是为什么当时在我眼里就是这样。他们一旦出现在我的眼前,我便再也顾不上企图超越自己的妄想了,我一下子被他们牵进去,一下子走进了父与子的内心,看到父与子的尊严和命运。我一旦走进了父与子的内心,看到他们的尊严和命运,便不设防地走进了一条暂时的告别工地、告别城市、返回乡村、返回土地、返回家园的道路,在这条大路上展示他们与这一切的关系便成了我在劫难逃的选择"①。本着这样的初衷,孙惠芬创作了《民工》(《当代》2002 年第 1 期)。作品描写了鞠广大、鞠福生父子二人回乡奔丧的故事。无疑,小说的视点是在空间和

---

　　① 孙惠芬:《心灵的道路无限长》,《小说选刊》2002 年第 4 期。

时间的不断转换中,来完成人物的塑造的,空间是城市(实际上就是建筑工地)与乡村(歇马山庄)交替呈现的;时间是过去与现在叠印在一起的。就空间感来说,作品给人的感觉还是沉浸在浓郁的乡土文化氛围和语境之中。这不仅是选材的使然,多多少少还带有作者不灭的"歇马山庄"的乡土情结,因为作家的价值立场是与乡土和农民呈平行视角的:"歇马山庄,你离开了,却与它有着牵挂与联系;而工地,只要你离开,那里的一切就不再与你有什么联系。鞠广大已做了十八年的民工,他常年在外,他不到年根儿绝不离开工地。他为什么要离开工地,夏天里就回家呢?"那无疑是那个叫着"家乡"的地方遭遇到了天灾人祸。我们可以清晰地看到,在农耕文明和工业文明的比对之中,作家的价值取向虽然是呈悖论状态;但是,对被工业文明和商业文明所抛弃的农耕文明的深刻眷恋,似乎成为作家别无选择的选择,对被工业文明和商业文明欺压的农民抱着深深的同情和怜悯,几乎成为作家写作情感的宣泄。当鞠家父子离开喧嚣的城市工地,踏上火车看到窗外农田景色时,他们的心境就会好起来:"田野的感觉简直好极了,庄稼生长的气息灌在风里,香香的,浓浓的,软软的,每走一步,都有被搂抱的感觉。鞠广大和鞠福生走在沟谷边的小道上,十分的陶醉,庄稼的叶子不时地碰撞着他们的脸庞。乡村的亲切往往就由田野拉开帷幕,即使是冬天,地里没有庄稼和蚊虫,那庄稼的枯秸,冻结在地垄上黑黑的洞穴,也会不时地晃进你的眼睛,向你报告着冬闲的消息。走在一处被苞米叶重围的窄窄的小道上,父与子几乎忘记了发生在他们生活中的不幸,迷失了他们回家的初衷,他们想,他们走在这里为哪样? 他们难道是在外的人衣锦还乡?"不错,城市是他者的,民工只是钢筋水泥森林里的一个"闯入者"、一个"城市的异乡客"、一个"陌生的侨寓者"、一个寄人篱下的栖居者,他们既是魂归乡里的游子,又是都市里的落魄者。但是,毕竟鞠广大们也有梦想:"他走进了一个幻觉的世界,眼前的世界在一片繁忙中变成了一个建筑工地,在这个工地上,他鞠广大再也不是民工,而是管着民工的工长,是欧亮,是管着欧亮的工头,是管着工头的甲方老板。"鞠广大们会成为工头,从而变成城里人吗? 毫无疑问,这一梦想是每一个走进城市的淘金者的最终追求的人生目标。但是,这条道路绝不是铺满鲜花的康庄大道,而是一条沾满了污秽和血的崎岖小路。这篇小说是具有代表性的作品,反映出许多作家清晰的人道主义和人性的文化批判立场,无疑是值得赞扬的。但是,从价值理念来看,许多作家过分迷恋田园牧歌式的农耕文明秩序,过多地揭露城市文明的丑恶,多多少少就削弱了作品更有可能进入深层历史内涵的可能性。

夏天敏的《接吻长安街》(《山花》2005年第1期)几乎是用严酷的现实主义的笔调去抒写一个农民工的浪漫主义的理想——那个男主人公"我"是一个一心想做城里人的民工,他有于连式的野心,但是却没有于连那样的运气;而女主人公却是一个带着强烈传统伦理道德的民工。因此,在长安街接吻便成为两种文明矛盾冲突的焦点,一个本不成问题的问题,不是事件的事件,却成为一个重大悲剧,这就是文明转型中农民必须付出的代价。而作者为什么能够把这个平淡寡味的故事铺衍成为一个跌宕起伏的中篇呢?其中大量的心理描写就直接表现了主题:"我向往城市,渴慕城市,热爱城市,不要说北京是世界有数的大都市,就是我所在的云南富源这个小县城我也非常热爱……当我从报刊上读到一些厌倦城市、厌倦城里的高楼大厦、厌倦水泥造就的建筑,想返璞归真,到农村去寻找牧歌似生活的文章时,我在心里就恨得牙痒痒的,真想有机会当面吐他一脸的唾沫。"是的,那些后现代文化心态对于仍然生活在农耕文明水深火热之中的农民来说确实是奢侈一些了,他们只能发出"我厌倦这诗意的生活"的强音!因为,解脱贫困才是他们的最大生存渴望,你不可能让一个还没有尝到过现代资本主义工业文明的农耕者去享受后现代的精神面包。所以,对一切城市文明的渴求成为农民工阶层的理想:"我害怕被绑在家乡的小山村里,怕日出而作,日落而眠的生活,一想到头伏在地上,屁股撅到天上在土里刨食的日子,一想到要和泥脱土坯砌房把骨头累折把腰累断的日子,一想到一辈子就喂猪种地养娃娃,年纪不大,就头发灰白腰杆佝偻脸上沟壑纵横愁容满面的日子,我心里就害怕万分,痛苦万分。"融入这个城市便成为民工们的最高追求目标,他们不但要取得这个城市的肉体身份的确认,更重要的是还要取得这个城市的精神身份证,做一个从里到外、彻头彻尾的城里人。因此,"我"才别出心裁地用到长安街接吻来证明自我在这个城市的存在!"我"的这个想法是蓄谋已久的,但是其目的性是非常清晰的:"想到长安街接吻这个念头于我太强烈了,我知道这个想法不是空穴来风,多少年的城市情结使我想以城市的方式来生活。"毋庸置疑,"生活方式"对于农民工来说是非常重要的,因为它才是检验城市人还是农村人的试金石,"生活方式"可以改变人,同时也能改变他者对你的身份认同,要使民工不再受城市人的歧视,"我"才从那些城市女人的白眼和咒骂中读懂了这生活的真谛,才想出了到长安街去接吻的妙招。这是一个农民工发自肺腑的心声,也是"我"向城市宣战的大胆行动计划。否则"一个从农村来的人有什么必要跑到长安街去接吻?接了吻又有什么意义?接了吻又说明了什么?这是荒诞而无聊的想法,但这个想法却成了我最大的心病"。对于这样一个在乡下人看来是荒诞的想法,如果实施的对象是一个城市姑娘的话,那么它只能是一个喜剧的结局;然而,"我"所面对的却是一个在农耕文明中长大,而在城市文明里又精神发育不全的村姑,那注定会是个悲剧。柳翠的拒绝,致使这个进军城市的计划一度落空,导致"我"成为残疾人。其实"在工棚里接吻和在广场上在大街上没有本质的不同。但我就是渴望着在长安街上接吻。在长安街接吻对于我意义非常重大,它对我精神上的提升起着直接的作用。城里的人能在大街上接吻我为什么不能,它是一种精神上的挑战,它能在心理上缩短我和城市的距离,尽管接吻之后并不能改变什么,我依然是漂泊在城市的打工仔,仍然是居无定所,拿着很少的工钱,过着困顿而又沉重的生活,但我认定至少在精神上我与城市人是一致的了"。从这个意义上来说,作为一个打工仔,他们不仅仅需要物质上的富足,更重要的是他们还需要获得一个人的尊严,一个城市边缘人起码的精神权利!但是,悲剧的冲突和剥夺这个权利的动能不是城市的制约,而恰恰是来自农耕文明的伦理道德的压力,来自柳翠冥顽不化的封建固执:"来自她的封闭、缺乏自信和不把自己当个人的想法,她把自己和城市的距离拉开,自觉地按乡村的做法一切自己约束自己。她极大地伤害了我,她在我走向城市的路途中猛的给我一闷棒,打得我趔趔趄趄几乎倒下。"这样的打击要比遭受城市的白眼和咒骂还要悲哀,它没有使"我"致命就算是幸运的了,当"我"从五楼的脚手架上摔下来成为残疾人的时候,才意识到"我的命运大概是永远做一个城市的边缘人,脱离了土地,失去了生存的根,而城市拒绝你,让你永远的漂泊着,像土里的泥鳅为土松土,为它增长肥力,但永远只能在土里,不能浮出土层"。虽然作品给了一个光明的尾巴,让柳翠配合"我"完成了在长安街接吻的壮举:"我和柳翠在众目睽睽之下,在车流奔驰之侧,在期待盼望之中,热烈而又真挚地亲吻起来了。掌声热烈地响起来,掌声不光来自簇拥我们来的民工,还来自所有围观的人。我的心被巨大的幸福所陶醉,我的灵魂轻轻地升到高空,在高空俯视北京。呵,北京真美。"这个浪漫主义的理想终于实现了! 但是,"我"还是兴奋不起来,因为"我"还不相信城市有这样的包容性,我还不相信像柳翠这样代表着千千万万农民工的农耕文明的伦理道德秩序就会在顷刻之间化为乌有,而一步踏进城市文明的门槛。因为民族的劣根性也还残存在这个群体之中。永远的乡土和瞬间的城市,可能是农民难以进入城市的最后一道精神屏障,驱除这样一种前现代农耕文明精神形态中的积弊应该是乡土小说作家价值理念中必有的理性因素。

残雪的《民工团》所描写的民工生活也是悲惨的故事,但是,作家的落点仍然是对农民工群体中的那种相互告密的人性弱点进行揭露。不过,残雪从此也开始介入现实生活的描写,给出了农民工承受肉体煎熬的生活场景:那个工头三点过五分就叫醒他们去扛二百多斤的水泥包,简直就是个现代"周扒皮"的形象再生;民工掉进石灰池就回家等死;掉下脚手架就当场毙命……就像灰子叔叔一再赌咒发誓不再到城里来打工,而来年又回到了这个群体当中那样,生存决定了这条道路是他们的唯一选择:"我要养活老婆孩子,如果不外出赚钱,在家乡就只能常年过一种半饥不饱的生活。"更可悲的是他们还得承受人与人之间的倾轧。这一切是使他们成为"城市异乡者"异化的原因——他们想成为残疾人! 那样就不再受肉体和精神的煎熬了:"我现在成了残疾人了,你们来羡慕我吧。我一天要晕过去好多次。""我的话音刚一落,房里的四个人就都嚷嚷起来,说他们'巴不得成残疾人'、'巴不得晕过去',那样就可以躺下了,那是多么好的事啊。"不幸的事变成了幸福的事,这究竟是农民工的幸事呢,还是不幸呢? 我们在泪中看见了笑呢,还是在笑中看见了泪呢?! 作品给出的最后问号应该是:农民如果恪守土地、恪守农耕文明的精神秩序,会不会"异化"呢?

同样是描写农民工的"异化",荆永鸣却是一个专写农民工进城后所遭遇到文化尴尬的作家,他的系列作品所呈现的"尴尬中的坚守"正是作家对城市文化批判的折射,是对农民文化心理异化的深层揭示。他的《北京候鸟》(《人民文学》2003 年第 7 期)更是体现了"进入都市中的外地人,总比城里人有着太多的阻隔,也有着太多的尴尬"。这是农耕文明与工业文明和商业文明之间产生的文化冲突:"我笔下的人物差不多都处在不同的尴尬里——一个保姆精心侍候一个瘫痪的男人,在终于'养活了'男人的一只手时,这只手却要去摸她的羞处(《保姆》)——是尴尬;卖烧饼的小伙子用刀子吓跑了撒野的城里人,事后自己的手却老是抽筋儿(《抽筋儿》)——是尴尬;一个餐馆里的伙计在警察'查证'时,被吓尿了裤子之后才意识到自己证件俱全(《有病》)——是尴尬;本篇中(《北京候鸟》)的来泰在城市的雨夜中找不到自己赖以栖身的居所,也是尴尬……如此说来,'尴尬'是不是已经不知不觉地成为我小说里的一种符号呢?"①不要指望农民工为城市创造了财富和新的生活,就会赢得城市和城市人的青睐,严酷的市场经济准则不是以农耕文明的道德法则行事的。如果荆永鸣的系列小说还停留在对文化尴尬的无奈和怨恨之中的话,那么更多的小说则是用血和泪来控诉城市文明给这群候鸟带来的肉体与灵魂的双重痛苦。

乡土的富裕是要农民付出沉重的肉体代价的,何况即便付出了沉重的代价也未必就能够富裕起来。正如陈应松在《归来·人瑞》(《上海文学》2005 年第 1期)中描述的农民工工伤死后那样的情形:"摆脱贫困,总是要一代人作出牺牲的。""桃花峪有二十几个妮子长梅疮,就是梅毒,没了生育,可人家楼房都做起来了,富裕村哪,哪像咱们这儿! 后山樟树坪穷,可去年死了八个,挖煤的,瓦斯爆炸,一下子竟把全村人均收入提高了一千多块。为啥? 山西那边矿上赔的么……要奋斗就会有牺牲……"这种理念也正在渗透着一些过去沉湎于农耕文明而难以自拔的一些乡土小说作家当中,贾平凹也深刻地认识到:"农村城市化是社会转型期的必然现象,牺牲有两辈人的利益也是必然的。农民永远是很辛苦的,是需要极大的关怀群体和阶层。"②但是,如何处理好关怀与批判的关系,的确是每一个乡土小说作家都值得深思的问题。

可以看出,对农民出走所付出的血的代价,已经成为作家们所关注的普遍问题,尤其是农村的女青年在进入城市后的命运成为乡土小说作家们关注的焦点,

---

① 　荆永鸣:《在尴尬中坚守》,《小说选刊》2003 年第 9 期。
② 　《贾平凹答复旦学子问》,《文学报》2005 年 3 月 31 日。

因为她们不仅是构筑故事的最佳方式,同时又是透视乡土与城市的最好视角。在吴玄的《发廊》(《花城》2002年第5期)中,我们看到了这样的叙述:"我走进发廊街,就像回到了故乡。这感觉其实有问题。我的故乡西地,事实上,比发廊街差远了,它离这儿很远,在大山里面,它现在的样子相当破败,仿佛挂在山上的一个废弃的鸟巢。我的乡亲姐妹们在那个破巢里养到十四五岁,便飞到城市里觅食,她们就像候鸟,一年回家一次,就是过年那几天。本来,西地和发廊毫无关系,就我所知,西地世世代代只出产农夫、农妇、木匠、篾匠、石匠、铁匠、油漆匠,教师匠也有的,甚至有巫师和阴阳先生,但没有听说过发廊和按摩,西地成为一个发廊专业村,是从晓秋开始的,历史总喜欢把神圣的使命交给一些最卑贱的人,几年前,那个一点也不起眼的小姑娘晓秋,不经意间就完全改写了西地的历史。""发廊改变了我妹妹的命运,乃至全村所有女性的命运。通过发廊,女人可以赚钱,而且比男人赚得多,我妹妹一个月寄回家的钱,就比我父亲一年劳作赚的还多。后来,村里凡有女儿的,日子过得大多不错。从此,村人再也没有理由重男轻女,反而是不重生男重生女了。还有一个近乎笑话的真实故事,村里的一个妇女,突然伤心地痛哭,村人问她什么事这般伤心,那妇女伤心地说,她想起十五年前一生下来就被扔进尿桶淹死的女儿了,当时若不淹死,女儿现在也可以去发廊里当工人,替家里赚钱了。"是的,发廊生意不但改变了乡土的生存观念,而且改变了几千年来农耕文明依靠儿子传宗接代、延续农耕神话的生育观念。从这个意义上来说,从黄土地里走出去的一代青年妇女用她们的血肉之躯作代价,为中国乡土社会迈向工业化和城市化的原始积累作出了牺牲和贡献。如果从农耕文明的伦理道德来衡量她们的行为,无疑是不齿的。但是,从她们别无选择的人生选择来看,她们在无形中又对封建主义的伦理道德观念进行了毁灭性的颠覆,尽管它是以一种过激的、丑陋的方式呈现,但是它的杀伤力却是巨大的。这是乡土的幸还是不幸呢？历史的进步往往是需要丑与恶作为杠杆的,任何一种文明在历史的进程中总是有其双重性的效应,这就是历史送给文明的礼物。所以,农民工们在接受这份沉重的礼物时,应该保持什么样的价值理念呢？这正是乡土小说作家们需要正视的问题。

刘继明的《送你一束红花草》(《上海文学》2004年第12期)中美丽的姑娘樱

桃就是用自己的色相为贫困的乡村之家建起了拔地而起的楼房。"这幢楼房算得上是全村最气派的房子了,村里在外面做事的人那么多,有几个像樱桃姐这样有本事寄钱回来,让家人住上楼房的呢?"可是,这贫困的乡村能够接纳她这个从都市里面走回来的游子吗?答案却是否定的。与其说她是死于假药的治疗,还不如说她是死于乡亲们的冷眼和闲言。她爱家乡的一草一木,尤其是那些随意开放的红花草,但是家乡爱她吗?她是在悲愤和郁郁中死去的。然而,樱桃姐最喜爱唱的那首著名的外国民歌《红河谷》的旋律却始终萦绕在乡间河畔,沁入人们干涸的心田。从这如诗的旋律中,我们不仅听到了樱桃姐们的哭泣,而且也看到了这样一个严峻的事实:当樱桃姐们走出这片黄土地时,她们还能魂归故里吗?其实她们走的是一条不归之路。"人们说你就要离开村庄,我们将怀念你的微笑……"人们怀念的是樱桃姐们的微笑呢,还是怀念她们为家乡所增添的物质财富?难怪樱桃姐每每唱到这首歌的时候都是满含热泪——那可是城市异乡者眷恋家乡而被抛弃的至痛至苦!这很能使人联想起那部曾在八十年代初引起过巨大反响的日本影片《望乡》,在金钱与伦理道德的天平上,人们总是毫不犹豫地选择了前者;而在淳朴的乡情亲情与伦理道德的天平上,人们又总是毫不犹豫地选择了后者。人们就是在这样的悖论与怪圈中完成利益和意识形态选择的,谁又能去体验这一出卖肉体和色相群体的内心世界呢?当然,她们内心世界的痛苦也并不仅仅就是伦理道德带来的压力,更多的还是她们不再被那块曾经养育过她们的乡土所认同,她们成为随风飘荡的无根浮萍,肉体毁灭的悲剧只是表层的,她们最在意的是灵魂的家园被毁灭!作家所展现出的从农耕文明向城市文明转型时的那种精神的阵痛是值得人们深思的。

保姆题材是近些年来的热点,而项小米的《二的》(《人民文学》2005 年第 3 期)是翘楚之作,这不仅体现在轻盈的文体中所透露出来的作家的厚重人文关怀,而且也体现于作家在城乡二元视角中穿行时所表现出的那种严肃的价值批判立场,读后令人感动不已。从表层结构而言,我们完全可以将这个中篇当作一篇反抗压迫和人性觉醒的作品来看。但是,从那个不是主角的主角人物二的死魂灵中,我们看到的是保姆满目的心灵疮痍——对乡土性别歧视的反抗使她走进了城市,而城市的奸诈和隔膜又使她绝望。我们的主人公小白就是在这样的悖论循环中,从一个梦想成为城市的女主人而变成一个城市的流浪者的。小说描述小白的心灵历程是很清晰的:开始对来自主妇单自雪的歧视是"瞧不上就瞧不上,咱乡下人到城里就是来挣钱的,不指望你顺带还让你瞧上。咱出力,你给钱,就这么简单。但你不能侮辱咱,咱也是有人格的"。后来,"单自雪教会了她如何从一个村姑逐步成为一个都市人。小白进入城市生活的一切细节都是从这个家庭开始的,在这里得到改造,淬火,蜕皮"。再后来,"小白就渐渐看懂了城里人的表情"。但是,她很清楚自己不是这个城市的主人:"这栋二百平米的复式跃层,这个有着沙拉娜大理石地面,有着钢琴、电脑、等离子电视的城里人的家,远远比不上她和二的共同嬉戏的那个山洼。在山洼里,小白是主人;而在这里,她不是。"但是,她难道就不想做城市的主人,做这个家庭的主人吗? 答案显然是否定的。当她和主人一家到三亚亚龙湾的凯莱大酒店旅游度假时,她的野心随着城乡和贫富的巨大落差而悄悄发生了变化:"睡上一个晚上的觉,就够一个乡下孩子交五年的学费了。小白突然感觉,她从来没有像今天这样觉得命运对自己是如此的不公平!"这也可以看作她和男主人聂凯旋那段孽缘最初的思想萌芽吧。作者没有简单地处理一个乡下小保姆与城里大律师之间的爱情孽缘,而是又一遍重温了一个"城市姑娘"的"鸳蝴梦",抑或是"灰姑娘"的城市梦。我们不能把她和聂凯旋的做爱看成《雷雨》里的侍萍与主人始乱终弃的爱情模式,而把作品的意向简单地引向反封建和阶级论的主题。因为小白不仅仅在这个偷情的过程中品尝着乡土社会生活中从来不会出现过的"城市爱情"的甜蜜,虽然男主人聂凯旋还有些虚伪;更重要的是,小白天真地认为,通过聂凯旋死亡的婚姻,她看到做一个城里人的希望了。"小白曾经无数次想象过她将会以何种方式抵达这个时刻,那一定是漫长和奇妙无比的。她尽自己少女的经验幻想过无数可能,唯独没有想象过她未曾经历任何风景就进入了最后的驿站。"无疑,那种初次的性快感使她忘乎所以,但更为重要的是:"自己的命运也许从此就改变了。""单自雪和聂凯旋的夫妻运明摆着到头了。……离婚后聂凯旋的再娶,不就是顺理成章的了吗? 自己从此就可以永远逃离没有暖气、没有热水的噩梦般的老家,永远不必违心地去和什么狗剩或者国豆搭帮过日子,去为他们一个接一个地生儿,而是鲤鱼跃龙门一样,从此过上体面的城里人的生活。关键是,这样的一个结局,本来并不需要自己付出什么,不需要付出鲜血、生命、苦役,甚至,不需要付出尊严,便可以体体面面得到这一切。要知道,多少女孩子为了过上这种生活,只能去做二奶,为了几个钱像活在地洞里的耗子一样永无出头之日;可就这样的日子还被多少人羡慕哪!"但是,生活是无情的,当这个"城市姑娘"的美梦还没有做到一半时就被严酷的现实粉碎了。聂凯旋对单自雪一句轻慢的解释就足以把小白爱情和"入城"的理想击倒:"我认为她不过是在抒发自己对都市生活的种种感受,就像报纸上常说的那样,一种'都市症候群',不过如此而已。"也正如单自雪所言:"一个结过婚的男人的诺言,基本等同于谎言:相信男人的谎言最后受尽伤害,那不是男人的问题,是女人的问题。"对于一个游走在都市里的边缘人,尤其是一个来自于乡下的女人,如果对生活和爱情的期望值太高,她的命运就会愈加悲惨。小白想走进那个爱情的"围城",再通过婚姻的"入城"仪式,走进这个城市的红地毯;可是,她与单自雪较量的失败,正是她永远不能理解的奥秘——即使没有单自雪的存在,聂凯旋也不会娶她,因为他和她在本质上不是一类人,在聂凯旋来说,那只是一场性游戏而已,可怜小白却没有意识到乡下的她与城里的他原本就不是生活在同一精神空间之中的,他们之间没有身份认同感,这是造成悲剧的真正原因。作者在小说结尾虽然给小白的人性抹上了最后一道光彩,但还是遮掩不住一个幽灵游荡在这都市的上空而无所皈依的悲剧命运。就像鬼子在《瓦城上空的麦田》里所描写的那个游走在都市里的幽灵似的无名身份人物那样,他(她)们已然是既被乡村抛弃,又遭城市排斥的一群没有命名的孤魂野鬼!乡村给了他们低贱的身份,又不能给他们富足的物质;城市给了他们低廉的财富,却又不能给他们证明身份的"绿卡"。可是谁又能够发给他们一张"灵魂通行证"呢!①这部小说是以批判农耕文明的男权意识开始,转而又把批判的锋芒指向城市文明的冷酷,无疑是很有深度的。然而,作家过分地美化小白的心灵,似乎缺少了一点文化批判的自省,阻碍了作品向更深层面的挖掘。

如果说小白没能够通过婚姻实现自己的城市之梦的话,那么,邵丽的《明惠的圣诞》(《十月》2004 年第 6 期)中的明惠却是在成为一个城市主妇后遭到精神

---

① 丁帆:《论近期小说中乡土与都市的精神蜕变》,《文学评论》2003 年第 3 期。

毁灭的典型人物。作品几乎是用略带淡淡惆怅的细腻笔调勾画出了一个"城市灰姑娘"似的人物。可是我们在主人公走向死亡的最后时刻,看到的是肉体上已经成为城里人,而精神与灵魂还不能被城市文明所包容的悲剧下场！明惠自从走出乡土以后,就抱着做一个城里人的理想而奋斗。为了挣更多的金钱,她终于更名"圆圆"做了妓女。但是,她挣钱的目的却不是单纯为了寄回乡下炫耀,而是实现自己在乡间的自我人生的价值。她的理想是远大的,充满着高傲,也充满着野心："圆圆想,我要比徐二翠更有出息,我要把我的孩子生在城里！我要他们做城里人,我圆圆要做城里人的妈"！好一个"城里人的妈!"这正是每一个乡下少女进城以后的玫瑰之梦。当圆圆投入离了婚的副局长李羊群的怀抱中,整天过着奢侈悠闲、无所事事的生活,以为自己就是一个地地道道的城里人时,一场圣诞节聚会让这个真实的明惠真切地体会到自己的边缘地位——她其实并不属于这个城市,并不属于这个文化圈中的人;而那些举止文雅的女人才是这个城市里的真正主人,这个城市客厅里并没有那个从乡下少女明惠(抑或城市别名为"圆圆"的妓女)的位置！这使人想起了莫泊桑笔下的《羊脂球》,那个遭受贵族世界冷眼的妓女。同时,更使人想起了恩格斯在给《城市姑娘》作者玛·哈克奈斯的那封著名的信件。恩格斯只提出了"典型环境中的典型性格"问题,而为什么没有指出作者在塑造人物时那个"城市姑娘"美梦破灭的缘由所在呢？同样,在《明惠的圣诞》中,明惠看到的图景和玛·哈克奈斯所描写的场景是有异曲同工之妙的："女士们是那么的优越、放肆而又尊贵。她们有胖有瘦,有高有低,有黑有白。但她们无一例外地充满自信,而自信让她们漂亮和霸道。她们开心恣肆地说笑,她们是在自己的城市里啊！她圆圆哪里能与她们这个圈子里的人交道？圆圆是圆圆,圆圆永远都成不了他们中的任何一个!"就像那个渴望做一个真正的"城市姑娘"的女主人公那样,当她一旦看到那个欺骗了她的感情的男人正和和睦睦与妻子孩儿欢笑之时,她的悲剧命运就来临了。同样,导致明惠自杀的根本原因就是她的希望的破灭,这种破灭不是肉体的,而是属于精神的！它不是李羊群们所能拯救的,也不是明惠们可以自救的,更不是社会与道德,乃至于宗教可以救赎的人的灵魂归属问题。从这个意义上来说,作者给出的生活图景是有文化批判意味的。

寻觅精神的归属已经成为一批乡土小说作家自觉追求的主题目标,在这一点上,王梓夫的《死谜》(《北京文学》2000年第12期)应是一篇寻找灵魂故乡的诗章,而不把它当作一部"反腐题材"作品来看。小说中的主人公李小毛通过机缘和自己的努力,终于成为一个体面的城里人,包括把未婚妻和师父接进了城里,俨然是一个城市中的佼佼者。但是,他从骨子里都是一个用农耕文明的传统眼光来看一切事物的,正因为他的灵魂归属永远是乡土的,才造成了他最后的悲剧。李小毛在农耕文明和城市文明思维观念的冲突和两难中选择了死亡,就是因为一面是恩重如山的宁副县长以"重义轻利"的农耕文明理念赋予的施舍,另一面是腐化堕落的城市文明现实。作为一个乡下人,他既不能违背的是礼教中的信义;又不能冒犯的是道德的天条。就像他既不能逃脱肉欲的海拉尔的性诱惑,又感到对不起未婚妻菊花一样,罪感是在伦理道德层面的两难境地中生成的。李小毛从乡下人成为城里人可谓质的变化,因为他知道:"在农民眼睛里,人只分两类:一类是城里人,一类是乡下人。乡下人生活在地上,城里人生活在天堂。乡下人看城里人,得伸着脖子仰着脸。要是能从乡下人熬上城里人,那可是屎壳郎变知了——一步登天了。为达到这个目的,有多少如花似玉的姑娘降价下嫁给城里的二流子懒汉?有多少人为了个农转非的指标倾家荡产低三下四?"那么,成为城里人的李小毛为什么没有进入城里人的生活方式和精神世界中去呢?这是因为乡土的农耕文化印记已经渗透到了李小毛们的灵魂当中去了。就像李佩甫在《送你一朵苦楝花》里所形容的乡下男人永远洗不掉身上的特有气味那样:"他知道他洗不净,这气味来自养育他的乡村和田野,已深深地浸入血液之中。城市女人是城市的当然管理者,每一个从乡下走入城市的男人都必须服从城市女人的管理,服从意味着清洗,清洗意味着失去,彻底的清洗意味着彻底的失去。"但是,这种清洗不是一代人就可以完成的,他(她)如果是从乡下进城的,那么,他(她)就必须背负着这个农民身份的沉重十字架。尽管"城里的月亮"给了农民无穷的想象空间:"城市在我们眼里就是堆满黄金的地方,城市在我们眼里就是美女如云的地方,城市就是金钱和美女伸手可及的地方。"(墨白:《事实真相》)但是,在绝大多数作家的笔下流露出来的却是无尽的苦难意识。从这些大量"进城"的乡土小说创作中,我们看到的是作家过多的同情和怜悯,而在寻觅灵魂的皈依中缺少了一些更深刻的思索。那么,农民在无所皈依的情况下又会做出什么样的"壮举"呢? 王祥夫的《管道》(《钟山》2005 年第 1 期)似乎想回答这个问题,作品中的主人公"管道觉着自己总有那么一天也会住到城里来,娶一个城里姑娘在城里过安逸日子……管道他妈就说管道心太大,说一个乡下人有那么大的心思不会有什么好处。这简直就让管道痛苦,同时又让管道觉出了某种孤独"。带着这样的心境来到城市,"一没上过学,二又没个亲戚在城里",管道能够干什么呢? 他只能在这个城市里游荡,当他被妓女和鸡头欺骗殴打时,只会重复:"别惹我! 谁也别惹我!"他把这个城市当作敌人,就像堂·吉诃德与风车作战那样,他以一个乡下人的逻辑去思考问题:"管道想过了,自己的钱既然是城里女人拿走的,那最好还是让这个城里的女人把钱退还给自己。"所以,他才铤而走险,不分对象地拿刀去对无辜的城市女人实施抢劫。他对城市的仇恨不是简单的一个被侮辱和被损害的进城农民形象就可以诠释的,在这场抢劫的背后,更要看清楚的是在农业文明与工业文明的交战中,那些处于社会底层的弱势群体在肉体和精神的夹缝中无所适从的失重心理状态,以及灵魂没有栖居的痛苦。

同样,在阿宁的《灾星》(《时代文学》2005 年第 2 期)中,农民工福亮在"非典"时期染上了肺炎后,既怕被政府抓走,又怕自己的病感染给家人,于是就游走在城市和乡村之间。作者巧妙地运用了这种典型环境,给出了一个肉体和灵魂都无家可归的农民工的悲惨生活结局。老实无言的福亮满以为凭着自己一身的力气就可以混迹于城市,为自己构筑一个美丽的乡土田园之梦:"他看见在辽阔的坝上草原上,一座漂亮的住宅建了起来。六间大瓦房,东西一边两间厢房,一个大院子。院子是用土坯垒起来的,用麦秸和成的泥土抹得平平整整,院门高大、宽敞。草原的蓝天像透明似的,白云棉絮般铺展开,阳光下的红瓦屋顶发出漂亮的红光。"作为一个农民工的家园梦想,其实也并不难以实现;可是,上天不再给他机会了。整个故事的构成围绕着福亮的命运而展开,作家把这个人物劈成了两半,一半归属于城市,一半归属于乡村。就像他的两个女人一样:月饼象征着肉欲的城市,红菱象征着灵性的乡土。"如果红菱是他的爱,月饼就是他的欲望。"但是,欲望化的城市即使能够给福亮带来一些金钱,然而它对于农民工来说永远是有一道天然的心理屏障的,只有乡土才是他们唯一可以依靠的家园:

"乡间的一切在他眼里是亲切的。土道上散落的马粪,草滩里突然窜出的野兔,都会勾起他的乡情。""内地的空气里流淌着麦子生长的气息,这里是刚刚翻开的土壤的清香。田头的一两棵歪脖子树,才刚刚抽出绿色的嫩叶,在他看来却是更有春意了。"死也要死在家乡,叶落归根可能是农民工这一群体遵循农耕文明生死观的行为准则,可能也是人类共通的人性中归家情结的显现。福亮费了千辛万苦走近了家乡:"路边的树下有块石头,他顺着石头坐下靠在树上。毕竟是家乡的树,靠着就像靠在亲人怀里,不一会就似睡非睡了。"对于生他养他的乡土出生地而言,再贫穷再衰败,也是有亲和力的;而对于那个谋生的城市而言,再富足再豪华,也是陌生的。家乡是农民工的灵魂栖居地,如果失去了,那就是孤魂野鬼,这才是农民工们的真正悲剧。无疑,家和乡是联系在一起的;然而,这个名词却带有浓厚的农耕文明色彩,因为农民的家是建立在乡土之上的。如今,农民已经开始了大规模的迁徙,向着城市进军! 也许这一两代农民魂归故里的文化遗传基因是难以消除的,但是他们的下一代是否还有乡土情结呢?

就像美国的许多乡土文学是建立在移民文学之上一样,中国目前的乡土文学有很大一块被这些向城市进军的"乡土移民"的现实生存状况所占据,我们没有理由不去关注和研究反映这一庞大"候鸟群"生活的文学存在。然而,从众多的反映这一群体生活的作品来看,我们的作家仅仅站在感性的人性和人道的价值立场上,自上而下地去同情和怜悯农民工群体是远远不够的,还缺乏那种强烈的文化批判意识,那种欧洲十八世纪批判现实主义作家清晰的理性批判眼光和锋芒。更重要的还是需要乡土小说作家们在农耕文明与城市文明的交战中,用历史的、辩证的理性思考去观察一切人和事,才不至于陷入文化悖论的两难选择的怪圈之中不能自拔。因此,强化作品思辨理性的钙质才是这类作品亟待解决的问题,而要做到这点,就要在提高作家人文意识的基础上加强他们对历史和社会的宏观理性认识。是的,仅仅批判是不够的,我们的乡土小说作家还缺乏那种对三种文明形态的辩证认知,所以在乡土小说的创作中还罕见那种超越感性层面、具有人类社会进步意识的深刻之作。我们期待这样的作品出现。

第二章　台湾乡土小说的新变："失焦"的乡土叙事

尽管在这一编的引言中强调，乡土/工商文明的内在紧张在新世代乡土叙事中不可避免地缺席了，但这样的情况并不是绝对的。我们偶尔还能够在新世代笔下看到前行代乡土小说的一小片影子，尽管这一小片影子经常是碎片化的、摇曳不定的。同样需要指出的是，只有与前行代乡土小说相比较，其中的不同之处才更能说明问题。

比如甘耀明的短篇小说《伯公讨妾》，就有着前行代那样较为明确的批判意图。小说写的是"伯公"讨"大陆神"做妾的荒诞故事。因为建庙五十多年来，"伯公"时常卸庙去风流，"福德祠管理委员会"就筹划了一场"伯公讨妾"的闹剧，为伯公讨了"大陆神"做妾，以安其心。从文本中不难看出作者的批判意图。伯公讨妾的闹剧，表征着台湾的社会风气，不仅是民间信仰被功利化、鄙俗化乃至市场化，而且伯公讨大陆神做妾之事，也正对应着台商包大陆二奶之社会现象。小说中的村长对民间信仰的诚笃，对传统道德的信守，遭遇了时代的讽刺和重创。他的儿子正是在大陆投资的台商，而他对台商包二奶的反感衬出一种较为传统和质朴的乡土道德观。在小说结尾，村长怒斥委员会对伯公的亵渎。这种抗议之声暗含着村长对资本侵入乡村的不满，以及由此而产生的焦虑感。显然，这样的主题呈示很容易让人想到前行代的乡土小说。然而，尽管《伯公讨妾》有着较为明确的社会批判意图，在整篇小说中，作家却极尽夸张、讥讽之能事，这样一来，狂欢化氛围对小说微露的批判意旨产生了遮蔽。

伊格言、童伟格等作家笔下出现的"小人物"，同样会让人将新世代与前行代联系起来。在短篇小说《祭》中，伊格言便是将关注的目光放在了一个小人物身上。叙事者称这个小人物为"阿姈"。阿姈一直很不幸，丈夫溺水死去，此后又受到一个名叫荣诚仔的男人的欺骗。十五六年来，阿姈过着孤单贫穷的日子，做过多种营生。当小说中的瘟王大醮仪式开始的时候，阿姈开着小发财车走村串乡，跟着"瘟王爷"一路卖色情片光碟。然而这篇小说与前行代依然存在重要区别。在该作中，伊格言通过"蒙太奇"手法营造了众声喧哗的狂欢效果。小说一会儿写到电视里色情片女优接受采访时的场景，一会儿又用朦胧笔法写到色情片的某个片段，从头到尾则是对瘟王爷祭仪的铺陈。阿妗的不幸命运、卖光碟的艰苦营生，被切割为片断后重组在这些混乱的镜头中。不同画面的迅速切换和更迭，共同汇合成巨大的喧嚣，而阿妗内心那沉痛的反复质问——"这许不幸的事，瘟王爷咁会皆带走？"——便沉浸在喧嚣中，得仔细聆听，认真辨别，方能感受到阿妗生命中的伤痛。小说整体上呈现出资讯时代"信息过量"的征象；另一方面，不同场景间的互动又产生强烈的反讽效果。可见，就算是对小人物命运的关切，这篇小说也以迥异于前行代的方式表现出来。

童伟格的长篇小说《无伤时代》讲述的也是小人物的故事。小说中的母亲一生穷苦，可是她却以淡定的心态无知而自由地游走在生活中。除了母亲，小说还以感伤的笔触绘写到了江的外祖父、大母亲等人的生活状态。尽管写的是小人物，可是读完小说后，很容易便能发现该作与前行代的差异。应该说，小说写了许多"伤痛"；然而所有的伤痛都无声无息，读者感受到的仅是淡淡的幻灭感。倘若在前行代笔下，小说中的伤痛应该会以较具生命感的形式体现出来；然而在《无伤时代》中，伤痛以及由此带来的焦虑都被超越了，或者说，被作者抒情式的叙述融解了。杨照对此有精到的分析。在给该书写的序言中，杨照指出："其实，我们还是可以察知童伟格与前行代之间曾经轰轰烈烈过的'乡土文学'之间的关系，一种逆转、颠倒了的系谱关系。"①杨照说，童伟格小说中的人物在性格上也都和"乡土文学"里的典型角色高度亲和，"然而在《王考》和《无伤时代》里，藉由这样无知无能而封闭在狭小荒村环境里的人，童伟格却写出了完全异于王祯和与黄春明，既非喜剧亦无强烈悲剧的情境"②。所以结果是："阅读童伟格的小

---

① 杨照：《"废人"存有论——读童伟格的〈无伤时代〉》，见童伟格《无伤时代》，台北 INK 印刻出版有限公司 2005 年版，第 5 页。
② 杨照：《"废人"存有论——读童伟格的〈无伤时代〉》，见童伟格《无伤时代》，台北 INK 印刻出版有限公司 2005 年版，第 6 页。

说，让人一方面接近'乡土文学'，一方面却又快速远离。"①那么童伟格与前行代最根本的差异在哪里？杨照认为："童伟格最特殊的文学视野，就是把'乡土文学'当中应该被同情、被嘲讽、被解救的封闭、荒谬的'乡人存在'，逆转改写成了自由。在那个理性渗透不到的空间里，人们大刺刺地，既无奈又骄傲地活在既真又假、生死无别，完全可以无视于时间存在、无视于时间线性流淌的世界里。"②可见，在《无伤时代》中，童伟格其实悬置了创作主体的价值判断和观念介入，从而也就超越了人物的生命伤痛，将人物的被动转化为自由，将个体的伤痛转化为整体意义上的"无伤时代"。因此，尽管童伟格的乡土叙事与前行代有着相似之处，但就其内在特质以及文本风格来说，却与之有着根本不同。乡土/工商文明之间的"紧张感"在小说中是看不到的了，戏剧化的情节结构被感伤的抒情化解，即使是个体生命的痛感也被超越了，或者说化作了弥漫在文本表层空间的忧伤。

从上面几个例子大体可以看出，新世代乡土小说即使与前行代有所关联，它们的内在气质也与前行代有着本质区别。某种程度上，从与前行代有着相似之处的作品中，反倒更能见出新世代乡土叙事的"失焦"状态。

平面化的"失焦"状态不单是因为时代之变迁；还因为文学潮流的深入影响。当这批七十年代出生的作家在新世纪展示出创作实绩时，文学的沙滩已是经过了现代主义、后现代主义潮流的冲刷。事实上，我们能够清楚地看到新世代乡土叙事的现代主义气质和后现代主义姿态。因此，所谓"失焦"状态，不单是小说主题的弥散化和作品沉重感的消失；还指涉叙事形式的文本化和游戏化。批评家南方朔在《联合文学》杂志举办的第十六届联合文学新人奖评选活动的评审意见中指出，新世从社会语境到文本艺术表征都存在着一种叫做"涸竭"的症候，这种症候导致了"文学之蚀"："二十一世纪开始的此刻，世界的共同特性是'涸竭（Exhaustion）'。'涸竭'是走了远路后，身心交疲，什么都不再去想的停顿，也是

　　①　杨照：《"废人"存有论——读童伟格的〈无伤时代〉》，见童伟格《无伤时代》，台北 INK 印刻出版有限公司 2005 年版，第 6 页。
　　②　杨照：《"废人"存有论——读童伟格的〈无伤时代〉》，见童伟格《无伤时代》，台北 INK 印刻出版有限公司 2005 年版，第 8 页。

任何一点的努力也都懒得付出的倦怠。""在这个'涸竭'的时代,文学无论在题材的选定,叙述的形态,甚至内蕴的价值上,遂也难免出现'涸竭'。在'稠密叙述'下,写作者将他们的眼睛几乎全都集中在私人生活上,在细碎之处过度着墨,而虚迷华艳的辞藻则成了黏合碎片般生活经验与想象的媒介。这种文字功夫超过了实质的文学,换个角度言,几乎等于是用过度的文字来掩饰生命经验与视野不足所造成的虚弱。文学作为生命沟通平台的功能已快速蚀下,而变得更像是一种独白游戏,一种谜语表演。有些文学以前曾经重得让人无法忍受,而到了现在,它却又逐渐轻到仿佛就像是文字气球,虚虚地飘了起来。""……合理的解释是,当文字凌驾了内容,被文字牵缠即容易'失焦'。"①

在南方朔看来,"涸竭"象征着时代的精神状态,同时它又是文学社会指涉功能消解、精神能量匮乏的表征。或许我们应该将"涸竭"视作一种症候式的描述话语,它大而言之地概括了当下的文学生态。事实上,就新世代乡土小说而言,我们仍能在其中读到有着尖锐痛感的作品。比如张耀升的《缝》,就以尖利如针的笔触,缝织出人性的冷漠和残酷:奶奶生前被父亲冷落;葬礼上父亲为了让奶奶看起来体面,竟"将缝线藏在内里,连着奶奶的皮肤缝在一起"②。而在奶奶去世之后,其灵魂对父亲进行了耐心的报复,直到父亲疯狂。同样,李仪婷的《躺尸人》也以荒诞手法凸现了生命的苦难:小说中的母亲对死亡已经到了迷恋的程度,她在几乎整个金山乡都死过,于是寻找死亡的感觉,并将这种感觉付诸行动,而这竟然成了母亲生活的一部分。

尽管有这样一些例子,南方朔所谓文学成为飘浮的文字气球、文字凌驾内容导致作品失焦的情况,在新世代乡土小说中仍有所见。总的来看,在经过九十年代的华丽和喧嚣后,新世代乡土小说将现代主义和后现代主义表现方法混合在一起,文本既流露出淡淡的现代主义焦虑,又具有后现代主义的反讽、解构、狂欢、游戏、拼贴等特征;再加上拉美魔幻现实主义和台湾浓厚的宗教信仰氛围融渗、凝结为一体,使得新世代乡土小说不再书写传统的乡土情怀,价值判断被悬

---

① 南方朔:《"涸竭"——文学之蚀》,《联合文学》第217期(2002年11月号)。
② 张耀升:《缝》,收入张耀升《缝》,台北木马文化出版社2003年版,第20页。

置,作品的外涉功能被内指功能取代,从小说的内容到小说的叙事形式,都呈现出"失焦"的状态。在"失焦"的状态下,新世代作家求异大于求同,先锋大于固守,他们在新和变的旗帜下,让想象力尽情驰骋,敷演出乡土叙事的奇特景观。

现代主义叙事强调主观化,"现代主义始于从相信可被客观认知的理念或物质世界向认为世界只能通过个体意识才能真正被认知和体验转变的过程之中"①。叙事的主观性在新世代乡土小说中体现得非常明显。对新世代作家来说,外在的社会现实被个人主观意识选择和塑形,"灵视"的目光将外在世界的变迁和内心世界的幽曲一一涵纳。由此,第一人称叙事成为新世代作家重要的选择,许荣哲的《迷藏》、李仪婷的《躺尸人》、甘耀明的《吊死猫》、童伟格的《王考》、张耀升的《缝》……许多作品都以"我"的目光打量并重塑"世界"。即使一些作品不是以第一人称来叙事,但依然采用"内视角",比如《无伤时代》,作者只不过是躲在"江"的身后,跟着江一起忧伤地面对四处颓败的世界。正是由于叙事的主观化,新世代作家的乡土叙事由个人视野而展开不同的小世界。像王聪威在2008年出版的《复岛》,便是将其对家族的记忆带入作品中;许荣哲则偏好斯蒂芬·金那样的惊悚叙事,在《迷藏》中,他将小说人物对童年的惊恐记忆纳入对捉迷藏游戏的讲述中。其他像童伟格以超越性的眼光关注小人物;伊格言对颓废景观的呈现;张耀升对残酷、阴冷的人性的锐利探视,等等,都各有其表现旨趣和审美取向。因此,尽管新世代乡土小说在选材上也有一些共同点,比如许多作品都极力召唤民间信仰、祭礼的到场,但叙事的主观化往往让作家们自成小天地,很难在主题呈示和美学表达上形成焦点。

魔幻性是新世代乡土小说的又一重要特征。现代主义向内转的趋势使得作家由内向外打开了一扇"灵视"的窗口,这种"灵视"将物质现实转化为心理现实,而西方魔幻现实主义思潮也在这一转化中渗透进来,更重要的还有台湾由鬼神崇拜、祭祀仪式所形成的浓厚的民间文化氛围。于是在许多作品中,人物的生死界限模糊了,大量的民间信仰和民间仪式被召唤到作品中,灵异与现实交织、阴

---

① （英）史蒂文·康纳:《后现代主义文化——当代理论导引》,严忠志译,商务印书馆2002年版,第159页。

间和阳界共存，使得新世代乡土小说呈现出光怪陆离的魔幻景观。比如伊格言的《堕落》，以"我"（妹妹）的视角回忆了堂姐的婚事和她的因情自杀，不时插入"我"的心理体验。然而小说始终弥漫着一种怪异的气氛：比如人们不时提到那次因为阿嬷生病住院，全家人要去探视她而躲过一次空难；比如电视里的节目没有发出任何的声音。直到小说结尾，作者才点明整个家族在那次集体出游时并没有躲过空难，二十二人全部在飞机坠落时丧生，于是堂姐的故事遂变成一个亡灵断断续续的回忆。同样的例子还可以举出童伟格的《叫魂》。当少年吴伟奇骑着自行车带着老师李国忠前去寻找杂货店老板时，遇到一个又一个村民，吴伟奇一一向李国忠介绍这些人。然而通过作者的讲述我们不难看出，这些人其实都已死去，实际上，就连李国忠也因为车子撞上山崖而送命。亡灵充斥山村。而这一天是四月四日妇幼节，正是清明节的前一日。这样的作品很容易让人联想到胡安·鲁尔福的《佩德罗·巴拉莫》；而更具相似性的则是二十余年前台湾作家杨茜创作的短篇小说《灵妻》（该作以日记体讲述灵异之事，其故事时间是从愚人节到清明节）。其他像张耀升的《缝》中奶奶死后还在折磨父亲；甘耀明的《圣旨嘴》中阿公即将死去时迅速苏醒，并精神抖擞地准确预告"恩主公"的动向；吴明益的《虎爷》中舞狮队的屏仔被"虎爷"附身；伊格言的《鬼瓮》中，红姨能够让死去的阿母与子女相会——都打破生死关隘，亦真亦幻，似有还无，充分显示出新世代乡土叙事的魔幻性。

颓废性也是新世代乡土小说的重要特征。"颓废"概念具有多种面向：它可以指涉与现代性的"进步"观念相伴随的一种生活态度和心理状态，一种哲学观，一种社会文化现象；也可以指一种艺术风格。美国学者马泰·卡林内斯库（Matei Calinescu）在《现代性的五副面孔》中对"颓废"概念进行过严谨的梳理。卡林内斯库提到，作为艺术风格，"颓废"与个人主义密不可分："个人主义的概念居于任何颓废主义的核心。"[①]"颓废风格只是一种有利于美学个人主义无拘无束地表现的风格，只是一种摒除了统一、等级、客观性等传统专制要求的风格。

---

① （美）马泰·卡林内斯库：《现代性的五副面孔》，顾爱彬、李瑞华译，商务印书馆 2002 年版，第 183 页。

如此理解的颓废同现代性在拒斥传统的专暴方面不谋而合。"①具有现代主义审美取向的新世代作家,求新求变,想要远离传统的现实主义美学原则,而"颓废"自然而然进入了他们的美学视野。应该说,"颓废"在这些作家的笔下,有着不同层面的表现;而就他们的乡土叙事而言,对"颓败"景观的呈现成为非常显眼的文学征象。在这些乡土小说中,"人"在慢慢老去,"乡土世界"渐渐衰颓。不少作品都以孙辈(常常是第一人称叙事者"我")/祖辈(常常是爷爷,有时是奶奶,比如张耀升《缝》)的模式展开叙事,比如伊格言的《龟瓮》、《瓮中人》,童伟格的《王考》,甘耀明的《圣旨嘴》,王聪威的《复岛》,皆是如此。"祖辈"在这些作品中,不是人生经验的拥有者和传授者,也不像在前行代乡土小说中那样是传统道德的代表。在新世代作家笔下,他们身体衰败,连同他们的生活世界,给人一种风雨飘摇的感觉。死亡的气息弥漫在文本中。像《缝》中的奶奶,像是"地震过后墙上留下的裂缝,一个视而不见比较令人安心的缺陷"②。而在《龟瓮》中,祖父念念不忘要给祖母迁葬,他陈腐而脆弱的生命在达成心愿后离开了人世。在童伟格笔下,颓败的景观尤其被大量铺陈。《王考》中的祖父离开村庄时,衰老的他已经记不得"我"是谁。当"我"和祖父站在路边时,天下着雨,车站早已破败,而公车似乎总是不会到来。一生待在书斋里、习惯于知识考证的祖父,曾经像个神话,而现在这个乡村神话终结了。长篇《无伤时代》更是满布着颓败的景观,村子一片荒芜,塑料厂倒闭,杂货店伶仃孤独,家犬黑嘴在被车辆碾伤后拖着残破的身体等待死亡的到来,江在城里拾到的流浪猫也黯然死去……杨照说:"从现代理性角度看,小说里的每一个角色,都过着虚无败坏的生活,整本小说简直就是对于种种败坏(decay)的执迷探索。村子在败坏,人在败坏,记忆在败坏。祖母的故事是败坏的故事、大母亲的故事是败坏的故事,整个家族每一个人的故事,都环绕着同样的败坏主题。"③前行代作家因为乡村将被"工商化"而充满焦虑;在经过多年"工

---

①　(美)马泰·卡林内斯库:《现代性的五副面孔》,顾爱彬、李瑞华译,商务印书馆 2002 年版,第 183 页。

②　张耀升:《缝》,收入张耀升《缝》,台北木马文化出版社 2003 年版,第 13 页。

③　杨照:《"废人"存有论——读童伟格的〈无伤时代〉》,见童伟格《无伤时代》,台北 INK 印刻出版有限公司 2005 年版,第 8 页。

商化"之后,新世代作家的文学视野却向着乡村的颓败敞开,历史真是充满吊诡。总的来说,在物质丰裕、世象纷乱、市声喧嚣的新世纪,新世代乡土叙事的"颓败"景观堪称是对这个时代的深度反讽。

主观性、魔幻性和颓废性等现代主义叙事形态,使得前行代那种戏剧化的、稳固的、整体性的叙事在一定程度上被瓦解。

在新世代乡土小说中,有些还表现出后现代主义的狂欢化叙事风格。像甘耀明,尽管被认为是"最接近正宗乡土小说的异数"①,但《香猪》、《圣旨嘴》、《伯公讨妾》等作品,都极尽反讽、夸张之能事,如果说前行代乡土小说中的讽刺尚有较为具体的外涉对象,那么甘耀明笔下的反讽往往是自我指涉的。即使在社会批判意图较为鲜明的《伯公讨妾》中,风流的"伯公"讨大陆神女作妾的故事也对民间信仰的庄严进行了解构和颠覆。如果说前行代的讽刺性乡土小说是喜剧风格,那么甘耀明的这些作品则主要是闹剧风格。反讽成为这些作品的内在张力,它对传统乡土叙事的沉重和庄严产生了解构的效果。在伊格言的《祭》中,电视上采访色情片女优的场景、色情片的片断画面,与瘟王大醮仪式并置在一起,从而对看似庄严的民间仪式产生颠覆的效果,使得瘟王大醮变成一场民间的狂欢。在李仪婷的《躺尸人》中,痴迷于死亡的母亲最后找到了一份工作,就是躺在棺材里扮演电影中的僵尸,于是"死亡"被彻底颠覆了,它甚至成为一种狂欢化的"生命"形式。可见,新世代作家对民间信仰和祭祀仪式的召唤,不仅是以"灵视"的目光从中表现某种超现实的神秘性,也试图将其作为颠覆的对象。

狂欢化风格不仅体现在叙事内容上,也体现在叙事形式上,其中最为突出的是文本之杂糅,而这正是后现代主义小说的重要特征,布赖恩·麦克黑尔(Brian Mchale)曾指出:"其他流派在风格的规则性方面是完全'独白式的',后现代主义小说是风格、声音和语域的狂欢节式的交织,其宣称的目的是瓦解文学类型在得体性方面的等次。"②像刚才提到的《祭》,便是将多种话语和声音糅合在一起;童

---

① 范铭如:《轻·乡土小说蔚然成形》,见范铭如《像一盒巧克力——当代文学文化评论》,台北INK印刻出版有限公司 2005 年版,第 177 页。

② (英)史蒂文·康纳:《后现代主义文化——当代理论导引》,严忠志译,商务印书馆 2002 年版,第 183 页。

伟格的《王考》,也是将历史考证、乡野传奇、乡土地理等知识融入叙事,使得叙事产生复义甚至是歧义。更具代表性的是王聪威的《复岛》和童伟格的《骟虞》。《复岛》被南方朔谓之"高雄旗津一个家族三代生活史的侧面"①,不过该作乃是由四篇既各自独立又彼此联系的小说构成,这种组合本身即可视作一种文本拼贴;而这四个故事每一个又都由不同话语组合而成,其中篇幅最长的《渡岛》更是将文本拼贴的手腕发挥到极致。《渡岛》中有四条平行的叙事线索:祖父在灯塔下发现了一个帝国的复制岛屿,这个"复岛"与现实世界几乎完全一样,可以说,真实与幻构被安置在一起,二者互为镜像;除了"复岛"的故事,《渡岛》还写到拆船厂一个工人的死亡,并回顾了他在炼狱般的拆船厂的生活;还有大学生观光团到岛上旅游,其中有人被海里的漩涡吞没;以及"我"沿着海岸公路逃离沙漠的故事。这四条叙事线索并行向前展开,现实与虚构、历史与未来混在一起,呈现出一幅让人叹为观止的叙事景观。台湾作家郝誉翔评价道:"读者们不妨享受《复岛》中在过去与未来之间时空蜿蜒流动的美感,并从此捕捉作者以'陌生化'的笔法,由现实中切割下来的片段美景,而营造出的一既陌生又熟悉的、更高层次的真实。"②童伟格的《欢虞》同样表现出这样的叙事奇观。小说糅合了多个人物的生活情境——每个人物都没有具体的名字,像是不同的文化符号,由此展开一幅巨大的然而又是杂乱喧嚣的生活图画。画面中有声势浩大的十二年一度的大醮,大醮上唱戏的戏子,一个孩子对死去父亲的回忆和憎恨,一个生活丰裕的外汇交易员处于精神困境之中,新闻中叙利亚伊德里村附近的水库决堤导致灾害,故事里两个书生——一个高瘦子、一个矮胖子——相遇在荒野里,却发现彼此都是机器人……如此这般,乱象纷呈,充分体现出"空间充分饱和"的当下状态,"因为不同地区的文化成分在同一时间、同一空间中汇合到一起"。③"欢虞"是"欢娱"二字的古雅用法,作者用此二字,一方面意在呈现资讯时代人们的精神"涸

---

① 南方朔:《一本不要轻估的地志风土作品》,见王聪威《复岛》,台北联合文学出版社2008年版,第6页。
② 郝誉翔:《梦境与现实的交相渗透》,见王聪威《复岛》,台北联合文学出版社2008年版,第15页。
③ (英)迈克·克朗:《文化地理学》,杨淑华、宋慧敏译,南京大学出版社2005年,第106页。

竭",一方面又含反讽之意。尽管这篇小说首和尾都书写了那十二年一度的大醮,但乡土景观被其他并置的书写侵蚀。如此拼贴式叙事使得叙事时间被"空间化",文本的"有机性"遭到破坏,情节的戏剧化被文本的戏剧化取代。

总的来看,新世代的乡土叙事在主题呈示和美学表现上均处于"失焦"的状态。与前行代相比,新世代乡土小说不再沉重。早在2004年,台湾学者范铭如就曾以"轻质"对"新乡土小说"的基本特质加以概括:

> 不过短短几年,新的小说类型又蔚然成形了。这股新兴势力由五年级中段班的袁哲生领衔,六年级的吴明益、甘耀明、童伟格、伊格言、张耀升、许荣哲等为主力,共同开创出一种轻质的乡土小说。这种文学跟七○年代或更早期的乡土小说貌合神离。一样书写乡间市井黎民故事,甚至更大量地描写民间习俗信仰,新乡土的奥趣却并不在反映(后)资本主义入侵下的社会问题;因此不似前者偏好以畸零人或特殊经历里行业者为叙述角度,后者多是少年和青年的眼光。叙述形式因袭乡土小说既有的写实与现代主义,兼且融入魔幻、后设、解构等当代技巧以及后现代反思精神,但又不若九十年代小说在形式与文字上的繁复。这批新浪笔下的乡土,也许是可亲好玩、神秘陌生、平凡无聊,或是无厘头似的可笑,但绝没有个预设定义或目的。新乡土小说的出现一方面是台湾主体论述、本土化运动的产物与回应,另一方面则是体现雷蒙·威廉斯所谓的"感觉结构的世代差异"。低脂肪低盐低热量的配方,正是新世代作家们调制出的时代新风味。①

"轻质"、"低脂肪低盐低热量的配方",恰如其分地概括了新世代乡土小说的质地。基于乡土/工商文明内在冲突而形成的"紧张感"、情节结构的"戏剧化"以及创作主体道德观和价值观方面的"疼痛感"均淡若无痕,"轻质"遂构成新世代乡土小说的底色。

---

① 范铭如:《轻·乡土小说蔚然成形》,见范铭如《像一盒巧克力——当代文学文化评论》,台北INK印刻出版有限公司2005年版,第175—176页。

后 记

　　《中国大陆与台湾乡土小说比较史论》一书是我在九十年代申请的"八五"国家社科项目，因为当时种种研究条件的限制，加上赶进度，留下了许多遗憾。当历史走完二十一世纪第一个十年，我觉得许多遗憾是到了可以弥补和修正的时候了，因此，这两年我们一直沉浸在大幅修订此书的过程中，不管是苦还是甜，总算是对历史有了一个交代。

　　此书的改写幅度超出了原书的二分之一，各人都承担了十分艰巨的任务，其中也增添了专治港台文学的专家。其具体分工是：总纲设计：丁帆；第一编：陈家洋、范钦林；第二编：王文胜；第三编：王世诚；第四编：贺仲明；第五编：何言宏、陈家洋；末编：丁帆、陈家洋；统稿：丁帆、陈家洋。

　　此书进行了大规模的修改，其中陈家洋付出了艰辛的劳动，为此书增色许多，但难免仍会出现谬误之处，还望各位方家指正。

　　此书为南京大学中国新文学研究中心研究资助项目，它的出版同样又得到了南京大学出版社的大力支持，在此表示感谢。

丁　帆　2011 年 9 月 15 日于南大文科楼

图书在版编目(CIP)数据

中国大陆与台湾乡土小说比较史论 / 丁帆等著. —
南京:南京大学出版社,2013.1
ISBN 978 - 7 - 305 - 10901 - 0

Ⅰ.①中… Ⅱ.①丁… Ⅲ.①乡土小说-对比研究-
中国-20 世纪 Ⅳ.①I207.42

中国版本图书馆 CIP 数据核字(2012)第 301326 号

出 版 者　南京大学出版社
社　　 址　南京市汉口路 22 号　　邮　编　210093
网　　 址　http://www.NjupCo.com
出 版 人　左　健
书　　 名　中国大陆与台湾乡土小说比较史论
著　　 者　丁　帆等
责任编辑　施　敏
照　　 排　南京紫藤制版印务中心
印　　 刷　南京爱德印刷有限公司
开　　 本　787×960　1/16　印张 27　字数 411 千
版　　 次　2013 年 1 月第 1 版　2013 年 1 月第 1 次印刷
ISBN　978 - 7 - 305 - 10901 - 0
定　　 价　68.00 元

发行热线　025 - 83594756　83686452
电子邮箱　Press@NjupCo.com
　　　　　　Sales@NjupCo.com(市场部)